李学辉——著

月亮下蛋

李学辉中短篇小说选

——上卷——

THE MOON LAYS EGGS

敦煌文艺出版社

图书在版编目（C I P）数据

月亮下蛋 : 李学辉中短篇小说选 / 李学辉著. -- 兰州 : 敦煌文艺出版社, 2022.12
ISBN 978-7-5468-2164-1

Ⅰ. ①月… Ⅱ. ①李… Ⅲ. ①中篇小说－小说集－中国－当代②短篇小说－小说集－中国－当代 Ⅳ. ①I247.7

中国版本图书馆CIP数据核字（2022）第222106号

月亮下蛋
李学辉　著

责任编辑：李恒敬
装帧设计：马吉庆

敦煌文艺出版社出版、发行
地址：（730030）兰州市城关区曹家巷1号新闻出版大厦
邮箱：dunhuangwenyi1958@126.com
0931-2131601（编辑部）
0931-2131387（发行部）

三河市天润建兴印务有限公司印刷
开本　787毫米 ×1194毫米　1/16　　印张 42.25　　插页 4　　字数 620千
2024年1月第1版　2024年1月第1次印刷
印数　1 ~ 4 100册

ISBN 978-7-5468-2164-1
定价：98.00元

目录

● 中短篇小说

麦子在大街上行走 / 3

拉太阳 / 14

摸秋 / 51

圈粮囤 / 84

独唱 / 129

背面是姑姑 / 142

麦饭 / 176

返乡 / 209

无处可爱 / 222

有一道菜叫汉奸 / 259

农民 / 286

情报员 / 320

邱小姐 / 341

飞白 / 355

羊皮月光 / 367

奶粮 / 385

活悼 / 411

短篇三题

招供 / 429

休斯顿没有韭菜 / 436

我们进城吧 / 441

我的二次元时代 / 448

挂在山顶上的风 / 459

短篇二题

“蒋先生” / 478

飞机碗 / 487

思乡曲 / 493

喇叭 / 500

回流 / 524

或走或留 / 541

短篇二题

五颗子弹 / 560

布鞋与铡刀 / 563

月亮下蛋 / 569

城里的青蛙 / 598

疗伤 / 627

● 评论

短篇小说的火候与力量　程光炜 / 651

评李学辉近年来的中短篇小说　程光炜 / 655

文字与精神的雕刻师　张春燕 / 660

中短篇小说

麦子在大街上行走

一进十一月，农村人开始烧炕。尽管家里不缺炉子，不缺煤炭，但上了年纪的人总喜爱睡热炕。炉子得认真伺候，夜里封不好，到半夜便会熄灭。哪像炕，只要拌好麦草、牲口粪，塞进炕洞，火会一晚上慢慢煨，等填进去的东西烧成灰，天发亮了，炕还烫着，那种温暖、舒适，令老年人觉得世风再怎么变，温暖都不会变。一张大炕，暖暖和和的会让人过上一冬。

叶之槐老汉的老伴已经去世，儿子请了他几年，他都不想进城。这年的冬天冷得有些出奇，儿子怕冻坏父亲，便抽闲暇驱车来劝父亲进城。叶之槐正在烧炕。炕洞很深，他曲了一条腿，跪下，用力往里捅麦草，头一偏，见他叫不出名字的一双鞋停在面前。

“爹，进城吧，这脏的。”

叶之槐捣平了炕洞里的麦草，一丝烟顺炕洞倒旋出来，呛得他咳嗽起来：“嫌脏么，不是这炕、炕灰，你狗日的能当了县长。”

司机在旁边，儿子不好发火，硬拽了叶之槐来到屋中。屋中倒也干净，整爽，儿子一坐，他也就不再多说，怔怔地望儿子。

“爹，我们真的很担心的，你去了，我扯心也少。”

“我一个人待惯了，舒服，你们的家太干净，我住着别扭。”

“爹哎，我可只有你一个爹，你不走，是成心跟我过不去。”

见儿子这么说，叶之槐抬头看看挂在墙上老伴的像，用笤帚扫了几下炕。

“娘的像我已在你卧室里挂好了，寂寞不了你。”

炕角有些烟挤出来，袅袅的，儿子的嗓子痒起来，他尽力憋着。叶之槐爬上炕，揭开席子，往裂开的缝里塞了点细土，烟便不冒了。

“啥时候走？”

“百年不遇的冰雪天气，我的事多，最好今天走。”

“欢欢怎么办？没人喂它。”

“谁是欢欢？”

叶之槐啁啁叫了两声，一只大公鸡跑进屋来，见屋里有生人，张嘴啄了过去，翎毛一纵一纵的。

儿子笑了一声：“抓回去，宰了它，给你炖汤喝。”

叶之槐恼了：“你吃遍全县，连我的鸡都不放过。我知道，它是绿色的、环保的。”

儿子怕再惹来一顿训，摸摸水杯，司机忙拿走水杯，重新续了开水，端过来。

“我去住几天，住不惯我回来，你少打我公鸡的主意，它是我的伴，灵性着呢。”叶之槐打开柜门，取衣服。

“我把衣服都准备好了，爹，你换上衣服。”

叶之槐看着司机把衣服抖开，衣服很好看，往身上一套，也很合适。

“我给欢欢留几天的食，让它看院子，欢欢，你可不能撑死，过几天我会来看你的。”叶之槐取过一条袋子，用手掂了掂，放在墙角。“你可不能上炕屙粪，如果弄脏我的屋子，我煮着吃了你。”

儿子等了一会儿，叶之槐拿了两个信封出来，一个给了儿子，一个装进了口袋。儿子打开信封，见一沓钱安静地躺着。

“这是今年你给我的钱，一千元我代你捐给了学校，那天小学的校长找我说没钱拉炭，娃儿们过冬冷。别的，都给你留着。干净着呢。”

塞了信封的口袋鼓起来，看着儿子探寻的目光，叶之槐拍拍口袋：“一把麦子，不是柴草，弄不脏你的屋。”

儿子再不说话，眼睁睁地看着父亲拍了一下公鸡，公鸡跟出来，叶之槐眼眶有些湿润，“回去，回去。”他锁上了院门，门里传出啷啷的声音，那是欢欢在狠命地啄门。

一个冬天很快就过去，叶之槐回过几趟老屋，车来车去，很方便。晚上看电视，老见儿子在屏幕上走东去西，百年不遇的冰雪天，凉州没冻死冻坏一个人，他有些安慰，对儿子和颜悦色了很多。白天时间多，叶之槐便背了手出门，手里提着儿媳给他买的小马扎，走困了，坐一坐。听一帮老人聊天，他也会凑过去，有时听到人议论儿子，他就听得格外专心。有人对他的县长儿子有过多的赞誉，他很受用，便掏出烟，给表扬儿子的人发一支，也给别人发一支，有的人接烟，有的人不接，他也不勉强，看人家点了烟，他就提了马扎，慢慢离去。凉州城虽不大，但各类人等齐全，至于他为什么发烟，人家也懒得打听，反正有人给烟，就抽呗，问多了会惹人家不高兴。

叶之槐去的最多的地方是西街，西街是新翻修的街，马路宽，绿化林带也宽，植的树还未长大，林带里空的地方多，他有时候进到林带用脚步量量。有一晚趁儿子闲着，他问儿子为何不在林带里种些麦子，那么多空地荒着可惜，儿子刚喝了一口茶，笑着吐出来：“爹，你把林带当成庄稼地了。”叶之槐听儿子这么说，知道儿子并未把他的话当回事，就再不多说，穿好拖鞋回屋睡觉了。

一开春，一年的热闹就开始了。叶之槐每天都要去西街转悠，三月的风还很结实，刮在脸上有点刺人。他看着有人补种了死树，那些他认为空闲的地方也有人用铁锨翻了。看人家说说笑笑，他便凑过去问管护的人这些空地种不种东西。管护的人起初态度和悦，问得多了，便来一句：“你以为这是你们家的地，想种啥就种啥。”他忙赔了笑脸，快快地离去。

这个春天，叶之槐有了在城里种点东西的念头，有天晚上他拿出那个信封，抖出了几颗麦子，几颗麦子金灿灿的，孩子般朝他笑，他用手掌抚了抚那几颗麦子，也对它们笑，他笑出了声，引来了儿子。儿子问他笑什么，他也不回答，很有意味地看了看立在墙边桌上的老伴的像。

儿子有点感动，替叶之槐拉平卷了边的床单，轻轻关好门，去批阅文件了。

叶之槐一大早出了门，街上走的大多是学生。取下了儿媳妇硬要他戴上的口罩，他在西街逛了一圈，街不长，很快就走完了。他东张西望，几个环卫工人清扫完大街，街上寂静下来。他掏出一根细棍，棍头已被他用小刀削得很光滑，他弯下腰，戳一个洞，丢进去一颗麦子，慢慢用手拨拉平洞眼，再左右张望一阵。没人在意他在干什么。整整一周的早上，他种完了那些麦子。捏着空信封，他背了手，望着匆忙行走的人，很想告诉他们，再过二十天，你们就会看到麦子出苗，一次他真的喊了一声，行走的人莫名其妙地望了他一眼，他赶忙捂了嘴，转过身去。

那些日子难熬，叶之槐早晚出门，白天一个人待在家中，有时睡觉，有时看电视。儿媳发觉公公近期的反常，告诉了丈夫。年头事多，儿子有天晚上回来，发现父亲不在家，便焦急地等待。听到门响，儿子见他一手的土，以为他摔跤了，忙问摔得重不重，他笑笑，扯出一张餐巾纸，把手上的土擦拭干净。

“爹，晚上别出门，你有事可别闷在心里，欢欢我派人经常去喂，它健康着呢。”

叶之槐张了张嘴，笑笑。等他睡熟，儿子掏出那张餐巾纸，闻闻，无味，打开纸，见一丁点土很拥挤地动了几下，他弄不明白父亲在干什么，便让妻子调出了公鸡叫的手机铃声，他以为父亲在想念他的老院子了。

第二天清早，公鸡的叫声很清脆，叶之槐忙忙穿了衣服，到客厅里四处张望，没发现公鸡的身影，顺阳台望去，也没有公鸡的踪影。他坐在沙发上，公鸡的叫声又响起来，他这才弄明白，公鸡的叫声是从手机里发出的，他摇摇头，用食指指指手机：“假的，蒙我的。”便穿好衣服出门了。

麦子一颗一颗钻了出来，叶之槐的兴奋很快被担忧替代，一看见有人在绿化林带张望，他就紧张地跑过去，有时用身子遮住别人，遇上脾气暴的，不知他要干什么。管护西街林带的是个小伙子，见林带里长出了东西，便怒斥几句。他骂骂咧咧，以为谁搞了恶作剧，便用脚踩麦子，麦子倒下去，又顽强地直起身子，小伙子很恼火，便用手去拔，叶之槐挡住了他的手。

“干什么？”小伙子推开了叶之槐的手。

“你不能拔！”叶之塊央求道。

“绿化林带里不能种野草。”

“它不是野草。”

小伙子说：“不是野草是什么？是不是你种的？”

叶之槐撇了撇嘴没有回答。

“你老汉多事。”小伙子又去拔麦子。

“不能拔，它才长这么高，还没有出穗。”

小伙子弄不明白叶之槐说的话，见这老汉这么固执，心头也上了火，他强行推开叶之槐。叶之槐哎哟一声跌倒在地。

儿子的秘书远远观察了两天，看见叶之槐被人推倒在地，忙跑了过去，他扶起叶之槐，问他摔伤了没有。叶之槐见到秘书，顾不得扑打身上的土，请求他别让小伙子拔麦子。

秘书从叶之槐断断续续的叙述中弄明了缘由，笑笑，拉过小伙子耳语了几句，小伙子公鸡般点头，等秘书走了，他赶忙向叶之槐道歉。

叶之槐听小伙子不再拔他的麦子，很感激，掏了烟让小伙子抽。小伙子拿了烟，看看牌子，珍重地架到耳朵旁，扶了他坐下。

“荒了可惜了，我就种了不多的几颗麦子，有个念想，也让城里人看看新鲜。”他把在儿子跟前没有说出的话全告诉了小伙子。

“爷，你放心，从现在起，我替你看护，就是我亲爹都不会让他拔你的麦子。”

“要是欢欢看到麦子，它该多高兴啊！”

叶之槐对这个叫吴文亮的小伙子敞开了心扉。

“欢欢是谁？”吴文亮问道。

“我养的大公鸡，灵性着呢。它在乡下，我的大院子里。”

“我儿子很可笑，在手机里调了个公鸡铃声，我知道是为哄我高兴呢，他认为我不懂，那是假的，声音虽像，但没我的欢欢叫得瓷实。”

吴文亮笑笑，拍打拍打身上的土。约定他们每天都看守麦子。“抽个时间，我们去把欢欢接进城来，这样您老也就不寂寞了。”

“好，好。”叶之槐拍起了手，过一会又摇起了头：“没地方养呢，城里人有地方养狗，没地方养鸡呢。”

“这你不用操心，我来办。”吴文亮又接了叶之槐的一根烟，“下午我调休，闲转的人也不多，我和你去接什么来着？”

“欢欢。”叶之槐对吴文亮没记住欢欢的名字有些不快。

“对，欢欢，再给它找个乐乐。”

叶之槐笑笑：“公鸡和人不一样，满村子的母鸡都是它的女人。”两人相视着笑了一阵。

吴文亮对乡村就像盲人看世界似的有点茫然。他上学、工作都沿小城的轨迹来来去去，对乡村没有太多的印象，开了车，接了叶之槐，按他的指点来到了叶之槐的家。听到开门声，欢欢已立在门边，叶之槐一进门，欢欢扑上来，用头蹭蹭他，然后大摇大摆地跟着叶之槐在院中走动，并不时偏头看看吴文亮，弄得吴文亮有点不自信起来。叶之槐抱来柴火，烧了水，给吴文亮泡了一杯茶。茶叶雍容典雅地在杯子里起起伏伏，诱惑力很大。他喝了一口茶，舌头兴奋地卷了卷，嗓子也受用地滋润起来，他恨起过去他喝的所有的茶来，这茶才叫茶，以前他喝的，全是母猪茶。叶之槐看吴文亮喝茶很投入，便打开柜子，拿出了一罐茶，“爱喝就带去，我喝惯了老茯茶，这茶，喝着提不起精神。”吴文亮刚一推辞，叶之槐有点不高兴：“放着也是放着，要不是你，我的麦子能在城里长出来？”吴文亮把茶叶罐放到车上，从后仓里拎出了笼子。叶之槐看着铁丝盘成的笼子，手抖了一下：“车里再没人，我抱着欢欢，它不屙粪的。”吴文亮把笼子放回后仓，又帮着叶之槐扫了一遍院子。车一启动，欢欢仰起脖子叫了几声，竟挤出叶之槐的怀抱，一头朝玻璃上撞去。叶之槐让吴文亮停了车，打开车门，欢欢跑向院门边，用头顶着院门，爪子刨起的土迷了蹲下捉它的叶之槐的眼。闹了一阵，欢欢安静下来，吴文亮问欢欢是不是流泪了，叶之槐摇摇头，说他没听说过公鸡会流泪，他只知道公鸡会尿尿。

进了城，吴文亮把叶之槐和欢欢拉到他住的楼下，他打开地下室的门，让叶之槐把欢欢抱了进去。地下室已被吴文亮腾空，四方的地下室里，欢欢有点不知所措，它扇了几下翅膀，没扇出丁点儿土来，装着玉米粒的口袋勇敢地在吴文亮肩膀上抖了几下，安静地待在了地下室拐角。

“不对，欢欢晒不了太阳，不行。”叶之槐敲了敲地下室的门。

“我白天把它抱到楼外，让它晒。”

“不行，欢欢习惯跑来跑去，这样等于把它关进了监狱。你把它放到楼外，我也不放心，人们会欺负它的，城里的老太太爱踢毽子，看到欢欢，还不拔了它的毛去做毽子。”

“那怎么办？”

“干脆你把欢欢放进笼子，我提到楼上，把它养在阳台上。”

“你们家的楼上是养鸡的地方吗？老爷子，还是我把欢欢养在我家的阳台上吧。”

吴文亮把欢欢小心地放进笼子，上了楼。楼房不大，叶之槐看着吴文亮把鸡笼放在阳台上，阳台马上臃肿起来。欢欢使劲地在笼子里跳来跳去，令叶之槐心疼不已。

安顿好欢欢，叶之槐和吴文亮相对无话，便一前一后来到西街。麦子在城里的风中摇来摇去，来来往往的人并不注意绿化林带中的它们，麦子很为自己的表演伤心。日子一天天往后挪，一天黄昏，一醉汉摇摇晃晃走进绿化带，旁若无人地撒起尿来，叶之槐仔细瞧着，一棵麦子离醉汉的距离还有半米。醉汉撒完尿，见叶之槐定定地望他，便骂起来：“有看耍猴的，还没见过有人看撒尿的，你有病啊你？”叶之槐被酒气逼得后退几步，醉汉哈哈一笑，摇晃着走了。

吴文亮每天早晨都被欢欢的鸣叫声惊醒。他洗漱完备，用报纸擦了鸡屎，把晾好的开水端给欢欢，再用一把玉米粒喂了它，便下了楼，叶之槐早已等在楼下，“欢欢叫得欢不欢啊？”吴文亮说：“欢欢不怎么高兴呢！”叶之槐叹口气，便和吴文亮去了西街。转了一圈，吴文亮把钥匙交给叶之槐，让他去看欢欢，他还要上班。

欢欢在笼子里忧郁地张望，叶之槐把笼门打开，欢欢倒退着，并不出笼子，扯了几次，叶之槐有点生气：“人到城里会变，鸡到城里也会变，欢欢，唉，欢欢。”他把公鸡强行抱出笼子，欢欢站了一会儿，便迈步在地下转来转去。叶之槐怕欢欢弄脏了吴文亮的房子，忙去捉它，欢欢扑扇着翅膀，飞起来，一头朝阳台窗子扑去，一声沉闷的响，它被倒弹在地下，叶之槐抱起欢欢，仍把它关进笼子。回到西街，吴文亮从叶之槐脸上读出了不高兴，以为叶之槐怪他怠慢了欢欢，便连声道歉。叶之槐摆摆手：“欢欢恋家呢，这世道，人出去了，家就是个家了，家禽倒比人念家，它发脾气呢！”

吴文亮问欢欢要不要紧，叶之槐挥手把身边的一棵麦子打了几下，“干脆把它原送回去吧，又守麦子又看鸡，累得慌。”

吴文亮拉了拉叶之槐，“先养着吧，过一阵它就习惯了。”

“它习惯了，我就不习惯了。它憋屈呢，如果在乡下，它叫鸣时使劲扑扇翅膀，就像村主任讲话时挥舞胳膊一样。”吴文亮蓦然发现，叶之槐挥动胳膊的动作很像他的县长儿子。

麦叶儿逐渐变黄，叶之槐到西街来得更勤了。吴文亮这一阵很忙，全国优秀城市的评选验收工作已启动，各行各业紧张行动，每一个角落里，都有忙忙碌碌打扫卫生的身影。绿化带是城市的门面，督查组的人终于发现了零零星星长着的麦子。绿化所领导挨了督查组长的一顿训，他没有辩解，看着远远避开的叶之槐，忙向督查组组长表态：马上清理绿化林带里乱长的东西。

“城市就是城市，林带里摆几棵野草，就像小青年在头上染一撮黄头发，不伦不类。”组长用脚狠狠踹了一下麦子，麦秆摇了一下，又直起了身子。组长笑笑，带队走了。

组长是叶之槐的县长儿子。

夜风下来，吴文亮从街边的商铺里借来一张小桌和两把椅子，坐在绿化带里，和叶之槐喝起了酒。

“爷，麦子保不住了，确保全国优秀卫生城市的评选是压倒一切的大事。”

叶之槐喝了一口酒：“我指望着让城里人惊喜一下，他们长着眼睛，就是看不见麦子。我仔细数过，只有十来个人认真看过麦子，其中有三个还骂了我。”

吴文亮把酒杯放下：“我怎么没听到人骂你。”

“他们又不知道麦子是我种的，其中一个吐了口痰说，现在的人吃饱撑得没事干，在绿化带里种麦子。”叶之槐学着那人的样子，也吐了一口痰。

星星在天上，灯在地下。叶之槐给吴文亮讲起了他呆在乡下的美景。“乡下没有路灯，只有星星。城里人看惯了满街的灯，就不会去看星星了。星星也很疼人的，有时你累了，看星星在天上一动不动地看你，你也就不累了。”

吴文亮听叶之槐讲星星，觉得有趣，也不去纠正他的错误，“再说麦子，它也说话呢，你如果在夜里蹲在地头，麦子还给你唱歌呢！”

吴文亮发现叶之槐的眼里有了泪珠，他拎起酒瓶，猛灌了一口：“爷，我大不了受次处分，就让麦子成熟吧。”

叶之槐抹了一把泪：“这又何必呢，你娃娃是城里人，公家人，连我的儿子从小在麦子堆里长大，都把麦子当草呢，他还用脚踢麦子呢！”

喝醉了，两人摇晃着数起了麦子，“爷，一共是三十六棵。”

“什么眼神，明明是三十七棵。”

“我们再数一遍。”吴文亮扶着叶之槐，又数起了麦子。麦子在路灯下模模糊糊，一根麦芒扎在吴文亮的手上，有点疼。

“三十六棵。”吴文亮重复了一遍。

“三十七棵。”叶之槐很固执。

“三十六棵。”吴文亮又重复了一遍。

叶之槐用手指着吴文亮：“你娃儿欺负我人老眼花，我拔下来和你数。”他从东头拔起来，拔一棵朝吴文亮怀里丢一棵：“抱好，到时候别赖帐。”

“多少棵？”拔完了麦子，叶之槐坐下来，又端起了酒杯。

“爷，三十七棵就三十七棵吧，就算你对了，我服了你行吧。”

“你娃儿嘴服心不服，按我们的习惯，夜里数下的数不牢靠，我们等到天亮再数。”

“行。”吴文亮栽倒在绿化林带里。

第二天凌晨，满街的公安手里拎着一张A4纸打印出来的照片，找叶之槐。在西街，几个民警对着照片看到了叶之槐脸上的笑意，他怀里抱着一小捆麦子，睡在绿化带里，吴文亮挨了一个民警的几脚，爬起来，忙摇醒叶之槐。

“娃娃，再数。”吴文亮一棵一棵数起来。“三十六棵，不对啊，再找。”叶之槐又在林带里找了起来。

民警们看到叶之槐没事，他们核对了一下身份，便转身去交差了。吴文亮的手有些肿，叶之槐用指甲夹住吴文亮手上扎了麦芒的地方，用力一挤，那一截麦芒被挤了出来，他感到轻松了很多。

两人从东到西，又从西到东，在一棵牡丹花下，叶之槐发现了那棵麦子。

“怎么样，三十七棵吧！”叶之槐很得意。

“这一棵麦子有灵性，躲得好啊，他们发现不了，也不影响你的工作。这一棵麦子成熟了，我们搓下麦粒，我给你炒了吃，很香的，说实话，我可从来没吃过城里种出的麦子。”

吴文亮的眼泪一下子涌出了眼眶。

“把这些麦粒揉了，我和你去喂欢欢，这些麦子还没成熟，人吃不行，喂鸡行，喂完了，把它送回乡下，它可是吃了城里种出来的麦子的鸡啊！”叶之槐摸了一把剩下的那棵麦子，走了。

吴文亮挤了一下眼睛，他惊疑地发现，抱着麦子在前面走着的叶之槐竟成了一棵麦子，在城里的街道上摇摆着前行。

（发表于《西南军事文学》2011 年第 3 期）

拉太阳

一

王老贵点下最后一颗南瓜籽时，望着一排用削尖了头的棍子戳下的圆洞，用手拂拂脚边的几株旺盛的青草，便坐在了田埂上。春风有点瘦，不痛不痒地吹着王老贵嘴里吐出的烟圈。远处的几棵白杨树上，几只喜鹊正在嬉戏，枝头一跌一晃，惊扰了一群午休的麻雀。它们斜三横四地飞过王老贵的头顶，有一只将雀便落在了他的肩上。他用手刨刨，衣服上的湿印顽皮地大了一圈。扔掉手中的烟，王老贵用手将种有南瓜籽的圆洞一一用土填平，就专心观望那几只不知疲倦相互逗引的喜鹊了。

一大片的土地从王老贵眼前延伸，这些被弃置的田野款款地收纳着来来往往的风和不知名的花花草草。十年前，这些地像嫁来的姑娘，一年四季难得闲暇。春有春的事，夏有夏的事，秋有秋的事，即使冬天，哪怕石磙换成了铁磙，牛换成了机器，咯叽换成了哐唧声，人不消停，地也不会闲。雪总是在熟透的地表上先化，不想迎受那些没事都要在地块闲转的脚步。说闲就闲了。土地一旦抑郁，踩踏在田野上的人先是叹气，接下来是惋惜，等到出门打了一年工一算账，土地与人的距离便逐渐拉大。巴子营人是最后与土地决绝的，春天撒几把麦子，收时雇来收割机，一两天，麦子装袋，麦草在地头直接卖给造纸厂的人，残留的或多或少的麦穗，交给越来越多的麻雀。田野静了，人在走路时半天碰不到一个搭话的，王老贵觉得自己的嘴就只剩下吃饭了。

儿子打工走的那年，开了箱子，抖抖索索地数了几张钱，叫爹的声音还粗重。王老贵一向不当家，老伴活着的时候，钱由老伴存着，老伴去世好几年，他几乎忘了钱还与他有关系。他把那几张钱压在毡底下，盘算着给孙子交学费或哄哄孙子时给孙子买点零食。等学校放假，儿媳带着孙子也走了，把一部用过的手机留给了他。孙子教会了他如何充电，如何接听电话后，对着他的耳朵说：爷爷，今年冬至日就不陪你拉太阳了。

他没有搭腔，待儿媳妇拉着孙子出门后，他从炕上跳下来，套好鞋冲出院门，远远地跟在她们身后。孙子的身影被车门挡住了，他抓起路旁的一块石头，狠命地朝公路砸去。

三天后，儿子的电话来了，他觉出了儿子叫爹时声音的轻飘。那天晚上，他把毛毡卷起来，抽出压在下面的钱，一张一张数着。钱不多，在热炕上很有温度地望着他。

二

南瓜籽顶着壳出洞后，王老贵的心里满是春天。孤独惯了，他也乐得清闲，哄饱肚子后，他便随便走动。走累了，坐到树下和树说话，坐到草边就和草拉家常。南瓜一出苗，他的视野里就只有南瓜了。

一辆摩托车停在王老贵家院门口。门开着，来人边“贵爷，贵爷”叫边进了院子，院中的冷寂把来人逼得眼睛有点干涩，他推开一间房门，看到大炕上蜷缩的一床被子。来人捏捏鼻子，倒退着出了屋，来到田埂边，看到王老贵正弓腰盯着南瓜苗。

“贵爷，盯的啥东西？从眼里出金子还是地里出水呢？”

王老贵抬起头，慌乱地站起来：“看南瓜苗呢！”

“南瓜苗又不是大姑娘，值得这么看么？”

“这东西耐看呢。”

“莫不是把南瓜苗看成孙子了！”

王老贵的脸绷了起来。

“要说么，你儿子、媳妇一年就会挣个金元宝来，一个南瓜稀罕什么。通知你一下，今年空下的承包地中要栽植特色林果。”

“地不是闲着吗？人都种跑了，栽树算什么？你村主任种人都行。”

村主任笑笑：“种人要在炕上种，这么大的地块，种出来的人成了啥！”

“那我管不着。”王老贵又低头瞅起了南瓜苗。

“你今年对南瓜苗这么上心，是不是还想拉太阳？”

王老贵直起了腰，他从口袋里掏出一盒烟，抽出一支递给村主任。

“那只是种习俗，贵爷，我从孩提时就跟着你拉太阳，亏你还年年坚持。”

“习俗？那叫拉心呢！你小时候，大队有啥事，大喇叭里一吼，人们扔下饭碗就跑，哪像现在，通知个种树还得你主任耗油费神。”

村主任猛吸了几口烟：“贵爷，一个人别老凑和着吃，注意注意身子。”

南瓜苗缩着脖子往上长，王老贵看电视时，便很注意天气预报。瓜苗和花最怕农历四月初八。一到四月八，北方的天空中有时往往会飘下一场猛雪，桃花、梨花刚坐果，瓜的苗还嫩，一场恶雪一盖，树跌花朵地灭苗，一年的希望会扯碎不少。

北方的农民将这种雪叫黑雪。

农历四月八一过，黑雪没有下，王老贵的神经松弛下来，他年年都打理南瓜，对南瓜品种了解不少：蜜本南瓜的肉细甜；黄狼南瓜的肉厚实，耐贮藏；大磨盘南瓜水分少，品质好；小磨盘南瓜的肉质有点面；牛腿南瓜的肉质粗糙；蛇形南瓜味甜质粉。想到南瓜，有时他会在梦中把自己也当成南瓜。那年儿媳妇坐月子时，正值南瓜发育成熟，他挑了一个牛腿南瓜给孙子当枕头，惹得儿媳妇不高兴，看着被摔成几瓣扔出门的南瓜，他没有骂儿子和儿媳妇，收拾了南瓜片去埋在了自家的地里。为孙子起名时，儿子有点紧张，唯恐他把孩子叫南瓜，一听给孩子起名叫锅台，儿子心里有点窝火，不过是个小名，儿子也就不再吭声。

苗一长高，王老贵的心里踏实了许多，有时他到栽了果树、梨树的地中去走走，摸摸不到孙子高的果树，看着它们营养不良般孤寂地立着，他的心绪就不会再宁静，他趔趄着到种南瓜的地头，心里才会安慰不少。

那天，天气好得像他的老棉袄。他去村委会取汇款单，主任和他聊了一阵，他对主任把儿子的出门打工叫种铁杆庄稼，也认同，就是心里有点不着调，农民不种地还是农民吗？他叹口气。

主任笑笑：“不是不种地，是换了个种植方式。20 世纪 80 年代，有一口号叫‘猪上千，牛上万，苹果卖到三块半’，那时我们都认为是扯淡。从去年的行情看，不都实现了吗？苹果竟然卖到了五块多。”

“钱再多也不如儿孙在身边踏实。”

“都踏实，搂着钱睡和搂着孙子睡，一习惯就踏实了。”

走出村委会，王老贵还在揣摩：“钱是个什么，一风吹掉就像花成了干骨朵，孙子才是根呢！跳到土里风都吹不动。”

一群麻雀听到王老贵的脚步，飞窜了起来。王老贵扑到地埂边，嫩嫩的南瓜苗被麻雀弹啄得颈歪面烂，他一根一根查过去，一埂边的南瓜苗溃兵般趴在窝边，他用手拨弄着，颈歪的扶起，面烂的掐去，在掐过的断口处抹了泥土，将歪颈的南瓜苗用小木棍支起。无心无肺的麻雀又飞过来，在南瓜苗周围叽叽喳喳，王老贵抓起地上的土疙瘩砸过去，麻雀又飞走了。他立起身回家，在杂物房中翻弄了一阵，找出了那个叫抛兜的东西。这是过去看秋时专打鸟雀的工具。他抖抖抛兜，一股陈腐的灰尘跳出来，呛着他的鼻子。抛兜的身子完好，绳子的劲道还在，中间夹石子的熟皮柔柔软软。他找了一颗石子，摁在抛兜中，将绳子的双头一捏，抡了起来，抛兜车轮般欢欢地旋转，他瞅准一只麻雀后，倏地松开绳的一头，那颗石子飞射而去，击中了一只正在田埂上空飞翔的麻雀，麻雀啾了一声，跌落在田埂上。王老贵提起麻雀，看着它嘴角的血迹，咳咳痒痒的嗓子。

“我替队上看秋时都没打死过一只鸟，你们吃什么不好，嘴馋要吃我的南瓜。你们吃了南瓜苗，补种赶不上节气，没了南瓜，我拿什么拉太阳。”

他将麻雀远远地扔了出去。

“只要你们不吃我的南瓜苗，你们吃我都行。”他对着树上一群叽叽喳喳的麻雀吼道。

被麻雀折腾过的南瓜渐渐恢复了生机，一棵不起眼的南瓜苗第一个扯出秧来。夏天的草木绿汪汪的，春花一落，绿就满世界跑起来。扯出的南瓜秧一天比一天拉长，王老贵的心也在拉长，夏阳褪去了裹在他身上的棉衣，穿着一件盘扣衣服的王老贵坐成了一株青草。

南瓜打起花来，王老贵知道人的手毒，从不去摸花蕾。花头咧开嘴唇后，他左望望右看看，双手拢过去，对着花吹出一口气，花头微微颤颤，依旧咧着嘴，闲转的村人都望着他笑。

“贵爷，孙子你都没有这么稀罕过。”

他也笑笑：“权当孙子稀罕吧。怎么，又去看果树、梨树苗了，不是说当年开花当年结果么，我怎么没看到果花和梨花呢，难道这种新品种只结果不开花。”

“你别听主任胡扯，他也是听卖苗的胡吹，哄着我们挣成绩呢！”

“我说么，脚骨拐高的树上结大果，也太不着调了。”

“这你就不懂了，贵爷，这是大棚苗，冬天开花春天结果的，栽在露天地里是不行的。”

“那不糟蹋地么？”

“闲着也是闲着，种这些东西就当风景看吧。”

“你这是种过地的人说出来的话吗？看风景能填饱肚子，我们就天天去看风景。”

“贵爷,贵爷,谁都知道你种南瓜是惦着拉太阳。太阳好拉,人心难拉啊!拉太阳能照亮人们回家的路，可在外面的人已不想回家了。”

王老贵拨弄了一下南瓜秧，抬头望天。

南瓜秧分杈多,王老贵仔细判断着,他抓起偏秧,用指甲掐断后扔在一边。南瓜花怒开后，他将不坐胎的花一一掐了，放到田埂上的一只碗中，嫩嫩的南瓜花有些许的香味。到了中午，他端了盛南瓜花的碗，点着柴火搭了锅，油香味一飘，王老贵觉得日子也香起来，他把南瓜花炒了，端到地头慢慢咀嚼，一只蚂蚁爬进了碗中，他用筷子夹出。麻雀在夏天吃食很广，也懒得光顾南瓜了，飞过田埂时，它们也不理会蹲在地埂上望着它们的王老贵。王老贵口袋里的抛兜又回到了杂物间，依旧熬岁煮月去了。

三

村主任来请王老贵，王老贵才明白六一节到了。

“主任吃错药了，我只记得九九重阳节是老人节，娃们的节日，你请老汉去开什么心？”

“贵爷，村里上小学的孩子都撤并到镇上了。在小学上课的只有 20 多个娃儿，我们把村里的老人请去坐坐，和孩子们一起过个节。老汉娃娃，图个热闹。”

“难得你有心。老汉娃娃，没大没小，我就不去了，我还要看我的南瓜呢！”

“贵爷，我说句不中听的话，你又没种下金元宝和古董，看什么看。南瓜不长腿，飞不了，谁摘了你的一个南瓜，我赔你十个。”

王老贵的脸黑了:“走走走,该干啥干啥去。我知道南瓜现在没什么用场,你小时候不是南瓜养了命，还当主任呢，你找魂都得到河滩里去。”

主任看到不远处有一个麦秸垛，便过去抱来一捆麦草，盖在了刚褪了花的小南瓜上。

“走吧，贵爷，金抱胳膊银抱手，盖了麦草鸟儿雀儿不来偷。”

逗乐王老贵，主任将王老贵推到了车中。

横幅妖娆地在小学门口招摇，下了车，王老贵看到十几个和他岁数相仿的老人猴子一样坐在二十几个小娃娃中间。看到王老贵来，他们都木然地望着，王老贵打了几声招呼，才有人点点头。

村里杀了一只羊，肉炖得很烂。娃娃们不吃羊肉，表演几个节目后散去。场子空旷起来，村主任、幼儿园园长轮流向老人敬酒，几杯酒下肚，老人们活泛起来，有子女在外打工的历数打工的好处，“钱就像羊肉，一捞一大块，剔掉肉骨头上还带着筋呢！”子女待滞在家中的老人们扔了手中的羊骨头，拍拍屁股走了。

“树挪死，人挪活。”一位老人又呷了一口酒。

“挪挪挪，能出力气的大都挪跑了，如果我们死了在五黄六月，抬埋都没人管。”

“哎哎，嘴里的风大伤不了舌头，今天是六一儿童节，人家村上好心好意请你们来，不是来讨论埋谁，而是让我们高兴高兴。”

“对对，给书记、主任敬酒，过去书记、主任到谁家都有口饭吃，现在还得请人吃饭，这世道，变得越来越有意思。”

“有意思没意思和你有啥关系，喝。”有人摇晃着吼道。

王老贵离开桌子，来到小学教室宿舍旁。锅台在巴子营小学只上了一年学，他天天接送。锅台在前面跑，他在后面追。锅台的书包在他身后晃来荡去，跑累了，锅台便从口袋里掏出零食。这些零食大多是几毛钱的袋袋货，味道怪怪的，锅台喜欢吃，他就给买。爷孙俩把快乐撒在路上。现在，宿舍门紧闭。房子和人一样，一不打理，就没有了精神。他顺宿舍绕过去，树沟里满是垃圾。沟里的柏树、杨树有气无力地立着，杨树的叶子耷拉着，他抱住树摇摇，杨树晃动了一下，这是锅台常玩的游戏。

头有点晕，拍打拍打杨树，王老贵出了校门。

路是柏油路，铺了才几年，除中间还能看到柏油，两边都露出了石子。王老贵用脚踢着小石子，一颗小石子飞起来，落在路中，他小心地跑过，捡起小石子。

“疼吗？”他把小石子捏在手心。

“今年一定要弄个大南瓜，好好在冬至日拉一回太阳，把锅台他们拉回来过个年。”

王老贵眼前晃荡出无数个南瓜，秧一直往前扯，扯得他摇摇摆摆。

四

挪动了一下趴在地埂上的南瓜，王老贵找来几根木棍，给南瓜支起了架子。太阳坐在天上，胡乱地注视着这些南瓜。一天过去了，南瓜秧蔫蔫的，南瓜们也没了往日的光鲜，努力地拽扯着南瓜秧。

王老贵看了一下天，卸了架子，将南瓜们落到了地上。一夜过去，南瓜们精神起来，那只大磨盘南瓜，大马金刀地卧在田埂上。

“还是得接地气啊！”王老贵吸了几口烟。

南瓜一大，麻雀们就没兴趣了，少了麻雀的聒噪，王老贵便在离田埂不远的树下，铺了半片旧毡。他靠在树上，喝几口茶，抽几口烟。往年的时候，正是麻雀们忙碌的季节。麦子扬花吐穗，飞虫肆虐，麻雀把欢快撒在庄稼地里，飞来溅去，翅膀掠出的兴奋挂在麦穗上，让做了母亲的麦子享受着夏日的时光。今年的庄稼地中，栽植的桃树、梨树兀自看着疯长的花花草草，自己都觉得有点羞愧。麻雀的爪子一搭，桃树、梨树便摇晃起来，麻雀更觉无趣，飞溅到地下找蛆虫去了。

“五黄六月无闲田，今年巴子营的田就闲着。”王老贵嘟囔一句，睡熟在树下。他看到的那个城市好大，街上露膀踏鞋的人好像都是一个模子里拓出的。他插在人缝中，无数的城里人的脚也赶着趟儿，他跟不上节奏。他听儿子说过在工厂打工，儿媳妇在饭店做饭，锅台在小学上学。找啊找，就是找不到工厂的大门。问几个在树荫下下棋的老汉，有人笑着搭茬儿：在城里找工厂，你以为还是前些年，现在，工厂都下乡了，我们受够了拉雾的烟筒，难闻的气味，你们乡下人几辈子呼吸够了新鲜的空气，也该尝尝工厂的滋味了。他听不明白，沿着路往前走。碰到一家饭店，他偏着头，缩着脖子望着转来转去的门，瞧着一个接一个的人轻松地从门里进来出去。保安把他拉到一边，问他想干什么？他说找儿媳妇。保安问了名字和年龄，摇摇头，很结实地告诉他，酒店里的姑娘都在十八岁左右，没有大嫂类的，让他到僻静的小饭馆去找。他窝着一肚子火，挪到了一所学校门口。正值学生放学，穿着校服的学生也像一个模子拓出来的，只不过高矮不同，他睁大眼睛，觉得每个男娃都是锅台。眼瞅着更像锅台的一个男孩子过来了，他一把拽住了男孩子的胳膊："锅台，想死爷爷了。"那个男孩吃了一惊，努力挣脱了他，指着他骂了一句："神经病。"这一声骂把他钉在地上。校门口安静下来，抓住校门的栏杆，他想挖出一只眼睛，让眼睛到各个教室去转一转，瞅一瞅，看锅台是否还在教室。望累了，他狠狠地抠了一下眼皮，一股疼痛让腿打起哆嗦。他大叫了一声。

睁开眼，他竭力回忆，记忆的链条不像断了的自行车链条，接住就可以走。他直起腰，看到了站在大磨盘南瓜上的那只喜鹊。

喜鹊很夸张地啄着南瓜，啄一下，尾巴抖动一下，喳喳地叫一声。天高地阔，喜鹊的空间很大。王老贵爬起来扑向地埂，抓起一块土疙瘩朝喜鹊砸去。喜鹊一惊，很怪异地叫了一声，飞走了。

大磨盘南瓜上有了一个圆圆的洞眼，王老贵轻轻拍拍南瓜，用手指蘸了唾液，捏了一点泥土，用唾液拌了，轻轻贴在南瓜上。他找来一只草筐，草筐在墙角立得时间太久，一提就有全身散架的感觉。霉味弥散，王老贵扑扑打打，草筐的颜色乌黑，和他的衣服一般。舀来一桶水，把草筐洗一遍，他嗅嗅，那股霉味弱了许多。他小心地将草筐扣在大磨盘南瓜上，拍拍草筐，草筐发出沉闷的声响。

胡乱吃了一点饭后，他又找出了抛兜。抛兜笑笑，在他手里舒展着筋骨。那只喜鹊等王老贵走后，又飞了回来。它左瞅右瞧地盯着草筐，用嘴啄啄，一根草被它弹了出来。喜鹊有点恼怒，张开翅膀，扑打着草筐。草筐晃晃身子，喜鹊从草筐缝隙中看到了南瓜的身子和被王老贵糊住的那个泥点，它跳起来，爪子踩得草筐乱晃。

喳！喳！喳！喜鹊飞一圈仍落在草筐上。石子从抛兜中飞出，那颗满含王老贵恼恨的小石子稳稳地落在了喜鹊的身上，喜鹊摔下了草筐。

“你啄啊，啄啊。”王老贵挪开草筐，将喜鹊拎到南瓜前。

“你吃什么不好，偏要吃我的这只南瓜，你这不是成心给我添堵吗？”

喜鹊歪着头，看着王老贵。

“你还看？你以为你是锅台，我打在身上疼在心里。谁叫你惹我。”王老贵拎起喜鹊，扔了出去。

“我斗不过儿子，还斗不过你们。”王老贵拍拍草筐，对另一只蹲在树上的喜鹊吼道。

五

南瓜都有了老相，王老贵在地埂旁搭了窝棚。看了一辈子的夜色，他认为在窝棚里看到的夜色才是真正的夜色。星星围着团，很热闹。月亮和他一样，孤单地在天上游荡。他抽着烟，听虫子们在谈心，白天的热闹在虫子们的努力下渐渐远去，飞蚊在烟头的召唤下嗡嗡地聚拢，来给他做伴。野猫是不屑于南瓜的，渐少的老鼠似乎对南瓜也不上心。他在胡看乱猜中睡去。夜晚和白天对接的时候，种植果树、梨树的地中有了人声和牛哞声。他听过“鬼魂种麦”和“老鬼收割庄稼”的故事，但再有能耐的鬼鸡叫前都会遁去，以免灵魂迷失后无法返回冥地。他悄悄移过去，瞅了一阵，在手提灯的强光下，他看到了村里留守的老人和妇女在种荞麦。

荞麦种子的味道他比谁都熟悉。季节也正是种荞麦的季节。

村里没有一个人找王老贵商量过种荞麦的事，他有点气恼。他也有头有脸，村里留守的老人和妇女中，他是能拿事的人。这种轻视让他有了把南瓜铲掉的冲动。那个早晨，缩回窝棚的王老贵蜷在被窝中，让一轮太阳胡乱地拥抱。

喳！又一只喜鹊落在草筐上。王老贵把身边的一只水杯抓起，看着那只喜鹊的举动。喜鹊是来享受太阳光泽的，它低头翘尾、搔首弄姿一阵，飞走了。

书记开着小车，主任骑着摩托车来到王老贵的门口。他们沿着埂边小道，查看被翻了泥土种了荞麦的桃树、梨树地。泥土的香味很诱人，凝在田野里。这块田面积不大，分摊在各户头上，几个小时就能种完。他们惊讶的是村里的这些老人和妇女在这件事上的严谨，那块没种荞麦的地是王老贵家的，野草仍然扑地，几朵花上的露水妆刚卸，新新鲜鲜将花朵展示给书记和主任。抽了几根烟后，两人来到王老贵的窝棚前。

“贵爷，数你有觉悟。这些人——”主任递给王老贵一支烟。

“还觉悟？他们这是轻视我呢。他们叫我，我也种。”

书记笑笑：“贵爷说笑呢，种优质果树，也是为了调整种植结构嘛！”

“调整结构也得有点道道吧。你们不是说这些果树当年栽种，当年挂果吗？花呢？果呢？我看就是在地里插了些长叶子的树吧！”

“这是上面统一调配的树苗，我们只管倡导大家种植。挂不挂果，我们也不知道。”主任猛吸一支烟。

“这些地一亩补贴600元，种麦子，除三扣四，也就近400元，不出力气不投入有收益，还有挂果后的希望，这账你一算就明白。”书记弹飞了爬在衣袖上的一只小飞虫。

“明白谁也明白，就是看着地闲荒着，心疼呢！”王老贵站起来，“秋后，满地的荞麦花一开，那个旺相，红扑扑的，白生生的，喜人馋人呢！”

“鬼晓得一帮老汉、婆娘，神不知鬼不觉几个小时就下了种。这些年没见过这么齐心的干法。”村主任坐在了田埂上。

王老贵笑了：“他们干别的不行，要是说种田，他们很在行，你们信不信，我家的那块田一个小时我就能种完。”

“信，信，我们知道你老贵叔，种地比种人还要精明。”

“他们种了，我也得过过瘾。打了荞麦，荞皮装枕头，荞面烙饸饹，养身子呢！等锅台他们回家，让他们也高兴高兴。”

“贵爷，你如果执意要种，我们就翻了其他人种的地。这事若让上面知道了，我们担待不起。”书记的脸上有了黑意。

“你装啥呢。”王老贵捏碎了一块土疙瘩，几点尘土顺指缝而下，“春天你们早报了亩数，现在的事情，只瞒瞒老百姓罢了，只要验收过了，上面谁还在乎你种啥。”

“看来，下届得你当选了。”书记把扔在地上的烟头用脚踝碎。

“选我，你干啥去？要说现在的村干部，要的就是不爱种地的，有矿有厂子有钱的人能拿住事。我成了书记，我剥皮招待各路神仙呢？”

书记和主任笑了，“贵爷，你可是秀才不出门，啥事也晓得。不说这些了，你的那块地不要种了，我们年底补贴你200元。”

“我要你们补贴做什么？”王老贵移开了草筐，大磨盘南瓜比书记的姿势还要周正。

书记和主任都叫起来。“贵爷，你这南瓜能赛宝了。”

“赛什么宝？我不种荞麦行，你们在冬至帮一回场子，组织巴子营人拉一回太阳。”

主任望望书记。书记拍拍手："不就拉太阳么，行。"

站着聊了半天，王老贵搓搓手："不是老百姓不认政策，你得让人心里不憋疙瘩。家里有粮，心中不慌。亏你们怎么想的，一天叫喊富啊富，要是家里真富了，我就不信出去打工的人不回家。生下娃娃还要养呢，我怎么从没见栽下果树、梨树后有技术员下乡。你们这是只管给光棍娶女人，不管人家肚子里有货没货呢！"

主任咧了一下嘴："巴子营没有这方面的技术员。上面说派，也不见人影，我们也没办法。"

王老贵笑笑："办法有，但不对头。我听说主任你在去年冬天从镇上用摩托车捎了一个技术员来，在小学的教室里给农户们搞培训。技术员灰头土脸地坐在台上讲了几分钟，听课的人开始较真，说你也别讲你的果树栽培技术了，你先看看操场上停的小汽车吧。我们没技术，今天听课的人光小车就开来了二十多辆。你技术员搭个主任的摩托车，披了一身灰，还给我们讲致富经呢！你先富起来再说。主任，这事不是人瞎编的吧？"

主任的脸抽搐了一下："那是大王村的事，别安在我头上，我们村如果有二十多辆小车，我还骑这摩托车开啥。说好了，贵爷，你可不准种荞麦，留下一户，上面追查，我们也有个说头。"

"只要你们组织人在冬至日拉一回太阳，把回家的路照亮，让我的儿子、孙子回来过个年，不种就不种。"

六

南瓜秧在用完最后的精力后，哀怨地盯了一眼南瓜，缩成了绳。王老贵挪挪南瓜，掐脐带般掐断南瓜秧，田埂上的二十多个大大小小的南瓜集合在一起，围罩着大磨盘南瓜，享受着王老贵搓抚的待遇。

刚脱了秧的南瓜不能直接存贮，需要经受太阳和夜露的几天垂青。太阳细细地滤过，夜风悠悠地吹过，蹲在田埂上的南瓜群依偎着，重温出土扯秧的日子。三天后，南瓜们的皮上有了岁月的味道。它们吸收在身上的阳光让肤色宁静成一张油画，有了一点粗糙。

挪开其他南瓜，王老贵抱着大磨盘南瓜来到正房。正房不大，一般作为供奉祖先之地。家里的老人死了，停灵必须在正房。正房门对着院门，不住人，免得打扰先人们的进进出出。修粮仓时，儿子曾阻挡过王老贵。

"爹，现在哪还有多余的麦子存仓，每年打下的麦子装在袋中，用起来方便。"

"不进仓子的麦子是麦子吗？你不经过你妈的肚子，直接能迸出来吗？"

"爹，你怎么不讲理，再说，正房是先人歇息之地，你弄一个粮仓，挤挤巴巴的。"

"你是怕我停尸时不宽畅吗？我死了，你把我放在粮仓里，我谢你呢！"

"爹，你越说越离谱。"

"离谱？日子越过越好，规矩却越来越少。别的，你们爱怎么折腾我都不反对，只有这个，我活着就得守着。每个人心中都有一尊神，土地有土地爷，粮仓有仓王爷。打下粮食，存在仓子里，让仓王爷过过目，拜仓王爷时，心里会不空。养活人的是粮食，糟践行情的是人自己。人有祖先，粮食就不能有仓王神？"

儿子再不吭声，拉来一车砖头和几袋水泥。

"看看，我说你没脑子你还不服气，你见过谁家的粮仓用砖头码，得用土块和泥，从土里长出来的东西得用土来伺候。"

儿子不争辩，在水笼头上套了管子，和了一堆泥，这活是他自小干过的，挡不住手。打土坯得用模子，儿子找了半天找不到，坐在泥堆边发呆。王老贵笑笑，从杂物间找出模子，用水浸了，递给了儿子。修粮仓用的土坯不多，儿子用了半天时间，便将土坯打好。王老贵递一支烟给儿子时，儿子伸出的泥手有点抖。

这些年，屋里的家具换过几次，只有这粮仓，伴随着祖先牌位，古董般立在正房。

粮仓里还有半仓的陈粮，这是王老贵用来藏南瓜用的。他把磨盘石南瓜放到地上，踩着凳子爬进粮仓。光脚插在麦子堆里，王老贵有了归属感。他坐在麦子上，抓一把麦子嗅嗅，麦子在粮仓里躺了几年，经手一拨拉，香甜中带了陈灰，弄得他鼻子痒痒的，打了几个喷嚏，心里畅快了许多。

王老贵在麦子堆里挖开一个坑，爬出了粮仓。搬来一张桌子，他把大磨盘南瓜抱到桌子上，踩了凳子仍跳进粮仓。他弓身爬在粮仓沿上，双手抱起大磨盘南瓜，将它轻轻放在挖开的麦坑中。大磨盘南瓜一坐进麦坑中，麦子们争先恐后地挤到它跟前。王老贵将大磨盘南瓜埋在麦堆中，用手测测覆在南瓜上麦子的厚度，拍拍手。

“好好睡个觉，睡到冬至日的前一天，我再来请你。瞧你今天的身子，多棒。我拉了这么多年的太阳，就数你个头最大，要是冬至前锅台回了家，拉你时他还得用点劲呢！”

其他的南瓜被王老贵抱到了厨房里，他把这些南瓜摞在一起，“这是你们的地盘，大白菜下来会和你们作伴，胡萝卜也会来陪你们。大磨盘南瓜有麦子陪呢，你们可不准眼红！”

摞好的南瓜散了架，滚了一地，王老贵用脚挡住了一个南瓜，“嘿，你们还有脾气呢！真的眼红呢！谁让你们长不过磨盘呢！”

七

一大批红站在地中，灼痛了王老贵的眼睛。荞麦曾将他的童年拉长，一直拉到了现在。南瓜和荞麦，这是两种费工少养活人的东西。荞麦一下种，浇一两次水，就等收割。荞麦瘦地，人们一俟吃饱肚子，便不再种荞麦了，因而荞麦现在成了稀罕物。荞麦的秆为什么红，而且是那样的红，他这辈子恐怕搞不清楚了。农民有农民的哲学，他们对土地、对庄稼的感情，是渗在骨子里的。再高明的科学解释，可以进他们的耳朵，但钻不到他们的脑中。譬如荞麦的花为何是白的，秆为何是红的？荞麦秆的红与王母娘娘有关，据说王母下凡游玩，看到一种花特别可爱，便去采，不想被花秆拉破了手，血流到花秆上，秆便成了红色。这个传说在多少代人口中传递，王老贵不想知道。他用手捏住荞麦杆，朝上捋去，那种感觉很怪，有点柔软，带点欲望，还有拉面条的意味。大磨盘南瓜还未老相时，摸上去也是这种感觉。

为了让村干部参与拉太阳，王老贵没种荞麦，别人的荞麦装不进自家的粮仓，但可以装进自己的眼睛。现在，他蹲在自家的地头，看着别人家荞麦的颜色，“只有这些东西的花不嫌弃老人的眼睛啊！”他抹了一把眼泪。

大磨盘南瓜已经在麦堆中熟睡了。每天一早起来，王老贵就到正房中，他轻轻拍拍粮仓，退出后便去田野中逛荡。记忆中的田野里，秋天是最撩拨人心的。谷子是秋天的情人，在种谷子的那些年，满野硕大的谷穗把秋天挑逗得激情四射，整个巴子营充斥着雄性的味道。耷拉的谷穗让巴子营男人们的热情高逐。割谷子时，镰刀打滑，滑不走男人们的兴奋。车拉麦子谷上肩，谷穗头甩动，男人的手也甩动。乡野上的几曲凉州贤孝，让粒粒谷子在完成生长的使命后，也像歌一样跌落在地上。

如今的土地，不须二轮倒茬，只许种一茬。一茬田都不让种的时候，王老贵惊出一身冷汗。

荞麦花凋谢出一种壮美，王老贵的心慢慢平和。他找了扫帚去扫打麦场时，种了荞麦的人家明白，该是荞麦上场的时分了。

冷寂了过多的时日，扫帚一上身，打麦场有点无所适从。场不大，紧扫几扫帚，打麦场上飘落的树叶等物便消失了踪影。王老贵蹲在打麦场上，从缝隙中找寻着流逝的时光。用指甲抠不出东西来，他便从扫帚上拆下一根茇茇，在缝隙中掏。折腾了半天，他从缝隙中找到了几颗胡麻和谷子，这些东西在发芽后夭折，没能走完生命的历程。王老贵从打麦场上的树上揪下几片叶子，将几颗胡麻和谷子放到树叶上。

“贵爷，掏出了啥宝贝？”准备拔荞麦的人聚拢到打麦场上。

看着树叶上躺着的胡麻、谷子，上了岁数的人笑道：“老贵，没出苗的东西你扒出来干啥？得魔怔了？几个南瓜被你看作金疙瘩，几颗破谷子、胡麻你又当祖宗呢！”

王老贵站起来，把扫帚握在手里。上了岁数的人知道他的脾气，讪笑着离去。憋了一嘴的话没骂出来，王老贵狠狠地扭了一下脖子，张嘴喘了一口气，扛着扫帚离去。

“我是给南瓜们清扫地方呢！一帚扫百病，南瓜身上无尘埃，太阳才能拉回家呢！”王老贵的身子挺得很直。

八

麻眼奶奶坐在院中，听到脚步声，问道：“是谁？”

王老贵放下手中的面盆，笑笑：“是我。”

“是老贵啊，啥风把你吹来了。”

“不是风，我是来让你做面燕子的。方圆十里八乡，就你麻眼奶奶还有这手艺。巴子营的小媳妇大姑娘，都没这个能耐了。”

“又是为拉太阳的事吧。我说老贵，人心跑了，拉不回来的。你还是明眼人，怎么就看不透世事。我的眼睛麻了，都没麻回来三个儿子六个孙子。该走的得走，留不住拉不来的。”

王老贵把一块点心放到麻眼奶奶手中。麻眼奶奶手捧着点心，把它对到眼睛上，使劲睁着眼睛瞅着。

“看不清了，点心都能当牛粪了。”麻眼奶奶用舌头舔了一块点心皮，“这东西是巴城老庄家的，地道。唉，老贵，现在是啥时节，面燕子冬至前一天才能做，直接下锅吃的。今天做了，你要晒干燕子不成？”

“你就做吧，麻眼奶奶，做了我心里踏实。”

把面盆端到麻眼奶奶面前，王老贵敲敲盆沿。

“敲什么敲，一把岁数了还和小孩一样。盆不能敲碗不能摞，老祖宗的规矩都被你忘了！去，端水去，我得洗洗手，我眼麻了心还没有瞎，就是心瞎了，该干什么还得守规矩。”

王老贵敬畏地看着麻眼奶奶的那双手。这双手曾给巴子营赢来二十多年的赞誉。那些年里，麻眼奶奶的这双手成为人们热议、追捧的对象，没有了下派干部，能记住麻眼奶奶的，就只有自己了。

一触及面盆，麻眼奶奶的手马上活了。她掂掂水勺，在面盆里倒了水，五指灵动，面在她手里游动起来。

“王老贵，死面做成的燕子只能煮着吃，要蒸燕子得发面。”

“我不蒸面燕子，我把你捏好的燕子晒干，等冬至日早晨拉太阳时煮了吃。”

“晒了的东西会有味道的。过去大户人家过年时做那么多东西，是在冬天。现在容易得多，我在二儿子家用过冰箱，把东西冻个一年半载，还原模原样。”

“巴子营人家有冰箱的不少，为了冻面燕子麻烦大家二三个月，不好意思。”

“用冰箱的是年轻人，你也别自找没趣了。干脆，把这面擀开，你在我这里吃顿饭。我抽空发了面，蒸一盘燕子，你存在粮仓里，冬至时拿出来泡着吃。”

王老贵抽出立在水缸边的案板。

“麻眼奶奶，这案板多长时间没用过了？”

“大概三年了吧。我吃面食时，从不擀，用手揪了就行了。”

王老贵放下案板，“那我们也揪着吃。”

生起了火，王老贵在麻眼奶奶的指挥下，很欢快地忙活起来。待下面时，麻眼奶奶侧耳听听，一手捏面，一手揪面。王老贵在锅边，看着一片片面鱼般在锅里游动，叹口气。

“叹什么，双玲子活着时，你吃闲饭吃惯了。每到冬至日，你的大嗓门一吼，男人们都出门。拉太阳时，不让女人们出门，只管让我们待在屋里包饺子。唉，不说了，现在就是包了饺子，给谁吃呢！”

王老贵一听双玲子，搓搓头。

“搓什么搓！把自家女人的小名都忘了，儿媳妇的名字倒记得清，啥人么？”

王老贵端了锅，放在灶台上。灶台很干净，舀了饭吃了一口，他叫了一声。

“怎么，不好吃？”

“不是，我这几年吃的哪是饭？跟猪食差不多。”

“那你天天来这吃，我也有个说话的人。”

“你快拉倒吧，麻眼奶奶。饭差，肚子骂人别人不知道。我如果天天来这里吃饭，巴子营人的唾沫还不会把我淹死，我王家人的脊梁骨也会被他们戳断。”

九

翻腾出那张牛皮，王老贵的眼泪就来了。

那张牛皮是大老白的。巴子营原来的牛中，只有大老白的毛是白的。那年生产队解散，分牲口抓阄时，他抓到了大老白。大老白来到他家，成为他家的一员。盖牛棚时，王老贵把最好的木料抬出来，那是给儿子盖新房娶媳妇用的。

“能伺候好牛的人，过日子也错不到哪里。”看着儿子坐在门槛上喘气，他丢出去一句话。儿子被他的话砸晕，抱住大老白的头哭诉，还叫了大老白一声“爹”。

王老贵知道伤了儿子，便连夜出门。第二天天一亮，两根松木檩条亲戚一样躺到院中后，王老贵一睡两天。儿媳妇踩着大老白的脚步进了门，儿子叮嘱媳妇的第一句话是：宁肯得罪爹，也不要惹大老白。

那年冬至日的前一天，王老贵赶着大老白，到“天涝池”去饮水。巴子营人饮用的水是河水。河叫杂木河，是季节河。一到冬天，水就干枯。为应急，各村村民小组都挖一大坑，叫涝池。每当轮水浇灌时，先放满涝池，再浇庄稼。冬天涝池里的水结成冰，巴子营家家备有凿冰的斧头，听到咔咔的声响，就知道是人家在凿冰了。凿了冰，把锅搭在炉火上，放进冰，叫做消冰。待冰化成水，清出两层水来。清的人吃，浊的饮牲口。在王老贵家里，清的水总是大老白的。

离巴子营十里的地方，有一泉眼，一年四季有水，人们叫它天涝池。天涝池属于别人家的地盘，平常是不让外人取水的，只有在冬至前后，才允许外村的人饮一回牲口。饮完牲口，各家用瓦罐取了水再去祭祖。

赶了牛出门，天还未亮。路是熟路，王老贵筒了手，把系瓦罐的绳也筒在袖中，瓦罐在他胸前左摇右晃，与纽扣碰撞，发出叮咣的响声。快到天涝池跟前，系瓦罐的绳子断了，王老贵还没有抽出手，瓦罐已掉在地上，碎了。

走在前面的大老白轰然倒地。

大老白滑倒在天涝池渗出的水结成的冰滩上，摔断了腿。抬了大老白回来，巴子营人眼巴巴地望着，依王老贵的活人方式，每家都会分到一点牛肉，冬至节的饭里，会有一丁两点的牛肉。看到屠汉吆喝着进村，各家的男人们筒了手，聚到王老贵家门前，边看热闹边帮忙。待屠汉剥离了牛皮，王老贵让儿子把钉好的木匣抬来，装了牛肉，埋了。

“谁偷挖着吃了我家大老白的肉，谁家会断子绝孙。”

这是巴子营骂人最恶毒的话之一，有诅咒的成分。巴子营人认为王老贵戏要了他们，在冬至日拉太阳时竟没有一个人到场。那年拉太阳，拉得王老贵很闹心。拉完太阳，他一人坐在大老白的坟前，闷闷地抽烟。

“牛爹走了，别再把亲爹冻死了。”抱了皮袄出门，儿子让媳妇烧好炕，他径直寻去，把王老贵背回了家。

牛皮在太阳底下一抖，反射出的光泽炫晕了王老贵的双眼。他铺展牛皮，搭在桌子上，然后搬来凳子，坐在桌旁，用手搓摸着牛毛。牛毛很柔滑，他摸出了荞麦秆的感觉，摸出了嫩南瓜的感觉。几只麻雀斜斜飞过，立在房檐上看着王老贵。它们在等待，每年的冬至节前，王老贵一晒牛皮，它们就能轻松地吃饱肚子。

往年的这个时候，提了木头升子的王老贵会把玉米、麦子、谷子等物一把一把撒在牛皮上，用手搓来搓去。今年的王老贵只在升子中盛了半升麦子。麦子钻在牛毛下，贼般滚来滚去。待王老贵一离开，麻雀们便飞拥而下，弹吃着钻在牛毛中的麦粒。王老贵在粮仓前站了一会儿，从仓沿的口袋里抓出一把胡麻，出门后撒在牛皮上。麻雀们斜眼望望，毫不理会，它们只吃它们能吃的。王老贵睡觉后，它们也趴在牛皮上睡觉。

晚上收，白天晒，晒了几天牛皮，一天比一天短的白天，让王老贵在夜里极不舒服。那么长的夜，睡一觉醒来天还没亮。蒙头再睡，睡一阵把头伸出来看看，窗外仍黑漆漆一片。王老贵打开电视，电视屏幕上哗哗地抖动着几道绿白相间的条纹。

“电视也睡觉啊！”王老贵关了电视，又蒙头睡去。

十

风又肥又厚的时候，冬至日就快到了。房屋的地面在冬天微微浮隆，推门时不怎么顺畅。使劲一推厨房门，门摇晃着往后缩缩，仅容纳了王老贵的身子。他揉揉鼻子。南瓜的味道、大白菜的味道、胡萝卜的味道和厨房里固有的油盐酱醋味混在一起，很生活地展现。王老贵踢了踢一根干瘪的胡萝卜，来到南瓜堆前。扯掉盖在南瓜身上的麻袋，南瓜们仍然抱团畏缩在墙角。用手拨拉一下最上面的南瓜，其它的南瓜顺势在厨房滚动，一只小南瓜钻进了厨柜底下。

冬天的巴子营多北风，风在院中聚拢，将树叶、鸡毛等物全吹在一起，王老贵每天都得打扫，院中干枯的草扫不动，王老贵用脚揉揉，它们仆倒身子，待脚离开后依然挺起。拿来铁锨，王老贵准备铲除这些草，待铁锨头和草相触时，他看到了草的倔强，他叹口气：又不碍什么，随它去吧。放好铁锨，王老贵将扫好的杂物倒在墙外，又进了厨房。

锅台未被儿子带走时，每年摔南瓜是爷孙俩最幸福的时刻。他们尽情地摔着南瓜，看谁摔得有质量。按规矩，南瓜只能摔一次，爷孙俩摔下的南瓜混在一起，你嚷我摔得碎，我嚷你摔得难看，吵吵嚷嚷，踩踏着满院的南瓜瓣。乐够了，爷孙俩弓下腰，查看摔碎的南瓜瓣的方向。

“爷，朝东呢！”

“好，今年拉太阳就朝西往东拉。”

临了，用铁锨将这些南瓜铲进筐子，倒进猪圈，让猪们也幸福一次。

少了锅台，摔南瓜时便少了许多情趣。王老贵举起一只南瓜，狠命一摔，南瓜啪地落地，南瓜籽飞了一院。二十几个南瓜，他用不同的方式摔，他觉得这南瓜可爱，他用的劲就小；他若觉得这南瓜令他憎恶，他便高举，然后用力狠摔。摔最后一只南瓜时，南瓜从他手里滑了出去。他有点不快，抓了南瓜，拖来一只凳子，站到凳子上，使劲向下摔去。南瓜飞出好远，他也从凳子上摔了下来。他揉揉摔疼的屁股，扑扑身上的土，赶上前去一看，那只南瓜竟然只摔成两瓣，彼此仍勾肩搭背，舍不得分离。王老贵拿来铁锨，朝南瓜剁去。铁锨快乐地舞动，南瓜们被剁成碎块。剁完南瓜一瞅，已找不出南瓜尖了，他扔了铁锨，坐在院中，瞅其他的南瓜瓣。太阳气恼地在天上转动，院里倏地阴暗起来，他摸出一支烟，点燃。他知道这是太阳在撞庄子。

这种游戏，太阳只在某些时刻玩，就像孩子捉迷藏，过一回仍然会阳光普照。一支烟未抽完，院中又豁亮起来。他低头思索了一阵，辨了一下儿子打工的方向：向北。

“北方。照着锅台回家的方向拉。太阳拉回来，他们就该回家了。”王老贵踢飞了脚边的一块碎南瓜。

摔碎的南瓜被扔进一只背篼。王老贵瞅着白杨树上那个孤单的喜鹊窝，看一只喜鹊立在枝上也看着他，他笑了：“树叶儿一落，你也光巢横枝，不那么神秘了。现在不养猪了，我把这些碎南瓜放到树下，一冬都够你们吃了。”

把背篼挂在树上，王老贵搓搓手，指着望他的喜鹊：“你不要惹我，我何苦会打死你的家人呢。冬天吃的少，权当算我的一点补偿吧。”回到家，他又抓了几把玉米，出去扔在背篼里。

喜鹊飞走了，王老贵拍拍背篼：“反正你不怕冻，就挂一冬吧。我在上面盖点麦草，南瓜冻酥了，喜鹊吃起来就没味了。”

他背了手，又到打麦场上转了一圈。打麦场上的荞麦已被人收拾干净，他从草缝中找了一把荞麦，回家后顺手塞进了卷成一捆的牛皮中。

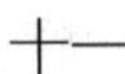

十一

儿媳妇留下的手机，王老贵用起来老觉得别扭。一将手机拿在手里，就像握住了儿媳妇的手，他的脸就会发烧。有时把手机放到身边，晚上醒来，手机仍一闪一闪，他的思绪就会飘逸。这种感觉无法说得出口，他就把手机扔进了临炕的桌子抽屉里。有天晚上他睡得正踏实，手机的铃声嗡嗡地从抽屉里钻出来，让他心跳了半天。以后他便不再给手机充电，想锅台时，就到村里小卖部打公用电话。

电话拨过去，儿子懒洋洋的声音传出。

“过冬至时能不能赶到家里？”他对着电话吼道。

“还冬至？过年都没得法子回去。”

“有人绑了你，还是拴了你？”

“差不多。”

“你甭嘻哈打岔，我们家今年没偷种荞麦，村主任答应组织人拉一回太阳。”

“你别信他们的。反正我们回不去。公司要裁人的。”

“你又没干裁缝活，裁什么人。只要不割老屌，你回来便是。赖在那里，也没见你挣个金山银山回来。”

“我毫不容易熬了个主管，一回家，啥都没了。最主要的是，锅台回去上学很麻烦，撤校并镇，上初中得到巴子营镇去上。那是学校吗？老师喝酒打麻将，学生围着游戏厅转。”

“你不回来就算了，找什么理由。你以为你不回来我就死得爽快了，告诉你，我熬也要把你熬回来。”

儿子一听不是话头，便把电话递给了锅台。

“锅台，我一个人把南瓜摔完了。有一个不听话，我抓时它跑了，我站在凳子上摔碎了它。”

“爷爷，你给我起的这名字好，独一份。我们学校就我的名字引人。”

“引人就好，锅台，你回来爷爷给你焐被窝。我让麻眼奶奶蒸了燕子，就等你回来，我们冬至日吃燕子面。”

“爷爷，我又不是燕子，一展翅膀就能飞回去了。我爹说，离冬至日还有几天，我即使变成燕子，也飞不回去。”

“那我就把太阳拉疲。今年拉太阳的方向是你们回家的方向，我把太阳拉回家，你们也要回家过年。”

“爷爷，巴子营的冬天太冷。这边多好，到冬天草绿着，树也绿着。干脆我让爹给你网购一张票，你来和我们过年，我陪你去玩。这边的马路宽，楼高，爷爷，我怕你上 21 层的高楼，腿会发抖。”

王老贵撂了电话。

冬夜的巴子营，静得令王老贵觉得自己是鬼，在院中转悠时，他的脚步也悄无声息。天空中稀疏的星星跑来跑去，看着转着圈子的王老贵。

“冷了，钻到我被窝中来吧，炕是热的。锅台不回家，权当你是我孙子。”进屋后，他推开窗子，对着星星喊道。

十二

这雪下得就像倚门望夫的怨妇在吐瓜子，半天从嘴里噗地吐出一片瓜子皮。下了半天，地面上松松垮垮盖了一层雪。人的脚步一甩，浮在地上的雪就跟着跑动。

王老贵看看日历，把火炉捅旺，抓过立在墙角的扫帚去扫雪。院中的雪经不住扫帚的侵袭，和浮土混在一起，雪不是雪，土不是土，堆在一起像粪堆。

洗完脸，拿抹布擦了供桌，王老贵爬进了粮仓中。麦子被他的双脚一踩，有的钻进了他的鞋中。他脱下鞋，倒掉鞋中的麦子，将鞋搁在仓沿上。

埋在麦子中的大磨盘南瓜一露身，王老贵的眼睛就亮了。麦子养人，也养南瓜。用手搓搓南瓜，有点滑润，轻轻抱起大磨盘南瓜，南瓜孩子般依偎在他怀中，亲热得像锅台。坐在粮仓中，王老贵踏实得像等待靠船的岸。那只船用不着人费劲，凭惯性便会停靠在岸边。他捏起几粒麦子，放在嘴里咀嚼。陈麦与新麦不同，嚼起来有点涩，也有劲道，能嚼出泡泡糖的感觉。用舌头舔了一下大磨盘南瓜，拍了一下脸，王老贵立起身来，把仓沿上的鞋推了下去，将大磨盘南瓜搁到仓沿中间，摇摇，很稳当。他移到粮仓的另一头，骑马般在仓沿上荡着腿，双手在仓沿上拍拍，跳到了地下。

把大磨盘南瓜抱到供桌上，王老贵仔细搓摩一阵，他拿块新毛巾，细细地擦着大磨盘南瓜。南瓜的光泽使正房在庄严中有了一点暖意，他用手量了一下大磨盘南瓜的直经，拿来锅台丢弃的铅笔，在南瓜上划了三个圆。

“拉太阳时，我要点个三星高照灯！”

削大磨盘南瓜时，王老贵的手在抖。一般的南瓜，一刀便会削去顶盖。大磨盘南瓜大，得用刀绕着切，稍不留神，便会切歪。南瓜转，他也跟着转，顶盖被取下后，王老贵擦了一把头上的汗，他看到趴在南瓜肚子里的籽们。摸摸，有婴孩软嫩的意趣。掏出南瓜籽来，王老贵把它们放在一边的纸板上。几丝瓜瓤沾在他的手上，他把指头伸到嘴边，吮吮，一点香甜冲进嘴中，满身舒坦。

王老贵在大磨盘南瓜上削掏出三个圆洞，像三口井，洞沿粉粉嫩嫩，十分光滑。他笑笑，把大磨盘南瓜抱到供桌上，将搁在一边的半碗清油倒在了三个圆洞中。

“新鲜南瓜新鲜油，太阳一照红丢丢。”他抱起南瓜摇摇，清油在南瓜肚中闹腾起来。

“油渗南瓜油点灯，太阳回家暖烘烘。”

清油很清亮，很有节制地晃荡，王老贵把削好的洋芋灯座摁在三个圆洞里，清油溢了出来。

“好好磨合磨合。南瓜香，洋芋脆，穿了灯捻照天空。望太阳，叫太阳，太阳回家喜洋洋。”

将灯捻插进洋芋灯座，王老贵看到清油慢慢从灯捻上渗上来，洋芋灯座上也裹了一层诱人的蛋清色。他拍拍南瓜，出门后，将门轻轻关上。

“别跑啊，好好待着，明天你就是太阳，我要把你拉回家。”嘴对着门缝，王老贵朝着南瓜叮嘱了一番。

马莲绳从杂物间梁上的袋中一露头，像蛇。王老贵倏然一惊，倒退了几步，定定神，他骂道：“鼻子里插大葱装什么大象呢，还弄得跟龙一样。”他从袋中抽出了马莲绳。

拉太阳的绳必须是马莲绳，什么时候旧的马莲绳断了，才换新的。在梁上待了一年的马莲绳干干的，一抖便发出唰唰的声响。将马莲绳一浸入水中，唰啦啦的声音此起彼伏，“比渴极了的骆驼喝水声响还大，喝吧，你也渴了一年了。”马莲绳慢慢卧在盆底，王老贵提起马莲绳抖抖，又把它摁在盆中。

“马莲绳没娘，越拉越长。好好泡泡，你也很争气，我用你拉了三年太阳，你还好好的。你比我儿子、孙子忠厚多了。”王老贵抱起盆，放到屋中的火炉边。

“别冻硬了，明天你还要立功劳呢。”

看看阴成一坨牛粪的天，王老贵拱拱手：“太阳，太阳，你可别睡觉。明天拉你回来，日子就会长了。日子一长，心里的烦恼就少了，回家的人就怕天黑得早。”

十三

牛圈中没有大老白的气息，那只大老白用过的牛鼻拴，还端端地挂在牛槽上面。

用糜糜条帚清扫干净牛槽，王老贵端来一盆水，叉开五指，在牛槽里洒了一点。干草是早已准备好的，把它往牛槽里一铺，牛圈里就有了生气。王老贵站在牛槽旁，弓腰拨拉着干草，他的手像大老白的头一样在牛槽里左右甩动。大老白吃草料时嘴爱往右移，王老贵将干草往右推了推，将那盆水搁到槽头，揉揉眼，出去了。他到面柜里抓了一把面，回到牛圈，洒在牛槽里的干草上。

白天短得让王老贵心痛，看着天还亮着，他把锅刚搭到火炉上，天就黑了。40 瓦的灯泡幽幽地散开光泽。一揭锅，沸气弥漫，他吹了吹沸气，将大磨盘南瓜上削下的南瓜片丢入了锅中。炉火很旺，南瓜在锅中慢慢化成丝丝缕缕，小虾米般游来荡去。

喝了一碗南瓜汤，王老贵将浸在盆中的马莲绳捞出，搭在支撑案板的土墙上。不养鸡、狗，剩下的饭没了去处，倒又不舍得，王老贵常常加饭，弄得肚子痛苦异常。封了火，他将马莲绳放到了炕角，把一根红毛线绑在了马莲绳上。

锅台用过的闹钟在嘀哒嘀哒。这是一只老式闹钟，每嘀哒一下，闹钟里的那只公鸡的头就低一下，像在啄食。

“听公鸡声过年，看天上的星星割田。可惜，现在公鸡打鸣靠不住了，星星也在天上胡跑乱蹿。”王老贵拍拍闹钟：“凌晨五点，我要摸牛头呢，你可别忘了叮呤呤叮呤呤叫醒我。”

抖开大老白的皮，王老贵把它盖在身上。放置于炕角的牛皮有了温度，牛毛暖暖的，痒痒的，他用手搓摸着牛毛，回想他吆喝着大老白犁地的情形。

别人家犁地是二牛抬杠，大老白总是独自拉着犁铧，在属于自家的地里奔驰。他跟在犁头后，一手扶犁，一手把牛鞭轻轻挥荡。

牛鞭是实实在在的牛皮做的。用牛皮做的牛鞭打牛，是牛享受的待遇。每当看到牛鞭，牛的心就会悸动。

“牛鞭打牛身。这世上，牛也是可怜的家伙。”多少年来，一看到大老白犁地时，王老贵总会重复这句话。

盖着这张牛皮，王老贵觉得自己就是大老白。

慢慢的，他的头成了大老白的头，手和腿也成了大老白的，一摸，身上似乎也长出了毛。睡睡醒醒，闹钟就响了。王老贵从枕边的碗中抓了一把粮食，搓在头发中，披了大老白的皮，来到牛圈里。他在牛槽里躺下，干草在他身下哆哆嗦嗦。

大老白活着时，他会在这个时辰来到牛圈，抱着它的头，摸了又摸。牛头上藏着的可能是谷子、麦子，也可能是胡麻，只要是五谷杂粮，摸到什么，第二年开春下种时就多种什么。玉米粒大，在牛头上藏不住，也经不住牛头的甩来荡去。锅台在身边时，他会哄着锅台在冬至日摸牛头。当锅台伸开捏着的小手，王老贵的眼睛就会放光，大多时候，锅台手里捏着的是麦子。麦子养人，小孙子很懂爷爷的心思。

设若牛槽是棺材，王老贵很想睡过去。五更寒气袭人，王老贵的身子抖起来，牛皮也跟着颤抖。王老贵抖嗦着伸出手，在自己的头上摸起来。他摸到了一粒较大的东西，那是玉米粒；他又摸到了有沟槽的东西，那是麦子；那粒在手里滑动的，肯定是胡麻；那圆不溜溜的，便是谷子了。

“看，我比你的头强多了。”王老贵一手攥了摸出的东西，一手拍拍牛皮。

身子不听使唤，王老贵咬了几次牙，坐起来，拍拍槽头上的脸盆，里面的水已冻成了冰。他用手指摸摸，一股奇寒渗入骨髓。

“玉米，摸出来了——”

“麦子，摸出来了——”

“胡麻，摸出来了——”

“谷子，摸出来了——”

“种了玉米干什么？喂牲口——”

“喂了牲口干什么？吃肉。”

……

没有人应和，王老贵坐在牛圈里自问自答。他把那几颗玉米粒含在口中，抓起盆子朝地下掼去。钢精盆里的冰被摔得粉碎。

把大老白的皮扔在牛槽里，王老贵踉踉跄跄出了牛圈。

“大老白——”他对着牛圈门喊起来。

“来了——”他学大老白哞了一声。

“饿了来吃草——”

“来了——”

“渴了来喝水——”

“来了——来了——”，他猛猛地哞了两声。

“吃饱了喝足了，该去拉太阳了。”

“快拉，快拉，不拉太阳就睡死了。”

王老贵绕着院子哞哞着。几点雪花飞下来，他浑然不觉。转几圈后，他又回到屋中。对着盆子吐了半天，没有一颗玉米粒从嘴里出来。到院中去寻找，稀稀疏疏的雪像锅台一样和他捉迷藏。用脚搓摸，摸出来几粒土疙瘩，他把土疙瘩含在嘴中，那股涩味使嘴麻木起来，牙齿像木桩一样根根直立。他跑回屋中，使劲漱口，嘴里才好受些。舌头痒痒地伸缩，他用手抠了半天，竟抠出了一粒胡麻。

“老天——”他吼叫了一声。

十四

落了雪的柴火有点发潮，烟雾扩散，王老贵的咳嗽声在烟中有点沙哑。眼泪在眼眶里打转，他将麻眼奶奶蒸的面燕子从厨柜中拿出，吹掉灰尘，下到了锅中。柴火欢快地抖动着火焰，面燕子膨软着浮上水面。撮一点盐，倒点醋，几只面燕子挨挤在碗中嬉戏。端着碗来到正房，王老贵将一只面燕子夹进了大磨盘南瓜里。

“吃完燕子，我该去拉太阳了。”

用马莲绳捆好了大磨盘南瓜，王老贵打开抽屉，在塑料袋中抽出一根红毛线，穿在马莲绳上。马莲绳变得喜庆起来。

浸了清油的大磨盘南瓜亮旺旺的。王老贵捏捏灯捻，捻头上的清油亲热地爬在了他手指上。他伸出舌头，舔掉指头上的油渍，用火柴点燃了三只灯捻。

“亮起来，照着路，让太阳能跟着回家。”他拍拍大磨盘南瓜。

王老贵抱着大磨盘南瓜出了门。野外很静，那层薄薄的雪没有盖住土路，土路显得暧昧，枯黄的草尖努力地在挑逗浮雪，把雪往身子下面抖。王老贵的脚印在他的身后龇牙咧嘴。打麦场上的那层雪很安静地待着，白亮亮一片，王老贵轻轻把大磨盘南瓜放到打麦场中间，三只灯捻的光焰在白雪的映衬下有点妖娆。

巴子营像一坨冻僵的牛粪，静静地趴在旷野下。偶尔有人家的烟囱里冒出烟，混和着一点臭味，那是能烧得起煤的人家。如果烟囱里冒出的烟是白色的，还夹点蓝，那家人肯定在烧麦草。雪仍然在漫不经心地飘。等了半天，灯捻在风中摇晃，看看东边的天，灰蒙蒙的，王老贵拢起手，放到嘴边，吼了起来："拉太阳——来，拉太阳——来。"

狗叫了起来，东西南北仍然没有身影出现，绕着打麦场转了一圈，王老贵的脸色阴了下来。三只灯捻发出滋滋的响声，王老贵用手挡着往灯捻上面落的雪，又吆喝了几声，仍然没人出门。抖抖身上的雪，王老贵拉起了马莲绳。大磨盘南瓜缓缓而动，他放稳脚步，走几步，回一次头，灯捻上的油很足，光焰摇晃。不知从哪儿跑来的一只狗，怪异地跟在大磨盘南瓜后面，盯着三只闪光的灯捻。

快到家门口，王老贵停下了脚步，朝打麦场望去。打麦场上还是没有一个人，他跺了几下脚，积了一层的雪飞溅起来，那只狗惊慌地往后退了几步。

"你是哪里来的狗？巴子营人家的狗都拴着，你就是天狗，也该吞吃月亮，在人拉太阳时凑什么热闹。罢了，罢了，等我拉回了太阳，给你一个馍吃。记住，你可千万不能进家门。太阳也怕进了院中的狗。"

狗立起身子，坐在雪中。

门槛高，王老贵抱起大磨盘南瓜，进门后，他将大磨盘南瓜靠在门槛边，扯着声音叫起来。

"锅台，饿了来吃馍。"

"来了——"他自己应和道，那只狗在院外也叫了一声。

"锅台，渴了喝茶来。"

"来了——"

"锅台，我把太阳拉回家了，三只灯捻的光还旺旺的。"

吆喝完毕，王老贵拉着大磨盘南瓜在院中转圈，雪白、绳红、人黑、南瓜黄，小院不局促，展得开手脚。王老贵的步子迈得很夸张。转完三圈后，他将大磨盘南瓜抱进正房，解掉马莲绳，看着火焰渐弱的灯捻，他拎过清油桶，往大磨盘南瓜中又注了油。

“得亮一夜呢！”他退出正房，紧紧地关上门，“太阳啊，把你拉回来就别跑了，我给你包饺子去。”

拍拍衣襟，王老贵抱了一捆柴，架在了院门口。柴火点燃后，雪下得密起来，他蹲在火堆边，抽着烟，任雪飘悠。麻眼奶奶一手拄着棍，一手提着一只瓦罐，在雪中摸索着来到火堆边。

“我就知道他们不愿出门，难得你还有这份心，老贵，饺子我给你下好了，你就着火堆吃，我也烤烤火。”

王老贵把那只瓦罐推给了麻眼奶奶。

“麻眼奶奶，你找我晦气呢，谁家的女人在拉太阳时来凑热闹。”

麻眼奶奶把瓦罐朝火堆扔去。

“好心当成了驴肝肺。你拉太阳时我在场吗？太阳不是被你拉回来了吗？在巴子营，我儿女双全，身上也没脏东西了，拉太阳我也有资格吧。”

王老贵从火堆里抓出一个饺子，“忘了，忘了，麻眼奶奶，你别生气，今天跟我的只有外村的一只狗。”

“整个巴子营就你老贵没忘了拉太阳，也没忘在家门口架火暖门，好让回家的人一看到家门就暖和。老贵呀，你守吧，转几圈，我也该回家守太阳去了。”麻眼奶奶从怀里掏出一只小南瓜，扔进了火堆。

十五

村主任喝了一碗猫耳朵面汤，看着窗外飞舞的雪花，对坐在炉边看电视的老婆说：“你这猫耳朵面汤做得越来越不地道了。人家冬至日早晨要吃燕子面呢！”

老婆笑笑：“你想吃就找王老贵吃去。全巴子营，也就他在做燕子面了。”

村主任披了大衣："说好去看贵爷拉太阳的，镇上却通知要开会，一个都不能缺席。这天，又下雪了。"

"路滑就不要骑摩托了，坐书记的小车去。"

"坐他的车，我少一天油料补助，他得多算一天。"

老婆笑了："少一天就少一天吧，路上滑，小心无大碍。"

步行到书记家，书记望望村主任一身的雪，"吃了？"

"喝了碗猫耳朵面汤。我女人做的那面，哪像猫耳朵，倒像薅草的拉毡。"

书记的老婆笑笑："我给当家的下了饺子，还有，要不你再吃点？"

村主任摆摆手："不了。九点开会呢，我和书记要到镇上去。"

"摩托没骑？"书记拉拉衣领。

"路滑，坐你的车去。"

书记从抽屉里拿出一个本子："记上，今天我得多一份油料补助。"

村主任掏出笔，记了，字写得有点像明星签名。书记把本子往抽屉里一塞："走。"

"走。"村主任抓起了大衣。

"冬至日开会？这鸟会也开得不是时候，我们答应老贵爷去看他拉太阳的。"村主任递一支烟给书记。

"都是事，新来的娃娃镇长脾气大得能吃人。老贵爷那里，我们回来再去。"

"等会开完赶去，贵爷早把太阳拉完了。"

"拉完就拉完吧，你还把拉太阳当回事。"书记打了一下方向盘。

各村的书记、主任们站在巴子营镇政府院中，看到巴子营村的书记、主任哈手缩脚地下车，都笑。

"笑什么？莫不是今天有什么好事？"巴子营村的书记问。

"好事？大家都说你开的这乌龟壳在雪天真的像乌龟。"

巴子营村书记望望其他村书记的小汽车，笑笑：“人比人，气死人；车比车，没货色。村穷书记难摆富啊！”

树上的雪鸟头般叠落在一起,有人拍拍树干,雪抖落下来,地上有点臃肿。一条“抢救非物质文化遗产，过一个祥和的文化年”的横幅迎风抖动。雪故意回避着横幅，横幅的红逼视着各村的书记、主任的眼睛。

传达完文件，镇长望着交头接耳的书记、村主任们，敲了敲桌子。

“谁先说说，你们村有啥非物质文化遗产？”

有人指着巴子营村的书记说:“巴子营村书记的车就像非物质文化遗产。”

镇长的脸绷了起来：“扯什么蛋。一村一项非物质文化遗产，年前必须上报。”

“拉太阳算不算？”巴子营村的村主任问道。

“什么叫拉太阳？”镇长 23 岁，是从省上选调到巴城的大学生。

巴子营村的村主任喝口水:“拉太阳是巴子营的一项古老民俗。人们有‘冬至大如年’的说法。过了冬至，白天就会一天天变长。人们害怕过了冬至，普照万物的太阳还不知道回来，所以家家户户的男人都要聚在一起，举行拉太阳仪式。”

镇长兴奋起来：“这么好的民俗，怎么不算非遗！说说看，每年有多少人在拉太阳？”

巴子营村的村主任叹口气：“现在，出外打工的男人要么不回来，回来的谁还把拉太阳当回事。巴子营村，年年坚持拉太阳的人只剩下王老贵了。”

“今年的太阳拉了吗？”

“今天就是拉太阳的日子。我和书记原来答应王老贵去拉太阳，镇上通知要开会，我们就来开会了。”

“这么好的非遗，为何不早报上来？”

“我们又不知道这是非物质文化遗产。”

“不知道不会问啊？我们开完会去看看如何？”

“王老贵早把太阳拉回家了。今年他拉太阳用的南瓜，20多斤呢！”

“搞完就好啊！说明我们的工作有了成效。你们回去后赶快写个材料报上来。硬实力要挂在嘴上，软实力要写在纸上。我们的非遗抢救保护工作已走在了巴城县的前列。拉太阳既承继了传统文化，又有现实意义。这雪下得多好！散会。”

掌声像雪花般密紧。出了门。其他村的村长调侃道：“人家巴子营村有拉太阳的王老贵，我们没有王老贵，找个地方去吃炖狗肉吧！雪天吃狗肉，喝美酒，爽啊。拉太阳，拉他妈的太阳。”

回村的路上，村主任让书记停车。

“路滑，一停车发动起来难。”

“水喝得多了，难受。”

书记停了车，看着村主任到了一棵大树下，颤抖着双手解裤带，他发动了车，走了。

村主任急忙勒了裤带叫喊，书记在车中冷笑道：“我还没说话，你倒积极。拉太阳的事，是你汇报的么？还非遗，你娃娃镇长懂什么？脑袋瓜灵光的男人全让你动员去搞劳务输出了，哪有那么多的男人来拉太阳。”

十六

提了两斤肉，村主任敲开了王老贵的院门。

“这会儿来干什么？太阳早被我供在供桌上了，转毛病暖门的火堆也被雪埋了。”王老贵踏着鞋，盯着披了一身雪的主任。

“我来给你送200元的荞麦补贴款。”

“我说过，我不要你们的补贴。”

“贵爷，到屋里去说话，天太冷了。”

坐到火炉边，村主任跺了一下脚：“太阳拉回来了？”

王老贵呵口气：“你耳朵被雪糊住了吧，我不是说了吗？早拉回来了。”

“我到正房去看看行吗？那南瓜好大。”

“当了几年村主任，连规矩都忘了。太阳进了屋是不能开门的，你看也得等到明天。”

望了一眼火炉上的砂锅，主任笑笑：“贵爷，火炉子，肉罐子，就缺个丫头跑趟子，你过得可是神仙的日子啊！”

“你以为我是你主任，天天能吃罐罐炖肉？”

“开玩笑，开玩笑。贵爷，镇上把拉太阳定为非物质文化遗产，你可为巴子营人又争回了脸面。”

“什么遗产不遗产，我不懂。我只是想拉回太阳，要是锅台他们能回家过个年，我的太阳就没白拉。”

主任搓搓手：“贵爷，你歇着，我明天再来看太阳。”

王老贵从桌上拿过来一只被白纸封裹得严严实实的瓶子，递给主任。

“这是什么？”主人问道。

“放心，不是炸弹。里面装的是我煮过面燕子的汤和暖门的火堆里扒拉出来的灰。如果你明天早上看到瓶子外面糊的白纸自动撑破，就能证明我把太阳真正拉回来了。太阳一拉回来，阳气就上升，日子也就慢慢变长了。”

“我把瓶子放哪儿？”

“放在你家的窗台上。”

十七

“给你爷爷打个电话。”锅台的爹喝了一口酒，看着玩游戏的锅台，把手机递给了他。

锅台接过手机：“爹，爷爷这会肯定去拉太阳了。”

“已过了正午，太阳早被你爷爷拉回家了。”

“爷爷肯定拉完太阳在院子外面架火堆呢！爹，今年我们又不回家，爷爷会伤心的。”锅台把手机从左手丢到了右手。

“火车票弄不到咋办？网购很麻烦的，也不靠谱。我们厂里的几个人网购了三天，连一张票都没购到。打电话订票，又一直占线。”

“人家四川人都骑摩托车回家了，我们不行也骑摩托车回一次家。”

锅台的爹猛抽了几口烟：“把你能的，你有那么大的精神么？省点钱给你爷爷寄去。”

“爷爷说，你寄的钱他都压在炕席下，焐热了拿出来瞧瞧。他没地方花呢！”

“打电话到村里的小卖部去问问，看你爷爷还需要啥？”

“你都不回家，你以为小卖部是你家开的。我从电视上看了，我们家那块正下雪呢！”锅台把手机扔给了父亲。

“你小子咋说话呢，小心我揍你。”

“我想爷爷了。”锅台推开了窗子。

（发表于《芳草》2013 年第 5 期）

摸 秋

一

任俊听到车响，便迎出门去。巴子营镇副书记一下车，用手梢碰碰任俊。看一行人灰头土脸，任俊笑笑。一春无雨，车一驶向乡村道路，都会成土鳖。听副书记介绍县委组织部小夏、宣传部小王，任俊只是站在村委会门前，做个请的姿式，他这级村官，和组织部、宣传部瓜葛不大，通俗点讲，就是组织部不疼、宣传部不爱的角色，过于热情了反倒虚假。

介绍到乔琪时，他伸出了手，乔琪的手有点软，有点凉。

“把乔助理送到家了。任主任，这是新来的大学生村官，你要照顾好她。”

组织部小夏、宣传部小王的几点几条被风吹得东倒西歪，副书记扯过任俊，“女娃子，别闹出事来就是成绩，人家只是过客，别太当自家人。”

任俊笑笑：“不放心，你仍带回去，你这不是给我送干部，而是给我送神来了。”

副书记搓了一把脸，招呼小夏、小王上车。

乔琪挥挥手，有了送别亲人的感觉。

这个春天，巴子营土天土地。

二

村委会院子不大，房子盖得很讲究。任俊称它为麻雀内脏，肠肠肚肚不缺，就是缺食。乔琪的办公室早已收拾好，任俊把有防盗门的那间腾给了乔琪，套间做了寝室。乔琪的行李简单，任俊把时间和空间留给了乔琪，和文书到他的办公室去聊天了。

“看这女娃也不是块做饭的料，到谁家搭伙好呢？”文书往任俊杯里续了水，杯是一次性的纸杯，有点渗漏，杯底的水渍溢出，在办公桌上弯弯曲曲。

“放到老湫家合适，麦香和她年龄差不多，一对女娃儿，说话、吃饭都方便，路途又近。”

“伙食怎么算，是村里支出，还是她自己开？”

“就上面给她的那几个钱，喂鸟行，一月1500元，能养活她吗？”

“这不是我们的问题，我们的经费，往年的窟窿大，今年的没着落。”

“也就是待个一年半载，把她当自己的姑娘看，不就行了。”

“这倒也是，就这么大的巴子营，一家抓一把面也会把她养得白白胖胖。”

三

老湫的老婆在院中宰鸡。她把刀往鸡脖子里一抹，几滴鸡血滴出。她将鸡随手一扔，鸡在院中扑棱一阵，一蹬腿，跳高运动员般飞起来，落下的声音很响。

任俊乜了一眼老湫：“老湫，你老婆有情绪啊！杀鸡就像杀人。”

老湫挪挪屁股：“哪能呢！你主任平常请都请不到，我们是沾乔助理的光。”

乔琪的面色恢复平静，“阿姨杀鸡，惊心动魄。”

任俊笑笑：“乡下，干啥图个痛快。院落大，鸡能跳开，这样宰出的鸡，香！麦香呢？”

“去买菜了，就回来。”

停了摩托，麦香把菜提到厨房，进门来和任俊他们打了招呼。

“给你送了个姐姐，好不好？”任俊把乔琪介绍给麦香。

麦香愣了一下，笑了起来。老湫靠在被窝上，看麦香和乔琪说话。

“别横眉竖眼的，伙食费月结，月底到文书那里去算账。”

“你小瞧人呢！现在的年代，你以为是我们小时候，贼来不怕客来怕。那是穷啊！现在，莫说一个丫头，再来两个，也不怕。老婆不是气你任主任带了乔助理来，而是生老歪家的气。”

“老歪怎么了她？”

“别歪想，是老歪的儿子茄子也有点歪。”

“你这编电视剧呢？还一出一出的，直接说。”

“还不是为了麦香。女大不中留，留来留去留成愁。”

“茄子挺好的，你们看不上？”

“不是看不上，是那小子没正形，昨儿碰到麦香妈，没头没脑来了几句，气人呢！”

“茄子耍了流氓？他胆那么大？麦香妈可是他未来的丈母娘。”

“不是，他见了麦香妈，顺口就来了句：‘这么大的窗子，这么大的门，二十岁的姑娘不嫁人，娘老子安的啥用心？’”

一炕人笑了。都说茄子像老歪，嘴一张，你以为他要刮风，他却下起雨来。

鸡肉的香气漫出，任俊叫来乔琪，“今天你是客人，上炕，到乡间工作，上炕喝酒说脏话，这三样学会了，工作也就做顺了。”

乔琪脱了鞋上炕，任俊闻到了另一股味，和鸡肉的味不一样。

四

前半夜睡得力不从心，后半夜踏实多了。乔琪醒来时，太阳不是太阳，天也不是天了。水龙头在院中，接了水，电热壶嗞嗞的响声过后，她洗了脸，面对镜子，眼角的无所事事像乡村的风一样悠来荡去，泡一包方便面，乔琪一天的生活就开始了。

村委会没有常住的人，书记、任俊的家都在巴子营。他们也有一亩三分地，地不管他们的身份，也需要他们打理。没有事的时候，村委会里便空落落的。锁了门，转到隔壁的学校，校门上的大铁锁已锈迹斑斑。从铁门的栏空中望去，红砖红瓦砌的教室还很庄重，只是四周的野草刚刚长出，不知名的花还未露出身影，被绿霸占的校园里依稀的童音从树枝上落下，惊飞一群麻雀。

听到吵嚷声，乔琪回转身，见两个人互扭着对骂。乔琪打开村委会的门，两个人松开手，指责着对方：一个说糟蹋了他的帽子，欺人不欺帽；一个说他好心好意来祝贺，炮也放了，对方却给他喝的是劣酒，一喝就上头。乔琪越听越糊涂，便给两个人用纸杯倒了水，两个人站着喝水，仍像公鸡般对峙。

“一个一个地说。”乔琪搬出了两把凳子。

“他买了一个帽子，我买了鞭炮去祝贺，他买了一瓶劣酒，我一喝就头疼。”

“我的酒是6元钱的，你的百响鞭炮才2元，还是我亏。”

“账不是这么的算法，你是主人，我是客，钱多钱少是心意。”

“你不该揪了我的帽子扔在地下，自古欺人不欺帽，欺狗不欺猫。”

“祸是帽子惹的，我不扔它我心里不舒服。”

“不舒服你别到我家，尿性。”

两个人站起来，又开始对骂，乔琪劝不住，便听他们骂仗。两个人穿戴倒也齐整，衣服上的灰土很本色，头上蒙蒙的一片土被汗浸湿，一个的头发间夹着几根白发。

任俊进来后，两个人笑了，说主任来评评理，这丫头态度好，就是个闷嘴葫芦，光倒水不评理。任俊让乔琪把凳子搬回房去，劈手夺了两个人手中的水杯。

“去去去，喝二两猫尿在乔助理面前丢巴子营的人。”任俊看到有白头发的那人攥在手中的帽子："买新帽子了？"

"土大，罩住头发，少洗头，节约水呢！"

"这鸟人，给他放炮时，给的是劣酒，连下酒菜都没有。"

"还下酒菜？黄冠梨种了吗？"

"没有，种那东西又不顶吃顶喝，浪费地呢！"

任俊从屋中的柜中拿出一瓶酒，让乔琪拿了两个纸杯，各倒一半，"还是要种，你们俩带带头，今年有了好的政策我优先考虑你们。"

两个人各咕一口酒，都说好酒。

"我再敬你们一杯，几十棵梨树苗，一两个小时的事，不栽今年不给放水，渴死你们。"

"栽栽栽。"两个人喝完酒，一前一后出了村委会。

乔琪等任俊放了酒瓶，问买帽子放炮是咋回事。任俊笑了："巴子营现在闲人多，眼巴巴瞅着人家，凡是买了新的东西，不论大小，都要去凑热闹。大的买一床被面，小的买一挂鞭炮。买被面叫挂红，买鞭炮叫添喜。久而久之，就成了习俗。"

"还挺热闹！"

"不仅仅是热闹。过去乡村活动多，春敲锣鼓夏唱戏。现在的年轻人，手脚勤快的去打工了，心都不在村里，挂红凑热闹就成了留在村里的人的节日。"

"也有趣。"

"有趣？乔助理，有趣的事在后面，你刚来，等熟悉了，如果天天有人给你挂红、放炮就不是有趣的事了。记住，处理有些事不要那么客气，还搬凳子倒水。乡下人的事处理时把握的是火候，不是态度。中午吃饭就到麦香家去。巴子营没人开饭馆，吃饱肚子不想家。"

五

五一小长假，乔琪回了趟家。巴子营村靠国道。修了高速公路，原来的国道降为县道。相距２０米，大房和小妾的区别很明显。车多，方便，到了家，母亲从乔琪脸上看不出什么，便问她当村官的感受。

“闲、静、慌。”乔琪吐出了三个字，很坚定。母亲一脸疑惑，说现在农村土地纠纷、留守儿童、计划生育、邻里矛盾到处都是，你的那个“闲、静、慌”是不是在哄我。乔琪的语气中没有任何慌乱，她说你们认为的那些东西都是表面现象，有的还被移植放大。巴子营没卖过地，就没有土地纠纷；打工的多，主要以男人为主，谈不上留守儿童；如今农村的年轻人，结婚生孩子也嫌累赘，你鼓励他们生也未必奏效；邻里矛盾，哪儿没有？

母亲笑了，“待了几个月，便贴上了巴子营的标签，等正式录用，你就变成农村人了。”

乔琪捋捋头发，说该认真洗个澡了，这是回城的正事。

母亲把一只提包交给了乔琪，乔琪打开一看，有烟、酒、小孩玩具，还有给麦香的护肤霜等。乔琪不解，母亲说：人闲不能让人情闲，心荒不能让人情荒。你去分配吧，任主任、书记、麦香一家，都不要遗漏。这些玩具，有时到有小孩的人家去，也能表达点心意。礼多人不怪，走这条道，要慢慢悟。

乔琪拎了拎提包，重，她咧咧嘴，母亲说，下车后，给麦香打个电话，让她接不就行了吗？

乔琪想想也是，便应了。

五月的巴子营鸟语花香起来。乔琪的心情很爽畅。每家每户，房子盖得如何，是另一码事。巴子营的人家，每家院中或院门外都栽种花木，而且品种繁多。茄子家居然种了株牡丹，正旺旺地开着。

进了老歪家的院门，茄子停住了猜拳声，站起来让座：大姨姐来了，坐。

乔琪坐下来，看一瓶酒快见底了：谁是你大姨姐？

茄子拍拍桌子：你是麦香的干姐，麦香是我未过门的女人，你不是大姨姐难道是大姨妈。

乔琪料想茄子可能不知女孩们之间对大姨妈的称谓，也不多解释：五月都过了，还不出门打工，娶麦香得体体面面。

“哪还用你多说。这是我们的约定，每年等到牡丹开花，我们要在牡丹花前喝一次酒，才出门。”

“有什么讲究？”

茄子满上酒，敬了乔琪一杯。乔琪想拒绝，但看到茄子满眼的真诚，便喝了，酒很辣，她被呛了一下。

“酒不是很好，但牡丹好，我们每年都要在它开花的时候喝一次酒，心情更好。”

其他人都附和着，桌上的盘子已空了，留有几点鸡蛋碎屑。

“牡丹好看着呢。牡丹花下死，做鬼也风流，那是你们城里人的事，我有麦香呢！”茄子摇摇晃晃站起来：“你们去准备，明天我们就出门，到八月十五回来，今年八月十七摸秋，我摸得就是麦香。我这大姨姐是朵牡丹，只能看，不能摸。”

几个年轻人离桌回家，乔琪站在牡丹前，用手机拍了几张照片。茄子家的牡丹品种叫紫斑牡丹，属上品。她有点纳闷：这茄子，从哪里找来的这个品种呢？

不知名的花多，亮亮的，美美的一片，或多或少，都是一种点缀。花多，蜜蜂、蝴蝶就多。麦子在拔节，玉米在抽株，乔琪徜徉其中，看到星星点点的麦子，有点失落，书中领略过的麦浪肯定看不到了。麦子的行距中间是黄冠梨，有点霸气。

到五月了，还没有下一场雨，大杈河干裸着，麦子拔节拔得很慢，有了侏儒的意味。任俊的摩托车在灰尘中冲来荡去，找水管所要水。

“天不下，上游无水，你骂只能骂老天。”水管员面对着大杈河，也是一脸无奈。

“死了黄冠梨，你负责？”

“我负责？鸟！”水管员吐口痰，理也不理任俊。

开会时，乔琪谈起了牡丹，说巴子营人很有情趣，任俊喷口烟：“情趣，中看不中吃呢。茄子聪明，看花归看花，打工归打工。这天旱的，扒人皮呢。”

“有那么严重吗？”乔琪隔窗望天。天不声不响。她走出门去，一块云从她头顶绕了过去。

“风调雨顺，心平气和。一遇旱灾，人的心也会旱起来，事情就多。有人已跑到县上闹了，说再不给水，他们就铲了黄冠梨，说不让农民种田，栽了梨误了地，老天不下雨在惩罚呢！”

“这咋办？我母亲说，不怕天，不怕地，就怕农民进城开着拖拉机，不是上访就是闹事。”

“没事，他们不闹，县领导还以为他们尿一泡尿就能填满大杈河呢！”

书记放下手中的杯子：“让我们去领人？就让乔助理锻炼一下！”

任俊摇摇头：“还是我去吧，你让乔助理去，不但劝不回他们，他们还以为我们和县上穿一条裤子，不好收场。”

“我跟你去。”乔琪拽拽衣袖。

“还是我一人去吧，要臭一人臭，要香大家香。让你在心中永远把巴子营的美好留下。”

乔琪听说，进县城带头上访的是老湫和老歪。

六

去的次数多了，乔琪把自己也当做了麦香家的一员，麦香跟乔琪说话，也随意起来。

六月的一天，晚饭吃得早，麦香和乔琪在田野里转悠。下了一场雨，不大，大杈河便有了见底的水，麦子未浇过一次水，居然也长了尺把高。麦穗小，有浆，在夕阳下绿绿的。

“到这个时候，如果浇了水，会影响麦子灌浆的。麦子一返青，就成了饲料，会颗粒无收。”

“那不浇不就行了？”

“你这助理当的。姐，看来你也不是块当官的料，心太软。不浇，黄冠梨死了，任俊主任能负起责任？”

“那也不能为浇梨树损失了麦子。”

麦香弯腰掐下一朵蓝花来，这种花一簇一簇，不管天旱天涝，一见雨便疯狂地显摆，韧力又强，一直能开到秋霜下来。“现在的农民，谁还会把麦子当回事呢。隔在十年前，如果出现这个情况，你这个助理莫说到我家吃饭，走在路上都得挨石头。”

乔琪没有搭言，她发现了田野里星星点点的几处不同。问麦香。麦香说：“那些东西是准备八月十七摸秋用的。巴子营人不管家中有没有摸秋的，都会种点高粱、葱、茄子、辣子、南瓜等东西。”

于是又问到茄子的起名。

麦香看到一种不知名的花，很惊奇，说她以前从没有见过。这花很怪，卵生姐妹般开双头花，乔琪也觉得新奇，学着麦香掐了一朵，插在头上。麦香从乔琪头上揪下花来，装在了她的口袋。

“这也和摸秋有关。巴子营人的小名，大多都与摸到高粱、葱、茄子、辣子、南瓜有关，叫顺口也就习惯了。”

“那都摸到葱呢？”

“一开始也乱，后来就按出生顺序，叫葱大、葱二、葱三，一直下去，我们现在叫的十九爷，原来叫葱十九。”

“茄子有何寓意？”

“摸到茄子，养了姑娘家的人有福，养了儿子家的人殷实。一到八月十七晚上，没有对象的男孩和女孩，结了婚还未生育和还想生育的女人们都会去摸秋。结了婚的男人绝对不能摸秋，犯忌会遭众人殴打的，一辈子都会抬不起头来。”

“你爹和老歪叔为什么一见面就掐战？”

“这还是与摸秋有关。当年我爹和老歪叔在同一月结婚。那年摸秋时，老歪叔摸到了茄子，我爹摸到了辣子。老歪叔人有点没正形，趁乱摸了我妈，后来我爹知道了，心里不平，第二年摸秋时他又摸了我妈。两人以后就干上了，见面都没好话。后来我才知道，我妈起初是喜欢老歪叔的，不知啥原因嫁给了我爹。”

“影响不影响你和茄子的交往？”

“我爹就是嘴硬，心里喜欢茄子呢！”

“你不是说摸秋还有歌谣吗？说来听听。”

麦香便朗诵起来：

摸到葱，生下娃娃聪明。

摸到茄子，养了姑娘家的人有福。

摸到南瓜，生个儿子。

摸到高粱，个子高挑。

摸到辣子，扯块红布蒙住头转去。

乔琪有不懂的，麦香就给她一一讲解。乔琪有了一点想法，如果碰到今年摸秋，除了辣子，别的她都想摸一遍。

七

太阳光挤进门，贼眉鼠眼地游离，乔琪拿一把小镊子，对着眼睛修眉毛。急促的敲门声传来。打开门，任俊对乔琪招招手：跟我走。

书记、文书已在地头。

灌浆时浇了水的麦子已泛青，有了陈腐的味道，活着的黄冠梨的精神旺了起来。没窜叶子的黄冠梨杆已粗发黑，用指甲一扣，皮下也黄黑一片。

“看看，成活率有没有百分之八十？”任俊拨开泛青的麦子。

“最多百分之五十。”文书扯下了卷在一团已枯黄的一片叶子。

“这不行，最低过不了百分之八十，不仅要挨批评，还拿不到补贴。”

“那咋办？”

“你去把老歪叫来。”任俊拔了一根麦子，嗅嗅。文书转身吩咐乔琪去老歪家叫老歪，任俊撇了撇嘴，没有吭声。

老歪手里捏着几根马莲，急急慌慌来到地头。

“老歪叔，有没有办法让黄冠梨的成活率提高几个百分点？”任俊递一支烟给老歪，老歪看看牌子，夹在耳朵根。

“你是说造假啊！”

任俊拉过老歪，向他耳语几句，老歪摇头；任俊伸出一个指头，老歪还是摇头；他伸出了两个指头，老歪说：行。

书记的皮鞋上爬了一只苍蝇，他跺跺脚，苍蝇飞起来，转了一圈，仍回到书记的皮鞋上，“明天上午十点，县、镇验收组就到巴子营，咋办？”

任俊笑笑：“去喝酒吧，有了老歪，明天巴子营的黄冠梨成活率至少在百分之九十以上。”

“老歪叔有起死回生术？”乔琪一脸茫然。

“你留在地头，但不能动嘴，也不能干涉，权当锻炼你一次。”任俊和书记到文书家去了。

从棚下找寻出了镰刀，老歪让茄子妈把锥子拿来，又找出一截蜡，对茄子妈说："你去找老湫的女人，就说明天的黄冠梨树苗要验收，凡是死了五棵以上的，补贴一分不给，每棵还要罚款 50 元。"

"你别胡咧咧，又惹出一身事来。"

"这次不是我的事，是巴子营村委会的事，你快去，误了事，我每棵树要少拿 20 元钱呢。"

茄子妈扔下手中的鞋底，去找麦香妈了。

老歪挥舞镰刀，割了几下，索然无味起来。年成好的时候，割麦是一种享受，穗大，秆粗，一下镰，便有咔咔的响声。今年的麦子，镰未到，秆已萎身。往年，一到开镰时节，老歪便会幸福在地里，他把自己当做麦子，麦子倒，他也倒。累了，坐在麦捆上，吸一支烟，眼前的麦子展眉咧嘴笑，老歪也笑，一直到麦粒进仓，他的幸福才会从身上褪去，准备再去伺候土地。

老歪知道，伺候好了土地，麦子才会健健康康生长。

土地是娘，麦子才是儿女。娘的奶水足了，儿女才会身宽体胖。

"权当搂草了。"老歪把腰一弯，顺麦子的根部钩起来。茄子妈割麦子不在行，搂草甚是顺手，老歪搂了一阵，回头一瞧，茄子妈已搂倒了几行，地一空阔，黄冠梨就孤独着一一裸了身子，粗壮一些的叶子肥厚，叶纹的浅黄与天旱有关。老歪数了数死去的黄冠梨，又数了数活着的黄冠梨树上的叶子，他从田埂上的包里拿出锥子，揪掉死树上干黑的叶子，用锥子在叶根脱落的地方钻一个洞，再找长得充满旺意的树，揪下一片叶子，点燃蜡，用蜡汁封了叶根底，小心地把叶子塞进钻开的洞中，死树上插了几片叶子，就有了活意。

老歪为死树造叶子的时候，老湫就在旁边看着，老歪不吭声，造完叶子，他把锥子和蜡往田埂上的包里一塞，背手走了。老湫向茄子妈借了锥子和蜡，便到自家地头的死树上去造叶子了。

乔琪赶到地头，黄冠梨已鲜活一片。地质松软，鞋踏下去有塌陷的感觉。她用手揪揪移植后的树叶，树叶动一动，便恢复原状。田里充斥着一种莫名的味道，各种飞虫在没有遮拦的地中展翅飞翔，所有的死树都被移植了叶子，巴子营黄冠梨的成活率已达百分之百。

任俊丧着脸叫来老歪，他指着地中的黄冠梨："全部成活了，歪叔，你要杀我呀！"

老歪不明所以，任俊找到一棵干得翻了皮的黄冠梨，用手一折，树干发出脆响，"糊弄检查组也得像模像样，通知下去，每家都均摊几棵，把实在不像样的已移植了树叶的树上的叶子揪掉。乔助理，你按数量测算一下，达到百分之八十六就可以了。"

"能保证几天？"任俊弹了弹一片树叶。

"三天，不过第二天树叶会蔫。"

"能不能保鲜？"

"在树叶上喷水就行。"

"你再带带头？"

老歪又伸出了一个指头，任俊把一包烟拍在老歪手上，"歪叔，人心不足蛇吞象，你又不缺那几个钱。事关巴子营的荣誉，你配合点好不好！"

老歪回家挑了一担水，拿一只洒壶，让茄子妈每隔两小时喷一次水，乔琪和麦香也轮流替移植了叶子的树喷水，放了学的小孩都到了地头，喷水玩，他们觉得，喷水要比写作业快乐得多。

验收组来得时候，巴子营人正挑着桶子，在围了树圈的树下浇水，树的鲜活高兴了验收组的人，带队的县委副书记在田埂上望了望绿意盎然的黄冠梨，和巴子营镇书记交谈了几句，书记挥挥手，任俊挤过人群，从地里斜插过来。

“书记听说巴子营的爆炒鸡、油饼子好吃，你去准备一下，待检查完全镇的树后，我们来吃饭。”

“安排到农户家还是找个饭馆？”

“安排到干净一点的农户家。安排到饭馆，现在是啥时候，你成心多事，跟书记过不去啊。你们村的大学生村官呢？”

任俊叫了一声，乔琪跑了过来，衣服上、鞋上全是泥点。县委副书记和乔琪握握手，乔琪感到了另一种绵软。

“能深入田间地头，还是个女孩，不错。”县委副书记看到乔琪头发上有一点泥巴，用手弹去，“谁说八〇后不可救药，像这样的苗子，要重点培养。”

任俊见乔琪木讷在一边，便补了一句：“感谢书记为巴子营配备了这么好的村官。”

县委副书记笑了：“有意思，晚上吃饭时，别忘了小乔。”

八

鸡叫两遍后，老歪爬起来，看看窗外。天半睁半闭着眼，老歪穿衣出门。

“这么早出去寻魂啊？”茄子妈拉开了灯。

“去拔黄马莲，该给茄子编婚席了。”

茄子妈摸摸炕席：“吃点东西再去吧。”

“回来再吃，早拔马莲晚割谷，不好误时辰的。”

“早晨露水大，小心点。”

老歪应了。

田野空旷得令人心酸。搁在前几年，这个时候的田野遍布着诗情画意，油菜黄、荞麦红，夹点其他作物，鸟飞虫叫，一派田园气息。现在只种一茬田，收了，地歇了，人也歇了。人闲易病，地闲易荒。老歪确实见证了地闲的荒寒。气温有点凉，老歪伸一个大懒腰，天一下子放亮了。

走了几条田埂，老歪发现齐整的黄马莲已被人抢先拔了。巴子营的规矩，不管田埂是谁家的，黄马莲总要为结婚的人家留着。是谁存心和他过不去，老歪想了半天，没有，准备今年摸秋后年底结婚的，只有茄子。抢先拔黄马莲，等于抢结婚的先机。

老歪把手中的几根不上品相的黄马莲扔了出去。

这个早晨，老歪走遍了巴子营的田埂。马莲是耐力较强的植物，耐旱，耐涝，稍借点地气、天雨，就能茁壮茂盛。上半年雨少，一到七月的几场雨，让马莲们赏心悦目。老歪腿长，打起的露水溅湿了他的裤角。走到地的尽头，老歪发现一个人背着一捆马莲在悠悠荡荡地走，没有惊慌，也没有内疚。

是老湫。

老湫不回头，只顾走自己的路，老歪赶上去，扯下了老湫背在身后的马莲捆。

“成心的，是不是？”

“你看你看，大路朝天，各走一边。马莲又不全是你们家的，你能拔，我为什么不能拔，谁让你不赶早。”

“茄子和麦香的事，是明眼人一看就知晓的事。我编马莲席，也是为了两个娃儿。”

“那不一样，肉还没下到锅里，谁吃还不一定呢！”老湫从老歪手中夺了马莲捆，走了。

“这人——”老歪委屈得想哭。

茄子妈看到老歪空着手，耷拉着脸进门，将饭端了过来：“碰到狼了？”

“被狼更可恶。”

“谁？”

“老湫。”

“你们做了半辈子冤家，他又招你惹你了。”

“他把好点的黄马莲全拔了。”

“拔了就拔了，他拔等于你拔。”

“不一样，万一麦香不嫁茄子，就亏大了。”

“就你这点出息，麦香那孩子明白着呢！”

“她明白不是白明白？”

“安心吃饭，不到中午，麦香肯定会把黄马莲送过来的。”

“送过来也脸上无光呢！”

看到马莲捆，麦香妈恼了，“你这是吃饱了撑的，大清早给人家老歪添堵呢！”

老湫扔了马莲捆，“嘿嘿，姑娘还没过门，你就向着老歪家了，我就是给老歪找点不痛快。茄子那小王八蛋，为啥唱‘这么大的窗子这么大的门，二十几的姑娘不嫁人，娘老子安的啥用心。’”

“你还在记仇呢！自古女大不中留，留来留去留成愁。”

老湫再不接话茬，他换了鞋，上炕倒头便睡。

麦香妈叫来麦香，麦香看到黄马莲捆，脸红了一下，她扭扭衣襟，后退了两步。

“去，给你老歪叔送去。婚席的马莲沤不好，受罪的还是你。”

麦香抱了马莲捆，像抱着一个娃儿般庄重。

听到叫门声，茄子妈乐了：“看，肯定是麦香送马莲来了。”

一开门，果真是。麦香放下马莲捆，跟茄子妈打声招呼，忙忙地走了。

刷净大缸，老歪挑选着马莲，他把马莲沤进了缸中，老湫用心拔来的马莲根根都顺手，他的心气平了，倒感念起老湫了，“这人，平常总和我唬脸，干点正事倒不含糊。找个时间，先好好地敬他几杯酒才是。”

乔琪听麦香讲马莲，讲婚席，有点神往，她盼望着，茄子能早点回来，摸秋后她好参加他和麦香的婚礼，这种婚礼，恐怕她今后再也难以碰到。

九

十月坐到地上时，茄子回家了。乔琪在麦香家吃过午饭，正往村委会赶，就见一个大茄子样的男人背一个包、提一个包行进在巴子营的路上。

“大姨姐，你赶魂呢，急急慌慌的。”

乔琪盯了茄子一眼，“这回真正名副其实了，确实成了茄子。”

“麦香好吗？”

“好不好自己去看不就行了。”

“你不知道巴子营的规矩，男人出门回家，第二天才能去找姑娘。”

乔琪咦了一声，说你们巴子营人啥都能整出道道来，你一下车就碰到我了，照你的说法，你已经犯戒了。

“你是外人，不算的，我们说的姑娘是没过门的媳妇。”

乔琪又瞅了一眼茄子：“这好有意思。”

茄子放下包，取出几袋干果类的东西，交给乔琪。乔琪客气了一番，就说起摸秋的事，茄子郑重地说：“我赶回来就是为了摸秋。今天是八月十三，我先回家去看爹、妈，有些事明天再谈。”

乔琪转身赶向麦香家，她想把茄子回来的消息告诉麦香，举手拍门时，她犹豫了，思念这种东西，在刹那间可以消失，就让麦香再忍耐一天吧，可惜乔琪不明白，每一个到巴子营的人，都像一阵风，只要脚步到了巴子营，不出半天，谁都会知道。

茄子一进门，他妈正在房阴下择菜，猛抬头看到一熊样的人，唬了一跳。茄子叫了一声妈，卸下背包，他妈笑了：说你是茄子，还真成了茄子，怎么晒了这么黑。

茄子进门时，睡在炕上的老歪已看到，他坐起来，又睡下，听茄子母子俩的对话，他隔窗一瞅，茄子晒得真的很黑。吭哧了半天，他起身下炕，茄子妈递一只小板凳给他，他坐下来，望了茄子一眼：回来了。

茄子把掏烟的手抽了出来，拎着包进了屋。

“这算什么，见了老子也不问一声。”

“谁让你唬着脸装大。茄子，我去给你做饭。”

“你去拔根葱，顺便摘一把豆角。”茄子妈把一只塑料袋扔给了老歪。

老歪抽搐了几下嘴，拿了塑料袋出门。

坐到饭桌前，暖意回升了。茄子把一条烟递给爹，老歪笑了；把一套衣服递给妈，妈笑了；把一碗饭吞下肚，自己也笑了。

“今年夏旱，麦子成了青草，没收入。”老歪抠抠脚丫，茄子撇撇嘴，从身旁的包里抽出一沓钱，“今年打工的工资高，赶上活紧时，一天能挣一亩地麦子的收入。”

“你这账怎么算法，照你这样，你一年还不背回来个金山，口气大的。”

“一亩地的麦子除了水费、种子、化肥、农药，能收入多少？”

“按今年的光景，也就三百多吧。”

“我今年成了领工，一天下来就能挣三百多，不是一亩地的收入吗？”

“不一样。”老歪摇摇头。

“有啥不一样？”茄子又从包里抽出一沓钱。

老歪的眼亮了一下，又暗了下去，“地里产的东西，虽然卖钱少，但实在。你挣得再多，也像一阵风，没个笼头套住的东西，不牢靠。”

茄子不想争辩，便问起摸秋的事。

“明天就到八月十四了，村里的几个老人在八爷家相聚，要商量一个办法。今年打算结婚的只有你，麦香岁数也不小了，摸完秋，定个日子，先把婚送了，年底，能办就办了，婚席我已经编好了。”

又讲起老湫抢先拔黄马莲、麦香偷送回来的事，约定明天把主持摸秋的几个老人请到家来，八爷不能走路了，就抬来。

“别忘了请书记和主任、乔助理。”

茄子打个呵欠，“我困了，有些事我睡一觉再说吧。”便起身下炕。

“也别忘了请老湫叔，他一来，麦香和他妈也就好过来了。”

茄子没有应声。

“这成什么了，媳妇还未娶过门，就当家做主了，”老歪哼了一声，拍拍桌上的钱，有点兴奋，“明天杀两只最大的鸡。”

他也倒身睡去，钱还捏在手中。

十

老湫把秋天坐在地上，一遍一遍地摸，茄子过来，把一包烟放在老湫身边，叫声湫叔。老湫嗯了一声，依旧望着他的茄地。

茄地不大，老湫把旁边的茄子都掐了，只留了中间的一个大茄子。茄身通亮，像涂了蜡汁，茄子偏了头，瞅了一眼地里的茄子。

老湫说：“有本事，八月十七晚摘了它，算你对麦香有情有意。”

茄子笑了：“湫叔，我这会摘了不更好？还是你亲眼看着摘的？”

老淑把茄子放到身边的一包烟往茄子身上一扔：“拿走。”

茄子笑了，放下烟，走了。

“别贪心，竟想着把高粱、南瓜一锅端了，我可只有麦香这个姑娘。”

茄子晃荡在巴子营的地头。

听惯了机器的轰鸣，在宁静的乡间地头，茄子像被丢进了河中，在波纹中寻找着归宿。对黄冠梨，他视而不见。他的视野里，黄冠梨是刺，戳在巴子营的土地上，有点肉痛。对在短时间产不出效益的东西，茄子不感兴趣。种麦子的收入低，但种一茬是一茬，把地交给黄冠梨，等于交给了野草。被外地的食物填充的肚子，一到巴子营便不自在，非得把几顿面食塞进去，才会恢复功能。茄子从心里爬上了亲切。眼前的黄铺开，是秋天固有的黄；眼前的绿招摇，是秋草努力着表现。茁壮的灰菜簇着裸头的茎，霸占着秋野。

记忆的气息，被三三两两漫不经心飞驰的麻雀打破，茄子氤氲在这种氛围中，觉得自己突然变成了一个真正的人。一切的植物都笑意盈盈，间或有人打招呼时有点隔膜，毕竟还有温情的成分。

还有麦香，没被城市的光环浸袭过的麦香。他宁愿麦香是株灰苕，也不愿她成为城市里不着调调的玫瑰。

茄子坐到了地头。

摸秋已成为点缀，南瓜秧老了，老鼠也懒得扯，喜鹊们便瞅准机会，啄开一个洞，喜鹊走后是麻雀，麻雀对南瓜不感兴趣，蚂蚁们却很是兴奋，从啄开的洞中爬出爬进。

麻雀们喜欢的是高粱。稀疏的高粱经不起麻雀们的反复折腾，披头散发地摇晃。那些葱，正在生长期，绿绿的身子浑圆而饱满。

老湫家的茄子地便越发光鲜透亮。

老湫像一只乌鸦，蹲在地头。茄子有了戏谑的意念。他挪到了一旁，避开了老湫的视线。旁边的一条沟中，有细沙，茄子伏进沙沟里，躺了一会，爬起来从沟沿望去，老湫披了衣服，挪开了脚步，走几步回头望一下，被老湫揪得剩下一个的茄子，上面有一根红头绳在飘动。

茄子站在了老湫的茄子地头，他觉得那只拴了红头绳的茄子就是麦香。他开始拔茄子秧，地块硬，茄子拔断了几根秧，觉得对不起老湫，老湫遗忘的铲子便有了用场，拿它在茄子的根部一锄，便连根拔起了茄子秧，剩下的那棵茄子秧孤立起来，拴红头绳的茄子很爱情地盯了茄子一样，茄子便荡漾在了深深的爱意中，他上前掐了茄子，珍重地揣进怀中。茄子溜下来，心疼了茄子，茄子把茄子插在了衣服的口袋，胸脯便饱满起来。

回到家，茄子把衣服口袋中的茄子抽出来，在手里搓弄了半天。茄子皮滑腻，在手中上下抽动，茄子有点躁动，便把茄子丢进了水缸。那根红头绳被他解了下来，放在口袋中。

十一

老湫骂声响起的时候，茄子妈正在接面。

蒸月饼的面被接得韵味悠长。

骂声传到了老歪家里，老歪瞪了茄子睡觉的屋子一眼。

骂声从巴子营东面窜入，在村委会门前停歇一会，又继续前行。

乔琪从包里掏出一条纱巾，是送麦香的。

"老湫叔怎么不进来找我们？"

秋天已在乔琪身上着色，任俊笑笑："这种事一般不找我们。甭看老湫叔嘴上骂，他心中乐着呢！"

乔琪不解。

"茄子的鲁莽，其实向村人宣告，麦香是我的了，就是摸秋，别人也不能乱摸。"

"老湫叔这样骂有意思吗？"

"有，他在炫耀体面，还会让老歪剜肉请客赔罪。"

"老歪叔能答应吗？"

"这是板上钉钉的事，老歪叔由不得不应。"

"干脆我们去调解一下,既然请客,权当成为茄子和麦香的定婚酒算了。"

"不一样，这事我们不参与，请客我们要去。"

"总得有人说道吧？"

"有，这种事有专人管，只要八爷活着，就是八爷的。"

"八爷已下不了炕，他怎么说道？"

"这你不用操心，巴子营的婚丧嫁娶，都是八爷主持。"

"八爷死后，谁来主持？"

"这不是你管的事，也不是我管的事。八爷死了，地没人种了，还讲究什么？”

乔琪糊涂了，便不再问。

果真是八爷出面了。八爷是老湫他们用木板抬着来的，木板上铺了毯子，八爷躺着，眼里的光泽像秋天的树叶，半阴半暗。

“不是已请过了吗？这又闹得哪一出？”老歪看着门板上喘气的八爷。

“一码归一码，儿子手闲，老子赔罪。”八爷歪着头，“摆两桌，杀四只鸡，酒管够。”

这几个字，八爷是从嗓子里挤出来的。

老歪应了，老湫也应了。

老湫背了茄子秧，来到老歪家。老歪把马莲席从水缸里一提，抖抖，展开，黄马莲席子上的水珠乱跑，映着老湫的脸。

老湫不应声，抽出一根茄子秧，往院子里一扔；又抽出一根茄子秧，仍往院子里一扔。还剩了几根，老湫把它们往水缸里一摁，水缸里的水溢出来，发出了嗞的一声响，水从缸底游走，洇湿了老歪的鞋。

老歪把马莲席一甩，一大片水珠冲向老湫。老湫笑笑，折身出门。

席摆在老湫家。八爷的位子空着，四只鸡头被收拾得干干净净，摆在一个盘子里。鸡嘴朝上，看着天上的云在喘气。

“鸡肉熟了，挑最好的给八爷送去一碗。”任俊坐在左上位，吩咐麦香。

“这还用问，麦香有福，还能赶上八爷主持一回。”老湫忙着递烟，烟也是老歪家的。

茄子在烧火。柴很干，天旱使秋柴更显得毛燥，进灶膛一见火，柴就燃起来。

柴火映红了麦香的脸色，麦香的脸色红润，像西红柿。

茄子把几根柴塞进了水桶中。柴一湿，烟便出来，厨房里烟雾缭绕起来。两声咳嗽：一声清越，一声含混。茄子跳起来，奔到清越的声音里，抱住麦香嘬了一口。

嘤声过后，茄子复归原位，拨拉出湿柴，灶膛重新亮起火来，麦香妈拨开烟雾，看茄子端坐在了小凳上，手里捏着几根柴。

“成心的？”

茄子不应，歪了头看麦香，麦香剥葱，一层一层，葱赤裸裸地立在手中。

“麦香，你在杀葱啊！”

麦香一低头，看剥成一地的葱皮，瞪了茄子一眼。

“肉熟了烂在锅里。该烧火的烧火，该剥葱的剥葱，招待客人呢！”麦香妈从锅里舀出一口汤，尝尝，她的脸色如鸡肉一样平和。

十二

麦香来找乔琪，说她妈问乔琪八月十五如果要回城，就给她蒸个大月饼。

乔琪想都没想，说不回。她要和麦香一起蒸月饼，一起摸秋。

麦香乐了，便和乔琪一道帮着妈妈做月饼。

一团面到麦香妈手中，就是一个听话的孩子，捏团成团，拉长则长，一到擀面杖下，就展展地摊开，亮亮地灿笑。

到乔琪手中，则拉东向东，拉西向西。一挨擀面杖，只管缩了身子较劲，乔琪有点羞意，只说自己没用。

麦香妈抓过面团，三绕两捏，面团听话得乐乐哈哈：“不要说你城里姑娘，我家麦香，也不中用的。”

麦香嘟了嘴。

“看，还不服气。过去，做饭、干活、生孩子，可是女人的三大能耐。”

“啥时代了，还扯这些。”

麦香妈肃了脸：“时代再变，女人还是女人。女人要想让男人尊重，自己首先得有用。会做饭，自己饿不着；会干活，别人瞧得起；会生孩子，女人更像个女人。”

乔琪觉得案板前的麦香妈浑身很哲学，又很朴素。

“女人就像面团。被男人揉的次数多了，就有了筋道，还很韧。女人的能耐，男人无法取代。”

笼蒸一上锅，麦香妈就噤了声，一层一层摞月饼。

好大。乔琪看着月饼像山一样隆起，搓了搓面手。

“这不算大，巴子营最大的月饼，你看不到了，麦香也看不到了。”

“为啥，做月饼又没人限制，今天我们就做个大的。”

麦香妈叹一声，“人没了心劲，还做啥大月饼。”

乔琪觉得麦香妈又高深了许多，便立在一边，看麦香妈和麦香忙碌。

老湫的火烧得滋润，一根柴燃完时，又续一根。火像是他的兄弟，很配合。

一屋子都八月十五起来。

老歪坚持蒸月饼时要用麦草，而且要用新麦草，茄子很配合，开了三轮车到舅舅家拉麦草。舅舅看着裹了一身土的外甥，便骂老歪，说如今蒸月饼还这么麻烦，劈柴蒸出来的月饼是月饼，麦草蒸出来的月饼还不是个月饼。现在有这闲心的，就只剩下老歪了。

望着茄子递上的礼品，舅舅拿了木杈，翻滚新鲜的麦草。抱团几个月的麦草一松气，便荡漾起香甜的味道，舅舅的鼻子很受用地嗅了嗅，茄子骡子般张开鼻孔，那种气味爬满童年的记忆。舅舅停下手中的木杈，望天，茄子也停下手中的木棍，望天。天很近很远，舅舅很近很远，太阳很近很远。

装满麦草，茄子开着三轮车走了，舅舅搭眼远眺，发现茄子开车卷起的尘土似乎也卷成了月饼。

尘土很厚很薄，舅舅觉得这日子也很厚很薄。

茄子妈和麦香妈的手艺像两个鸡蛋：一个皮白，一个皮黄。

一张案板，把茄子妈从姑娘滚成了媳妇。滚过这个八月十五，她就成了婆婆。案板油、滑，曾滚过茄子家三代人的生活。面来过，菜来过，汗来过，泪来过。泪曾和过面，菜曾滴过汗。年年的八月十五，茄子妈就了案板，把一摊面铺开再揉住，揉住又铺开，铺开的面里，内容丰富，有过往的辛酸，有瞬间的喜悦，有间歇的悲泣，也有开怀的幸福。今年的八月十五，茄子妈的兴奋顺衣袖爬上来，她觉得碍事，脱了上衣，碎花衬底的衣服上的花抖动着，把兴奋甩了一屋子。

老歪烧火的功夫比老湫稍胜一筹。他把麦草捏成一小捆，再散开，捋捋，让麦草沾上手温，挥挥，麦草便毛皮般柔顺起来，伸进灶膛，麦草散开，游击队员般找准位置。麦草不经烧，往灶膛伸入的节奏感很强，梢对着尾，不能歇火。一小时后，麦香味弥漫，茄子坐在院中，看麦香家烟囱里升起的烟，有点重，升一阵便歪斜。茄子盼着两家的烟能走到一起，他望酸了脖子，两家的烟却各奔东西。他回到屋中，问妈，妈笑了：烟走到一起不是烟，人走到一起才是人。

茄子不懂，见乔琪进来，问乔琪，乔琪伸出了舌头。

成精成怪。乔琪很惊异，麦香妈和茄子妈，两个巴子营的女人，说出的话看似简单，却能把人转晕。

乔琪觉得巴子营的一草一木都高深莫测起来。

十三

八爷被人抬着转了一圈，不说话，任俊听出了八爷胸腔里的大喊大叫。

八爷眼里的绿色混浊，在他的记忆中，这个季节满地遍野都是绿色，间或的红和黄，不是高粱的穗就是玉米的棒，还有开得粉嘟嘟一片的荞麦花和弯腰垂头的谷子。

满地的黄、褐色揉痛了八爷的眼。在经过一条沟渠时，他的眼动了一下，抬他的人说："八爷，那是大杈河，今年没淌过水。"

八爷闭上了眼睛。

"八爷会不会在这个时候死？"乔琪捏了一小块月饼，放到嘴里。月饼入口即化，乔琪感到了牙齿的快意。

"不会，现在死了倒是好日子。巴子营的习俗：有福的死在二、八月，没福的死在六、腊月。"

"这也有讲究？"

"讲究多了去了。"任俊挪了一下凳子，"在乡村，二月、八月在春种、秋收之后，人都闲了，有的是时间。六月乡间无闲人，正是麦收时节，气温又高，人死了不立即发送，就会发臭，赶着发送死人，麦子又会烂在地里，难唉！腊月里天寒地冻，人们都忙着准备过年，遇这么个事，家人、村人都不爽。八爷抽倒气，但气息里没腐气，能熬过这个冬天。"

"八爷对摸秋不表态，这秋摸还是不摸？"

"咱们绕着巴子营走一圈，你就会明白八爷为啥不说话了。"

乔琪随了任俊，沿着村委会从东往西走。

"这地方原叫马莲滩。马莲多，地也肥沃。只要透一场雨，一年会熟两季。"

乔琪的眼里布满土黄。几只羊撒在地里，似风吹的几根草。

"那是偷空放羊的人，现在禁牧。即便不禁，羊也没得吃的东西。过去一到秋天，马莲滩的庄稼一收，秋草一茬接着一茬。牛走后，羊来；羊走后，鸡来；鸡走后，麻雀来。那是真正的田园。一帮孩子，玩着乡村游戏，数着牛、羊，抓最壮的羊骑。"

乔琪没有这种经历，便延伸想象。

“这叫澄槽地。全由河中的淤泥形成，种出的洋芋碗大，皮粗肉瓷，沙瓤，都说巴子营的洋芋好，就是这块地里种的。”

还是枯黄，没有洋芋的一点影子。

“这叫鸟眼滩，过去种谷子、荞麦。谷子不喜水，荞麦耐旱。一到秋天，金黄中夹着紫红，鸟儿飞过这片地，莫说啄食，翅膀都能感到满足。”

乔琪没有见过谷子和荞麦。

“谷秆指头粗，谷穗的穗头大得用手托。一大片荞麦，你若站在地头，就成了仙女。”

乔琪挥挥胳膊，衣袖微动，任俊巡了一眼，乔琪胸前的两轮太阳在旋转。

“这是大杈河。十年前一年四季都有水。那时，谁还在乎水呢。老天，三天两头下，河里的水一年四季有。现在，干了。那时，男人洗太阳澡，女人洗月亮澡。如今，只有石头了。那时，大杈河两边，全是玉米。那个阵势，男人见了亢奋，女人见了心醉。玉米带中间，是黄豆。一到这个时节，玉米棒堆成山，黄豆码成垛。到处劈劈啪啪。点一堆火，烧出的嫩玉米，那个香！黄豆，那个脆！小的能咬，老的能啃。一到那个时节，家里不做饭，在地头转一圈，肚子就饱了。”

乔琪的身体有了变化，她拽拽衣襟。

“现在，看，满地戳几个黄冠梨棒棒。莫说农民不乐意，我也不乐意。三年黄冠梨，梨没见到，田却荒了。三年不种地，地的土性会变化。也就像女人，地不种易荒，女人不用病多。”

任俊怕乔琪难堪，调转了话头。

“时尚点讲，过去若有乡村爱情，就在摸秋时节体现。每到这个季节，八爷便点起了人头。谁家姑娘该定婚了，谁家小伙该结婚了，谁家媳妇该生育了，他和几个年老德盛者都有一本账。摸秋之日，就是年轻人的快乐之时。我的老婆，就是我瞅中后，摸秋摸到手的。”

乔琪的手上爬了一只苍蝇，她拍了一把，苍蝇飞了。

“那时的巴子营，一到这个季节，玉米、高粱、南瓜、大葱、胡萝卜、洋芋、甜菜、荞麦，还有星星点点的黄豆、茄子、辣子，谁占谁的地，谁开谁的花，谁结谁的果。一到八月十七晚，月夜风高，姑娘涂了遮羞粉，虫蛇不咬，小伙子奔着自己该去的地头，小媳妇们盯着南瓜、大葱。热闹一晚，折腾一晚，其间多少事，个人心知肚明。过了八月十七晚，能成对的成对，不能成对的莫再妄想。我的个天哎，真正的好日子。”

乔琪的心中有了恨意，她想拍任俊几掌。

“摸秋犹如打游击。一到八月十七晚，所有的庄稼和植物都成了掩护物，可以从玉米地里蹚过，可以从洋芋沟中钻过，可以躲在高粱地里，可以藏在荞麦地中……乡间的爱本来就是偷偷摸摸的，一公布于众，就索然无味了。有了这些遮挡物，人能放开心情，松开话语。现在，整个巴子营一览无余，即使十七日晚云遮月亮，人往何处藏，话往哪里说。八爷不说话，是无话可说，况且，今年回家摸秋的，只有茄子一人，其他适龄的人，都没回来。摸秋已摸不出对象了，结婚又得花十几万元，出去的年轻人怕误工难挣钱，都不愿理这个茬了。”

乔琪的恨意慢慢融解，她向往的藤上爬了一只虫子，一扯藤，虫子飞了，一松手，虫又回来了。她眼前的这位村主任，已成了一棵树，摇在风中。

“这么说来，今年的摸秋就不摸了？”

任俊意味深长地望了乔琪一眼：“摸，为什么不摸。好歹还有茄子和麦香呢。”

十四

老湫拿了脸盆去找牛粪，在院子里转了一圈，他笑了，家里已经十年不养牛了，庄邻们也不养牛，弄牛粪得到养殖场去。

养殖场的牛也不多，牛粪倒垒了不少。看到老湫手中的新脸盆，养殖场的小媳妇瞅了他半天。端了牛粪，老湫的鼻子很不快活，喂了饲料的牛屙的粪很臭，臭得老湫很想摔了脸盆。到家中，他把脸盆往地下一掼，坐在一边喘气、抽烟。

一股浓重的药味泛在院中，麦香妈在熬五毒汤。蛇、蝎子、蜈蚣、蜘蛛，还有什么，她想不起来。这些东西都是从药店买的，在专用的砂锅中熬制。泛出的味找准老湫的鼻子，直往鼻孔里钻。麦香妈看到老湫龇牙咧嘴，就笑。老湫抓了一把牛粪，扔在盆中，又用食指挑了一点，往麦香妈脸上抹去。麦香妈搓了一把脸，牛粪散开在脸上，她瞪了老湫一眼，老湫乐了，找根棍子搅拌起牛粪来。

把五毒汤熬制的药倒入脸盆中，和牛粪一搅和，浓重的味淡了许多。老湫再不玩笑，他坐在脸盆前，用木棍左搅右拌。牛粪化成了汤汁，盆中的色隆重起来。老湫庄严地端了脸盆，放在了院门旁的桌子上。

任俊望着乔琪桌上的月饼。月饼切成了块，大小、薄厚不一，在桌上摆开，像开展览会。长这么大，乔琪第一次近距离地凝视手工月饼。往年她吃的，都是食品厂的月饼，用料精，包装美，一小块月饼得分次吃完。有的甜，有的腻。眼前的月饼，无非是面、油加上几种染料，那些染料譬如香豆子等，也是地里自产的。掰一块入口，有别于机制的月饼，那种味，她说不清，便问任俊。

麦香味。任俊觉得乔琪也月饼起来。

八爷躺在窗外的一块毡上，任俊扶起了八爷。摸秋的事需八爷点头，八爷已经点不动头了，说话后气赶着前气。毡上的月饼屑星星点点。

“摸——”八爷喘口气。

“不能乱摸——”八爷拧了一下脖子，喘口气。

“关系巴子营的名声，要抗住——”八爷用力掐了一下任俊。

“你负责。只有茄子还记得这个习俗。”八爷的眼里有了赞许。

“麦香是个好娃娃，只配茄子摸。”八爷狠劲坐了起来，庄重、严谨。他敞开的胸膛上的肋骨，像晒干的茄子秧秆。

点一支烟塞进八爷的嘴里，八爷挥挥手：“放心地去摸——”

看到任俊身后的乔琪，八爷拉过任俊，叮嘱道：“外来丫头，不能乱摸。”

任俊怪笑了一声。

出得院门，乔琪问任俊：八爷说什么？

任俊盯了乔琪的胸脯一眼，没有回答。

任俊顺着味道找到了老湫放在院门旁桌上的脸盆，他用木棍挑了一下，药汁稠，半天滴下去一点，溅开淡淡的晕圈。

乔琪捂住了鼻子。

“这叫遮羞汤，又叫幸福牵。”

乔琪问“牵”为哪个字，任俊说是牵手的牵。

“这么臭的东西，还叫幸福。”

任俊摇摇头，没有作答。

八月十七的天阴了，还滴了几点雨。

茄子从水缸里捞出了那只茄子，在水里浸泡过的茄子很精神，茄子捏捏茄身，茄身很圆融，用手捋捋，很直观，很滑腻。

用手搓搓，茄子觉得自己很男人。

用塑料袋包了茄子，茄子出了门。落了几点雨的天有点凉爽。顺着大权河上去，就到了麦香家的茄子地。被他拔光了秧的一小块茄地润湿着，茄子望了望周围，远处的一株高粱披着头，秆立得像壮汉。茄子奔过去，拔了那根高粱。他刨开一个坑，把高粱栽进了茄地，然后从口袋里掏出茄子，挂在了高粱上。高粱趔了一下身子，茄子从沟边的树上拽下一根树条，绑直了高粱。

高粱秆上挂茄子。

茄子乐了。

茄子溜达在田野，见葱拔葱，见南瓜揪南瓜。

绑高粱的树枝上又吊了一只南瓜，一根葱。

茄子从地里抓了一把土，撒在茄子上，撒在葱上，撒在南瓜上。

茄子离开地头，任俊从大杈河边直起了腰。

“这不合规矩，这茄子有点嚣张，这不叫摸秋，摸秋哪有这样招摇的。”

任俊把挂在高粱秆上的茄子取了下来，跳进了茄子地旁的沙沟里，沟里的沙子很干净，任俊把沙子上的几粒羊粪捡起来，抛了出去。

地旁一只无头的向日葵的叶子仍绿着，任俊扯下一片叶子，包了茄子，把它埋进了沙沟里。

夜黑得很瓷实。老湫从屋里找出了一只马灯。马灯渍迹斑斑。

添了油，马灯便岁月起来。

往脸上抹遮羞汤，麦香有点为难。麦香妈挖了一点牛粪汁，在手心里搓。

“臭一夜，香一辈子。”

麦香便抹了。

“夜里秋虫多，秋后的虫子毒性大，不是自家男人的手毒性也大，被摸了，会忌讳一辈子。”

“不是今晚只有茄子吗？”

“不一定，家狗里冒然会跑出个野狗，有时防不住。”

麦香笑了：“你年轻时摸秋，本该是老歪叔的，人被老歪叔摸了，却嫁给了我爹，你有心病呢！”

麦香妈把手指在麦香嘴边一抹，“哪有这样说自己妈的，茄子是真心，就是有点轻浮。”

“这你就不了解了，如果茄子轻浮，他早在外面有了相好的。”

“这么大的窗子这么大的门，姑娘大了不嫁人，娘老了安的啥用心。这种混账调调，只有茄子能扯出来。”

“这也怨不得他，你和爹早答应了，不就没这回事了，还摸秋？”

“这死丫头，一个女人不拿捏拿捏，会被男人瞧不起的。”

抹了满脸，麦香妈把麦香拉进了屋中。

“在身上也抹，该抹的地方全抹了。”

“原来臭脸，现在臭全身，我不抹。”

“别犟，过了今晚，你想抹也没人强迫你了。”

于是就抹。

十五

远远的吆喝声一起，老湫便出了门，他绕行到大杈河里，瞅好藏的地方，把麦草铺在地下，靠在河沿边抽烟。

茄子提了红灯笼，他绕到了村委会。村委会里的灯亮着，大门反锁，里面钻出的歌声很抒情，又很忧伤，茄子知道，乔琪被任俊反锁在里面。

是麦香告诉他的。

没有遮拦物，茄子行走得也快，到了茄子地里，他举灯笼一照：南瓜在，葱在，茄子不见踪影。

茄子手中的灯笼掉在了地下。蜡烛一抖，烛火灭了。他抬头看天，云边有了一丝亮光。

麦香来到地头，茄子摸了她的脸。

“茄子没了？”茄子跺了一下脚。

“找找，被风吹了，还是被鸟叼了？”

“不可能。”

“被人偷了？”

“莫不是老湫叔？”

“你别恶心我爹，他再混，也犯不上偷茄子。哪有老丈人干这事的？”

“找找。”

“找找。”

茄子滑进了沙沟里，他用手刨着沙子，手触到了一片叶子。

打开叶子，是茄子。

“你摸——”茄子把茄子递给了麦香。

“你摸该摸的，我摸该摸的。”

麦香拨开了茄子的手。

十六

任俊刚爬出沟沿，脚被人拽住，是老湫。

“我们看月亮。”老湫递一支烟给任俊。

任俊点了烟，茄子地里的灯笼重新亮了起来，慢慢远去。

俩人立起身，惊讶地发现，巴子营的四周，都亮起了红灯笼。灯笼分布得很均匀，一声吆喝声响起，又一声吆喝声便应和。

俩人听了半天，前一句是：“麦香。”

后一句是：“茄子。”

（发表于《朔方》2014 年 7 期）

圈粮囤

一

巴爷坐在田埂上，被无数的青草和野花包围着。

脚下的麦田有气无力地裸黄。麦田的背面是努力生长的黄冠梨。

正是午休时节，对面拔地而起的和康住宅楼，无数的门窗黑着脸，制造出一种威势。巴爷的眼里挤出人群，密匝匝地扑向门洞，巴子营人像牛一样笨拙地攀爬楼梯，还原出许多别扭。

大楼周遭的院落，土的，砖的，灰头土脸地缩着身子，院中的牛、鸡、猪明显地感到了压迫，鸡跳上栅栏的木棍，和巴爷一样瞅着和康住宅楼。木棍的温度灼疼了鸡爪，鸡一扇翅膀，飞进了阴凉中。

村长拔下几根青草，擦着皮鞋上的灰尘。

“巴爷，带带头，秋后上了楼，巴子营人就成城里人了。”

“一村人挤到一起就成城里人了！城里人挤到一起就成外星人了！”

“这哪跟哪啊。”村长瞅着巴爷又把一根香烟塞进烟锅头里，笑了，“巴爷，你也不嫌麻烦，直接抽不就得了。”村长掏出打火机。

巴爷擦根火柴，“习惯了。”

“床还是那张床，不过换了地方。全村老的老、小的小集中在一起，也不冷清。”村长揉了揉鼻子。

“这些草往哪里去？花往哪里去？我院里的牡丹、大丽花、丁香树、老椿树、枣树往哪里去？牛、猪、鸡又住哪里去？”

“花移到楼前的花坛里，树砍了算了，我们栽泡桐、侧柏，牛、猪、鸡在河滩里搭暖棚集中起来养。”

“噢，牛、猪、鸡也城里人起来，你喂？”

“谁家的谁喂。”

“喂什么？地里全种了黄冠梨、核桃树，是不是牛也要喂梨？”

村长笑了：“那有什么奇怪的？统一配送饲料，你巴爷每天背了手，到饲养区去转一圈，比领导还领导呢！”

“钱谁出？配送的饲料钱你出？”

“这玩笑开的。羊毛出在羊身上，总不能羊毛出在牛身上吧！”

巴爷乜了村长一眼，躺在了田埂上。

飞虫们午休起来，各忙各的。巴爷直起身子，看村长仍坐在旁边，笑了。

“我又不是女人，你守什么守？”

“女人不用守，一听上楼，叫声都像城里人了。巴爷，你带带头，你一上楼，别人家的院子我就能推平了。”

“推平院子干什么？”

“土地流转，反正要包给外地人。一亩一年500元，收下的钱全村人统一分配。”

“典型的败家玩意，这才叫真正的坐吃山空，你认为外地人好心肠，像伺候大爷一样伺候土地。王庄村咋样，土地流转给了外地人，人家把地上的土起了三米，卖了熟土让城里人垫土种树，屁股一抬走了人，你去看看，王庄的地还是地吗？”

村长把手中的烟扭成了麻花。“我只是个卖葱的，管不了卖蒜的。巴爷，巴子营人就数你最不该操这份心。”

“为啥？”

“你看，你儿子、孙子全在外地，当教授的当教授，做官的做官，你人在巴子营，心在儿孙身上。您老若不忌讳，我给您老给块坟地。以后，坟也公墓化了，上风向您老便占了。阴间阳间一理，你看，活着没热闹够，死了凑在一起也热闹，不孤单，多好。”

“死人也城镇化了？”

村长没搭腔，接了镇长的电话后，急急忙忙走了。

二

太阳蹲在麦穗头上，麦穗有点臃肿。巴爷就着一只脸盆，拿着石条来回磨镰刀。镰刀有了年岁，浑身布满沧桑，它的记忆中走过麦子、谷子、胡麻、高粱、糜子。镰刀是巴子营王铁匠的手艺，到巴爷这里，已传了三代。在镰刀的记忆中，巴子营人最先抛弃的是高粱。肚子里盛惯了麦面的巴子营人，在试吃了一个时期的高粱米之后，一看到红黄相间的高粱就反胃；糜子的果实俗称黄米。巴子营人种糜子，有两个功用，一是用糜秆扎笤帚和做刷锅的刷子。糜穗比高粱穗细腻，扫炕时不损伤炕单，多少辈的房地被糜糜笤帚扫得滑亮油光，好长一段时间，巴子营人评判一个家庭主妇的好坏就看她的布鞋踏在住房的房地上，能否留下印迹，若没有印迹，这家主妇的勤快就会得到口碑；另一个功用是，大凡家中人死了，在棺材头前供一碗献饭，献饭是用黄米做的，通称黄米干饭。若见巴子营人端了黄米稠饭，人们一般是不开玩笑的，如果说“你在吃黄米干饭啊”，就会犯禁，等于诅咒别人。

谷子在土地承包给个人后，很快退出了田地舞台。谷子产量低，谷秆坚硬。在巴爷的记忆中，谷子碾成小米，熬成稀饭，称小米溜溜，一晃荡到肚子里，不经搁，也不抗饿。巴爷在供儿子上大学时，家中一天三顿小米溜溜，老伴变着法子搭配，让小米跟许多不相干的食材成了食伴。那个年代，巴爷的记忆往往是儿子来往的路费和学校的一切开销。老伴在活着的时候，总戏言说供儿子上大学时，她是数着小米过来的。

胡麻被油菜代替，炝锅的香味就少了许多。过惯了一年几斤胡麻油日子的巴子营人，在油菜的产量面前低了头。开蓝花的胡麻和开黄花的油菜经过短短几年比拼，油菜稳居上风，香味和斤数不能等同，香味愉快的是鼻子，而大缸和塑料桶盛满了亮汪汪的油，使铁锅的亮度和农妇的脸一样光鲜。

镰刀啃过高粱、糜子，啃过谷子和胡麻，当它的牙口老了时，与它亲密相触的，就只有麦子和青草了。

“这是最后一届麦子了”。巴爷提着镰刀，痴出一望无际的状态。麦子们无动于衷，直挺挺地黄着、立着。巴爷的眼里、心里，麦子的姿式是最美的。祖宗的口传或者依赖的规律：土地在麦子就在。现在，一切都改变了。土地在，麦子不一定在。人在，土地不一定由主人支配。

巴爷挥了一下镰刀，村长往后趔了趔。

“巴爷，镰刀带风呢！”

“你怎么像个勾魂鬼，一天那么多事不干，老跟着我干什么？”

“跟巴爷是大事，只要你表态上楼，我自会安排其他的事。”

“行，你先帮我割麦子。”

村长笑笑，接过镰刀。“看起来不起眼，这镰刀还挺沉的。”

村长弯了腰，割起麦子来。麦子不情愿地东倒西歪，割了十几镰刀，巴爷从村长手里抢过了镰刀。

“你对麦子没感情呢！”巴爷把腰一弯，镰刀往前，右腿往前，麦茬齐齐地留在身后，所有的麦子轻松而愉快，村长点了香烟，站着欣赏巴爷的动作，一支烟还未抽完，巴爷已割了一趟，又往回割。巴爷在晃动，麦子在晃动，天、地、人、麦和谐成一幅画。

“以后很难欣赏到这样的画面了。”村长把表演的舞台全留给了巴爷，转身离去。

有点累，巴爷便坐在麦捆上抽烟。铜烟锅头里的香烟袅袅向上，将巴爷的割麦风采送上天空。还未捆的麦子平躺着，一铺一铺，士兵睡觉般齐整。镰刀靠在麦捆上，很疲惫。巴爷抽完一支烟，从铜烟锅头拔出过滤嘴，在鞋底揉擦成一团，又从地埂边的袋中抽出磨石，拿出矿泉水瓶子倒了水，在地埂上磨起了镰刀。

空旷的田野里，磨刀石很响，风吹麦浪，巴爷听到了麦子的呼唤。

割了一把麦子，巴爷将麦根在地面上一掼，麦根们齐靠在一起。把手中的麦子匀分成两股，巴爷一绕一拧，两穗头扭绕打一起，就成了麦腰。在打麦腰上放了麦子，卷起麦腰，用腿一挤，把麦根头收拢，左右一拧，麦捆就紧紧地或立或卧，拿手指往麦腰里一戳，挤不进一根手指，麦腰比巴爷的裤带还紧。巴子营的麦捆三个一群地码在麦地里，下二上一。麦捆有缝隙，下面的两个麦捆头对头，依偎在一起，上面的一个麦捆的穗头压在下面两个麦捆的头部，形成一个顺雨坡。下雨时，地下的水由麦茬顶着，上面的雨水顺麦捆顶流下，太阳一照，雨水蒸发快，形不成霉麦。

太阳一软，黄昏就着晚饭的香味来到地头。这是割麦的最佳时机。汗藏在额头下，很节俭。泡了一包方便面，巴爷又抽了一支烟，风把烟直直地送远，再上升。麦子们刷刷地、刷刷地互相敲击，巴爷的耳膜很受用，很舒服，他把手搭在耳边，听着麦子们的私语，幸福便荡漾开来。他泡在风中，镰刀蛇般在手中晃动，等月亮爬到麦地里，巴爷叹一口气，平铺了几个麦捆，睡意一上来，他的梦里就爬满了麦子，麦子们笑哈哈地上了楼，进了屋，找不到歇身的地，从卧室转到餐厅、阴台，而后在客厅里转了几圈，麦子们退了出来。下楼时，麦子们连滚带爬，它们来到麦地后，钻进巴爷的口袋，放心地呼吸起来。那味儿也甜，引来几只夜虫。

打麦场早被和康住宅楼当成了地基的一块，被磙子压了百年、平得如大理石的打麦场在巴子营的记忆中也没有了位置。从矿泉水瓶里挤出几滴水，往脸上一搓，阳光爬在水上，巴爷脸上布满红晕，他揉了几颗麦穗，将麦粒一粒一粒丢入嘴里，麦粒在嘴里转起来，转到牙齿缝里，麦香味让嘴很幸福地撇了又撇。

“好好待几天，待水分干了，把你们拉到院门前，用脱粒机脱了，再给你们找一个安身立命的地方。”巴爷从麦捆与麦捆的间隙穿行，阳光洒在麦地里，温温的，地气从麦茬中上升，他觉得脚下也温和起来。懒洋洋地提着镰刀到麦田边的巴子营人聚在地头，看巴爷绕着麦捆旋转，有嘴快地问：“巴爷是否让鬼缠了，走了迷魂槽，转啥呢！”村主任拍拍手：“转啥呢，转魂呢，他舍不得麦子和土地呢！”

三

一进院门，狗就扑了过来。巴爷一拍脑门，到了伙房，用小树条引了火，将锅里的水烧开，又从旁边的一只木箱里挖出一碗碾碎的玉米粒，轻轻搅拌，待锅里的玉米粥鱼一样吐泡时，巴爷端了锅，晾一阵端到狗槽边，用缺了把的勺子舀了狗食，倒进狗槽里。狗用舌头一舔，缩了头，用爪子踩住狗槽，呜咽一声，便伸头进食。

麦子割倒后，有一阵缓冲，巴爷在门口的一只小板凳上坐了一阵。小板凳叫狗娃板凳，颜色黑漆漆的，凳面明光闪亮。太阳下来，巴爷抹了一把头上的汗，挪了位置，将小板凳夹在腋下，又来到伙房。在一面袋中取了面，他和起了行面，手在盆里，面在手下乱窜，三揉四捏，面像狗一样卧在盆中，伸手一摸，面狗毛般光滑。

背了手，巴爷到了门前的地中，小白菜被鸟和鸡弹啄得千疮百孔，芹菜和香菜挤挤挨挨、翠翠绿绿地散发着清香。巴爷拔了几棵白菜，又到另一边的地上拔了一个萝卜，哼着只有他自己听得懂的歌谣，拐到墙后的木柴堆上，抽了几根木棍，回到了伙房。

用油一炝锅，一股香味冲出，灶堂里的火很精神地催着锅。从面盆里抓了面团扔在案板上，案板动了一下身子，接纳了面团。面团在巴爷的掌下快活地舒展了身子，巴爷将面切成条，用掌压平，一拉，一条线快活地在手里抖动。一碗面，一勺青菜酸汤，幸福着巴爷。

在院中转了几圈，巴爷到了上房。巴子营人的上房就是家族祠堂，平素拒绝女人和外人进去。上房里好久没有打扫，祖宗牌位上都落了灰尘。巴爷叹口气，凝视了祖宗牌位一阵，用嘴吹吹祖宗牌位上的灰尘，抬头望着梁檩。巴子营人家的上房不打顶棚，梁跟檩子的空间往往会藏了他们认为珍贵的东西。巴爷把目光盯在了搁在梁上的一块用布包了的东西。布包已发黄，巴爷伸长手臂，够不着，便从墙角抓了一根棍子捣去。布包应声而落，尘土四溅，呛得巴爷直打喷嚏。眼里落了灰，巴爷抬起袖子，擦了擦，袖子上有了两点湿印。他蹲到地上，打开布包，一块粮模赫然呈现在眼前，粮模在巴爷手里不自在，从他手中滑了下去。巴爷笑笑，拾起粮模，用手搓摩粮模上的字，一个“人”字便在巴爷的指头下展现。巴爷的父亲传给他粮模时，很珍重地交待，粮模是祖宗传下的宝贝，每年打下麦子时，要在麦堆上盖印，意为天知地知，人不可贪心，不能糟践麦子，这些，人若不记得，粮模会记得。到巴爷这一辈，种的麦子越来越少，人和牲口吃的待遇已相同，大多时候，牲口吃得比人还要讲究。粮模失了用途，巴爷把粮模包起来搁置在房梁上，自此他不再养牛和猪，只养狗和鸡。

狗和鸡不与人争食，巴爷清净了许多。

“上了楼，祖先牌位摆放哪儿呢？粮模搁置在哪儿呢？”巴爷悲从中来，竟扑簌簌落下几串泪。泪在地下的灰尘上弹了一下，复归宁静。

“没有了老院子，祖宗的魂歇在何处呢！以前村里人分开住，各有各的院落，挤在一起，祖宗的魂肋骨也会被挤扁。”

巴爷把粮模立在祖宗牌位中间。

院里的老椿树婆婆娑娑，伸开宽广的树阴接纳着巴爷。院池中的月季蔫蔫地开放，巴爷舀了一勺水，朝月季洒去，月季抖抖身子，活灵活现地把花朵摇了一下。“接地气的东西好养活啊！”巴爷拔掉月季旁的几根野草，又用手拔拉了几下菊花叶子，菊花疯狂地生长，它的季节在秋季。一到暮秋，菊花张瓣舒叶，把小院映衬得花枝招展，生机盎然。九头菊簇在一起，往往把巴爷兴奋得炒上一盘鸡蛋，就着一壶酒，边喝边赏花。有时醉了，便卧在菊花旁。早霜下来，惊醒巴爷，巴爷哈哈地笑着，回到炕上，透过窗子看菊花。

天黑得如墨菊，巴爷啥也看不到，但他的心里，菊花就是他的儿子、孙子，他们在不在身边，巴爷管不了，有了这些东西的陪伴，巴爷毫不孤单。

“巴爷，好兴致。”村长边躲狗边笑。

巴爷没有搭腔，掏出烟给村长递了过去：“你跟魂呢，我走到哪儿你跟到哪儿。”

村长笑笑：“跟你巴爷是我的工作。”

巴爷拉了村长来到上房，“看看，你把我老院子平了，祖宗往哪儿去？我的粮模往哪里放？我的狗总不能拉到楼上。看个菊花，歇个阴凉我找谁去？”

村长吐了一口烟：“祖先牌位烧了，粮模往柜子里放，狗杀了吃黄焖狗肉。住宅楼前我们会修广场，栽种你没有见过的花和树。”

“啊呸！”巴爷啐了一口，“祖宗都保不住了，上个楼干什么？狗是我的伴，比儿子、孙子强；我们的心都没处放了，你修个广场聚魂呢。没有见过的花和树是花吗？树吗？羞你先人呢！滚——滚——滚。”

村长见惹恼了巴爷，便站起身来，“巴爷，我说错了，我修个牌楼，您老把祖宗牌位放进牌楼，你家的祖宗就成为大家的祖宗，行不？”

巴爷挥挥手，村长走到院门口，回转身：“巴爷，秋天就要上楼了，住几层，你老早思谋，我给你留着。”

四

村长领着几个人，走进巴爷的家。

“怎么？叫来了帮手，文不行武来？”

村长笑笑："可不敢玩火。再说，动谁也不敢胡动你巴爷。"

"那你引这些人来，是到巴子营做客的？"

"巴爷，你猜猜看，他们是做什么的？"

巴爷给几个人让了烟，他掐掉香烟上的过滤嘴，把烟安在铜烟锅头中。那个矮小个子的人的眼中闪了一下。他凑到巴爷跟前，摸了摸玉石烟嘴。

"这是个盗墓的。"

村长哈哈几声："巴爷，这几个是我们请来的客人，您老客气点，好歹让他们为巴子营人做点贡献"。

"做贡献？你请的哪拨人不是来做贡献的？做一次贡献，巴子营就少点东西？再做贡献，就只有卖人了！"

一个体膀宽大的人笑起来："这老爷子很有趣。盗墓的被猜中了，再猜猜看，我们俩是干啥的？"

巴爷磕掉铜烟锅头中的烟灰："好猜，你是收木料的，那个是收家具的。"巴爷指指矮小个子："其实，这个是收古董的。"

村长嘴里的烟掉了下来："难道他们不是上面来的干部？"

巴爷续了一支烟："干部？乡里的干部，村上的好猜；城里的干部，科级干部好猜；商人，小商人好猜，大商人摸不透。"

几个人不再东张西望。巴爷翘了一下嘴唇："村干部害怕人家不把土豆当金块，站着要抖肩，坐着要翘腿，动不动在眼睛上扣个墨坨坨唬人。在县区，混个科级不容易，为了让人知道他是个官，说话和正常人不一样，牙上绑着铁，嘴里刮着风。大商人总害怕别人知道他有多少钱，小商人总害怕别人不知道他有钱。像这位个子矮的，一到我跟前，就盯着玉石烟嘴和铜烟锅头；胖的那位，一进门就瞅椽子；没说话的那位，眼睛老往屋里瞟，不是做贼的，就肯定是收家具的。"

收家具的乐了："老爷子，难道我带贼相？"

"十个买卖人九个是贼，干这一行的，都比贼精。"

仨人转身看村长，村长耸耸肩，腿有了弧度，村长取下墨镜，仨人忙争着给巴爷敬烟：“老爷子，您老可成精了，我们走南闯北，还没总结下你的这点经验。”

巴爷挡了仨人的烟：“你们的烟我不抽，带铜臭味。说吧，别扯闲淡了，你们来究竟干啥？”

村长重新点了一支烟：“巴爷，秋后巴子营人不都要上楼吗？我请他们来，看能不能把不用的家具、木料等都变卖成钱。”

“你憨啊！”巴爷举起烟锅，朝村长砸去，村长退着避开。“他们干这行的，哪有便宜让老百姓占。他们能把银圆哄成铜钱，松木当成白杨，青花瓷碗当成喂鸡的食盆。你这不是引狼入室吗？”

仨人有点恼了：“老爷子，别敲人尽往脸心里打。不那样，我们吃什么，喝什么？不瞒您老，走遍巴子营，我们还硬是没动过心。不是烂白杨，就是破风箱，莫说古董，就连价钱大点的吃饭的家当都没有。政府让你们上楼，是政府真正为你们着想。”

看巴爷一脸茫然和恼怒，收木料的摇摇头：“那些破烂，他们都当宝贝，一古脑儿弄上楼，楼房又成了老鼠窝，糟蹋行情呢！”

村长从巴爷屋里搬出一条凳子：“坐下聊，反正今天再没啥事，我们和巴爷说道说道。”

“这老爷子，阅历远，见识高，祖上不是巴子营人吧！”收古董的眼睛一直未离开巴爷的玉石烟嘴。

巴爷的胡子翘了起来，村长接过话茬：“我们巴爷是土生土长的巴子营人，人家的儿子、孙子在全省可是挂上号的，老爷子阅人无数，你们再别提扯淡的话题。”

一待村长报上巴爷儿子、孙子的名字，仨人都禁了声。

喝了一阵水，巴爷问收古董的矮小个子：“你老瞅我的烟嘴和烟锅头干啥？”

收古董的一脸肃然："请借您老的烟锅一瞅。"

巴爷把烟锅递给了收古董的，收古董的举起烟锅，晃了晃。

"你们知道这烟锅头上铜的来历吗？"

几个人都摇摇头。

"民国十六年，巴城大地震。鸠摩罗什寺塔倒塌，铜塔顶被摔碎。巴城里的能工巧匠刘瞎瞎拾了几块铜，做了几个铜水烟锅，做了几个旱烟锅。这铜，叫风磨铜，平常看不出啥来，一刮风，就闪闪发光。据我所知，刘瞎瞎的子孙手中都没这些东西了。"

"这个值钱吗？"收家具的递一支烟给收古董的。

"你问的这叫啥问题，怪不得老爷子看不起我们。这风磨铜与值不值钱关系不大。明朝年间，外敌入侵，守城的人都已睡熟，外敌暗自高兴，刚一攻城，罗什寺塔顶的风磨铜闪着光怪叫起来，外敌以为有神助，悄然退兵。巴城人把风磨铜叫救命铜呢！"

"那这个玉石烟嘴呢，我们看你看它的神态，就像狼见了羊一样。"

"天机不可泄露，行有行规，刚才为你们补充点历史知识，我也破格了。"矮小个子把烟锅还给了巴爷。

"真的，我们转遍了巴子营，村长，实在帮不了你的忙，我们不是收破烂的，至少，我们比收破烂的高个档次。"

仨人站起来，收家具的指着坐了的凳子："就老爷子的这把凳子，也比你村长家的一院房子值钱。"

村长低头看凳子，收家具的拍拍村长的肩膀："你祖上没福，就给你挣下了个村长位子。走走走，过一阵我们再找老爷子谈。"

出门后，收古董的矮小个子仍回头张望。

五

和康住宅楼在村长的吆喝声中封顶了。

六

秋趴在雨中，树叶和雨对峙，巴子营如狗一样湿淋淋地立在天幕下，间或抖抖身子，几缕轻烟在雨的敲打下歪歪斜斜。

村长的爹披着一身雨，蹚进了巴爷的家。鞋上的泥蚯蚓般在地下滚动，甩了鞋，村长的爹坐到炕上，两个湿脚印在传单上留下的足迹很羞涩。

“住上楼房，就不用来回跑了，找你聊个天，出了这个门，就到那个门了。”

“大雨天，给儿子来做说客？”

村长的爹猛咳了一声：“我才懒得管他们的事呢。我来找你商量楼层的事。”

“这不扯淡么。你村长的爹还用选楼层。”

“不怕你见笑。我是说，住在自己院里，我没那么多揪心的事。”

“楼层有什么令你揪心的？”

“你忘了，过去我们最忌讳的事是怕别人坐到头上，尤其是女人。”

“这与住楼层有啥关系？”

“你想啊，我住一楼，上面有五家人全坐在我的头上。”

巴爷笑了。

“你甭笑。你看，住在院落里，各家的灰圈在各家，女人尿尿的时候，遮遮羞羞，唯恐别人看到。住到楼上，灰圈叫卫生间，你尿尿的时候，上面一有响动，保不住哪个女人就坐在你头上撒尿呢。这社会，女人变得脱了裤子就会在你头上撒尿，晦气呢！”

巴爷吸了一口烟，“你个老贼，没事倒琢磨出这等想法，过去我们骂人，最毒的是你还骑在我头上撒尿拉屎，上了楼，天天不就这么样。”

村长的爹说：“趁他们没想明白，我们干脆住六楼，顶着天，我们天天可以在别人头上撒尿拉屎，心里舒坦。”

巴爷揉碎了刚抽出盒的一根烟。

“唉，别揉，你这一根烟值几块钱呢，别糟蹋。说定了，你也别跟我儿子讲，那个狗日的，还想要架口呢，硬要住三楼。”

村长的爹没入了雨中。雨打在窗子上，一点也不在乎巴爷的目光，从窗缝里挤进来的雨，潮湿了巴爷的眼睛。

雨呻吟着下了三天。巴爷的心里积满了水，他找出雨鞋，出了门。巴子营很无奈地泡在雨中，树和草很新鲜，路上一踩一个坑。来到和康住宅楼下，楼在雨中昂首挺立，一点也不在乎或大或小的雨点，楼前广场上的水顺排雨道流走，只有低洼处藏着几汪雨水。楼门口有点灰暗，巴爷上了楼，腿有点软，下楼的时候，监工的老头翘着胡子：“再等一个月，你就能上楼了。”巴爷递一支烟给老头，老头眯着眼瞅了瞅：“有值钱的儿、孙就是好啊，巴爷，这烟，我只听过。”

回到家，炕上被房顶上漏下的雨洇湿了一大片，巴爷拿脸盆接雨，雨便在盆中叮叮当当起来，弄得巴爷心中烦躁不安。

七

村长又来到巴爷家的时候，天放晴了。巴爷蹲在门槛后面，几只鸡大摇大摆地在院中散步。公鸡一追，母鸡跑起来，扇起的翅膀划地，留下一道浅痕。母鸡停步时，屁股一抬，一滩鸡粪便落在地上，公鸡扑上来，歪了头，欣赏了一阵，猛地啄了母鸡一口，母鸡又跑起来，公鸡愈加亢奋，冲出院门去了。

北方的雨刚猛。村长的皮鞋触到地上，湿地上留下了清晰的鞋印，一点没有滑腻的感觉。一层薄皮从地上翘了起来，锅巴样鲜活，一踏到皮鞋底下，便瘫了身子。

“又是楼层的事，你爹觉悟高，用不着你多操心。你是村领导，你住三层他住六层。”

“不是，村民要求在楼上盘炉灶，炉灶一盘，整个楼道会乌烟瘴气。”

“不盘炉灶，你让他们烧什么？”

“液化气啊，以后拉天然气。”

“一罐10公斤的液化气100多元，只能用一月，他们傻啊！天然气，那是梦唉！”

“不是傻不傻的问题，是提高生活质量的问题。”

“去去去，甭提什么质量不质量，地已经被你们胡折腾，凭他们打工挣的那点钱，不盘炉灶烧柴火让他们烧钱啊？”

“咋办呢？巴爷。你带带头。”

“不盘炉灶，我带头，行，我一人吃饱了全家不饿，他们呢？”

“还不都一样么！”

“不一样，连垃圾都成问题。城里有垃圾处理场，我想啊，过不了一年，你们的和康住宅楼就会成为垃圾楼。以前，他们把家里的垃圾能倒沟里的倒沟里，能倒河里的倒河里，倒不了的往院外一扔，有些能烧的，就在炉灶里烧了。”

“我们制定了乡规民约，强迫他们遵守。”

“现在的人，莫说乡规民约，你拿法来惩治，也未必奏效。该干啥的干啥去，莫耽误我看风景。”

村长拽过巴爷的烟锅，替他在烟锅头中插了一支烟。

“风景？你这院里哪有风景，不就是个公鸡撵母鸡么！”

巴爷挥挥烟锅：“去去去，我这院里满是风景，还村长呢！老屋的门窗，我望着亲切；屋檐下来来去去的麻雀，我望着有活气；那几盆开着的大丽花，我望着有喜气；那棵枣树，枣儿拇指般大，我望着有乐气；靠在墙角的那根扁担，我望着有底气。”

“别的不难解释，望着扁担能让你有啥底气？”

“那根扁担，我挑出了儿子的前程、孙子的学问，一看到它，我就鼓起一股气，精爽地活着，千万别躺在炕上，他们可没时间来照顾我，我得自己照顾好自己。”

村长从口袋里摸出一支烟点燃。

“上了楼，和大家看到的就都一样了。你花坛里的花再美，也是千朵花一样；你栽得树再贵，也没我的枣树来得精神。偌大的田野，猛兮兮地站出这么个和康楼，楼也孤单呢！”

“这也是享受政策的！”

“一个穷得穿破衣烂衫的人，你给他猛然披了件千把块钱的大衣，他能把它当宝贝吗？”

“千说万说，难道修楼修错了吗？”

“错是没错，你娶媳妇，不通过相亲、订亲、订婚、迎娶这个过程，直接拉着一个姑娘进了屋就过日子，总不那么顺畅吧！”

村长的手机响了，他慌慌地起身，走了。那只公鸡受了惊吓，乱叫着跑了一阵，看到母鸡神定气闲地望着花叶上的一只虫，便猛扑过来，一嘴啄下虫子，把虫子往母鸡面前一扔，趾高气扬地叫了一声。

八

广场上的地砖湿漉漉的，有些碎石还没有收拾干净。在广场中间，一口棺材大模大样卧在两条板凳上。棺材边挤满了人。

“这赵老六也混蛋，我们还没上楼，他把他妈的棺材抬到这里干啥？他妈又没死，发丧也不能选择这个地方吧！”

棺材里嘭嘭地响了起来，赵老六推开棺材盖，他妈从里面坐了起来。

围观的人惊叫着四散逃开。

巴爷到来的时候，村人又聚拢在棺材跟前。土改的时候，他和赵老六的娘都还小，分东西的时候抓阄，他抓了一头牛，赵老六的娘抓了这口棺材。赵老六的姥爷那时才二十多岁，抓起牛鞭把赵老六的娘抽了一顿，偏偏这赵老六的娘很倔，发誓出嫁时不要陪嫁，只要这口棺材，谁想娶她，必须得答应这个条件。赵老六的姥爷一气之下，赶走了姑娘，赵老六的娘便带着这口棺材来到了赵家。

赵老六的爹那时穷得如铁丝，顺手一捋，捋不出一丝铜味。

棺材是纯柏木的。男松女柏，这是巴子营人睡棺材的讲究。用上等的柏木制作的这口棺材，本是巴子营大户余老万的，土改时被作为浮财分了，这也耗掉了余老万的精神。余老万死时，不叫儿不喊女，只叫着"棺材"走了。在巴子营人心中，棺材是老房，是走向另一个世界的房子，哪怕再穷，也不能穷棺材。这口棺材沾了赵老六家三代贫雇农的光，安然无恙地度过了一个时代。

这口被称作十二元的棺材由十二根祁连山上的百年柏木打制。棺材正面的材头上画着碑厅鹤鹿，两只雪白的白鹤在展翅飞翔，碑厅两旁的松柏青翠展姿，青草地里的青草鲜嫩得如三月的韭菜，通往大厅的石阶路是由汉白玉石砌成的，光鲜洁白。棺材两边，各画着凤凰；凤凰的周遭，古翠优雅，古画深邃，梅花张朵，兰花舒身，桃花挂果，竹子挺拔。棺材后面画着寿山福海，波浪冲击着寿山，细浪溅出的几粒水珠，晶莹得如猫眼。

这是典型的仙家居所，画棺材的是巴子营的蓝先生。这个占着奇怪姓的人有着奇怪的性格，在画完这口棺材后含笑离世。

这口棺材上的画成为他的绝笔。

村长望着这口棺材，挪动不了脚步。他爹曾动了不少脑筋，想拥有这口棺材，赵老六的娘就是不允。逼得紧了，赵老六的娘让赵老六请人抬了棺材，横放在村长家的院门口，赵老六的娘手里提着麻绳，拴在了村长家院门口的树上，把脖子套进了绳索。村长的爹慌了，从棺材下爬出去请来巴爷，并言称，再不动棺材的主意，并大摆筵席，才平息了纠纷。

村长有了劈了这口棺材的冲动。

赵老六抓阄抓到的是五楼。和康住宅楼没修地下室，赵老六想第一个把棺材抬到五楼。他娘躺在棺材里，让赵老六把她一并抬到五楼。

她说搬进楼房前要借寿。

一村人立在楼前，排成几排堵住了楼门口。

人群中没有村长的爹和巴爷。

相持了一天，赵老六的娘从棺材里爬出来，手里提着麻绳，走向村口的那棵粗大的杨树。村人没一个人动，望着赵老六的娘狼一样扑向那棵杨树。杨树高得齐天，她爬不上去，望赵老六，赵老六则望天，他突然闻到了一股臭味，四周很静，天蓝得失了本色。

“霸了巴子营的第一寿材，又想让我们抬头顶棺，低头看棺，这赵老六和他的妈缺德啊！”村长的爹胡子微翘，手不停地在膝盖上拍打。

“你还想着那口寿材？”巴爷的心里也泛着一股酸味。

“不想是假的，但想也白想。他赵老六把和康楼当成他家的坟场，把我们都当活死人呢！”

“没那么严重。我到江西龙虎山游玩过，人家都玩‘悬棺求运’呢！”

“求运？他赵老六家三代穷得屁股里夹不住一根柴，还运呢！”

“你说咋办？”

“他要硬上楼，我们就一火烧了它。”

“赵老六的娘躺在棺材里呢？”

“也烧。”

“你不怕犯罪？”

“怎么也是个死，烧了那口寿棺，我死了也值。”

赵老六回转的时候，那口棺材已被村人抬到了河滩里，村人从各家拿来柴火，堆积在棺材上。赵老六的娘丢了麻绳，用头顶在棺材前，用鸡爪般的手推开棺材盖，爬了进去。有人抱来麦草，点起了火。

赵老六扑身前去，踩灭了火。他向后一瞅，发觉村人眼里闪着蓝光、绿光，他手中的铁锨掉了下去。

“巴爷，救救我妈！”赵老六跑进巴爷的家，跪在院中。

“娃娃，你惹犯了众怒，我也管不了。”

“千错万错，巴爷，看在你和我妈一起长大的份上，你救救她”。

“要真救，还是假救？”

“巴爷，我只有一个娘，不管提什么条件，我都答应。”

“娃娃，村人憋了几十年火，你要想熄灭，就得破财。”

“破财就破财，权当我提前待了老娘的丧席。”

“胡扯，你这样说，还不是火上浇油！”

“究竟要我怎么办？”

“请十桌流动席来，在和康楼前向众人赔罪。”

“我老娘的棺材呢？”

“抬到恒沙寺寄存。”

村长的爹醉得扶着一棵树叫爹，村长硬扯了他的爹走了。赵老六朝和康住宅楼啐了一口：“好好的不住我的院子，上什么楼呢！”

是夜，赵老六的娘走了。赵老六未请村人，叫了一帮亲戚，将他的娘下葬于祖坟。

一星期后，众人都在为上楼做准备。赵老六领着全家，上了去新疆的火车。

那几天，天晴得让巴爷心痛。

九

树叶在树上不自然起来，秋加了棉衣，扇出的风有了凉意。收木材的和收废品的随风在巴子营各家各户飘来飘去，收古玩的偶尔来一下，他的眼里，只有巴爷的那只玉石烟嘴模特般熠熠甩臀诱人。

村长堆着满嘴的泡，巴子营的各家各户在他嘴里滚来滚去，滚得他舌头发木。

"巴爷，请您老支持支持我的工作。"

巴爷笑笑："楼好住，村长不好当啊。"

村长抠了一下嘴，一块疤脱落，露出了微红。"快别取笑我了。日子过得挺快，一入冬，上不了楼干啥都不方便了。"

"能让他们砌炉了？"

"顾不了那么多了，上了楼，哪怕他们在客厅里砌厕所，都不关我的事了。"

"没地下室，他们积存的粮食和杂物真的没地方去。"

"建楼时我也提过，镇长说你修了地下室，等于给他们修了一个堆破烂的坟，他说习惯要在环境中改变。"

"也是。"巴爷鼻孔里的两道烟喷出，绕着拧着飘荡："先不拆房子行不行？"

"难，巴爷，只要楼房到了他们手中，这工作就做不下去了。按政策，把那些院子推平，能增加百亩耕地。"

巴爷噗地吹远了烟灰，"好好的耕地你们卖了扯淡，那几个院子推了，又成了你们的政绩。唉，你可是巴子营人的子孙，根在巴子营，你不知道这其中的原委？"

村长苦笑道："过去是为官一任，造福一方；现在是为官一任，卖地一方。我是个小小的村长，你让我咋办。我只想在我任上，享受点政府的政策，让老少爷们住上楼房。越推迟，楼还得上，补贴却没了，羊毛出到牛身上，不划算呢！"

巴爷笑笑："你也成精了。你先把你家的院子推平，工作不就好做了。"

"我想你也带个头，这样号召力强些。况且你的房子木料能卖出价钱。"

"我想留点小材料，在村中田地的空余处盖个小窝棚，夏天闻闻麦香，冬天看个雪花。"

"还麦香呢，明年调整结构，几乎不种麦子了。"

巴爷耸了耸肩，披着的衣服狗般卧在身后。

"巴爷，您老快想个法子，镇上只给了我三天时间。"

"你就那么在乎这个村长的职位？"

"不是，三天期限一到，享受的补贴会取消。"

"这不结了，你张贴出告示，第一个上楼的人补助 2000 元，第二个 1000 元，依次类推，你只管蹲在楼前盯人发钱。"

"行吗？"

"你发现金，不要口头保证，包行。"

"我先给你 2000 元，巴爷，你带头。"

巴爷站起来，一脚踢飞了小板凳，"你把我当啥人呢？窝棚我搭定了，以后一帮老人住楼闷了，到窝棚里坐一坐，说说庄稼人的事，也合辙。另外，你把你弟弟请来，我上楼时要用他。"

"干什么？"

"把我的粮模让他抱上楼去，他是粮食局长，过去是粮官呢！"

"那小子，一听你叫他，还不脚下生风，任你巴爷使唤。只是他去了北京，不一定啥时候回来。"

挖掘机到了村长家的院门口，村长的爹坐在门口，瞧着挖掘机升升降降，尘土裹着他，他像一只土猴，禅定在院门前。收木材的跑前撵后，挑着能用的木料。四堵院墙纸般倒落后，村长的爹站起来，拍拍身上的土，号啕大哭，眼泪粘在土上，他的脸滑稽在尘土中，引得孙子拍手欢笑。

村人抢起了挖掘机，有人来找村长，村长胳膊底下压着一只黑提包，文书坐在他旁边，俩人黑着脸，村长抽出一沓钞票，在手里晃来晃去。

“排队，让文书开号单，谁排在前面算谁的。”

那些抢挖掘机的听到消息，飞奔到和康住宅楼下，看众人排了长队，有人懊恼不已，见狗踢狗，见鸡踢鸡。

村长在号条上盖了印，签了字。

那一天，巴子营沸腾在尘雾里。黄昏背着手临降巴子营时，各家门口树下拴着的牲畜把身影沉在暮霭中，争着把吼声献给天色。树高高矮矮，依偎在旷野下，麻雀们绕着推倒的房屋，飞来弹去，它们在土坯上蹦跳一阵，振翅寻巡一番，便飞着去找新的住处了。

巴爷端坐在门口的树下，树下摆着一张小方桌，旁边的蜂窝煤炉上，一壶水在低吟浅唱。手灯微黄的光罩在他的身边，巴爷的影子被拉得很长。

和康住宅楼的楼上楼下，灯如白昼，村民们争着往楼上抬床和家具。村长的身影晃到巴爷的跟前，他递一支烟给巴爷，巴爷接了，掐掉烟把，把烟塞进铜烟锅头里，慢慢地吮吸。

“巴爷，这招高！”村长喝了一口水，拍了一下巴掌。

巴爷没有搭腔，“祖宗没了歇身的地方，粮官没有了牌位，鸟雀没有了藏身的地方，高，实在是高！”

两行清泪，在风的慰抚下，干干地爬在巴爷的脸颊上。

十

收古董的又来找巴爷时，巴爷正在搭窝棚。窝棚不大，四四方方静穆在天穹下，冷寂得如草。

“盘个炕，夏天歇身，冬天暖脚。”巴爷蹲在田埂上，看着萎了身子的草，田埂上的花梗硬硬地硌了巴爷的手掌一下，秋虫爬在黄草中，把身影矮了又矮。

递一支烟给收古董的，巴爷叹口气：“别再跑了，等我咽气的时候，你如果能来，我送给你。”

收古董的讪笑道：“那得等多少年，您老身子骨还硬朗着呢！”

“不急，麦子不让种了，院子不能住了，等那些黄冠梨能挂梨了，你就能等到了。”

“我怎么听不懂呢？”

“你听懂了，我就没饭吃了，滚——”

十一

挂好横幅，村长如遗弃的一枚鞭炮，在空旷的广场里被人踢来荡去。文书喷着酒气，过来拽拽村长的衣袖。

“做啥？”

“这节俭就是好，不铺红地毯，不搭拱门，不放礼炮，不请乐队，我们省万把块钱呢！”

村长的脸绷成放在炉火上的一张纸，他甩开了文书的手。

“定的餐厅也退了，肚子里又少一顿货色了。”文书把主持词往村长手里一塞，斜着肩膀走了。

“巴子营和康住宅楼入住庆典”12个字被晚风擦亮，广场四周的灯柔和且暧昧，村长有了找女人的冲动。他在周遭转了一圈，风中少了秋庄稼的香甜，玉米已枯黄在地中。为上楼，巴子营人推迟了收玉米的时间。玉米老得很快，过了光鲜的季节，它们把自己放纵在天幕下，风替它们将干枯的叶子卷起，有情无调地遮着露出怀的玉米棒子。村里的灯火集中到一起，村长的心空落落起来。集中养殖区还未完工，村人将牲畜仍拴养在旧院落废墟的树上，间或有牛哞一声，狗便跟着吠起来，夜游的猫怪叫着，增加了夜的阴森。上楼来敲巴爷的门，没人应。对门住着的文书开了门，望了望村长：“那老东西可能到窝棚去了。”

村长上了六楼，敲了半天门，门才开了。父亲把灯拧得很紧张，屋里模糊一片，挪到沙发上，一股脚汗味往鼻孔袭来，他揉揉鼻子，打开电视。“你把灯调亮点，不开电视，黑咕隆咚地干什么？怪瘆人的。”

父亲无声地笑笑：“住楼和住平房不一样，水、电，哪个都不省钱。”

村长哼了一声：“又不用你掏钱，灯开不大，上厕所绊一跤，摔个骨折啥的，就不是钱的问题了。”

“又不出门，有啥不方便的。我总觉得尿尿不到土上，尿起来不顺畅呢！还不如蹲坑实在呢！”

“慢慢就习惯了。”村长告辞父亲出门，下楼时，他的眼眶涩涩的。

顺着一缕光，村长来到窝棚里。马灯周遭，有几只飞虫在弹跳，不多。巴爷的玉石烟嘴和铜烟锅头在微光下泛着异样的色彩。

“你不好好休息，乱跑啥？明天要主持庆典仪式呢！”

“我这芝麻官，挨不上。原来吧，红地毯，大拱门，高礼炮，横狮子，疯腰鼓，都得操心，现在取了，一简单心就空了。”

巴爷笑了：“要不了排场，你是不适应了？”

村长吸了一口烟，觉得屁股下暖暖的：“巴爷，你烧炕了？”

“炕已熏干了，怎么，也不适应了？”

村长望着天上的星星：“从田野里看星星和楼上看不一样了。楼上很近，这里挺远，但有股亲切感。”他打个呵欠。

“回去睡觉吧！明天要忙呢！”

“没忙的，又不搞接待，县长一讲话，镇长一致辞就完了。”村长头一歪，斜靠在被窝上睡着了。

巴爷将村长放平，替他盖了被子，也侧身一躺，从栅栏门的缝隙中望天。

十二

清霜挂在草上，巴爷听到了草叫疼的声音。他摸摸腰间，村长的手机从口袋里溜出来，挤出被窝，硌痛了他的肋骨。他打开栅栏门，天很远，星星们都朝怀里奔来。下了炕，他朝和康住宅楼望去，一钩弯月小媳妇般悠荡在楼后，羞羞答答地挤出一两抹清辉。风加重了力度，他紧紧衣服，坐在窝棚前，一股香甜的味道赶着另一种味道，围罩着他，他仔细嗅辨着这些味道，有玉米味，有荞麦味，有油菜味，还有各种野草落幕的味道。他把这些味道捏在手心里，揣在口袋里，藏在衣袖里。清霜一搅和，这些味道呻吟起来，他靠在窝棚墙上，把味道一一分开，一把一把往风里扔，味道越来越重，他沉浸在众多的味道之中，酣然入梦。

十三

黎明被一声怪叫惊醒。村长跳出了窝棚，发现夜已从巴爷的胡子上走下来，白天爬在巴爷的嘴上，涎水像星星一样往下掉。

十四

文书叉着腿，双手抱着靠在肚前。广场上的健身器材上，拴着牛、猪和狗。村长记得土地承包时，牛、马、驴、骡也是这样拴着的，不过是拴在生产队院中的木柱上。那时那些牲口的眼里，有期待，而眼前拴着的牛和猪，表情淡漠，没有聚在一起的兴奋，狗互相望着，夹着尾巴，形同陌路。

“他们想干什么？”村长望着和牲畜们挤在一起的人群，脸上的肉突突地跳起来。

“要上楼补贴”。

“不是让你全发了吗？”

“我留下了一点，想等过年时再发下去。”

“你这不是要人命么？镇长、县长到来，我们怎么解释，在广场上办牲口交易市场？”村长朝文书屁股踢了两脚。

“现在咋办？”文书拉拉衣襟。

“发，马上提钱发。谁先把牲口拉走，给谁发。”

巴爷到广场时，村长搬了把凳子给他。两头牛对望着，一头牛恼怒了，挣断绳子扑了过来，另一头牛一缩身子，那头牛撞在电线杆上，电线杆上的灯罩哗啦啦掉了下来，众人拍手齐笑，猪怪叫着，狗便汪汪齐吠，热闹的气氛一下子膨胀起来。

县长一下车，看到村人拉着牛排队领钱，问镇长，镇长问村长。村长把县长和镇长请到广场东面的村委会办公室：“在领剩余的住楼补助款。”

“不是让你们一次发清吗？他们拉牛干什么？”

“迟发钱是为了更好地调动他们上楼的积极性，也让他们细水长流。牛么？他们是让牛也认认楼门。”

“认楼门，难道在楼上养牛不成？”县长的脸黑了下来。

镇长是本地人，他给县长的水杯里续了水。“这是巴子营的旧俗。新房子落成时，要拉自家的牲畜来认门，以求六畜兴旺。过去还要跳牛舞，这是项民俗活动。现在提倡节俭，巴子营村人以这种形式来表达他们的心情。”

“有点乱。仪式就不搞了，我们到楼上去看看。”镇长朝村长摆摆手，村长把县长领到标有六的楼口。

县长转过身，到五号楼口，村长跟在县长身后，看着县长腾挪着一层一层住上走。楼道里堆满了筐、篮、木棒、蜂窝煤之类的东西。敲开了一户人家的门，县长随意转着。

“不配套,这哪里是和康楼,像是‘难民区’。”县长年轻的脸上阴云密布。

“这有个过程，在巴子营人眼中，住楼房和住平房一样，只不过高点罢了。”

“这不扯淡么。我们花费那么多代价，是想提高他们的生活质量。我看，如果不硬性禁止，他们真会在楼上养鸡养猪。”

“那倒不至于，集中养殖区已基本完工，我们绝对不允许家禽们上偻。”

“把楼道清理干净，下个月市上要统一验收。我们再挤点资金，让他们把家具换一换。”

镇长和村长都笑起来。

“有这么好笑吗？集中办一次学习班，城镇化在形式和内容上都要统一。”

县长走了，镇长抓起杯子朝地下砸去。

“你他妈糊弄什么不行，偏在今天拉牛赶猪，成心跟我过不去啊！”

“我根本没有想到他们会来这一招。”村长弯腰拾着杯子的碎片。

“没有想到的事还多着呢！把工作做细一些，免得市上验收组来，他们再换身破衣烂衫，臊我们的皮。”

“他们哪敢？”

“这不是敢不敢的事。虽然他们人上了楼，但心还没有上楼。”

“这是实情。他们烧惯了柴火，一罐液化气 10 公斤的就上百元钱，他们舍不得。那些旧家具，陪伴了他们多少年。收家具的，倒给他们钱都不拉，村民又舍不得，只好搬上楼。”

“不行就统一回收。免得他们得了新家具，旧的还舍不得扔。”

“那得以旧换新，要不然，他们还会糊弄我们。”

镇长看看清空的广场。广场上的牛粪、猪粪星星点点撒开，柴草斜三横四躺着，间或有人把痰吐在水泥地上，花坛里胡乱堆放着柴火。

“成立一个清洁小组，每天都得打扫，要把环境弄得舒适一些，免得人一看见就闹心。”

“钱谁出？”村长挠挠头。

“让我出？让镇上出钱替你们巴子营人打扫卫生？”

“巴子营一无企业，二无资源，你让我从哪里弄钱？”村长的脖子直了起来。

“想办法么？”

“农村不比城市啊！”巴爷吸了口烟，接过了话头，“城镇化不是块馍馍，塞在嘴里就能吃。”

镇长让巴爷坐，巴爷摆摆手，转身离去。

十五

村长和镇长坐在和康住宅楼前，看着巴子营人搬家。秋阳软软地爬在他们身上。巴子营人搬家搬得有些慌乱，各家有不同的搬法，但有一点相同，他们手里提着一只白公鸡，一到楼口，便扭了鸡的翅膀，鸡一叫，便将刀往鸡脖子里一割，血滴滴往下掉，随后的人端着火盆，火盆的柴火温温地燃着，跟在火盆后面的是提水的人，各家最年长的人手里捏着一撮从祖宅墙上、地下抠出的土，一点一点撒着。到了自家门口，提鸡的人把鸡头朝门上掼去，一点两滴的血花便从门上蔓延开来，零零星星的腥臭在楼道里弥散。喷完鸡血，年长的拉开门，将土往门里一撒，嘴里叨叨着诸如“土到祖到宅平安”之类的话，提水的将水往门前一洒，也念叨着“水到运到人平安”的祝语。楼房里的干净让各家人心里有点不适应，他们踏惯了土地，在地板砖上一走，楼道里的水渍灰屑粘在脚上，一览无余地站在地下。有人趴下身子，用袖子擦。忙乱一阵，年长者进了阴台，在操作台上的香炉里上了香，化了表纸，十五个馒头山般立在操作台上，最高层的馒头上的色点可爱地望着天花板。

火盆没有自己的位置，盆里的木柴烧完自己，黑白相间地坐在盆里，静得令灰烬也难受。从老宅院里提来的水被供在了洗菜池、洗脸池前。面对水笼头里急急窜出的水，它们显得非常淡定。年长者将最后一点土撒在从老宅院里提来的水中，提了勺子，让女人们端来一摞碗，均匀地在碗里舀了水，让家里人喝，小孩不喝，大人们喝斥着让小孩喝了水，一家人便坐下来，看着被装修成统一格调的房子，有身无所依的感觉。他们也到别人或亲戚家的楼房里去过住过，现在住在了属于自家的楼房，心里虚虚的。住在老宅院的屋中，看啥挂得不顺眼，一根钉子往土墙上一摁，牛缨、毛巾、草帽等物会跟土墙很融洽地接触，协调得让人舒心。年长者摘了帽子，找了半天，没地方放，便放在茶几上，几只杯子很敌视地看着帽子，帽子羞涩起来，吸附了茶几上的几点水，年长者抓了帽子，放在沙发背上，在沙发上跳着玩的小孩一屁股坐在帽子上，年长者推了小孩一把，从小孩的屁股下面抽出了帽子，在手中拍打几下，戴在头上，觉得有点扫兴，又抓下帽子，在手里绕着圈，并朝帽子上啐了一口。

村长喝完了杯里的啤酒，看镇长趴在了桌上，用手拉拉镇长的衣袖，镇长伸开双臂，夸张地伸了一下懒腰，打个呵欠。

“鸡炒好了。”村长揉揉鼻子。

"搬得咋样了？"

"除巴爷没见人影，别的全上楼了。"

镇长摸出一根烟，递给村长，村长凑近，瞧瞧香烟的牌子，夹在鼻子底下嗅嗅。镇长用眼一瞪："把香烟当女人了？有那么销魂吗？"

村长咧咧嘴："女人跑不了，这种香烟，一年难得抽几回。你这一根烟值一升麦子呢！"

"有你这么算得吗？"

"我不这样算，我的老婆娃娃喝西北风去。你想，你这一盒烟几十块，一天抽两包，等于一个农民工一天打工赚的钱。"

"没吃鸡，就塞不住你的嘴。少扯淡，饭安排在哪儿？"

"就在这儿。"

"鸡呢！"

"都在各家锅里呢！"

"拿人寻开心？这么多口人，我们上哪家去都不合适了。"

"我们谁家也不去。今天我请镇长吃百家鸡。"

"我是座山雕呢？还百家鸡。"

"这是民俗，你镇长今天不走百家，就可以吃百家鸡、尝百家味了。"

村长吆喝了一声，文书提着一只脸盆，放置在镇长面前的桌上，村长打开一瓶白酒，又摆了三只酒杯。

"为何摆三只酒杯？"

"三星高照。"村长点燃了一挂鞭炮，鞭炮的余音未落，楼门口便挤出一帮人来，将炒好的鸡往脸盆里倒。不同大小、不同味道的鸡块推推挤挤，脸盆臃肿起来。倒完鸡肉，众人排了队，轮流给镇长、村长敬酒。

一圈敬下来，镇长低了头，涎水从嘴里流下来，蚯蚓般蜿蜒。村长靠在桌子上，头一下一下在桌腿上顶，脸盆快乐地跳到桌沿上，镇长一摇晃，脸盆从桌上掉了下来，落在了村长的腿间，村长睁开眼，把脸盆夹在腿间，从盆里抓出一块鸡肉塞在嘴里，又吐出来。

“肉咸了，汤淡了。镇长醉了。”

镇长扶着桌子站起来，玉米秸秆般摇到了车前。司机打开车门，镇长个子高大，一条腿塞不到车中。村长把脸盆一扔，赶来帮忙。看着镇长的车走远了，村长摇晃着出了广场，向已推平了的老祖宅走去。文书拦住了村长：“村长，你往哪儿去？”

“回家。”村长甩开文书，踏上了那条小路，他的腿前一片狼藉。

十六

这个冬天的雪有点咄咄逼人，风将雪吹得东倒西歪，蜗在和康住宅楼上的巴子营人看着雪花在窗外随性率意地抖动，便感到住楼房的好处了。往年的雪天，烧炕是一件令人挠心的事。须扫开通往炕洞的路，雪在扫帚底下唰唰作响，堆在一起作为烧炕材料的粪末、麦草等物覆在雪下，用铁锹挖一个洞，将麦草和粪末填入炕中。这是件功夫活。填得太瓷实，暗火引不起来；太松软，又易于燃烧。填一次要让炕暖和一天，往炕洞里填得材料就得货真价实。粪末多了，炕容易发烫；麦草多了，燃烧较快，缺乏后劲。往往的情形是，晚上睡在炕上，身下烫得难受，一伸手，外面冰凉凉的。住进楼房，巴子营人才明白做城里人真正的好处。暖气有人烧，雪有人扫，买好的菜往冰箱里一塞，管他外面胡天雪地。

热闹新鲜劲很快在雪天消融，人们发现少了巴爷的身影，有人到窝棚去瞅，门也锁着。问村长，村长闷闷地说：“可能到他儿子那里去了吧。”问的人不解，说这巴爷真正的左性子，和康楼未盖时，他天天猫在巴子营，等大家享受楼房时，他又跑了。村长喝了一口水，看着来人踏在地板砖上的水渍，让老婆拿拖把拖了。来人倒缩着出了门。村长看着老婆在客厅里晃来晃去，放了一个屁。

老婆笑了："一屁臭一楼，这就是住楼房的好处。待在祖宅里，这会儿或窝在被窝里，或叫几个人打牌，天冷人气热。搬到楼上，有时出门一天也难得见到人。"

村长拉了一下老婆的手，老婆乜了一下眼："来劲了？在老屋里，想法说来就来，在楼房里，猛不出劲了。"

村长弹弹水杯："过程短呢！在祖宅里，人一来狗会叫，拍门得一阵，走到门口得一阵，有时玩完了，人还在院门外跺脚。"

老婆替村长的杯里续了水："想啥呢？"

村长走到窗前，看着在广场上玩耍的孩子，他打开窗子，伸手去接雪花，雪花接在手里即化，手心里潮湿一片，村长捏紧手，几滴水掉下楼去，村长仿佛听到雪花在叫喊。

十七

进入腊月了。村长的眼迷蒙蒙的，他似乎闻到了年味。

文书敲门进来："年猪在哪里宰？"

"能不能在暖棚区宰？"

文书呵呵手："我问过包养猪的人，他说应该换个地方，猪叫羊咩，会影响其他猪羊情绪的。"

"要么我们让各家抓阄，请专业的屠汉，在广场上宰杀，图图热闹。"

文书弹了烟灰："行呢，要不然这年也过得无情无趣。"

村长从窗子看天，雪丝毫没有停的意思。

十八

腊月二十四的巴子营在忧郁中夹带了些许祥和，为楼阁中搁置蜂窝煤等平素侧目的巴子营人都把怒脸隐了起来，见面答话时温温暖暖。村长吆喝宰年猪时，各家的主事者或男或女都走出家门，聚集在广场。广场上花花绿绿、蓝蓝黑黑起来。猪在集中养殖区，抓了号牌的人看看自己手中的号码，号码在前的便随了屠汉去抓猪，其他的人往大铁锅底下加柴。火力旺盛，大铁锅里热气四溢，水里也有了年的意味。

村长把披着的衣服穿了起来，招呼大家支起木板，用来放置宰杀后的猪肉，太阳嘻嘻哈哈挂在天上，晴一阵阴一阵，哈手哈脚的人看着屠汉赶了猪，猪兵丁般列队，到了大铁锅前，感到身上暖和多了。屠汉把猪的后腿一提，两个助手娴熟地操起猪的前腿，把猪往木板上一按，一把刀倏地戳进猪的脖子，是谁家的猪谁便端了脸盆来接猪血，待猪血一点一点下滴时，屠汉喝令拿开脸盆，在猪后腿上拉开一口子，嘴对着口子吹起来，噗……噗……吹气声很有节奏，一会猪身便滚圆起来。屠汉很夸张地在猪肚子上拍了几下，猪肚子发出砰砰的声响。两个助手抬了猪，丢进大铁锅中，四只手便抓起猪毛来，一把一把的猪毛兴奋地落在旁边的一竹筐中。待抓不住猪毛时，助手抬了猪往木板上一扔，拿起特制的刀剐起猪毛来，猪被翻了几下，白白净净地卧在木板上。屠汉噗地吐了烟蒂，拿刀剜了猪尾巴丢在一边。猪的主人也不计较屠汉剜得大小，拉开猪的肚子，屠汉把猪心、猪肝掏出来，和猪尾巴丢在一起，斥令猪的主人把猪吊在铁杆下的铁钩上。铁杆本来是供人们锻炼的器材，挂了猪煞有意思，屠汉操起斧头，几下便把猪卸成两半，猪的主人便抬了猪上楼。

养猪的等着宰猪，没养猪的端详着宰杀后的猪，有中意的便定下一片或半片猪，称了斤数上楼。忙了半天，该杀的猪已杀完，屠汉让助手洗干净大铁锅，把猪尾巴、猪心、猪肝收拾干净，丢进锅中，养猪的人家有的贡献出猪头，有的舍出几斤肉来，让屠汉剁了，也丢进锅中。猪尾巴、猪肉、猪心等此起彼伏，把香味弄得一绺一绺往和康住宅楼上飘，村长让文书抬了两箱酒来，又从村委会抬出几张桌子，老人们被请下了楼，按辈份、岁数排坐在桌前。

“缺了巴爷，谁来打酒令？”文书抹了一把鼻涕，问村长。

村长吁了口气，“我不够格吗？”

文书拍拍脑袋：“一进腊月忙晕了，昨天送走了灶王爷，今天您村长就成神了。”

屠汉笑了：“道士吃了狗卵子，假借屠汉说法；村长摸了猪尿泡，可就真正成神了。”

村长把酒往屠汉嘴里一灌，挥挥手，猜起拳来。

“不知巴爷在城里忙什么？”有老人唏吁道。

“忙天忙地忙儿媳妇，管他的。往年聚不齐人，现在聚在和康楼，谁不出门我上楼就骂他娘。”喝着喝着，村长趴在了桌上，屠汉望了村长一眼，把油手往村长身上抹去，其他人都站起来，挨个把油手往村长身上抹，村长的大衣上爬满了猪油、猪肝、猪心的碎末。村长的老婆冲下楼来，看到满身油渍的村长，大骂起来，众人也不回嘴，趔趔趄趄上楼。

“我的过年的衣服啊——”村长的老婆踮着脚喝骂，许多家庭主妇从窗子探出头来，笑。村长爬起来，把沾满油渍的外衣扯下来，丢进了大铁锅中。村长的老婆忙探身去拽，村长把手在老婆屁股上一拍：“再扯声，我把你也丢进锅里煮了过年。一件衣服，值得这样大惊小怪嘛。”

老婆转身往楼上跑，村长拍着手，指着从窗口里望的人，骂起来：“这么好的日子，你们还要扯淡。让你们上楼不上楼，上了楼又抬来破家什丢人现眼。今年的年，你们如果不好好过，我挨家挨户去骂娘。”

“闹社火不？”有人问。

“闹。”村长扭了几下腰。

“打春牛不？”

“打。”村长把手挥了几下。

“圈粮囤不？”

“囤你娘的圈。那是巴爷的事。”

“要不要请巴爷回来？”

“那个老贼，到时肯定来。不说别的了，从明天开始，我们村委会的人一家一家给你们提前拜年。腊月三十日，我们在广场上集体熬岁，眼热死巴爷老贼。好不好？”村长对着楼门，张臂而去，想要把楼搂进怀里。

各家各户都关闭了窗子，从窗里跑出来的香味，聚在广场。广场上香气弥漫。

“好！”村长返回广场，吼了一声，双手抓着香气，在广场上舞动。

十九

年坐在巴子营人家中，大模大样地享受。村长泡在酒中、肉中，一见酒肉便像见了敌人一样仇视起来。往年的村民稀稀落落撒在方圆几公里的地方，他高兴到哪家就到哪家，今年都集中到和康住宅楼上，落了哪家哪家的脸上都如猪尿泡般不爽。村长老婆服侍了村长几天，便在地下铺了毯子，待村长深夜酒醉回来，把他往毯子上一推，盖条被子，村长的鼾声便响起来。

“我觉得住楼房的唯一好处就是酒鬼们不怕受冻，如果是平房，谁敢把自己男人放到地上，冻一夜非冻出病来不可。”村长的老婆对来往的亲戚诉说着自己的得意。

原定正月初五起社火身子的事在争吵中没了结果。往年的情形是，正月初二先请了春官老爷。多年来，春官老爷都由巴爷承担。到初五，背头鼓的一敲鼓，其他人便装扮了背了鼓出门集中到村委会。按惯例，第一年由村东开始，第二年轮到村西。轮到村东，村东的尘土中便有了呛人的欢乐；轮到村西，村西的人便把欢乐绑到旗杆上，旗在年风中一飘，社火便开始了。各家各户都备了被面、酒烟，一听社火到了门前，就支了八仙桌，先将春官老爷请到桌前，扮演傻公子的便依据各家的实际编了唱词，唱得主家心花怒放，就换了桌上的烟酒，把家中的珍存拿了出来。虽然热闹不了几天，但欢乐却在巴子营上空久久凝聚。平素有过结的，在春官老爷的调解之下，一一握手言和，互相道了歉意。待正月十五前卸了社火装束，巴子营人一年的鸡零狗碎全被掩在了尘土和祥和之中，如果再不添新的矛盾，这些东西慢慢会被乡土融解，一片洋洋暖暖。

"春官老爷都跑了，闹啥闹呢！"有老人咕哝着。这些老人沿循旧习，随地吐痰，大小便不冲马桶，上楼不磕鞋，随意弄脏地板，已让媳妇们反感不已，况且在过年时，喝点酒借机发点酒疯，清醒后肚子饿了找不到吃的，开冰箱门又不顺手，便在楼内乱窜。儿媳妇和孙子沉浸在电视中，一点也不在意他们的举止。

就下了楼找村长诉苦："还是住平房好啊，拉哪儿都行。出门几步就到了田中，田有了肥，人也轻松。"

村长咧嘴笑了："坟地更轻松，你直接躺到那里，用不着吃、喝，也没必要看儿媳妇的眼色了。"

有人便打趣："阳世三界人弄人，阴曹地府鬼日鬼，能饶了他。"

"不讨论这个事了，都住了楼房了，老人们要理解孩子，你们是人上了楼心没上楼。住住就习惯了。"

"不讨论这个问题，今年这社火咋闹？"

"闹啥闹，你村长已转遍全村的人家了，等于闹完了社火。往年走东家游西家，鼓能跳，锣能笑，今年屁窝大的地方，上楼一个挨一个，到人家家里盛脚的地方都没有，闹不开。"

"这么大广场，盛不下你的牛脚？"

"总不能天天在广场闹吧！"

村长把别人递来的烟往耳朵根一夹，转过身子，望着和康住宅楼。家家户户窗上还残留有鞭炮的纸屑，有的像尿布一样斜搭在窗上。广场上狼藉一片，破碎的酒瓶，裂口的饮料瓶，还有过年时淘汰的旧鞋烂袜蛇般蜷缩在广场角落。沉浸在冬天的花坛里，星星点点散落着大便、狗粪等物。村长把耳朵上夹的烟拿下来，挂在裤腰上的手机响了。

是镇长。

镇长的粗声大嗓让村长的神经也亢奋起来。

“正月初八上班后，市区领导要到和康楼给巴子营人拜年。这是巴子营的荣耀。你要把该打扫的地方打扫好，选几家卫生意识强的，饭菜质量好的，做样子要做到面上。你要是再让镇上丢了人，我剁了你喂狗。”

村长打声哈哈：“你镇长闲着没事乱揽活，你先来看看，我正为打扫卫生发愁呢。要割你现在就来，我就用不着发愁了。”

“酒喝足了肉吃饱了，你权当锻炼身体。卫生由你们村委会承包了。年后我给你们发点补贴。”

村长自嘲起来：“再别提补贴的事，你镇长嘴一张像是在吐元宝，其实就像城门，洞大，吹得全是白风。”

镇长啪地压了电话。

书记、主任、文书动员家人清扫广场。家人从村委会拿了扫帚、笤帚等打扫卫生。他们扫得尘土飞扬，住在一二楼的人家关了窗子，脸贴在窗前看几家人在忙忙碌碌。清扫了广场，垃圾往何处拉，几家商议了一会，都望村长，村长咧咧嘴，大家一哄而散。村长从村委会的库房里拉出架子车，把垃圾装上车，又清理了花坛中的粪便。大权河离和康住宅楼有段距离，村长在割人的风中，听着架子车咿咿呀呀的声音，他加快了速度，把垃圾倒进了大权河。垃圾进入大权河，一动不动地趴着，几只塑料袋风筝一样飘起来，飞到了河对岸。

“垃圾不像人，人窝在楼中，垃圾窝到哪里去呢？”村长坐在大权河边，望着半河的垃圾。

“一开春，又得清理河道。城里有垃圾处理场，巴子营的垃圾，到哪儿安身呢！”

手机响了，是老婆打的，问他是吃清的还是稠的，村长没好气地吼道：“吃你妈的吃。”便挂了电话。

回到和康住宅楼下，文书问道：“这社火闹还是不闹呢？”

村长把架子车往地下一扔：“闹你妈的闹。”就头也不回地上楼了。

二十

冬日的烟很硬，一缕青烟从田野直拧而上时，村长披了衣服出门。他拐进田中，避开了路上的浮尘。冬水浸过的土地高低不平，凸起的土堆上趴着粉状的土粒，极像蚂蚁洞口在雨来临时清出的浮土。

巴爷盖起的那间窝棚边，一堆柴火正在红白相间地燃烧。巴爷把灰烬归拢，拿筛子细细筛了，倒进一干净的桶中。村长如一根闲柴般待了半天，踢了灰桶一脚。

巴爷乜眼瞅着村长：“闲的还是吃饱了撑的，踢桶子干啥？”

“看见烟我就知道你回来了，巴子营，除了你巴爷，谁还会在正月二十三在田里扯淡。”

“住上楼房了还这个素质，看来这楼房亏大了。”

“巴爷，圈粮囤也用不着烧这么多草木灰吧？”

“亏你还是巴子营人，广场那么大，你还想在平房院那样，圈鸡窝大的一块。”

“你进城了，社火都没人闹了。”

“我死了，粮囤也就没人圈了。”

“大过年的，巴爷要忌口。”

“天要在正月二十补，人又何必忌口。”

“巴爷，上楼比不上楼事情多啊！以前公公媳妇闹矛盾，各归各院，现在一个门里进出。公公尿憋了，媳妇还在厕所里。孩子上厕所，看到爷爷不冲马桶，捏着鼻子喊臭……”

“习惯就好了。”

“什么时候才习惯呢？”

“按说这回各家盘灶各家烙馍，你就安静多了。”

“以前，看到脏乱，可以假装避走。现在集中到一起，有人顺窗子倒垃圾呢！”

“这得硬性约束。”

“法律都不起作用，约束有啥用。”

“这简单，你编个公约唱词，让瞎仙弹了三弦去唱，肯定管用。”

“行吗？”

“保证行。有时民俗的力量比法律和道德的约束还管用。”

“圈粮囤也是这样？”

“也许吧，对养育他们的土地也没人热心了，恐怕今年的地都没人种了。”

“这也是趋势。他们打工一月挣的钱超过十亩地一年的收入，况且也单纯。种庄稼，头绪太多。”

“现在用人的地方越来越少，过几年没处打工呢？种地虽然产出不多，能长远养命呢！”

“现在谁还考虑长远的问题呢！”

烧够两桶灰，巴爷拿铁锨铲土盖灭了火，进了窝棚。窝棚里的炕暖暖的，炉火上的小砂锅里泛出的肉香让村长浑身舒泰。

“巴爷，你可是火炉子，肉罐子，就缺个丫头溜趟子，你过得可是神仙日子。”

巴爷笑了，从小木柜中拿出两只碗，舀一碗给村长。

“吃，吃完跟我去挨家挨户收点米面，明天要用。”

“收啥收，到我家去拿，用多少拿多少。”

“不一样，不一样，现在不缺吃穿，缺的是心劲。一到正月二十四，按旧俗只吃一顿饭，吃饱喝足，一天不饿。过去肚子大的一早要吃十碗饭。填仓填仓，小米干饭。正月二十五日填仓节，是以前较为讲究的一个节。我看看，鸡有了，鱼有了，官仓老爷张口了，还缺只狗，你把你们家的小黑抱上。”

“抱狗干什么？以前也没这么干过？”

“以前住平房大院，家家养狗，现在上楼了，除了你村长养个小狗当祖宗供，老百姓哪有这份闲情逸致。”

村长把碗一放，“干脆明天让各家各户拿来米面不就得了。”

“干啥要务啥。你把肉吃回来了。天仓节最忌讳往外拿东西，明天你到人家借拿东西，人家忌讳呢！”

巴爷拿出一条米口袋和一条面口袋，把两只大塑料袋交给村长。

村长刚出窝棚，巴爷喊道：“回来”。

“又干什么？”

“也别让你这个小土地爷白辛苦，这两条烟拿去。”

村长看看牌子，“巴爷，这烟我可担待不起。”

“就这点出息，你别要，回到家关了门抽不就行了。”

“这倒是个办法，现在镇长抽烟都摸着抽呢！生怕别人知道烟名，传到网上，捅的篓子可就大了。”

“我不管官场的事，况且你也不算个官。塑料袋里我给每家每户都带了点礼物。年过了礼数不能少。走吧，到人家客气点，别吆五喝六。”

村长笑了。两个人像赶集，巴爷在前，村长在后。巴爷手里，还多了一把笤帚。

二十一

住进和康住宅楼的巴子营人见到村长只是客气，见到巴爷则亲热多了。道明来意，大家都说要不是巴爷说起，一住楼就忘了，便向巴爷抱怨：粮囤没了，现在圈，就等于画饼充饥了。到了贺老六家。贺老六瘸，老婆瞎，住楼房时抓在了六楼。贺老六当时提出不方便，村长说有高风格的给调换调换，众人都不吭声，村长提出重新抓阄，众人恼了，有人嚷道：横竖都是胡萝卜，煮熟到锅里了。瘸子少下楼，瞎子看不见，住一楼也是白忙。贺老六骂了几句娘，瞎眼老婆拉住他：六楼就六楼吧，我在平房里瞎了半辈子，在楼上再瞎半辈子，也就瞎到底了。

巴爷将礼物放到桌上，贺老六的嘴蠕动了一下，一滴眼泪从眼中渗出。巴爷拉拉贺老六的手，贺老六跑到卧室，抱出一条装满麦子的袋子："巴爷，这是我去年种下的麦子，个个都是我细挑出来的，你能拿多少就拿多少。"

"住楼好么？"村长看着脏乱的地面。

"好是好，没人情呢！"瞎眼老婆嚷道："住平房院子吧，还有人常来和我说说话，我也能闻到花香，摸到树叶，到了楼上，除几个亲戚，巴子营人没人来过，住的近了，好像远了。"

"季节还没到，你就想闻花香，你还把自己真的当成了城里人了。要知足呢，你们两口子，吃着低保，享受着残疾人福利，又住上了楼，要把楼房收拾干净，自己也住着舒心。"

"还舒心，我闹心。楼房又不白住，我两口子可欠了十多万元的债呢，等安顿好我老婆，我也要出去打工，要不然你村长三天两头催债，我们心里不畅呢！"

"不是我催债，楼房钱又不是我的，是镇上在催，包工头在要。"

巴爷把手中的笤帚拍打了几下："以前吧，巴子营人出去打工是为了生活，现在是为了楼房。这么说吧，以前他们为生活打工，现在为楼房打工。村长啊，你这城镇化模范村和村民的现状可不配套。"

"这不是我的城镇化，水、电、暖、气，哪个不需钱，总不能让大家住上楼房，还像过去一样架火炉、烧煤球吧！"

"那倒不是。你村长就像猫儿钻在裤裆里，乱抓挠。"

"哎哎，巴爷，该你干的事你干。你想当村长吭声，我让了就是，你有话跟有关人去说，别拿我开涮。”

“咋的，连老农民都知道，自从老村长死了，人人都是新村长，别扯远了。你那些事我以前都跟你谈了，现在我只管明天圈粮囤的事。”

“就是，就是，贺老六家的麦子好，咱们多拿点。”

巴爷拉开自己衣服的口袋：“往这里装，装满就行了。”

村长说：“又不是金豆子，你装进衣服口袋里干什么？”

巴爷抓起一把麦子嗅嗅：“别人给的都是面粉，还是从外面买的，只有贺老六的麦子，才是巴子营的地里长出来的，它通人情呢！”

村长按按巴爷的口袋，口袋如石榴般肿胀了起来。

到了楼下，风一吹，村长摇晃了几下，差点丢了手中的口袋，巴爷接过口袋，让村长扶到肩上。背了口袋的巴爷像风吹弯的树，慢慢拉长到小窝棚前。

送走巴爷，村长上楼喝了一杯水，又下楼。他瞅瞅路旁的树，还没有发芽的迹象，树干变了颜色，微微泛出点绿意。田野里寂静得令鸟雀都难过。他走入田野，土壤已拱出土气，踏上去有了虚浮的感觉，这种地气让村长有了主人的感觉。

巴爷小窝棚里漫出的气息很孤独地在田野旋转。

村长突然觉得自己像一粒麦子，被人扔在田野里，只有巴爷小窝棚顶上的烟洞里冒出的烟，还让他的鼻子能嗅到巴子营的味道。

二十二

巴爷爬起来看看手机，正月二十五的天似乎睡得很沉，窝棚里的炉子闪着微弱的火，蹲在炉台上的面狗、面鸡、面鱼木讷着身子，那个点在它们额头上的红点在手机灯光一闪中，龇牙笑了一下。炕的温度依旧，炕席底下铺洒的沙子保持着恒温。巴爷起身穿衣，搁置在炕角的衣服蛇般冰凉，他呵口气，套上衣服，用火钳捅旺炉子，窝棚里的暖意一点一点升了起来。

地下放着两只塑料桶，里面盛着麦子和草木灰。一只簸箕坐在桶顶上，一根木棍斜躺在另一个桶顶。

巴爷在脸盆里倒了水，盆底的薄冰，爆响了一下，他回头看看点燃的蜡烛。蜡烛的芯捻燃烧成灯花，五朵，很可爱地扭动身子。巴爷的心舒展成一块光滑的大饼。

漱完口，巴爷从窝棚西角拿过一个筛子，将塑料桶里的草木灰倒在筛子里，筛着。细细的灰钻入他的鼻腔，巴爷打了几个喷嚏，雷似的，在寂静的田野里有点瘆人。

把灰筛完后，天有了亮意。巴爷拉开门，一般风冲进来，蜡烛的火苗摇摇晃晃。关了门，巴爷在炉火上搭上一只小铁锅，在里面添水下米。

“填仓填仓，小米干饭。”巴爷坐在炕沿上，听小米在水中欢唱。

舀出米汤，巴爷喝了一碗，待米熬成干饭后，巴爷拿出一只碗，用锅铲将干米饭剐到碗中，锅底有一层焦米，他剐下来吃了。剐米的声音刺耳，巴爷咧了一下嘴唇：焦仙，焦仙，米一焦就成仙，保肠胃，利消化。他一点也不在乎嘴里的苦味。

“噢呀——”巴爷放下碗时，拍拍自己的脑袋。他从一只抽屉里拿出一张照片。照片上的人是村长的弟弟，是巴城的粮食局长。按旧俗，每年正月二十五日天仓节这天，要供仓官老爷，也就是粮官的画像。巴爷在腊月里走城穿镇，没有发现卖仓官画像的。过去的那种木刻水印仓官图已绝迹。这种东西每年买才有意义，不像有的东西可以多保留几张。巴爷在巴城失落地缓行，碰到了村长的弟弟。客气了几句，巴爷笑了。粮食局长摸摸脸，瞅瞅衣服：“巴爷，你老莫不是嘲笑我这个现在人见人避的粮食局长吧！”

“哪里！民以食为天，在老百姓眼里，粮食局长的地位高呢！那些年月，人人眼中有粮食局长，没有市长的。”

“那是老皇历了。现在的粮食局长，成了落架凤凰，要权没权，要钱没钱，充其量就是个看仓库的。”

“我要的就是看仓库的。”

“巴爷，你老在正月里给我添堵呢！”

“误会了，误会了。我上楼时让村长带话，想麻烦你给我送粮模上楼，可你在北京，打电话又不接。填仓节你可别再哄我。”巴爷掏出烟来让烟，道明了原因。

粮食局长笑了：“我哥没有告诉过我你老上楼让我送粮模的事，看来，只有在你巴爷的眼中，我还能替代仓官爷。”

巴爷说：“不是替代，是正品。过去的画像是假的，现在的局长是真的。”

俩人笑了一阵，粮食局长找了一个六寸的照片，交给了巴爷。

“有照片如同真人，填仓节你忙你的。”

回到窝棚后，巴爷小心地将照片放到抽屉里。

拿出照片，巴爷用卫生纸将照片擦了一遍，粮食局长容光焕发，很有些仓官爷的样子。摆好照片，巴爷将供品小心地供在局长照片前，上了三炷香。香的香味浓郁，烟袅袅上升，粮食局长若隐若现。巴爷拍拍手：“不买米不买粮，填仓节里粮仓满。”念了一遍仓官经，巴爷用扁担挑了两只塑料桶，手里提了簸箕和木棍，出了门。

和康住宅楼的窗户中没有灯光闪现。巴爷把桶放在一边，在广场上用脚丈量起来，他大致估算了位置，在广场中央选了四个角，每个角边点燃了一根蜡烛，在一次性纸杯里装了沙子，燃了三炷香。

“点遍灯，烧遍香，家家粮食填满仓。”巴爷哼唱着，把草木灰倒入簸箕，边抖簸箕边用木棍敲打。

木棍在簸箕上敲出的声音很怪异。村长家的灯亮了起来，其他人家的灯也亮了起来。

村长披衣下楼，其他人也陆续下楼。村长手里捏着四根蜡，一把香；其他人有拿一根蜡的，有拿两根蜡的；有的人在手里捏着三炷香，有的捏着一炷香。

“点遍灯，烧遍香，家家粮食填满仓。”村长吆喝一声，指挥村民在广场四周点蜡燃香。

巴爷身子转得很急，村长高喊：“一粮囤，两粮囤，三粮囤，三星高照粮如沙。”

村民没有应和。

“大的大，小的小，盛满五谷人不慌。”

村民中有人应和了起来。

“一天吃十碗，小米干饭蒙仓官。”

有人笑了起来：“现在的仓官谁还吃小米干饭呢，大鱼大肉都嫌腻哩！”

“上了楼，忘了娘，千万莫要忘仓官。”村长又吆喝一声。

有人打了声口哨：“仓官是你村长家的，你不忘，我们也忘不了。”

巴爷撒完灰，在撒好的粮囤里压了十块钱。粮囤里的粮食均匀地躺着。在粮囤中间放好鞭炮，巴爷点了几次没点着，一个小孩飞跑过来，点燃了鞭炮。

“崩囤，崩囤，提醒仓官，仓里没粮，心里发慌。”巴爷收拾了桶子和簸箕，走了。

二十三

太阳揉揉眼睛，和康住宅楼前金光万道。村长在村民的簇拥下，猜度着巴爷用草木灰撒成的图案。

“方的是田，代表土地。”

“圆的是粮仓，代表粮食。”

“压的是真钱，代表钱满囤。”

“那边上的东西呢？”

“代表花花草草。”

众人议论了一阵，散了。村长的鼻子里已嗅不到年味了。环行在蜡烛和香中间，看着和康住宅楼，他觉得一下子失落起来。巴爷的窝棚像孤岛，漂浮在尚待开发的海洋中。海里无鱼，和康楼的居民没网。没网没鱼，村长像一只断了线的风筝，在地下兀自翻动。

“都到正月二十五了，还没见有人种地，这些人想干啥呢？”村长挪动脚步，想去问问巴爷。

（发表于 2014 年《朔方》12 期）

独　唱

一

二叔一遍一遍拔电话时，我正在开会。开一个关于坚决遏制大班额和根绝跨区域上学的联系会。内容不怪，会议的名称很怪。参加会议的有区政府主管教育的领导、区教育局有关人员和社会相关人士。我是特邀嘉宾，坐在一个看似显眼其实无关紧要的位置。这几年开会，我相当自律，一进会议室便将手机铃声调至静音，无特殊情况也不看手机屏。二叔是个固执的人，有事直接打电话，从不发信息，回了信息他也不看。好在会议只有两小时，我便耐了性子听坐在主席台上的人的钢言铁语。台上的人我大多都认识，也从侧面了解过他们孩子的就学情况。这些人和我年龄相仿，他们的孩子大多上小学、初中。区委、区政府所属的家属区在二环。在小城，他们所住的地方安静而且豪贵。二环还未设小学、初中，他们的孩子不在区域划定的范围，上的都是本区有点名堂的学校。有人也曾就此事发问，教育局相关人士答复道：领导没区域，所以不受区域限制。

对大班额问题，区政府主管领导插话：要坚决杜绝，譬如我的孩子上学的班级，就有 80 多个孩子，这么多孩子挤在一个狭小的空间，连呼吸都不畅通，遑论学习。

这个“遑”字，我在下发的领导讲话稿上盯了很久。讲话的领导是在职研究生毕业的，讲起话来惯于把秋天的杨叶比作春天冒地的萝卜缨蒿。

“现在上学是农村包围城市，城乡二元结构的根本问题，是农村人口还未完全城镇化，农村学生上学已率先挤进了城市。”

没人多说话，领导在享受绝对权利时，也会感到满足。领导是否这样想，我不想浪费时间揣度，但我知道：所有的规矩是给守规矩的人定的。在孩子上学、住房等问题上，领导绝对是一种例外，尽管有多少条多少条的清规戒律限制。

会散了，我立即回电话给二叔，怕挨骂，我便抢住话头讲了开会内容，并问二叔有啥急事。二叔沉默良久，问我 7 月 6 日有无时间。我说时间尚早，有什么重要事需要办理？二叔话音里有了羞涩，问我能不能参加一次学生毕业典礼。我不明所以，问二叔这场典礼有什么特殊之处。二叔说别问那么细，你来不就什么都知道了。便挂了电话。

二

7 月 6 日那天，天晴得像刚生过崽的母狗的脸。我叫了媒体的两个朋友：一个是电视台的，一个在报社。二叔所在学校离巴城六十五公里。一段柏油路，一段水泥路，路平正光滑的像狗舌头。区属媒体的记者一般不抓花边新闻。他们的职业信条是报纸、电视台是领导的，这要从政治高度上认识。报纸四个版的格局是一版领导讲话，二版登载单位部门与之相应的新闻，三版国内外大事摘抄，四版来点适度的社会消息。他们知道，领导看报，最先看的是四版。社会新闻，要有看点但不能过火，要有“杀人于无形无血”之功效。领导是有智慧的，过轻过火领导都不会高兴。你可以怀疑领导的能力，但绝对不能怀疑领导的智商。

领导看自己的讲话和出现的镜头，看的是所占版面的大小和出镜时间的长短。只要眼中有领导、心中有领导、笔下有领导，即便有点小纰漏，领导也不会拍桌子扔杯子骂娘。

同行的两个记者朋友，在单位混得顺水顺风。一路上，他们聒噪出的声音，不硬，有点柔性。我的耳朵逆袭地听着，眼睛却瞅着窗外。窗外的景色像油饼一样一张一张卷过去。今年雨水丰沛，不该出现花草的地方都铺满花草。有一种叫小喇叭的花，像被子一样铺开，铺得战天斗地。

三

二叔是个拧人。在巴子营，一和“拧”挂上钩的人，都属于犟脾气。他固执得有点愚蠢。二叔二十出头时，给区长当通讯员，区上拟在巴子营最偏远的地方巴小营筹建一所小学，在物色人员时，二叔冲口而出：我去。

区长不高兴，喝道：你走了，你的工作谁干？

二叔在区长的杯里续了水：离了狗屎还不长辣辣。

辣辣是一种叶能入药茎能生食的植物，多赖生于荒地石滩。一到春天，便破土而出。在饥饿年代，是巴子营孩子们的爱物。一到闲暇，他们便结伴而行，拿了铲子，到石滩后蹲身，一铲子下去，辣辣被连根挖出。掐掉缨叶，将或粗或细的茎塞入口中，幸福得抹眼掉泪。辣辣随季节变味。初春时嚼之生津；一到夏天，茎多丝而味辣，再也无人问津。在巴子营，狗粪不作为肥料。那时家家户户的狗散养，狗寻欢作乐时，多到石滩。狗去的次数多，狗粪就多。有狗粪的地方辣辣长得较旺。没狗粪的地方，辣辣照样生长。久而久之，就形成了那句俗语。

区长是本地人，懂这句俗语的意思，他笑了：你要有思想准备，巴小营那地方偏，兔子拉屎还绕道走呢！一个人，一间教室，八九个学生，你能熬得住？二叔笑了：只要是学校，怎么都行。

二叔背着行李，在小草冒黄的小路上轻快前行。巴子营是平原地带，不是一望无际的绿，就是一望无际的黄。在二叔眼中，这种地带的景色就像区长的讲话稿，要么排山倒海，要么平实无味。这种排山倒海和平实无味很对二叔的脾性：寡淡。就像这巴小营，一眼伸过去，会平淡出一种舒畅。

巴小营迎接二叔的，是一间草房，一个学生。二叔放下行李，走进草房。草房地下摆着几块土坯，土坯上铺着一层麦草。二叔愣了一下，叫来那个学生，问还有没有土坯。学生指指墙后。二叔出门转到草房后面，看到几排土坯。他让学生去找把笤帚、铁锹，学生应了，回来时后面跟着一个姑娘，学生说是他姐姐。

二叔让学生和他姐打扫草房。他到门外挖了一个坑，和泥。二叔和泥和得相当有耐心，学生的姐站在旁边，看二叔一遍又一遍地折泥。泥们团结紧张，又严肃活泼，在铁锹底下跳跃着。和好泥，二叔开始沏泥桌。他用脚步量了桌子的位置，比画着桌子的高度，让学生的姐抱土坯，他砌。草房里长出十张桌子时，就有了生气。二叔又砌了十张泥凳，搓了一下泥手。黑板、粉笔、课本无法自行解决，二叔把草房门的钥匙交给学生的姐姐，去找区长。

学生的姐叫小米，学生的名字叫观音宝。

区长吩咐文教委员去中心小学协调。中心小学校长打开库房，找出一块废弃的木黑板：粉笔现成，课本只有一套，不够，给你一卷纸，裁好后自己去抄。

二叔谢了，背了黑板，连夜返回，在第二天深夜赶到了巴小营。

小米听到狗叫，叫醒观音宝，看到二叔背着黑板，手里捏着一卷纸，胳膊底下夹着两本书，正站在草房门口喘气，便上前帮忙接了。二叔点亮油灯，把黑板挂在了东墙上。一盏灯下，黑板和二叔的影子在跳动。小米的眼里有了意思，那种意思单纯地溢动。观音宝坐到泥凳上，泥凳上的泥还未干透，观音宝哎哟了一声，低头站在二叔面前。

二叔搓搓观音宝的头：这是啥名字，你就叫王得晴好了。

二叔的教书生涯就此开始。

四

我到上小学的年龄，二叔曾领我去见识过他的学校。眼前有二排四栋教室，低矮破旧，模样还算周正。二叔指着教室门前大小不一的窝点，说是学生踏的。雨天，一窝泥；晴天，一土坑。好在学生的脚板硬，夏秋光脚板，冬春羞死雪。多少年来，我早已习惯二叔的这种叙述。二叔说：现在产粮不多，产人多。这个村子原来只有十多户三十多口人，现在生羊羔似的增到百十户人家四五百口人。人多学生就多，这几间教室已盛不下学生了，公社正准备扩建学校。

我显然不到操这些心的年龄。学校后墙有一豁口，我看到了探头探脑的牛和飞来奔去的鸡。我便跑过去。出了豁口，是一片麦田。麦田里的麦子已收割上场，那些牛和鸡散在麦田里找寻属于自己的东西。麦茬七高八低，农妇一样披头跣脚，我扑到麦茬地里，捉蚂蚱。蚂蚱有好几种，一种纯绿的，腿长；一种粗胖，花的，腿短；还有一种带点墨色，手一按，它便蹦起来，落下去时已到两丈开外。麦地里间或有乌鸦、麻雀和不知名的飞鸟。有一种鸟叫声婉转，我悄悄匐过去，听它唱歌。它唱什么内容，我不知道，但它唱得自在、幸福。它一伸脖子，声音便宣泄而出，尾巴一收一放，旋出一种快活。二叔的叫声传来。我看看天，云也倦了，边上的一层纯净成金黄，麻雀急急地乱飞，我便回到学校。

学校扩建时，我见证了集体的力量。

巴小营有一座园子，面积不小。园子里有苹果树、杏树、梨树，大多一人合抱，最小的也有碗口那么粗。结的果梨、杏是大是小，我没有印象。我只记得那一个月，我疯得像条小狗，窜在大人们中间，看着他们锯倒果树、梨树、杏树。他们锯得很卖力。手锯的咯吱咯吱声很勇敢，树轰然倒地时有一种壮烈。男人们锯树，老人、女人、小孩们在锯好的树段上拴了绳子，弓着腰往学校拉。园子离学校有一里路，是土路。树段涌起的土，龙一样翻腾。到歇工后，二叔端着二婶送来的饭碗，坐在一小木凳上，看着成群结队的土坯和木材，脸上挂着笑。我看到学生的读书声从二叔脸上走下，涌到土坯和木材前，集中，再放大，裹入二叔的豪情，再有模有样地排成队，组成一堵声墙。洪亮的回声跌入二叔的碗中，二叔兴奋成一栋教室。

二婶就是小米。

立起的教室有 6 栋 12 间，还有 8 间教师宿舍。二叔坐在门前，看天。教室门前的地面仍是原生态，二叔给我描述砖的妙处。我姨妈家在城里，住的就是砖房。城里的街道上铺着砖，我曾留意过，多为方砖。二叔给我描述的那种砖是长方形的小砖。二叔见我半头雾水，便拿起一树枝画起来。他画得微风习习，二婶也站在旁边，看他画。画完，他让二婶端来一盆炉灰，横竖顺线撒起来。撒完，二叔憧憬的一片砖地便赫然显出，壮观而且庄严。

教员不够，大队书记和二叔选拔了三名回乡青年和一名女知青。我见过他们，浑身都洋溢着激情。

五

第三次修学校时，我已进城上学。那个寒假，二叔没有回家，二婶和堂弟也陪着二叔。我待在家中无聊，母亲便打发我去陪二叔。我在包里塞了本《唐诗三百首》和《包法利夫人》，冒着漫天的风寒，坐车来到了二叔的学校。

二叔对我的到来不咸不淡，我有点失落，想回家。二婶说："你别介意，你二叔的学校统考成绩落在了第三名之后，他心烦着呢。"

"巴子营片区有 16 所小学，考个第 4 名也不丢人。"我烤着火，翻看着《包法利夫人》，安慰二叔道。

二叔冲上来，一把扯过我手中的书，扔出门外，“你懂什么？荣誉，我什么时候输过别人。别的输了，我不丢人，教书的输了成绩，算什么？”

二婶出门，拾了书，掸着书上的土：“你考不好拿孩子撒什么气？”

二叔坐在床边，呼哧呼哧喘气，“像他这样，整天抱本闲书，能考出好成绩吗？能上好大学吗？你要认真复习数理化，认真背外语，我给你腾房子。你要是在这里避嫌看闲书，滚蛋。”

我从未见过二叔发过这么大的火，也恼恨一个做了30年校长的人将世界名著作为闲书肆意诅咒，便装了书出门。

二婶挡住了我，说他们想去看一个亲戚，既然我来了，就代他们看一个星期的校。

我知道看校的意义。每年放假，二叔便独揽值班看校的活。别人值班有值班费，二叔一文不领，说老师们辛苦了一学期，放了假还让人家轮流值校，有点不妥。与其大家轮，不如他一个人代劳，让大家省心省力，开学后好专心教书。

那是个滥用成语和关联词的时代。学生造句用得多，老师分析课文用得多，校长讲话也用得多。

二叔不回老家，夏天少了收割麦子的人，除夕少了团聚的人。父亲曾和二叔争吵过，虽然二叔在父亲面前赔着笑脸，却依然故我。

多年后，父亲也习惯了。只是每年腊月三十吃年夜饭时，父亲总让母亲多摆三双碗筷，说权当和二叔他们一起吃团圆饭了。

二婶替我准备了一周的吃食，将一瓶煤油和一个手电筒交给我，嘱咐我晚上封炉子时别把闩口捂死，免得中煤毒。

我应了。

“别去找草人，免得他几个故事又把你引入歧途，更没了学习的心思。”二叔出了门，又转回来。

我问堂弟草人是谁？堂弟笑了：“一个老光棍，上朝鲜战场时被美国人打瘸了一条腿，夜里看守大队服务部。”

二叔瞪了堂弟一眼，推了自行车，把校门的钥匙在我手里一摁，走了几步，又回头，到屋中找了一根鞋带，把钥匙穿上，挂在我脖子上。

我很快无聊起来。冬日的校园里没有景致，偶尔驻足的麻雀看到我形只影单，也不那么殷勤地造访了。我整日锁了大门，有时待在房中，有时出门。校园边的白杨树高大自在，残留于树上的叶子在唰唰作响。我看到两片树叶在打架，忽开忽合，它们发出的响声很有节奏，啪啪，啪啪。我拾了一块石子，扔向树叶。树高，我扔得石子高度不够，它们仍在啪啪啪啪。

只要有风，它们永远不会停下拍打的动作。

那晚睡到半夜，我听到了咣当咣当的声音，极似人们传说中的“鬼拍手”。我的头皮阵阵发紧，身上布满鸡皮疙瘩。我想像有一幻影朝门前扑来，我把火钳戳进炉中，烧红，从门的一小洞中穿了出去。小洞中的木头嗞嗞作响，咣当的声音停了。我松一口气，封好炉子，拧低煤油灯的灯芯，钻进了被窝。

咣当咣当的声音又响起。我不敢下床，便用被子蒙了头，想着各种驱鬼的办法。我伸出头，把鞋倒扣在头前，按着中指，我曾听祖父讲过，遇到鬼，咬破中指，一抡，血一粘鬼，鬼就会大叫着离去。迷迷糊糊中，我睡了，待睁开眼时，屋外已白茫茫一片。

雪是何时下的，我不清楚。我小心地拉开门，门外没有任何影迹。我的心忽地一松，差点栽倒。我扶了门框，看着这一场白得让人心跳的雪。校园里安静，雪更安静。我迈出脚，又收回，不忍心打破雪的宁静。我伸出手指，捏了点雪，放进嘴里，嘴里沁凉一片。我倒掉茶壶里的水，把雪一把一把摁进壶中，装满了，便搭在炉火上。一壶雪化了不到一杯水，我喝了一口，无味，也不涩口，便走出门去。

大队服务部靠着学校东墙，我掀了门帘进去，看到一个老人坐在炉边。看到我进来，他望了我一眼，仍低下头去。我叫了一声爷，他说卖东西的人还没来，如果我不急，就来烤火等着。

我说我不是来买东西的，是来找你的。老人正式抬起了头，望了我一眼，问我是谁。我说了来由，他笑了，张开漏风的嘴：又是来听故事的吧！我说我不听故事。老人的失望从脸上走下。他挪开了炉子上的水壶，朝炉膛里吐了一口痰，炉中的火倏地冒了一下，还带点臭味。我捏了一下鼻子，问老人听没听到夜里啪啪啪啪的响声。老人把水壶仍搭在炉子上，听我的描述。

“傻娃子，这世上哪有鬼，我就是从死人堆里爬出的。要说鬼，我就是活鬼。”他拍拍我的肩膀，“你先回去，待卖货的来了，我去看看。”

我出了服务部，沿着小路来到河边。河里面也有厚厚的一层雪，偶尔有一处洇湿，是冰层中冒出的水所致。远远的有狗吠声传来，小路上踏雪而来的人都筒着手，有的看看我，有的懒得看。我捏了一团雪，找了一小石子，回到学校。我从墙边刨开一团雪，拨拉出浮在上面的土，把雪团滚来滚去。雪化进泥中，雪团逐渐化成泥球，小石子在里面咣当作响，我有了成就感和幸福感。把泥球晾到窗台上，听到有人叫喊，我跑过去，是老人。他领着我，查看学校的每一个角落。教室、教师宿舍门上都贴有封条，我们无法进门，就隔窗查看。我发现老人一盯住东西，眼神立马就会发直，眼光中有一种森森之气，与雪的柔和形成反差。查看了一圈，老人问我啪啪声是从哪里发出的，我说不知道。老人说是否是幻觉，我说不是，千真万确。老人叹道：难道这东西比美国鬼子还鬼，我这条腿就是被一个美国鬼子打瘸的。那王八蛋在雪中趴了三天，我以为他冻死了，出去查看，他开了一枪，我一躲，子弹打中了腿。看我听得有点茫然，他停了口，说晚上来帮我捉鬼，他要去睡白觉。

天是黑的，雪是白的。老人踏雪而来，我开了校门，把老人迎进门。老人从怀里摸出一纸包，打开，是一块生猪肉。他问我锅在哪儿，我去桌子底下取了锅，递给老人。他看看火，让我去捧雪。我端了铁锅，摁了满满一锅雪，搭在炉子上。看雪化成了水，老人把那块肉丢进锅中，说我们煮雪水肉吃，香。

起风了，铁丝一样粗硬的风挤进屋中。老人皱了一下眉，望望窗外。咣当咣当的响声又起，老人问我要了菜刀，提刀出门。我跟在他身后，老人侧耳听了半天，走向了一间教室。他立在窗前，咣当咣当的声音很脆，老人拿手电查看了一番，笑了。窗子上的玻璃烂了，糊着几张纸，纸被风吹破，风灌进教室，吹动挂在墙上的一块小黑板在咣当咣当作响。老人爬上窗台，从破了的窗口摸到插销，拔开，跳进教室，摘下了那块黑板，提出来，说这鬼有意思，他也想识字呢。我浑身松弛下来。老人关好窗，插好插销，拍拍身上，说：这下我们能安静地吃肉了。肉熟了，老人让我找出盐，撒在肉上，让我吃。我让他，他撕了一块，丢进嘴里，慢慢咀嚼。那肉的香，我若干年后回忆起来还能唤起味觉的快感。

吃完肉，老人走了，说要去值班。他让我锁好校门，有事唤他：我是个活鬼，死鬼见我都怕，我给你护魂，鬼不敢来的。

我洗了锅，看《包法利夫人》。对于福楼拜，我是读莫泊桑的创作谈时知道的。他是莫泊桑的老师，教育莫泊桑甚严。对于世上没有相同的两个人，也没有相同的动作神态，我不懂。我只觉得莫泊桑有这样的老师，是幸福的。

还有包法利先生和爱玛。

我吃我的雪水煮肉，爱玛吃她的砒霜。这个夜晚，我们互不相干。

雪化了，二叔一家也回来了。二叔的情绪平稳了很多，对我也柔和了很多。他领我参观教室前后，他说这么好的学校，这么好的砖地，如果教不好学生，真正的对不起党和人民。我对二叔的说教没有兴趣，只是看雪后的砖地。砖地上的雪化得快，干净得令我不忍踏足。二叔说：要脚踏实地，踩在砖上的感觉和地上的不一样。没砖地时，老师教得认真，学生学得认真；有了砖地，心倒不踏实了。二叔问我原因，我说不出，二叔吼了一声：不接地气了。我吃了一惊，怔怔地望着二叔。

他叹口气，转过了身，我发现他的头发有点花白，背也驼了许多。

六

二叔像一只抱窝的母鸡，只要活着，认准的就是那个鸡窝。六十岁那年，退休表放在了他的面前。他盯着那张退休表，写下自己的出生和工作年月。二叔的目光拉长，串起了区长、小米和茅草房、泥土结构、砖木结构的教室。那晚他没吃饭，从床底下拉出一只木头箱子，箱子里红红绿绿的各种证书舒了一口气，全活跃起来。几张纸质的奖状在箱底叹口气，二叔伸手抠起它们，小心地打开。他把各种证书捋过去，挑出来三十多个，放进一包中。第二天一早，二叔拎了包，坐车赶到县城。县教育局在城南，二叔找了半天，进门时被门卫挡住。二叔说："我是巴小营小学的校长"。门卫看到穿戴和老百姓差不了多少的二叔，嗤笑道："编啥呢？你是校长，我的孙子还是局长呢！"二叔的手抖了一下，提包砰然落地。他打开提包，把证书一张一张往地下排，门卫想阻挡，二叔扯住了他的衣领，高声叫喊了一通。门卫看到二叔想拼命，不敢再挡。二叔很有耐心，把三十多个证书按时间顺序排列。这些证书从市、省级往上升，升到全国教育先进工作者止步。二叔的举动引出了教育局的所有人，他们鱼贯而出，盯着这些证书，像在看一场猴戏。局长是最后一个下来的，众人让出一条道，局长问门卫咋回事，门卫吧吧嘴，不吭声。局长请二叔上楼，二叔从口袋里掏出退休表，往他手里一塞，转身走了。局长让众人排了队，一一梳理这些证书后，叫人收了证书，让门卫抱着，在大院里跑三十圈。

门卫不解，局长喝道：这些证书背后，有着一个教师的尊严。门卫的手一松，证书哗啦撒了一地。

局长驱车赶到巴小营小学，已到黄昏。太阳爬在山头，一点两点的余晖晃荡在屋檐下，和归巢的麻雀嬉戏。二叔冷冷地看了局长一眼，转身进屋。局长被晾在门外，搓着手。二婶把局长请进屋，局长环视了一下小屋，眼前的桌子、柜子肯定比他的年龄还大。他坐下来，珍重向二叔道歉，并征询二叔对退休有何要求。

二叔说："我只想再干几年，人退心不退，工资我拿退休的。"局长缓缓地说："人不退，心也不退，局务会已通过，你的退休延长五年。你是个表率。"

二叔想表率这个词用到这里不妥，他没有吭声，几滴老泪从眼眶滚了下来。

七

巴小营小学教学楼竣工典礼那天，七十又五的二叔被邀请坐在主席台中央，享受着人们对这个名誉校长的敬佩。参加教学楼竣工典礼仪式的人很多，一切按程序进行。二叔的眼神有点昏花，他擦擦眼镜，努力朝台下望去，几十个学生被围在中间，像玉米行中长出的豆子，可怜巴巴地抬头挺胸。能容纳六百多人的教学楼耸天而立，把几十个学生压迫成米粒般大小。二叔的头沉重地磕在了桌上。

我坐在病床边，等待二叔的清醒。我问过医生，说是急火攻心，待情绪平复下去，就会缓解。二叔醒来，二婶腿一软，跌倒在床下。我扶起二婶，问什么事让二叔激动成这样。二叔摘下眼镜，慨然一叹："那么好的学校，上学的学生还不如校园里飞得麻雀多，我心疼。"

二婶拍拍病床的栏杆："你心疼，谁心疼你呢！"

二叔不搭腔，泪流满面。

八

我们赶到巴小营小学时，二叔在门口迎接。学校的校长和教师都很年轻，他们机械地和我们握着手，把我们往主席台上让。我问了举行毕业典礼的时间，还有半小时。校长说乡镇领导还未到，他们得一直等。二叔便领我们上楼。十二个教学班和实验室、电教室的牌子灰头土脸地挂着，孤寂地瞅着我们。

浪费，心疼。二叔嘟嘟囔囔。一个学校不到六十个学生，十二名教师闲得无聊，整天玩游戏。周一早晨九点驾车到校，周五下午四点多就回城了。

没有制度约束？报社的朋友问。

制度？以前每年县区要组织统考，那是条硬杆杆。现在不评比，教好教不好没有量化标准。

看来，现在修的最好的是学校，吃的最好的是母猪，此言不虚啊！电视台的朋友调侃道。

二叔不解，电视台的记者笑了。学校的事您老清楚。现在的母猪享受特殊补贴，还有保险，做个母猪比做个女人强多了。跟在后面的人都笑起来。二叔转过身去，紧绷着脸，一脸寒肃。

教务主任上楼，说乡镇领导陪上级领导督查项目，来不了，毕业典礼照常进行。我们下了楼，偌大的操场里，稀稀落落坐着60多个学生，主席台上坐着的教师、嘉宾，有20多人。面对主席台，站着一个男孩，他是今年巴小营小学六年级毕业的唯一学生。他声情并茂地读着致母校的感谢信。没有扩音设备，他的声音孤独而无助。其他学生神情漠然，似乎这个毕业的学生与他们毫无相干。

（发表于《雨花》2015年8期）

背面是姑姑

民谚：六月六，请姑姑。

一

一进入2012年农历六月，天上的云像狗舌头一样耷拉着。父亲出门后有明确的方向，艾草的香味时时撩拨着他的鼻息，风静止在艾叶上，父亲目力所及的地方，是祖父的坟墓。

晚饭和夜风一样待在院中的小方桌上。灯光下，蚊虫在盘旋，有胆大的，或跳进碗中，或爬于人手腕，偶尔的劈啪声中，飞蚊便瘫于地上。

“请请二姐吧。她已三十多年未进过娘家门了。”父亲的眼神在夜里有点游离。

“她还知道有娘家，她连姓都卖了。”母亲收拾了碗筷，回厨房去了。

“不管怎样，她也是从这个家里出去的。”七十多岁的父亲站起来，走出了家门。

父亲的二姐是我们的二姑，嫁在离我们家三十公里开外的头畦村。

六月六日，父亲起床后，蹲在大门口。请二姑的话已托人捎到，父亲让母亲杀了鸡，并叮嘱我们等二姑来后问候时要亲热。父亲和祖父脾气有差别，少了犟的成分，多了点温和，唯有在这一点上，他有点固执，怕我们应付，竟然像小学生一样训练我们。“二姑，二姑奶奶”的叫声很响，父亲总觉得少了什么。便问我，我笑笑："亲情"。父亲不再吭声，点一支烟，在袅袅的烟雾中迷蒙了自己。

到了正午，父亲立起身，看见猫卧在一旁，便捉了猫，丢到了水坑中，我去拉狗，他摆摆手，让我看猫洗澡，说是看猫，就是拿棍子站在水坑边，防止猫跳出坑去。狗退缩着不进坑，惹得孙子们笑起来，父亲飞起脚，将狗踢入了坑中。狗和猫在坑中游来游去，没有兴奋，猫喵呜一声，狗便汪汪地回应。折腾了一个小时，父亲让我们离了水坑，狗、猫水意淋淋地爬出坑，找到向阳的地方去晒身子。父亲将坑中的艾草用木杈收拢，搁在一树上。

"猫捉老鼠狗看家，猫狗干净家干净。"他嘟囔了一声。父亲的腔调酷似祖父，我的心里一紧，将父亲夹在树上的艾草捣了下去。

父亲望了我一眼，撇撇嘴，又蹲在大门口去张望了。

那一天，我们都跟父亲一样无心无绪。下午4时左右，父亲离开大门，到祖父的坟前去了。我要去看，母亲挡住了我，让我在家等待。天阴下脸后，父亲回来了，他坐在院中，叹道："她去了坟上，在坟四角埋了饺子，她认爹，就是不进家门啊！"父亲喝了一口水，到了厨房，把宰杀好的鸡剁得七零八碎，用盆子盛了，多半给了狗，剩下的给了猫，便去睡觉了。

"男怕进错行，女怕嫁错汉。都是你爷爷，找了那么个女婿，连姑娘都跟着倒霉。"母亲心疼鸡肉，试图从狗嘴里抢一些回来，我们劝慰母亲，都说狗、猫吃了，等于我们吃了，算是给狗、猫过了一个节日。

那个晚上，母亲把话题锁定在一个人身上，絮絮叨叨了半晚。

那个人便是我二姑夫，姓他，名别望，姓别扭，名字也别扭。

二

1961年的凉州上空飘着饥饿的云。去冬的雪花不知跑到了什么地方，巴子营人歪着脖子望天，望得饥肠辘辘，也未感动雪花。冬天的尾巴一短，巴子营人又望天，望得春分这个节气的眼中布满血丝，也未赢得半滴雨星。把犁插在地中，犁与土地擦出的声响，影响着牛的情绪，它们没有往年的欢快。巴子营人在往犁沟里撒麦子时，心在一抽一抽，种完麦子，巴子营人坐在地头，等着麦子挤出绿意。半月之后，巴子营人没了耐心，扒开犁沟，找寻温热的麦粒，一个人一吃，其他的人都跟着刨犁沟，先是男人，后是女人，再后来是老人和孩子。这个春天的巴子营人也如麦子，在逐渐暖和的风中裸起了身子。前面的人离去，后面的人又翻起了犁沟。祖父坐在埂沿上，看着老鼠般灰塌塌的巴子营人，想老鼠窝中还有存粮呢，1958 年到 1960 年弄得巴子营人往粮仓扔一张老羊皮下去，也粘不出一颗粮食。1961 年的春又掐断了巴子营人的希望之线，祖父看到了两个年轻人为争一粒麦子大打出手，不忍相望，把几滴泪硬硬地夹在眼眶。

“扎个老龙王，把他狗日的抬出来晒晒，看他下不下雨。”二祖父抹掉嘴边的土粒，坐在了祖父跟前。

“你是想咋，现在谁还敢提龙王。”祖父弹掉二祖父头发上的一根枯草。

“问题是天天喊好，老天不给面子呢！”

祖父跳起来，四周的人已远去，他合了惊恐大张的嘴，顺手给了二祖父一个耳光，“与其让别人斗你，我不如先让你长点记性。”

二祖父摸着脸，朝祖父面前凑凑：“如果挨耳光能吃饱饭，我天天只挨耳光，不说话。”

“近几天会下点雨。”祖父用铲子剜出一棵草根，塞进嘴里嚼嚼，吐出。

“你怎么知道？”二祖父拿过铲子，也挖了一棵草根。

“你看那窝蚂蚁和那几只燕子。燕子低飞蚂蚁搬家，三天不到雨就到。”

“你倒相信这些不说话的家伙。”

“它们不说话比人活得自在。人会说话，说不好会招灾惹祸呢！”

第三天，一场雨在巴子营人的梦中悄然而至。祖父起来洒尿，一道道密密的雨滴在他的脖子上，他用双手接雨，雨一沾他的手就飞速离去，他用舌头舔舔，有股土腥味。祖父吼叫了起来，远远近近的吼叫声绷紧了巴子营的这个夜晚。有人提了桶子，拿了脸盆放在院中接雨，到天明一看，桶底和盆底只有一层湿。聚拢到田野，二祖父眼里的敬佩走出，射到祖父的身上。祖父抓了一把泥土，捏捏，攥成一团的泥土随祖父伸开的手掌散落，祖父捏一颗土粒放到嘴里，土不润不酥，有股晒得没有知觉的干胡萝卜味。

“还能补种啥？”贫农协会主席拉住祖父，用指尖蘸了泥土尝着。

“按节气，只能种谷子。”

“哪里弄谷种呢？”

“我在县上开会时，他别望说他们村去年谷子大丰收，有谷种呢。”

“你说头畦村的他别望？那是个嘴上没毛的家伙，说话没边。”

“只要能借得谷种，管他有边无边。”祖父搓了一下头，“问题是，怎么个借法呢？”

“对付他，我比你有办法，就说我们两个村进行互助比赛，用他们的种子种我们的田，收了谷子算斤数，好了是巴子营的田肥，欠收了是头畦村的谷种不好。”

“不厚道呢！”祖父跺脚下去，几只土疙瘩很有原则地动了动身子。

“连老天都不厚道了，我们厚道又塞不饱肚子。况且今年的公粮任务重，麦子已不能指望了，再不种谷子，拿什么缴公粮？”

祖父紧紧衣服，径直走向饲养院，向大队书记说明缘由，从库房里抽出两只毛线口袋，套了车奔向头畦村。

路上尘土飞扬，垫在屁股下的毛线口袋的毛直戳祖父的屁股，祖父感到了一丝快意。

裹着一身土的祖父把车停在头畦村的饲养院门口，饲养院里，前院两排住牲畜，中间院落是大队的办公地，最后一个院子的大锁铁寒着脸，是粮库。

“这天，种不成谷子。”他别望坐在办公桌后，递给祖父一碗水。

“天是一个天，你不能眼巴巴地看着巴子营人绝望。”

“别担忧，再过半月，救济粮就到了，上面正在想办法。”

“我们得自救。”祖父把碗扔在桌上。

“你先歇着，我们去商量商量。”他别望安顿好祖父，出了饲养院。

“谷子种了，雨不下也不出苗，这人犟。借，白浪费谷种；不借，会惹恼巴子营人。”他别望走进了家门。

“出不出苗是人家的事，不借，说不过去呢。”他别望的父亲瞅瞅天，停下了手中编筐的活。

“按气象部门的推测，今年下雨会到五月份，按理说，种洋芋成。种谷子，即便出苗，也很稀疏，会误种洋芋时辰的，但他们不会听。把谷子借他们，如果不出，我们再送他们洋芋种。”

“巴子营人是有名的犟种，他们根本不听。”

“不听是他们的事，不借，影响关系呢。谁让你看上人家二丫头呢！”

“把谷种用开水浇一遍，只要个半月一颗谷苗都不出，他们就会种洋芋，这样才不误时节。”

“这缺德呢！”

“缺德比有吃的好。巴子营人仓里没粮，锅里没米，如果今年啥都绝收，这个冬就难过了。”

“不是国家有救济粮吗？”

“救济粮是有，每家只能摊几十斤，问题是，公粮任务是救济粮的几十倍。”

“向上反映反映不就解决了？”

“谁听？都在压担子、要任务。”

“真要用开水烫谷种？”

“烫，这事，只有你知，我知，要不然，会出人命。”

“你先得稳住他。我一把年纪了，这种缺德事，要干，也得我干。”他别望的爹踢翻了编了一半的芨芨筐。

“不行，出事还得我顶，挨批评我也认了。爹，你去和人家闲扯淡，待我把谷种烫好后叫你。”

“不种谷子行不行？”他别望的爹对祖父说。

“不行。你说借不借吧！”

“谷子种了不出呢？”

“借不借谷子是你们的事，出不出苗是我们的事。”

“关系几百口人肚子的大事呢？”

“正因为这样，我们才求你们互助。”祖父捻死了桌上跑的一只虫子。

拉了谷种，祖父发现套在车辕的牲口和他一样兴奋。

耙耧声咯叽咯叽一响，谷种便下了地。巴子营人坐在地头，每天都望天，望得天空有了羞意，竟阴了下来。祖父每天都小心地扒开犁沟，看到黄灿灿的谷种，祖父笑，众人也笑。笑了半月，众人的脸和祖父的脸如泥土一样灰暗起来。

“天要杀人啊！”祖父抓起一把土扬了起来。

“还真应了他别望的话。”祖父捻了一颗谷粒吃了下去。

“这种子有问题没有？”二祖父把几颗谷粒放到手心里搓搓。

“我亲眼看到人家把谷种从仓里挖出装进口袋的。”祖父又捻一颗谷粒吃了下去。

“咋办？”众人围住祖父。

“吃了吧，吃了吧。”祖父分开众人，回到家，一睡不起。

巴子营人边骂边捡挖谷粒。成群的乌鸦和人群争起了谷粒，乌鸦眼尖，人一刨犁沟，它们便振翅抢了谷粒。人们拿起土块砸向乌鸦，乌鸦哇地一叫，飞到另一边。人累了，乌鸦不累。人回家了，乌鸦不回。为抢一粒谷种，乌鸦们厮打起来，待天明人到地头时，看到一根两根的乌鸦毛斜躺在地上。乌鸦整体飞走后，人也懒得到地头了。

他别望拉着洋芋种到巴子营时，祖父挣扎起了身子。

“又哄巴子营人来了？”二祖父拦住了他别望。

“不是哄，是为了救人。”他别望抱起洋芋口袋。

“呸！你这是为了要命。”二祖父啐了他别望一口。

祖父从门边操起铁锨，拍到了二祖父的屁股上。二祖父腰一趔，碰到了洋芋车上，他将一袋洋芋拽下来，踏了几脚，谩骂着走了。

在祖父的指挥下，巴子营人不情不愿地点种着洋芋。一垄一垄的洋芋地和别的地块相比，显不出多少优势。祖父除了看天，就是看地。过了一月，祖父发现洋芋垄上出现了丁点的绿色，而后麻布样的叶子渐渐增大，巴子营人来地头的多了，麦子、谷子出苗的阴影被洋芋叶子照亮，他们说话的声音中增加了底气。

一俟五月，雨多了起来。北方的雨像牡丹花上的露水，没那么大的存量，涝不了。雨一多，上游就会来水。到六月，巴子营的洋芋在饮够了自然水后，茁茁壮壮和其他草木伸展出绿意，间或有狗、猫行进在垄上嬉戏，大家也都笑笑，没有人赶它们，有洋芋填肚子，有狗、猫作伴，日子毕竟还像日子。

那年洋芋的丰收让巴子营人走路都收不住脚步，往往在快速走过地垄后，才发现走过头了，便暗自一笑，收回脚步。

经请示县政府，巴子营人拿洋芋兑换了麦子、谷子，虽然不多，但家中的仓里毕竟有了积存，窖里的洋芋安然躺着。见到他别望，大家亲切了许多，都说这年轻人才是及时雨。等他别望做了我们家的女婿，巴子营人都高兴，除了我二祖父。在二祖父眼里，他别望依旧是个不那么地道的人。

他别望成了我们的二姑夫，这是他真正与我们家交往的开始。

三

1966年的冬天，我出生了。我闻到了雪的气味和没有奶水的苦涩味道。树叶焚烧的土炕在努力地腾热一阵后冰凉，土坯砌的火炉里散发的气息有点焦臭，用泥糊着在炉火中烧烤的一只麻雀成为期盼，等香味透出来后，母亲磕掉麻雀身上的泥巴，用指甲抠了一丝一丝的麻雀肉喂我。

麻雀肉在这个冬天细、嫩。

母亲在数完最后的几粒小米后，长叹一声，炖米汤的砂锅跌到地上，发出脆响。那一年，麦、谷又歉收，巴子营人家都在数小米下锅。祖父端着升子，在村里转了一圈，一家一家数着丢进升子的小米有点娇羞，进门时，祖父的头碰在了门框上，升子掉了下去，院中没有尘土，小米滚转了一阵，停在硬坚的地上。祖父蹲下身子捡拾小米，他滴下的泪比小米还多。

没有等来二姑的红鸡蛋、大锅盔和熬粥的小米，祖父冒雪到了头畦村。二姑家的门紧闭，问邻居，邻居们的话雪花般迷离，祖父有点头晕，他坐在二姑家不远的一棵树下，眼睛盯着二姑家的门。

在吱呀的声响背后，祖父瞧见了二姑的身影。

祖父到了不远的河滩，抱起几块石头，堆放到二姑家的门口，他抓起一块石头准备砸门，一粒雪花飘进了他的眼睛，他扔了石头，转身离去。

雪把祖父裹成了一只熊，他抖抖停停，回到家后，他把腰间的布袋抽出来，挂在了大门后面的一根钉子上。母亲从祖父身上读出了绝望、沮丧和伤心。

祖父去二姑家的那天，他别望在县城开会。头畦村在杂木河的上游，祁连山的雪水一融，头畦村的沟里就会有水。1966年，大面积的歉收并未影响他别望的情绪。开会时，参加会议的各公社书记、大队书记从他别望的眼里、脸上看到了一种饱满，在轮到他别望发言时，他的话很精神地从嘴里淌出，像大杈河的冰碴，使众人触到了冰凉。县委书记的话如刀锋一样划开时，开会的人把握住了风向，向他别望开火。火力猛、刚。他别望最后一个出门。在凉州城的街道上，他别望看到残留在树上的树叶，他望着树叶，树叶在风中抖动，他猛力敲打着树叶。街上人少，偶尔有枪声传来，几段被拆割成堡垒的城墙上有人伸了一下头，又缩了回去。他别望出了城，自信又慢慢爬升。

“有米汤喝，有洋芋吃，我怕什么。”他别望吼叫一声，抓起一把雪，塞进嘴里。雪中有几点硫磺的味道，嘴里火辣辣起来，他吐出雪水。祁连山模糊得像塞在被窝里的猫，有点白，有点灰，有点幸灾乐祸。

必须超额完成的指标又让他别望的心塌了下去。坐在村口的路边，路右边的白杨树裸立在寒风中，和他别望对视。巴子营种植的树木大多为白杨和柳树。白杨是粗白杨，长势快，浑身疙里疙瘩，易招蛆虫。这些有限的白杨在巴子营人心中，有地位，夏能提供阴凉，冬能提供烧材，长成型后能修房垒棚。

把眼转向路左，他别望笑起来，笑声干、涩。左边的柳树萎着头，糙皮糙肉地被风吹出一股寒冷，和右边的杨树一比，似乎更贫困起来。

“可惜，你们只是路边的树。”他别望站在白杨树前，叉着腰，骂起它们。骂到兴奋时，他别望浑身洋溢出一种热情，他叫来大队的其他成员，让他们站在白杨树前，把县委书记骂他的话全部喷吐到他们身上。

从热被窝中被他别望叫来，骂了半天，大队的其他成员把委屈含在嘴里，一呵气，一道道白光顺嘴而出，有人转过身，踢起了白杨树。

“我骂完了，你们该骂谁，自己找去，骂完后找出三个‘右派’来。”

“啥叫‘右派’？”

“有点文化，平时言语和众人不一样，就像鸡中的骆驼。”

众人都盯住了他别望。

“盯我干什么？找个‘右派’有那么难吗？”

“不难，就是有点为难。”贫协主席把腰中的草绳紧了紧，棉衣下摆翘起，露出了黑肉。

“为难什么？他们和你们沾亲带骨？”

“没有。”

“没有就指出来，巴子营已受到了点名批评。”

“符合这些条件的，只有你他书记。”

“你们——”他别望转过身，如果这时手中有刀，他可能就挥了起来。

贫协主席抽出旱烟袋，辛辣的气息绕着其他支部成员。

“玩笑开大了。我们真要推选他别望？”

吐出一口烟，贫协主席侧起鞋底磕掉了烟灰，“当然不，不给他浇灭心火，他还会冲动，队里的粮仓刚让他捣腾空了。”

“他是为了超额交公粮。”

“公粮公粮，放在巴子营的粮仓也姓公！”

文书盯着贫协主席笑起来。

“你盯我干什么？”

“我看你更像‘右派’。”

贫协主席把腰间的草绳松开，又勒紧，也转身走了。

“他们走了，我们怎么办？”有人问文书。

“我们白挨了一顿骂，今晚是睡不着了，把大队的地主分子揪来，我们也骂一顿。”文书掏出了烟盒。

地主分子高高矮矮来了十几个。

“站到柳树下。”文书叉起腰，把他别望骂他们的话扔到这些人身上。柳树下的人低着头，把文书的话顺脊梁滑下，话被冷风卷起，远远地送了出去。

回家后，迎接他们的是家人和狗。狗卧在主人家的门口，主人闭着嘴，用手指着狗骂起来，他们的胸脯一鼓一鼓，狗觉得好玩，立起身坐在地上，看主人的手在空中乱画。骂完了，狗还侧着头，主人抬起脚踢去，狗嚎叫一声，在院里转了一圈后，仍旧卧在门口。

他别望踢开院门，二姑把立在门口的铁锨挪到一边，上了炕，他别望从毡底下抽出席子上的一根芨芨，点燃了烟。火盆里的火明明暗暗，干牛粪煨出的气味有青草的意蕴。一只鸡挤进屋中，在地下乱窜，窜到炕沿时，扇扇翅膀，做出想飞到炕上的姿态。他别望弯腰抓起鞋底，对准鸡砸了过去。

冬天的鞋底像石头，鸡怪叫一声，扑扇了几下，歪在了地下。

文书怀里揣着一瓶酒，摸黑进了门，向他别望讲了贫协主席的事。他别望摇摇头："把巴子营所有的鸡都染黑，他还是只白鸡，人家根正苗红，大字不识一个，'右派'，八竿子挨不上边。"

"总不能让你顶帽子吧，这东西一上头，取下来就不那么容易了。"

"水利局的那几个下放干部呢？"

"老实着哩！"

"实在没招，从他们中戴这个。"

文书笑了："我们总盯着本大队的人，怎么把他们忘了。"

"帽子由他们顶，但人得保护，要斗，也在巴子营斗，不要让他们出村。"

文书掐灭烟，望着他别望。

"我脸上有花？"

"不是，你这话传出去，比'右派'还'右派'。"

"喝酒。把那只鸡炖了。"他别望指着地下的死鸡，对蹲在炕角的二姑喝道。

"把嘴管住。"

文书看到了他别望眼里的戾气，他收腿下炕。

"别走，吃了鸡喝了酒再去。"他别望拽住了文书。

一盏小油灯静静地摇动火苗，鸡肉上的油滴进火盆，滋滋地响，狗闻到香味，顶着门，二姑抓起几块骨头，扔到了门外。雪飘飘悠悠，这是1966年年底的雪，在夜里，雪少了羁绊，无拘无束地落。落到房顶是雪，落到柴堆上的还是雪。狗抖落身上的雪，在地上踩出若干朵梅花。梅花很快被雪覆盖，狗又踩一阵。柴堆中的麻雀把梦歪到身下，梦就香甜地藏在麻雀的翅膀下。

火盆里最后的火星暗淡下去，二姑觉得冷，钻进了他别望的被窝。

他别望知道我已出生，是在三天以后。

这三天内的事，全在那场雪中。

那天夜里雪一下，三天内就没有停的意思。这种雪，叫‘桶倒雪’，量大，速密，不留空隙。头畦村人惊疑，巴子营人也惊疑。雪堵住了门，盖住了柴火。冬天，村人赖以烧火取暖的炕洞门也被雪捂得严严实实，水缸爆裂，把里面的冰麻花般迸在地上，老鼠咬着冻白菜，牙齿有点生疼。

他别望的心一抽，便蹚在了雪中。他穿的是毡靴，俗称毡窝窝，能和雪对抗。文书的呼叫声近了，文书也穿毡靴，他瘦，半截腿塞在毡靴中，毡靴挤在雪中，像浮在雪上。

“‘右派的’窝棚塌了，这雪，能压塌房。”

“伤人了吗？”

“没有。他们齐心，用雪垒了墙，上面用木棍盖住，也拍了雪。”

“大队部里能住多少人？”

“住十来八个没问题吧。”

“村里别的人家有塌房的吗？”

“好像贫协主席的房塌了。”

“他住的房塌了？他住的可是地主何三家的房子。”

“你忘了他把房檩扒下来换酒喝了吗？”

他别望和文书挪到水利局下放干部的窝棚里。

雪墙拍得瓷实而整洁，他别望用手一摸，有玉砌的感觉。地下堆着的东西井然有序，他不懂童话，也不知意境，从这些人脸上读出的坚毅，流在地上，地上有一滴两滴的水珠。这个窝棚原是供看田人用的，塞了六个水利局下放的干部，其中有三个被推选成右派。他们的脸色像雪，只不过比雪黄点，这种黄白没有对应。他别望的尿憋了，他走出窝棚，尿了一泡尿。尿浸入雪中，也漂浮出黄意。他摇摇头，这种白、黄，正是右派们呈现出的脸色。

“搬到大队部，现在就搬。”

“这样也挺好，不要太麻烦。”

“屁，你们这种做法，像猫盖屎。太阳一出，浇死你们。”

三个右派提起了包，个子最小最瘦的把包背在身上，抱起了一个箱子，一出门，箱子往前一扑，小个子栽倒雪中。

“装的什么东西？”

“书。”

他别望抱起书箱，六个人排成一队，踩着他别望的脚印前行，文书在队尾，他从这三个右派身上闻到了不一样的味道。那种味道，散在雪中，舒服，与巴子营人身上的味道不同。巴子营人冬天身上的味道呛人。

“想办法给弄堆火，烤烤，他们可是读书人。”

“贫协主席安顿在哪里？”

“饲养院，让他和喂牲口的饲养员去住。”

“他可是贫协主席，你把右派安置在大队部，把他放在饲养员屋里，这可不合适。”

“啊呸！”他别望耸耸肩膀。

头畦村里的年味提前了。冻死的猪、羊剥了，剥出的腥味一进锅，就成了香味。大队服务部里的散酒桶一截一截矮下去，营业员提着提子，矮一截灌一提子水，他的兴奋缠在手上，他觉得如果服务部是自家的，这雪简直就是亲爹。

有肉吃的人家来请他别望，他别望都拒绝。人家便提了肉来，或一斤，或两斤，他不收，选了好点的让他们送到大队部，给下放的那些人。

他别望家的羊，也冻死了一只。他剥了羊皮，钉在墙上。羊肉卸得该大则大，该小则小。几只羊腿，吊在房梁下，像几只毡靴。

1966年年底的那个冬日，母亲把炕烧热，把我抱到祖父的炕上，出门了。棉鞋是旧的，母亲个子不高，又瘦，她没在雪中，如树叶漂在水上。三十多公里的路，母亲像一段文字，用一个逗号一直逗过去，呵出的气瞬间凝结，母亲的头巾似盔甲，一抖，便啪啪作响。滚进二姑家的门，他别望不在。二姑端水给母亲，母亲把水缸子捧在手中。缕缕丝丝的腥味敲打着母亲，母亲看到了房梁下吊着的几只羊大腿。

喝完一水缸子的水，二姑又替母亲续水。屋中的暖意化开了母亲衣服上凝结的雪，她的身子抖了一下。二姑又往水缸子中续水的时候，母亲把水缸子往地下一扔，埋头出门。

一头扎进雪中的母亲，在离开头畦村后，把眼中的泪水放开，风把泪水裹住，松弛，又裹住。母亲放开喉咙，一路的雪都竖起耳朵，听母亲把诅咒和绝望丢在雪上。三十多公里的雪地上，母亲的脚印孤独和无助，一片一片的雪花在母亲的手中飞出，已聚在一起的雪花无法拒绝这些本已安分却被母亲抓起又抛下的雪花，就像二姑的无动于衷。

雪中的巴子营显然与忧伤毫无关系。烟洞里冒出的烟扭着腰，在厨房上空把洋芋的呻吟消解，再送往高处。咣当的声响刺激了我的哭音，雪天的童音在残蔽的院中抻胳膊撩腿，母亲进屋后，抱过我，一身的寒气让我的呼吸几乎失控。祖父从衣领上一抓，我像雪一样飞离母亲的怀抱。祖父把母亲赶到院子里，让母亲在院中蹓跶。母亲的怨恨在一圈一圈中落下，呼吸渐渐平稳，进屋后，祖父把一碗热粥递在母亲手中，让我和母亲回到自己的屋中。

二姑终于把祖父和母亲来借米的事告诉了他别望。头畦大队没有冻死人，这是他别望心中最欣慰的事。一盘羊肉大马金刀地坐在桌上，望着他别望。他别望的手触到羊肉上，他看到了羊肉上附着母亲艾怨的一双眼睛，待我的哭声从羊肉汤里荡出时，他下了炕，套上了毡靴。

碾好的米在一木柜里，木柜的外面布满渍垢，岁月的灰尘和积存的色泽使木柜有着别于其他家什的优势。这个木柜装过一代又一代人的米，人走了一辈又一辈，木柜不起眼的外表之中，有着延续人间烟火的内涵。谷子去了皮就是小米，小米装进木柜中就有希望。他别望闻到了小米的香味，听到了我的呼唤，布袋不大，两升小米进入布袋后，布袋像乳房般鼓了起来。他别望跳起来，扯下来一只羊腿，羊腿硬出了冬日的风格，二姑扯了扯他别望的衣袖，他一把推开了二姑，没入了雪地中。

雪夜中的狗叫声空旷浑厚，祖父提了棍子，横在了他别望进门的身上。他别望解下了小米口袋和羊腿，放在门边。夜中的眼神对峙，他别望努力地回应，无法从祖父眼中读出兴奋，祖父手中的棍子蛮野地冷峻出一种坚决，他别望叹气，转身走了。

天明时，二姑的叫声惊起了他别望。望着大门上吊着的米袋和羊腿，他别望紧了紧腰带，提着羊腿去了大队部。多年后，三个“右派”中的一个曾对他别望说：那种在牛粪堆里烧出的羊肉，是他这辈子一回忆起来就会浑身充满温暖的羊肉。

以后的岁月，我们家再不吃小米。

四

他别望走进县公安局，几只捣烂的玻璃窗迎接着他。院子是平房，他来过几次。以前进大门时，总有人像审孙子一样阴着脸，吆五喝六一阵。这次进门，他别望理都没理头从窗子里伸出来的门房，门房没张嘴，转转眼珠，他别望瞪直了眼，把手一背，狠劲咳嗽一声，门房缩回了头。

院里的几张纸躺在地上，上面的黑字已被浸湿和粘连，红叉倒也醒目，叉下面的名字失了本来面貌，萎缩着认不出样子。局长室的门掩虚着，他别望推门进去，椅子上坐的人站了起来。说明来意，站起来的人替他别望倒了水："事体太大，关系到整个大队的人，改名不是随意的事，要全大队户主的签名和手印，我还要向县革委会汇报，你最好写一份申请。"

他别望把大队革委会公章往桌上一丢，公章陀螺般转了几个圈，停在了局长面前。他别望从贴身的口袋里掏出一张纸，珍重地放在局长面前。

申请书

巴子营县公安局：

为充分表达头畦大队社员同志对伟大领袖毛主席的热爱，经头畦大队社员集体表决，头畦大队革命委员会一致通过，头畦村全体社员改姓为毛，并申请将头畦大队改为敬毛大队。敬祝毛主席万岁万岁万万岁！

申请人：头畦大队全体社员

1971 年 3 月 12 日

局长戴了眼镜，一百余名户主的名字在鲜红或淡红的手印下显得庄重而生动。局长站起来，拉着他别望出了公安局，拐过一条街，进入县革委会大院。县革委会主任的板寸头一抬，公安局长退后一步，又前进两步，将申请弓着腰递给了他。

"看看，这就是贫下中农的觉悟。他们永远会和工人阶级一起忠于我们的伟大领袖。你们县公安局要亲自下去，把这种革命行动广为宣传。"县革委会主任紧握住他别望的手，"我代表县革委会向你们表示感谢，请转达我对头畦大队社员同志们的敬意。把这条'芒果烟'带去，在改姓大会上让社员同志们抽抽，让毛主席的光辉照耀到祖国的每一个角落。不，每一个有工人阶级和贫下中农的地方。"

出了县革委会大门，他别望和公安局长约定三天后在头畦大队举行改姓仪式。

大队支委会开得郁闷。已做了革委会主任的文书把"芒果烟"放在鼻子下嗅嗅："我想了两天，热爱毛主席有很多种方式，改姓等于出卖祖宗，我查了一下族谱，他姓已在头畦村生活了 300 多年。过去改姓是为了躲避杀戮和战乱，现在是清明盛世，改了姓会羞见祖宗的。"

改任文书一职的贫协主席呼了一句口号，"你这是典型的封建思想在做怪。按族谱，你的祖父是有名的地主，只不过赌博时输光家业败了家。现在，毛主席就是我们共同的祖宗。"

主任咧咧嘴，手里的"芒果烟"断成两截。

"看看，他还想反攻倒算呢，这么光辉的烟在他手里断了，你想变天是不是？"文书站了起来。

他别望把自己罩在烟雾中，透过烟雾，文书看出了鼓励，"把这个违背社员意愿的家伙捆起来。"几个民兵上前，捆了主任。他们的手法娴熟，主任龇牙咧嘴，他别望挥挥手，民兵押走了主任。

"从今天起，你就是大队革委会主任了。"他别望又递一支烟给文书。

文书伸出双手，接了烟。

"他怎么办？不行就移交到公社？"

"改姓由不了他，不乐意，他也得姓毛。为再次统一思想，晚上召开社员大会，我们抽'芒果烟'，斗'两面派'。"

几盏马灯高挑，主任被吊在木梁下，已接任大队革委会主任的贫协主席站在他别望身旁，望着东倒西歪的户主们。

"还有不愿意的吗？你们摁手印的时候积极，现在想反悔，他就是下场。"主任用手一指前主任，指风硬、快。

有人嘟囔道："按手印时，说谁积极谁家就会多分一百斤口粮，这到底算不算数？"

"算。"他别望拍了一下桌子。

"听清楚了，明天改姓时，谁再乱吵吵，就不是在梁上吊一吊的问题了。放下他，问问他还有没有其他想法。"

前主任的头耷拉下来。“摇头不算点头算，他还算社员同志，把他押到家里，告诉他女人，明天他家第一个改姓。”

敬毛大队成立后，他别望在村口设了双岗，有人进村，岗哨便持枪问道：“你来到了哪里？”若有回答头畦大队的，就押至大队部，办培训班，遇到有农活的时候，便让他们去干活，一直到彻底改口为止。嫁出去的他姓姑娘怕被改姓，再也不敢进娘家的门。整个 20 世纪 70 年代，敬毛大队的人已没有了亲戚概念。

二姑被改姓江的时候，祖父坐在地埂上问江是谁，待清楚是江青的时候，祖父回到家，取了斧头磨起来。在巴子营平田整地工地现场，祖父拉着架子车，腰里掖着斧子，来往奔跑，收工的时候，祖父把手搭在架子车把上，砍下了他的第二个手指。他把半截手指扔进了工地邻近的河滩。待众人散去后，祖父走进了河滩。光线暗下来，祖父摸到了那半截手指，他从河滩绕了一个大圈，到了祖坟里，用手刨开一个坑，埋了那半截手指。

那天晚上，祖父没有吃饭。他倚在门前，怔怔地看天。

五

施济人被押解至敬毛大队时，毛别望正望着大队的果树园发呆。果树是多种经营的成果。栽植时，毛别望还叫做他别望，水利局的右派们在的时候，敬毛大队的河道沟渠得到有效的改造。土沟被代之以石河，有的现在仍发挥着作用。

果树开花的时候，一团一团，没有见过果树开花的敬毛大队的人都聚拢，望着一咕嘟一咕嘟的果花，闻着果花的香味，似乎眼前堆满了饱满的苹果。一瓣果花随风飘落，有人拾起来，放到嘴里咀嚼。一人一带头，众人都弯下腰，捡拾花瓣，果花在嘴里折腾出的味道是什么，众人议论纷纷，问毛别望，毛别望笑了：苹果就是苹果的味道。苹果啥味道，有的人吃过，有的没吃过。

吃过的说：脆、甜、香；没吃过的咽着口水，把果花当成苹果，又塞进嘴里，脆没有，甜没有，香也没有，倒是嘴里有了黏乎的意味。

果花脱落后，一夜之间，小羊粪般大的小果子便在枝头嬉闹。每天收工时，大家都绕道来到果园，看孩子一样看看小果子，有人用手摸，被别人制止。“手的毒性大，一摸果子会掉。”摸的人缩了手，似乎真的看到小果子掉了，“掉一个少一个。”众人笑着，有人摸了一把裤裆，笑声回旋，果树的叶子被振荡，也笑了起来。

小果子掉落的一多，敬毛大队的人心慌起来。一开始以为阶级敌人搞破坏，民兵们分了组，两人一组，允许带狗，看守着果园。跌落在树底下的果子，谁看守，谁可拾了给自己孩子吃。孩子们把小果子放到嘴里一嚼，大人们问是什么味道？像木头，小孩们竟异口同声回答。

看守一周后，毛别望得到答案：是风摇落了小果子。

风怎么斗？毛别望吃不准。不是东风压倒西风，就是西风压倒东风，南风呢，北风呢？毛别望把二姑送来的饭扔了出去。一个人待在大队部，毛别望望窗外，窗外有几滴雨跌落，像小果子落地的声音。他披衣来到果园，狗叫起来，值夜的民兵从窝棚里走出来，提着马灯吆喝。

“是支书啊！”便缩回窝棚。

一个晚上，毛别望都待在树下，雨落了几滴，停了。靠在果树上，毛别望想起水利局的那几个人了。这些年下放来的人，很少有被分到大队。他们也像小果子，昨日还在树上，第二天便跌落在地上。地上的小果子有人拾，他们则像羊粪蛋，一扫帚下去，扫到哪里便到哪里。

这一夜，毛别望睡得特别安详。

天在树叶的响声中放亮，值夜的民兵搜捡了一番，只拾到几个小果子，两人一对视，望了望毛别望，在吃早饭时悄悄对老婆说：毛书记不是身上的煞气大，就是树神，他在树下睡了一夜，果子就不敢掉了。

走进林业局，毛别望把介绍信交到负责人手里。

“主动要求分配右派去批斗改造，敬毛大队人的觉悟，嘿！”负责人问毛别望要什么样的右派，毛别望说：“越大越好。”负责人笑了：“你这是瞌睡遇到枕头了，中科院省分院的一个右派昨天刚到，我正愁没地方打发呢，分到敬毛大队，我们放心。”便打发人去叫来了施济人。

行李少，书箱重。出了林业局大门，毛别望从施济人手里抢过书箱，放到架子车上。绕着出了城，他把施济人抱上架子车，吆着驴车行进。俩人都不说话，毛别望望路，施济人看天。到大队部，毛别望让人拆了窝棚，重修了两间小房子。

“不要大，要讲究，外面看起来要寒碜，里面要住着舒服。他们睡不惯炕，从大队部找几块木板，让木匠做一张床，要结实。”

施济人被分配去看果园。

“弄把剪子。”施济人拽了拽树枝。毛别望让二姑从家里拿来了剪刀。

“不是这样的，我要剪树的剪子。我的被他们没收了。”

“是谁没收的？”

“林业局的人。”

毛别望写了介绍信，让村主任去讨要剪子。

剪子一到手，施济人忙碌起来。

“清膛。”

这是施济人对毛别望说的第三句话。

“弄把剪子。林业局的人。清膛。”两天三句话，毛别望瞅了瞅施济人的嘴。大的树枝无法剪，施济人便让毛别望找来两个木匠：“锯了。”木匠望着毛别望，毛别望盯着施济人，施济人理也不理：“锯了。”

“锯了。‘施右派’让你们怎么做，你们就怎么做。”

一周过后，果树不再枝繁叶茂。果树园里清亮了许多，也清爽了许多。眼尖的发现，果子气球般膨胀起来，毛别望再也没有发现掉落的果子。看着果园里的草疯长，毛别望安排人锄草，施济人拉住他："该长草的地方就得有草。"毛别望便喝走了来锄草的人。

几只喜鹊立在树上，枝头一阵乱摇。施济人望着喜鹊，俊美等词从脑中飞出，挂在树上。喜鹊的尾巴一晃一晃，交替着喳喳。施济人前行几步，喜鹊见人来，便飞走了。他心里怅然着，提了剪子望着喜鹊远去的身影，心里乱成了风中的树叶。

第二天，喜鹊后面跟了小喜鹊，依旧在树上嬉闹，施济人再不前靠，坐在地边，看喜鹊们晃尾巴。闹一阵，喜鹊们喳喳着飞走了。施济人到了树下，瞧见了半个被掏空跌落在树下的果子。果子鲜艳，他擦擦，好的半边，蜡般滑润，搓几下，竟搓出几分清香来。毛别望进园来，看到施济人捏着半个苹果愣神，"别以为它们是好东西，偷吃果子、鸡蛋、小鸡，可是它们的拿手好戏。"抬头向树上望去，毛别望大叫起来："老施，老施，你的软心肠让果子糟蹋了不少。"施济人抬抬眼镜，几只半边的果子哀怨地耷拉在树上，没有被掏空的另一半比其他果子的颜色正了许多。"它掏的都是味道好的。老施，别让巴掌山迷了你的眼睛，它们再来，赶走。"施济人没有搭腔，回了小房子。

喜鹊们继续增加，施济人吆喝着。喜鹊们从一棵树上弹跳到另一棵树上。施济人柔和的声音让它们欢乐起来。看着施济人跑来喝去，喜鹊们再不理会，弯腰勾嘴掏吃果子，掏一口喳一声望一下施济人。施济人抓起一只土块扔了出来，土块跌落到不远的地方。喜鹊们的喳喳声贴在树叶上，树叶上趴着的蜜蜂嗡嗡到被喜鹊掏了的苹果上，一只嗡嗡一叫，另一只便赶来，掏空了一半的苹果成了蜂窝。

在河里拾了一口袋小石子，施济人打起了喜鹊。石头扔到树上，喜鹊们振翅一飞，石子便不见踪影。赶到另一棵树上再扔，喜鹊们又飞到另外的树上。敬毛大队的社员收了工，立在园边看施济人和喜鹊打仗。从东到西，施济人打光了口袋里的石子，跑到落喜鹊的树下，树干粗，摇半天不动一下，他朝树上踢了一脚，树一晃，他抱起脚哎哟起来。

毛别望开完会，把自行车停放在苹果园门口。众人向他诉说喜鹊的顽皮和施济人的笨拙。看着民兵连长背着枪过来，毛别望问：“有子弹吗？”“今天是实弹训练，我枪里还剩一颗，想藏了，到冬天和你打狐狸。”民兵连长把枪递给了毛别望。枪是老七九步枪，重，沉，毛别望晃晃身子，把枪托顶在肩部，瞄了起来。“这枪力道大，毛书记，我来。”民兵连长接过枪，瞄准跳得最欢的喜鹊，一枪过去，那只喜鹊直直坠落。施济人刚爬起来，那只喜鹊跌落到肩上，他一惊，又坐在了地下。拎了喜鹊，毛别望让人拴了绳子，把死喜鹊吊在树上。“这叫杀一儆百。老右，这样赶它们，挣死你都没用。派几个人，轮流赶这些糟蹋鬼。这么好的苹果，待丰收了，挑选大的，我们背着上北京，敬毛大队的苹果，心也向着毛主席。”

施济人病倒的第二天，县城来了一队人，扛着红旗，穿着绿军装，到敬毛大队部敲锣打鼓起来。问来因，领头的很横，说来斗右派。毛别望笑笑：“县城里的右派还不够你们斗吗？”领头的把嘴一撇：“斗死老虎没意思，我们斗隐藏在下面的。”毛别望哼了一声：“知道我们姓啥吗？”“谁不知道你们都姓毛。”“我们的姓都跟了领袖，还怕你们几个嘴上没毛的。”毛别望嘱咐民兵连长，“集合民兵，他们要是再嚣张，揍扁他们，敢到敬毛大队来撒野的，不是反动派就是反革命。”领头的还想争辩，民兵连长把他从衣领一提，扔在了一边。其他人扶了领头的，想跑。毛别望挥挥手，把他们让到了大队部。“小将们跑累了，坐下喝喝水，中午吃顿饭。”领头的端碗的手颤了颤，几滴水抖出来，跌在桌上乱窜：“光脚的不怕穿鞋的，喝。”一队人每人喝了三大碗水，都抬起屁股。“要走？位子要坐正，不要坐偏，你们喝的可是贫下中农的心意。你们也太小瞧人，再大的右派到了敬毛大队，我们也会让他变小，你们不相信我们，就是不相信伟大领袖。”

领头的腰弯了下来，其他人望着他，“走，走，走。”一队人猫了腰，还未出村口，便尿起尿来。酣畅淋漓一番，领头的摇摇头，收了旗，沿着公路走了。民兵连长骑着毛别望的自行车赶来，把一袋饼子递在了领头的手中。

挣扎着到了果园，施济人靠到树上，大口喘气。

夜黑得没有任何理由，大队革委会主任拍门时加了矜持，依然无法阻挡沉闷。毛别望披衣出门，二姑在夜色中，把夜绞进衣襟中，紧紧地拧着。

“施济人不行了。吐血，血是黑的。”

“叫几个身手利索的民兵，抬到县医院抢救。”

“他们会给他治病吗？”

“你开个证明，就说这个人宁可让贫下中农斗死，也不能让他自绝于人民。”

主任应了。

敬毛大队的人没有用过担架，抬人一般是卸了门板，四个人抬着门的一角，只能缓缓而行。

“用架子车送也太慢，咋办？”主任一脸的汗水。

毛别望转身喝道：“到我家里去推自行车，把捆人的绳子拿来，再找几根棍子。”

自行车推来后，毛别望让人把自行车座的一边绑了木棍，拿了施济人的枕头，垫在车座上，把施济人抱到车座上，将他的身子和木棍绑到一起。

“谁的车技最好？”

“除了你书记，敬毛大队的许多人连自行车都没摸过。”主任嗡嗡着说。

毛别望叮嘱主任：“把介绍信给我，你组织人跑步到医院，如果我到了，你们还不到，我就操你们的娘。”

车座上绑了人，毛别望从前面偏腿上车，脚弯不过去，他让人扶住车子，先骑到自行车上，用脚撑住自行车。

“天这么黑，摸黑摔了施济人就麻烦了。把马灯绑在自行车把上，自行车后要派两个人照看。”

一盏马灯，隐约着把光洒在路上，自行车前行，路也在前行，施济人在喘，毛别望也在喘，跟在后面的主任和民兵也在喘。

县医院的灯闪着鬼气，喘着的一群人拍响了医生的门，医生是前院长，他扳开施济人的眼皮看看，“没救了。”

“右派都不治右派了，这世道。”毛别望让民兵仍旧绑了施济人，“他死了，把他埋在果树园。巴子营人活了多少辈才有了一个果园。走，就这么点水平，右派就是要打倒。”

毛别望瞪了前院长一眼。

“只能死马当活马医了。每天早晨给他灌一小瓷缸人参汤，一个星期后，如果有效，连灌一月，如果有牛奶，每天让他喝半斤。”

“人参汤，牛奶，你以为我们是谁，能霸占医院和奶牛场。”

前院长对毛别望耳语了几句，毛别望笑了：“真有你的，你说童子尿不就行了，没牛奶，羊奶行不？”

“更好。”前院长的眼里有了泪花，他从舌头底下压出一句话来：“都说敬毛大队的右派还像人，这施济人，命不该绝啊！”前院长的脚底下踩出了感伤。

我的两个表弟的炕头前，放了两个搪瓷小缸，小缸身上都有字，一个是“将革命进行到底”，一个是“千万不要忘记阶级斗争”。他们每天早起的第一件事，就是光着身子闭着眼睛往小缸里尿尿。有时候尿多，溢出缸外，弄湿了炕头，二姑便骂起来。他们嘻哈一阵，忙钻进被窝。二姑端了两个小缸，来到灶间，从灶膛里扒出两个小石子，用火钳夹了，丢进小缸里，嗞嗞的声响过后，看哪个小缸里的尿清澈，就端哪个。从家到果园的小房子，有一段路，二姑端着盛了尿的小缸，到了小房子。施济人的牙关紧闭，二姑找出小勺，撬开他的嘴，把一缸子童子尿一点点灌了下去。

提供羊奶时，毛别望和二姑发生了争执。毛别望家养里着一只山羊，俗称驹驴。这种头上长两个小角、肚子下吊着两个大奶头的母山羊，奶水足。两个表弟放学后的头件事，就是轮流放羊。这活是个轻松活，拉了绳子，山羊翘着胡子跟在人后面，到水沟边找草吃。一个去放羊，另一个便去铲猪草。铲草不是件容易的事，一到夏天，猪能吃的草大多躲在玉米、洋芋地中。地是集体的，个人的孩子不能进。两个表弟靠着毛别望的关系，进了两次地，挨了父亲的一顿牛鞭。是真打。两个表弟的背上、腿上都有印痕，上学时，一个瘸着腿，一个弓着背。大表弟无法在凳子上坐，站着听了一周的课。地埂边的草允许铲，但地埂边没有那么多草，两个表弟便大胆摸到其他大队的地里去铲草。多年以后，当了作家的大表弟曾描述过他铲草时的情形：像武工队一样摸进人家的玉米地中，苣苣菜、蒲公英、车前草匍匐着，个大，叶厚，它们汲取着玉米的营养，不茁壮但根大叶茂，不一会儿就能铲一小筐。铲好草，有时嘴实在馋得不行，便折一根不能结穗的玉米秆，折断一截放在嘴里咀嚼。那种甜味是世间少有的，到现在找遍世界也未必尝到那种美味。为爱护这株玉米，他把断了还长着的那株玉米的头用叶子裹了，到下次来仍旧掐下一段吮吸。一个夏天，他只破坏了两株不结穗的玉米。

争执归争执，羊奶还得送。二姑提议让两个表弟表决，两兄弟听了原委，竟齐声答道：“为救‘施右派’，我们坚决不喝羊奶。”感动得毛别望赏了两个表弟一人一块糖，二姑哪里知道，山羊奶有一股膻味，每次喝羊奶时，两个表弟比让他们做作业还痛苦。

“到底是我毛别望的儿子，觉悟就是高。”毛别望叮嘱二姑，羊奶必须熬熟，“救活施济人，是你的功劳，一年奖励你两斗麦子。”

为了这两斗麦子，二姑尽心照顾施济人。早晨的童子尿，晚上的羊奶，顿顿不差。过了一周，施济人能下床了，毛别望来到果园，望着果园的草，让二姑把奶山羊拉到园中，交给施济人，“人参汤早晨还是我们送，羊奶你自己挤着喝吧。”

儿子喝不到羊奶，还得放羊，把羊交给施济人，二姑很情愿。到城里开会时，毛别望捉了几只鸡，放养在果园里，“下了蛋归你，但要照顾好这几只鸡，丢了我找你算账。”他顺便从口袋里掏出两包烟，丢给施济人。

多少年后，施济人高居北京的一层楼上，每每忆起在敬毛大队的经历，他泪眼所指的方向，便是敬毛大队。

六

春天旱得如手心里的干皮，一撕便能撕下一大块。一个正月的喜悦被干呛的灰尘挤走，毛别望的胃里空荡起来。他扒开田埂，看着黄嫩的草芽萎在土中。掐一截放在嘴里，咬出的仍是去年冬天的味道。成群的庄稼地里，没有了乌鸦的光顾，只有一只两只的麻雀，在地中弹来荡去。它们把土珠弹起，又扔下。干涸的地块中，春播的种子不见踪影。在毛别望的记忆中，这种情形似乎只在巴子营发生过。

毛别望去邻近的大队请教一位种田高手。老者70多岁，胡子像小麦倒竖的穗头，干、尖，扎人。老人坐在炕沿上，一脸寒肃。

“这叫春干痂。种子下到地中，一周会成粉壳，只能让地歇一年，来年再种。”

毛别望递一支烟给老者，老者接了烟，放在炕沿上，烟滚了下去，毛别望拾起来，竖放在炕沿。老者叹口气：“跨黄河，过长江，地被挣坏了，伤了元气。人有多大胆，地有多大产，行吗？人的胆有多大，没拳头大；地能产出多少，地知道。回去吧！多跑点救济粮。我这把岁数了，不怕他们给我‘戴帽子’。”

毛别望辞别了老者出门，他的腿发软，偏了几次腿，上不了自行车，他便推着车子缓行。路上的尘土厚、软，没住了鞋口。他以开会为由，找到了这位高人，本希望这位高人能点拨迷津，但他的希望也如下地的麦种，风干在土地中。沿途的状况，和敬毛大队差不多，原来咕咕着的泉眼，不再敞胸流淌，洇了多年的石头，也裸露在河滩上。石头缝里挤出的草，扁平着脑袋，竭力与石头拉开距离，石头的温度轻易地会让它们萎了身子。

回到村里，毛别望到了大队部，点起煤油罩子灯，累便袭来，几只飞虫有气无力地绕着灯转，有的顺玻璃罩冲下去，烧成一团后跌落在一旁。去年超额交售公粮，分给社员的口粮少。往年的春夏，一落雨，水一浇，各种野菜好歹能救急，今年春夏，苗不出，野菜们也了无踪影。

“春干痂。这是个什么年成？”主任、文书、民兵连长猫着腰，也来到大队部。

“返销粮数量不多，救济粮全是红薯片。按配额，一家分不上几斤。”主任把分配表摊到了毛别望面前。

“去看看外边有没有人？”

民兵连长出门巡查一遍，“没人，现在连草都饿得不出头，人哪有闲心胡转悠。”

“去年的储备粮没动吧？”

“没动，这粮不能动，胡动要掉脑袋的。”

“谁说动储备粮了。明天，请几个泥瓦匠来，我们要塑领袖像。”

几个人望着毛别望。

“望什么？要请好的工匠来。”毛别望吹了灯，几个人分散在黑夜中，脚底下的声音也饿，软软的。

领袖像塑在果园旁边的空地上。

果树上依稀的小果子躲避着众人的目光。“庄稼没指望了，我们救果树。组织壮劳力，到南山口去挑水。凡去挑水的人，每天补助一斤粮，是细粮。”报名的人多，毛别望让民兵连长将大小一样的木桶摆在当地，“水桶满，一斤粮半两不缺，偷奸耍滑的，按水量扣除。人家是千里百担一亩苗，我们是二十里一担半棵树，轻松多了。”

苹果园中聚满了人，挑水队一走，家里能走动的人都出动了，年龄大的提着小罐子，年龄小的抬了小木桶，跟着挑水队去运水。人越排越多，脚步跟着脚步。二姑提着罐子，两个表弟抬着水桶，也加入到人群中。沿途大队的人注目着这条长龙，高高矮矮，胖胖瘦瘦，老老少少。怕水晃出，挑桶的捡拾了干树枝，丢在桶中。水晃，树枝晃，人也晃。到了果园里，排了队，由文书测算水量。

“怎么办？这得发多少粮？”挑桶提罐的排着队望不到边，文书发急，便问毛别望。

“什么怎么办？按水量配粮，毛主席他老人家看着呢！”

文书合了本子，也到家提起了桶子，主任和民兵连长坐一阵，站一阵，搓着手，似乎要从手里搓出粮来，毛别望笑笑：“你们别挑水，去组织好社员，别让一个累趴在路上。”

“我们的粮呢？”

“和挑水的一样，一斤细粮。”毛别望闪闪眼。

果树叶子慢慢恢复了本色，施济人种下的桃、梨树也有了生气。拉返销粮的马车上，几袋麦子羞答答地躺着。毛别望让人打开口袋，抓出一把麦子，麦子或半截或是秕壳，懒洋洋地在他手里滑动，他的眼里有了泪意。“交公粮时，我们选了又选，个大籽饱，返销的竟是这样的东西。分了吧！分了吧！”他吩咐文书：“和红薯片搭配着分了。”

煤油罩子灯旁，几个人头在晃动，几个影子也在晃动。

“按户轮流，你们测算一下，按饿不死人来测算，每户一月两升麦子、一升谷子，行不？”

“地富反坏右呢？”

“减半。”

“这是储备粮，没有上级指示，要掉脑袋的。”主任还在担心。

“我们这是向毛主席献的忠心粮，谁敢上纲上线。”

主任笑了：“敢情塑领袖像要派这个用场。”他翘了翘大拇指。

毛别望神色凝重：“为确保不出纰漏，我们要言行一致，步调一致。”他从抽屉里抽出一张纸来，“我念，你写。”文书从口袋里抽出钢笔，脱了笔帽。

为表达敬毛大队全体社员对伟大领袖毛主席的无限忠诚，敬毛大队革命委员会决定，敬毛大队社员以户为单位，每天轮流在毛主席像前敬献麦子两升，谷子一升，以表忠心。

敬毛大队全体社员

“我们先摁手印，然后每户由户主摁，地富反坏右另列一张纸，也让他们摁手印。不过，我们摁的是红色，让他们摁黑的。”毛别望揣了摁手印的纸，挥挥手，把几个人挥到了夜色之中。

敬毛大队向毛主席表忠心的活动赢得了县革委会、公社革委会的高度重视。县革委会、公社革委会的头头脑脑在红旗招展、锣鼓喧天中穿梭着，欢乐的红海洋里扬起的尘土一点也没消解他们的兴致。看着用红布裹着的盛粮的斗和升子，有人问毛别望，他肃然答道：“向毛主席表忠心得来实的，不能停留在口头上，我们战天斗地，绝不能让毛主席他老人家饿肚子。”

公社革委会主任觉得这话既在理，又有啥问题，见县革委会主任赞许，他便咽下了话头。

每天天一亮，轮到表忠心的人家便到大队领了斗和升子，用红布包了，斗用两根木棍绑了，抬起来轻松。他们到了领袖像前，背一段语录，然后握了红缨枪，立在领袖像旁，笔直而又生动。到了傍晚，家里人便拿了口袋，倒了斗和升子中的麦子和谷子，在夜幕中离去。

1975 年夏天，敬毛大队上空的云也无饿相，它们静浮在天空，对下面的干旱，它们也毫不在意。待到秋来，一场雨不期而至，敬毛大队的人套了牛，把歇了半年的土地重新打理好。他们惊讶地发现，春天下种的捂了几个月的麦种有的竟吐出了绿芽，在犁沟里活泼地张望。

七

两个表弟跑回家，抹掉头上的汗珠说："毛爷爷死了。"

毛别望跳下炕，操起鞋底，抽得两个表弟龇牙咧嘴。

"你们胡说什么？"

"毛爷爷死了。"

毛别望扔了鞋，举起手掌。架在房屋东墙上的广播匣子响了，低沉的哀乐僵住了他的手，他一直举着手，听完了讣告。

"老师让我们扎白花，我们不会扎。"

"找你妈去扎，她的手巧。"

"妈说你没发话，她不敢扎。"

"我病了两个月，毛主席怎么说走就走了。这 1976 是个什么年份？周总理走了，朱委员长走了，万岁的毛主席他老人家也走了。"毛别望下了炕，趿拉了鞋，拉着两眼的泪，来到大队部。

"搭灵堂，把灵堂搭在毛主席塑像下，我们是毛主席的家人，应该申请上北京。"毛别望让大队革委会主任去找县革委会主任。

大队革委会主任带回来的话是："我们也想去，可惜没资格。忠于毛主席不在于选择什么地方，而是要有一颗无限忠诚的心。"

那段日子，供销社的白纸和黑布一直紧俏，毛别望拖了病体，坚持守在灵前。移到主席遗像旁木杆上的广播匣子，是总指挥。敬毛大队的追悼程序和高层保持着相当的一致。苹果园中的果树上裹了白纸，苹果上糊着的白纸很脆，风一吹，白纸便飞了，苹果依旧弥漫着香味，没有人动歪脑筋，民兵连长负责每天摘最大最红的五个苹果敬献在灵堂前。

毛别望被一种想法促使着，悼念仪式全部结束后，毛别望让人拆了灵棚，他对前来送饭的二姑说：“照顾好孩子，回趟娘家，把姓改过来。”他拉过跟随在二姑身后的两个儿子，轻轻地搓摸着他们的头，挤出的笑嵌在脸上，“该姓他了。”便不再说话。

在两个表弟的记忆中，这是作为父亲的他别望唯一爱抚他们的一次。

毛别望的离去，成了一个谜，有人说他去了北京，在毛主席纪念堂旁边游荡，有人说他去了湖南，在韶山毛泽东的故居旁驻守。两个表弟成人后，一个考到北京的大学，一个考到湖南的大学。四年大学结束，他们学业有成，唯一没有完成的使命，就是找遍北京和湖南的角角落落，从来没有碰到过父亲。

他们永远无法忘记的，是他们的父亲叫他别望，有一段时期却改成了毛别望。

八

二姑在恢复原名的头畦村顽强地生活着。没伤元气的头畦村人仍旧在头畦村劳作，仍姓了他的头畦村人在经过了多年的洗礼和反思，愈加感念起他别望的好来。那些改正错划的右派和村里的“地富反坏”常常来看二姑。二姑让他们坐，请他们喝水，目送他们离开。成家在外的两个表弟很少回家，二姑守着他家老屋，村人很久以后发现，二姑坐着的方向始终对着巴子营。

有人曾看见二姑在我家院周转悠，待走上前去问讯，又寂无人影。这样的次数一多，祖父有时出门，每每看见二姑立在眼前，走近才发现是树。祖父便脱下鞋底，在树身上啪啪地抽打几下。

“我们请她吧！”父亲央求祖父。

“我活着，休想。”

“她也没错，那是一个时代的问题。”

“时代没人强迫她改姓，她也是个人。”

“毕竟二姑夫的口碑还好。”

“和我们有关系吗？”祖父反问道。

那年农历六月初五，祖父拿了铁桶去挑水，我们扯住了扁担，他来了气，一脚踢翻了水桶。铁皮水桶咣啷着。“六月六，猫热一天，狗热半年，让它们洗个身子也这么啰嗦。”我们不再劝阻，都提了水桶去挑水。水坑满了，祖父把一捆艾草丢了进去。艾草是隔年的，上面积有灰尘，祖父用棍子搅来戳去，搅得艾叶新鲜活泼，他拿了铁勺，将旋在坑边上的麦秸、小木棍等物舀出来，艾叶的味道涌上来，祖父笑笑：“猫捉老鼠狗看家，猫狗干净家干净。”我们以为这话也就那么回事，权当耳旁风，过了就过了，谁知那年的腊月初六，祖父竟无疾而终。

祖父弥留之际，天下了一场雪。雪下下停停，轻柔而曼妙，父亲守在祖父身边，祖父说：“二丫头做的馍好吃。”父亲怔了怔，问母亲二丫头是谁，母亲忧然一叹：“除了你二姐还有谁。”父亲转身瞧去，祖父已闭上了眼睛。

往来奔丧的人中，没有二姑的身影，没有两个表弟的身影。父亲一袭长孝，跪在祖父灵前。按乡俗，停灵期间，院门是不闭的，做完道场，该散的人散了，他们要在第二天出殡时起早。父亲一人守在灵堂里，他太困了，迷糊中，隐约觉得有人来到灵前，挂着孝，烧了一阵纸，叩了几个头走了。雪是天的泪，漫在院中，嘈杂的人群惊醒了父亲，道士呜咽的喇叭声把雪打散，没有人查问出殡前最早的脚印是谁的。祖父去世时八十又三，属喜丧，悲泣的成分少，下葬了祖父，便在院中开席，席的丰盛成为巴子营人后来办丧事待客的标高。

祖父停丧期间，每年农历六月六被祖父赶到土坑中洗澡的猫、狗格外安静。它们卧于棺材前，影响祭奠，有人去呵斥，父亲挥挥手，走上前去，摸摸猫头、狗头，指指离棺材不远的一块闲地，猫、狗爬起来，顺从地到了指定的位置。出殡后，猫、狗仍不离开，父亲便在那个地方搭了一个狗窝，一直到死，狗从未挪过地方。猫卧在狗窝上面，一年冬天的一日，冻僵在狗窝顶，父亲将猫、狗都埋在了祖父墓旁的地中。

埋葬了猫、狗，父亲坐在祖父坟边，竭力回忆在祖父停丧期间，恍惚来烧纸、叩头的人的情形，猫不灵性，狗灵性，这狗，竟然没有哼出一声。父亲拍拍埋狗的地方，摇摇头，抓起一把土，撒在了祖父的坟头。

九

又是一年的农历六月六，父亲仍旧重复着晒艾，为猫、狗洗澡的过程。挂在父亲眼镜片上的忧伤拉得悠长，往往长到头畦村，而后返回落到祖父的坟前。有时父亲也晒书，母亲则把柜子里的衣服、被褥或挂或搭在绳子上晾晒。六月六的太阳很好，好得像鸡窝里的鸡蛋，有温度，有讲究，捏在手里温暖，敲到锅里有型。

一日，头畦村有人来到我家，背着一张狗皮。狗皮已浸制成褥子，很软很有诱惑力，狗毛干净温顺，父亲用手一摸，狗毛立起来，刺疼了他的手。

来人说："他书记那人，道道多着呢！那年用狗让头畦村人渡过了艰难。那些年好像天灾多，人祸更多，好好的庄稼宁可烂到地里，也要去修水库。那年冬天，很冷。打狗兴起时，头畦村人没打一只狗。不该打狗的时候，他书记却组织强壮劳力和民兵打狗，狗皮做成了褥子，送到水库，狗肉分到了各家。那年贼冷，烧炕没东西，有了狗皮，头畦村人度过了那个冬天，修水库的人没一个冻伤的。狗肉吃了，狗骨头熬了汤。后来有人说头畦村人长着狗脸，一脸狗像。"

父亲望了来人一望："讲这事，有意思吗？"

来人笑笑："当时觉得没意思，后来想想有意思得很。你说这他书记，上面追查打狗的原因，他说敬毛大队的人打狗，怕狗吃猫（毛），是对毛主席表忠心呢！”

送起了来人，父亲抱了狗皮，来到祖父坟前，他把狗皮铺在了祖父坟上，巴子营人问原因，父亲闷声回答：暖坟。

十

2013年的农历六月六，头畦村人来报丧，说二姑走了，父亲坐在院中，没有起身。我问父亲是否要去奔丧，父亲长叹一声：随她去吧！

父亲往水坑里撵狗时，动作很粗，很糙，狗和猫想爬出坑，被父亲打了回去。父亲累了，坐在坑边喘息，狗和猫趁机跳出坑，跑了。

那些漂浮在坑中间的艾叶，发出了奇异的香味。

（发表于《钟山》2015年6期）

麦 饭

一

二弟从澳洲来，还未抖落一身的风尘，便问我：哥，你还记得吃麦饭吗？

我小时候，每年麦收时节，大人们总会提及吃麦饭这件事，有时还有简单的仪式。在近30年中，吃麦饭已彻底从人们视野和记忆中消失了，经二弟提及，我有点感动。二弟已定居澳洲20多年，亏他还在记忆里存储着这件事。他回来的也正是时候，眼下正是麦收的季节。我让他先休息，抽空和他回巴子营，找老豁豁，问问谁还会做麦饭。

王打生正在犯命，他想在走之前，亲眼看一次吃麦饭。我们赶制一部VCR，通过视频完成他这个心愿。

王打生是谁？

侄女用蹩脚的汉语抢话道：打是打倒的打，生是生存的生。

二弟瞪了侄女一眼，侄女笑了。

是个老华侨，据他说他的老家在巴子营附近的王道庄。

二

翻阅乾隆年间《巴城县志》，仅录一句话：王道庄，离巴城南六十里。从民国所修的县志到最新编纂的市志，均无王道庄的片言只语。

二弟从我桌上的烟盒中抽出一支烟，在鼻子下嗅嗅：咋办？我是想能在他的故乡拍部VCR，好彻底了结他的心愿。王道庄找不到，总不能把巴子营作为背景拍吧！

你先别急，我们明天就去找老豁豁。

能不急吗？我问过医生，王打生存活的时间不会超过半个月。

三

这雨下得不是时候，二弟提着拍摄器材，上车用手拂了拂器材包上的雨点。路上车少，柏油马路由国道降到省道，缺少管护，波浪着向前延伸。进入乡村道，水泥路面湿洇开一段意趣，路直得令人眼累。几声狗吠四起，侄女兴奋了脸，打开车窗眺望。车到巴子营东头，拐上一截土路，车轮溅起的泥巴甩在了侄女脸上，她一抹，弄了半脸的泥。七拧八绕一段时间，车在一座土院前停了。

一行人下车，侄女在泥泞中疯跑。看着雨中的几只鸡，她追了过去。院左有一花池，漫出一两朵的花，精神地立在雨中。与其他砖房相比，这座院子虽破旧，但古意拂拂，插在土坯墙缝的镰刀、吊在木架子下的牲口笼头，爬满了岁月的斑点，用手一摸，就会摸出半拉的故事。没有院门，三间土坯房在雨中迷濛出醉意，摇出一位拄拐的老者。

豁豁爷？我凑到跟前，大声吼了一声。他用手遮住右眼，眯着瞅了一阵，叫我成娃。豁豁爷八十又三，一声成娃把我拍回了童年。成娃是我的小名，近三十年几乎不曾有人叫起。我们跟着豁豁爷进了屋，侄女如进了博物馆，对屋中的一切都好奇。屋中有一种很浓重的味道，炕半截铺着毡、褥；半截蹲着几个口袋，有的还是毛线和帆布的。这是三十年前的旧物。我递一支烟给豁豁爷，他接了，别在耳朵上。侄女说这老古董的耳朵像炮架，架了烟随时会打炮。二弟呵止了侄女，侄女毫不在意，仰头看着屋架。屋架的梁上挤满了或圆或扁的东西，有陈年的玉米棒，看不出本色的高粱，还有一捆笈笈。

一粒圆东西随尘土落下，我拾起用手一捻，是糜子。梁左有几根谷穗，耷拉着脑袋，墙上布满各种血痕，有苍蝇的、蚊子的，还有星点的几滴老痰，那是豁豁爷来不及下炕甩到墙上的。几床被窝，颓废地窝在一边，老鼠般散发出一股陈腐气。

你知道王打生吗？我问豁豁爷。

他把烟锅头在鞋底上一磕，一粒烟弹滚在地下，侄女俯身看着一丁两点的火星，用脚踩踩。

你是说那个尿罐副官，他活着还是死了？

活着。我说了麦饭的事。豁豁爷咧了一下嘴：麦饭？麦子都没得了，还麦饭。你去地里看看，草长得比驴高。

是王打生想吃麦饭。

豁豁爷的泪从眶中下来：60 多年了，他还记得麦饭。

我问王道庄在哪儿。

豁豁爷捋了一把胡须：不就是王庄吗？旧时叫王道庄，是那个庄上出道士，后来道士没人做了，就叫了王庄。想吃麦饭，哪得找麻姑姑。

麻姑姑还能做麦饭？

豁豁爷笑了：那个女人，成精成怪，只要不死，啥她做不出来！

王打生，这名字很怪。

这有啥怪的。她妈嫁给王老邪，十年不出怀，他是王道庄的人打出的。

四

那场雪猛恶，呆白了整个王庄。

王老邪套了毡窝窝，筒了手，来到了后院。后院左侧的一棵桃树枝上附着一层白，慢慢臃肿。他抽出手扫了一下树杆，树枝摇晃了几下，附在树枝上的雪抖落了几点，树枝依旧玉玉地归位。他绕着桃树转了三圈，吁一口气，几粒飞雪斜了身子，飘出一种姿态。踱到前院，伙计已扫出一条路来，他觉得毡窝窝在雪上踏出的咯吱声很过瘾，便踏着雪出了大门。

王庄白得失了原样。王老邪沿着去他家地的路，机械地移动。地里的粪堆挤挤挨挨出一种急迫，他读出了雪中的静穆和嘲弄。到一高坡，他坐了下来，任雪在他身前身后飞落。管家找到他时，王老邪白出的那种粗陋，让管家放缓了脚步。

“老爷，按您的吩咐，我已找好了六家。”

“六家的情况怎样？”

“你大抵知道，家里穷得就像这雪，多的就是子女。”

“你问了原因吗？”

“问了，简直好笑。她们说她们吃不饱，穿不暖，弄出儿女来却便当。”

“那些女人们身子如何？”

“我看得仔细，腰细尻子大。”

“那些女人们说了什么？”

“她们说二奶奶不坐怀，是让猪油蒙了心。”

“这与心有啥相干？”

“其实，她们是说二奶奶吃得太好了，肉多筋骨肥，肚子嫌累，不愿再盛下一个娃。”

“她们的娃们在干啥？”

“也可怜。六家人，围的都是烂棉絮，穿的是光板板裤。有一家只有两条裤子，娃们精赤着尻子，围在炕上，玩抓羊拐。”

“穷得连裤子都没有，他们还有心思玩那种东西。”

“穷人也有穷欢乐，老爷。”

“你给她们说了打生的事吗？”

“说了，她们说只要二奶奶舍得肚子，她们就使劲打。如果打不粗二奶奶的肚子，她们每家舍出一个给二奶奶当儿子。”

王老邪立起身，腿僵硬地拧了一下，管家扶王老邪坐下，替他揉腿。

俩人漫在雪中，肿成两只老狗。

到了腊月二十八日，王老邪叫来管家，嘱咐他准备六条猪腿、三十斤豆腐、十二斤水饺。

“待腊月三十日给六家送去。每家一条猪腿、五斤豆腐、二斤水饺。送早了，她们就不给祖宗留了。”

“猪腿有点大吧？”管家咧了一下嘴。

“一条猪腿算什么？只要她们能带来好兆头，就是送一头骡子，又能咋的。”

眼见得到了腊月三十，红对子一贴，满院的年味就出来，王老邪吩咐管家去给六户人家送东西。管家张张嘴，王老邪瞪了他一眼：“心要诚，人家穿得丝丝缕缕却能穷出一窝娃来，我们穿得绫罗绸缎，弄肥了身子，该弄的弄不出来，还有脸来嫌弃人家。”

西头村子的年味淡寡，从人家的门口和那一两副红得勉强的年对中缓缓渗出。得了猪腿、豆腐、水饺的人家，喜出一番年景。唢呐声急，管家听出了欢乐。

三月褪了棉衣，瑟缩着翻出一股地气。王老邪一早起来，趿拉着鞋到了后院。后院住的长工搬到了右院，那匹雄性大儿马常坠了家伙孤单地刨蹄。管家要换马棚，王老邪摆摆手：拴着它吧，让桃花沾点男气。管家望望大儿马，望望桃树，笑出一种淫意。桃树枝上垒起了花骨朵，努出一种红来，王老邪摸摸，沁出一股冷意。

“三月霜四月雪，怎么管护这花能艳艳的开？”

“煨麦草火。柳树、杨树条劲大，熏出的烟会惹怒桃神，桃神会萎了花的。”

“啥时煨？”

“清早下霜前。”

王老邪嘱咐管家悉心照料，管家应了。

“再勤点看住那六家的女人，这月让她们不要外出，完事后一家送一斗麦子。”

管家也躬身应了。

这晚王老邪老在做梦。他梦见儿马脱开缰绳猛踹桃树，一簇一簇的桃花纷纷落地，跑出几个粉状的孩子。他猛然惊醒，披衣下炕。庄院一潭池水般宁静，他的影子跟着他，在地下弄出另外一个人来。他呸了一口。到了后院，大儿马立在马棚，哲人一般瞪着眼睛。桃树亮漆漆出一种幽态，一丝轻微的香气拂过鼻子，远远去了。他抬头瞅天，才发现那轮月亮皎皎着泛出的光，泼在地上弄虚了他的影子。又是一个十四日，明天就到了十五。王老邪掐掐手指，掐出满身的高兴。他回到房中，蒙头睡去。

“老爷，开了！”管家在门外大叫。

“什么开了？”王老邪把头顶出被窝。

“桃花！”

王老邪爬起来，晚上起夜时和衣而睡，省出了不少时间，他跳下炕直奔后院。管家叹口气，拎着鞋也追了出去。

“开了。”王老邪拍了身边的人一掌。那人哎哟一声，他扭头一看，二夫人桃花涨红着脸，退缩到一边。

“老爷，地上凉，穿了鞋再看吧！”

王老邪扶住管家肩膀，抬了脚让管家穿鞋。鞋一上脚，他挪到桃花跟前，几朵桃花羞答地舒开身子，展出白瓣粉纹，大儿马看到后院越聚越多的人，拉长裆下的东西，仰脖嘶鸣了几声。

“看那家伙，戳地呢！”一个长工咽口唾液。

管家赶过去，踢了长工一脚，“乱龇什么，嘴上没遮挡的东西吗？”

长工噤了声，拿扫帚去扫前院。

“去炖一锅清汤牛肉，把那六家的女人请来。”王老邪驱散了后院的人，吩咐二夫人去洗身子，“换点喜庆点的衣服。”

六个女人先后来到庄园，站立不安，扭捏着蹴在客房。王老邪瞅着六个女人，她们的脸上罩着寒意，绯红游移，泛出活色来。她们的衣服素旧，有的还缀着补丁，收拾得却还洁净。招呼她们坐下，她们有的把手放在胸前，有的按在大腿上。六碗清汤牛肉上来，她们拿了筷子，夹了牛肉，直接送入喉咙，并大口大口喝汤。王老邪摇摇头，来到门外，叮嘱管家，吃完饭后让她们洗洗手，漱漱口，精精爽爽去打生。

看看太阳，管家让六个女人出门。她们立在门口，盯着二奶奶的房间。二奶奶房间的门帘已换成了红色，艳艳着她们的眼。身上缀着补丁的女人用手拉拉大襟，低了头。

管家拍拍手。两个女人撂起了门帘，四个健壮点的女人进了房，抬了二奶奶出门。来到后院，两个女人折下几根桃枝条，将花朵掐了，丢在二奶奶胸前，喝到：生不生？

二奶奶抿着嘴，不说话。

两个女人便抡起桃树枝在她肚子上抽打，边抽打边喝：生不生？

绕了几圈，见二奶奶不开口，管家有点急，赶上前去。拿桃枝条的一个女人挡住了他，解起了二奶奶的衣服扣子：生不生？

另一个拿桃枝条的女人加重了抽打的力度。

四个抬二奶奶的便颠起来，二奶奶感到胳膊和腿分离，她觉得肚子上有点凉，使劲拧脸一瞧，一个女人把一捧桃花按在她的肚子上。

王老邪跺一下脚，骂了起来：“叫一声生比生个孩子还难吗？她再不叫，我让人扒了她衣服。继续喊。”

两个拿桃枝条的女人一左一右，使劲抽打着。

“生不生？”

“生。”

“大声喊，生不生？”

“生。”

“生几个？”

“生一个。”

“太少了，再生几个？”

“两个，三个，四个？”

“还不行，生不生？”

“生一窝。”二奶奶可着嗓子叫了一声。

围观的人轰地笑了，女人们停了转动的脚步，把二奶奶抬回屋去。

“一人一斗麦子，背了去。二夫人真的坐了胎，生了孩子，再谢你们。”

“屁股大脖子细，一生一大溜。”一个生过四个男孩的女人说道。

“就是，就是，王老爷会生出一院子的带把的、揪花的。”

“回回回，越说越没正形，是二奶奶生。”管家喝道。

王老邪笑了：“不管谁生，一院子都是人，多好。”

过了两月，二奶奶有了肚子，王老邪让管家请来郎中，一搭脉，郎中拱手道：“大喜，大喜。”

王老邪竟扑下来一脸的泪水。

时年腊月，年味布满王庄。王家庄园一声嘹亮的哭音传出，管家冲进王老邪房间，问王老邪给少爷起什么名字？

王老邪一脸庄严：“就叫打生。还有比这更好的名字吗？”

五

“别坐小汽车了，麻姑姑最不待见的就是坐小车的，穿官服的。”

豁豁爷领我们拐往一条土路。近年广沛的雨水，催出许多不知名的花草，一丛一簇，染缠出一种野趣。侄女蹦蹦跳跳，看到一种花，便惊叫一声，她用手摸摸花朵，俯身嗅嗅，又往前奔。

“这娃，你爱这些花花，揪几个不就行了，还那么费事干啥？”豁豁爷掐了一朵花，递给侄女。

侄女没接，泪却下来，豁豁爷又俯下身去掐花，侄女飞跃一步，挡在了他面前，“不准摘花。”

豁豁爷停住了手，望我们，“这外国来的孩子，缺教养，不就是几个野花吗？我好心好意……”

“孩子爱花，但不毁坏它。”我对着豁豁爷的耳朵，吼叫道。

“这外国的孩子，就和国内的不一样。巴子营的女娃，一到夏秋，哪个不成捧成捧往头上攥花。花红柳绿。它们开在大路边、野地里，人不戴它，怎么心疼它。”

我转了话题，问豁豁爷最早这条路是干啥用的，豁豁爷拍了拍脸，闷声道：“是最早的甘新公路。”

便不再吭声。

到王庄，豁豁爷扭捏起来。他指着一座孤寂在村西头的院子，央求我道：“要么，你们去。”

“来都来了，你正好做向导。”我拽着他的衣袖，往前走。巴子营和王庄的院子都是四面合围，在正南或正东开一门。麻姑姑的前门面是用栅栏围起的，不高，留一柴门，栅栏上爬满了牵牛花。侄女扑到栅栏前，把自己也融入了牵牛花之中。

“看你们把娃养的，见个牵牛花都这么稀奇，这外国有啥好的。”

我们不再理会豁豁爷的啰嗦。从柴门望前，几间正房历经岁月，墙上还有苔痕，这在北方，是不常见的。院内的东西两侧，种着西红柿、小白菜、茄子、辣子等各种蔬菜，院正中，有一株牡丹，树般冒出房顶，叶子绿出一种妍态，铺开一丛一丛的绿阴。我第一次见到这么高的牡丹，问豁豁爷，豁豁爷闭着嘴巴，不再答理我。

“豁豁，多少年了，嘴上终于有了把门的，你带这些人来干啥？如果是寻我开心的，带他们走。”

推开柴门，牡丹的北侧，摆着一个小桌，桌旁有一小凳，麻姑姑坐在小凳上，就着桌上的一个小茶壶，在品茶。她的头发盘着，一头的银丝，天然出一种韵致，脸上的色泽，和巴子营、王庄的人反差出一番优雅。她端茶碗的姿态惊住了侄女。她用大拇指和中指捏了茶碗，端起，呷一小口，放下，再端起，又呷一口。

她的脸色和茶水一道舒展。

我们肃然而立。

我提起了王打生。

麻姑姑手中的茶碗骤然落地。

“他还活着？”

弟弟递上去一块包着的手帕，麻姑姑接了。她抖着手打开那方手帕，一只银镯子兀然展现在她面前。

“他还留着！”

侄女拉过我，悄声道：“大伯，这两个老人很怪。你看，豁豁爷的嘴边爬着一只蜈蚣；这个麻姑奶奶脸上的麻点，像浪花在拍打，一层一层的。”

我望望豁豁爷，他木桩般立着，紧闭着嘴，右嘴角边的一道疤痕两侧，密密着两排斑点，斑点旁伸出一截毛须，极像蜈蚣的爪；麻姑姑脸上的肌肉在抖动，一跳一跳，若波浪一层一层上升，又落下。

弟弟悄悄打开摄像机，扫着院中的花花草草。

“豁豁，你终于干了件人事。”麻姑姑脸上的麻点，蝌蚪般跳跃。

六

守娃精赤着睡在坑上。房子在摇晃，房顶的草在簌簌地抖。他爬起来，就见爹跳过门槛，一把拉了他，奔出门去。看他光着身子，爹又冲进房中，从炕角拽了衣裤。后墙一倒，房顶的檩子一拥而下，烟雾升腾处，守娃怪叫一声：地动了。

爹拍了他一掌，就见几个当兵的进来：有值钱的家当快搬，搬迟了就充公了。

老总，好端端的推我房子干啥？

干啥？修路，修甘新公路，你这院子挡道。

也没人说过。

你是个啥鸟人，还让人说，小心马军长扒了你的皮。看你爷俩还精神，路一开工，上工去。

房子倒了，我们爷俩没个落窝的地方。做工，饭谁管？

谁管？自己管，来人，将这些檩檩椽椽拉了，卖了钱，好修路。

当兵的走了，守娃爷俩来到村边。哭爹叫娘的声音渗过来，有头上裹着破布的过来，守娃的爹问原因。那人咬了牙，跺脚吼道：天杀的，说推房就推房，我一挡，挨了一枪托。修路就修路，怎么要命呢！

修路干啥呢？

说是打日本运东西呢。

这日本是啥？

啥，是他大爷，谁知道那是个啥玩意。打就打呗，推我房子干什么？

守娃记住了甘新公路，记住了日本。路一开工，爹去打夯，他去砸石头。砸石头的多为女人和孩子。他们将运来的石头按要求敲成碎块，有专人提着筛子，筛。石头从筛眼漏下去，才算合格。漏不下去，重新砸。一开始，女人们嘻哈着一张苦脸，砸得手上起泡，挑烂，挤出血来。当兵的鞭子雨点般打来，有嚎叫声穿过，渗出一股风来。大家才知道白出工出力不说，鞭子也不认人，便加了小心。守娃嘴甜，让一个挂盒子枪的瞧中，让他去送水。

尕娃，当兵不？

混熟了，挂盒子枪的问守娃。

当兵有啥好？

你看到了吗？想推房打人就推房打人。

当兵不是只打仗吗？

打仗？你尕娃知道啥叫打仗。和红毛狮子在河西打了一路，马军长冷得直磕牙。打仗，一颗枪子，一刀片，砰，唰，吃饭的家伙没了，还打仗。

啥叫日本？

日本，鬼啊！嗵！嗵！嗵！咣！咣……一路下来，大半个中国，完了。我们没碰上，管他个屌啊。日本，有操心的，你再嘴碎，还是去砸石头。妈的，留你在身边，啥时胡日鬼出一句话来，马军长要了我吃饭的家伙，我还不冤死！

屁股挨了一脚，守娃栽倒在地，爬起来跑到了砸石头的人中间，找到了他的小铁锤，依旧砸石头。

三个月扁斜着过去，该换秋衣了，路也平平地伸向远方。守娃找了爹，爹瘦得在风中摇晃。扶了爹，爷俩回到家中。

也没挡路啊，怎么把我们房子说推就推了。守娃望着推倒的房子，问爹。

爹拍了他一掌：把嘴夹住，好在两边的墙还在。我们拾些东西搭个窝棚，要不然，到哪里去歇身呢！

听轰隆隆的声音传来，守娃跑出门去，一辆大东西装满羊毛，在路上歪歪扭扭地走。问人，说是汽车，四个轱辘的铁车，羊毛是送给苏联高鼻子的。

回家，爹问响的是什么？守娃说是羊毛车。那车后面喷屁屁，一走，呜一声，一溜屁出来，不臭，还香呢。爹恼了，骂守娃没心没肺，这屁那么香，你从今天开始别吃饭，吃屁去。

守娃看了爹一眼，爹的眼窝深下去，像个石洞。

我想妈了。他对着门叫了一声。爹一叹，竟放出两股泪来。

守娃看到那辆铁轱辘马车时，已到了冬天。那辆马车的轱辘碾着石子，咯吱咯吱地乱叫。车到巴子营时，盘查的兵丁把枪一竖，赶车的勒住马，问干什么？

当兵的乜了眼：干什么？不知道马军长下的禁令吗？不让包铁的马车通过。

路修好不让走，修路干啥？

打日本。当兵的把枪一戳。有事跟马军长去说，我不挡车，我得挨鞭子。

赶车的把鞭子一抡，当兵的耳根上有了一道白印，继而红了。

你跟谁横？当兵的拉了枪栓。

还拉枪栓，你知道车上拉的谁吗？

难不成是马军长的蝴蝶。

算你还有点见识，滚。

守娃听到蝴蝶，便朝车身望去。车身上裹着的花花绿绿刺着眼，他紧跟了几步，被当兵的揪住衣服：妈的，老子惹不起蝴蝶，把你尕娃还惹不起。一脚踢来，守娃扭头就跑。

问爹啥是蝴蝶，爹抹了一把泪：人家高屋大院，蝴蝶多得分房住。你妈死了，用几块薄板板一盛，还不如个草。蝴蝶，就是扑腾蛾子。那是些女妖精。

明明车里坐的是女人，她还长翅膀？

滚。爹吼了一声。守娃避开爹的巴掌，跑出门去。

马军长焐蝴蝶下蛋呢！此传言一出，巴城里的嘴便长了腿，一路一路传，传到满城后，马军长扔下了写“虎”的笔，让人去追查。查到巴子营，有嘴快的称：是守娃说的。

埋了。一个屁孩尕娃也消遣老子。马军长挥挥手。

跟一个娃儿较劲，你这军长，也就这么点能耐。

那咋？

放了吧。

放了，他不是嘴快么，叫个剃头匠，把他的嘴豁了。看他嘴上有把门的没有！

顺嘴角一刀，守娃蹦起来。剃头匠待当兵的走了，抽出麻线和针，缝住了刀口，把他拖到南门外，扔了。

爹捂住眼，从草丛里找到了守娃。他背了守娃，到家后，找了一根麦秆，剥了皮，掐下一截麦管，斜插在守娃的左嘴角，喂了三个月汁汤，守娃右嘴边的口子合拢，爹却在一个风追雪急的夜里走了。

人们把守娃称作了豁豁。

多年以后，豁豁才知道救他一命的是麻姑姑。

七

麻姑姑不姓麻，姓张，陕西宝鸡人，跟着草台戏班子跑场，唱青衣。

马军长因禁止铁轱辘大车在甘新公路河西段行驶，受到河西官民的弹劾。他把几张百姓的呈状揉成一团，扔了。出了省府大院，护兵问他到哪儿。他抬手扇了护兵一个耳光：随便。行至左公东路，一声高亢和一叠咿咿呀呀声交替。一个简易的戏台上，一女子甩开长袖，弯曲着马军长的眼，他吼了一声：好。看戏的人不多，扭头一瞧马军长，都起身跑了。

把她拉到巴城，做九姨太。警卫排长一挥手，几位护兵上台，拉了女子便走。帮主赶来，嘴还未张，就挨了一枪托。看着卷起的尘土中张扬着的一行身影，帮主从戏台上捡起一杆铁枪，跳到台下。有晓事的挡住帮主：你敢惹马阎王，扒皮割耳炸油锅，任你选。帮主扔了铁枪，坐在地上，咬紧嘴唇，撂起裤管一瞧，一坨青印痣一般鲜艳。

跟到巴城去，兴许能给个好价钱，也误不了唱戏？

有这等事？

那就看你们那位张丫头晓事不晓事！

马军长来到十大院。右侧的小院中，啾啾嘤嘤声一声连着一声。进得院子，一排兵丁在鸟笼下，亮鲜出一团光泽。兵丁的衣服上绣着鹩哥、八哥、鹦鹉等不同字眼。他踱到鹦鹉笼前，问八哥副官：它叫什么名字？

八哥把嘴一张：巧云。马军长笑了，拍了副官一掌：你尕娃有心，我从兰州带来的九姨太，也叫巧云，赏。

得到五块光洋的八哥副官一个立正：谢马军长。八哥也随了一声：谢马军长。一鹩哥跳跃了一下，也跟了一句：谢马军长。声音粗哑。

马军长问鹩哥副官：它谢我什么？

它也祝贺马军长喜得九姨太。

挨它什么事？多嘴多舌，摔死它。

鹩哥副官摘下鸟笼，狠命摔去。看着还喘一口气的鹩哥，马军长抬起皮靴，鹩哥成了一滩肉泥。

少调教，把他抽二十皮鞭，赶到伙房去洗菜。

鹩哥副官被拖了下去。

八哥副官跟着马军长，进蝴蝶楼时，腿打着颤，脚底涌上的凉意灌满了裤腿，裆中的几滴湿在左右摇荡。

巧云，马军长喝了一声。

巧云，八哥横了嗓子，也叫了一句。

八哥副官举着鸟笼，跪在地上。

这尕娃，怎么这屃样。是让你来观美的，你腿抖什么？

八哥副官不敢抬头，闷声答道：谢马军长。

把鸟笼挂到架子上，去吧！

八哥副官捋捋鸟笼架，呢喃道：亲爹，你可千万不要乱叫，要命呢！

八哥蹦跳着，仰脖来了一声：好，好。

出了蝴蝶楼，八哥副官抹了头上的汗，凉凉的。他来到一小酒馆，要了二两酒和一盘牛肉，慢慢坐喝。

张巧云躺在一张木雕床上。床头和床尾有四个铁环，穿出绳子，捆着她的两手、两脚，她仰天扯出的姿态惹笑了马军长。

这唱的哪出？马军长伸开手掌，从头往下拂去，一股热意顺头而下，她扭了扭身子。

再烈的马也烈不过老子的铁掌。马军长坐在床边的太师椅上：扒光她。

两个丫环上去，抽掉了张巧云身上盖着的薄衫。张巧云闭了眼，两粒泪从眼眶奔出。

马军长站起来，俯身到张巧云的脸前，伸出舌头，舔了那两粒泪：又不是雨，淌了多可惜。让八哥一直叫唤，唤到她心甘情愿再叫我。八哥副官呢？

丫鬟说早走了。

马军长一笑：这尕娃识相。他今天要是看到了我的女人流泪，就剜掉他双眼。

巧云，巧云。八哥欢欢地叫。叫声一停，丫鬟急了，便去找八哥副官。八哥副官带着酒气，在蝴蝶楼的门前停了脚。他从怀里摸出纸包，掐了小米粒大的一点鸦片膏塞给丫鬟：喂了它。

你去喂？

好我的姐姐，马军长的女人，是我看的么！你去把药膏放在八哥食笼里，对它说：八爷，你吃了它。八哥就会吃。吃了，它就有精神了。你们跪着再求九姨奶奶，要她吐出六个字：马军长，我要你。要不然，过了今夜，你就会被卖到三十大院，供马家军的弟兄们玩耍。

丫鬟哆嗦着捧了药丸，喂了八哥，便跪在床前。

张巧云看到一抹一抹的惊恐在丫鬟全身游荡。八哥吃了药丸，在笼中叫了起来：马军长，我要你。她叹气，让丫鬟去请马军长。

马军长把玩着一只鼻烟壶，盯着壶中的一幅男女交媾图，扑哧一声笑了。

八

十四岁的王打生骑着一匹豹花骡子，逼近了巴城。南城门前的一泓泉水，粼粼的波光闪了一下豹花骡子的眼。它一扬蹄，奔到泉水边。守泉的兵丁看到白身青色斑点的骡子，放下了抡起的鞭子。晴空背景般展开，映衬出畅饮泉水的骡子。骡子喝足了水，一扬脖，奔进城中。骑在骡子上的王打生穿对襟短褂，下着袍子，一顶瓜皮帽上的红缨，晃甩在阳光下。

“好俊的骡子，好俊的娃儿。”当四街八巷都传出同一声音时，刚在西小十子河西清凉池泡完澡，披袍坐在榻前喝茶的马军长让卫兵去看个究竟。卫兵转过三条街，看到了张扬在街上的王打生和骡子。

“浑身雪白，身上爬满斑点，像豹子，是传言中的豹花骡子。巴城民谣中有‘豹花骡子走青州，惹人的是走手。’这种骡子我还没有见过。骑骡子的尕娃，俊得像根葱，摇在骡子上，惹得满城的女人都在抠眼珠。”

马军长笑笑，让卫兵把骑骡子的人和骡子拉到东关花园，“老子威震四方，也没能让全巴城的女人抠眼珠。这尕娃哪来的胆，敢来巴城招摇。”

他让卫兵在他泡过澡的池中舀了一罐水，“拿去，待会灌了这尕娃，让他再骚情。”

关在屋中的王打生熄灭了浑身的兴奋，站在窗前望着。不高的个头看不全外面的景色，他踮了脚尖，看到树桩般的兵丁和风吹响的树叶。晚风下来，受惯了丫环照顾的王打生拉响了哭音，这声音柔柔地拐过一横隔的墙，传到了蝴蝶楼。张巧云伺候马军长脱了衣服，问哭的是谁？声音好软好脆。马军长叫来卫兵，问是什么人在哭。卫兵说：就是那个骑骡子摆赛的尕娃。马军长让卫兵把他押到蝴蝶楼。

王打生看到张巧云，竟停了脚步，把哭声憋了回去。马军长哈哈大笑：还是我的九姨太风骚，把这尕娃比了下去。问王打生从哪里来，为什么骑骡子在巴城里显摆。王打生说是城南王道庄的，他瞒了父亲，偷骑了骡子来巴城玩耍。

马军长喝了一口茶：什么地方不能玩耍，跑到老子的地盘来摆赛。他喝令卫兵，让端来那罐洗澡水，“喝吧！喝几口解解渴。”王打生闻到一股洋胰子味，皱皱眉，马军长用手指弹着盖碗茶盖，“要命还是喝汤？”张巧云替王打生求情：“娃不懂事，算了吧！”

“算了？我马某人不信菩萨。喝了汤，给他个警示，让他长点记性。”

喝了洗澡水的王打生仍被押回了小屋。

王老邪赶到巴城时，城门已关了。他和管家在城外找了个客店，一晚的叹息声苍蝇般绕着窗棂。店家起身，手里的豆油灯晃着星光：我说客人，自小你不教训他，长大他就得让人教训。你那豹花骡子和张扬的儿子，跑错了地方。马军长的地界，狼过去时都夹着尾巴。唉，保住命就算烧高香了。

禁了声，王老邪和管家把几行泪收住，想着种种情形。城门一开，俩人滚爬着到了蝴蝶楼。守卫看到两个张慌的人窥望，便提枪赶了过来。王老邪和管家打拱作揖，听了半天，守卫笑了。说他儿子还关着，关着就是好事，马军长昨晚到了满城，让他们去满城叩头，兴许能救他一命。

满城是清朝时八旗兵驻防巴城的囤兵之地，离东城门三里地。管家看着王老邪弓到地的头、腰，便雇了辆马车。快到满城时，王老邪打发了马车，一步一叩头，叩到满城门，兵丁喝问他们想干什么。管家瞅了一眼王老邪抽搐的嘴，说想见见马军长。兵丁看了看天色，一抹云亮亮地努出一星半点的红色，又努力出山峦模样。他让王老邪在拐弯处等，马军长今天要去巴城赏花，如果马军长坐轿，他就叩轿，如果马军长骑马，千万不要惊扰，还是到蝴蝶楼去求九姨太。

谢了兵丁，王老邪和管家折到路的拐望处，管家扶着王老邪坐下，王老邪双手拄地，跪在地下。轿子一出城门，护兵说有人跪地，马军长让他去问是喊冤还是求情。听说是王打生的爹，马军长吩咐护兵，让王老邪到蝴蝶楼去等。

俩人到了蝴蝶楼，一股脂粉味冲呛鼻子，王老邪捂住嘴，憋得脸成猪肝色。兵丁看他们一身的土，问是否见到马军长，听马军长让他们到蝴蝶楼候着，便让他们到旁边的侧房去等。王老邪不敢，兵丁拉拉他，让他别拧性子，马军长让他等，不是让他跪，若拂了马军长的意，不但儿子要不回，连他的膝盖骨也会剜掉。唬得王老邪瘫在地上。管家拽着王老邪，来到侧房，他倒一碗水给王老邪，王老邪端碗的手抖成风中的牡丹，水摇晃出来。管家接了碗，放到桌上，就听到一声吆喝。兵丁向马军长汇报说王老邪在侧房候着，马军长让他把王老邪带到客房。

王老邪看到一张椅子中满是马军长的身子，不敢抬步，马军长笑起来，让王老邪立在一边。关了一夜的王打生看到王老邪，挤出一声爹来。看着父子俩抖着的腿，马军长问王老邪是要骡子还是要儿子。王老邪跪倒在地，说要儿子。马军长摇摇头：骡子我要，儿子我也要。王老邪压扁哭声，说这儿子是他的命根，是打了老婆肚子才生下的。马军长拍了一下椅子扶手：我不要他的命，我让他当副官。管家怕王老邪再犟，忙让王老邪磕头。马军长挥手让王老邪和管家回去：豹花骡子，你们带个骡头回去，老子的马在巴城都不敢由着性子，让它长点记性。

管家把装骡子头的布袋往身上一背，扶着王老邪出了南城门。过了草场，管家拉王老邪朝城门跪下，磕了三个头。到家后，管家把豹花骡子的头洗了，供起来。王老邪问何意？管家说是救王打生的命。

第二天，马军长让贴身卫兵到王庄，看到供着的骡头，卫兵笑了。管家把装有五十块银元的袋子交给卫兵。卫兵让王老邪放心，说王打生已成副官，过几天再让他去看。只要伺候好了九姨太，要金要银有的是。

王老邪谢了。

王打生换了军装，上衣盖住了他的屁股，裤角堆着，走路磕磕绊绊。九姨太抿住嘴，叫来裁缝，改了王打生的军装，王打生精爽起来。他的事不多，白天帮着丫鬟们打扫屋子，晚上把一只尿罐刷净洗亮，倒半罐水，把几枚大枣和几瓣玫瑰放到罐中，再滴几点香水，尿罐里便升腾出香气。送了尿罐到九姨太房中，他回到副官群中。副官们各有各的房子，花儿副官的门上镶着花，鸟儿副官的门上嵌着鸟，王打生的门上什么也没有，他也不敢问。过了几日，他从副官们的衣着上也发现了不同，花儿副官的衣服上绣着花，鸟儿副官的衣服上绣着鸟。这些副官的叫法也有区别，花儿副官叫花官，鸟儿副官叫鸟官。

他叫什么?

尿官。

王打生收了神气，见了其他副官，便低了头。

九

叶师长率军进城的时候，巴城人看到一拨一拨的钢盔从城门洞鱼贯而进。巴城被灰黄和深绿压迫得缩了脖子，任各类枪支和大炮招摇过市。布满大街小巷的羊膻味在油腻的风中分离出一缕一缕的清淡，巴城人闻到了久违的清爽。

叶师长驱车进了县府。县府的大小官员立在院中。满墙的斑勃和风中摇晃的门窗与一班面呈土色的大小官员，羊群一样乖觉。进了县长办公室，叶师长闻到了一股陈腐的酸味，他耸耸鼻子，县长命人把一个坛子抱了出去。味道缓减了点，叶师长的屁股一挨沙发，沙发塌陷了下去。他用手按按扶手，沙发发出吱吱的叫声，像被踏住尾巴的老鼠在吱哼。搬把椅子过来，椅背上绑着两道麻绳，已被风尘和人的后背浸搓成油色。怕再摔倒，副官摇晃了几下椅子，让叶师长坐了。

“在东门外摆一个团，让殿后的团在南城门外驻扎，侦察一下，马长官在做什么？”

参谋长挥手让县长出去，“不用侦察了，马军长在满城留有一个团，其他的部队已被调防。他除了在河西清凉池泡澡，基本不出满城。”

叶师长吩咐参谋长：“写封拜函，明天我们去拜会马长官。”

风挟裹着凋敝，漫过一行人的眼，叶师长感觉不到活气，便拉住一位老人问寻。老人蠕动了下嘴唇，慌慌地离去，问县长，县长叹口气：“巴城只知马军长，有事不上县政府。我当摆设已三年了。巴城能拆的，能用的，已被马军长拉到了河州老家。如果巴城的土中有金屑，马军长也会让人筛三遍。我这县长，靠借贷度日已三年了。”

上了花门楼，叶师长让县长把县府的一干人员招来，“叶某仰慕巴城已久，今日由我作东，和军政同僚们小聚一番，以后地方上的事，还要仰仗诸位。”

县长抹了一把泪，端酒敬了叶师长一杯：“这花门楼，原为巴城一大名胜。唐时岑参等人爱在这里喝酒唱和，品酱牛肉，端的有一番风致。我来巴城，才第一次上花门楼，还是借您叶师长的光。”

看到拜帖，马军长把盖碗扔了出去。“待不下去了，该走了。”听叶师长在东南各摆了两个团，他叫来留守的团长，让他准备连夜撤离，团长不解，马军长在地下来回踱步，“叶某人没那么大的胆子，这是蒋某人的意思。叶曾是他的贴身侍卫，派他来巴城，是赶我走。我十年苦心经营的地方，得易手了。”

“为何不在白天走？”

“叶某人不亲来拜访，先来一拜帖，是怕双方面子上挂不住。罢了，去蝴蝶楼把王打生叫来，让他和我们一起走。”

“九姨太呢？”

“女人如衣服，旧了一脱就扔了。随她去吧，这尿官可不能丢下，用顺手了。”

听马部趁夜撤走，叶师长笑笑：委员长就是高明，这招投石驱鸟之计，终于解决了河西的心腹大患。告诉所有的驻军，不得阻挡，随他去就是了。反正他已成柴达木屯垦光杆督办，病猫掀不起风浪了。

九姨太听说马军长撤离了巴城，已到第三日的中午。

太阳很好，懒懒地挂在天上。一阵慌乱伴着军靴的咔嗒声。厚实的木地板负重着几双硕大的军靴，到门口，有人通报：中央军的叶师长来访？她隔门送出一句话来：身子不舒服。卫兵举手拍门，叶师长摇摇头，转身离去。

军靴声远离蝴蝶楼，九姨太扶栏远眺，园内的核桃树粗疏地勾连出一种肥景，压迫得其他花花木木低眉顺眼。栏杆由祁连石雕成，玉的成分晶莹出一点冰凉。远处的雪山不分季节地顶出一头白，在蓝得发腻的天幕下制造着静穆。问王打生，说是被马军长直接丢上车，往青海去了。九姨太手中的帕子，蝴蝶一样飞至楼下，落出一方冷艳。

端着炒得烫手的豆子的丫鬟把铜盆放在椅子上，椅面的油漆泛出一点轻微的腐臭。九姨太让丫鬟出去，闭了眼，端起铜盆往脸上扣去。铜盆落地的声音脆出几声歪响，蝴蝶楼里弥漫出一种烧猪皮的味道。丫鬟惊叫着推开门，九姨太坐在床前，脸上的水泡亮的如灯炮，丫鬟瘫倒在地，喘出万分的不解。九姨太从床上拎起一只小木箱，递给丫鬟：回家去吧！

换了便装，背着包袱，九姨太出了蝴蝶楼。身边的风吹不动衣服，便撂起头发，九姨太从包袱里抽出剪刀，走一路剪一路，一绺一绺的头发从东街晃到南街，出南城门后，一绺头发鸟儿般溅在草丛中。九姨太抹了一把泪，沿着甘新公路朝王庄走去。

叶师长站在南城门的城墙上，望着儿姨太豆一样远去。卫兵把从南城门外草丛中拾到的头发递给他，他嗅了嗅，嗅出一点皂荚味、一点胡麻水的香味，他让卫兵用信封装了这绺头发，寄给马军长。

卫兵散开一脸迷茫，叶师长走下城墙，来到蝴蝶楼。卫兵看着叶师长抬了脚，靴子轻轻落地，吃惊了蝴蝶楼的砖木。进了屋，叶师长看到椅面上脱落的几处油漆，让卫兵拾豆子。一粒一粒的豆子在铜盆中跳跃，叶师长一粒一粒捻起豆子。豆子无语，在他的手指上滚来滚去。下了楼，端着铜盆的卫兵问如何处理铜盆和豆子。叶师长说连头发一起寄给马军长。卫兵说头发已寄走了，叶师长寒了脸，闷声喝道：再寄。

卫兵瞅着一滴泪在叶师长靴面上打滚后拉出一段印痕，转身端了盆离去。

王庄里多了一个麻姑娘，独身守在三间茅屋里，逢年过节时，便到王老邪的庄园里拜节，拜完后旋及离去。

等孩子们叫她麻姑姑后，王老邪离世。操办丧事的王庄人拉起哭哑嗓音的麻姑姑，把她送回了茅屋。

十

二弟挂了电话，脸色凝重，他拉我到门外：哥，今天必须得拍完，王打生维持不了几天了。

回到屋中，麻姑姑问出了什么事。我说没有，得抓紧拍有些东西。

二弟问为何一路不见麦子。豁豁爷和麻姑姑同时举起了右手，晃动了一下手掌。

二弟不解，我说他们的意思是巴城已经五年不种麦子了。

那他们吃什么？南米北面，难不成他们都完全弃面吃米。

还是吃面。豁豁爷搓搓手掌。

哪来的面？

买的。豁豁爷的声音小了下来。

没麦子做背景，王打生的气咽不顺呢！

做麦饭得用快成熟的麦子，把麦穗剪了，加粗盐，在大铁锅里炒熟，碾掉壳，在石磨上磨出麦索。这是最基本的东西。豁豁爷絮叨一阵，二弟听明白了意思。

咋办？二弟转了一下手中的摄像机。

你问问山里熟悉的人，他们那里可能还种麦子，拍点麦田就行。麦索，我有。麻姑姑指指屋梁。

屋梁下吊着一只包，很沧桑。

我打电话给山里搞写作的朋友。朋友哈哈几声：又发哪门子思古幽情，麦子嘛，种得不多，还未收割。

二弟收了机子，催促我带他去拍麦子。

我让二弟待着，我找电视台的朋友去拍。百十里地，路道又好，很快的。

二弟摇摇头，说他必须亲自完成每一个环节的拍摄。从小二弟就执拗，我不再坚持，让豁豁爷陪麻姑姑，我们上车直驱邻县的山中。

我让司机加速，二弟问我限速多少？司机说乡村道路限速40。二弟便让司机保持40码的车速，我说乡村路上没装拍摄的探头，超速没关系。

二弟瞪了我一眼：哥，规矩。便不再说话。

车里憋闷，我让司机打开车窗，外面的风景扑进窗来，侄女看到路旁偶尔闪现的牛、羊，拍着窗子。

一大片地块密密地泛出红秆嫩粉，二弟惊叫一声，问是不是荞麦。我说是，让司机停车。二弟恼了，说再美的景色今天也得为麦子让行。我挥手让司机继续前行，把一大片荞麦地留在身后。

好美的东西。侄女说：大伯，等拍完了这段VCR，你陪我来看荞麦好不好？

我应了。

车拐进山中，一段水泥路接着一段，车平稳地转道。朋友在路旁等候。

我们停了车，朋友领我们爬过一道山丘，一大片麦子夹黄带绿，静静地窝着。二弟开机，朋友想陪他，我拉了朋友，到地埂边抽烟，任由二弟去拍摄。

侄女的身影在地头闪现，各种飞鸟和虫子自在坐大。侄女跑了一阵，回到我的身边，我让她尽情去玩耍，侄女摇摇头：我怕打搅它们的宁静。

朋友不解地扔了烟头，侄女赶上前去，用脚踩灭，抽出一张餐巾纸包了，放进口袋。

拍了一个小时，二弟收了机子，向朋友道了谢，催促我们赶快回王庄。

山里的路为何比巴城的路好？二弟闷声地问了我一句。

政策倾斜吧。我应了一句。侄女困了，把头枕在二弟的腿上，二弟把侄女扶正，为她系了安全带，让侄女自己去睡。

十一

豁豁爷见我们空手回来，问揪来的新鲜麦穗呢？二弟把把拍下的视频翻给他看，豁豁爷扫了一眼：中看不中吃，我好几年都没尝过青麦穗的香了，本指望跟着王打生沾次光，白欢喜了一场。

他嘴角的伤疤在擂擂地抖，果真像蜈蚣在蠕动。

侄女拽我：大伯，那东西是人家的，蜈蚣爷爷这么霸道干啥？

豁豁爷瞪着我：什么蜈蚣？你们不揪青麦穗，怎么碾麦索做麦饭。

我指指麻姑姑吊在梁上的布包。

麻姑娘有心，但吃麦饭，新鲜麦穗碾出的麦索总比陈的香吧！

麻姑姑伸手拍了豁豁爷一掌。那双手上布满岁月的风尘，筋上凸起的高傲抖落多年的雪雨风霜，似乎与乡村的格调有点疏离。侄女上前搓了一下，惊道：大伯，这奶奶的手好绵。

我问她绵是啥意义？

二弟笑了：她还是懂几句方言的。她知道那叫柔软。

多少年了，一张嘴让人差点祸害成坏倭瓜，还不长记性。现在，谁家还有大锅灶，大铁锅，即便有新麦穗，怎么炒？

那你摆小石磨干啥？豁豁爷梗了脖子嚷道。

麻姑姑让我取下布包。

解开布包，除掉一层油纸，几十个小布袋一下子舒开身子。有几个布袋已失去本色，灰黄地躺在一边。侄女看到布袋上的数字，拎起一个布袋瞅着，麻姑姑从她手中夺了过去。她在桌上铺了一张发黄的报纸，将布袋一只一只排列。依稀中，40、50、60、70、80、90 的字眼爬在布袋上，40 后面跟着的有 42、43、44、45、46、47、48、49，50 后是相隔 10 年的 60，依次排开，到 2000 后止步。她打开标有 42 的那只布袋，轻轻一抖，针尖大小的麦索粒已看不出丁点的绿色。她撮起一粒放进嘴里，摇摇头，将布袋扔了出去。侄女也学麻姑姑，伸出手指，在舌头上蘸了一下，粘了一粒麦索，放进嘴里，她想吐出，一看二弟的脸色，便咽了下去。我抓起几粒灰黄的麦索，在嘴里慢慢咀嚼，没有任何味道。

看，看，看，我说咋的，陈年的麦索不如糠，你们还犟，吃麦饭就得新鲜的麦索。豁豁爷拍腿叫道。

我拎起标有 50 的布袋。麻姑姑摇摇头，几滴泪在眼角散开，慢慢跑出眼眶，停在脸上。

麻姑姑打开了标有 2000 字眼的布袋，布袋里绿灿灿滚出类于青虫的麦索。侄女用手一捻，它们硬硬地挺着。豁豁爷凑近瞧着，抓了几粒，塞进嘴里，没牙的嘴里晃荡出一股麦香，闭了嘴，似麦田里的麦子在独自舞蹈。瞧着地下摆放的小石磨，他抓了一把麦索，摁在磨眼里，转动了摇臂。轰隆、轰隆的响声过后，粉末状的东西从磨齿缝中挤了出来。麻姑姑扭腰上前，推了豁豁爷一掌：饭吃回来了。麦索干得像陈年的麦子，你磨成末，如何下锅？

豁豁爷嘿嘿几声，垂手立在一边。

麻姑姑让我端来锅，将 2000 布袋里的麦索倒进锅中。她打开 90 的小口袋，抓了一撮，嗅嗅，丢进锅中；又打开80的小口袋，抓出的麦索绿中夹黄，她也丢了几粒。布袋们庄严地敞着口，任麻姑姑抓。那只标有42的小布袋，在柴火堆上，孤寂地耷拉着身子。麻姑姑拾起小布袋，抖抖，手心里的几粒黑点跳了几下，她移到锅边，将那几粒黑点丢进锅中。我舀了一瓢水，麻姑姑挡住了我，试试水温，倒了一半，加了半瓢开水。锅里的麦索们熙攘起来，小黑点率先漂浮到水面。

我伸手去抓，麻姑姑拽住了我。浸泡了半个时辰，她捏出一粒麦索，用手掰开，麦索芯并没浸透，她又加了开水，让我们等。

指着一炕桌，麻姑姑让我拎到院中，在炕桌面上铺了一层白布。我端来泡麦索的锅，她拎出一只铝盆，让我把麦索倒进盆中。几粒漂浮的麦索，顺水滑进盆中，她一粒一粒捡出，丢进锅中。我把浸泡好的麦索依麻姑姑的吩咐倒在白布上，白布上冒出一股淡淡的雾气，她用手指翻动着这些麦索，等麦索半干时，她嘱咐我从屋内抱出石磨，抓一把混和着岁月滋味的麦索，溜进磨眼里。我抓住石磨摇臂转动了几下，麻姑姑让我离开，叫豁豁爷摇。侄女的手按在摇臂上，麻姑姑拉过她，让她把磨出的麦索收拢，装进一新缝的布袋中。麦索从石磨中走了一遭，柔柔软软。麻姑姑双手捧着布袋，来到院门外的田中。她跪下来，双手高举布袋，喃喃出佛音一样的话语。

豁豁爷说，她是在祷告天地和土地爷呢，她要做麦饭了。

十二

麻姑姑让我和豁豁爷准备柴火，她领着侄女去摘香菜叶，掐小葱。二弟跟她们去了。

我寻了一圈，没找到柴火，问豁豁爷柴火在什么地方。他笑了：离乡几年，连柴禾都分不清了，亏这王打生，跑出去几十年还记得麦饭。

豁豁爷把我领到南墙脚，指着一堆码得齐整的东西，朝我道：它们不是柴火，难不成是成摞的金条?

柴火很细，垛得齐齐整整，一小捆一小捆挨挤着，粗的如拇指，细的如筷。

她力气小，大的柴火劈不动，这女人，心细，垛下的柴也细。麻姑姑没在眼前，豁豁爷放嘴调侃。

抱了一捆柴来到伙房，我打开灶膛门。灶膛内很干净，几点灰塌着身子。我找引火的东西，发现了灶膛边的风箱，风箱上放着一盒火柴，上面还有“改革开放”的字眼。我抽出一根火柴，往盒沿上一擦，一股火苗冒出来，发出淡淡的硫磺香味。找不到引火的东西，我从口袋里抽出餐巾纸袋，抽了一张，纸张火势弱，我找细的柴搭在上面，一点轻烟袅娜，环绕于灶膛，顺灶膛口溢出。豁豁爷咳嗽起来，拉动风箱杆，火苗由蓝变红，舔着锅边，旋转成一火圈。我抓了一把柴塞了进去，烟又冒出来。豁豁爷抽出几根柴，一根搭着一根；柴要松，人要挤，扒拉扒拉才能升火苗。他捋捋胡子。

这王打生是不是在富窝里打滚？我从电视上看那些外国人，住大房子，吃大饭店，养大马驹，随便娶女人。要是这样，他这辈子赚头就大了。可怜这麻丫头，让马军长丢下，就想王打生。这王打生有什么好，不就替她倒过几回尿么。她要每天多看我几眼，莫说倒尿，就是给她擦屁股我也乐意。

看着王打生搐动的脸，我举起了手，很想抽他一下。他的脸在灶膛火光的映照下，变得发灰。我说王打生过得很不如意，一辈子东跑西颠，在澳洲也没亲人。

豁豁爷加大了拉动风箱杆的频率，火苗一伸一收。这样我就心里舒服点，我以为我这辈子亏了，热脸贴了麻姑娘的冷屁股，这王打生更加可怜，几十年就只剩下想麻姑娘了。

我借故取柴，出了伙房。侄女的笑声很脆，如咬刚摘下的黄瓜发出的声音。

十三

侄女跟着麻姑姑，绕过后墙，推开栅栏门，看到了一大片花红满绿。菜园不大，里面的各种蔬菜自我地绽放生命的火力。白菜叶上的小洞眼，圆圆的，像烟头烫的。胡萝卜缨直竖着，如缩小版的杉树。西红柿垂在木杆下，母鸡窝中的鸡蛋般诱人。两垄小葱翠出一种亮色，一畦香菜老的已结籽，小的刚爬出土，嫩得土地呵出的气都会把它溶化。侄女不知道要弄啥，就跟在麻姑姑身后。麻姑姑小心地拔脚从菜的边上走，唯恐挤踏了香菜。麻姑姑掐了一片香菜叶，侄女也掐了一片。麻姑姑摇摇头，拉了侄女，让她找不大不小的叶片，对着两个手指头，一揪：千万不要用指甲掐，掐得狠了，香菜叶一疼，放进面中味道就差了。侄女不懂，再问，麻姑姑不回答她，她只好学着麻姑姑那样揪香菜叶。

行了，够了就行了，由它长着吧。麻姑姑让侄女把香菜叶捧在手上。她去掐小葱。侄女也想掐，香菜叶抖落在地下。麻姑姑蹲下身子，一片一片捡起，仍放在侄女手中。侄女庄重地捧着香菜叶，跟在麻姑姑后面。

她闻到了小葱散发出的那种味道，猛烈而且沁脾。

到伙房，麻姑姑拿出一只小木碗，让侄女把香菜放到碗中。侄女搓搓手，像完成了一种仪式。

看着蒸气在锅盖缝里直冒，麻姑姑踢了豁豁爷一脚：待一边去，一辈子就这德性，你这是在烧锅还是在烧水！

豁豁爷立起身来，揭开锅盖，一大片热气四散而去，每个人的脸都清晰起来。

十四

挖了一碗面倒进盆中，麻姑姑把手指一弯，在面盆中搅起来。面随着她的手指急速转动。我们都围着她。我问豁豁爷面中不放水，麻姑姑在干面中搅什么？

豁豁爷吧吧嘴，看了麻姑姑一眼，没有吭声。

面存放的时间一长，就少了灵性，我把它们搅醒，筋骨就强了。麻姑姑抓过水瓢，边倒水边搅动，面一小点一小点凝起来。她放下水瓢，双手搓起面来，面在她手指缝中蛛线一样下垂，到盆底，麻姑姑又捧起，再揉。面均匀成小片状，清爽地坐在盆底。

揉起来用菜刀剁，多省劲。侄女用手指挑了一片面，面附在她手指，像指膜一样舒展身子。

面也怕疼，一动刀，面的香气就减一半。麻姑姑自言自语，仍让豁豁爷去烧火。

端起盛麦索的盆，麻姑姑走出院门。太阳很大，偌大的天空只剩下它一张脸。院周弥漫着一种混合的气息，各种植物的味跑来跑去，舍不得院前边的一截土墙，土墙上搭着葫芦秧，秧上立着几朵花，黄黄的几根金丝般的花柱头上顶着一点黑，黄黑相间出一种渴求。几只蜜蜂寻味而来，翘腿在花柱上荡悠。

“你们说的那个洲在什么方向？”麻姑姑问二弟。

二弟怔了怔，望我。豁豁爷说：在北方，王打生离家向北走了，他的魂也在北方。

麻姑姑瞪了他一眼：哪儿都少不了你，你不烧火跑来凑啥热闹？

豁豁爷梗起脖子：水烂在锅里，又跑不掉。

麻姑姑跪下来，把盆举过头顶：王打生，你回来，我天天给你做麦饭，天天。

二弟的泪迷住了眼睛，他抬手一擦，摄像机歪了一下头。

站在锅边，麻姑姑从盆里抓出麦索，一把一把地下，豁豁爷在灶膛里添了柴，吧嗒着嘴皮数数。

“七十。”豁豁爷闭上了嘴。

下完麦索，麻姑姑看了一下锅。不同年代的麦索急速地在水面上游动，锅面上的麦索竭力想凝住身子，从锅中泛上来的水把它一波一波送下去，再回身上来。俯眼瞅了几下，麻姑姑拽过面盆，一手抓面，一手拿长筷在锅里搅动。撒完最后一把面，麻姑姑喝了一声：停火。

豁豁爷把灶膛里的一根柴拽了出来，柴头上冲出一股烟来，急急地在地下打转。麻姑姑从碗橱拿出一把铁勺，倒了半勺底油，交给豁豁爷。

上点心，待油一冒烟，你就拿出来。

豁豁爷把铁勺伸进灶膛，伸长脖子盯着，一股油香味冲出灶膛，他抽出勺子，几滴油落在灶膛，哧哧地响。麻姑姑接过勺子，撮起几点葱花，满屋的香味，扑向鼻子。她把油泼向锅中，锅中哧哧地爆出响声，几点非油似水的泡点跳出锅外，落在锅台。锅面停止了喧嚣，麻姑姑把香菜叶和小葱段丢进锅中，用勺子搅动了几下，舒口气，说：成了。

围罩的人被裹在一种奇异的香味之中。

王打生，你闻见了吗？麻姑姑蹲到地下，捂住脸，抽答着。豁豁爷伸手想拽起麻姑姑，手到她肩部时，停住了。他抹了一把泪，冲出门去。

十五

院左的一棵树，树冠不大，身直，叶圆，王庄的人叫它圆叶树。麻姑姑让我和豁豁爷抬出一张八仙桌。一段木头松散着脱出漆外，散发着紫檀的意味。她数数院中的人，抱出一摞碗。碗是王庄附近的古城家什窑烧的，粗砺、耐实。边上的釉彩凸出一块，具有西夏时期的特征。

六个人坐三边，麻姑姑留开了主位，摆了一只碗。木瓢个大，一舀一碗，舀了六碗，主位上的碗显得卓尔。我拿过木瓢，麻姑姑挡住了我：你们每人用筷子夹点碗里的东西，放在空碗里。

问及摆空碗的原因，豁豁爷抢先答道：这是给回不了家但活着的人留的。每到年头节下，家里有外出的人没有回来，人们在吃饭时就摆出一只空碗，这是一种念想呢！

麻姑姑柔柔地看了豁豁爷一眼，豁豁爷敲了一下碗沿，麻姑姑抢过豁豁爷敲过的筷子，扔了出去。豁豁爷站起来，又坐下，攥住手指，捶捶自己的额头。

侄女用不惯筷子，麻姑姑从伙房里寻出一只小木勺，油亮亮的。侄女舀了一口汤，喝了一口，皱皱眉头。我吃了一口麦饭，五味杂陈。麻姑姑说：几十年的麦索煮成一锅，啥味都有。你们把碗里的饭吃完，权当是为王打生吃的。

豁豁爷附和道：我吃两碗。

麻姑姑笑了：不怕撑死你！

豁豁爷抱起碗：撑死也是吃了麦饭的。落个饱肚鬼。近七十年的麦饭，能吃到的人有几个。

十六

二弟把一个包袋交给我，要我交给麻姑姑，他要赶回巴城，去剪辑一下资料。

终于让王打生在闭眼前能看一次吃麦饭的过程了。二弟舒口气。

熬了一壶桑叶茶，我们慢慢坐喝。桑叶是去年霜落后麻姑姑捡的，有一丝淡淡的甜。

我把布袋交给麻姑姑。麻姑姑从布袋中又抽出一只布袋，布袋上有一个“云”字，冷寂地隐着身子。打开布袋，是一只木盒，很精致，上面嵌着银扣。麻姑姑用小指的指甲抠开银扣，里面有一张纸，还有一束头花，几块有点灰黄的东西，她抓了一块，凑到眼前一瞧，是指甲皮。

展开那张纸，上面有排字，用间隔号分着：河州——西宁——河州——西宁——重庆——香港——〇〇——澳洲。

圈两个圆圈的地方，缺一个地名。我查过马军长离开巴城后的经历，那两个字应是台湾。王打生在马军长到台湾时，直接从香港到了澳洲，各种原因，二弟说王打生没有告诉他，他也不清楚。

（发表于《飞天》2015 年第 7 期）

返 乡

一

王四尧走出监狱门，发现天胖成了一道菜。他嗅到了鱼的味道。阳光掉在地上，碎成一地鸡毛。焦糊的马路上有几只鸟在飞。鸟翅上缀着的风，歪斜着，扇动了几片树叶。

孤单地立在监狱门前的，是他的妻子王璐。

王四尧的眼睛从王璐的肩膀穿过。这个中午，他像一只狗，有了咬人的欲望。王璐接过他手中的一只袋子，袋子里的洗漱用品努力地舒展了一下身体，发出几声响。

"单儿呢？"

"到学校去了。"

"我问你单儿呢？"

"到学校去了。你怕他不知道你是从这里出来的？"

王四尧眼里的火熄了下去。

一只流浪狗，鱼一般窜了过去。

王璐挡停了一辆面的，坐到副驾驶的位置。车动了，王四尧还立在原地。她下了车，拉开了后面的车门，王四尧躬身上了车，他瞅瞅司机，司机面无表情，摁了一下喇叭，他张张嘴，王璐听到了一声叹息。

到了住宅小区，王璐打发了面的，发现王四尧的眼睛在四处游弋。小区静得能拧出水来，王四尧绷着的脸松弛了下来。刚打开单元门，三楼的邻居出来，看到王四尧，愣了一下。

“回来了？”邻居侧身让过。

王四尧没有应声，上了四楼。他摸摸口袋，抽出手拍拍门，门发出沉闷的声响。

他的腿哆嗦了一下。王璐开了门，拉进了王四尧。

“报告政府，我要上厕所。”他的腿笔直成两根木头。

王璐的眼泪像两只猫，钻出了眼睛。

从窗帘下铺陈的阳光，毫不吝啬。王四尧站在窗帘前，从窗帘的缝隙中探出头。窗外几株洋槐的叶子，耷拉成狗耳朵，慵懒在风中。

六点钟起床的王四尧望着还在睡觉的王璐，嘴撇了撇。他来到客厅，挪动着沙发。沙发重，他抬不起来，便狠命拽，沙发腿与地板嚓出的声音很怪异，王璐身上痒痒得难受。她下床倚在门框，看着王四尧把沙发搬来搬去。折腾到饭点时，王四尧坐到餐桌前，两眼直直地望着阴台的门。王璐煎了鸡蛋，将炖热的牛奶倒入了杯子，从微波炉中抽出溜热的几片馒头，摆到他面前。王四尧的眼神一点一点盯过去，盯得王璐心急，便转身离去。王四尧迅速拿了馒头，塞入嘴中，馒头卡在嗓子，他伸长脖子，狠命咽了下去。脸胀得如七月的苹果。把鸡蛋一块一块用筷子扯碎，一点一点，放入嗓中，王四尧的神经松弛了下来。两行泪竟打湿了平铺在桌子上的两张餐巾纸。

然后回房倒头睡去。

请教了有过此经历的人，都说过了这劲，恢复正常就好了。不过恢复的状况因人而异。王璐到单位去请假，领导抬了一下头，说一个已经那样了，你再不把单位当单位，算咋回事。王璐和王四尧原在一个单位，领导曾是王四尧的下属，王四尧出事后，他任了现职。王璐张嘴想啐一口，见有人进来，便转身离去。

她去找娘家哥。娘家哥是她二叔的孩子，在巴城属一巴掌能拍出声响的人物。听了王璐的哭诉，娘家哥把一杯茶递在她手中，没说一句话。只管看手中的报纸。

王璐把一杯茶泼到了地上。

回到家，王四尧已起床，把被窝叠得方方正正。地砖上潮湿出一种腥味，王璐嗅嗅鼻子，干呕了几声。王四尧赶过来，伸手想拍拍她的脊背。王璐咳嗽一声，他停了手，手像被风吹断的树枝，耷拉着抖动。

“我想回乡。”王四尧从牙缝里迸出四个字。

王璐望了望窗外，一只麻雀蹲在台阶上，姿势张狂，将鸟屎拉在台阶，振翅飞走了。

“乡下已没人了。”

“老院子还在。”王四尧跺了一下脚。

楼下的人惊异地望望天花板。

二

坐什么车回乡，王璐斟酌了半天。公车是没得坐了。公交车，王璐十几年没坐过，王四尧也没有。

王璐捆好行李，收拾了几件衣服，装在一手提袋中。行李不重，压在王璐身上，也有分量。她半拖着行李下了楼，见王四尧飞快地拉开楼门，瞄了几眼，侧身挤出楼门。

问了出租车的价格，两人上车。车出城门后，一路飞奔。

到巴子营，面的司机问拐哪条道，王四尧说：拐最破的道。车拐上一仄道，路坑洼不平，面的司机脸上有了愠意，车簸箕般前行，王四尧随车的起伏兴奋着。路程不长，面的司机看王四尧和王璐爬下车，收了钱，骂骂咧咧走了。

老院子门上的油漆剥落得像癞狗的皮，一只大铁锁寂寞着上了锈，王四尧打了几次，未打开，王璐接过钥匙，狠命一拧，钥匙断了。王四尧拾起一块石头，用力砸去。铁锁应声而开，锁头飞到一边。

院里长满了草。还有几朵有名无名的花。

若干只麻雀，占据房檐和破了窗户的空屋。听到人声，奋勇奔赴到墙头和那棵密得失了形状的树上，叽喳出一阵惊悸。

立在墙角的一把扫帚头上，有几丝绿藤相绕，藤上缀着的两朵小花，绕在蜘蛛网上。一只蜘蛛动了一下，小花摇晃了一下。扫帚头静然着，对藤、对花、对蜘蛛，它懒得理会。

推开屋门，墙上挂着的父母遗像冷然地注视着王四尧，他从母亲像中的脸上看到了泪痕，他扑身倒地，叫了一声爹，又叫了一声娘。

委身在大炕的被褥上，有野猫的痕迹。王璐一抖，抖得几年的灰尘纷纷扬扬，有点呛鼻。被褥下面，有两只干瘪了的麻雀头或一堆叫不出名的毛。王四尧让王璐回家，他慢慢收拾。

王璐应了。

王璐一走，王四尧跳上炕，把上面的东西全抛在地上。灰尘四腾，他跳下炕，将散乱到地上的东西扔出屋子。找到水龙头，一拧，还有水。他搜到一破盆，接了水，清洒屋子。

屋子里有了生气。他把一枕巾摁在水中，浸湿，拧干，擦拭父母遗像。遗像上的父母亲切起来，注视着他。他突然想起一句诗：当没有人爱我们时，我们开始爱，我们的母亲。他坐在炕沿上，想写这句诗的诗人的名字，没有一点头绪，便清扫起屋子。

屋子亮堂了许多，温暖了许多。

把拿来的被褥一铺，铺出了一方世界。

他倒头睡去。

睡了多久，他不知道。他醒来时，一院的麻雀声聒噪。炕前立着的人唬了他一跳，他翻身坐起。

是堂叔。

“出来了？”

他竟无从回答。

“出来了好！”

他望了堂叔一眼，堂叔说：“我见院门开着，锁子扔在一边，以为进了贼。听到打呼噜声，进门一瞧，原来是家贼。”

他提起了拳头。

堂叔抽了一口烟，很呛。

“本以为你能为家族增光，想不到你这样了。”

他跳下炕，走出屋门，赤脚在院中奔跑。

堂叔说：“疯了。”

便快速离去。

三

陆续来了几个人，嘴咧得都像开了帮的皮鞋。王四尧依辈分让座，倒水。他们盯着王四尧，问进去是否挨打，夜里睡觉的时候是否和人背靠背，里面吃的是啥？想女人时怎么办？

王四尧愁苦了一张脸，木木地坐着。问的人无趣，说他受贿的钱是否藏在了老屋里，要不然他怎么一出来就来到这里。

“蹲了几年，出来能吃几辈子，很划算。”门牙掉光的一老人凑到王四尧面前，王四尧将一杯水泼了过去。那位老人跳了起来，指着王四尧骂。王四尧操起一根棍子，众人挡了，都说王四尧能耐没长，脾气倒长了。坐牢也真是应该。

便一哄而散。

心绪渐渐凉成了隔夜的开水，王四尧坐了客车回城。一车人很冷漠，他没有发现认识的人，也懒得发现。坐客车的人，胖的瘦的男的女的，从冷漠中散发出各种气味，令车内五味杂陈。停停站站，空出来的位置又被新的屁股填满。进了城，王四尧有点茫然。几年不在城里晃悠，巴城变得有点走样。许多熟悉的东西陌生着。走过两条街，他折进一家小饭馆，要了一碗面，问小老板回家的路。小老板说他也不知道，他只知道一碗面多少钱，或只关心所卖的面今天涨还是明天跌。

王四尧喝完最后一口汤。

三绕八转，找到了小区。周遭的情形一下子亲热地扑入他的眼帘。来到楼门口，一摸口袋，没钥匙，他找了背阴处，坐了，瞅着楼门口，等王璐。

王璐上楼时，听到了熟悉的脚步。脚步少了自信，多了点小心。她开了门，朝后望望，脚步声停了。进门后，她半开了门，等。王四尧窜了进来，拍了门，大口喘气。王璐让他去洗澡，王四尧应了。

洗澡间里传出了沉闷的歌声。一丝两丝的歌音糅杂着忧伤，挤出门缝。

王璐的泪像打点滴，一滴一滴落在菜盆中。

歇了一周，王四尧又回到巴子营。门大敞着，进了院子，院子里是成群结队的土堆，那几只花没有迎接他，歪歪地蔫在一边。炕上开了几个大洞，被褥扔在一边。父母的遗像上落满了灰尘，蒙蒙地看着他。他走遍所有的屋，地上、墙上都有挖过的痕迹，挖得理直气壮。

堂叔进门，径直走到王四尧跟前，找一小板凳坐了。上了年龄的小板凳吱吱呀呀。

“你藏得好，他们挖了几天，连屁也没挖到。”

“他们在挖什么？”

“你藏的钱啊！”

“什么钱？”

“看看，装愣了不是，他们说你藏了几百万。几百万，撒在院子里，都有厚厚的一层。”

王四尧的眼里开始充血，堂叔惊得跳起来，转身跑了。一土堆绊倒了他，他爬起来，头也没回。

四

那条路像炮弹轰过的阵地。10 年前修这条路时，王四尧手握实权。这是巴子营村所修的第一条柏油马路。马路通车的那天，王四尧坐在车上，迎受着村民的敬仰。他的车通行而过时，村民把大红被面都扔罩在车上，司机不得不下车清理。

司机感慨道：这车坐过四任领导，除偶尔娶亲时挂过被面，像这样被被面裹罩还是第一次。这车也值了。这路修得也值了。

十年的时光，这路像没娘的孩子，车碾人压，油面早已剥离。大块的油面被人拉到自家的门前，敲碎，垫了门口的路。有人不平，用小石料时，用镐头刨了，一筛，很现成。平素人走的时候，也不觉得，一行车，像在海里逆风行船。

那几声惨叫传来时，王四尧正在院中回填被人挖开的土坑。他拖了铁锨，跑到了路上。路上已经围罩了一群人，正在指指点点。一辆拉木头的拖拉机侧翻在路上，开车的村民躺在地上嚎叫。拖拉机侧翻时，一根木头把他推到了轮带前，卸了外罩的轮带绞住了他的脚，将一只脚和小腿搅得血肉模糊。

王四尧打了 120。

120 急救车到来时，围观的人避到一边。120 急救中心的人问谁是家属，没人应。有人便指了王四尧：路是他让人修的，电话是他打的，你问他。

急救中心的人停下了抬人的担架，问王四尧能不能做主。王四尧挥挥手：我做主，先救人再说。

就打电话给王璐。

王四尧坐在一根带血的木头上，吸烟。开拖拉机的村民的妻子赶过来，见王四尧蹲在车和木头前，劈手就打了他两个耳光。又听说是王四尧叫来的急救车，便撕了他的衣领，一把鼻涕一把泪诉说着她的不幸。

王四尧推开了女人，打了110电话。

警察来的时候，又有人围罩上来。弄明了原因的警察喝令还在捶腿大哭的女人，让她去医院照顾丈夫。女人又一腔哭音飞出，说我家就这个四轮拖拉机值钱，我哪有钱救他，谁打的120谁救。

警察耸耸肩，对王四尧说：过去是秀才遇到兵，现在是官遇到民，有理讲不清。你看着办吧。

便扬长而去。

王璐打电话说那个村民要截肢，需要家属签字，因失血量过多，要交押金五万元。

女人竖起耳朵，一听五万元，再一听截肢，又扑了过来。王四尧操起铁锨，朝女人的屁股拍去。女人栽倒在地，瞪眼朝他哼哼。王四尧又举起铁锨："老子已进去过一次，也不怕第二次。天底下竟有这样耍横撒泼的女人。你再不起来去医院照顾你男人，老子先拍死你。"

女人爬起来跑了。

王璐问那个村民是谁？王四尧恨声答道："我爹。"

五

架子车像趴窝的母鸡，王四尧在后院找到它时，它满身沧桑地弥漫着回忆。撑车的轴和胶皮轱辘散落在一边，车轴头上锈迹斑斑，胶皮轱辘上落满了麻雀的粪便，一层摞着一层。他拍拍架子车车身，车身沉闷出一声响，回应着他的手掌。

这辆架子车承载过王四尧家三代人的命运。爷爷拉出了爹，爹拉出了王四尧。王四尧考上大学工作后，爹望着散了架还强力支撑的架子车，叹了一口气。

找堂叔借架子车，堂叔奋拉着眼皮，指着满院的农机具，报出了四轮拖拉机、选耕机、压地机、播种机、扬场机，“架子车，亏你还记着它。现在啥年代了，我满院的铁疙瘩，是种田换来的。种田流汗，换来这些东西人轻松，但它们吃油就像在吃钱。它们比牛还轻松。过去，牛忙春忙秋，它们春忙三天，夏忙三天，秋忙三天，其他时节，就像爷卧在院中，下雨了还得给它盖雨布，下雪了还得给它擦身子。爷呢！什么机械化，大爷啊。”

王四尧倒退着出了门。

回到老院子，王四尧的泪下来。他推开放杂物间的门，墙面的钉子上挂着担筐、簸箕、牛鞭、干裂的绳索。地上的堆积物中，还有毛线口袋、背篼等物。它们组合出一个时代，每个物件都附粘着故事，故事在发酵中散发着陈腐的味道，把他裹进了一个玄疑的空间。

取了担筐出门，扁担上的槽痕中，父亲的汗渍都立起身来，拥向王四尧。他用手拂过去，汗渍的温度升起，他感到了扁担的心跳。

大杈河离布满凹坑的路有段距离，王四尧从河里挖了沙砾和小石子，装满担筐。扁担上肩，肩膀低了一下，走不了几步，肩膀热疼着，肌肉抖动。他咬着牙，抹了一把汗，咬牙挺到了路上。

凹坑们善意地接受着担筐的馈赠，一个一个消失了。整个半月，王四尧的肩膀已磨烂，他垫块布，跟担筐较劲。他把太阳挑走，又把月亮挑出，巴子营的闲人们嘻哈着或站或立，看王四尧东摇西晃。有人走到填好的凹坑边，用脚踏踏，看是否瓷实。也有人开了车，试着走过，很平稳，就说王四尧心疼路，胜过心疼他的女人。

王璐来的那天，王四尧已在墙角蜷了两天。她进门时，看到或猴或熊般的王四尧，一股汗馊味围着他，旁边的碗里，水面上漂着两只蚂蚁，奋力地向碗边游着。一块干馍上，有一只苍蝇，冷静地爬着。一块草席，边缘已散开，干巴巴地望着王璐。

王璐手中的包砰然落地。

六

拧开水龙头，嘀嗒出一滴水。

出门问疯跑的小孩，小孩跑回家，拧开水龙头，说他家的水流得和他的尿一样顺畅。

王四尧顺着管道往前寻巡。

七

巴城乡镇通自来水时，父亲来找他。父亲坐在沙发上，端着水的手抖动着。他问父亲是否病了，父亲挤出几滴泪来，说巴子营人几辈子吃涝坝水，吃急了，这次通自来水能不能优先考虑一下巴子营。他望了一下父亲，父亲站起来，又坐下。

“我要弄不成这事，回巴子营，脸就成了屁股了。”父亲把杯子搁在桌上。

他替父亲续了水，父亲说这水多甜。巴子营一到夏天，水一缺，涝坝里的水中蛆虫满池，那个恶心。恶心也得吃。用笊滤滤了，闭着眼喝。你喝够跑到城里了，我和你娘还得喝，村里的五老四少还得喝。

父亲的膝盖软着向前滑。

他扶起父亲。说我豁出官不做，也得争取为村里先通了自来水。只是每家入户费得交，这是规定。总不能这笔费用也得他掏了？

父亲说这他不用操心。全村百来十户人家，每户 500 元，将近 5 万元。我想办法。

他望着父亲的那张脸。那张泛着大海波浪般的脸，坚毅成一块礁石。

水通向各家各户时，他回了一趟乡。父亲蹲在自来水龙头前，望着自来水龙头，像在望祖宗。望一阵，便拧开自来水，把嘴凑上去，喝一气。母亲说父亲已在自来水龙头前蹲了三天。她生孩子时，他都没有这样上心过。

他问各家各户入户的钱是从哪里来的?

母亲撇撇嘴：卖光了家里的粮食，又向亲戚借凑的。

“五万元，现今能在巴城买一套楼房。”母亲捶着大腿。

父亲领他去走访了几户人家。人家倒也客气，照例问王局长好。他问把缸摆在院中做什么？父亲说：人们缺水怕惯了，多贮点水，以备断水时应急。

碰到一闲转的村人，他问水为啥会断。那人意味深长地望了王四尧一眼：他们不敢断你王局长爹家的水，敢断全村的水。关键看你，王局长这官做得能不能管住管水的人。

他窝了一肚子火，回到家，发现母亲的手上有一点青肿。问母亲，母亲哇地哭了起来。哭了一阵，母亲说他爹做得不是人事，出了钱胀了气，还落不下好。再问，母亲说自来水入户时，各家都分了挖沟的地段，本指望他家的让大家公摊了。结果不但未摊，分给他家的还是最硬的一截。她去论理，人家说有了王局长，最硬的也会软。她咽不下这口气，便没日没夜地挖，手上的青印，是石头砸的。

他转身找父亲，父亲慌慌地走了。

八

巡了三百多米。一截沟面的水往上冒。他挖开沟面，管道接口处被人拧开，塞了一卷塑料。他抽掉塑料袋，把接口处的管道处理好。他惊讶于那时的管件质量如此的好。如今的水龙头，用不了一年就得换。

晚上，他买了点肉，请来堂叔。堂叔喝着喝着，舌头就大了。

“你该回去。你在位时，大家还指望你干点啥。现在你连自己的公职都丢了，他们还能指望你什么。可笑你爹，我那位傻大哥，还把那时能给你买楼房的钱垫着给人家拉了自来水，自己省吃俭用还了多年的账。”

他说堂叔醉了。

堂叔一拍桌子，桌子上的酒杯跳了起来。

“不是我醉了。我本指望你等我的两个孙子大学毕业后好靠你寻个差事，现在指望不上了！”

堂叔摇晃着身子出了门。

“你趁早走，我们眼不见心不烦。村里出了个丢了职位的官，一村人都会被人戳脊梁骨。你干什么不好，去做贪官。要贪你贪大，你才贪了2万元，只能买大点的一头牛。”

堂叔回身，手扒着门框，一阵酒气一段话，全洒在王四尧家的老院子里。

九

麻雀们很快恢复了自信，它们找到被王四尧塞住的窝，两爪攀着，啄开塞洞的塑料袋之物，重新叼来鸡毛和干草垫窝。日子又像了日子，它们便满院叽喳。有时窜进屋中，看到歪躺着的王四尧，它们飞至梁上，又冲下。有一只麻雀踩到了王四尧的脸上，王四尧动了动，麻雀一惊，飞向门边，头撞到摇晃的门上，跌到地下。折腾了几下，麻雀振振翅膀，辨出家人所蹲的树枝，纵身而去。

王四尧醒来时，天下了一场雨。雨不大，很有耐心，他晃到门上，伸出手，手心的雨积成了一汪水，他喝了一口，尝到了一股土腥味。拉开半合的院门，雨中的院门湿重。一抬脚，滑倒在地。用手一摸，黏出一股味来，嗅嗅，似乎是牛粪。

他盯眼一瞧，一小堆，不多，正对着院门。他举起手，雨淋到手上，手上的牛粪成汁状往下滴，滴出一点一点的黑，他把中指往舌头上一戳，舌头感到了一股中成药的味道。他坐到地下，任雨拍打，他想这会王璐和他的单儿是否也在雨中奔跑。

一世界的雨，狗一样追逐。雨点滴到雨点的头上，王四尧听到了沉重的喘息声。他知道，那不是别人在喘，而是他在细雨中呐喊。

（发表于《作品》2016 年第 1 期）

无处可爱

一

何家大院是巴子营唯一像样的院落。这是一座四合院，周围的墙是用土夯筑的，正房六间拔廊，东西各有厢房六间，院中有一八角亭，亭下设一几四凳。20世纪40年代末，何家人四散而逃，空出了院子。巴子和顺子分得了这所院子。为避免纠纷，正房两人各三间，东厢房六间归巴子，西厢房六间属顺子。土门无法分割，做了公用物。土门楼是作为防匪用的，上下三层，台阶都用土夯筑，闲置多年，成了一群野鸽子的居所。

巴子和顺子的家人都死了，两条光棍，便合伙做饭。米面归一，碗灶归一，吃饭在一起，睡觉各睡各的。

黑皮一过门，顺子蓦然发现，巴子有了脸色。往常，不管谁先做饭，都等，清稠两个人心照不宣，吃了，若巴子上午洗锅，顺子就晚上洗。黑皮做饭的手艺好，顺子胃口大开，原来吃一碗的又加了一碗，巴子心里有了疙瘩。

黑皮是巴子新娶的媳妇，手背上有一块黑痣，巴子营人叫顺了口，都叫她黑皮。落在纸上的名字和口中呼喊的不一致，费嘴费时，生产队会计嫌烦，以后记工分时，顺手划了真名，将黑皮写于纸上，黑皮便名正言顺起来。

巴子和黑皮正是如狼似虎的年龄，一到晚上总要闹腾。院子空旷，黑皮的叫声比母猫尖厉，顺子耐不住，便光了身子坐在亭下的石凳上。石凳凉，顺子却能坐出一身热意，控制不住时，顺子便坐到巴子窗下，听黑皮呻吟，听巴子喘息。到天亮时再离去。

巴子便准备砌墙，请了队里的老人，老人们抹了油嘴，瞧着黑皮手上的黑痣，胃反起来，手却不停地在鸡肉盘中翻动。

黑皮炒的鸡，香。

拆了凉亭，在院子中间砌了一堵墙，土门楼和正门堵了，中间堂房一隔为二，在原正墙上各开一门。巴子住东，顺子在西，各进各的门，各过各的日子。

只是苦了顺子，做的饭狗都摇头。于是便娶了红枣。

红枣是王家庄的村花，顺子认识，巴子也认识。

红枣娶进门的那天，巴子当东，当得天摇地动。巴子营人认为巴子仁义，都说那堵墙隔坏了，是顺子心眼小。

顺子做新郎倌做得有滋有味，醉了，躺在院子，红枣拽不动，隔墙喊声巴哥。巴子和黑皮过来，把顺子抬到了新房。那晚，巴子没了兴致，黑皮也不理会，睡到半夜，巴子起身，搬了梯子，搭在隔墙上，上梯后坐在墙头，看顺子新房里的灯，昏暗了一晚。

黑皮撤了梯子，巴子顺墙溜下来，弄了一身的土。

黑皮说：狗。

巴子扇了黑皮一耳光，黑皮笑了，依旧扯出一句：狗。

巴子便出门。

二

谷子熟了，巴子营人的日子也熟了。熟了的谷穗摇头晃脑出一种沉重。鸡叫头遍，红枣隔墙喊了一声嫂子，黑皮应了，披衣下炕，出怀的肚子绷紧了衣服，发出嗞一声响。巴子从被窝中升出头，抓了黑皮一下。

“坐腊月的，还早。”黑皮丢过来硬硬的一句话，提了镰刀出门。红枣捏了半块馍，热的，和黑皮边吃边走。

巴子营的规矩：女人割谷，男人挑谷。

顺子力气小，划归于割谷的人中。

天未亮，割谷的人没禁忌。女人们的早觉被搅了，心中憋屈，便拿谷子出气。队长听到咔咔的响声，便远远地骂了起来。一年谷两年种，女人们也清楚，好梦搅了，两年的谷子也就不重要了。话头一拉开，女人们捏了谷穗，相互论起男人来。有人把谷穗捏在手中揉，荤话令红枣逆耳，便缩到一边专心割谷。顺子则听得心花开放，丢了镰刀，夹在女人们中间，听这长那短，裤裆里挑出一股硬来。黑皮抓谷秆，碰了顺子一下，叫起来，别的女人便围了顺子，扯了他的裤带，乱手揉捏。顺子吃疼，跳起来想跑，女人们轰一声，扒了顺子的裤子。谷茬秆硬，戳着顺子的下体。顺子挤出女人圈，逃了。黑皮把顺子的裤子拾起来，丢给红枣，

红枣拎了裤子，顺田埂扔给缩在沟中的顺子。

丢人现眼。红枣一眼剜出了天晴。

天一亮，女人们看到了爬在谷穗头上的霜。割倒的谷子躺在地上，穗头抱团取暖，热了一地。队长一吆喝，女人们便把割下的谷子打捆，黑皮瞧红枣打捆吃力，便让她拾拢谷子，她捆。黑皮抽出几根旺谷，双手一绕一拧，一根谷绳就拧出了筋道，她抱起谷子，把谷绳一穿，一腿弯曲，顺势一压，双手一扯，把谷绳两头一绕，左拧右绾，一抬身，用脚把捆一踢，谷子就像小学生一样排出队样。冒尖的太阳冷出一种寒气，红枣身上的皮肤瘦了一下，冰凉冰凉；黑皮热出一点氛围，手上的黑痣精灵般跳动。红枣从心里叹了一声，把佩服挤到了谷捆上。

红枣做了饭，让顺子去叫巴子和黑皮，顺子扭捏一番，瞧着裤裆发呆。红枣笑了，拍响了巴子家的门。黑皮和巴子坐定，红枣端出两碗饭来。馍是两合馍，是用白面、黑面揉在一起烙的，馍边的油渗出来，香香亮亮的在盘中张望。一碟新腌的咸菜清爽在碟中。巴子在心中兀自一声叹，黑皮的饭菜做得好，但处处充满了粗糙；红枣的饭菜简单，却充满一种精细。平素吃饭，

巴子大口吃，声音也响，到红枣家吃饭，竟矜持起来，小口小口，像吃点心。

黑皮心中多了一点不自在。

大队书记上门的时候，谷子已下场。男人们收拾了挑杠，聚在场上垛垛。垛垛是技术活，也是力气活。巴子是垛老大，围了底座，垛一层一层加高，顺子看着上升的谷垛，只能给挑谷捆的人打下手。山样的谷垛稳坐场中，巴子从斜角溜下来，得到了众人的喝彩。

公社分配了一名煤矿工，大队书记想让巴子去。

大队书记是巴子的姑父。

众人把羡慕投在巴子脸上，巴子拉了姑父回家，让黑皮炒鸡。黑皮叫红枣来帮忙，顺子也来了，拾柴烧火。

酒喝到酣处，巴子说：让顺子去吧，他不是当庄稼人的料。

书记一口酒喷出来，跌落在桌上。巴子营男人口中出来的话，如铁钉，加点力道便会生根。顺子揉揉耳朵，瞪圆了眼睛，盯着红枣。黑皮乐了：顺子，你本事大，迟结婚两年，下种倒快，望什么，红枣也是坐腊月的，我们俩一起坐月子。

红枣回家，在柜里翻腾一番，找出两瓶酒和一包糖，是结婚时剩下的。她让顺子提了，送书记回家。

送回书记，顺子拐进巴子家，给巴子磕了一个头，叫声亲哥。

巴子把剩下的两盅酒喝了，蒙头睡去。

三

东院一声哭，西院也一声哭。

东院的是男孩，西院的也是。

黑皮的娘家嫂子在月房门头上挂了块红布，二尺宽。红枣的姐姐进院，看到耷拉在门头下的红布，去了趟商店，扯了三尺宽的红布，换下了那块二尺的。

伺候了几天，黑皮的娘家嫂子忙家里去了。红枣的姐姐和红枣一商量，两家便合成一口锅，熬米汤，煮母鸡，也方便。端米汤时，西院一吆喝，巴子便端了碗，去舀了米汤或鸡汤，黑皮喝完，巴子洗了碗，再去红枣家，帮忙挑好水，劈好柴。

“不能进月婆子的房。”黑皮叮嘱巴子；“不能让生人进月房，免得冲煞娃儿。”红枣的姐姐安顿巴子。巴子点点头。

月婆子的米汤月娃儿的屁。巴子晓得规矩。

红枣的姐半月后回家了，巴子便在两院奔波。孩子一出月，禁忌便如挂在门口的红布条，开始褪色。巴子做饭手艺差，熬米汤、煮肉是一把好手。那时家家户户院里都有几只鸡在跑，跑来跑去就会跑出一大群。鸡们在院中，肚子饿了，便成群接队到外面，见虫吃虫，见草吃草，吃饱了，母鸡找地方下蛋，大公鸡昂了头，在母鸡面前蹓跶。母鸡多，大公鸡往往找不到方向感。俊美的芦花母鸡兴奋之余，老感身子酸疼。趁大公鸡在外寻乐的时候，几个小公鸡蜂涌而上，把芦花母鸡弄得毛稀肉露。大公鸡面对委屈成雨中花的芦花母鸡，仰脖长鸣一声，头也不回地走了。巴子扫视了一眼回到院中的鸡，捉了芦花母鸡，一刀下去，鸡在地下扑腾了几下，哀怨地瞅了瞅大公鸡。大公鸡缩在鸡群中，瞧着芦花母鸡翘起来的后腿，跳到了另外一只母鸡身上。激动不已的母鸡一蹲，蹲出一种姿式。大公鸡跑了，它还依样蹲着，把幸福留在原地。

炖了汤，待黑皮喝完，巴子把剩下的汤倒入锅中，端了，到红枣家门口。他推开了门，进门后拴了门杠。红枣小口小口喝着鸡汤，一股奶香裹了巴子。巴子两眼迷蒙，一只奶头马驹一样从红枣怀里跳出来，惹着巴子。巴子看到了那半隐半露的白。红枣下体只穿了一件花布裤衩，被窝猫样调皮了一下，大半截腿便奋勇地露在外面。巴子摸了一下红枣粉白的腿，腿上的肉细嫩、滑腻得如剔了肉的猪皮。红枣嗲了一声，巴子跳上炕，掀翻了红枣。红枣将娃儿挪了地方，任由巴子欢势。黑皮的叫唤声顺墙传出，巴子收了腿，噙住红枣的奶头，吮吸了几口，红枣吃疼，呻吟出几声快意。

黑皮闻到了那股奶香味，这种味和她的不同。她的混浊，红枣的清芳。她从巴子脸上看到了愉悦。她光了身子，两只奶头贼一样晃来晃去，巴子觉得那两只奶头像瘪了的两只布袋。

能畅身走动了，黑皮和红枣或东院，或西院，你来我往。太阳好的时候，在院中铺了毡，放舒张两个娃儿。她们从东扯到西，从西扯到东。有时提起顺子，红枣抽一张钱给黑皮，黑皮接了，把它往裤腰里一塞。晚上睡觉的时候，钱抖出来，巴子叫了一声，黑皮把钱压到席子下面，拍拍巴子的裆，巴子缩了一下，欢腾到黑皮身上。黑皮乱抖，抖得巴子心烦意乱，便滚了身子。黑皮爬起来，摇着巴子：红枣的有多好？

巴子无法回答，就闭了眼，眼里晃动着红枣，像苹果。

队里要出工，黑皮和红枣便一人出工，一人看守娃儿，轮流。巴子劲头足，农家活对巴子来说，就像红枣手里的面团，怎么揉捏都会成形。有时两个娃儿在他家睡了，黑皮也睡了，他光了脚，把梯子搭在隔墙上，翻到红枣院中，和红枣驰骋尽兴一番。完事后爬到墙头，梯子没了踪影，巴子跳下墙，侧身进门，钻到被窝中。黑皮的酣声如牛。他拉长被窝，蒙了头，身子缩了一下，有许多小钉样的东西刺进肉里，他用手摸了一阵，摸到了一种叫叽哩咕噜的一种刺。

这种刺，看起来柔顺，刺进肉里，麻痒并钻心般疼。

四

日子像人身上的皮，嫩也好，糙也罢，该嫩的时候嫩，该糙的时候糙。巴子摸出自己皮糙的时候，是1970年的那个秋天。

那个秋天的巴子营很生猛，生猛的草密匝匝地排满了巴子营。巴子趿拉着鞋，在露珠溅湿的田埂上缓行。队长的哨音如秋雨一样缠绵。胡麻地在巴子营的东头，隔地是一条河，河里有一个桥洞。秋雨一多，河水少不了漂来各种物件，大多为麦草、玉米秸秆、小柴棍一类的东西。时间久了，就会垫铺出一张草床。间或的太阳下来，浸出一种绵软。巴子路过桥的时候，碰到了红枣。红枣展眉一笑，笑出一种淫媚，巴子的心动了一下。他选择了离桥洞不远的地方下镰。胡麻秆脆，巴子一挥镰刀，胡麻头便倾斜倒地。一簇一簇的胡麻头顶着天，开得迟的花爆出一两朵蓝，夹在大片的黄中，有点惹眼。嗞啦的声音迫近，巴子一抬头，红枣的镰刀头已到他的脚下。巴子努努嘴，指了一下桥洞。红枣抬身四望，偌大的地块中，人如羊粪，撒得了无影踪。偶尔的咳嗽声旋出，闷声跌落。红枣扔了镰刀，扳着河沿边的石头，一层一层往下挪。看红枣到了河底，巴子一纵身，落到河底，猫到了桥下。俩人轻车熟路，人晃动，桥底的麦草等也晃动。待割胡麻的人感到异样扑到桥下时，巴子已在地头挥镰，红枣若无其事地紧了紧裤腰，撇嘴向众人一笑。巴子营的男人们坐在田埂上，看巴子把镰刀挥成一团光焰。

“割胡麻不该这样啊，高割麦子低砍胡麻。”有人惊道。

“下了身子上了坡地，这狗日的好兴头。”说话的人喷出一口浓烟，呛得两边的人咳嗽不已。

“这巴子就像公鸡尿尿，也太快了点。”

众男人瞅瞅自己的裤裆，都有情况。

队长的哨音四漫，他的腿有点瘸。他拉着脚到地头时，看到歇在地头的男人和挥镰奋臂的巴子，骂起了男人们。男人们起身，恨不得涌上前去阉了巴子。

收工前，队长宣布，夜里要推选一位“坏分子”。众人的眼里有了东西，互相递了眼神。众人回到家，把最简单的饭吃出了丰富的意味。出门时，黑皮笑了：“坏分子”。巴子收了脚，看到缠在黑皮身后的儿子，红枣的儿子也拿眼剜着他，巴子的心抽了一下。

生产队的会议室里，男人们把兴奋揉碎，又捏在一起，在眼里滚来滚去。他们的眼中，队长面前的桌子是一张床，队长纠缠着的一双手，像巴子和红枣在翻滚。队长让大家提名，男人们噤了口，问队长提名有啥好处？队长恼了：提个名还要好处？让你们的嘴快活一番，还不满足啊！男人们的兴奋跌入冰窖，丝丝热气化做了不满，他们站起身，一个一个走了，剩下巴子和红枣。

“巴子，出去。”队长喝斥了一声。

巴子出了会议室，把自己搁在了墙角。他的身后有一团一团的沉重，像拉风箱的声音，呼哧——呼哧地直抽。

“就一个名额，要么是巴子，要么是你。”队长离了凳子，把老羊袄铺在地下，“陪我睡一次，‘坏分子’就是巴子。”

红枣呼地立起，队长退后几步。他向前一扑，腿怪异地拧了一下，绊倒了凳子，凳子是长条形的，队长狗一样跌倒在地。红枣笑笑，绕身出门。男人们拍着手回家，掌声把夜打湿。巴子没有拍手，进门时，他揉了揉黑皮。黑皮惊异地缩回了手。

男人们蹲在树下，看到队长立在红枣门前，身后是一口袋。男人们揣猜着，是麦子、谷子，还是豆子？想了半天，队里仓中的麦子、谷子、豆子已见底，队长还能变出啥来。男人们展开想象，头有点疼，便挤上前去。队长提起口袋想走，男人们一摸，摸出许多不平，就打开口袋，在手中一搓摩，是玉米棒。他们抢了起来，口袋见底后，软塌塌缩成一团。队长急了：这是我们家的啊。男人们嘻嘻哈哈，抱着玉米棒走了。队长抬起脚，踹着红枣家的门。巴子提着棍子，迈步出门，黑皮拉住了他。黑皮指着拨门急窜的黑狗，巴子扔了棍子，将大门拉开一条缝，黑狗跃身出门，扑向队长。队长抓起口袋拍向黑狗，黑狗不依不饶，追着队长狂奔，男人们则撵追着狗，边追边叫。

后半夜的巴子营热闹得像过会。

红枣走进公社大院的时候，公社干部们正在吃早饭。他们或蹲或站，每个人都端着粗瓷大碗，早饭是典型的巴子营式的，能数出米粒的汤里藏着几块洋芋，有的人筷子上穿着半只馍，喝一口汤，啃一口馍。书记坐在台阶上，裤子上的补丁落寞地耷拉着。

“我来检举巴子，他是坏分子。”

书记放下碗，问原因。红枣蹲下身子，从结婚讲起，像在拉家常。干部们放了碗，围在红枣旁边听。有人拉过一条凳子，让红枣坐。红枣坐下，最后讲的是发生在桥洞里的事。

书记笑了，干部们神往起来，红枣讲得像干部们喝小米汤一样顺畅。红枣走了，干部们仍站在红枣坐过的凳子旁。书记回过神来，让基干民兵去解押巴子。

“不要绑，也不要打，押来，和地富关在一起，办学习班。”

“关多久？”人武部长问。

“关三天。巴子根正苗红。男男女女的事，一个巴掌拍不响。”

押巴子的时候，黑皮挡在前面。民兵恼了，提起枪托砸倒黑皮。黑狗窜起身子，狂吠，民兵抡起枪托砸去，黑狗吱咛一声，夹着尾巴缩在一边。

学习班设在公社旁边的牛棚里。班里的“地富分子”，巴子都认识。他坐在后边的土坯上，看着桌子上摆着的一只破草筐、一只破碗和一根棍子。那只破碗是从他家收来的，做着地主剥削贫雇农的见证。他感到很亲切，便站起来，上前拿了碗，上课的教员呵住巴子，让他把碗仍放在桌上。

“这只碗以前是干净的，你这一端，碗的性质就会发生变化。”

这句话，巴子听不明白。三天，他反复揣摩着这句话，仍旧不明白。离开学习班回家时，书记赶过来，踹了巴子一脚：“你怎么像条公狗？”

“公狗是队长。”巴子扭了脖子叫道。

“队长也是个可怜人。”公社书记又抬起脚，巴子跑了。

五

夏场作了秋场，巴子营人围坐在秋场上，捶胡麻。胡麻在棒槌底下，贼眉鼠眼地乱窜。黑皮是捶胡麻的好手，红枣把理好的胡麻捆好，递过去，黑皮力大，抡起棒槌，砰砰的响声过后，红枣把胡麻秆扔在一边。女人们停下捶胡麻的手，望着她们。红枣告发巴子，按黑皮的性子，不杀红枣，已出乎她们的意料之外。她们的眼睛盯着黑皮，黑皮一抡棒槌，她们的心就揪一下，怕棒槌砸到红枣的头上。她们做好了准备，一旦黑皮和红枣打起来，她们谁也不偏。巴子对顺子有恩，红枣成为工人家属，也是巴子的恩德，比起她们从鸡屁股里掏蛋，到供销社换点盐醋的日子，红枣口袋里装得毛票、块钱，就是日子的日子。因了红枣，黑皮从不到供销社卖鸡蛋，黑皮家的鸡蛋大多被巴子吃了。这巴子也辛苦，从自家的炕头到红枣家的炕头，从自家的水缸到红枣家的水缸，白天忙上身，夜里忙下身，女人们越理头绪，越乱。她们觉得自己这辈子亏了。凭什么黑皮和红枣会这样？她们挤了眼睛，围住黑皮和红枣，把胡麻秆往她们身上一掀，撕打起来。气顺了，她们停了手，一哄而散。黑皮和红枣拽掉头上的胡麻秆，互相一拉，站了起来。黑皮操起棒槌，追了过去。女人们丢下手中的活，跑出了秋场。

巴子蹲在炕上，望着炕桌上的一碟炒鸡蛋和一张烙饼，招呼儿子来吃。儿子跑到院中，隔墙呼了一声，红枣的儿子便过来。两个人用手抓着鸡蛋和烙饼，清空了碟子。红枣的儿子抓过碟子，用舌头舔了碟中的鸡蛋屑，拉着巴子的儿子，走了。

红枣的脸上有块青印，是女人们拧的。红枣洗梳了一番，袅娜着来到黑皮家。

她们坐在炕沿上，瞅着巴子。

“把我家的碗放在展览桌上，不让我动，说我脏。”巴子拍了一下桌子。

“凭啥？我去把它要回来。”黑皮拍了一下炕沿。

“算了，那只碗荣耀着呢。像祖宗牌位。”

“可不敢胡说，要传出去，你就不仅仅是坏分子了。”

黑皮倒扣了碟子，“饿死鬼们抢着吃了鸡蛋和饼子，我们给巴子重做。”她拉了红枣，到了厨房，一个烧火，一个打鸡蛋。做好了，端到桌上，望着巴子吃。

巴子蒙头睡去。一觉醒来，天上的星星对着窗户，一闪一闪。黑皮爬起来，推了巴子一下，“去，到那边睡去，要不就亏了，她让你睡，还要去告你，这种女人。”

巴子坐起来，抽了一锅烟，烟丝劣质，呛，黑皮把衣服往巴子身上一披，“去，弄她，要狠。”

巴子扛了梯子，搭在隔墙。那边的墙上，也靠着一把梯子。

六

树叶在树上一脱身，冬天就到了。冬天一到，牛要补膘，人要补身。喂牛的草中加了豆子，人的碗里却没有肉花。该分的分了，队里的仓库门已上锁。巴子营人望着生寒的铁锁，把日子圈到了屋中。活是运粪的活，男人们在牛圈、马圈、驴圈里刨了粪，女人们拉着架子车，运粪。运多、运少，没有定量。一到吃饭时节，队长的哨音响不响，在冬天没有多少作用。只要一人叫一声：“该吃饭了。”众人便扔了工具，晃悠晃悠回家。等待他们的，无非是一锅洋芋，一碗米汤。

顺子，便在这个时节休假回到了巴子营。

顺子身上的洋胰子味自得地在巴子营飘荡。顺子拎着两瓶酒、两包点心进了大队书记家的门。书记斜躺着，挥挥手，顺子坐了，看半墙的奖状。书记对着话筒通知完事，广播匣子中嗞啦啦的余音慢慢消失。他抠抠脚丫，顺子从口袋里摸出一盒烟，递一支给书记。书记接了，瞅着牌子。顺子将烟扔在方桌上。书记呼一口气，划了火柴。在烟雾中，顺子起身。书记没下炕，从窗子望着顺子的背影。顺子的腰挺得很直。

拜望巴子，是在吃过晚饭以后。红枣要陪他去，顺子挡了她，拉了儿子，拎着两个包，敲响了巴子家的门。

黑皮开了门，顺子的儿子叫声婶，便找巴子的儿子去了。顺子对着迎出门的巴子，非常地道地叫了一声哥。巴子笑了，把顺子迎进屋中，招呼他坐下，让黑皮倒水。

黑皮取了碗，抓过竹皮暖壶，倒了水。水有点混，有点浊，顺子喝了一口，放下碗，敬一支烟给巴子。巴子找火柴时，顺子掏出打火机一摁，一团蓝色的火苗迸出，吓了巴子一跳。

“这是给哥的，这是给嫂子的，这是给大侄儿的。”顺子打开包，把带来的东西一一分摊在桌上。抽完一支烟，顺子捏了包，招呼儿子出门。

“顺子莫不是在煤矿地下待苕了，话那么少。”黑皮的手贪婪地爬在一块点心上。

巴子的心揪了一下。

巴子搭了梯子，瞅着顺子家的屋灯。顺子回家后，拿了手电筒进了伙房。他发现一老鼠急迫地在地下跑来跑去。墙脚堆着一群胡萝卜，顺子蹴了身子，扒拉着。找了一根光溜溜的，用手搓搓，有疙瘩，扔了；又挑出一根，在手里来回抽动，很滑溜。他笑笑，灭了手电筒。红枣身上的肉突突地跳了起来，她从煤油灯的昏暗中瞥见了顺子蹑手蹑脚的举止。顺子撂开被窝，从鼻腔里哼出一声粗重，举着胡萝卜朝红枣的下体扑去。红枣往后一挪，按住了顺子的头，顺子嘴里嚷嚷着，手中的胡萝卜在红枣身边乱舞。红枣一脚踹翻顺子，跳下炕，披衣坐在门槛上，抽抽答答地哭起来。

巴子想跳墙过去，黑皮扯住了他的裤角。

“狗。”巴子和黑皮听到了红枣的骂声。

下了一场雪，把巴子营人休息在了屋中。饲养院里，男人们聚拢。生产队里请来瞎子，唱贤孝。三弦一响，在雪花三三两两的飘落中，男人们往饲养员的炕中挤，留一点空间，给闻声而来的小孩。小孩们听一阵，没了趣味，便窜下炕去，追麻雀跳方方去了。

顺子一来，瞎子停下三弦。顺子给众人敬烟后，腿奁拉在炕沿。众人都回头瞅着顺子的牙，问顺子煤矿工人的二白，顺子支吾着。瞎子张开炕洞一样的嘴，冒出一句：这有什么，牙白鸡巴白，上下全都黑。众人笑起来，顺子下了炕，出了饲养院，他漫在了巴子营的大地上。

巴子营寂廖在旷野中。雪不厚，枯草野枝上缀得雪不多，软松，风一吹便鸽蛋皮一样飞落。顺子看看天，天阴得仍像黑狗的毛。他跺跺脚，几团雪跑开，给脚印一点舒畅。顺子回家，提了包出门，红枣没送。巴子要去送，黑皮拉住了他。顺子趔趄到路上，挡车走了。

七

黑皮的姐夫来的那天，巴子甩脚前行在进城的路上。

巴城离巴子营有二十公里。公路上的车不多，大多为卡车。线路车是黄羊镇到巴城的，巴子营是个候车点。车票两角，巴子舍不得花。巴子有个堂姐在巴城，托人捎口信，让他去一趟。

姐夫扔下两个锅盔，大马金刀往炕上一躺，黑皮的儿子叫声姑爹，便出了门。黑皮拴了院门，姐夫翻起身来剥黑皮的衣服，黑皮躲了。

姐夫说你姐想你了。

黑皮说她想我，是不是她又和你做下啥不要脸的事，要我遮祸。

你还记仇啊，当年要不是我，你尿尿有那么利索么。

黑皮到伙房里拎了菜刀。姐夫一见，奔下炕：你要干啥？

我要剁了你，让你六根清净。你当年祸害了我，害得我现在分一半男人给别人。我吃哑巴亏，你还来凑热闹。

姐夫穿了鞋：这女人，说翻脸就翻脸。

黑皮狠声道：你不要脸，吃了我的头茬面，幸亏遇到巴子，不计较。

姐夫捏了包袱皮，拉开门栓，急急慌慌出门。

红枣瞧黑皮拎着菜刀，挡住了她：你这要干啥？杀鸡怎么没听到鸡叫。

杀人。黑皮挥挥刀。

“我姐未出嫁时，有一天和姐夫偷吃了腥，被我撞见。我家家风严，要让我爹知道那事，非吃了我姐不可。我姐为堵我的嘴，想了很多办法，都觉得不牢靠。一次她尿尿，我见她尿尿顺畅，腿一叉，尿便飞出。就问她，为啥我尿尿老是点点滴滴。她说女人不和男人玩，东西里会有蛆堵着。那时我才十六岁，知道啥男女的事啊，一听说下面有蛆，就心神不宁，便央求姐。她倒拿捏了起来，说我姐夫是这方面的高手，他的东西能钩出蛆来，蛆钩了，尿尿便通畅。我信了，一天趁父母下地，她叫来姐夫。我蒙住头，让他通尿。通了一次，我觉得疼，尿憋了，一尿，果真像水流一样。我在炕上躺了一阵，姐叫我，我到尿尿的地方一看，真的有几只蛆爬在那儿。我心里轻松了。后来一有机会，姐夫就来缠我。和巴子结婚后，我才知道那是姐设的套。哪里来的蛆呀，是姐把煮烂了的白米撒在了我尿尿的地方。”

听黑皮讲了半天，红枣捂嘴笑了：你就是个傻姑。

黑皮叹了一声：“我现在睁一眼闭一眼，让你和巴子胡搞，就是因为觉得亏欠了巴子。”

红枣拍拍黑皮，转身走了。

八

丁香来找黑皮，黑皮正坐在院中，晒太阳纳鞋底。一切很安静。院中的浮土松软，鸡爪一印上去，图案很清晰。丁香的声音一响，鸡挪了地方，支起一条腿，在南墙根下暖和去了。

丁香出生时，城里的亲戚来看月子，看到院外的野花浪漫，掐了一朵，嗅嗅，无味，便叹：要是和丁香一样香就好了。丁香妈问丁香是什么。城里人说：树，到春天开花时香，香得一院子人都晕糊。到满月给孩子起名时，丁香妈记起了城里人描述的丁香树，便给女儿起名叫丁香。

丁香越大，越风摆杨柳，每每扇起的气息让相邻几个村的后生们火烧火燎。丁香上识字班时，和巴子分在一个组。那时的巴子和其他男人一样，肚子饿了可以偷吃，衣服破了无法伪装，便相约在卫生方面下功夫。乡下孩子有三脏：脖子脏、手脏、脚脏。冬天冷，洗脸不敢往脖子里弄水，久而久之，脖子成了黑脖子，俗称车轴头。手、脚接触东西多，又不勤洗，便布满垢痂，黑白相间。识字班的老师批评他们时，用了比喻：脖子像车轴头，手似拾粪叉，脚如牛蹄子。脏不嫌众。大家习惯了，黑乌鸦难笑话黑母鸡，也就这样一年一年推着过。

雨瘦过春季，到夏季就肥了。巴子脱了摞着补丁的衣服，把巴子营相同年龄的男生组织到河边，洗脖子洗手洗脚。一群男生扒掉平素让他们见羞的衣裤，在河里翻起一阵水花。河叫大杈河，水势平缓，一年四季流水不断。垢痂像附在手脚上的蚂蟥，洗不干净。巴子抓了一把沙子，在手、脚上揉搓，搓得手红脚烂。搓完手脚，大家相互搓背。瞧着搓洗干净的身子，男生们并排躺在河沿上，各自想着自己的心思。一个的玩意儿一挺，大家的都跟着挺起来。没挺起来的发羞，有人起哄：想想丁香，就起来了。话音刚落，玩意儿便顶天立地，还射出一股尿来。

巴子知道，洗一夏简单，坚持难，尤其到了冬春，更难，便领了众人起誓：一天不洗脖子、手、脚，就不是人娘父母养的。并让大家齐声朗读。

“不是人娘父母养的。”这话在巴子营是较为恶毒的。

起完誓，有人嘀咕：一天洗三遍，冬天河里、涝坝里结了冰，做饭都没水，哪有水洗这些东西。这样糟践自己，为了谁呢？

众人齐声道：丁香。

丁香只有一个，我们也没能耐娶她做女人，值得吗？

巴子笑笑：为了巴子营的声誉，值得。

识字班的老师发现巴子营的男生干干净净时，在半月以后。那天支农劳动，是为生产队运土。土干，用铁锨扔到架子车上，土尘飞扬。劳动结束后，众人成了土人，都找树阴歇息。巴子营的男生不约而同地到大杈河，洗完澡，抖掉衣服上的土，清清爽爽来到劳动的地方，拉着架子车走了。老师百思不解，跑到河边去观望了一回。

老师坐在土埂上，叫来了巴子，说阶级教育的成果丰硕，他强调了几年的卫生问题，你们怎么一下子就解决了。老师从董存瑞、刘胡兰、黄继光一一捋过去，让巴子说出受了哪位英雄人物的影响。巴子不说话，嘴闭得严实，老师又叫来几位男生，都不吱声。老师恼了：再不谈，下次支农劳动，你们去，别的人可以休息。众人望望巴子，巴子望天。

顺子终于憋不住了，说：丁香。

老师的脸黑了，回到村里后将此事向贫协工作队队长做了汇报。队长坐到凳子上抽烟。烟是老旱烟，呛、冲。一屋的队员咳嗽声不断。队长让各队召开主题班会，要将这股不健康的苗头扼杀在摇篮之中。队员们应了，停了手中的工作，专门召开思想剖析会。巴子营的男生站在土台上，听着众人的斥责声，望着羞红脸的丁香，高高地昂着头。

第二天，贫协工作队队长站在办公室门口，一个一个检查巴子营男生们的脖子、手、脚。男生们比过去白多了，身上的味道也好闻多了。

败江山的是女人，败巴子营的是丁香。

丁香被勒令退出识字班。

其他男生都恢复了原有的习惯，但巴子和顺子坚持了下来。在丁香的心中，像巴子一样的男人才是男人。

丁香招工进城后，巴子找过她一次。丁香请他吃饭。饭是一碗巴城普通的臊子面，巴子吃得浑身爽泰。告别丁香，巴子在城里乱逛了一回，出城门时，扑上来三个小伙子，围住了他。巴子迎受着众人的拳头，左右招架。黑皮冲上来，用一根扁担唬走了三个小伙子。

巴子问黑皮来干什么？黑皮说她到收购站为队里交羊皮。黑皮拉起衣袖，擦了巴子脸上的血：好看不顶饭吃，吃了人家一碗面，换挨了一顿打。要是睡了人家，就该挨刀了。

巴子甩开黑皮，走了。

黑皮笑笑：在识字班，丁香是白母鸡，我是黑乌鸦，不待你瞧的。现在，我缠定了你。

丁香像草，春季在巴子心里发芽，夏天猛长，秋天衰败，冬天枯黄。春季被黑皮一占，丁香慢慢被挤出，挤得剩下回忆时，黑皮已成了巴子的女人。和红枣拥被暖脚后，丁香在巴子记忆中，已成了空壳，随风飘逝了。

黑皮交完公粮，坐在路边，啃着干馍。来来往往的城里人，或蓝或黄，蓝成一片，黄成一堆。蓝黄间，白净的脸，香胰子的味道，压迫着黑皮。一双皮鞋立在眼前，黑皮抬起了头，她定眼一瞧，叫了声丁香。穿半截花衬衫的丁香应了，拉起了黑皮。黑皮在众人的羡慕中来到粮站旁边的一个饭馆。交了粮票和钱，黑皮眼前的一碗红烧肉笑着，衬得旁边的一碗米饭更加白净。那时的大米，被巴子营人喊作白米；猪肉，被叫作大肉。黑皮吃了一半，要了一张马粪纸，将半碗米饭和几块红烧肉包到纸中，说带回去让巴子吃。

丁香默坐着，望着黑皮出了饭馆门，她眼中包了泪水。巴子成了什么样了，她不知道。她只知道自己：春天开花时，被厂长的公子娶了。过了几个春秋，花朵大了，也老了，公子哥蹬了她，她独身晃荡到巴城。后来，巴城闹起派性，她被称为“金派”的头子占了。一日，头子的属下抬来头子，说头子站在台阶上发表演说时，被飞来的一颗子弹击中，当场死了。

头子死得莫名其妙，丁香作为女人，身份不荤不素，发送头子时也莫名其妙。

九

黑皮叫来红枣，红枣看着丁香。

丁香。红枣。

俩人的叫声生涩，黑皮说：杀鸡。

三个女人坐在炕上，把过往的岁月丢在盘中，蘸上鸡油，再放进嘴里。黑皮和红枣的儿子一人得了一只鸡爪，也得了丁香所给的五角钱，到村口去夸耀了。嘴里的岁月越来越淡，巴子进门时，三个女人把堆在桌上的鸡骨头收了，倒给狗，端给巴子的，是两根鸡腿。

巴子家住人的房子是何家大院东厢房中最大的一间，俗称大书房。炕是满间炕，八个人滚开，也不紧巴。亲戚们来，夏天，让到墙东，凉爽；冬天，让到炕头，热乎。男女混杂时，按辈份高低，谁盖谁的被窝。被窝不够，小孩便两个人一床，你拽我拉，也颇热闹。丁香想跟红枣去住，黑皮拉住她。打发儿子到红枣家住了。晚上睡觉时，黑皮从箱子里拿出一床干净的被子，给丁香盖。巴子睡炕头，黑皮睡中间，丁香睡墙东。仨人摸黑说着话，黑皮把被子一捂，打起了呼噜。巴子习惯了，丁香不习惯，翻来覆去。睡到半夜，黑皮踹了巴子一脚，下了炕。黑皮爬上梯子，望望红枣家，红枣家很黑，很安静。她下了梯子，缩到窗下，听了半天，听到睡在炕头的巴子呼吸起伏不平。墙角有麦草，黑皮披衣睡了。睡到天明，黑皮进屋，巴子还在西，丁香仍在东，睡得原模原样。

“死人啊！”黑皮拍了巴子一掌。

待了两天，丁香要走，黑皮挡住了她。夏秋之交时节，农活有一个缓冲期，空闲时日多。三个女人一台戏，黑皮、红枣、丁香，叽咕了几个日子。一到晚上，睡觉格局依然。黑皮耐不住，钻进巴子被窝。巴子指指丁香，黑皮不管。巴子草草完事，黑皮披衣下炕，顺梯子爬到红枣家去了。

夜色暧昧。巴子往东滚，丁香往西滚。被窝靠近时，巴子停了，丁香也停了。两个人伸出手，巴子的粗糙，丁香的细柔。巴子一搓，丁香身心酥软。丁香掀起巴子的被窝，钻了进去。巴子胡天胡地半夜。天明时黑皮返回，巴子和丁香一个仍然在东，一个仍然在西。黑皮的被窝，堆在中间，像一堆烂草。她闻到了一股和常日不一样的味道。

三个女人再待到一起，红枣便挂起脸来，丁香也不自在。黑皮索性让丁香和巴子睡到了一个被窝。红枣的脸一直沉着，黑皮痴痴地笑，也不到红枣家去了。

红枣碰到大队书记，说丁香坏。书记问怎么坏，红枣不答。书记到黑皮家，见到丁香。丁香让座，书记盯着丁香，想起传闻种种，把手里的一根烟揉碎，起身出了院门。黑皮跟出来，书记问丁香住在她家的原因，黑皮说是走亲戚。书记恼了，让黑皮赶丁香走。黑皮说这事要问巴子，书记跺了一下脚。

巴子揣了丁香给的两盒烟，到了书记家。书记不说话。巴子说：姑父，啥事把你气成这样。书记说：让你当工人，你让了，你是想当大花脸。大花脸是巴子营的一头驴，个大体宽，脸上有几个白点。巴子不高兴，转身要走，书记喝住了他：赶快让那个女人走，一次学习班还没蹲够。巴子说是黑皮留下的，书记拍了一把炕桌：别尽想骚事，一个黑皮，一个红枣，还弄不疲你。滚！

巴子耷拉着头，上了工。男人们围着巴子，闻他身上的味。队长指指一挂皮车：巴子，你劲头大，今天的土方量你一人完成。男人们拍起手，蹲在地头，抽着烟，看着巴子起土。铁锨大，巴子的劲头足，五个人干的活，他一个人干了。队长瞪了眼，骂起了男人们。男人们找了铁锨，转身走了，队长跳起来：能的你们，一人扣两分工。男人们回转身，拄着铁锨，望着巴子。

收工时，巴子扶着铁锨，长口喘气。黑皮赶来，搀了巴子回家。

回到家，丁香已走了。问红枣啥时走的，红枣说不知道。

黑皮叫来红枣，拆了丁香所盖的被窝，洗了。

十

巴子营引进了一种小麦，叫红光头。红光头没麦芒，口紧。下种的时候，队长在麦种上拌了药，让巴子拉到地头。巴子吆喝了牛，犁地，黑皮撒种，红枣溜粪。红光头种子不多，只能种几亩地，两三天就种完了。

巴子坐在地埂上，手里捏着几粒种子。他伸开双掌，让麦种爬在手心。麦种的腹沟让他浮想联翩。他想起了丁香。丁香的滋味是说不出来的。黑皮的滋味是混浊的，红枣的滋味是缠绵的。巴子把鞭杆戳到地中，又拔出来。种地里有了一个小洞，圆而顽皮。他抡起牛鞭，朝地抽去，地上有了一道两道的白印。黑皮说：巴子给土地爷紧皮呢！红枣看着焦躁不安的巴子，收拾了竹篮、铁锨，队长的哨音响了，巴子吆了牛，牛一甩尾巴，甩出了一股暮气，巴子后退几步，望了一眼天。

胡乱拨拉几口饭，巴子撂下碗出了门，睡觉时仍不见踪影。黑皮隔墙问红枣，也说没来。后半夜，黑皮翻墙到红枣家的院中，红枣点燃灯，两个人相坐无语。天明后，黑皮和红枣出工，巴子立在地头，冲她俩笑。

红枣猛然想起了丁香。

中午吃饭时，黑皮夺了巴子的碗，把饭倒给了猪。巴子恼了，到红枣家吃饭，红枣收拾了碗筷，指指狗。巴子看到了狗槽里的半块饼子，闷闷地地绞了一下手。他恼了，朝狗踢了一脚。狗龇了一下嘴，看着巴子拾起饼，望了一下，又扔给它，便摇摇尾巴。

下午干活时，巴子打着软腿，男人们便打趣，说巴子一夜犁两架地，地润了，犁铧却疼了。巴子不应，坐在地上喘气。

叫来黑皮，众人把巴子抬到公社卫生院。医生翻翻巴子的眼皮，说是饿的。问巴子家是否断粮？有人接茬，说不是断粮，是他喂着两头母猪，粮紧。医生不明白，说这巴子高尚，宁饿人不饿猪。便敲了一支葡萄糖，让巴子喝了。男人们一听巴子没病，又见他喝了一支葡萄糖，便一哄而散。黑皮和红枣也随男人们走了。

巴子沿着大路回家。朝阳的小草拱着头，巴子蹲下来，掐草尖吃。草尖嫩，嚼在嘴里有股清香味。他挪动脚步，一进村子，就闻到了一股油香味。到了家，巴子看到了炕桌上的一摞油饼，酥酥的，软软的。自家的儿子和红枣的儿子像狼，盯着油饼。巴子扯出两块油饼，一人一块，两个孩子接了，相视出门。巴子吃了六块油饼，红枣抢了盘子，说再吃肚子就炸了。

睡意上来，巴子上了炕。黑皮拉起了他，和红枣一左一右坐在他旁边，说家花没有野花香，昨夜是不是去找丁香了。巴子困得不行，点点头。两个女人不依不饶，追问细节。巴子说：没找到。两个女人不信。巴子扯了裤子，说不信你们闻闻？黑皮果真闻了一下，红枣转过脸，回家去了。黑皮跟过来，问红枣巴子的话是真还是假，红枣说：你信他，丁香的味，狗也能闻出来。他可不怕累死，来回四十多里地，还要上山爬洼。黑皮不解，说巴子营到城里的路，一马平川，哪来的山哪来的洼。红枣说：你傻啊。

巴子跑城的次数一多，红枣家的狗轻闲了很多。红枣的脾气大起来，打鸡骂狗，到黑皮家来的也少了。黑皮眼见得巴子在家守得多了，便拆了梯子，心下倒感念起丁香的好来。

十一

顺子回家时，又是一个冬天。

1974 年的冬天，巴子像一个没剥皮的核桃，蔫蔫的皮，软塌塌的没一点筋骨。北风似宰猪刀，尖叫着吹过树梢。

顺子领着一个女人，交给了黑皮，让她照顾几天。他拿出一条头巾和几方手帕，送给黑皮。黑皮接了，丢到炕上。顺子拉着黑皮来到伙房，操起菜刀。黑皮一惊：干什么？顺子笑了一下：嫂子，你如果再把这个女人哄给巴子，我就杀了你全家。黑皮咧了一下嘴：放心。他的心思现在不在我们身上。便讲起了丁香。

顺子扔了刀，叹一声：能耐啊。便出了门。

顺子把两瓶酒搁在大队书记桌上，说他要离婚。

书记抽了一口烟：想好了？

顺子说：想好了，啥也归她，你开个介绍，我到公社办了手续就走，再也不回巴子营。

书记抠抠脚心：死了也不回来葬？

顺子说：哪里的黄土也能埋人，不回来。

书记拉开抽屉，取出公章：红枣同意吗？

顺子的眼眶湿了：她不表态，也不嚷不闹。

书记弹了弹公章：你已经把女人领回了家，让她怎么表态。顺子，你也是个不讲究的人。你不领那个女人回来，大家都会夸你，你领了一个女人回来，说明你也不怎么地道。

顺子拍了一下脸：我都这样了，还怎么地道。我领个女人回来，说明我离了红枣这棵树，也有上吊的地方。

书记叮嘱顺子：别在巴子家做傻事！

顺子说：巴子是我亲爹呢！我不敢也不能犯浑。儿子还姓我的姓呢！

顺子把钱拍在桌上，巴子说：干啥？恶心人呢！

顺子递一支烟给巴子：哥哎，替我办几桌酒席，请请书记、队长和我们一起玩大的男人。

巴子说：你成心掴人脸呢！离了婚就走人，还张狂什么？

顺子呷了一口水：把丁香也请来，三个女人一台戏，哥，我学不了你，你总得让我也把脸放在巴子营吧！

红枣问：酒席放在哪儿？

顺子说：就在哥家。

猪不肥，巴子在猪的脊梁上一按，猪收了一下腰。黑皮在院门外支了门板。烫猪的大铁锅是队里的，平素放在队里的库房。等人拉来锅，巴子支了三叉，搭了锅，便抱麦草烧锅。黑皮让巴子去捉猪，巴子应了，又到了猪圈。猪躲在猪棚，不肯出来，一群男人立在猪圈墙边，看着巴子与猪较劲。巴子把手伸进猪棚，捏住猪的后腿，一拽，猪伸嘴过来，咬巴子的手腕，巴子松了手，男人们哄笑起来。巴子恼了，抓起棍子，捣向猪棚。猪棚是几种柴棍混搭的，巴子一捣，便倒塌在地。猪飞窜了出来，跃出矮墙，一群男人转身四奔。黑皮赶过来，逮住猪腿，一脚踩翻了猪，用一根麻绳捆住了猪的后腿，将猪提抱到木板上。铁锅里的水漩浮出泡点，黑皮操起刀，一刀戳向猪脖，猪凄厉的叫声让顺子领来的女人抖了一下。放完猪血，黑皮吩咐众人将猪丢进锅中，烫拔猪毛。忙活一阵，白净的猪躺到木板上。巴子卸了猪，看顺子陪着书记、队长闲唠，张嘴想骂顺子，黑皮拉拉他，和红枣到伙房洗菜。

凑了四桌人，人们在猪肉香、菜香中吆五喝六。瓶中的酒光了，黑皮打开盛散酒的塑料桶，把空瓶拿来，灌满，看着半桶的散酒，巴子把半壶凉水倒进桶中，抱着塑料桶摇晃。书记喝了一口新上的酒，皱了一下眉，顺子招招手，书记离桌，他把装好的两瓶酒和剩下的一条猪腿包好，送书记出门。巴子提起烧火棍，冲向顺子，被红枣挡住。众人吃饱、喝足，都摇晃着出门。顺子挽了领来的女人出门，留下了一片狼藉和各怀心思的巴子他们。

十二

丁香在黑皮家养病，黑皮和红枣的儿子觉得天天在过年。这个城里阿姨总能拿出他们没见过的东西。他们收集了很多糖纸、小玩具，在村里引来不少眼光的嫉妒。

白天出工时，丁香便在黑皮家做饭。有限的米、面常常让丁香黯然伤神。她就像一粒混在小米中的大米，小米黄，大米白。未下锅的时候，很显眼，一丢进锅中，与小米混煮，小米灿烂地开出沙枣般的花朵，大米则烂成一团白粉。她用勺子舀了大米，泼到了地下。巴子、黑皮和他们的儿子收工回来，丁香便端出碗筷，待他们吃完，收拾了碗筷去洗涮。黑皮坐在院中，看丁香忙来忙去，竟哼哼起《翻身农奴把歌唱》的调调。巴子看不过眼，接了喂猪的桶，去喂猪。

吃完最后一副药，丁香收拾完东西，走了。黑皮回到家，坐在院中。巴子说：做饭。儿子也说：做饭。黑皮望望巴子，望望儿子，起了身，抓水勺，水勺滑到地下。巴子一脚踢飞了水勺：你以为你是阿尔巴尼亚的公主，到哪里都有人伺候。黑皮抹了泪，做好饭，端到巴子和儿子面前，巴子喝了一口，大叫：喂猪啊！儿子也喝了一口：喂猪啊！便推了碗，到红枣家去吃饭了。

黑皮找来几个玻璃瓶，砸碎，和了一堆泥，提了筐子，在筐把上拴了绳子，装了泥在与红枣家所隔的墙上插玻璃。梯子往前挪，玻璃片也往前挪。巴子回家后，看到和红枣家的隔墙墙头上爬满了碎玻璃，耀眼成一溜，他叹一口气，蒙蒙地睡去。

红枣捡了落在墙根下的几片玻璃，扔到黑皮的院中。

十三

姐姐打发孩子来请黑皮，说黑皮的姐夫死了。

黑皮电击似的跳起来，头发根根直竖，她的大脑空白一片。儿子扶住她，唤了一声妈。

在凳子上坐了一阵，黑皮觉得意识慢慢恢复，她望了一眼姐姐的孩子：你爹真的死了？

姐姐的孩子指指剃光的头：真死了。

怎么死的？

早上去喝酒，喝到中午，回家躺到炕上就没醒过来。

和谁们喝的？

你都认识的，王老拐，郑麻子，刘车户。

他们没管？

管了，一听我爹死了，他们急了，凑了十几块钱，跑到我家，说是喝了大队服务部的劣酒，要找服务部的人算账。

算了吗？

算啥算？我们大队服务部的主任是公社书记的小舅哥。几个人吵嚷时，被民兵们捆到公社关了一夜，说是改造懒汉懦夫世界观。

好。

姐姐的儿子懵了：姨，你是说我爹死了好呢？还是关了他们好。

黑皮闷声扯了一句：都好。

黑皮揭开席子，几张钱爬在炕皮上。她抽了一张贰元的，抽了三张一元的，又抽了一张五元的，凑了十元钱，和巴子来到姐姐家。姐姐拉了黑皮，诉说丈夫就这么死了，还没见到儿媳妇呢，冤；死在喝酒上，又没落下个好名声，更冤。

我的命苦啊！黑皮的姐姐拉开哭音。

黑皮拉着姐姐，来到停灵的地方。没到出殡时，帮忙的人少。姐夫躺在木板上，让一床被窝罩着，脸上盖着一张黄纸。

你再哄啊，骗啊。黑皮拍着木板，大喊大叫。姐姐拉她，黑皮扇了她一个耳光：你们再合伙骗啊，死了，死了好。

巴子问黑皮：人都死了，还骗什么？埋掉不就完了。

姐姐跪在黑皮跟前：妹子，人都死了，你就别闹了。

黑皮撇撇嘴：跪错了，你应该跪他。她指指巴子。

巴子捂住黑皮的嘴，拉着她来到院外。黑皮坐在一根木桩上，怔怔地望着门前的一排树。最高的白杨树上有一喜鹊窝，几只喜鹊在喳喳乱叫。

叫喜呢，叫丧呢？黑皮问巴子。

巴子推了黑皮一把：别闹了，你觉得闹心，就回去。

黑皮抹了一把泪：我高兴。

一碗水晃晃悠悠到黑皮面前，她接了。待她喝完水，巴子接了碗，刚转身，黑皮跳起来抢了碗，朝一块石头上摔去。碗的脆响引出院中的人来，巴子拱拱手：摔丧呢！

众人拾了碗片，一人一块，往远处扔，边扔边喊：好去，好去，好好去，西天路上有馍吃。

巴子拾了块最大的碗片，丢在了西墙外的沟中。

十四

黑皮睡了三天，水米未进，巴子叫来红枣。红枣翻翻黑皮的眼皮，摇摇头。

不行了，这可咋办？巴子跺了一下脚。

俩人把黑皮抬到了架子车中。巴子拉车跑得快，红枣跟不上，他让红枣坐到架子车里，抱住黑皮的头。到了公社卫生院，医生摸摸额头，听听心脏，翻看了眼皮，把听诊器一扔：没事干吃饱撑的啊，逃避干活也不是这么样的装法，比林彪还能装啊。

巴子拉住医生：真的，三天，不吃不喝了。

心疾。医生望着巴子：你干了让她伤心的事？

巴子摇摇头。

她受了刺激?

红枣拍拍额头:莫不是让她姐夫给祸害了。

她姐夫怎么了?

死了。巴子闷声答道。

红枣退后几步:肯定是她姐夫的冤魂附在了身上。

黑皮爬起来,瞪着红枣:你才让你的姐夫附在身上呢。回,回,两个人没安好心,你们直接把我送到火葬场好了。她抓起医生的听诊器扔在了地下:一看你就不是好人,在人身上胡乱摸啥呢。

医生拾起听诊器,吼了一声:滚,都是神经病。

在卫生院旁边的饭馆里喝了两碗米汤,黑皮出门了。她顺着去姐夫家的路,缓缓前行。路两边的草清爽地舒着身子,耷拉的树叶像狗耳朵。黑皮拍着手。胡麻花开得正旺,蓝蓝的,铺天盖地。风一吹,轻柔的花一倾斜,海浪般摇出韵致。黑皮掐了几朵胡麻花插在头上,哼起了小调。巴子远远地跟在后边,看黑皮手舞足蹈,他的头皮阵阵发麻。看黑皮回转了身,他跑回家,抱了一捆麦草,堆在门前,又从屋中取出牛鞭,让红枣去盯着黑皮。待黑皮近了,红枣高叫一声,巴子拿火柴点了麦草,黑皮一到跟前,他操起牛鞭朝黑皮身上抽去。黑皮吃疼,边跑边嚷:是我,是我。巴子越抽越紧:抽得就是你,不给你紧皮,你的魂魄不会回来。抽了十几牛鞭,黑皮跪了下来:饶了我吧,都是我姐姐哄我的,那时我还小。巴子把牛鞭一扔:完了,完了,莫不是灵魂出窍了。

红枣拉起黑皮,进屋去了。

黑皮看到红枣,便拉了脸。见儿子到红枣家去,她踹了儿子一脚。儿子瞪着眼睛,对巴子说:爹,妈是不是疯了?巴子坐在门槛上,看着黑皮胡乱蹦蹦跳跳,没有吭声。队长的哨音响了,巴子看着黑皮出了门,转到了红枣家。

红枣也准备出工，见巴子进院，便往屋里让。黑皮冲进来，叫嚷道：不要脸，大白天的，又不是狗。巴子叹口气，把铁锨往地下一剁，狠声走了。黑皮对着红枣吼道：别像母狗动不动翘腚，寡妇门前是非多。红枣的儿子冲出屋来，望着黑皮，黑皮跳了一下：吃人啊！便扭着屁股，哼着调出工了。

“谁再到红枣家里去谁就不是人。”晚饭简单，一碟腌制的酸白菜，一碗面条，黑面的。巴子和儿子刚端起碗，黑皮便嚷道。巴子放下碗，儿子也放下碗，听黑皮絮叨。黑皮说累了，看到未动的两碗面条，端起来倒进了猪槽里。

进入1976年，巴子营的风紧了又松，松了又紧。黑皮找公社书记那天，是个阴天。书记盯着一张报纸，看国家领导人的照片。一阵哀乐响起，书记泪流满面，扯下了帽子：毛主席走了。黑皮靠在门框上，问书记毛主席去了哪儿？书记抹掉眼泪，问黑皮来干什么？黑皮说：巴子老往红枣家里跑。书记是老书记，处理过巴子的事，他挥手叫来人武部长：派人把巴子抓了。黑皮看书记凶神恶煞般站着，忙道：怎么抓他？我没让你去抓他。书记挥挥手：再嚷嚷，把你也抓了。滚，赶快去做黑袖套，扎白花。

巴子营沉浸在一片悲痛之中。举行悼念仪式时，大队书记请示公社书记：巴子还是个社员，给个机会，让他给毛主席戴孝。

他不配。公社书记一脸凝重。把人领回去，看着点，别在治丧期间让他钻女人的被窝。

大队书记应了，领了巴子，把一朵白花戴在巴子胸前。

“说溜的嘴跑惯的腿，你注意点吧！”他踹了巴子一脚。

“开完追悼会，让人跟着他，不给他机会，看他那个东西能乱跑到哪里？”公社书记拉拉胸前的白花。

十五

尿紧了，巴子扔下铁锨，到村边的树林去尿尿。太阳下来，树阴斑驳，巴子的影子压迫在他身后。他一解裤带，两个村人从树后窜出，冲着他笑。巴子把半截尿憋了回去，望着村人。村人坐到树下，揉了几片干树叶，卷了烟抽。巴子拉开裤裆，朝村人尿尿，村人起了身："嚣张啊。"便离去。巴子一回头，看到红枣急急慌慌，就站在树下观看。红枣找了一沟底，沟浅，他看到红枣的屁股冒出沟沿，便侧身过去，两个女人挡住了他：要点脸啊，看女人尿尿。巴子转过了身。

巴子营沉浸在高粱和玉米的幸福之中。看到队长的那张苦瓜脸，巴子挤出一点笑，朝着队长。队长把烟锅杆朝树上磕去，没有理会巴子。

给谷子浇最后一次水时，老天下了雨。水大，雨也大。一片白茫茫的雨中，巴子脱掉了贴在身上的湿衣服，赤背巡查着谷地。风赶着雨，雨敲击着巴子。他一片一片看着谷地。田野寂静，巴子的脚踩在地上，啪啪的声音传得很响。浇完最后一块地，巴子坐到沟沿上，看一窝一窝的水急流。水中裹带着草叶、粪蛋，内容很丰富。沟沿上的草伏着，间或的一朵、两朵白花顽强地在雨中挺着身子。洗了脚上的泥，巴子朝村中走去。到了红枣家门口，有人披了雨衣蹴着。巴子没有停步，进了自家的院中。黑皮拿来干衣服，要巴子换。巴子抓过衣服，扔在了院中，他扯过搭在椅背上的一条毛巾，擦脚。黑皮抢了毛巾，嚷嚷道：那是擦脸的。巴子翻翻眼，上炕睡觉了。

一觉醒来，已是第二天中午。雨停了，地上还有点泥泞。巴子趿拉着鞋，到伙房里找吃的。揭开锅盖，锅阴着脸，没有丁点东西，拉开碗橱，也没有吃的。他来到院中，望着隔墙顶上被雨洗得油亮的玻璃，喊了一声红枣。隔壁的院中有了响动，一只布包扔了过来，巴子拾了包，里面有两个馒头。他捏了一只馒头，朝嘴里塞去。黑皮冲进门来，抢了包，朝红枣家院中扔去。包趴在了墙上，包带挂在一块玻璃片上，很庄严。黑皮从墙脚找来扫帚，朝包戳去，包和玻璃片掉在了红枣家的院中。

巴子扔掉手中的馒头，朝黑皮扑去。黑皮没防备，被推倒在地。她还未醒过神来，巴子的拳头便雨点般砸下。砸了一阵，巴子起身，朝黑皮屁股上踢了一脚，出门了。

满腹怒气的巴子手里操着一把铁锨，悠荡在地头。两个监督他的人远远跟着，巴子挥着铁锨冲了过去。俩人看巴子满身恶气，拔腿就跑。巴子紧随其后，遇到石头，就把铁锨头在石头上拍几下，敲击的脆响和俩人的叫喊声引来了附近干活的人。队长吩咐几个年轻力大的社员，从巴子身后包抄。一个抱住了巴子，其他人一拥而上，把巴子摁倒在地。

队长在巴子屁股上踩了两脚：想杀人啊！

巴子没吭声，起身走了。黑皮捂着嘴，从队长手中抢了铁锨，跟在巴子的身后，看巴子进了门，她把铁锨一扔，嚎啕大哭。

十六

红枣请了三天假，到她姨家去了。巴子觉得身后的眼睛少了，便自在多了。新胡麻在仓里捂了一月，队长到仓库，抓了一把胡麻，丢几粒在嘴中，嚼出了清香。他叫住正在拉粪的巴子，让他到供销社扯三尺红布、买两挂鞭炮。这是榨油前必走的程序，红布要挂在油梁上，鞭炮是给油神醒脑的。巴子到会计那里领了钱，整整衣服，踏上了去供销社的路。

跟不跟？有人去问队长。

跟魂啊，他玩意长，能长到供销社？滚，该干啥的去干啥。队长吹掉了手上爬着的一只蚂蚁。还是要跟，这是政治任务呢。

买了红布和鞭炮，还剩几毛钱。巴子攥了钱，在柜台前转悠。他被一种浓重的味道包围着。供销社里百货杂陈，酱油、醋、白酒和诸多调料的气息混在一起，制造出一种奇异的味道。巴子分辨着这种非奶非酒非豆花非洋芋的气味，很幸福很夸张地向售货员诉说。售货员斜靠在柜前，望着巴子的一丁两点唾液飞在柜台上，他有点不耐烦，喝斥巴子快走。巴子望着捏出汗来的几张毛票，抖索着买了一包饼干和几块水果糖。他记得红枣的姨家也在王家庄，便迈步走去。

问了几个人，巴子找到红枣的姨家。红枣坐在院中，帮姨剥大豆。一颗一颗的大豆顽皮地在她手中旋转。听到敲门声，姨去开门，问巴子找谁。红枣飞身起来，踢翻了篮子，对姨说他就是巴子。姨让巴子坐了，倒杯水，骂起了顺子，说这多好的一个哥，这人心小的。红枣问巴子来干什么？巴子指指红布和鞭炮，说油房要开榨，挂红迎喜呢！顺道看看你。姨拉过红枣，说她去买点肉，招待巴子。可不能在我家干龌龊事，那种事恶心，也会冲撞家神。红枣望着姨，姨拍了她一巴掌，出门去了。

巴子拉住了红枣，红枣甩开手，领巴子出门。姨家队上的麦草都堆在村后的空闲河滩上。河滩阔大，河中间四季水流不断。大大小小的麦秸堆散落着，制造出许多场合。铺平的麦草，是村人们野合偷情的地方。巴子和红枣找了一块隐秘的地方坐下。红枣脱了衣服，四周便响起了痴痴的笑。巴子立起身来，麦垛旁走出两个人来，是一路跟随着他的巴子营的民兵。

“巴子，我们在榨油前一个星期已不碰女人了。你倒好，买挂红冲喜的东西都舍不得女人。”

巴子讪讪地站起，到红枣的姨家取了红布和鞭炮，和民兵一道踏上了归程。

队长问民兵巴子在王家庄干什么？

两人竟异口同声地答道：脱衣服。

清油飘香的季节，巴子营的男人们很节制。该下场的下场了，田野里一片寂静。人们的活动重心便转移到饲养院。牛、马、骡、驴在各自的槽头吃草，人们或蹲或站，看饲养员背了背篓喂牛。草是麦草、谷草，没到加精料的时候，牲口们吃的简单。榨油后的油渣堆成一堆，有人偷一块，揣进兜里。油渣是胡麻挤出油后的饼渣，香而韧耐，它们是牲口们的辅料。队长看到男人们的举动，也不喝止，看有的人拿的多了，便咳嗽一声，拿油渣多的人便把大块的仍放回堆上。看队上的人家或多或少都拿了油渣，队长扯开裤裆，一线尿飞迸到油渣堆上。

“别和牲口抢油渣，今年胡麻收成好，每家多分一两油。”

女人们便咧嘴笑起来。

巴子没偷油渣，他是巴子营最好的甩梁手。土法榨油，吊杆压碾靠的是眼力和手劲，甩梁手要眼稳、心细、劲大。巴子把持杆头，一声嘿哟，杆头下压，碾盘便缓缓离地，待碾盘升到半米时，巴子吼一声，一松杆头，碾盘砰然着地，一股清油缓缓流进油槽，再顺油槽流进盛油的大缸中。盛满一缸，队长便让人抬进库房，上了盖，加了封条。抬缸时，有人故意晃几下，油就晃出，眼尖手快的便从口袋时掏出一块布，把晃出的油抹到布上。队长叹口气，跺一下脚，回转身。这种把戏大家做得心照不宣，不太过分，队长就装作看不到。抹了油的抹布一回家便进了锅，稍加点水，锅一热，油花便漂起，这种叫做水油的东西被封存在一小坛中，待到油尽缸空后，吃饭时舀出一点，碗里便有了点点星星的油花。巴子营人谁都明白，这是解眼馋的东西。

黑皮不敢到油房里找巴子，便在饲养院里跳脚乱骂。队长恼了，从库房里抓出一块油渣，朝黑皮砸去。黑皮噤了声，看到了那块惹眼的油渣，笑了，朝着队长拍了一下腿。队长骂起来：你再笑，也笑不白。黑皮还嘴道：黑老鸹和黑母鸡，谁也别笑话谁。待在院中的人都哄笑。队长又抬起脚，黑皮抱着油渣跑了。

“找这么个东西，不偷点腥，男人也怪屈的。不对，不对，看紧巴子还是政治任务，待榨完油，仍旧看住他。你说也怪，这公社书记扯闲蛋，布置的啥任务，有看山看水看田的，哪有看鸡巴的！”

男人们停下了手中的活，都望队长。队长恼了：我脸上开花啊，还是你们想找点把柄去告状。男人们拍拍手，有人调侃道：队长的脸上没开花，有啥好看的。

“放假一天，明天给大家分点油炸油饼吃。”

男人们便飞奔回家。

十七

巴子咳嗽一声，红枣也咳嗽一声，黑皮便骂起来：嗓子里塞驴毛了嘛！装什么装。

两家的儿子都该娶媳妇了，巴子拆了上房。何家大院的上房是拔栏房，木料多。拆下来，盖了三间平顶房，和红枣家挨靠的那间做了库房。黑皮很满意，对巴子和颜悦色了很多。巴子让黑皮拉了一架子车土坯，在做库房的那间房中，依红枣家的墙修了一个粮仓。

粮仓呈长方形，仓底高垫，留出空间，便于猫捉抓老鼠。巴子躺在仓底，翻翻身，很宽畅。他敲敲红枣家的墙，敲出一种急促和渴望。当年他和顺子隔墙时，毛毛躁躁，胡乱砌隔，码起的土坯很随意。他抽掉一块土坯，红枣家的亮光透出，留下勾连的，他又抽掉几块土坯。缩了身子，巴子爬到了红枣家的院中。红枣听到响声，过来一瞧，看巴子爬在地上，问他是怎么过来的。巴子领她到墙边，红枣看着那个洞，笑了。巴子问她儿子呢？红枣说到他姨奶奶家去了。他便拥了红枣，到屋里热闹了一阵。听到黑皮的叫声，巴子从洞中返回，依旧把土坯顺原样码好，拍拍手。出了粮仓，巴子幸福地卷了一支烟，慢慢喷吸。

日子在雪中揉成一个团，在乡野滚着。巴子营喘在雪中，像一只馒头。

雪一扯起来，漫无漫天，把人们迫在屋中。清早的狗吠嘹亮而空旷，那是早起的人惊动了狗。雪的刺白让鸡立起单腿，竖起一阵寒意。巴子捂住头，听黑皮夸张地穿裤套衣的声音和踩出的雪声。儿子走了新疆，给巴子提供了更自在的空间，就像雪，想飘哪儿就到哪儿。趴在他前后左右的眼睛稀少了很多，人们把更多的责任推给了黑皮，说拴狗得用铁绳，养男人必须用心。黑皮不懂，说人有一颗心，用了就废了。时间一长，分给任务的男人们恼了：人家的心粗着呢，何必跟自己较劲呢。他们待在饲养院的炕头，听豁牙的饲养员讲荤段子。饲养员不讲人，只讲牲口，很直接。一群男人抬起屁股，直嚷饲养员的炕烫。饲养员轰走众人，让他们到雪地中平了欲念，再给他们加段。男人们被饲养员的嘴折腾得东摇西晃，竟羡慕起巴子了。他们的恨意上升，齐齐来到巴子家。见巴子睡着，便扒了黑皮的衣服，把她丢在雪中。红枣听到叫声，扑进门来，操起巴子院门旁的扫帚，朝男人们扫去。男人们嘻哈着，夺门走了。黑皮缩着身子，经雪一衬，一身黑肉臊皮恼脑，红枣拉起黑皮，黑皮的皮肤有一点森冷的凉。她扯起巴子的被窝，裹住黑皮，让她在地下转圈，待黑皮皮肤的热意回升，她乜了一眼蹲在炕上的巴子，嗔怒道：再怎么她也是你的女人，任凭他们戏耍。巴子没应，怔怔地顺窗望天。天上还是一团黑，像黑皮的肤色。他问红枣她儿子又走了哪里？红枣说：去看顺子了，趁闲着。巴子的身心突地畅泰，他穿衣下炕，跟着红枣去了。

黑皮经了一吓，胡言乱语起来。巴子去找队长，队长从饲养员嘴里知晓了那天胡闹的男人们。他把男人们叫到饲养院，问是谁带的头。男人们相互望望，都指着饲养员，说是他挑逗的。饲养员急了，说我只讲牲口，没讲人事。男人们七嘴八舌喷着饲养员。队长坐在炕沿上，听一圈一圈的牲口们嚼草炮蹄的声音，把怒气发泄到饲养员身上，让他去拉黑皮治病。饲养院从墙上取下牛鞭，扛着到了巴子家。他把黑皮从被窝里拽出来，拉到院子，抽起来，鞭梢带起的雪重新飞舞着，抽了十几鞭子，黑皮哇地吐出一只痰来，说：我的好哥哥，饶了我吧。竟精神如常。站在院门口的男人们的腿都哆嗦了一下，看着饲养员趾高气扬地扛着牛鞭离去，他们相互望着，倒佩服起饲养员了。

开春征兵时，巴子又去找大队书记，替他的儿子和红枣的儿子求情，让他们去当兵。姑夫老了，一到春天便吭吭哧哧。今年征的兵多，大多是工程兵，城里人不去，便把名额调剂到乡下。政策在松动，远远的分地声传着，书记的耳膜中天天灌着土地承包几个字眼。他劝巴子，别让两个壮劳力出去，地一回到个人手中，便会焕发出无穷的活力。他是过来人，哨音吹不出高声，地一和个人拴在一起，人便尽心起来。巴子不为所动，说他闹心。书记恼了：我当了几十年的书记，守着你的姑妈一个女人。你活了几十岁，什么黑皮、红枣、丁香，还不满足，还闹心，你让其他男人活不活了！巴子不吭声，把头塞进裤裆，听书记训斥。书记训了一阵，看巴子的狗熊样，笑起来：天生的王八地造的牲口，没救了。去去去，都去。我正愁完不成征兵任务呢！

十八

那天夜里，黑皮觉得小腹疼痛，她叫巴子，不应，便挣扎着挪动身子。一拉巴子的被窝，被窝轻轻松松地缩成一团。她下了炕，趿着鞋，查看大门。门栓紧闩。找梯子，梯子横放在墙下。一推西边砌有粮仓的房门，门开了。那晚的月亮好亮，亮得让黑皮想起了红枣的身子。她搬把凳子，爬在仓沿上，看到了仓中墙上的那个洞。月光顺红枣家墙边的洞里穿过，仓里有一丁两点的亮意，晃得黑皮摇摇摆摆，她下了仓子，从洞里钻出去，从红枣家的墙角找了一把铁锨。小腹又一阵疼，她蹴下身子，望了一眼天，把铁锨轻轻一放，从洞里爬了回来。

坐在院中，黑皮咧咧嘴。月光隐去，她站起来，轻轻抽开门栓，去找队长。队长听人敲门，披衣下炕，黑皮跳着嘴唇诉道了半天，队长才听明白她说什么。

那是两厢情愿的事。巴子营谁都知道，你拴不住巴子的心，赖谁。队长打个呵欠。

我谁也不赖，他们情愿，我不情愿。巴子翻墙推门，我不管，他不该在墙上挖洞。

队长抽了一支烟，觉得怪有趣，便去叫了邻门的几个男人。他们跟着队长，来到黑皮家。黑皮打开手电筒，领他们进了西边的房子，又领他们从粮仓钻过墙洞，进到红枣家。队长一脚踹开门，顺手拉开了灯。

巴子和红枣赤条条拥在一起。

众人望着巴子，巴子穿了裤子。红枣穿裤子时，被黑皮一把抢到了手。巴子一巴掌扇开黑皮，夺过裤子扔给了红枣。穿了裤子，红枣轻松多了，她穿衣服时，被队长拽住。红枣端坐在炕上，男人们看了一阵，觉得红枣的奶头和他们女人的也强不到哪儿去。他们女人的软塌，红枣的圆一点、挺一点，不就是个奶头吗？男人们望队长，队长望黑皮，黑皮望巴子。巴子拿了衣服，让红枣穿戴整齐，从口袋里掏出一盒烟，让队长和男人们抽。

抽完一根烟，队长拍拍脑袋，吼了一声：走。男人们跟着队长，拉开红枣家的门，走入了夜色。月亮又爬了出来，队长瞅着跟在身后的男人们：有意思吗？

男人们没有回答，回到家，向各自的女人讲述。讲到红枣的白、红枣的挺，嘴里竟有了口水。女人一巴掌拍过来，脆响：巴子才是个真男人。男人们挨了打，若在往常，早和女人撕扯在一起，今夜，觉得气短，揉揉脸又来到了队长家。队长坐在桌旁，他的女人坐在炕上，两个人都黑着脸。

滚。队长又是一声吼。男人们出门，坐在队长家门前的磨盘上，相互望着，有人叫道：看，巴子和红枣出来了。

挨你啥事，还没让人恶心够。有人伸伸懒腰：睡觉睡觉，王母娘娘下凡是她自己的事，和别人没相干，回回回，睡觉睡觉。

十九

发现巴子和红枣挂在树上的，是上学的小学生。他们围在树下，看吊在树上的巴子和红枣，望了一阵，他们看到巴子嘴里伸出的舌头，齐叫一声，拔腿跑了。

队长叫来村支部书记，村支部书记骂起了队长：不赶快救人，看风景啊？

七手八脚扯下巴子和红枣，并排放在地上。队长让人去叫黑皮，黑皮不来，说人是队长领人羞死的，一切的事由队长负责。队长找晚上跟他去的男人，男人们拔脚转身，一个个全溜了。

村支部书记和队长相对而坐。

地给了个人，人心散了。队长勾着头。

你也多事，半夜领人去干这号事，还钻洞？

队长叹口气：你支个招，怎么办呢？总不能搁在村口让老鸹吃吧，现在，又哪来的老鸹呢？

埋了吧，埋了吧，巴子营别的没有，有的是埋人的地方。村支部书记站起来，走了。

（发表于《新疆文学》2016 年 2 期）

有一道菜叫汉奸

一

马墨山被断奶后，父亲马福贵留给他的第一句话就是：甭小看洋芋，大洋芋撑死人，小洋芋噎死人。父亲说这话的时候，瞪着眼睛，可着嗓子，马墨山惊恐地躲在母亲怀中，把冲出喉咙的哭憋了回去，紫红了脸。母亲抱着他，快步出门，到街口，朝他后背上拍了几巴掌，把他咽进肚子的哭回了出来，他的哭声婉啭而凄凉，母亲说，从那一刻起，这辈子她就没心安过。

这个情节，是母亲转述给他的。母亲还给他交待了一句话：记住一个叫张伟岸的人。

马墨山断奶三天后，父亲马福贵的身影在家中再也没有出现过。

二

1958 年的夏秋，巴子营的天蓝得让人不忍多望几眼。县委书记张伟岸和副县长马福贵并肩而行。一望无际的黄后又是一望无际的绿，张伟岸和马福贵像两株庄稼，摇曳在田野中。黄是麦子收割后整体呈现的麦茬，绿是摇头晃脑卖弄风骚的秋庄稼。瘸着一条腿的张伟岸扯住一株在风中摆动的高粱，对马福贵说：看，他娘的学我呢。马福贵笑了：学得再像它也是高粱。今年夏粮亩产超过 300 斤，已是巴子营最好年份的产量了。张伟岸放开了拽着的高粱：上面下达的任务是亩产要超过 800 斤！

“要亩产还是要命？”马福贵跺了一下脚。

“亩产要，命也要。”张伟岸望了一眼隐约闪出的高耸的麦垛，“你负责产量，我负责保命。”

马福贵的眼睛被一垄又一垄茁壮发绿的洋芋秧吸引。“产量瞒不住，巴子营老百姓的命也难保。我看过通报，亩产报了900斤的县委书记已撤了两个，人家要报的最低数是1000斤。”

“咋办？总不能让巴子营人从老鼠洞中抠粮？”张伟岸拍了一下自己的大腿，“瘸腿上拿棍敲，这事不是这么个整法。”

马福贵拉着张伟岸来到洋芋地旁，“保命的是这些东西。”

张伟岸掐下一朵洋芋花，嗅嗅，有点轻微的臭味。漫天的风下来，洋芋花摇出了遍野的韵致。“洋芋不在交纳公粮范围内，清空粮食仓底，交多少算多少。”

“仓底不要清空，按人头储备点麦子，明春好做种子粮。”

“行吗？”张伟岸踢飞脚边的一块土疙瘩。

“不行也没得法子。即使把麦茬再割一遍，也割不出上面下达的任务数。”

马福贵扒开一株洋芋的底部，看到根上斜七竖八的结着十几个洋芋豆，指甲盖般大，他叹口气，到地的另一头去了。

张伟岸也甩腿跟了上去。

三

督察组到巴子营的那天，天上落了几滴小雨。雨打在收获的洋芋堆上，洋芋上有了一点两点的印记，像泪痕。张伟岸立在洋芋堆旁，望着啃了一口洋芋的马福贵。

“藏起一部分，免得算了任务数。”马福贵发现他咬过的洋芋上面有几点血印。

“洋芋不算粮，还是堆着吧，望起来有气魄。”张伟岸踢了一脚洋芋。

看了仓中剩余的种子粮，督察组来到洋芋堆前，个大肉肥的洋芋拧着督察组长的眼睛，“把仓中的粮全部交公，洋芋分一半，拉到城中，慰劳工人阶级。”

“仓中的是种子粮，这些洋芋，是用来渡荒的。”马福贵抬手擦了一下嘴。

“想立山头？什么觉悟！”督察组组长立起了眼睛。

“拉，拉，全部拉走都行。”张伟岸拉过组长，“这人犟，是十头牛也拉不弯的一把犁，我们响应号召。”

喜气洋洋的洋芋在卡车上东摇西晃着走了，马福贵望着地上残存的几个小洋芋，号啕大哭。附近的社员围上来，看马福贵哭。他把几只小洋芋拾起来，攥在手中，扫视了一眼漠然的社员，指着张伟岸的身影骂起来：混球，巴子营人熬不过这个冬天了。

一冬无雪，告急的报告每天都如雪花一样飘落在张伟岸的案前，纸张一天天增高，每天都有饿死人的字眼从纸上走下，汇成一种哀音，张伟岸从纸上看到了爬着的横七竖八的瘦骨。

马福贵像野兽一样悠荡在巴子营，他不放过每一道沟渠和树木。杨树的叶子干枯得像老妪的脸颊，他拾起一片，放进嘴里，嚼出一种苦涩，他拾了几片装进口袋，蹲在地埂边，刨着冻土，黄黄的草根下面是什么，他刨不动，也不知道，他只知道草芽冒尖的时候，就到了春天。春天的眼睛一睁开，花花草草就会满巴子营乱跑，这些花花草草，能暂缓人们肠胃的蠕动。

回到家中，他掏出几片杨树叶，丢进锅中。锅里冒出了一股怪味，弥散在屋中，他舀了一点汤汁，发黑透黄的汤汁生涩而呛嗓，他听到了肠子的叫喊和胃的咒骂。

“会喝死人的。”他倒掉了汤汁，看了一眼趴在炕上望着他的马墨山。他坐在炕沿上，搓了一下马墨山的头，马墨山吃疼，扭了一下脑袋。外面的叫喊声传来，他走出门去，又倒回，拽下罩衣，扔在炕上，走了。马墨山抓住父亲衣服上的一只纽扣，用舌头舔了舔。

县委大礼堂里坐满了人，都面黄肌瘦。

“巴子营的灾荒，是主管农业的副县长马福贵好大喜功的左倾思想造成的，他置巴子营人民的死活于不顾，腾光粮仓，让上面拉走洋芋，这样的人当领导，巴子营的人全部会饿死。”

这是马福贵听到的最后一席话，当时的张伟岸慷慨激昂。马富贵听到“死”字时，洋芋般的拳头纷纷落在他的身上，他初时感到了疼，很快疼痛感就消失了。等马墨山的母亲赶到县委礼堂时，马福贵已经听不到任何的叫喊了。瞧着丈夫浑身的紫伤，她背柴一样背起了丈夫，迎受着众人的目光，走了。

人散了，张伟岸坐在主席台上，公安局长立在旁边，两个人都不说话。“这事，瞒不过去的。”公安局长挤出来一句话。

张伟岸没搭言，起身走了。

三天后，张伟岸因草菅人命，欺瞒上级，造成巴城千人饿死被通令枪决。

明白了真相的巴子营人，拖着身子，来到马福贵家，给他送行。巴城的空河滩上，张伟岸的妻子坐在枪决现场，央人在河滩上挖了一个坑，把他的尸体在草席中一卷，埋了。第二天，有人告诉张伟岸的妻子，草席还在河滩上，尸体已支离破碎。张伟岸的妻子叹口气，从嘴里迸出了一个字：好。来人以为耳朵出了问题，瞅瞅，他看到了张伟岸妻子的冷寂，便转身走了。

来人走后，两岁的张天天依在被窝上，听到了母亲狼一样的哭声。

四

马墨山的母亲和张天天的母亲在巴城的东门相遇，马墨山的头搭在母亲肩上，像一只葫芦在滚动，张天天瞪着圆眼，竭力伸出手去，想摸一把马墨山的头。两个女人对望着，马墨山的母亲眼里乌云翻滚，张天天的母亲眼里火焰四射，两个人盯望了许久，马墨山看到了张天天母亲眼中的怪异，哭了起来，张天天母亲从马墨山的哭音中听到了一种凄惨，便挤出了东城门。

她像一口唾液，被巴城人一口啐出，就飞离了巴城。

马墨山的母亲发现他对洋芋痴迷时，他已经上了小学。巴城不大，学校、商店就那么几所。马墨山沉浸在一大片有爹的孩子的氛围中，像一只坏了半拉的洋芋被人踢来踢去。春、夏对他来说，比被撇在荒地的洋芋还要无助。一旦商店的货架专柜上有洋芋布满时，他的脸就会舒展成洋芋花。早晨上学时，商店门还未开，马墨山走到商店门口，从门板缝里望去，什么也看不到，从门板缝里挤出的那种味中，他总能清晰地分辨出洋芋的那种类似狗屎的气息。到了教室，读着那些口号似的文章，上面的字总像洋芋一样奔来窜去，教他的老师迄今记得他的一篇《我的爸爸》的作文的开头："我的像洋芋一样的爸爸在众人的拳头下轰然倒下，他留给我和妈妈的，是一只种到地中永远也不会发芽的手。我无法确认那只洋芋是不是爸爸的魂，我一睁眼，什么也没有，那只洋芋也像我，可怜地缩在墙角，被一只老鼠滚来滚去。"老师知道马墨山家的故事，没有公布这篇作文。若干年后，已任巴城县委书记的马墨山从老师手中接过那团揉皱的纸团时，脸上没有任何表情。他的眼前，有无数只洋芋在飞。

五

主管农业的巴子营副县长张天天桌上摆着一张改良洋芋品种、扩大种植洋芋面积的报告，这次引进的有三种英国品种：爱德华国王、夏洛特、德西雷，网上贴着的洋芋照片，很正常，看不出任何有吸引力的地方。报告是巴子营镇送来的。报告上的一二三四诸条蚯蚓般蠕动在纸上。张天天攥紧拳头，搁到纸上，拳头也像一只洋芋，极像夏洛特。他站起来，提壶朝杯中续水，发现壶中空着，打电话给办公室，办公室值班的人惊讶道：马书记带人到巴子营镇调研推广洋芋种植的事去了，张县长怎么还在办公室？张天天翻开电脑记事本，看到了那则告知，他关了电脑，叫了司机，直奔巴子营镇。

马墨山坐在地埂边，和几位年轻人交谈，他手中晃着几张资料，有小麦的、洋芋的、玉米的。“双垄洋芋产量高、个大，价钱也可观。”几位年轻人是镇上的干部，春草般探头听着马墨山的咄咄言语，憧憬着万亩洋芋丰收的盛景。不太遵从季节的风顺路过来，扫拂着众人。有人缩缩脖子，挤走了风。“要想富，种洋芋。”马墨山抬头望了一下天，云还未褪去冬装，很厚，臃肿在空中。看到张天天，马墨山挥挥手，镇上的干部挂出半脸笑意，伸出的手又缩回去。“至于怎么种植，张县长是这方面的专家，你们和他商量。”马墨山掸去衣袖上的几粒土，驱车离去。

张天天望着镇上的领导，他们年轻的脸上看不到任何喜乐，挂出的笑意被春风卷走，他们树般立着。翻起的土壤有的还未全醒，半酣着匍匐在众人的脚下。引进的几种品种在农技员的包中悠来晃去，张天天抓了两只，把它们从左手扔到右手，“万亩。”他叹口气，把洋芋品种仍装回包中，像把婴儿放回童车那样小心。

洋芋下种的那天，巴子营如过会。张天天立在地头，看着那块比他还高出两倍的牌子，牌子上的“巴子营万亩洋芋种植基地”几个字，把他压迫成一只洋芋。覆膜的沟垄白花花亮开，在春日的阳光下跳跃出若干种白的意象，他徜徉于这些白中，仿佛听到了中外洋芋的交流声。巴子营的土地多呈酸性，地块易于板结，爱德华国王、夏洛特、德西雷等能否适应，从所处的纬度来看，有一定的风险。他问陪同的技术员这些洋品种的数量，技术员说是试种，引进的量不大，只能种半亩地。张天天吁一口气，掏出一包烟来，递一支给技术员。技术员望望镇上的干部，有吸烟的上前接了烟，主管农业的副镇长抢先一步，替张天天点了烟。烟雾落地散开，一点也冲淡不了满地的白。

拖着一身疲惫回家，在饭桌上和母亲闲谈，谈到万亩洋芋，母亲浑身抖起来。张天天扔下饭碗，按住母亲，母亲的双肩晃动，引得他的手也在乱抽。他拉过手机，想拨打巴城医院的急救电话，母亲俯身，用胳膊压住了手机。抖了一阵，母亲慢慢平静下来，喝了一杯热水，向他讲述了1958年发生的那件事。讲到马墨山母亲眼里翻滚的乌云，母亲口中的唾液雨点般乱袭。

“他这是设陷阱呢！”母亲终于停住了话语。

“不至于。万亩洋芋种植基地是县上的统一部署安排。我们也做了充分调研，除进口的几种洋芋品种缺乏权威参照数字，其他问题不大。”

“选择巴子营，就有了问题。”母亲眼里的恐惧秋叶般悠来晃去。

“从我和他共事多年的经历来看，他还不至于那么阴险。”

“得提防。当年你爹做的是过分了，但那个年代总得有人做替罪羊。那个年代，枪毙人是一句话的事，马富贵死后三天，上面一个电话、一纸文件，你爹就被枪毙了，还县委书记呢！马福贵成了英雄，你爹的头却被打爆了。”

张天天削了只苹果给母亲，母亲接了，仍放进盘中，趿拉着鞋回了卧室。他拧小了桌上的台灯，从抽屉中扯出一包烟来，一支接一支地吸。父亲张伟岸的身影晃动在烟头边。在他的记忆中，父亲的形象是模糊的，他记事起，就和母亲相依为命在母亲的家乡。大学毕业，他被分配至巴子营，母亲一直闷闷不乐。那时马墨山还未到巴城，母亲瞒着他，在巴城晃荡了一周，在问清所有的当事人不是死了，就是早已调离了巴城后，母亲才放下了心，跟他来到了巴城。在机关熬了三年后，他主动要求下了基层，凭着个人的能力被提升到县政府后，马墨山从外县来到了巴城任县委书记。彼此见面时，马墨山一脸英气，握手时，他感受到了他手心的那种逼人的冰凉。

母亲的血压一天天地在升高。

他推开卧室门，母亲靠着床头坐着。他到洗面池中烫了一条毛巾，试试温度，擦拭着母亲的脸。母亲挤出了一点笑，叹口气：这是命。张天天笑笑：都过去了，毕竟，是我们先欠人家的。母亲用手巾擦了手，嘱他万事小心，他应了。

那一夜，他窝在沙发上，无心无绪地翻着报纸。第二天，他在机关食堂碰到马墨山。马墨山瞧他一脸憔悴，问他是不是病了？他含糊地应了几句，说为了确保万亩洋芋种植的成效，他想下去蹲点。马墨山放下手中的牛奶杯，盯着他看。他讲了对几种洋品种种植的疑虑和对洋芋的管理，马墨山笑了，称现在缺的就是他这样务实的干部。吃完早餐，他回到办公室。桌上的电话响了，是马墨山的，让他到他的办公室去一趟。进了马墨山的办公室，马墨山笑着站起来，说巴子营镇的书记要去外地挂职一年，既然他想蹲点，就暂时代管巴子营的诸项事务。

我只是去蹲点,巴子营的事由镇长主持,这样利于工作。我只管洋芋的事。马墨山望了他一眼，笑笑：挺原则，挺公道啊，就依你。那地方，是个出故事的地方。马墨山送他出来，嘱咐他别太累着。风吹日晒，别累着心，心累了什么都累。

交付了工作，张天天便到了巴子营。

六

张天天把安放在镇上的行李捆扎了起来，往肩上一扛，要去巴子营村。镇长拦不住，示意副镇长抢了行李。张天天也不言语，迈腿朝巴子营村走去。副镇长抱了行李，坐车赶到巴子营村，腾出了村委会主任的宿舍，等待张天天。路两旁的景致在清明节后展开，窝了一冬的黄摇摇身，晃出一点一点的绿。这些绿一铺开，扬眉吐气地制造出一种气息，把张天天裹在里面。副镇长等了两个时辰，不见张天天的踪影，便叫了村主任去迎候，让书记在村委会等待。司机开了车，副镇长和村主任顺窗两边张望。车回到镇上，镇长听了情况，坐了车，和副镇长一道去找寻。

到了村委会，镇长看看宿舍的摆设，摸了一下行李，嘱咐书记将还未拆除的铁炉子生旺。他打开了村委会的伙房，一股冬的味道和其他味道混和着扑出，镇长捂了鼻子，望望副镇长和村主任。俩人赶忙找了笤帚，和司机一同打扫伙房。成堆的苍蝇尸体已干枯，一扫，蚂蚁般在地下翻滚。灶台上的污垢星星般点缀。村主任掏出手机，叫来老婆。老婆来到村委会，找抹布，没有，便拿了村主任的洗脸毛巾，浸水擦了灶台。

“把缺的灶具补齐了，为张县长开灶。”镇长叮嘱村委会主任。

主任望望书记，书记望着门外，不吭声。

“有困难吗？”镇长一脸惊讶。

“要半年，雇的人的工资谁出？总不能让张县长自己掏吧！”

镇长有点气恼：“我掏！你们搞好服务。”

“不是这么个理，如果搁在前几年，别说一个张县长，十个张县长我们也能伺候。现在，我们的饭碗也搁在家里。下队多晚都得回家吃饭。”

镇长转身：“我看张县长很个性。我们找到他，征求一下他的意见再说。”

一行人再没坐车，步行走向洋芋基地。村长笑了：“这条路已经20多年没有踏过镇、县领导的足迹了。”

镇长不搭言，远远地望着一片白中晃来晃去的一个身影。镇长看到皮鞋上爬满了土，掏出餐巾纸，弯腰擦了一下。他抬起身扔了纸，顺田埂走向张天天。

打断了镇长的絮叨，张天天指着一块空地：“你若真心支持我的工作，请在这里给我搭个窝棚。”

副镇长讲了许多不方便，张天天火了：“行了，你们有困难，我找人搭，其他，你们也不必费心了。万亩洋芋种植的成败，事关巴子营农民的收入和巴城的声誉。你专门抽调一位干部配合我。”

镇长缓过劲来，让副镇长负责配合，“窝棚要搭讲究，盖一个住人的，一个做饭的，待干透了再让张县长住进去。在窝棚未干时，别让张县长住，闹出病来，我饶不了你们。”

“该忙啥的忙啥。”张天天挥手驱走了众人。

“我也要住窝棚吗？”副镇长在车里问镇长。

“你每周来一次，负责后勤保障，别打搅张县长的安静。”镇长吩咐村主任，“你和书记下午在家中做一顿饭，接待一下张县长，注意原则。”

村主任应了。到了村委会，打发老婆去杀鸡，“一只炒土鸡，炒一盘洋芋丝，下一碗手工面，上啥酒？我看张县长抽的是10块钱一包的烟。”

“酒再说，烟按他抽的牌子先备上一条。”书记敲了敲桌子：“抽不抽在人家，备不备在我们，现在这工作，嘿！”

七

进入村主任家的院子，张天天停止了脚步。院中的一株迎春和榆叶梅一黄一红，满树的花朵自在地散发着气息，把一个小院弄得活泼起来。地下有几点血迹，厨房门上也有一滴两点，那是乡下杀鸡的规定动作，叫洒地祭门。厨房里飘出的鸡香味缠在花朵上，花朵很肥地摇了摇。

让进书房，炕占了屋子三分之一的空间。一张皮沙发，对门而卧，沙发两旁摆着两只小茶几，茶几上搁着两个花瓶，花瓶里有几株塑料花，花瓣上布着油污。用一次性纸杯泡了茶，村主任请张天天上炕。脱鞋上了炕，张天天盘腿而坐。坐了一阵，腿脚发麻，他伸直双腿，身子向后倾斜。村主任拽过被窝，靠在他身后。斜躺了一阵，不自在，便下了炕。一坐沙发，身子又舒展起来。

鸡一上桌，村主任和书记忙着谦让。张天天搛了一块，一入嘴，舌头受用地蠕动了几下，嗓子里的滑润调动了肠胃。一盘鸡肉见底后，主任的老婆端上来一盘洋芋丝。张天天夹了几根，不脆，入口即化，一股清香伴着一种说不出的舒泰。几杯酒下肚，村主任的话多了起来，他指着满间炕：1958年的秋天，我爹在这炕上陪过马福贵县长。上了一盆洋芋，马县长不剥皮，直接吃。我爹抢过去剥了皮，马县长恼了，说翻年连洋芋皮都没得吃了，不要糟蹋。我爹让我妈做了一碗汤面条。马县长要来一只空碗，把面条一根一根捞出，让我爹端给我爷爷吃，他只喝了半碗汤。那年，巴子营可是丰年啊！麦子全被征调了，指望着洋芋救急。不想张书记一声令下，将洋芋全部征调走了……

张天天望了一眼炕，他也睡过十几年大炕。土炕一般一年得重新砌盘，炕中生出的那种炕焦味很浓重，睡一晚会附在身上，经久不散。他站起来，走到炕前，拍拍炕沿，从兜里掏出钱包，抽出200元放到桌上，转身走了。

村主任和书记赶到村委会时，张天天让他们回去。他泡了一杯茶，喝了几口，胃里蠕动起来，他披衣冲出门去，到一小沟边呕吐起来。清空了肠胃，他走出村委会。远远的有几点灯火，还有几声狗吠。身子哆嗦了几下，他紧紧衣服，眼前有无数的洋芋在滚动，像天上的星星。回到房中，他在手机上翻看了一天的要情通报，和衣睡了。

八

母亲来的那天，洋芋苗已拱出了沟垄。张天天钻出窝棚，抻了几下胳膊。天静得如新收获的洋芋。洋芋苗的叶子脆嫩，滑腻，叶面的斜纹柔弱四散。偌大的白海泛出点点新绿，微风一吹，洋芋苗似荷叶浮隐。他沿着田埂，一块地一块地巡查。夏初的巴子营铆足了劲，该出现的植物都闪亮登场。许多被忽略的亲切涌上心头，一一趴在地头，蒲公英、车前草等在沟沿、地埂上缩头缩脑。当母亲披着一身浮土立在他面前时，张天天望了一下天。从立春到夏初，老天并未落过一滴雨。

把母亲让进窝棚，母亲查看了他的铺盖和灶具，“一个副县长，这是发配还是劳改？”

张天天笑了：“人生难得这种清闲。我都想把淑娟和爱儿带来，辞了职，种它万亩洋芋，过这种日子多好。白天与云为伴，晚上和风为伍。自在，自由。”

母亲煞白了脸："这地方，你爹搭上了命，你还想把张家搭几辈子？你如果把淑娟和爱儿带过来，我死给你看。"

张天天扶母亲坐下："没那么严重。我能守着这万亩良田，他们来转转还可以，待下去恐怕不可能。"

母子俩聊着天。外面一阵响声，送水的百姓放下桶，大声招呼，提桶向缸中倒水。水缸满了，张天天递一支烟给送水的，送水的回绝了张天天母亲递过来的水杯，擦擦汗："张县长，一春无雨，这初夏天又不下，今年的庄稼咋办？这万亩洋芋，再过半月不灌水，恐怕就干死在地里了。"

"往年咋办？"

"往年？遇到雨水广，头轮水早浇过了。去年旱是旱，春天雨多，还能救急，今年，这天旱的，毛都发燥。"

看张天天沉了脸，拉水的抬起架子车，笑笑："话糙理不粗，你瞧，我这脑袋。大伙都说，今年有你张县长坐镇，旱焦了巴城，也不能旱了巴子营的洋芋。"便拉车走了。

找来村干部，主任和书记坐在窝棚外，张天天询问配水情况。村主任摇摇头："巴子营这地方，土层薄，背不住旱。现在施行配水制，按核定水量配置。去年一听种万亩洋芋，农民们都没交水费，水管处收不到水费，拒绝放水。"

"先浇了地再收也不迟吧！"

主任挠挠头："张县长，你在城里待惯了，不明白现在这基层工作。一旦把地浇了，水费就更难收了。"

"万亩洋芋关乎巴城的形象，受惠的还是巴子营的人。你们这样做，一旦洋芋欠收，如何收场？"

"有你张县长坐镇，我们怕什么？"书记起身，跺了一下脚。"老百姓说，哪怕洋芋一个不收，吃他张县长也能撑一年。"

打电话给水管处，处长亲自驱车过来。张天天指着满地打蔫的洋芋苗，让处长看。处长打声哈哈："全是这老天闹的，如果下几场雨，上游来水量增多，莫说万亩洋芋，万万亩洋芋的浇灌也不在话下。"

"先调剂一下，确保这万亩洋芋浇灌怎么样？"

"巴子营人已欠了两年水费。一旦洋芋灌完，我找谁要钱？我也有300多名职工，要凭水费吃饭，况且水情这么紧。我先调剂给你张县长，一份状子，一条微博，说我假公济私，我的职位不保事小，影响你张县长的声誉事大。"

道声抱歉，处长坐车走了。

"看看，咋样？县长，你最好还是和马书记商量一下。"村支书弹弹身上的土。

"我说咋的。这巴子营就是个无底洞，一旦跌进去，就望不到头。"母亲端着一杯水，靠在门槛上望天。

九

"浇水前先得人工起垄。"技术员用脚踢碎一块土疙瘩。

"机播时沟垄已开，为何还要起垄？"张天天弯腰拾起一块土疙瘩，在手里一捻，很硬。

"还是巴子营的土质问题，垄不起高，水一漫，不结洋芋，结了也长不大。"

"谁来起？"

"按说要巴子营人来起。政府种，政府管理，收获的是他们，可惜，现在的农民——"

张天天抬眼一望，无数的白晃着他的眼。

副镇长送蔬菜时，张天天还望着洋芋地发怔。技术员向副镇长讲了洋芋起垄的事。副镇长叫来村支书和主任。

"搁以前，一声令下，千军万马，现在，难。起垄要雇人，雇人得工资，干这种活，比搞建筑日工资要低一些。男人一天100元，女人一天80元。按万亩计，一亩一个工日，平均90元。起垄得9万元，”村主任摊开了一笔账。

“有你这样的算法吗？一亩地洋芋能卖多少钱？”副镇长变了脸。

张天天阴了脸，“这万亩是谁忽悠出的？”

“不是忽悠，是按马书记的指示核定的。”副镇长笑笑。

“不说这个，按实有面积，如何起垄？”

“这，我得向镇长汇报。镇长须向马书记汇报。”

镇长找马墨山时，他已在往巴子营的路上。后面跟的是水务局局长的车。

到了巴子营，望着满面黑瘦的张天天，马墨山握了一下他的手：“辛苦了，你也该回政府上班了。基层的事交给基层的人去做。我已做了安排，把你的事迹在巴城日报上报道。现在，像你这样务实的县长，已经很少了。”

张天天怔在地头，镇长递一支烟给他，“就是，张县长亲民务实的作风确实令我们敬佩，这万亩洋芋基地，倾注了马书记和张县长的大量心血。”

“马书记，这万亩不是确数？”张天天扔掉手中的烟。

“不谈这个，现在不是计划经济年代，增加亩数会造成浮夸，一交公粮，老百姓会受损。巴城这么大，莫说万亩，你说他十万亩又能如何？我们是指望着这万亩洋芋种植基地护门面呢！一把手主体责任，有问题我担着！”

张天天转身，揉了一下眼睛，“我还是把这事抓到底吧，反正也就几个月的事。”

“听听，这就是境界。先发动全镇干部，义务劳动一天，再发动水利干部，到巴子营起垄。”马墨山吩咐司机：“去取几条烟来，特事特办，对张县长这样的干部，我们要区别对待。”

张天天站在路边，数着排开的车辆。巴子营镇百十号干部，小车有20

多辆；骑摩托车的，大多都是老面孔。区域早已划分，半天，巴子营镇干部的任务就完成了。他们坐在窝棚边，吃着肉夹馍，喝着矿泉水，嘻嘻哈哈一阵，便坐车的坐车，骑摩托的骑摩托，走了。

张天天望着狼藉一片的窝棚，俯身拾着塑料袋、筷子和扔得七零八散的餐巾纸，把它们装进一只大塑料袋，扔在了窝棚后面。

“这哪里叫起垄，这叫破坏。”技术员领着张天天，查看沟垄，“起得深度不够，还毁坏了许多洋芋苗。”

张天天怒吼了一声，打电话要叫镇长，技术员挡住了他：“张县长，你是从基层上来的，应该了解基层现状。再说，这活也确实不是镇干部们干的。他们大多是70后、80后，没摸过铁锹。”

“那水利局的咋办？”

“来的还要来，你把水务局长请来，商量一个折中的办法。”

“怎么折中？”

“好办。把水务局的任务数折算成钱数，承包给村主任，让他找懂得起垄的农民来干。”

局长下午才赶来，先向张天天道歉，说水管处工作不够细，没分清主次，“干部们干的还是要干，至于承包，水务局也没这笔开支，不好办。张县长，自古羊毛出在牛身上，猪买单。就起垄这件事，说难，有难处，说不难，也容易。”

张天天盯着水务局长，局长笑笑，转身走了。

“去买两瓶酒来。”张天天掏出钱包。

技术员向村主任努努嘴，村主任骑着摩托车，来回20分钟，一箱酒已摆在了窝棚前。

“我妈呢？”张天天这才想起，这一天母亲没有露面，“怪我忘了，老太太说有点不舒服，回城去了。”

酒盘摆在地上，张天天喝了一杯，招呼大家也喝。风拉着酒味，满地乱跑，喝了一阵，张天天醉了，技术员把他扶到窝棚里，盖了被子。村主任把剩下的酒装箱捆到摩托车上，也摇晃着走了。

一觉醒来，看母亲坐在床头，张天天拉着母亲的手，哽咽了几声。母亲抽了手，拉他起来，“吃点东西吧，我好着呢，就是想避免和马墨山见面，难受。”

十

水务局集中干部职工千余人，分乘10辆大轿车来到巴子营。他们每人都戴着白线手套，拿着新铁锨。男人戴帽子，女人顶纱巾。到地头后，他们撒在洋芋沟中，有的捏不住铁锨，起半锨土，不是拍不到垄上，就是盖了洋芋。张天天让带队的副局长传令停工，由技术员做示范后再干。副局长笑了：张县长好认真。便让各水管处的处长们去传话。职工们嘻哈一阵，便收工，到了车前，卸下保温桶，提出肉夹馍袋，吃午饭。副局长接了一杯茶，端给张天天。张天天接了，把纸杯扔了出去。

热闹的场面吸引了巴子营村里的闲人，他们聚拢到轿车前，看有成摞的纸杯，便拿了接茶喝。茶是巴城有名的特色茯茶，用十几种物料熬的。一听好喝，没喝的便抢了杯子，一杯一杯地喝。水务局的人喝止，一老汉伸手捏了一卷肉夹馍，翘着胡子骂起来：城里人先吃了我们的庄稼，现在又来吃我们的土地。吃你们几块馍、喝你们几口茶算啥！围的人觉得有趣，便细问究竟。老汉乐了，要了一支烟，叼在嘴上：包产到户前，我们种的粮食往城里拉，喂的猪往城里拉，种点菜也往城里拉，母鸡下几个蛋也进了城里人的尻子。有人听这老汉越说越离谱，便让他讲正题。老汉乜了一下眼：正题，还歪题呢！好点的姑娘都让城里人当了女人。

有人打趣：那是她们自愿的。老汉拍了一下腿：自愿。现在她们怎么不自愿。我们吃喝不愁了，城里人反倒求我们了。他们把脏活、累活留下，让我们干。过去我们能求城里人的，就是买他们的大粪。现在，拾垃圾的活都由乡里人干了。如今，城里人榨不到我们了，就来占我们的土地。

副局长怕张天天恼火，便让人打发了老汉。老汉临走时，吼了一声：把他们吃剩的馍全拿走。围观的人一拥而上，有人趁机拿了铁锹就跑，边跑边喊：是新的。

活是干不成了，张天天让副局长带队回去。副镇长叹道：过去是穷山恶水出刁民，现在肚子吃饱了，人们却想着法儿扯淡。

他们这样做想干啥？张天天问技术员。

技术员笑笑：还不是想挣几个钱。

怎么挣？

撵走了干活的机关上的人。这活就由他们干了。

钱从何处来？

活人还能让尿憋死。其实巴子营的村主任早算好了一笔账。由他们出面，既能省钱，又能把活干好。反正洋芋丰收了，一切事都好办。让巴子营的村主任联系一个收洋芋的大户，先预支几万块钱，待洋芋上市后再扣除。

这样做，农民的收入会减少。

少不了。这些土地，政府在流转时已付了费用，洋芋收获了还得给农户分成，说穿了，吃亏的还是国家。

张天天把一支烟头摁在地上，使劲揉搓。副镇长打声招呼，走了。

水费咋办？

好办。技术员把铁锹往窝棚上一靠：让镇长去给马书记汇报，让水管处减一半，剩下的从洋芋预支费中扣除。

我去找马书记直接汇报。

技术员替张天天的水杯里续了水：我在巴子营已待了近20年。说县领导蹲点，你是第一个真正蹲的。马书记既然能让你来，就没把你放在领导盘里考虑。这个我都能看到的事，你却想不到。好在洋芋耐旱，能浇两个水，就能包成熟。但起垄和浇水是保障。

张天天母亲把一条烟塞给技术员，技术员不要，她火了：这是犒劳你的，你的级别也够不上让县长行贿吧。我们家天天抽的只是一条几十块钱的烟，他还能抽得起，这条烟是马书记给的，你拿去抽。好歹帮帮我家天天。他不明白的事你懂。

技术员谢了，到地头去核对亩数了。

十一

看着半卷的洋芋苗叶子，张天天望望天，天沉稳得像巴子营的石头，没一丝愧疚。他摇晃着坐下。村委会主任领着四十多个民工来到窝棚前："全是外村的，男的一天 100 元，女的 80 元，不管饭，一周就能起完垄。"

从桌上拿了一盒烟，村主任给男人们一人发了一支："抽了县长的烟，好好干；女人们就望望县长过过眼瘾吧。这些县太爷，你们只能在电视上见见。"

张天天挥手打发人去干活，村主任泡了一杯水，笑笑："不能叫本村的，巴子营人又懒又刁，外村的好管理。"

"一周能起完垄吗？"张天天的脑袋有点大。

"只要有钱，三天都行。"村主任吐掉喝进去一片茶叶。

"一万元钱不是已经到位了吗？"

"这钱是到位了，要加快工期，还得加钱。再加 5000 元，三天就能干完。"

技术员撇撇嘴，撤掉了村主任面前的茶杯："不要认为别人好糊弄，赶快去督工，三天完不成，按 2％ 扣除工钱，完不好，按 5％ 扣除。"

村主任离去后，张天天立起身，看看撒在地头的人群。太阳下来，地上蒸腾出一股热气。

"一周，能干完吗？"

"三四天就干完了，现今这世道，钱管人比人管人真的管用。"

“万亩呢？”

技术员从口袋里掏出一本子，“张县长，你是实诚人，我就给你交个底吧，这万亩，其实不足千亩。”

“他们敢这样糊弄马书记？”

“不是他们糊弄马书记，而是马书记高兴让他们糊弄。”

“开会定目标时，万亩洋芋基地是由马书记亲自拍板的。”

“这不对了。你没注意，洋芋为何种植在大路两旁，这是明眼人一看就知道的事。具体亩数，哪个参观、考察者会拿尺子去量。”

“千亩和万亩实际收入差额大，这怎么算？”

“数字是加出来的。张县长，你千不该万不该太过书生气来亲自蹲点，这步棋不好下。”

“我只想让农民实实在在增加点收入。”

技术员叹口气：“农民自己都不爱地了，别人能把他们拉到地里！你到巴子营各家各户去转转，守心种庄稼的还有几个人？”

张天天换了鞋，提了一只暖瓶和一摞纸杯去了地头。干活的都弓腰培土，起垄后的洋芋苗似乎精神了很多。

吆喝了一声，人们抬起头望望，依旧弓腰干活。张天天把感动握在手里，倒了水，端给一位年龄大的民工。民工接了放在一边，“我得抓紧干活，我干得是钱，喝一杯水的工夫要少挣2元钱呢！”

张天天提了水回到窝棚，母亲把一杯凉开水递到他手中，“把药吃了。眼不见心不烦。钱有人出，活有人干，我看啊，你从哪里来的仍回哪里去吧。这窝棚我守着。过了这茬，你还是调到外市，当个普通干部也行。这洋芋，要命呢！”

灌完一轮水，洋芋们疯狂地拔秧。张天天舒了一口气，他巡视在洋芋地头，洋芋秧很自如地舒开身子，向他抱之以微笑。他恍惚觉得自己也成了一株洋芋苗，顺风而长。

随之而来的一场透雨，让巴子营弥蒙在一片雨气之中。这场雨，把一春的活力都发挥了出来，噼里啪啦下个不停。窝棚有点漏雨，他挪挪床，望着一点一点的雨水往下滴，这些雨点始终不偏离方向，很快，地上就有了一个窝点，雨水滴进窝点中，又溅出来，周围湿了一小片。他感到睡意来临，便和衣躺在床上，母亲替他盖条毯子，坐在窝棚前，看密密的雨由了性子下，发出很大的声响。

这场雨一停，张天天被抽调至省委党校学习。他让母亲回城去，母亲把坚定拍到窝棚门上：这就是我的家。这茬洋芋不收，我哪儿也不去。

十二

张天天的母亲发现那位老妇人时，是一个清早。太阳像窝在被窝里的猫，一伸懒腰，云便有了色泽。她从地埂走过，裤脚湿了一片，露水们你追我赶出一个清亮的早晨，太阳一升，它们就完成了使命。洋芋叶肥厚，露水待的时间长一些，她弯腰抖了一下，几滴露水跃然落地，弄出一滴清凉。那个老妇人低了腰，掐着洋芋叶子，她的手里已积了一把，洋芋叶的露水打湿了她的双手。

她掐叶子是喂兔子呢，还是扯疯呢？张天天的母亲赶到那个老妇人掐洋芋的地方。洋芋叶们很齐整地摆在地中，从掐叶的痕迹来看，掐口小心翼翼，如伺弄孩童般轻柔。她赶上前去，老妇人回身望了她一眼，上了田埂，田埂边停着一辆别克车。老妇人到车门前，司机开了门，等老妇人坐稳当后，开车走了。

黄昏时，老妇人又来了。发现有人窥视，她换了地方，依旧掐着洋芋偏秧。掐了一阵，她抬头望望天。暮霭四盖，夏日的凉风是舒服的凉风，她扯扯衣服，抖落最后一缕晚霞，没入了车中。

技术员来的那天，张天天的母亲拉了他，到老妇人掐秧的洋芋地查看，技术员瞅着揪掉的洋芋叶，“这是位行家，她掐得是偏秧，利于洋芋坐果。她也是个干净人，她把掐下的叶子全收走了。”

“她不是无事抽疯？”

“她不是位专家，就是行家。”

“为啥我一前去，她就急急地走了？”

“我也不知道。我今天就等她来，问个究竟。”

技术员陪张天天的母亲吃完饭，便坐着聊天。听到汽车声响，他提了草帽，走到老妇人所在的地块。老妇人抬头望了她一眼，笑笑。技术员介绍了自己的身份，老妇人的眼中闪出慈爱的光泽，说你辛苦了。技术员想问问她的身份，张张嘴，把话咽了下去，也跟在老妇人后面掐起了偏秧。

“巴子营的人呢？这管理是大问题呢！”

“洋芋起垄都是花钱雇外村人干的，巴子营人，在看热闹。”

“受益的是他们，他们不种，也该在管理上操操心吧！”

“我也不清楚，我的任务是配合张县长照管好他的母亲，这是镇领导交给我的任务。”

“你是技术员，管护洋芋是你的本职。”

技术员低了头，手一抖，扯断了一根洋芋秧。老妇人抓了一点土，按在秧的断口处，“别大意，这秧一断，少接一窝洋芋呢！”

掐了几个小时，天色暗下来，老妇人直直腰，向技术员道声谢谢，走了。技术员怔在地中，听张天天的妈叫了他一声，他回转了身，走向了窝棚。

“她是谁，想干啥？”

“我没问，也不敢问。”

“她是老虎？”

“她的身上有一种威严，压迫着人。”

“真是的。那她是专家了？”

“她很专业，比起她，我这个技术员有点羞愧。”

“她没问别的？”

“没有。她只管掐偏秧。”

“她有病？”

“可不敢胡说。她的眼里有慈爱，也有刀割一样的威势。”

十三

张天天的母亲到老妇人掐秧的地头时，司机赶过来挡住了她，“别打搅她干活，阿姨。”

她有点恼火，扯了司机的衣袖，“我只是去问问她是谁？想干什么？”

“她知道您是张县长的母亲，看，她干活时，连我也不得靠近。”

“你们究竟想干什么？”

“阿姨，你就别问了，到时候您就知道了。”

洋芋开花了，白色、蓝色一片一片展开，在高低不平的田块中错落出一种韵致。一股淡淡的臭味弥散，老妇人徜徉在花丛中，脸上的表情复杂出另一方世界。她摸摸洋芋叶，看似粗糙的叶面捏到手里很柔软。她掐了两朵花，一朵白的，一朵蓝的，捏在手指上转动。

“嫂子。”老妇人听到一声呼唤，抬起头来，张天天的母亲避开了她的眼睛。

“我揣摩了这么些日子，知道是你。”望着老妇人转身离去的背影，张天天的母亲哽咽出一种沧桑。

“多少年了啊——”她可着嗓子吼叫了一声。

打电话给张天天，张天天在电话那头沉默着，“天天，她这是软糟蹋人呢！夜里我一睡下，眼前就会闪出当年她和我在城门外见面的那一次。那时，我背着你，她背着马墨山。她剜我的那一眼，就像刀子。”

“妈，你搬回城去，等我学习结束，我就打报告。”

“我不搬。这茬洋芋不收，我不搬。我估摸着当年的事要出现，这次，大权在马墨山手中。”

“我看不至于，妈，你一个人待着，我不放心。”

“我一把老骨头了，马墨山要，只管拿去。洋芋开花了，有白的、蓝的。我待在城里，看啥呢？就是你说的那些外国洋芋，花开得和其他洋芋也一样呢！”

十四

老妇人再没出现，张天天的母亲心中空荡起来。她很多次想向技术员诉说，话到嘴边又咽了回去。天晴时，她戴了草帽，一个人在田埂上转悠，遇到她觉得顺眼的大洋芋秧，便俯下身子诉说一番。洋芋花歇了，顶上有了像玻璃球一样的小果子。捏到手中很有筋道，放到嘴里一咬，一种酸涩味弄得满嘴的不自在。她想这洋芋，也开花，也结果，供人吃的部分却在土中。上面结的果子，只让人看。这是真正养命的东西。累了，她就坐在田埂上，看一只两只的飞鸟或掠过田野，或立在洋芋秧上。立在洋芋秧上的大多是麻雀，还有她叫不出名字的腹黄嘴红的小鸟。有时，有野鸡，咣咣咣地掠过，发出很大的声响，冷不防吓她一跳。野兔、刺猬们偶尔钻出沟垄，望望她。有种像鸽子一样的鸟，不怕人，看她蹲在田埂，便飞立在田埂，望她，她一挥手，便飞走，飞一阵又回来。有一种鸟，她叫不出名字，那种鸟的叫声很有节奏，紧叫前两声，把后一声拉长，听了几天，她听出那种鸟的叫声是：“张天——天”，“张天——天”……她笑了，掏出手机打电话给张天天。张天天正在上课，一看是母亲的电话，便出了教室。电话那头很久不出声，却传出了几声鸟叫，他问母亲在干什么？母亲笑着说：好玩得很，天天，这种鸟有灵性呢！它天天都在叫：“张天——天，张天——天。”

张天天哭笑不得：妈，我在上课呢！便摁了电话。

张天——天，张天——天，这鸟，是好鸟。张天天的母亲，对望鸟的技术员说。

十五

洋芋开挖的那天，落了几滴雨。从省委党校赶回的张天天闷坐在窝棚门前，旁边立着镇长、副镇长、巴子营村的书记和主任。一声一声的惊呼从地中传来，技术员手里托着两只洋芋，手稍往外斜出，“碗大的苹果盆大的洋芋，真见到了。”一过秤，众人都咧咧嘴。“县长蹲点，洋芋盆大。”村长拍拍手，向张天天讨烟抽。

挖洋芋的机器已到地头，签了合同的洋芋收购大户看到县、镇领导，退回车前，从后座中摸出几盒烟，侧着身子凑了过来。

“带现金来了吗？”副镇长接过一支烟。

“带了，洋芋过秤后现付。”

镇长向马墨山请示，卖了洋芋后的现金如何处理。马墨山口气严厉起来，他让镇长把电话给张天天。张天天接了，问马墨山是否到巴子营来看看，“利好的丰收。真的。”

马墨山笑了：“一个县长亲自蹲点半年的地方，如果不丰收，对不起我们的是土地和老天爷。”他让张天天组织人算笔账，除支付管护洋芋的人工外，再给阿姨发点辛苦费，那么大岁数了亲自陪儿子蹲点，值得政府大院领导的父母效仿。下余的，按实际亩数支付给巴子营的农民，不得以任何形式截留。

副镇长有点窝火，他咽口唾液：他们撂荒不种地，我们种了，并支付水费、化肥钱，起垄时还要花钱雇人。如果一味如此，乡镇干部的工作还咋做？再把余款分给他们，哪有这样的道理，干脆把镇政府解散算了。

镇长喝止了副镇长，让他去组织人挖洋芋，待收完洋芋后再订分配方案。

不管如何分配，马书记的基本原则不变，一定要把剩下的款项分发给巴子营人。张天天抱起一只大洋芋，掂掂，让母亲看，母亲摸摸洋芋，一滴泪下来：巴子营这地方，种草都能长出谷来，是不应该饿死人的，当年你爹，理解执行政策真的是过头了。

机挖洋芋吸引了巴子营的不少留守人员，打工回来的人也立在田头。他们见惯了人挖牛犁的场面，看着机器波浪般翻开洋芋垄，洋芋孩童般跳到一边，他们便呼叫一声。碗大的洋芋一跳出，他们便抢几个后离去，放到家里后再来。村长看到张天天肃寒的脸，抽了几株洋芋秧，敲打众人。张天天喝止了他，让他组织人去拾洋芋。

村长摇摇头：他们不会白干的！

那咋办？

给他们付日工资，才能调动他们的积极性。

镇长瞪了村长一眼：你马上去组织，啥德性，谁家不拾洋芋就不给谁家分钱。

村长吆喝着去了，巴子营看热闹的男女老少便跟在机器后面拾洋芋。

田头井然有序。

农民还得最基层的干部来管。张天天叹口气。

村长笑笑：以前组织修桥铺路，一声吆喝，家家出人，个个出力。现在，一听要出工，首先得问付多少钱。只有钱能拿住他们。

边装袋边过秤，地里狼藉一片，洋芋秧、坏了的洋芋任意抛置在地中。三天后，地中只有一些捡拾剩漏洋芋的老人在晃悠。张天天收拾了行李，把窝棚打扫一遍，叮嘱巴子营的村主任看护好窝棚。主任跳起来：县长，你还没有住够啊？张天天拍拍主任的肩，没有答言。

安置好母亲，张天天把一份请调报告交给了马墨山，马墨山笑笑，递给他一份文件。

“本来不这么快就交底，既然蹲点、到党校学习都打不开你的心结，只有提前向你交交底了。明天是周末，到我家里来，带上你母亲，我们两家吃一顿饭。”

回家告诉母亲，母亲的手抖起来：“吃断头饭？”

张天天拉住母亲：“好饭”。

十六

进门时，张天天的母亲看到马墨山的母亲，退出门去，马墨山的母亲笑着拉住了她，把她拽到沙发上坐下。

“头发白了，人倒精神不少，巴子营的水土，养人。”

“哎，我家伟岸，当年做得过了，过了。”

“不谈过去了，反正两家都没落下好。倒是他们，碰上了好时代。”

张天天想阻止母亲说话，被马墨山挡住了，“让她们说去，几十年的心结，打开就舒服多了，要不然，她们这辈子一直都会在煎熬当中。”

做饭的是政府灶上的师傅。面对两大盆削了皮的洋芋，张天天有点不解，问马墨山唱哪出？

马墨山笑了：这些洋芋，都是你亲自蹲点管护出的巴子营的洋芋，今天我们要吃顿洋芋宴。

凉拌洋芋丝，香油洋芋丝，醋熘洋芋丝，洋芋烧小排，青椒洋芋丝，炒洋芋片，啤酒煮牛肉洋芋，炸洋芋，洋芋煎饼，西红柿洋芋汤，洋芋南瓜汤，洋芋搅团……一盆一盘的以洋芋为食材的菜肴，布列在桌上。

两家人默然而坐。马墨山端起酒杯，向两位老人敬酒：时代的账由时代去付。你看这洋芋，和什么搭配都会出味，并各有各的味道。就像爱德华国王、夏洛特、德西雷，引进时金贵，种到巴子营的地里长出来的东西还是和本地品种的味道一个样，人们分辨出它们的味道了吗？张县长，挖洋芋时留下的那些外国种呢?

张天天一愣：让巴子营的村主任存着呢!

电视里正热播一抗日剧，剧中的汉奸模样周正，日本人没来之前是一副面孔，日本人来之后又是一副面孔，日本人投降后又变了一副面孔。和以前歪戴帽子、穿对襟大褂、斜挎盒子枪的汉奸形成鲜明的对比。当一个汉奸被一泡牛粪滑倒时，马墨山的母亲笑了，张天天的母亲也笑了。

当汉奸对着鬼子哈腰，转身对百姓施威时，马墨山搛起了一块洋芋，放在了张天天盘中，张天天不动声色地吃掉了那块洋芋。

“活了这么大岁数，第一次吃洋芋做出的这么多的东西。”张天天的母亲和马墨山的母亲也碰了一杯酒。

“这顿饭吃完,不知何时才能再相聚。老嫂子,赶快让天天把媳妇调过来，过几天舒心团圆的日子吧。”

张天天的母亲望望张天天，张天天笑笑，端起酒敬了马墨山的母亲一杯。

十七

年底，张天天就任巴城县委书记，马墨山调往省城。马墨山临行前，张天天特意到巴子营的村长家，找个头大的洋芋。他问村长留下的爱德华国王、夏洛特、德西雷种子存到了哪里?村长一脸茫然：卖钱时，谁管中国的、外国的，那些东西都一样，装上袋子丢到秤上，过秤后就被拉走了，谁知道到了哪儿。明年卖洋芋种的仍把它们卖到巴子营，也说不定。

张天天想踢村长一脚，他抬起脚又放下，村长问：张书记的腿疼吗?

张天天让司机把那几个挑出来的洋芋装进纸袋中：心疼。便上车走了。

村长望不到张天天的车了，才回过神来：至于吗?为几个破洋芋。现在，莫说几只外国洋芋，就是几个外国人，也没啥稀罕的。

（发表于《飞天》2016 年 3 期）

农　民

一

巴二从泥田中拔出脚，坐在田埂上。1972年的太阳炙烤着，他用手一捋，小腿上的泥蛇鳞般蜕去。他弯腰挖了一把泥，抹在掉了泥的腿上。泥散发出一股甜腥，黑得像油漆。他立起身来，看田中的水白花花地扯成一片，低头的谷穗间隙，虫和鸟自在嬉戏。

“明天给你放一天假，把爱国猪交了，公社、大队催得急。”队长叼着旱烟卷，烟末和火星跳跃在嘴边。

“还瘦，过一个月再说吧。”

“你说得轻巧，按期不交，猪充公，再扣你家半年口粮。”队长趿拉着鞋转身离去。

巴二朝田中啐了一口，几点唾液雨点一样在水中隐了身，队长回过头，巴二扛着铁锹走了。

猪听到人的脚步声，哼唧着到食槽边。看巴二空着手，猪甩了甩耳朵。一大滩苍蝇扑在墙上，墙上布满了麻点。猪身上有九个黑圈，摆布的均匀，走路或吃食的时候，黑圈抖动。10岁的巴子爬在猪圈墙上，看九个黑圈，就像看一张图画。

猪叫黑白化，是1970年代繁育的一种品种。

巴子是巴二的儿子。

鸡叫第三遍的时候，巴二的老婆起身，她摸到了火柴，点燃了煤油灯。

豆大的灯扑闪扑闪，一撂被窝，灯焰歪斜着拉长，巴二的老婆用手遮住灯焰，灯焰恢复平静。

“让巴子也跟你去吧，看看城。”巴二的老婆拉着风箱，抽动的推杆头上裹满鸡毛，一推，吧嗒吧嗒，灶膛中的火像女人喘息。

“说是论斤给钱，其实就是白送，养猪一年，唉！”巴二卷了一只烟卷，从灶膛里抽出一根柴，点吸烟卷，一股浓重的味冲出，巴二的老婆咳了几声。

“死臭死臭。”她揭开锅盖，一大锅蒸汽冒出，屋中布满小米的香味。

叫醒巴子，父子俩喝了两碗米汤，肚中咣当摇晃。

从面箱中抓了一把面，和一大盆草末和在一起，巴二的老婆去喂猪。猪嘴拱来拱去，拱完了一大盆吃食，巴二抽开猪圈门，黑白化伸头探了一下，巴二避在一边，猪摇尾出了门。巴二扑身过去，压翻猪，拿绳子捆住住猪的后腿，抱起来把猪勒在架子车上。猪凄厉地叫了起来。

云，鱼冲滩般布满了天空。

出了村口，拐上油路，架子车欢快起来。猪支起耳朵，看巴二在飞奔。巴子跟不上，弯腰喘气，叫了一声爹。巴二收住了脚，屁股往后一翘，止住了架子车。巴子爬上了架子车，和猪并排，猪趴着，他坐着。他看着巴二的腿流水般向前。路上偶尔插进来一两辆架子车，车上同样也绑着猪。猪一多，一个一叫，其他的便应和起来。天上有什么，路上有什么，它们和巴子一样奔跑。进了南关，架子车们分了道。巴子营交猪的地方在南关销售点，一面墙靠着一堵破城墙。

放下猪，巴二把绑猪后腿的绳子解开，绑住了猪的前腿，拴在架子车轴上。巴子哆嗦了一下，抬头看天，那轮太阳盛气凌人地逼着他的眼。太阳下的云红出了一道两道的墙坝，逼着太阳往上移。巴二绕着销售点转了一圈，里面的几个猪场空空的，麻雀们三五成群地在空旷中飞来飞去。城墙下有一水龙头，巴二一拧开关，哗地喷出一股水来，他跳起来，往后缩，水直冲而下，他偏头侧过去，用手试试开关，一拧，关了。他笑笑，又拧开，喝了几口水，招呼巴子过来，也喝了几口水。

“这墙厚得让人害怕。”巴子拍拍城墙。

巴二笑了：“我倒害怕猪拉粪。”见猪翘起尾巴，巴二跑过去，盯着，“看着它，不让它走动，拉一泡粪就少一两斤，白瞎我那一把白面。”

“爹，我饿了。”巴子拍拍肚子。

巴二顺手摸摸口袋，什么也没有。他指指猪：“交了猪，换点钱，我领你吃一碗臊子面。”

“外加一盘肉。”

“好，再加一盘肉，要肥的，嚼到嘴里冒油。”

父子俩靠着架子车打盹，巴二手里紧握着拴猪的绳。

“哎，哎，是交猪的还是来睡觉的。”巴二的腿上挨了一脚，他蹦起来，看到一位戴着蓝帽、宽衣肥身的人立在猪前。

“哪儿来的？”

“巴子营。”

“介绍信？”

“队长没给。”

“没介绍信交什么猪，谁知道你属于地富反坏右中的哪一类。”

“我是贫农。”

“我只认信不认人。这猪肚子坠着，喂了几盆食？”

“一盆。”巴子嘴快，挨了巴二一巴掌。

“蒙谁？”宽衣肥身的人抬起手掌，在猪背上一压，一泡猪粪啪地掉在地上，他俯身一瞅，“还舍得白面！再等，等拉出几泡粪来，猪就成猪了。”

“不是拉完了吗？”

宽衣肥身的人转过身，“猪放在这儿等，你回去拿介绍信。”

“二十多里地呢！”

“再远，能远过红军长征的二万五千里。说好今天有十头猪，来了一头还没介绍信，这些乡下人就是滑头。”

巴二在猪的后腿上加了一道绳，吩咐巴子看着架子车和猪，“来回得六七个小时，饿了你就想想那盘肥肉。”

巴子咽了口水，望着巴二出了销售点的门。

又有人拉了猪来，叫宽衣肥身的人王主任。递一支烟上去，王主任嘻哈一声，让来人把猪赶到磅秤上，称了重量，王主任开了条子，让来人领钱、领猪饲料。

领了钱和猪饲料，来人将口袋中的一盒烟递给王主任，王主任笑笑。

“一头猪一袋猪饲料，这是红薯干，没发霉的。”

巴子想：人家怎么没要介绍信呢？

一个小女孩拎着一铝制饭盒进门时，巴子闻到一股香味。王主任接了饭盒，蹲在门口，他捞起的面金丝般闪在阳光下，戳着巴子的眼。吃完饭，王主任在水龙头下接了水，刷了饭盒，把水泼到地下，打发小女孩回家。听到咣当一声，一扇门拍住了。看见几只麻雀在王主任泼了水的地方蹦跳，巴子赶了过去，水印宛在。巴子睁大双眼，看不到一点零碎，哪怕是一根面，或者是一片菜叶。他看到一个米粒大的白点，用手抠出，一捏，是一粒石子，巴子叫了一声娘。

猪粪变了颜色。巴子瞪眼想剜出一点白来，他找来一木条，拨拉着猪粪。猪粪中找不出他要的东西，他把猪粪搅得四散。怕猪再拉粪，他蹲在猪的旁边，拍着猪。猪哼唧着，用嘴拱着他的裤脚。

水湿淋淋的巴二跑进销售点时，王主任正在锁门。巴二哀求了半天，王主任理也不理。

“这会收了猪，我往哪儿赶，宰猪场的人已下班了。”

“我送去。”

“你送？”

“这是介绍信，队里只放我一天假。”

“收了猪，付钱的人已回家了，你还是等吧！”

王主任抖抖衣服，走了。

父子俩坐在猪跟前。巴子讲了别人交猪的事，巴二不吭声。他摸出几块馍，黑的，巴子攥了馍，说像猪粪蛋。巴二用嘴咬了一口，望着城墙。猪叫起来，巴子说：“猪也饿了。”

城里的灯亮了起来，发黄。巴二卷了一根烟，抽起来，几粒火星溅出来，一粒掉在猪身上，猪甩耳哼唧一声。打打盹，醒来，父子俩数着星星。城里人在干什么，父子俩便猜测。远远传来猜拳声，巴子说城里人不累，灯也不累，你看它们高高地挂在杆上，一直亮着。

“要是星星能吃，我们摘一大包，慢慢吃。”

巴二拍了巴子一掌。

看着和猪蜷在一起的父子俩，王主任咳嗽了一声。巴二睁开眼，叫醒巴子。王主任又按按猪脊梁，猪挤出一泡尿来，他让巴二把猪赶到磅秤上，一过秤，巴二说：“就这么几斤？”

王主任恼了：“舍不得拉回去，革命不是请客吃饭。交头猪，这么多事。”

巴二赔着笑脸，看王主任开了条，便去领了钱，把一袋猪饲料扔到车上。

“爹，打开看看，昨天交猪的人领的红薯片没发霉。”

巴二打开袋子，一股霉味冲出来，他去找王主任，王主任喝了一声：“要就要，不要拉倒，走走走，我没时间伺候你们。”

巴二站了半天，拉了巴子，出了销售点的门，巴二把手中的几张钱点了又点，装进口袋，又拿出来。

“多少？”巴子伸手摸摸钱。

“五块。你妈起五更，睡半夜，伺候爷一样的伺候猪，换来五块钱和一袋子发霉的红薯干。”

巴子回头一望，看到销售点正门墙上的两排字，他只认得“阶级”二字，问巴二，巴二没好气地吼道：“发扬阶级友情，保障城市供应。走！”便径直出了城。

出了城门，巴子问臊子面和那盘肥肉还吃不吃。

巴二吼了一声，又哼了一声，摸一块黑馍给巴子，“还臊子面和肥肉，我们生来就是吃屌的命。”

他把手里的一块黑馍扔了出去。

二

麦子一收割，田野里空旷一片。割倒的麦捆下二上一布列，舰艇般齐整。马拉骡驾的胶皮大车和架子车运走了水分干燥的麦捆，四野里空荡荡起来。禁锢了一春一夏，在固定地点吃草活动的牲畜们任性着在黄得低矮的麦田里搅动着湿漉漉的嘴唇。负责照看牲畜的大孩子们坐在驴背上，盯着一蹦一跳的蚂蚱或各种飞鸟，偶尔发现一株麦穗，便跳下驴背，用手搓了，塞进嘴里咀嚼。

偶留的麦穗已被人们篦子般篦过和被眼贼的牲口舌头卷走。那几粒麦粒，在跳下驴背的孩子嘴里，被嚼得天摇地动。

队长走进家门的时候，巴子的母亲正数着藏在炕角的鸡蛋。鸡蛋安静的像房子，在手的拨动之下，很珍重地显示着自己。

“离规定的日子还有三天，交不够罚十天的工分。”队长从口袋里掏出本子，本子上歪斜着一串名字，名字后面的数字贼眉鼠眼地抖动。

“鸡不下蛋，我总不能变成蛋吧？”

“保障城市供应是铁头任务，偷你也得偷够。”

“上哪儿偷？不行你队长垫了，我们家的鸡下了蛋我还你。”

“你以为我们家的鸡就天天下蛋，我也买了十多个鸡蛋才凑了数。”队长摇晃着走了。

巴子提着芨芨筐出门，被巴二呵住。

“猪草别铲了，你去放鸡。”

巴子爬出一脸笑，把筐子扔了，走到后院抽开了鸡舍的门，六只鸡夹着翅膀钻出门洞，扑扇着追逐。

巴子抽了一根树条，在地下一拍打，鸡们跑到了前院。

“操点心，别让野狐子偷吃了鸡，刘二家的孩子放鸡，丢了一只母鸡，刘二的女人差点上吊。”

巴子笑了，“丢了一只鸡就上吊，丢一头猪，是不是要杀人。”

巴二赶过来，一脚踹倒巴子，“油腔滑调。少了母鸡就少了鸡蛋，少了鸡蛋就会被扣工分，扣了工分就少分粮食。”

巴子爬起来，眼泪打转。母亲责备巴二道：“有气在孩子身上撒什么？”

巴二回屋，从炕上的席子下抽出几根温热的毛线，丢给巴子，“把鸡腿绑了，惊醒点，不要丢了鸡，也不要丢了鸡蛋。”

巴子便捉鸡，六只鸡腿上拴了毛线。巴子把绳头一拽，走在前面，六只鸡跟着，左抢右拽。到地头时，鸡们规矩起来，低头寻找吃食。找不到麦穗，鸡们便在虫子上下功夫。毛线时不时缠在麦茬上，鸡被绕得晕晕糊糊。鸡走一路，巴子拽一路，附近放牲畜的孩子围拢，朝着巴子起哄。

巴子放开毛线头，鸡们自由地追逐着虫子。

“鸡蛋是啥味道？”有孩子问巴子。

巴子说：“有股腥味，有点甜。”

“你吃过几个？”

巴子扳着手指一算，“还几个？我生病的时候吃过一个，还是打烂的鸡蛋。”

一群孩子拉来了几块圆石，坐成一圈。他们把圆石当成鸡蛋，讨论各种吃法。

"鸡蛋收了，到了哪里？"

"说是到了城里，全被城里人吃了。"

"我们养鸡，他们吃鸡蛋。巴子你进过城，城里人和我们有啥不一样的。"

有孩子笑道："那不还是一个鼻子两个眼睛。"

巴子说不一样，便起身，学收猪的王主任样，背着手走了一圈。

"巴子，今天要是你家的母鸡下了蛋，让我们吃一回鸡蛋，行不？"

"不行，我家的任务还没完成，我出门时还挨了我爹一脚呢！"巴子褪下裤子，让围观的孩子看腿上的青印。

"谁家的都没完成，你急什么？"

巴子抬眼一望，不见了鸡的踪影。他慌乱地跑进田野里去寻找。找了一圈，少了一只母鸡。

"肯定是去下蛋了。巴子，别急，母鸡下完蛋，一听咯咯咯的声音，我们就去找。连鸡带蛋，全会找到。"

巴子想想，也是，便和孩子们在田埂上玩起了"煮老虎"的游戏。

他老输。

咯咯咯的声音一响，巴子跳起来，其他孩子也跟了过去。一只芦花母鸡红着脸，咯咯咯的叫。一枚鸡蛋闪着光，展现在孩子们面前。

巴子抢了鸡蛋，收拢了鸡，准备回家。几个大孩子围了上来，"巴子，让我们吃了这个鸡蛋吧！"

"不行！"巴子加快了步伐。

一个大孩子呼了一声，其他几个孩子挡住巴子，用马莲绳捆住了他的手、脚。

"一个鸡蛋吃不公，掐一根麦管来，我们在鸡蛋上打个洞，一人一口。"

大孩子们都应了，他们拿鸡蛋在石头尖上一磕，用指甲抠了磕破的地方，"摇，摇匀，把蛋清和蛋黄摇在一起。"

插进麦管，大孩子把鸡蛋对着巴子，将麦管插进了他的嘴，"你家的鸡蛋，你先吸一口。”

巴子不吸，大孩子说：“这就怨不得我们了。”他们便吸起来，吸完，他们解开了马莲绳，把鸡蛋壳塞进巴子的衣服口袋，走了。

巴子号啕大哭。

三

1986年的巴子营，吐口唾沫在地里都会长出苗来。巴二坐在平整好的场地前，望着接云的麦垛，缩了缩脖子。成群结队的麦子在七月的天空下喧哗着，在手扶拖拉机的突突声中，一堆一堆地积在空旷中，山峦般映在天幕下。已成村支部书记的队长甩着麦芒般的胡茬，对着山样的麦堆发呆。

“地扔给个人才几年，怎么麦子就这么下作，产量飕飕地往上蹿。”

巴二笑了，“麦堆大了，你这书记就小了，心里憋屈呢。”

书记叹口气，从口袋里掏出一个红色的小本交给巴二，“按规定数上最后一次粮吧，以后，想交粮国家还不要呢！”

“听说交粮的人很多？”

“粮多了，粮库的人发慌呢！”

“发慌，这么大的地，弄几个粮库还发愁。我们可是仓里有粮，心里不慌。”

“理是那么个理。除定数，额外交的粮按斤论价，谁不想多交！”

书记的腰塌了下去。

巴二绕着场转了一圈，平复了慌乱的情绪，女人问他是不是丢了魂，巴二说不对劲，往年队长、书记背了手，喝神断鬼般下死把头，今年怎么就软成那样，腿软话软，莫不是有病了。

女人拍了拍巴掌，“拿不住事了，人不软才怪。前些年，他们捏住人的喉咙，一使劲，人就喘不过气来。现在，锅里的米自己下，他们管不着了。”

巴二叹口气，“没了笼头，拿不住牲口。罢罢，操那闲心干啥，留足自己的，多的交给国家吧！”

巴二的女人拍拍身上的土，“也罢，原指望巴子能够脱了这身土皮，考个学什么的，看来，祖坟不起青烟，命就是个吃土的命。”

巴二把手里的木锨扔了出去，木锨插进粮堆中，树般挺着身子。

父子俩起了大早，一人拉着一辆架子车。巴二的女人把盛馍的包挂在车栏上，巴二解下来，扔了出去。“啥年代了，交了粮，还不让我们爷俩吃顿好的。”

女人来气了，“也不怕风大吹歪了舌头。照顾着巴子，他还嫩。”

女人帮着把架子车推上了公路，替巴子擦擦汗，“拉不动就喊你爹。”

巴子应了。

一路上都是拉车飞奔交粮的人们。

巴二把一根绳拴到巴子的架子车上，弓着背拉车，巴子看不到父亲的身影，只听到他的脚板在地上吧吧作响。交粮的架子车长龙般摆在城里的路边。有警察在大声吆喝。

支稳架子车，巴二吩咐巴子看车，他到前面去探探虚实。车队一直拐到西小十子，交粮的都嚷嚷着歇在路边，问，说是今年收粮全集中在城关粮仓，交粮最快也得等三天。

巴二灰了头，回来靠着架子车闷闷地抽烟。

巴子眼中的城，大得无边无际。

交粮车队一寸一寸往前移。巴子饿了。巴二的手掌在脑门上拍拍，他摘下帽子，从袋中挖出一帽壳麦子，让巴子去换点吃的。巴子端了帽子，转进一条巷子，来来去去，引起了一位老太太的注意。问他干什么，巴子撇着嘴，哼唧着说了半天，倒是老太太明白了。从帽壳中抓出几粒麦子，放进嘴里嚼了一阵，满嘴的麦香让老太太快乐起来，她从兜里掏出一叠好的方帕，揭开，抽出一张二毛钱来，递给巴子，让他把麦子倒进她兜起的前襟，说是给孙子炒麦子吃。

捏了二毛钱，巴子回到架子车旁，巴二抬起脚，踹在架子车上，“一帽壳麦子，按今年行情，最少也得六毛钱吧。这城里人是鬼，你也傻啊！”

旁边的人笑了，说巴二也傻。

巴二不明白，有晓事的对他讲：政策散动了，交够国家的，留足集体的，剩下的是自己的。集体散了，没地方留。交国家的公粮，你的一架子车就够了。另一架子车的麦子，你拉到麻雀市场上，任你吃香的喝辣的。

巴子问什么叫麻雀市场。

答曰：黑市。

巴二问公收和黑市的价格。

那人抓了一把麦子，看看成色：这按等级，应该算一等，是上色。麻雀市场上的价格要高于公收的价格。

高多少。

每斤五分钱。

巴二算了一阵，那人笑了：有啥算的，按袋数，这车麦子至少800斤，每斤多五分，800斤为40元，一个干部一月的工资呢！

这倒诱人，只是交到黑市上，良心上过不去呢！

什么意思！

你看，土地给了个人，粮多了，肚子吃饱了，再动歪脑筋，不顾国家了，不行。

那人恼了：说你傻还真傻，国家关你啥事。

买了两个饼子，父子俩干嚼了。挪动了几次架子车，巴二看交粮无望，便扯下一小口袋，问了去麻雀市场的路径，去了。到了麻雀市场，空荡荡的，巴二骂教训过他的人不地道，就见四下窜出几个人来，拽住了他的口袋。巴二霜白了脸，问干什么？几个人松了手，笑了，问他是否卖麦子？巴二哆嗦着，几个人笑了，让他别紧张，到了麻雀市场，他们就是天，公道着呢!

看了麦子成色，一过秤，45 斤。一胖子将钱点给巴二：40 斤，5 斤算交易费，怎么算也高于公购的。去吧。有多余的再拉过来，我们还可以抬高价格。

巴二拍拍还在抖着的腿，折进一饭店，问买饭买肉还要不要粮票，饭店的人头也不抬：不要。

买了几个馒头和半斤肉，巴二问肉中半粉半红的东西是什么，饭店的人依旧头也不抬：闷子。

转回来，嘲过巴二的人问：怎么样?

巴二说确实比交公粮划算。

划算还等什么?

巴二让那人吃肉，那人瞧着几片大大的闷子，说巴二又上当了，闷子是搭的，按量，肯定是给他算了斤数，说他还是傻。

巴二笑了：闷子也是肉。要不是等三天，我这四十斤也一定会让国家算价，低几分钱不要紧，要紧的是良心。

良心，说你胖还喘上了。今年是最后一年交公粮，明年，你想交人家还不收呢!

那是另一码事。巴二把包了肉的纸扔了出去，又拾回来，盯了半天。

靠着粮袋窝了一夜，父子俩被汽车喇叭声惊醒。架子车队挪得小心谨慎。有了那些钱垫肚子，父子俩觉得自己像阔佬，容容光光地听人讲林林总总的变迁故事。一滴雨下来，众人也不在意；一场雨扑下来，众人慌乱起来，忙忙拉了架子车找避雨的地方。巴二一迟缓，旁边的人叫起来：赶快找屋檐，弄湿了麦子，还得晒。

有檐的屋下占满了架子车，巴二父子俩把架子车拉到一门口，立在雨中，脱了衣服盖在麦子口袋上。门开了，出来一个打伞的老人，招呼巴二。架子车进不了屋，老人让巴二把口袋卸下，搬进屋去。

占住屋檐的人都说傻人有傻福。

喝了杯热水，巴二松弛了许多，和老人谈地谈庄稼。巴子困了，趴在口袋上睡了过去。老人让巴二也去睡，如果明天不下雨，他负责叫醒他俩，排前面早点交了粮回家去。

一夜的雨把巴二父子俩的梦搅得湿意淋淋。

太阳一出，巴城的地哗的就干了。粮仓路两边的树叶上残存的雨意也低了头，在众人的喧嚣中和树叶一同耷拉了脑袋。交粮的人从各处冒了出来，依旧排了队往前挪。

一场雨，打乱了排队的次序。

巴子把架子车支稳。验粮的叼着烟，一手在裤口袋里埋伏着，一手伸出手探子，戳进口袋。

抽出手探子，验粮的嘴皮动了一下，张开嘴，用舌头舔了手探子尖上的几粒麦子。

“有水分，定二等，一边晒去。”

巴二从口袋里摸出一盒烟，验粮的一看牌子，把嘴角的烟噗了出去。用手一指，“一边晒粮去。”

“领导，我们的麦子晒了又晒，干得能冒出烟来。”

“你冒一个试试。去去去，别影响我验粮。昨天一场雨，别说麦子，就是露在外面的屁股也会湿了皮。”

“我们的麦子放在人家屋里。”

“放在屋里？昨天交粮的人摆满了巴城，看你的德行，还屋里？你怎么不说粮放在裤裆里和老屌一起遮着雨呢！”

巴二抓起口袋，解开口袋系，一口袋麦子明目张胆地扑到水泥地上。

交粮的围拢，有人抓了麦子，惊叫道：“这麦子，粒大，腹饱，是上色麦，一等麦子啊！”

验粮的恼了：“起哄是不是？交就交，不交一边去，下一个。”

围拢的人羊粪蛋般撒开。

“看着麦子。”巴二撒腿跑出粮管所。

老人听了巴二的絮叨，从抽屉中拿出一张纸，写了一张条子，让巴二去交给粮管所长。巴二回到交粮的地方，向交粮的打听谁是粮管所长。交粮的人说：“谁横谁就是所长。”巴二想了半天，就到验粮的跟前，将条子伸了过去。

“所长，你看看这张条子。”

“所长？你大爷才是所长。条子，你以为你是县长的爹，拿个条子就能唬人。”

巴二捏了条子回到架子车旁，巴子看了看条子，让巴二看车，他拐过一墙角，找到了挂所长牌子的房子。

敲门进去，所长问他什么事？巴子把条子递了过去。

所长抓了条子，来到巴二倒麦子的地方，低头抓了几粒麦子，吆喝了一声，验粮的跑了过来。

“所长，这是你亲戚？”

“他是你大爷！”所长一脚踹了过去。“你连县长爹的条子都不看，还验什么粮？”

验粮的弯腰从地上抓了几粒麦子，“是一等麦，粒大，属自然粮。所长，我刚才判断有误。”

所长转身走了。

验粮的赔了笑脸，提了一张斛，让巴二父子交粮。

巴二让巴子把倒在地上的麦子装进口袋，捆了，放到架子车上，拉着车，走了。

“我交了多年的粮，先是帮生产队交，交一次粮脱一层皮。干干的麦子，让晒；晒完了让风车扬；扬完了还得等，说是让麦子塌塌腰。轮到自己交粮，我还不如麦子。麦子有我管，我谁管呢！”

巴子听到了麦子们沉重的呼吸。

四

“城里的石头比乡里的金子好刨，你进城去吧。”巴二坐在院中，瞧着满院散堆着的麦子。

“麦子一不值钱，人也就不值钱了。”巴二抓了一把麦子扔了出去。

麦子呻吟出了秋意。

“我守着这几亩地，你去城里找你二舅，能干点什么就干点什么，千万别偷别抢。”

巴子瞧着巴二鬓间的白发向外蔓延，冷了一下，又热了一下。

城里闹哄哄着一天又一天的日子。巴子俯身在沟渠里，镐头和石头相撞，手心里痒痒的。铺设自来水管道的活，在他们弯腰弓背中一段一段前行。他们借住在一工厂的车间，一铺展开，城里的夜融不进被窝，巴子便坐在铺上，顺窗外看夜色。顺窗而来的风中，夹带着一点甜、一点臭、一点腥、一点咸。外面的嘈闹声暗下去，西瓜样缀在杆上的路灯便肆意张狂起来，让路上的行人拉长影子。工厂背后寺院的风铃摇出的响声，少了些许清亮。

没有和尚的寺院，如同没穿衣服的女人，在巴子的想象中奔跑。

二舅抓了几个硬币，让巴子去挑水。没扁担，巴子一手挽了桶沿，避着东来西往的人，来到机井旁。前面已经排了两排桶子，桶子旁边立着的大多为老人和小孩。桶子往前挪，人亦往前挪。桶子和人都有些木然。从碗大的窗口递进去三枚硬币，从窗口挤出的声音把巴子唬了一跳：几个桶子？

两个。巴子响亮地回答。

窗口里便跳出来一枚硬币，滚在接水的暗沟里。接了水，巴子把桶子提在一边，看着暗沟里的那枚硬币豆花般闪现，便伏身抓了硬币。

硬币上有了一股淡淡的臭味。

直沟挖好，自来水管便入户，巴子他们就一家一家往里挖。城里人既不热情，也不冷淡。闲人们拿了凳子，瞧着巴子他们把汗水一滴一滴滴在沟渠中。

城里人觉得巴子他们的头像自来水龙头，没关紧，汗如龙头里滴出来的水。

嘀嗒！嘀嗒！

每家的味道都不一样，巴子的鼻子不够用，白天闻多了，晚上便一一滤过。

巴子惊疑于一种厕所的味道。那种味道击得巴子失了分寸。他老觉得尿多。城里不像乡下，随便一解裤带，一线尿便直泻横飞，有的是盛放的地方。城里人一个大院一个厕所，大多是男女混厕。一个坑上斜搭了一块板子，或站或蹲，都摇摇晃晃，也没见哪个人掉进坑中。巴子一站上板台，腿就打软。他仔细分辨着那些味道，时间一长，外面等的人便骂了起来，巴子慌乱地提了裤子，引带出一路的不解。

有点酸，夹点甜。

巴子欲哭无泪。

连阴的雨把巴城弄得一塌糊涂，二舅让巴子回家看看。

巴子黑了，也精神了。

“又少了两亩地，要修路。”

“要想富，先修路。”

在巴子家，话语权总是掌握在巴二手中。

“心疼，好好的地，硬是推成了路。”

“推就推吧，又没有占我们一家的。”巴子递了一支烟给巴二。

“抽上了。人也大了。”巴二瞅瞅牌子，点了烟，吸了一口。

比老旱烟好抽多了。巴二也觉得挺美。

巴子去看修成路的地。

占了地的柏油路横亘出一种霸气，压迫着他的眼。他用脚丈量了一下，有六米。踩在上面，比城里的路宽畅多了。加了国字，这路在巴子眼中就庄重了许多。巴子营原来有一条路，是老国道，路窄，抗战时期修的。抗战的概念，巴子只在历史书上学过。高鼻子的苏联人呼哧呼哧开着前有灯笼后有屁桶的羊毛车的壮观情景，巴二也没见过。巴子只记得那有个叫冯家园子的大车店是他爷爷开的。新国道把巴子营一隔为二，成为上巴子营和下巴子营。没有几个顾客的车马店消失了，他和伙伴们玩春玩夏玩秋玩冬的一排大脖子柳树消失了，一大片春天能救困的野菜地也消失了。

那片野菜地，一到春天，是蒲公英和车前草的天下。巴子不记它们的学名，只记它们接地气的名字，叫黄花辣和猪耳朵，名字俗但很形象。

它们是春天的菜。

没了就没了。巴子营富余的是地，满野满野。丰年时，大片的麦子、谷子、胡麻粗野出一种威势，天不得不抬高身子，饱满出殷实的味道。

这是雨水丰沛的年代。

雨水一稀少，巴子营就会少了很多的情致。庄稼困在地中，稀落的苗缩着脖子，站着站着歪了身子，干黄在地间。巴子有时把手插在开裂的缝中，能摸出一种心跳。

路修了，就富了。究竟是不是这样，巴子心里没有具体的东西。巴子营本该不是热闹的地方，车马店一消失，唯一热闹的地方也没了。

巴子觉得很是委屈。

五

巴子眼见得巴城在一天一天往外长。西门外的荒滩消失了，成群结队的庄稼趴在城市的眼皮下，迎受着城里的各种探视。巴子脚下踩的，旧称乱葬滩，是埋巴城穷苦人的地方。巴子他们替人修房子时，有时会挖出一两片薄皮棺材板，半糟着。挖出的脑壳有大有小，这些尸骨拉到了哪里，巴了不知道，也没法过问这些尸骨是谁的祖先。

一平方米的地价款是0.4元。四毛钱。

巴子干一天活的工资是0.8元。

买这些地修房子的人大多戴着蓝帽子，披着衣服，腆着肚子。

巴子问二舅这些人是干啥的。二舅说是富了的乡镇人。公社一变为乡镇，这些人屁股底下有坐的，嘴里有抽的，说话粗声大嗓。

巴子跟在一个来看修房的人后面，背着手，学他走路的样子，怎么也走不出那种姿势。

二舅赶过来在巴子屁股上踹了一脚。

“生下吃土的命，别学蛤蟆翻跟头。”

巴子不懂，提了铁锨去和泥。

和得泥天泥地。

村里要修学校，巴二带口信，让巴子赶回去帮忙。巴子不想去，带信的人说：你爹说了，修祖坟你可以不来，修学校一定得来。

巴子问原因。来人郑重起来：你爹说，祖坟上冒青烟，冒得是能念书的人。学校让人念书，不修学校的人命里不会有念书的后代。

巴二把读书总讲成念书，巴子纠正了多次，巴二不改。

巴二说：“码成书的字念起来才有味道。”

巴子便回到了村里。

稀稀落落的几个人，在巴子营小学动工的地方忙着。巴子一到，年长者直起腰，让巴子来抬木头。年长者挑了小头，巴子把粗头放到肩头，年长者不出力，重心全压在巴子肩上。巴子恼了，一人扛了木头，到地方，一耸肩，木头沉重地滚到地上，差点砸到校长的脚上。

校长是巴子的堂叔。

学校移址重建，选在巴子营第四小组的地上。第四小组的村民突然齐心起来，外出的、躺炕上的全聚到村委会，嚷嚷中夹杂着挑衅，说念书的孩子是全村的，凭啥修学校让第四小组全部出地。

吵嚷了几天。

巴子营村共六个组，临近第四小组的三个组划出了几块地，补偿给第四小组。挨不上边的两个小组的村民，承担义务工。

承担义务工的小组出工的都是老人、妇女。校长到学区汇报，学区给镇里汇报，没结果。

校长刚回到学校新址，巴子扔下的木头就示威般滚到他的脚下。问巴子是啥时候来的，巴子答了。问巴子为何来，巴子讲了巴二带去的话。校长摇摇头：一个村只有二哥是个明白人。

巴子喷了一口烟：一个村就他一个人愚蠢。

校长瞪了巴子一眼。

巴子踏着月光回到家。巴二坐在院中，递一杯水，巴子接了，猛恶地灌了下去。

巴子觉得月光很厚。

厚的像堵城墙。

他想回城。

巴二操起鞋底，拍向巴子的脊背。巴子吃疼，水杯里的水晃了出来。

他的喘息声亦粗重。

巴二说他的爷爷不认字，一年腊月三十日，请村里的先生写对联。先生望着他手里捧着的梅红纸，让他等，一直等到村里到处都扭结年夜饭的香味。先生收了笔，让他明年早点来。他的爷爷含着泪回家。在锅底上刮了点锅灰，倒在碗中搅了，摊开梅红纸，裁了，拓了七个碗底圈，贴在门上。

一村轰动。先生急了，写了对联送来，要揭贴在门上的碗底对子，他的爷爷拦住了先生，把先生送来的对子贴在了牲口圈门上。

巴二的父亲被赶进了学校。

不是念书的料啊！

巴二说他爹一进学堂，头就大起来。老师写在黑板上的字，像牛在犁地。回家，当爹的问他识了几个字，他说狗看星星认不出模样，只觉得那些字长胳膊长腿，他就是逮不住。

巴二的爷爷长叹一声，去世时摸着巴二的脑袋，挤出两滴泪来。

巴二在学校里很用功。他一看那些字，头也大。他的爹到学校，顺窗子看到巴二趴在桌子上睡觉，扭头回家。第二天便让巴二去放牛。

巴二海阔天空起来。

他觉得自己属于田地，不属于学校。

"本指望你能够改改巴家的气脉，也不行。好歹你成了一个高中生。算是古代的书生吧。不念就不念了。"

巴二起身，到屋中抱出一个纸箱。纸箱用一块布包着。他解开布，打开纸箱盖，一沓一沓的书和巴子用过的本子探头探脑起来。

巴子的眼眶润了。

他看到了那张发黄的纸。他上四年级时，把作业抄在了那张纸上，回家掏了书做作业，母亲让他去背猪草。邻家的小孩闹肚子，看到他放在桌子上的纸，顺手拿去擦了屁股。背完猪草，巴子找不到那张纸，问邻家的小孩，说他以为是废纸，拿去擦了屁股。巴子一拳挥过去，打翻了邻家小孩。小孩的父亲过来，拉了孩子，丢下一句狠话。

"五辈子出不来一个读书人，莫说一张破纸，给你个金片片，也念不出银子来。"

这话戳得巴二东倒西歪。他拿了手电筒，顺邻家小孩指的方向去找。无风，那张纸被揉成一团。巴二展开，嗅嗅，无味。回家用石板压平。

"过去敬字如敬神。"他长叹一声，把一身的希望托寄在巴子身上。

巴子成绩在中上。一到高二，进教室就头晕，一出教室就舒服。看医生，医生听了巴二的叙道，笑了："铁杵能磨成针，木棒只能磨出个牙签啊。"

巴二不懂，问医生，医生说各人有各人的造化，书念不成别闹出一身病来。

巴二懂了。

农活一忙，出工的人都不来了。未出地的小组把义务工折成了地，做了学校的公田。学校工地上只有巴子一人，有啥活他便干啥活。

校长也让巴子回城，干他该干的事。

修建学校的事就交给了工程队。

“又少了一亩多地，给学校，值。”巴二做了义务工。

巴子营的人认为巴二有了病。巴二也不解释。

学校落成后，巴二跑到祖坟，磕了三个头。

六

看着姑娘们把长裤换成了短裤，紧身衣换成了宽松衫，巴子觉得这城市是随着姑娘们的衣服变化的。花花绿绿满街一摆，灼晕了他的眼睛。他把目光拉长又收回，蹲在墙头上接砖的人瞅着巴子扔上来的砖麻花一样旋转，便骂巴子，巴子恼了，坐到一边发呆。

二舅摸摸巴子的额头，不烫。问巴子怎么了，巴子也不答。问得紧了，巴子起身，拍拍屁股上的土，回工棚睡觉去了。

问别人，谁也不知道缘由。二舅让人替了巴子的班，坐在溅了一身泥的桌边。

桌子上的一只水杯里爬满了泥巴，泥巴上的两只蚂蚁竭力拽住腿。二舅把杯子倒扣，一团泥巴摊到桌上，埋了两只蚂蚁。

二舅让巴子回家歇几天。

通往巴子营的路油汪汪地延伸。公共汽车上人不多，巴子坐得舒心舒骨。

巴城慢慢远去，绕在鼻子旁的那股似甜似酸的味道追着巴子，他揩了滚出的泪珠，旁边的人挪到了另外的座位上。

回到家，院门锁着。巴子推推门，从门缝里一瞅，院子里的狗扑到门前，汪地叫了一声。巴子呵斥了一声，狗摇了摇尾巴，吱吱咛咛地蹭着他的裤脚。

巴子转到地头，巴二正在麦田里拔燕麦。他拔一把，往田埂上一扔。成把的燕麦鹰一样落满田埂。巴子拾了燕麦，捆在一起。巴二问巴子回家干什么？巴子闷声答了一句：心里不舒服。

背了燕麦，巴子后背热起来，他耸耸肩，燕麦的麦芒胡乱戳着他的脖颈，像姑娘的头发，酥酥痒痒。

开了院门，巴子把燕麦捆往地上一扔，径直回到屋里，蒙被而睡。

巴二叫了几声，不应。便坐车到巴城，找到干活的地方，二舅让人端了一碗水，从灶房拿了两只馍。巴二吃了，问巴子回家的原因。

二舅笑了：该是给他娶女人的时候了。

巴子营把出嫁后的姑娘统称为女人。

爷俩坐在院中吃晚饭。一股风下来，凉的。巴二问巴子有无中意的姑娘，好央人提亲。巴子挠着头，说王庄的香头子行。

巴二问香头子是谁家的姑娘，巴子说是王老邪家的。

巴二跳起来：老天，哪可是王母娘娘家的人，你能娶起？

巴子喝了一口水：她又不是王母娘娘。

提亲的顺利增加了巴二的信心。他备了礼物，让巴子去相亲。

巴子提了两包饼干、两斤白糖、十个馍馍来到了王庄。衣服是涤卡面料做的，笔挺出一种粗糙。进得门来，门框上的血还有腥气，一只鸡头乱扔在院中。

厨房里飘出炸油饼的香味。

屋里的八仙桌居中，桌上摆着一副盘。正中墙上挂着毛泽东、华国锋的画像。

竖排的两条长凳，是沙枣木做的，油亮，木纹清晰。媒人上了炕，把两脚一盘，与香头子的父亲扯话。巴子两腿吊在炕沿下，看着地上雍容散步的一只肥猫。肥猫走走停停，用黄眼瞧着巴子。一个甩辫子的姑娘上了茶，侧头望了一眼巴子。

巴子眼里的这张脸生动成油饼的光泽。

吃了八块油饼，巴子停了嘴，香头子的父亲笑了。巴子的嘴唇厚，沾了油饼的油，像夹了肉的肉夹子。媒人边啃鸡肉边说巴子的好。巴子盯着媒人的嘴，媒人的话像过了油的鸡肉，肥腻腻的。盘子空了，媒人的话也停了。媒人让巴子递换手。巴子掏出一方手帕，叠出的鸳鸯头怪模怪样。香头子递过来一双鞋垫，巴子接了。他摸了一下香头子的手，很绵，香头子一巴掌拍在他的手上。巴子吃疼，把手缩了一下。

伍仟元的彩礼让巴二心惊肉跳。一斤麦子四毛钱，五千元要卖一万一千多斤麦子。四套衣服，七大姑八大姨的礼物，没有两万斤麦子不够。巴子这才懂了王母娘娘女儿的意思。

太贵了。

巴二问巴子，巴子不吭声。

巴二丈量着粮仓。他家的地已减成十亩。一亩地丰产时八百斤，七七八八一扣除，留足口粮，一年只能实存千斤麦子。二十年的麦子换一个儿媳妇回来，家底就倒腾空了。

和巴子算账，巴子蒙头睡了。巴二横了心，叫来粮贩子，腾空了粮仓。十元的钞票堆满了方桌，巴二觉得方桌上堆的不是钱，而是香头子。

他也倒头睡了。

娶了香头子进门，巴子瘦了。

巴二也瘦了。

队长蹲在门口，说有人要买土，一亩地出一千元。巴二新奇地瞪大了眼。每家卖两亩，队长扳着指头算，全队60多户，也就120亩地，也不多。问买了土去干啥？队长说城里人在城里挖了沟，要换土栽树。

种地不如卖土。队长拍拍屁股上的土，走得兴高采烈，留下算不清账的巴二，蹴在门槛上愣神。

巴二盯着那个铁嘴大家伙，一嘴下去，就吃掉一大块地的土层。问师傅，这铁家伙叫什么？说叫铲车。

巴子营的土层薄，铲车铲了两米，就剩不长庄稼的死土了。铲车走了，巴二扛了锨，铁锨剁下去，在死土上剁出几个白印。一泡尿下去，蜿蜒出一道印迹。巴二长叹一声，拖了铁锨去找队长。队长灰着脸，说城里人刁，他也弄不清卖土会卖出这么个结果。

活土层就是地的皮，皮揭了，人能活？巴二很想一铁锨铲了队长的头。

娶过门不几天，香头子穿起了裙子。碎花白底的裙子闪动在院中。有时，一阵风撩起裙子，巴二背了牛草进门，风把香头子的两条白腿晃到他眼前，他闭着眼到后院门口，撞到了门框上，惹得香头子笑了，说公爹走路不闭眼，闭着眼才进门。巴二摸摸撞疼的头，在牛屁股上拍了两巴掌。

巴二把牛拴到一棵树上，坐在土坑边沿。百十亩地的土坑，大得有点晃眼。未揭活土层时，上面站满了庄稼，麦子走后是油菜，或者荞麦。夏秋两季，密密麻麻饱得都是惹眼的颜色，麦子由绿到黄，玉米由绿到黄。麦子黄的是头，玉米黄的是棒子。荞麦秆红花白，夹杂着扯出一地醉人的色泽，胡麻蓝得揉在手里可以跟无云的天色相比。谷子一奋拉头，男人般饱满出一个季节。庄稼地里，飞的是麻雀，钻的是野鸡，叫的是斑鸠，跳的是青蛙，唱的是斑蝥，飞的是蜻蜓。扒了活土皮，满眼晃得都是灰白。大坑里除了几个蚂蚁在抖动触角，还有几片树叶，蜷在一起发皱发呆。

几个挂相机的过来，问天坑的来由。巴二问啥叫天坑，挂相机的指指望不到边的土坑，说就这。巴子营这地方怪，一夜之间，人间就出现了奇迹，这天坑是否陨石砸出的，也不见有陨石的痕迹。这就成了奇迹中的奇迹。

问明是记者，还是晚报的记者，巴二张嘴想骂人，又忍了。冤债有头，坑不是他们挖的。陨石不陨石，他不懂，也与他没有多少相干。巴二解了牛，拉了离开。一位记者朝着巴二和牛的背影拍了照片，说天坑旁边出现人和牛，都呆头呆脑的，莫不是外星人来造访。

其他的人哈哈大笑。

笑声刺疼了巴二，他想这些城里人又刁钻又无聊。扒了地的皮，还把土坑叫天坑，难道现在城里人变得已不吃五谷杂粮了。

香头子的裙子又飘到他眼前，还有胸前的两坨肉。

七

巴子眼见得巴城吹气球般疯大、疯长。一觉醒来，街上人多如蚁，各种声音糅杂。盖的楼房赶不上人住的速度，老板便让民工们加班。说要效仿深圳速度。电视里的深圳遥远的让巴子不敢想，问老板，老板拍拍肚子：一天一层楼，一天一个裤衩。巴子不懂，又问，老板递了一支烟给巴子：等你分不清男女，搞不清南北东西就知道了。

巴子还是不懂，看了看老板给的烟的牌子，夹到耳朵上，晚上睡觉时取下，压到枕头底下。

那支烟的价格他知道，他一天的工钱只能买一支烟。

八

巴二找到巴子，说他也想进城打工。

巴子抬起袖子抹了把汗：庄稼谁种？

爱谁谁种。

谁惹你了，是香头子？

谁也没惹我，我眼烦、心烦。眼不见心净。

找到二舅，二舅从办公椅上抬抬屁股，招呼巴二坐。

巴子说巴二也想在工地干活，二舅瞅瞅巴二的身板，说可惜了姐夫这身板。起早贪黑一年，一亩地挣几百元，还要赶上丰年。来吧，乡里的土地难养人，城里的垃圾都养人呢。

二舅让巴二去守材料场。

巴二没说一句话，跟着巴子来到材料场。负责材料场的人迎上来，说刘总已打了招呼，材料场是刘总的，姐夫是刘总的，也是大家的，防个外人防个狗，刘总是不放心外人啊！

安顿好住处，巴二说刘总仗义，比二狗子强。巴子笑了：刘总就是二舅，这二狗子是谁？

他是你二舅的小名。你二舅现在坐的凳子上长牙，咬住了屁股，见人站不起来。

巴子把一杯水递到巴二手里：怪不得拉着一张脸，你混到那个份上也一样。见你人家还抬抬屁股，见别人，进门都难。

怎么人一进城就成了这个德行？

看你进城混成什么样子，像你和我，摆个谱，狗都懒得理你。爹，材料场活清闲，但你得把心操好了。二舅拼下这点家当不容易。

这么说，我成你二舅的一条狗了。

巴子来了气，说巴二待在乡下有病了。现在做狗比做人好，看摊上啥人。生到官宦或有钱人家，猫是爹狗是娘呢。说了你也不懂，我得回一趟乡下，你进了城，狗能看住门，看不住女人。

你让香头子把地里的草拔了。

你省省心吧，你都跑到城里了，还让她拔草。

可惜了庄稼!

可惜啥?明年起不种了。

把地撂成荒地?

爱荒不荒。巴子甩手出了材料场。

不是末班车的公交车把巴子载向了夜色。在百塔寺路口下了车,巴子往回走。路两旁的杨树叶拥抱着拍手,啪啪的声音充满着无聊与闲适。稀薄的几声虫鸣响亮出单调的音律,巴子放缓脚步,吸进的气味在鼻腔里打转。鼻腔排斥着乡村的味道,一声喷嚏,让拔节的麦穗停顿了呼吸。

院子里有灯光透出,依稀的电视声音隔墙传出。巴子从大门缝中眯眼瞅着,看不到东西。门框亲热了一下巴子,他倒退着坐到一截破墙上抽烟,烟头一闪一闪,星星一闪一闪。电视声音停了,院子安静得也像睡了。掏出手机看看,已是午夜时分。他就着手机屏的亮光捡了一块石头,朝着院子扔去,狗居然未叫。他心里抽抽着,又捡了一块石头,扔到房上,等了一阵,仍不见动静。

西墙矮,他纵身上墙,拴着的狗哼了一声,依旧卧着。跳下墙,狗摇了一下尾巴。他摸摸狗头,猫腰跑到书房窗下,香头子酣甜的声音进进出出,扯满一屋。间或的粗重,砸着巴子,他推推门,门反扣着。退到西墙,翻墙出院,狗扯动了一下铁绳。

铁绳咣啷出后半夜的寂寞。

他靠着大门拐角睡了。

鸡鸣扯醒了天。

巴子听到扫院子的声音,听到了洗脸刷牙的声音,听到了用洗脸水洒院子的声音。

巴子叹了一声。

乡村的活气是从清扫院子开始的。

开了大门，香头子看到揉着眼的巴子，踢了一脚。

巴子咧嘴一笑。

“半夜里扔石头，翻墙头，睡门边，好你个巴子，没学到城里男人的好，倒把疑心病带了回来。”

“狗没叫，你怎么知道的？”

“半夜翻墙狗不咬，不是主人，哪个狗能这样。”

“你醒着？”

“我不醒让你乱得意？还试探？你爹不吭不哈跑进城，你贼不兮兮跑回家，是怕我偷人还是人偷我。”

“巴子营从来没有偷人的。”

香头子拉了一下巴子，巴子起身。

一院的阳光宣泄，巴子浑身热起来，燥起来。

自家的麦田显出香头子的好来。

麦田旁边的地里，玉米精壮地挺着身子。

玉米与玉米行中的豆花，开得满身灿烂。

邻家地里的草都在疯长。

那是一种叫灰菜的草。草头顶着米粒般的籽，窜出一身淫荡。

还有疯狂。

“你倒是务息庄稼的好手！”

“庄稼就像女人，也得滋润。不拔掉灰菜、蒿草，庄稼就像矮了半截的女人，心里也难受呢！”

撂荒田中的灰菜比人高。荒田像弃妇，任了蒿草、灰菜疯长。

穿过一大片田地，巴子来到天坑。

天坑里干净得像香头子的脸。

“连草都不长！挖土的是王八蛋，把地的精气全挖走了。”巴子叹道。

香头子推了一掌，巴子跌进了坑中。他爬起来，张张嘴，看香头子一脸寒肃，便噤了口，顺一豁口爬了出来。

香头子拾起一土疙瘩砸向天坑。

“男人都跑了，剩下女人守地，剩下狗看院。巴子，巴子，你也是个不守土地的货色。”

待了两天，巴子穿好香头子替他熨好的衣服，精神着出门。到百塔寺候车点，巴子拍拍香头子的肚子。肚子隆得不敞亮，香头子一挺，挺出另外一个人的世界。

“干脆进城去，租个房子，生一个小巴子。”

“生在城里都是人，生在乡下乱折腾。啥人啥命。”

“这是啥道理？”

香头子转身走了。

巴子眼前恍惚出一株玉米。

端端庄庄。

晃眼的是香头子的两瓣屁股。

玉米就是香头子。

巴子坐在车上想。

九

巴二被材料场的一根钢筋绊倒，头撞到了角铁沿，晕了。二舅让人把巴二送到医院，让巴子去陪护。

盛夏是住院的空档期，病房里住了巴二，病房才像病房。做了 CT，做了核磁，脑中无淤血，几位医生围着片子，理不出巴二昏睡不醒的头绪。

换到重症监护室，费用像血压般往上涨。巴子坐在地上，靠着墙算着口袋里的钱一张一张往外飞。他一月的血汗钱只够巴二一天的检测护理、用药的费用。

他向二舅倾诉，二舅说：出院吧，找个老中医看看，兴许能看出个道道。

吃喝拉撒正常。

巴子诉说。

老中医诊脉。

脉象正常。

老中医姓胡，已历四代，人称胡八爷。整日坐在家中，一天只看八个病人。排不上号，哪怕是他亲孙子，他也不看。

眉头焦墨山水般耸起，胡八爷踱起了步子。他让巴子脱了巴二的衣服。摸摸巴二的皮肤，皮肤温热；翻看巴二的眼皮，没什么异常。胡八爷的胡子麦穗似的戳起来。

“晕城症。”

胡八爷在房中吼了一句。

睡在院中的巴子跳了起来。胡八爷坐在院中，斟了酒，和巴子对喝。

巴子不懂晕城症。胡八爷长叹一声：吃土的命就该生活在土里。根在土中，偏要浮在空中。好挣的钱一般都不会久长。城里人为啥不在建筑工地上干活，因为他们懂，前半辈子挣钱，后半辈子得挣命。他们宁可吃低保，也不下死命干活。图的是人安命安。

巴子还是不懂。胡八爷让巴子回家，把巴二也带回家。

把巴二平放在百亩天坑的中央。在家的巴子营人都围罩在坑边，看着巴子、巴二像两只蚂蚁，一个躺着，一个坐着。

躺了三天，巴二的呼吸更加均匀。巴子翻看巴二的眼皮，拍拍巴二的脸，巴二的脸红润，灌水下去，肠里也响。

巴子进城，把巴二的近况向胡八爷诉道。

胡八爷恼了：那是大坟？没了活土的地方能让人活？为啥人死了要葬在庄稼地里。那里的土活，人化成土，土再滋润人，生生不息。你把巴二放在死土上，不接地气，怎么让他活。

巴子想这胡八爷简直无理。以前人死了，想埋哪儿就埋哪儿，现在你埋一个试试，放进炉中一烧，找个巴掌大的地方一埋，就了了。人是个啥，就是一把灰。

灰了脸的巴子把巴二背到了麦地边。他让香头子拿来镰刀，割开一个睡人的地方。把割了的麦子铺在巴二身下。

巴子睡在地旁，铺了毛毯。一夜睡得安稳。鸡鸣没有吵醒他，麻雀也没有吵醒他。

香头子做的小米炝葱花面条的香味吵醒了他。

夜里风大，麦子摇摆成大海。巴子坐在风中，睡在麦地中间的巴二，睁了一下眼，又闭上。巴子有了点想法，拔腿跑向院落。香头子摸摸巴子的皮肤，凉。

她把身子贴了上去。

舒服。

半夜里急促的打门声，把巴子从惬意中惊醒了。他披了衣服来到门边，问是谁？

我是你爹。

声音大，也有点哑，巴子哆嗦了一下。香头子侧身听了一阵：好像就是你爹。

拉开门栓，巴二冲进院中，跑到水缸前，操起水勺喝了半勺水，仰天一叹：又活了。

拉亮的院灯下，巴子赤着下体，香头子披着衣服，下身只着了一只裤衩。

巴二的眼直了，他骂了起来：我没有被摔死，倒会被你们羞死。

香头子紧紧衣服，回了房，从窗子里丢出裤子。

巴子穿了，看看爹蛤蟆一样在院子里跳来荡去。

十

十一月的最后一天，是个阴天。二舅听到楼下砰地一声，跳起来。巴子出门查看，民工在卸架时，一根钢管掉了下来。

“没伤人吧？”

“没有。”

二舅抹了一把汗：过去是楼盖得起，人伤得起。现在，楼盖不起，人也伤不起了。

巴子看到二舅脸上的愁像汗一样流来流去，便替他杯子里续了水。

“楼修好要不到钱，要不到钱发不了民工的工资，政府催，民工急。我成了什么？钱到手是大爷，我要钱时成了孙子，就像钻进风箱的老鼠。”

“楼太多了，我们晚上没事就算，巴城人平均一人占二套，还余。五驴子说政府给了他低保，再免费扶贫一套楼房、一个女人，他这辈子就美死了。”

五驴子是一个光棍。在二舅的工地上打零工。

二舅说：他下辈子转生成个公猪，不啥都有了。

负责南工地的人推门进来，要钱打发民工。

二舅从包里抽出十叠钱，扔了过去：这是十万，先发点让他们回家。其余的钱到年底再说。

来人应了，把钱拨拉到一手提袋中，走了。

“我欠了你多少钱？”二舅乜了一眼巴子。

“二十六万。”巴子的脸硬了起来。

“这么多？”

“再多你也还是我二舅。这几年，我的汗里泡着的舅舅都沤烂了。”

二舅叹了一声：多担待吧！明年巴子营要修楼，楼修好，顶你一套楼房。剩下的钱，给你去装修。

“修楼房？再一占地，我们连口粮田都没有了？”

“你这心操的，没意思。政府能让你饿死，你听到谁为住楼房饿了肚子。”

巴子起身走了，二舅摇摇头：一个巴二，一个巴子，一说土地就翻脸，好像地是他们的爹娘。我姐死了，都没见他们这么上心过。

十一

回家把钱交给香头子，香头子捏了一下：就这么点？

巴子点点头，说了二舅盖楼房的事。香头子的胸脯起伏起来，巴子一看这阵势，转身就走。

他老觉得香头子的胸脯像炮架，那一对奶头就是炮弹，一发火，随时都能射出。

转到了天坑，看到一身黑衣的巴二像猩猩一样蹲在天坑边沿。风吹起他的头发，刺猬般抖动。

巴子转述了二舅的话。

巴二的脸抽搐了一下。

天有点凉。巴子紧紧衣服，吼了一声。便见有人从院落里出来。这几年的工难打，许多人不愿跑远路，一跨省，要工钱就成了大难题，有时干一年，一要工钱，老板的脸就不是脸了。

天坑边缘上或站或蹲了一群人。大家让烟，谈天。

都说楼房的事。

巴子说天坑闲置了这么多年，我们在里面灌点水，弄个溜冰场，过年时放烟火，正月十五闹一起黄河灯会。楼修不修，我们管不着，我们先热闹热闹，也博它个彩头。

大家都说好，让巴子牵头，每家每户摊点费用，与其过年各自响，不如堆在一起响，要热闹就把巴子营热闹成巴城。

众人散了，巴二问：弄溜冰场，水从哪里来？

巴子把烟扔了：自来水还没冻住，接一套管子，你负责放水。水不能太多，多了淹死人，天坑就成了坟坑了。

我呸！巴二啐了一口。

（发表于《朔方》2016 年第 7 期）

情报员

一

大嘎坐在自行车上进城上学的那天，是1980年秋季开学的日子。一汪秋阳饱满地砸在父亲的脊背上，大嘎看到一圈一圈的汗从父亲衣背上渗出，撂起了父亲的衣服。父亲把弓着的背直了直，又匍下身子，用力一蹬，大嘎依稀看到了巴城城楼。

那时的巴城南门，还留有两截城墙，一堵城门。

一进城，父亲推了车子，让大嘎跟着。大嘎看着跑来跑去的车和来来往往的人，腿软了起来。父亲让他抓住自行车后架，拽着往前行。

那段路不长，拐一个十字，过一个十字，就到了。巴城的十字，在巴城人眼里短得像牙；在大嘎眼里，长得却像母亲蒸馍的灶气，长到天上。

父亲到学校替大嘎报了名，又把他留在姨妈家。

大嘎的城里学生时代就开始了。

姨妈家住的巷子叫仓巷。

出了仓巷，大嘎的脚飘浮着，像雪中冻木了的萝卜，踩不到地上。上学的学生还不多，街上拥堵的是大把大把的工人。间或有人把自行车往人群中一送，在一片惊呼声中，长发披肩的男子纵身上车，扬长而去，的确良喇叭裤摇晃得如两只风袋。

大嘎班级的教室在最后一排，教室后面是一片洼地，做了操场。教室门前立着水塔，水塔下坐着一只方形大铁皮缸。校工每天往缸里灌了水，供学生们洒地用。

教室门还未开，大嘎到操场，吼了一嗓子，沿着跑道跑了几圈，脚自信起来。他上了操场坡，教室门已开，三三两两的学生进来，聊天的聊天，看书的看书。

大嘎的同桌叫王宝林。

在大嘎的记忆中，王宝林像冰，像火，像老虎，像绵羊。安静时，她坐在凳子上，把书包往桌子上一拍，脸上的气息肃寒；一动，大嘎就感到一股热风，教室里便热意滚滚；做作业时，她咬了笔帽，左右摇晃一阵，看大嘎做好了，抢过本子，一抄，吁口气。坐在第二排的一男生怪叫：乡巴佬也想吃天鹅肉啊！

王宝林笑笑。她把本子往大嘎桌上一丢，拽了拽怪叫的男生，男生咧咧嘴，跟她到教室墙角，王宝林抽下皮带，披头甩打。男生号叫起来，跑到大嘎桌前，低下头去。

大嘎脑里奔出一个词，叫凶猛。

期中考试，大嘎成绩高居年级第十，班级第一。王宝林眼里的柔意风铃般摇晃。她向全班宣布：老娘就敬个学习好的人。

大嘎望望王宝林还没饱满到衬出衣服的胸脯，很想在里面塞点什么。

“以后谁惹大嘎，就是跟我王宝林过不去，他是我们班的大爷。”

全班一片肃然。

班主任赵燕坐在木头凳上，眼前的大嘎像一株庄稼，裤子像麦管，密密的头发像麦芒。大嘎垂了手，站着。半个小时后，赵燕望着大嘎脸上的汗往下淌，便起身，拿条毛巾，让大嘎擦了汗，让他回去。

王宝林问大嘎，赵燕叫他去干什么？

什么也没干，只是站了半小时。

没说话。

没说一句话。

王宝林便背起书包走了。

那场雨下得周正。不紧不忙。大嘎在一片花花绿绿的伞中，单调得像蹦跳着的一头牛犊。出校门时，赵燕叫住了他，让他到办公室去。

擦干了头上的雨水，赵燕交给他一个硬皮笔记本，让他记录班级八十多个学生每天的活动情况。

“要记出格的事！”

赵燕列出了看闲书、看电影、谈恋爱、骂老师等十项。

“这是一项光荣而艰巨的任务，交给你，我放心。”

大嘎把硬皮笔记本装到书包里，倒退着出了门。校院里空寂一片，只有雨点自在地往下落。

“每周六放学时交到我手中。平常别放在书包里，每天晚上记，不能让任何一个学生看到。”

赵燕追出来叮嘱了一句。加上标点符合，近 40 个字也像雨点，噼噼吧吧砸在大嘎身后。一拐巷口，王宝林窜出来，身后站着一凶巴巴的男生，为她撑伞。

“赵燕，没为难你吧！”

“没有。”

王宝林舒口气，跳上凶巴巴的男生的自行车，消失在雨中。

那凶巴巴的男生叫黑炭头。

大嘎飘移的眼神使王宝林不安，她低声问大嘎是否不舒服，引来了老师的一阵喝斥。大嘎朝后一瞅，王宝林也扭头瞅，坐在身后的学生也瞅。趴在桌上睡觉的大个子被惊醒，揉着眼睛问睡觉有啥好看的，赢得一片笑声。

上课的物理老师把大嘎罚到了后墙，让他靠墙站着。王宝林站起来，转身走到后墙，说要陪站，大嘎朝后望她也朝后望，只罚大嘎，不公平。

物理老师挺着六个月的身孕，怔在讲台上。

她问大嘎和王宝林是什么关系？

竟有人站起来认真回答：同桌关系。

站在后面，大嘎自在多了。全班的一切尽收眼底。各种后脑勺炒瓢似的滚动，大小圆方不一。戴帽子的、披围巾的脑袋不多，多的像一只一只的西瓜。物理老师个子不高，板书时踮着脚尖，一转身，肚子顶在了讲台上，讲台摇晃了一下。几声嘻笑传出，物理老师把手在讲台上一拍：没见过你们的妈大过肚子吗？

王宝林笑着回答：老师，我妈肚子大时我还在她肚子里。

物理老师绷着的脸松弛下来，继续讲串联和并联。

回到姨妈家，大嘎掏出硬皮本，脑海里的一条条鱼泛上来，大大小小，都一个模样。滤来滤去，大嘎理出几件事：黄一梅抄作业；刘小兵与张雁摸手；大个子上课睡觉，放了一个屁；物理老师说，没见过你们的妈大过肚子吗？李俊抄作业，把数学抄成了物理，王宝林笑她，李俊说，以后嫁人没准也会嫁错，这跟把数学抄成了物理有啥区别？数学老师张月英让班长吴峰带几个人放学后给她家去打煤砖。

打好草稿，大嘎把理好的东西抄在废纸上，核实无误后，打开硬笔本，他抄得很庄严，就像抄那封入团申请书。

星期天一早，姨妈让大嘎去买豆腐。豆腐蹲在国营商店栏柜的铁皮方盒中，望着排队的人，散发出豆香。买了两毛钱的豆腐，大嘎托着盘子，到姨妈家放了豆腐，告诉表妹他中午不吃饭，要去执行任务。表妹小，问是啥任务，大嘎拉过表妹，对她的耳朵吐出两个字：保密。

表妹一脸委屈，咧咧嘴，去翻连环画册了。

巴城剧院的前栏立着八根柱子，红红的，威势赫赫。

卖票的窗口在左侧，电影散场时才开正门。右侧下有一个方形花池，里面的花萎了，几片枯叶蜷屈着，像几只风干的老鼠。大嘎伏在花池下面，太阳下来，他的衬衣贴在脊背上，偶而有人过来，大嘎便用木棍捣腾花池中的土，把一片枯叶捣成了碎末。一个上午，没发现熟悉的人。电影《庐山恋》的宣传画，晒得有些发皱，演员张瑜的脸，令人心疼。

下午三点，四下里涌出了看电影的人。大嘎盯着潮般的人。赵燕老师穿着裙子，一个穿白衬衫留偏分头的男子拉着她的胳膊，被人流裹了进去。王宝林和黑炭头是电影开演前来的，黑炭头把手里的票卷成喇叭，吹了一下，验票的赔了笑脸，躬身让黑炭头进门。

大嘎从王宝林身上读出了一点委屈，他耸了耸肩膀。那个穿白衬衫留偏分头的男子出门三次：一次买了一袋花生，一次买了两根冰棍，一次买了一袋爆米花。

回到家，姨妈在洗衣服，问他执行什么任务。大嘎刚吐出保密两个字，姨妈把搓衣板一磕：保密，屁大的小孩，还任务？你妈这会可正黄天背个老日头在地中干活呢。她让你进城上学，是为了你跳出农门，你还任务？扯谎吧！跟城里娃们学坏，我可担当不起。

大嘎站在姨妈面前，想把赵燕老师交付的事情告诉她。他眼前飘出许多英雄人物的影子，便闭了嘴，帮姨妈倒了洗衣水。说他绝对没学坏。

轮到大嘎他们组的值日，其他人都说有事，留下大嘎一人。大嘎洒了水，开始扫地。他把每个位兜中掏出的纸都看了一遍，有抄错的作业，有沾了鼻涕的。在李俊的位兜中，他看到了揉成中成药丸般的一纸团，他小心地打开，看到一行字：放学后，在护城河城墙下见。大嘎莫名兴奋，他加快了打扫卫生的速度。

王宝林推门进来，看大嘎在一人忙碌，便帮他摆桌子。大嘎瞅着王宝林甩动的头发，停了手，怔在地上。王宝林笑了：傻样。她跑过来抱住大嘎，在他脸上亲了一下，又伸出舌头，轻轻舔了一下大嘎的脸。

说是给了他一个张瑜式的吻。

便笑着跑了。

大嘎的腿抖起来，他扶了桌子，用手擦拭着脸。看大门的老郑大爷进来拍拍大嘎的肩，大嘎慌乱地说卫生一打扫完他就回家。老郑大爷叹口气：都在欺负乡里娃老实啊！

叮嘱大嘎锁好门。

大嘎挪到大铁皮水缸边，把头伸进去，洗脸。

他想把王宝林的嘴印洗入水池。洗了几遍，不见嘴印。出了校门，不长的路走了多久，他不知道。表妹看他一脸的苦，问他是否病了，他说没有。

他走到镜子前，右脸红成一片，姨妈问他是否跟同学打了架，他说没有，也不敢。

取了香皂洗脸，洗得昏天地黑。

表妹惊奇，姨妈也惊奇。

姨妈说大嘎中邪了，便找了几张纸，在他头上绕来绕去，几点灰烬脱落在地下，经风一吹，打着旋儿。大嘎感到一阵热一阵凉。

本周情况：大个子说物理老师大肚皮上扣了一口锅，被赶出了教室；赵老师和一位穿白衬衫留偏分头的男人看电影，那个男人买了三次东西：一袋花生，两根冰棍，一袋爆米花；仍然没有发现《少女之心》；王天明放屁臭得人都捂鼻子，据他讲，是吃了蚂蚁屁股炒蒜薹惹得祸，证明人有彭义、王学军、李德仁。他们听说蚂蚁的屁股很有营养，便抓了一小瓶蚂蚁，在王天明家和蒜薹炒了。是酸的，他们异口同声；大个子下了防空地道，他说地道口在学校门的右侧，地道很长，他们只找到电线、灯泡，背了一捆，由于害怕，连夜扔到了羊下坝河；我被王宝林亲了一口，腿打抖，洗了无数遍脸，越洗越觉得王宝林的嘴印像烙在宋江脸上的金印，我都怕死了，但心里又怪怪的。为此还误了追踪李浚的约会，很对不起赵老师。

第二天上学，是星期六。大嘎一进教室，大家都笑，王宝林亲过的脸上，皮已被大嘎搓烂了，众人追问原因，老郑大爷进门，向赵燕老师告状，说别再让城里孩子欺负大嘎了，他一人打扫卫生，脸上肯定是碰的。大嘎所在组的成员都低了头，都说要向大嘎学习。

二

二嘎上初中时，大嘎已成为巴城不大不小的人物。二嘎所上的学校，是大嘎的母校，不过校名已由东方红中学改为巴城九中。

二嘎一进门，像一只刺猬滚进了菜园，令大嘎怎么看都不舒服。他把书包往桌上一撂，打开冰箱，取出一瓶饮料，喝了半拉，往垃圾桶里一扔，摁开了电视。

大嘎起身，关了电视，二嘎将脖子一梗：就允许你们看，我看电视咋就不行?

大嘎按捺了情绪：你是学生，回来先做作业。

作业。二嘎跑过去，拉开书包，抽出一张纸扔在大嘎面前：还作业？我们不叫做作业，叫“服劳役”。

大嘎仔细盯着作业单：

语文：背诵古诗文两篇并默写，日记一则，练习册52—60页所有习题。

数学：练习册（一）第二章第一小节所有习题，练习册（二）第一章第二小节8道习题。

英语：背诵课文6—12段。练习册第二章所有习题。

历史：背诵课后习题六3—4条。

地理：预习第三章。

政治：以自己观点阐述“给父母洗脚的意义”。

生物：观察一棵树的生长过程，并熟悉树的构成元素。

大嘎把作业单折叠起来，又打开，折了一只纸飞机，顺手一扔，纸飞机歪斜着栽倒在地下。

二嘎拾起飞机，笑了。

每天都这么多作业吗？

做作业还罢了，每天早自习，老师还让我们几个上讲台，监督各组学生，看谁不认真，谁在捣乱。

老师干什么呢？

在办公室喝水、吃早点、聊天。

就这些。

下午自习，别人在做作业，我们被叫到教研室，阅作业。

老师呢？

打篮球的打篮球，玩手机的玩手机，更可恨的是，我们要和差生一对一帮扶。

这是好事啊。

好事！像王顺天，他说一见课本，就像见了日本鬼子；一做作业，就想去打鬼子。每次面对他，我都提心吊胆。

你们做这么多作业，老师检查吗？

检查，他们有这责任感？每天早自习，老师命令我们班干部督促，各组组长检查。我们有口语：宁可去扫大街，也不在九中当班干部。

大嘎笑了：这么复杂？

二嘎扯过纸条：不跟你说了，做不完作业得罚站，我得去玩命了。

大嘎吐了一口烟：明早把作业单留下，你留一周的，我有用。

怎么，想去上访还是去告密，爸！

去去去，该干啥的干啥去。

那天下午，二嘎放学迟迟未回家，大嘎和妻子坐在饭桌前，望着桌上的菜慢慢褪了温度。妻子让大嘎去找，大嘎看看表，说再等一刻钟，不到，他就去学校问询。

听到钥匙的转动声，大嘎变换了脸色，妻子拉拉他。二嘎探进头来，望望，才把身子挤进来，他背着书包坐到餐桌前，用手捏了一根菜，瞅着大嘎。

回家迟还有理了，干啥去了？

二嘎瞪着大嘎：这你得问校长和班主任，爸，你告密的功夫太深了，能装得这样无辜，我佩服死你了。

莫名其妙，我告什么密？

还装，爸，我代表九中所有的学生感谢你，你把我们拯救出了水深火热之中。

越扯越淡。究竟啥事，弄得这么神秘。

“下午，校长开全校师生大会，就学生作业多的问题对老师提出了严厉的批评，要老师从今天起减少作业量，并保证，哪个老师布置的作业量超标，就停哪个老师的的工作。”

“这是好事啊，你咋把这事揽到我身上。”

“爸，这就是你的高明之处，你要作业单，我还没想到你有这么一手。”

大嘎起身，从卧室里拿出作业单，“乱扯什么，这不是你的作业单。”

二嘎笑了，“妈，当年我爸是不是给你写情书时也留有备份。”

大嘎的妻子把热好的菜端到桌上，“吃饭。父子俩怎么像特工在斗智。”

二嘎多吃了半碗米饭。

二嘎的书包轻了，大嘎的心思重了。

课余时间一多，二嘎的生活热闹了起来，他迷上了侦探小说。他把大嘎保存的作业单拿来，一张一张翻看，发现了一点复印的痕迹，便去问大嘎。

大嘎恼了，问二嘎有完没完。

二嘎说很有趣。

大嘎把手机往桌上一扔：这点事就有趣，我上初中时，干的事比这有趣多了。

于是讲王宝林。

“别的我都做了记录，唯有那本书，我隐瞒了老师。”

二嘎问是啥书？为啥至今还装在大嘎的心中，比名著还印象深刻。

“当时，那本书被定为黄色书籍。公安、学校查得严，一经发现，作为政治事件处理。最轻的要治安拘留十五天。”

“有多黄？”

“现在看来，那本书也稀松平常。可在那个年代，男男女女，尤其是发生在少男少女之间的事，是天大的事。”

二嘎哇了一声，“这么刺激，这书比韩寒写得还牛。”

“两码事。”

“你看了吗？”

“看了，偷偷摸摸。有天下午放学，王宝林把一本包了两层牛皮纸的东西交给我，说到家再打开。怕我路上偷拆，她一直跟我到姨妈家门口，并叮嘱我只能看两天，才转身走了。”

“那天晚上，等姨妈和表妹睡了，我趴在被窝中，打着手电筒看。第二天王宝林问我好看吗？我没有回答。又一个晚上，我看到了那个情节。那个时候，我曾看过《红楼楼》中贾宝玉和袭人偷试云雨情的那段，也不甚懂。那个情节照现在看起来，还有点含蓄，在那时，像惊雷。第二天早晨，我发现床单上湿了一块，我很羞，怕姨妈发现责骂，便扯了床单，放在洗衣盆里洗了。上课迟到了，赵燕老师问我原因，我说姨妈病了，我帮她烧了开水。赵燕老师没多问原因，倒是王宝林挤眉弄眼，让我不自在了一天。待把书还给王宝林，我才松了一口气。后有风言风语传出，赵燕老师曾审问过我几次，我都咬牙闭嘴，没有承认。王宝林说我仗义，以后便更加信赖我。”

“王宝林是你初恋情人？”

大嘎伸指戳了二嘎一下，“想啥呢，王宝林是黑炭头的马子，我哪敢动那心思，不想要命啦！”

“啥叫马子？”

“那时还未严打。巴城四大街八小巷都有人把持。黑炭头是西街一霸，手持马刀，腰缠九节鞭，手下有二十多个兄弟，都是十五六岁的社会闲散人员和学生。他们常挂在嘴上的一句话是：白刀子进红刀子出。”

“那是本什么书？”

“《少女之心》。”大嘎喝了一口水，呛得咳嗽起来。

中午一点，不见二嘎回家。大嘎去问门卫，门卫说的确有学生和老师留在学校。问在干什么？门卫很爆地来了一句：浇水的不管驴吃麦子。门卫坐在椅子上，背靠着，两腿叉开，一只脚在抖动，斜眼盯着大嘎。

退到树荫下，就见二嘎的数学老师走出校门，大嘎迎上去，数学老师绕过他，在鼻子里冷哼一声，飞离而去。

二嘎耷拉着脸，脸上挂着恼恨，见了大嘎，他吼了一声：不就是提了两条意见吗？至于吗，骂了我一小时，差点还打我，还羞辱我没教养。

到家后，二嘎喝了一杯牛奶，向大嘎嚷道：这群大人根本不讲信用。校长说好了保密，怎么我刚到教室就被数学老师叫到办公室里责骂。

你提了啥意见？

就是数学老师上课老接电话，老在讲台上吐痰。

就这？

二嘎咧了一下嘴：就这，我已被骂作没教养了，再提，我就成野孩子了。

大嘎倒了一杯开水，摸摸，又拿来一只杯子，交替着晾水。待水温降低了点，递给了二嘎。

“别灰心，这种事在成人的世界里天天发生。”

“那，这活人多没趣味。”

“如果没有这些插曲，人生倒真正没趣味了。”

“我怎么面对数学老师？”

“若无其事，你就像什么也没发生过。”

三

二嘎让大嘎去替他买一个硬皮笔记本。大嘎说干什么？二嘎笑了：潜伏。

大嘎心中怦然一动。他来到一文具店，仔细挑选着，他记忆中的赵燕老师交给他的那种笔记本已荡然无存。卖本子的小姑娘问大嘎挑本子怎么比挑个媳妇还难？面对宫廷剧看多了小姑娘，大嘎竟然害羞起来，他随便抽了一本，交了钱，出门后才松了一口气。

二嘎一见笔记本，嘲道：老土了吧！啥眼光，你从哪里淘来的剩货。好在这个本子记录的东西不公布于世，没人知道它的颜值。

大嘎被二嘎的新鲜词弄得惊慌起来。二嘎笑了：老爸，这回我们合作一把？

合作什么？

到晚上你就明白了。

不管什么，你得把心思放在学习上。

我哪次考试让你失望过？

这倒也是。你晚上做完家庭作业再找我。

二嘎应了。

二嘎做完作业，大嘎要笔记本看。二嘎不给，大嘎坐在床边盯着二嘎。二嘎说我们的世界你不懂。

大嘎努力地抬起屁股。

待二嘎睡了，大嘎打开手机，就着机屏的亮光进入二嘎卧室。那本笔记本搁在二嘎头边。大嘎拿了笔记本，到卧室后摁亮台灯。笔记本上记载的东西很零乱。大嘎找了几个关键字眼，发现手机、作业、靓、酷、高富帅出现的比较多。更令大嘎注意的是“上课时，偶有手机铃声，教师怒，学生笑”的那句话。他合了笔记本，轻手轻脚放回原处。

二嘎每天六点钟起床，手机闹铃很忠诚。二嘎习惯了母亲的慌乱，早饭大多到街上吃。听到门响，大嘎披着睡衣出来，让二嘎今天别带手机。二嘎问原因，大嘎说他做了一梦，今天学校要查手机。二嘎从书包里掏出手机，递给大嘎。大嘎问吃早点的钱够不够，二嘎摸摸牛仔裤的口袋，说够。

下午大嘎有应酬，回家时已到晚上十点。二嘎听到门响，立在门边，把拖鞋递给了大嘎。

爸，你真神了。

大嘎说咋了，这样殷勤。

二嘎说今天学校突击检查，所有拿手机的都登记在册，予以没收。但老师说是妥善保管，期中考试按名次发还。

分数考得低的，没达标的怎么办?

待放假时再酌情发还。

学生反应怎么样？

你别说，这招还真有效。班上的学习氛围一下浓了起来。有人在课本上写了“爹亲娘亲不如手机亲，为了手机，拼了。”

大嘎问二嘎的手机怎么办?

二嘎把头一偏：莫非你也想要收我的手机?上交手机后，有人问我今天为何没带手机，我说我爸有先见之明。

大嘎恼了，挥挥手，让二嘎去做作业。

期中考试一结束，学生们焦盼着公布成绩。二嘎说那是个庄严的时刻，老师提着一个包，学生们听到了手机的呼唤，个个伸着头。二嘎退到第九名，看着有几个曾排在他后面的学生领了手机，举着炫耀，他便恼恨起大嘎了。

这么激动人心的刹那，竟没有我的身影。二嘎在笔记本上写道。学习差的学生本不报希望，老师说他们也有明显的进步，不但发还手机，还予以表扬。下课后，他们竞相举着手机，说这玩意也还能替人争脸面，以后得好好待它。

据说那天中午，老师的手机信息爆满，老师被一个爱字弄得涕泪涟涟。老师收到最多的信息是：老师老师我爱你，就像帅哥爱靓女。

二嘎的笔记本上频繁地出现了一个女生的名字。大嘎耐着性子，捕捉有效的信息。二嘎记载的东西零乱，大嘎竭力想找到交集的地方，那个叫俞尚婉儿的姑娘名字精灵般抖动，他竟寻不出一点头绪。

他把那个名字压在了客厅茶儿的玻璃板下。

二嘎的母亲擦玻璃时看到了那个名字，赌气了。下午没有做饭。二嘎回家，看母亲呆呆地坐在沙发上，问她是否病了，母亲幽叹一声：你爸有外遇了。

二嘎问母亲有何证据。

母亲拿出了写俞尚婉儿的纸条。二嘎说：世上如果没有重名重姓的，我爸也太任性了，她是我们班的一个女生的名字。

莫不是你也爱上了这女生，你们父子俩鬼迷心窍了。

二嘎说等爸回来再揭谜底吧。

大嘎却出差了。

大嘎披着一身的疲惫，坐在沙发上。二嘎把母亲揉出汗的纸条交给大嘎，笑他偷鸡不成倒蚀把米。

大嘎纠正道：是聪明反被聪明误。

二嘎的舌头在嘴里抖动：一个叫俞尚婉儿的女孩，让我们家成了俗语比赛现场。

二嘎二嘎，那个俞尚婉儿，是你们班长得最平常的，为何那么漂亮地出现在你梦中。

二嘎对母亲笑了一下：妈，这就是谜底，我爸是内奸。他偷看了我的记事本。

大嘎揉揉眼眶：自找辱，不可活。

二嘎的母亲踢了凳子一脚：父子俩都不是好东西。

大嘎和二嘎同时笑了。

母亲一脸灿烂。

那只小白兔从桌位兜里掉到了地上。它很袖珍地在走道里蹦跳。学生的目光被它拉长，一直伸到讲台前。数学老师一弯腰，拎起小白兔的耳朵，把它放在讲台上。

谁的兔子？再不承认我就摔死它。

全班学生全都站了起来。

好，好，全都具有悲悯之心。这是数学课，不是生物课。数学老师甩袖走了。

那只小白兔一脸无辜地望着下面的几十双眼睛，二嘎走上讲台，抱了兔子，交给俞尚婉儿。

小白兔在俞尚婉儿的怀中安静成她的第三只乳房。

那只小白兔总活泼于二嘎的梦中。

刘取丹心的名字难住了大嘎。

午夜的巴城寂寞成一只抱窝的母鸡。大嘎立在阳台上，看那轮月亮挤在楼后，半边红半边白。路灯像开盘的葵花，笑语盈盈地洒着黄光。

我爸妈老土，俞尚婉儿的平常正是她的魅力所在，就像刘取丹心对俞尚婉儿的爱。其实那哪是什么爱呀，正像俞尚婉儿的小白兔，抓在手里是爱，一放开什么也不是。俞尚婉儿的父亲一出事，刘取丹心就疏远了她。俞尚婉儿被她的小白兔还要孤独。

大嘎抽出一支烟，窗户里没有风，烟由着性子弥漫。俞尚婉儿的父亲是巴城市的副市长，出事前主管财政。大嘎把一口烟喷到玻璃上，烟顺着玻璃游走，走出一只两只的蜈蚣。上午开会前俞副市长还在做廉政报告，下午就走了。走得急急忙忙。

大家把俞尚婉儿的父亲叫俞贪。我试图从她脸上读出惊悸，失落或者绝望，一点也没有。她的笑声更脆。我把她跌落到地下的笑声拾起来嗅嗅，闻出了一股强颜欢笑的孤寂和痛楚。

大嘎认为二嘎简直是诗人。

我从窗户外看见那只鸽子，它像一道数学题，解得我眼花缭乱。我望天空，是因为语文老师换了一件粉色的单衫，她的前胸堆在讲台，压迫得我们的眼睛发蓝。

大嘎想起他上初中时物理老师的肚子。

胡冯唤宇在猛追黄花香。他写了一张纸条：小妖精，快到我的碗里来。塞进黄花香的口袋。黄花香不知道。到家门口掏钥匙时掉在地上，让邻居捡起，插进了她家的门缝。黄花香的母亲气疯了，扇了她一个耳光。黄花香的脸肿了，肿得像碗里的妖精。

大嘎整夜失眠。

黄花香的名字像村妇，但人很会打扮，在全校，能穿出时尚且得体不扎眼的，黄花香排第二，没人敢说第一。我们最痛苦的是，每天要裹在校服里。校服像一只没有个性的罩子，把我们的青春罩在里面。我们多么盼望，一周规定只在周六周日穿校服，其他时候，全校花枝招展，那是一种什么胜景。

可惜，我们漂亮的衣服挂在衣柜里，如同我们的青春，像挂在铁杆上的腊肉一样。

大嘎认为这句话不通达，试着改了几次，都没有那种滋味。便放弃了。

这世道，学校病了，老师病了，学校和老师却认为我们病了。

大嘎惊得跳了起来。

四

那是只瘸猫。胖得像汉代的雕塑。

每天，那只猫便准时看着学生从校门出出进进。下雨的时候，学生的身上湿了，猫的身上也湿了。女生们认为猫比男生忠诚，便时不时带了肉和小吃之类，放到她们特意安置的盆里。猫也识趣，从不节外生枝，把进入学校乱窜的其他猫、狗管理得服服贴贴，不让它们影响学生上课。有些不服管教的，胖猫奋勇而上，将它们逐出学校。

那只胖猫被学生称作小苹果。

缘何如此叫，学生们说：可爱。

政教主任值周的那天，天灿烂得像那只胖猫。政教主任立在校门边，面无表情地看着推着自行车或三两结伴进入校门的学生。胖猫蹲在主任身边，尾巴一摇一摇，摇出若干热情，给进校的学生增加了些许欢乐。

政教主任叫住了一个没穿校服的女生。女生已很成熟，饱满的青春从胸前透出，颇为扎眼。耳朵下缀着的耳环风铃般摇摆。背肩书包似日本和服包般驮在脊背上，很用心地衬出一段韵致，超短裙把一双腿美成两截玉柱，逼得政教主任叫了一声。

那只胖猫也叫了一声。

围观的学生笑成一片。

政教主任转身踢了胖猫一脚，胖猫一耸身，立起尾巴，瞪着政教主任，政教主任飞脚踢去，胖猫惨叫一声，躺在一边。没穿校服的女生弯了腰，抚了一下猫身，政教主任脑海里飞出葱白一词，他喝令女生站起来。

“像你这样的货色，长大也不是什么好鸟。”政教主任吼了一声。

没穿校服的女生关了录音的手机，出了校门。

一段视频在网上传了出来，政教主任飞起的脚，躺在路上喘息的猫，一句声嘶力竭的狠语，搅得巴城沸腾成海。点击量的攀升，让九中热闹得歪斜了校门。

政教主任觉得自己还不如那只胖得令人生厌的瘸猫。

面对无数的镜头，政教主任抱了瘸猫，对着没穿校服的女生，鞠了一躬，说声对不起。

便转身走了。

网上爆出的视频上，政教主任像一位明星，他的背影落寞成一株树，摇晃在风浪中。

对这一事件，二嘎的笔记本上只字未现。

一俟二嘎睡了，大嘎便抬了脚步，摸进二嘎屋中，连续三周的白页，让大嘎愈加焦虑。他设想了两种可能：一种是二嘎有意如此，一种是二嘎效法影视片中特工们常用的隐形液书写。他否定了这两种假设。瘸猫和没穿校服的女生像泡沫般消失，大嘎有了痛不欲生的感觉。

五

在学生眼中，操场里的那排桌子就是领导。那排桌子一出现，学生们便知道，有关他们的事就登台亮相了。

二嘎提着凳子，走下楼梯，出了楼门回望，电子屏上闪烁着一行字：欢迎尿福公司来我校献爱心。

二嘎旁边的同学问：这个公司是干啥的？是不是打错字了？

有人接茬了：什么打错字了，现在满大街都是这种东西，据说是和尿不湿一样的产品。

二嘎掂掂凳子：走走走，操那份闲心干啥，去听听不就知道了，又不是数学题，值得我们探究。

就看见了十几个穿红马甲的人。马甲的背面印着两个字：尿福。

照例是副校长致辞，尿福公司经理做介绍，校长讲话。

二嘎耳朵里钻进了前列腺、尿床、遗精等字眼，他极力看着校长的面目，校长脸上的微笑是天然的，被点了名的学生上台，有男有女，二十几个人排在一起。

每人三千元的资助，用牌子打了钱数，让受助的学生举着。那些字眼滑稽在学生面前，很是刺目。

穿爱心马甲时，一个学生把写钱数的牌子往尿福公司经理面前一扔，走了。

学生们先是惊愕，继而爆发出一阵掌响，还有跺脚声。在二嘎的印象中，掌声的持续时间应该是他进校以来最为火爆、最为有力的一次。

各班的班主任和任课老师在副校长“肃敬、肃静”的叫喊声中，声嘶力歇地劝阻学生。校长看劝阻无效，便让各班班主任带回学生，留下受到爱心资助的几个同学。

按协议，受到资助的同学要在学校把红马甲穿一周。

回到教室，男生们便互相打趣。

你有前列腺吗？

你尿床吗？

你遗过精吗？

女有卫生巾，男有尿不湿，不男不女用尿福。

轰地笑了。

那位扔了牌子的学生成为英雄。

二嘎在睡觉前，特意去看大嘎。大嘎正准备一个发言稿，问二嘎是否有事。二嘎道声晚安，便回屋了。

二嘎扰乱了大嘎的思绪。

写完发言稿已是午夜。大嘎伸伸懒腰，疲惫地望着窗外。路灯像个被包养过的二奶，幽幽地立在路边。一只野猫急急地窜过，几张废纸风筝一样飘悠着。

他摸进二嘎房中。

二嘎的笔记本上终于又有了内容。

题目很刺激：不要脸的“爱心”。

二嘎记述的很简略，大嘎抠出几个字眼：尿福、红马甲、3000 元钱。

穿尿福红马甲。一脸蒙羞的学生。

爱心在大嘎面前支离破碎。

他把笔记本放回二嘎桌上。

躺在床上，大嘎满眼飘的都是“尿福”字眼。他又到二嘎房中，再次取了笔记本。他盯着每一个字，又抠出几个词：屈辱、英雄、处分。

打开电脑，还原着整个事件。

受资助的学生举着 3000 元钱的牌子。

受资助的学生必须穿带有尿福字眼的红马甲。

受资助的学生深感屈辱。

有人便扔了牌子。

扔了牌子的学生被称为英雄。

称为英雄的学生以扰乱学校秩序的名义将被处分。

他长舒了一口气。把一腔悲哀吞进了肚子。

那排桌子又出现在操场。在班主任的严令之下，学生们又提着凳子走到操场。二嘎数了一下，穿尿福红马甲的只有三个人，副校长赶过来，叫住几个穿红马甲的学生：脱了，脱了。

便收走了红马甲。

尿福公司的经理向穿红马甲的学生鞠躬道歉。

校长向全校学生道歉。

副校长举起双手，要求学生们鼓掌。

没有一个人响应。

副校长叹道：病了，都病了。

六

大嘎端了一杯酒，呷了一口。

二嘎倒了杯饮料，碰了一下大嘎的杯子。

喝。大嘎将杯子里的酒一饮而尽。

二嘎用吸管吸着饮料。

父子俩都没吃晚饭。

（发表于《新疆文学》2017 年 3 期）

李学辉——著

月亮下蛋

李学辉中短篇小说选

—下卷—

THE MOON LAYS EGGS

敦煌文艺出版社

图书在版编目（C I P）数据

月亮下蛋 ： 李学辉中短篇小说选 / 李学辉著. -- 兰州 ： 敦煌文艺出版社， 2022.12
ISBN 978-7-5468-2164-1

Ⅰ. ①月… Ⅱ. ①李… Ⅲ. ①中篇小说－小说集－中国－当代②短篇小说－小说集－中国－当代 Ⅳ. ①I247.7

中国版本图书馆CIP数据核字（2022）第222106号

月亮下蛋
李学辉　著

责任编辑：李恒敬
装帧设计：马吉庆

敦煌文艺出版社出版、发行
地址：（730030）兰州市城关区曹家巷1号新闻出版大厦
邮箱：dunhuangwenyi1958@126.com
0931-2131601（编辑部）
0931-2131387（发行部）

三河市天润建兴印务有限公司印刷
开本　787毫米×1194毫米　1/16　印张42.25　插页4　字数620千
2024年1月第1版　2024年1月第1次印刷
印数　1～4 100册

ISBN 978-7-5468-2164-1
定价：98.00元

邱小姐

一

剃头匠王二抖抖围裙，几丛头发散落在地上。地上的几根头发草般萎地。几声脚步传来。脚步声不是巴子营人的，急促，迫切。他看到一只军帽，跟在军帽后面的人，一个方脸，脸上横斜着一块刀疤。另一个儒雅，上衣口袋里别着一支钢笔。

“跟我们走。”儒雅的人抽出钢笔，在一张表格上写到：王二，男，理发匠。巴子营人。

“我家里还有老娘。”

“她由政府管。”

“我总得换件衣服，告诉老娘一声。”

“衣服到地方后统一发换。别的，不用你管。”

王二上了一辆敞篷卡车，那个方脸上带刀疤的人把他的理发担子搬上了车。那只有点扁的盆子在车框上磕了一下，王二咧咧嘴。

王二看到自家的烟洞里冒着白烟。白烟在房顶柔软地盘旋成老鹰，扇着翅膀。

他闻到了白烟中的麦香味。

二

醒来时，王二被成群结队的沙漠惊呆了。沙丘跟着沙丘，一浪一浪往前赶。清晨的沙丘上，爬着一缕一缕的光泽，王二紧紧衣服，看到一批又一批的人从各种车上下来，有一个女人朝他笑笑。他发现那个女人的眼睛亮得像沙丘上的光泽 .

她的牙齿令王二想到了他前几天扯回家的一尺白布。

一排一排的帐篷排着队，沙包一样。王二眼前的褐灰变成了绿，大块大块的眍眼。他看到了帐篷上的两个字：理发。

王二进了帐篷，坐在床板上的人站了起来，瞪了王二一眼，问他从哪里来，王二答了。王二问他这是什么地方，那人说他也不知道，他在街头纳鞋，被穿军装的人请上车，他还没来得急告诉家人一声，就上了车。他叫李逵。和梁山好汉李逵同名同姓。王二看他瘦成一麻秆，笑了。说他叫王二，他娘生下他，他的手指三个攥着，两个伸着，他娘就把他叫成了王二。那人说：二就二吧。他出生时，他爹读《水浒传》，他妈问他爹起什么名，他爹说就叫李逵吧。李逵勇猛，两把板斧能吓人。

接下来就去吃饭。一碗稀饭，白米的；两个馒头，扁的。王二用手一捏，馒头缩成一团，一松手，馒头舒展成原状。他说他娘蒸的馒头，瓷实。李逵说吃吧吃吧。他们便蹲在了地上，咬一口馒头喝一口稀饭。穿军装的人进来，让他们坐到凳子上吃饭。

习惯要改改。那位穿军装的人把两根咸菜夹到王二碗里，说是大头菜。

一天理一个班的发。穿军装的人吩咐他们。

帐篷前排了一个班的士兵，把军帽放在膝盖上。王二问他们理什么头型。

光头。

王二便飞刀。一大群的头发胡乱堆在王二脚下。王二绕着头发转，后面的士兵笑，说头发又不是蚊虫，王二避什么？

王二一脸寒肃：头发不能踩在脚下。发大于头。

三

理完最后一人，王二把剃刀在一块尺长的皮条上掸掸。皮条紧紧腰身。王二问班长他啥时能回家，班长的脸剃刀一样凝重起来。

这就是你的家。

王二问能不能写信。

班长说：不能。

李逵说我家的麦子该收了，他想回去收麦子。

班长拍拍李逵的肩：麦子政府会帮着收。

让他安心理发。

这是他们的工作。

王二他们听到工作两个字，对班长说他们以前给人剃头就叫剃头，刮脸就叫刮脸。

班长说：那是以前，到了这里，剃头也是工作。

李逵说：找女人是不是工作？

班长说：也是工作。在这一阶段，你们暂且就少了这项工作。

一大片热下来。王二抹了一把汗。李逵拍了一下裆，说这家伙不工作，晚上难熬呢！

班长笑笑：在沙丘上跑几圈，它老实了，你们也就老实了。

王二想这沙丘又不是女人。但他没吭声。沙丘上跑过一只动物，王二说是兔子，李逵说是狐狸。

四

那几个女兵进门的时候，王二正在扫散落在地上的头发。一个女兵的脚踩到了一撮头发，王二喝叫了一声。女兵抬起了脚，放下。王二又叫了一声，女兵挪了地方，王二弯下腰，拾起那撮头发，放到旁边的纸箱里。

“发大于天。”王二嘟囔了一句，

女兵们笑了。王二说他从未给女人理过发。

一个女兵抓起了王二的剃头刀，说也给我们剃个光头。这地方，水紧缺。王二搓搓头，说不能，只有尼姑才剃光头呢！你们多好的人，剃光头可惜了。

女兵问王二多好是啥意思。王二笑了：多好就是要多好看就多好看。

女兵们安静了。王二放下了剃头刀，拿起了剪刀。剪刀小巧，是王二的师傅留给他的。师傅爱笑，一笑起来就拿剪刀剪指甲。他曾问过师傅这把剪刀除了剪指甲还能干什么？师傅叹一口说：剪女人的头发。王二又问怎么没见过师傅剪过女人的头发。师傅闭了眼：那个人去了。师傅的几滴泪滴在围裙上。围裙上的湿花朵一样枯萎。师傅临终前，把剪刀给了王二。说有一天能派上用场。给第一个女人理发时，要选择周正的。剪刀也顺人，第一个剪周正了，剪子就不歪斜了。

王二瞅着女兵。女兵们都很周正。军服衬出的胸脯，像窜出树的沙枣花，还透着香。

王二开始走剪。

这日子走得快。王二留不住日光。女人的头发长，几个人的混在一起，往上长，王二把头发收拾在一起，装进一布袋。女兵瞧见布袋上有一只花，颜色黯淡，但针线透出的那种细密有一种原始的质朴，便围着那朵花叽喳了一阵。问王二把这些头发收拾起来做什么用。王二憋了半天：做梦。

看女兵们要出门，王二问她们在做什么。女兵们噤了口，一个回过头来说送邱小姐上天。

王二说你们谁是邱小姐，她理过发吗?

那个回过头的女兵说：它不需要理发。

五

黄昏的沙丘一排开，王二就想到了母猪的肚子。母猪仔进食之后，一溜儿排开，那些肚子就沙丘般舒展。村里的黄昏，有牛哞的声音，有鸡叫的声音，有狗吠的声音，还有娘呼孩儿的声音。各家的烟囱里冒出或白或黑的烟。有的直，有的弯。王二能准确判断出哪家烧的是麦草，哪家烧的是谷秆，哪家烧的是玉米秸秆，锅里泛出的香气冲进了烟道，哪些烟能弯着腰向天。王二到食堂吃饭，看到一大股黑奋勇而上，还呛人。问别人烧的是什么。说是煤。一大块一大块用铲子往灶膛里扔。王二瞧着那些黑，拾了一块塞进嘴里，一嚼，嘭嘭作响。炊事员瞧见了，骂道：吃煤，你个苕包，又不是糖。

王二看到沙丘上坐了一排一排的人，也赶了过去。都是住帐篷的。理发的、修鞋的、缝衣服的、做饭的……他们膝盖上透出的黄和脸色一样迷茫，他们坐着的方向是朝家的方向。坐了一阵，他们都趴在了沙丘上，有的人扭动着屁股。有的人蹬脚。沙丘便滑动起来。一绺一绺的沙子泛着光，往下冲。王二站在沙丘下，身上有了莫名的冲动。趴在沙丘上的人站了起来，嗷嗷地吼叫。王二也嗷嗷吼叫。

夜幕下来，一汪月在沙丘上缓缓地走。王二也在沙丘上缓缓地走。过了几道沙丘，有一条小路。路的左侧竖着的铁塔又长了一截。王二迈上了小路，一把枪横在了他面前。喝令他回去。王二倒退了几步，看到持枪的兵是他昨天刚理过发的，便笑道：我是王二。

持枪的兵肃着脸，又喝斥了一声。王二转了身，他把愤懑踏在脚下，想下次理发，也要喝斥他几声。这兵，没人情味呢!

回到帐篷，王二问同住的人，他们趴在沙丘上干什么？他们都说走水。王二把那个兵喝斥他的事一说，李逵笑了：没把你龟儿子绑起来关禁闭就算你上高香了，那地方，是你去的吗？

王二说，我就去看一眼邱小姐么。

李逵问啥叫邱小姐，王二重复了一遍女兵的话，李逵说：这邱小姐有福，上了天就能和嫦娥做伴了。王二说邱小姐没穿衣服，嫦娥害怕不害怕。

李逵说：我倒是不怕，但哪个穿衣服的女人能找我呢。

一帐篷的呼吸急促。熄灯号响了起来，灯灭了。无边的沙漠也睡了。

王二睡不着，他在想邱小姐是个什么样子。

六

那个方脸、脸上横斜刀疤的军人进门时，王二正在皮条上掸剃刀。来来去去，剃刀铮光闪亮。

大家都夸你手艺好。方脸、脸上横斜刀疤的人坐在凳子上，递一支烟给王二。

手艺好又能咋样？回不了家看不了娘娶不到媳妇，连信也不让写。

媳妇很快就有。我们已从南方征调了一批姑娘，就看你能不能对上眼。

王二问啥叫对上眼。

方脸的军人笑了：就是人家能不能看上你。你能不能相中人家。

王二说：只要她不是邱小姐，咋的也成。

方脸的军人问哪个是邱小姐。

王二重复了一遍女兵的话。

方脸的军人脸上横斜的刀疤抖动起来，说有意思。

王二问不穿衣服的邱小姐上了天，嫦娥怕不怕。

方脸的军人说嫦娥不怕，美帝国主义怕。

王二还想问，方脸的军人抬腕看看表，让王二快点替他理发，有一批钢材到了，他要到车站上去接。

王二想问哪个车站，看到方脸的军人寒了脸，便举刀猛扫。

舒服。方脸的军人跨出门，掉头朝王二笑笑。王二低下了头。

女兵们拥着一个姑娘进门时，王二抱着装了女兵头发的布袋在嗅。

姑娘用手绞着衣襟。前襟的边沿麻花一样扭动。女兵说她姓邱，叫邱国华。邱国华把辫子搭到胸前。辫子上村庄的味道羞涩地晃来晃去。一丝麦草香的味道忧伤地张望，灼疼了王二的眼睛。

王二扔下剃刀，哭着跑了出来。

这是个秋天，一个把绿曳出丰腴的秋天。王二眼前的邱小姐胖了很多，高了很多。这个秋天雨水多，多得让蚂蚁三三两两地往帐篷里钻。邱国华秋雨般滴进帐篷时，王二手里的那把剪子跌到了地上。邱国华拾起剪刀，在袖子上擦擦，几截头发奔到了袖子上，她用嘴吹吹。袖口波纹般摆了摆。

王二把一盆水端到了邱国华面前。邱国华的面容走进水中。水里的内涵软软的。盆里的水受到了伤害，沸出了几点浪花。王二坐在凳子上，看邱国华的头发在水里飘浮。头发长，她用手撩水，衣领贴在脖子上，头发越发肆意起来，把王二的眼神拉直。

“你死人啊，舀勺水给我冲头发。”

王二操起水勺，顺着头顶往下倒水。几滴水跑进邱国华的胸前。邱国华分开头发，眼前的王二模糊成一树桩。洗完头发。邱国华拿过梳子，一下一下梳理着头发。没有了村里的味道，头发显得很是自信。村里的树、庄稼远去，头发上缀着的牛哞羊咩纷纷掉落，也像蚂蚁一样冲出帐篷。王二有点发急，他操起剪刀，拽住邱国华的头发，嚓——嚓——嚓，几把头发攥到了他手里。王二扔下剪刀，挥舞着头发跑向沙丘。雨后的沙丘沉重地阻涩着他的脚步。他把鞋脱了，光着脚爬上了沙丘。

村里的炊烟在王二的挥舞中步步迫紧。王二对着飞扬的柳枝，脱光了衣服。

七

王二出门的时候，李逵问他去干什么。王二说去看雪。李逵从被窝里伸出手，又缩了回去。说好不容易盼到下雪。下雪天没有人来修鞋，也不会有人来理发，是补觉的好时候。王二说一下雪，心里乱。

便出门。

铺天的雪把王二杵在了地上。

村里的雪大，但有边。每一所院子，就是雪的边疆。四方的院子就是四方的边疆。沙漠里的雪，没有边，在莽野里窜，窜得天地没有界线。王二觉得自己像一只羊粪蛋，漫在雪中。雪压了一层又一层，窒息着他的呼吸。他仰天叫了一声，眼前的雪花歪斜了一下。

他逃回了屋子。李逵笑他抽完疯了，还是让邱国华赶了回来。

他说连邱小姐的影子都没有看到，邱国华，谁知道她是哪片雪。

李逵说雪大得像鞋底。

王二坐在床沿上，说一下雪，母亲便坐在炕上，他们也围罩在一被窝前，听雪在唱歌，看母亲在纳鞋底。母亲纳鞋底的姿势好看的像开足了的葵花。

李逵说王二被雪吓傻了，他补了十几年鞋，他的师傅是扳指头能数出来的角色，穿针引线的姿势超过他见过的所有能要姿势的女人。他倒觉得他师傅纳鞋底时有时候下雨，有时候下雪。

王二钻进了被窝。门外的叫声一响，王二听出是邱国华在叫他。

一屋子的头都伸出了被窝。

邱国华的红围巾在雪中飘舞。

理发。王二问。

邱国华说傻啊，这么大的雪还理发。她说没见过这么大的雪，让王二陪她走走。

王二说我们去看邱小姐。

邱国华说雪像狗，总是跟着人。

王二把手筒在袖中，他觉得自己跟在邱国华后面，更像狗。

雪一停。他们停下了脚步。沙漠安静得像老女人的乳房。他们看见了铁塔。铁塔上的雪很有层次感。王二想：唯一不怕雪的，就是这铁塔了。他想去摸摸铁塔，他跑，邱国华在后面追。

一声断喝，阻止了王二的脚步。满身披雪的哨兵，喝令他们回转身，去该去的地方。

王二和邱国华走向了沙漠。沙漠的阳边，雪遮不住羞，露出的私处带点湿意，一脚踩去，显出一个脚窝。王二看看天，黑；地上的白，更白。他拔腿跑起来，邱国华听到了他粗野的呼吸。

雪不理会他们，静卧在沙漠，一浪一浪，随沙丘起伏。

王二身后的铁塔高大着。他听到了李逵的叫声，还有好多人的应和。雪被他们踩得发毛，便咯吱起来。

八

王二坐在理发室中，想着门外的杨树。白杨树的叶子一动不动，他吹出一口气，理发室的门帘也懒得动。李逵掀帘进来，坐到理发的凳子上，抽烟。

“他们呢，今天怎么一个人都不来理发？”

“他们在捯饬邱小姐上天。”

“我们去看看”

“看——”李逵弹了一下烟灰，几点白跳到地上，“能让你看，我到生活区大门口，就被挡了回来。”

王二拿起笤帚，扫了李逵弹在地下的烟灰。

“赶人走是不是，地下又没头发，你扫什么？”

王二说：“理发就去洗头，不理发，该干啥的干啥去。”

“看，把你能耐的。是邱小姐上天，又不是邱国华上天，你急什么？”

王二把手中的剃头刀转了一下，剃头刀在指缝中绕成一个圈，一团白跟着转动。

“我们做什么？总不能天天在这里干等着吃饭。”

“嘿！”李逵出了门，又折回，望了王二一眼。

坐在门槛上，王二举头看天。沙漠上空的天，不遇阴天，永远那么干净。那些云，从不知疲倦。一朵像蘑菇的云在王二的头顶逗留了很长的时间。吃饭的铃声没响，号声也没了踪影。李逵端着一只碗，筷头上穿着两个馒头。

“发什么怔。去吃饭。”

王二到了饭厅，饭厅里只有三三两两生活区的人。他们坐在桌边，互相望着。喝粥的声音很轻，轻得像雨帘抖落的雨声。

几个当兵的进来，一脸凝重。他们抬了菜桶、馒头盒及半汤锅，急急地走了。

饭厅的墙后有一堆沙子，王二坐到沙堆上。沙堆上的沙子粗重地呼吸，王二感到了它们的紧张。望不到铁塔尖，王二在碗里扔了一把沙子，使劲揉擦。碗很干净地蹲在王二旁边，也像一只狗。

“进了，进了，快进了。”李逵蹦跳着奔来，把躺在沙堆上的人惊得坐了起来。

“什么进了？”王二问。

“邱小姐快进铁塔了。”李逵一转身，看到了跟在他后面荷枪的两个士兵。

“这几天，不能出生活区。每天由专人点名。”士兵们脸上看不到一丝柔和，他们和枪管一样生硬。

“这邱小姐，究竟是啥？上个天我们连大气也不敢喘一下。”

“邱小姐上天越快，我们回家也就越快。我的那个小乖乖。”李逵吁吁了半天。有几个人爬起来去尿尿。

那天晚上，王二梦到了一只冲天的蘑菇，它和云拧扭在一起，成为一只大大的云朵，在静空绚丽地绽放。

九

沙漠上空的月亮不叫月亮，叫煎饼，王二叫它鸡蛋煎饼。黄而圆。这年八月十五的月亮，圆得让李逵想上天去啃几口。

分发给王二的月饼，王二叫它点心。别人都吃了，王二没吃。王二把月饼用粗麻纸包了，压在箱底。李逵问他干什么？王二说他母亲从没吃过这么小的月饼，里面的馅中有枣仁、红糖、玫瑰，还有他说不出来的东西。他家乡的月饼，大，大得像车轱辘，最大的出笼时得两人抬。他母亲做的月饼，层薄、味醇，入口即化。酥。用料不多，姜黄、红曲、香豆子，一层一层，最多的层数为12层。李逵说：那么大的月饼，能吃多少天，得多少人吃。王二笑了：吃不完，晾晒，干了装在袋子里，备饥荒。李逵说：有颜色的东西爱长毛，放久了会发霉，吃不得的。王二说：好就好在这儿。八月十五晚上，献月，献给月神。李逵说：那是嫦娥。怪可怜的。一个人，在天上愁死了。王二说她愁什么？李逵拍了一下门框：你不愁，大雪天和邱国华去干什么？别饱汉不知饿汉饥。王二不再说话，想想也是，他出来快两年了，就有了白头发。十五的月亮黄一阵，便变大变白，这嫦娥，几千年了，头发白得像布。拉长，不知长到哪里。

俩人说到了母亲。

王二说他母亲，肯定在八月十五献月时多放了一双筷子。筷头一定朝外。

李逵说啥意思？

王二叹口气：等我回家吧！

俩人便望月亮，王二说月饼会发霉，颜色不能过重。怪不得月亮除了有时黄一阵，是清一色的白。如果月亮长了毛，我们便看不清天了。

俩人刚出生活区，岗哨吆喝一声。俩人退了回去，李逵说：邱国华这阵在想你还是想月亮？

王二说不知道。

月亮隐在了天中。俩人回房。王二抹黑从箱底里取了一块月饼，来到门外，掰碎，一点一点朝一棵柳树打去。李逵披衣出来，问王二干什么？王二说柳树会成精，会告诉他母亲，儿子在想她。

李逵默默回房。

十

王二和李逵同时听到了那声巨响。天空中的一团光，垂直上升后，便转了方向。

王二说是火焰，李逵说是光焰。

士兵们的脸上都在放光，有几个来到理发室，抬了王二，抛起落下，再抛起，王二手中的剃刀头甩了出去，插在了地下。

刮光头。士兵们脸上的金色活跃了王二。那天，王二刮光头刮得手疼。

“可以给家里写信了，不能乱写，要审查的。”方脸的军人刮完头，拍拍王二的肩膀。“信写好把家里的地址告诉我，我替你寄。”

王二问方脸的军人为何这样乐？方脸的军人笑了：怎么能不乐？

是邱小姐上了天。

“上了天，又落了地。”

“那不可惜了。”

“不可惜，一点都不可惜。它落到了该落的地方。”

“那个叫嫦娥的是不是空欢喜了一场。”

“不会。她也高兴。我们的腰直了，粗了。”

王二盯着方脸的军人。他脸上刀疤里溢出的兴奋，光焰一样闪动。王二觉得自己的腰也直了、粗了。

王二找到方脸的军人，守门的士兵朝他笑笑。他把一张皱巴巴的纸交给了他。方脸的军人看到那张纸，乐了。纸上只有两句话：我很好。我们许多人伺候邱小姐上了天。

日子像树，走着走着便粗了，这时的王二已不叫王二，叫王九家。他和邱国华领着孩子回到了巴子营。村里很静，静得让他想到了沙漠。他问一个小孩王大家。小孩仰头端详着他。说他的爷爷就是王大。

在一座砖包土墙的院中，迎出门的王大听王九家介绍邱国华，变了脸色。他问邱国华是干什么的，王九家说在一家商店当经理。

王大问小姐还能当经理，她是如何从天上回来的。王九家一怔，记起了当年他写的那封信。他笑了。

他说这个不是上天的邱小姐。

上天的邱小姐早已成了历史。那时他也没见过邱小姐。

没见过怎么伺候她。母亲活活被你那 13 个字气死了。

王九家问母亲去世时为啥没告诉他。

王大说：母亲说你干啥不好，偏偏去伺候邱小姐，还和许多人。我们家的脸都让你丢尽了。那段时间，村里人见到母亲，都问邱小姐长啥样，会不会生娃娃。

长啥样？我到现在也没见过真正的邱小姐，我怎么知道她长啥样。我只知道从那以后，我们的腰就直了、粗了。

还说没见过，你见哪个女人怀了娃弯腰的，肚子里盛个娃，不腰粗才怪呢！

邱国华捂住嘴笑了。她说大哥能不能让我们进屋说。真的不是你们想的那样。

王大把他们带到了堂屋。堂屋不大，正墙上挂着的母亲遗像蒙着灰尘。王九家拿袖子擦了。照片上的母亲亮堂了许多，亲切了许多。

王九家扑通跪下：妈，我领媳妇来看您了。她姓邱，但不是邱小姐。那个邱小姐去了该去的地方。我只听到它上天的声音。

他掏出手机，打电话给方脸的军人。他叫了声政委。

电话那头传来笑声，笑得王大没了底气。王大跪在母亲遗像前：妈，许多事我也弄不懂。王二伺候的不是邱小姐，但他娶了个姓邱的女人。

王九家从大哥手中接过一个拨浪鼓。鼓面灰暗。他在家理发时，摆好摊子，一摇鼓，拨浪鼓的声音一响，大家都知道，王二已支好了摊子，剃头的便会来到摊子前。王九家举着拨浪鼓，走过了村子。没有人出来，他又转身摇了一回鼓，跟着他的只有他的两个孩子。

（发表于《解放军文艺》2017 年第 4 期）

飞　白

一

莫知邪扛着一卷塑料薄膜，来到地头。他的身后，跟着一条黑狗。

地是去年撂荒的。一场冬水未浇透，地明显干涸。莫知邪在这个尚未落雨的春天，抬脚踏碎了几块土疙瘩。黑狗立在地下，像耷拉了头的玉米。

一阵风吹来，莫知邪打开薄膜，在卷薄膜的洞中穿了直杆，唤过黑狗，在狗脖子里套了绳子，拍拍狗头，狗便拉着薄膜杆前行。风吹着薄膜，海浪一般翻滚。

莫知邪唤住了黑狗。他挥起铁锹，压住了飞翻的塑料薄膜，望着天。天上一片白，白得像孙子的身子。

一支烟吸完，他又唤狗铺膜。

薄膜一条一条白向前方。

二

这个下午，莫知邪和黑狗努力在田野。偌大的田野，摆着一人一狗。他累了，狗也累了。他从一布袋中拿出半袋方便面，他吃一口，给狗喂一口。狗吃完袋中的面渣，摇了摇尾巴。

几只喜鹊喳喳着飞扑到薄膜上。莫知邪拍拍狗头。狗蹿出。喜鹊扑扇翅膀，飞到另一边去了。狗回到他的身边。

“再铺一垄，就回家。”他又把绳子套到黑狗的脖子里。狗便塌腰前行。

风卷着尘土，翻滚而来。风的味道，干，呛。莫知邪立在风中，远处的灰黄压过来，白无助地抖动。

“回家吧。”他揉揉眼，扛着剩下的薄膜，回到村中。

五婆婆坐在门槛上，手里端着一杯水，黑狗对着她汪了一声。五婆婆把手中的水泼向黑狗，莫知邪吼了一声：“和狗较啥劲呢！”

五婆婆望着莫知邪肩上扛着的薄膜卷，“又不是孙娃，还扛在肩上。这年月，就你有心。种玉米，喂鸟雀呢！”

薄膜卷从莫知邪肩上滑下。

“不种，你吃啥呢！”

“吃钱！”五婆婆从口袋里摸出几张钱，晃了晃。

“你就显摆吧！”他夹了薄膜。薄膜卷在腋间上下跳动。

回到家。炉子已灭了。莫知邪从房后抱来一捆柴。柴后面的两只野鸡，咣地飞起。

烟融入了沙尘，在空中乱飞。

满院的麻雀，把白天叽喳成了黑夜。

三

清明前落的一场雨不大，莫知邪的心里爬上了绿意。五婆婆拍门时，他正收拾点玉米的工具。他从墙上取下一个叫“鸭嘴”的东西，压了一下。歇了一年的“鸭嘴”吧嗒一下，又合拢。提着“鸭嘴”开了门，五婆婆问他的儿子是否回来上坟，他说不知道。

“我的三个儿子，一个也不回来。他们让我在他们爹的坟前多烧几张纸。”

莫知邪把“鸭嘴”放到一边，没说话。

“他们连祖宗都不要了，你还拿那玩意干啥！你真要种玉米？”

“看着地闲荒着，不种点庄稼，心慌呢！”

问五婆婆是否有事。五婆婆撇撇嘴，说她一个人上坟也心慌呢。让莫知邪陪她去上坟。

莫知邪把手中的烟扔了出去，“我啥时候成你们家的孝子贤孙了，凭啥让我陪你去上坟！”

五婆婆拿出一张伍拾元的钱，“我给你钱！”

莫知邪拉开门，“滚！你养了三个祖宗，让我当孝子贤孙，还钱？钱是个什么玩意儿。花钱无辈分，人不能乱了辈分。”

五婆婆把钱揣了回去，“不去算了，骂人，算啥呢！”便踮着脚走了。莫知邪发现五婆婆穿了一身新。头上的白发，塑料薄膜一样抖动在风中。

买了几沓烧纸，莫知邪来到祖坟前。祖坟旁的野花开得很密，簇着坟包。坟像一朵大花，开在坟院里。他拔掉坟门口的几株草，望着坟头的那块青石，老泪下来。他抹了一把泪，瞅瞅旁边的坟，未见有人烧纸。他点燃烧纸，在各坟门口都烧了几张。

几只喜鹊落在坟院的后土墙上，望着那些卷飞的纸灰，喳喳地叫。

四

莫知邪提着“鸭嘴”点玉米的时候，黑狗卧在玉米袋旁边。几只喜鹊站在地埂，望着黑狗。黑狗看见喜鹊往玉米袋跟前凑，汪了一声。喜鹊奔跑了几步，仍盯着玉米袋。

风在田野里胡乱蹓跶。莫知邪的耳门在响。一垄一垄的地膜上，一个一个的洞摆开，像五婆婆脸上的麻子。

“五婆婆的脸哪有地膜这么白。她的脸像核桃皮。”莫知邪笑了一声。黑狗不明白他在笑什么，呜了一下。莫知邪拾起一土疙瘩砸向黑狗，“你懂啥，这五婆婆，老了倒还能骚情呢！”他想到了五婆婆新换的衣服，“换上新衣服，给谁看呢！全村，剩下的人连自己都不知道姓啥了，哪还有心思看你新换的衣服呢！”

莫知邪点完最后一垄玉米，拍拍黑狗。

迎面而来的五婆婆望着他手中的“鸭嘴”，“还真种呢！”

莫知邪看着五婆婆衣服上的一朵花。绣花在衣服上有点蔫。五婆婆脸上的麻点在抖动，莫知邪哈哈笑了起来。

五婆婆抻抻衣袖，“这衣服，能值一亩地的麦子。”

莫知邪拍拍“鸭嘴”，“一亩地的麦子穿在身上，能开花呢！”

五婆婆咧了一下嘴，“麦子开花几分钟就完了，我这衣服穿不烂呢！”

莫知邪乜了一下眼，“现如今，谁的衣服能穿烂！”便转身走了。

留下一脸迷茫的黑狗，望着一堆一堆的麻雀，在已点种玉米的薄膜垄上叽喳跳跃。

五

五婆婆院中茁茂的那棵丁香树，把几缕香送进了房间。窗外的暗麻团一样松开，大团大团的白便在窗前走动。她披了衣服，拉开了门。清明后的巴子营的早晨还布列着冷气。听到一种窸窣的声音，她来到了后院。两只野鸡咣咣地从墙角的柴堆前窜出，翅膀闪出巨大的风，飞过墙头，惊得五婆婆跌坐到地上。“它们把我不当人呢。这东西，以前，只在边沟地头的刺草下钻卧，现在，跑到了院中。差点吓掉了我的魂。”

跑到地头，就见莫知邪蹲在田埂，泡在一缕一缕的浅雾中。眼前已被扯破的薄膜，鞭子一样挥舞在风中。点种的玉米粒旁，刨开着的洞里有一点两滴的湿。不远处的白杨树上，分列着几十只喜鹊，把意犹未尽的情绪挂在树上啄来荡去。

“我的院子里都住了野鸡，这些喜鹊吃你几颗玉米算什么。它们不把我们当人呢！”五婆婆坐到莫知邪旁边。

地埂上有一团圆圆的湿。

回到家，莫知邪没吃早饭，从炕上提了种子，又来到地头。在被喜鹊刨开的洞中重新点了玉米种子。他拍了一下黑狗，黑狗朝地埂的一只喜鹊扑去。喜鹊扇了一下翅膀，飞落到另一块地埂。

把扯破的塑料薄膜收拾到一起，莫知邪拧了一条塑料鞭子，在地头抽起来。

“你又不是紧皮手，抽什么地！它们没得吃，没得喝，不刨吃你的玉米，吃什么！以前，满地的庄稼，满沟的水，它们有的是吃的。现在，地里连一颗庄稼都没有，河里不见一点水，它们也是一条生命，也得活呢！”

“又没刨吃你家的，你就扯吧。哪天它们饿极了，吃了你！”

“喜鹊才不吃人呢！吃人的是乌鸦。”

“滚！你就是只乌鸦，一早上呜哇，呜哇！”

五婆婆跺了一下脚，一扭胯骨，离了地头。

六

五婆婆提了一塑料桶水，拿着两个破脸盆，来到了莫知邪种了玉米的地边。她将两个破脸盆放在地埂边高点的位置，倒了水，对在白杨树上和地头盘飞的喜鹊呢喃，见它们不理睬，便大声说：“给你们水喝，再不要刨吃莫老头的玉米了！看把老汉气成了啥样子！只要你们不刨吃，我每天给你们送水、送吃的！”

莫知邪望着电线杆头上蹲着的那只乌鸦，笑了。十多年未见乌鸦，他也不知道它们去了哪儿。有人说它们进城了，城里的垃圾箱里有它们的美食；

有人说它们死绝了。自十多年前小麦吸浆虫泛滥，一场铺天盖地的药打得乌鸦、麻雀没了踪影。现在，麻雀多得像狗毛，乌鸦却难得一见。稀奇的一声呜哇，让莫知邪的心里活了一下。

一只喜鹊飞到电线杆头，那是它常落脚的地方。乌鸦奋翅哇了一声，喜鹊飞了一圈，冲向乌鸦。乌鸦伸嘴啄去，喜鹊怪叫一声，斜着翅膀飞走了。

“好！”莫知邪叫了一声。

莫知邪的叫声未停，一大群喜鹊便喳喳而来。它们绕圈围攻乌鸦。乌鸦立于杆头，应对着四面的嘴。莫知邪在手里的弹弓头中装了小石子，盯着乌鸦，乌鸦若一直坚持，他就打喜鹊。乌鸦斗了一阵，大叫一声，趁喜鹊们松懈圈子时，逃走了。

“也是个屃包。”莫知邪抬起弹弓，朝乌鸦飞去的方向射去。

“骂谁呢？”

盯着五婆婆提着的塑料桶，莫知邪笑了：“骂乌鸦。你提个破桶转悠啥呢？”

“不识好人心！我在替你给喜鹊们送水，免得它们再刨挖你种的玉米。”

“要你多事。年轻时，我渴死都没见你送过一滴水。老了，倒学会发善心了。”

五婆婆坐到电线杆旁的一块石头上，“乌鸦在哪儿？”

“跟喜鹊们打战，斗不过，逃了！”

“这东西，已经十多年没见过了。以前，它们老在呜哇，呜哇。孩子他爹去世的那天，它们就在院子上空呜哇，呜哇。孩子他爹拔掉了输液管，说乌鸦呜哇着让他去呀，去呀。我那三个儿子，一个拿着棒子，一个提着菜刀，最小的拿着弹弓追乌鸦。等乌鸦飞远了，他们的爹也断气了。”

“别提儿子！你那三个儿子，这几年回来过吗？”

“大儿子三年前还来过一次。现在，每月有时能接个他们的电话，再就是接个汇款单。他们说汇款很麻烦，跑邮局又远，取钱又不方便。让我在手机上办个什么宝，取时扫个什么妈，方便。我一拿手机接电话，手就会抖，还什么宝、妈。我只知我是他们的妈，孙子才是宝。”

“你是他们的妈？把你能的。他们的妈多着呢！”

“你的两个儿子呢？”

“别说了！他们偶尔打个电话，他们可不如你的儿子们，还能多个宝和妈的。你的三个儿子现在又到了哪儿？”

“这我记得牢。老大在北京，老二在上海，老三在深圳。你的呢？”

“我那两个是打工的命。一个在新疆扛水泥袋，一个在云南替人养牛。”

“这么多的地，他们舍得丢。还跑那么远！”

“算了算了，家地不如野地香啊！”

“他们能回来吗？”

“连孙子都带走了，他们还能回来？我们死了，他们能回家把我们一埋，就算对得起我们了！”

“算算算。大清早的，死啊死的。反正我把水送到了地头，只要它们不刨吃你的玉米，少让你骂天骂地，也就行了。”

“你这是引狼入室呢！喜鹊，是多聪明的东西。你给它们水喝，它们会招伙引伴，不把我玉米地糟蹋完才怪！”

“我没想那么多。”五婆婆提了塑料桶，回家了。

莫知邪蹴到电线杆下，捡拾着散落了的几根羽毛，分辨着哪是喜鹊的，哪是乌鸦的。他看到了一根白羽毛。这是喜鹊脖子上的。这乌鸦，下嘴也狠！他背起手，看着五婆婆的背影，骂了一句“老妖精！”

七

莫知邪转到地头时，五婆婆正望着一只破脸盆出神。

“它们居然不喝我倒在盆子里的水！”

另一只破脸盆也歪斜在地埂。

“它们还踩翻了这只脸盆。”

莫知邪蹲着查看重新下种的洞。他用手指抠出玉米粒。玉米粒带着湿润，在他手里晃动着。

“它们居然不喝我倒在脸盆里的水！”五婆婆又嚷嚷一句。

“它们怕你下毒。喜鹊，是多灵性的东西！”

“下毒？你在种子上都不拌药，我为啥在水中下毒！”

莫知邪觉得身边少了什么，望着五婆婆。

五婆婆踢了一脚破脸盆，“我好心好意帮你，免得你天天为几颗玉米粒发驴脾气，气死了没人管！”

“黑狗跑哪了？”

“它也孤单了，莫不是找伴去了？”

“满村多得是野狗，它能孤独？”

俩人便站着，有一句没一句地聊天。

清早的田野，雾气已扩散，立在白杨树上的喜鹊安静得像五婆婆衣服上的花。

“它们是贼，我还没到地头时，它们早来过了。”

莫知邪看到另一块地里飞舞的薄膜，“它们把薄膜当玩具呢！撕啄破了薄膜，存不住水分，玉米粒一出土就会被晒死。”

“死就死吧！少雨没水的。”

莫知邪望了一眼天，吆喝了一声。黑狗领着一只小白狗，趔着腰来到了地头。那只小白狗扑到五婆婆脚边，舔着她的裤脚。

“这玩意儿。我说它这阵子老不见，原来是给自己找伴去了！”

“狗比人有情。你，连狗都不如！”

莫知邪笑了。他踢了黑狗一脚，“你骚情，我落骂名，滚！”

黑狗摇着尾巴，望着小白狗在五婆婆身后欢实。

补种了被喜鹊刨吃的玉米粒，莫知邪从口袋里取出一小瓶，喷了起来。

“你干啥，想毒害喜鹊？没了喜鹊，光听麻雀叽喳叽喳，没滋味呢！”五婆婆夺下了莫知邪手中的小瓶。

“你睁大眼看看，那是药吗？”

在清晨的阳光下，小瓶里窜出的泡泡五颜六色，在田野里飘飞。喜鹊们望着那些泡泡，有点晃眼。

黑狗和小白狗追着泡泡嬉闹。

“要是孙子在，可多好！”五婆婆用手抓了一个泡泡。

“一出苗，它们就不刨了。这苗，总得慢慢出吧！”

莫知邪在前，五婆婆在后。

黑狗在前，小白狗在后。

八

裹着一身雾露的莫知邪像一头老牛卧在地边的空角。有胆大的喜鹊飞身下树，盯了一眼莫知邪，刨着又点了玉米的洞。莫知邪伸出弹弓，一拉，小石子落在喜鹊的翅膀上。喜鹊吱地叫一声，扑打着飞离了地头。别的喜鹊张望着，静默在树枝上。

摸摸皮袄，有点凉湿。皮袄是祖传的，笨重，但实在。身下的毡片温热。这种组合的铺盖，已历几代。到莫知邪这辈，业已绝用。要不是喜鹊们这么较劲，皮袄和毡片会永远缩在破粮仓的隔墙上，在飞虫和老鼠的侵袭下，变成一堆废絮。

提着圆形饭盒的五婆婆，踢了蜷缩在皮袄中的莫知邪一脚。

“为了几颗玉米，真不要命了！”

便递过来一只碗，碗里盛的是鸡汤。

黑狗嗅嗅鼻子，小白狗也嗅嗅鼻子。

莫知邪喝了一口。

“看看，人比喜鹊没防性呢，你不怕我在汤里下毒？”

莫知邪喝完汤，“下毒？毒死我，你还得抵命，划不来。”

拉拉皮袄，五婆婆叹一声，“这东西。我们年轻时，修水库，看河垒坝，是宝贝呢！”

“还说呢！就因为老五有这么件东西，你夜里钻了一回，就成人家的人了。”

“要死哟！那时，年轻，谁知道你心里装着谁。你的眼睛老瞅的可是队里的那匹花母马！”

“队里的花母马金贵，作为队长，我不操心谁操心！”

“罢罢罢，大清早，老母马，花母鸡的，有意思么！一晚上睡在地头，不怕糟践你这把老骨头么！”

“种子下到地里，想念也就留在了地里。等不到出苗，心里像猫抓呢！”

“一辈子就是个啃土坷垃的命。”五婆婆接过了碗。

“睡了一晚上，得了，回家吧。”

“它们贼精呢，选在清早和傍晚时分来糟践。那时，人正犯困呢！”

“当了一辈子农民，倒活回来了。清早和傍晚下雾，露水重。它们既吃了又喝了，不选择那两个时辰，还选择你裤裆里干的时候？”

“怎么不要脸了！”

“不要脸总比不要命好吧！”

五婆婆扭身走了。

小白狗一走，黑狗也跟着跑了。

“你个杂碎，怎么天天和小白狗腻在一起！”

黑狗追撵起一只野鸡。小白狗看着野鸡飞到一高坡，汪了一声。黑狗回过身来，回到了莫知邪身边。

九

几滴云中雨打醒了莫知邪。他钻出羊皮袄，冒出尖的玉米苗脆嫩得令人心疼。他沿着出苗的地埂转了一圈。一大片浅绿让田野重新生机了起来。

卷了毡片，抱了羊皮袄，莫知邪离开地头。黑狗摇着尾巴，对着五婆婆家的院子吠叫。

坐到炕上，莫知邪捶捶腰，看到蜷在炕角的被窝，酣睡的欲望上来。他抖了一下被窝，一只老鼠钻出来，吓了他一跳。

跟着小白狗进门的，是五婆婆。盆里的肉香让莫知邪把被窝扔在了一边。

"不睡地头了？"

"出苗了。"

"苗长一匝，心才放下。玉米刚刚出苗，你放心？"

"出了苗，它们就该死心了！"

"你倒是活回来了。姑娘的舌头刚出土的苗，二香呢！你看个玉米，吃了我两只鸡，加上这只炒的，三只了！"

"打下玉米，还你！"

"要你还。"五婆婆从包中取出一瓶酒。"喝吧，喝吧，这是老二带来的，说这一瓶酒也值一亩地的玉米呢！"

"那我的肚子就更不敢盛这一亩地的玉米了，它受不起呢！"

"管他呢！喝不喝？这么多事情。不喝我拿走了！"

"喝还不行吗？这么点东西，一亩地的玉米呢！"

莫知邪醉倒在炕上。

十

“玉米苗啊！”五婆婆推醒了莫知邪。

“什么玉米苗？”

“你这老鬼，还真喝醉了。喜鹊们把玉米苗糟践完了！”

莫知邪光着脚跑出了门。五婆婆提了他的鞋，跟在后面。一只鞋掉了，黑狗叼起鞋，朝地头奔去。

地里的玉米苗被啄出，没有脱壳的玉米苗胡乱躺在地中，蔫马莲般偎在一起。薄膜飞于地中，波浪般在风中涌动。

莫知邪嘿嘿地笑了。

“疯了？至于吗！”

“它们跟玉米有多大的仇恨。才出的苗，它们就这么糟践！”

“糟践？它们在享受美味呢！”五婆婆拔出一颗玉米苗，把粒壳递给莫知邪，“尝尝！那味！”

莫知邪盯着玉米粒壳，掐掉苗秧，把玉米粒壳塞进嘴中。有一股乳香的味道，抑或麦香的味道，就是没有玉米的味道。牙齿晃动，舌头在嘴里乱窜，一种奇异从莫知邪嘴里溢出，残留在嘴里的鸡肉香远远地遁去，浑身舒泰。

“我种了一辈子庄稼，从来就没尝出过这种味道。”

“你以为那些喜鹊也像你，一辈子鼻孔里只钻一种味！”

莫知邪没有搭腔，他套好鞋，回家了。

五婆婆在地里走着，小白狗陪着她。

那些飞舞的白在风中有了声响，呜呜的，呜呜着。小白狗奔跃在这无穷的白中，小舟般晃动。

（发表于《朔方》2017 年第 12 期）

羊皮月光

一

驼龙叫了一声二小姐。

那是个夏天的正午，马家大院院内的热和外面的热冲撞着，一棵槐树喘着粗气，收缩着树荫。站在树荫下的驼龙对着绣窗，垂着手。他看到马二小姐的白裙子粘在皮肤上，和肉混成一个色调。一只金簪晃动在头上，她手里的丝线飞舞着，窗台上的几颗泥球，暴裂了一颗，里面的一只枣滚下了窗台。

驼龙上前，拾起了那颗枣，又叫了一声二小姐。

马二小姐冲出门来，抢过那颗枣，扔了出去。

驼龙完全暴晒在了太阳底下。

二

驼龙进了驼场。驼场是废弃的火药局改建的，驼龙老是能闻到火药的味道。

锅头看到驼龙紧攥的拳头，后退了几步。

“端一盆上好的土来。”

“驼爷，锅子我已上了泥。要土干啥？”

“没人把你的嘴撬开。废那么多话干什么。”

锅头出了驼场。

离驼场百米有一片庄稼地，种着谷子。谷子正在抽穗，有的努力地伸出舌头，有的耸着肩往上拔节。用脚踩踏了一阵，锅头把松软的土捧到盆中，端到了驼场。

锅头看着驼龙用另一只手和了泥。泥活得像面一样精致。

“取上好的驼毛来。”

“要多少？”

驼龙伸开了攥着泥的手：“能裹住这颗枣就行。”

锅头拿来了驼毛。

驼龙把枣卷进驼毛中，在驼毛上裹着泥巴，两只手抟着，一个圆球在他手中滚动。泥球的圆在这个夏天的中午让锅头把嘴张得如走气的风箱，他似乎听到了那颗枣快意的叫喊。

“你盯着，不要让任何人动这个泥球。待晒干后，你叫我。”

驼龙进了屋子。他拉开一被单，卷了进去。锅头侧头朝里张望，他眼里的驼龙成了一匹横卧的骆驼。

三

县政府在中心广场搭了高台，白纸黑字的“募捐抗日”几个大字燃着一拨又一拨人的热情。众人不理会县长口中的喜峰口、大沽口等字眼，都争着往台下的特制木箱里扔钱。

马二小姐袅袅的身影在溅起的灰尘中出现时，人们让开了一条道。跟在身后的丫鬟挥汗抱着一只小木箱。这是一只镏金小木箱。到木箱前，马二小姐让丫鬟打开小木箱，一根一根往木箱里丢金条。

一根一根的金条，鱼一般滑进了特制木箱中。围拢的人从惊愕中清醒过来，拍起了巴掌。

马二小姐转身走了。

马合盛家，从清末到民国，只要是国家的事，都没吝啬过。这马二小姐，端的是女中巾帼。县长的这些话气泡一样打散到扬起的风沙中。驼龙斜靠在一根柱子上，锅头捧着一只水烟锅，立在旁边。四条大汉抬走了特制木箱，广场里静了下来。

“五根金条啊，这马二小姐也忒豪气了。”锅头跺了一下脚。

“去告诉县政府的人，捐款的钱数不要公布。马二小姐的这种举动，已经要了我们的半条命。”

锅头不解，把水烟锅递给驼龙。

“驼爷，难道那些金条是杀人的利器？”

“利器是暗的。金条是明的。从民勤到天津，大小土匪有七八股，再加上盗贼，这一路，有数不完的凶险。”

“这是送往抗日前线的，哪个敢动？”

驼龙吸了一口烟，水烟锅乌嘟嘟地响了一阵，“小日本连中国这么大的地盘都敢动，这些盗匪还有啥不敢动的。”

“那我们不接这活就行了。让他们派警察和驻军去。”

“枉你混了这么多年。那些警察和军队如果可靠，我们就不必往天津去了。有时候，他们连盗匪都不如。”

锅头看到驼龙抬起的脚，往后退了几步，转身朝县政府奔去。驼龙望着天上的云。云一朵赶着一朵，急匆匆的。那片像骆驼的云，则不慌不忙，飘悠着。

“这一路，比黄金珍贵的是命，比命珍贵的是马二小姐的那几颗枣啊。”

驼龙离开了广场。

几个拆台的人，望着驼龙迈着狮步离开了广场，他们知道，驼龙又该出线了。

出线是人们对驼客走镖的通俗叫法。

四

马二小姐出门迎接驼龙。驼龙手里提着一只网袋，网袋里装着那颗裹泥的枣。网袋的下面，缀着一只铜铃铛。小巧。一摇，便嘀铃铃作响。

裹满彩线的七颗泥球端坐在木盘中，望着驼龙。驼龙从怀里掏出一只羊皮袋。羊皮袋上布满了皱纹。马二小姐没有说话，望着驼龙把七颗泥球装进羊皮袋。

"找到王家三少。他来信说二师六旅已被打散。你去找吧。他活着，你把它们交给他。他死了，你把它们和他的骨灰一起带回。"

"要是找不到呢？"

"找不到，我找你驼龙干啥。"马二小姐拧了一下手中的手绢。

驼龙收好羊皮袋，望了一眼马二小姐，把手中的泥球交给了她。

"铃铛响着，我们在路上。铃铛不响了，我们就到了天津。放心，找不到王家三少爷，我驼龙绝不回来。"

驼龙掂了掂羊皮袋，出了二门。

"等等。"马二小姐追了出来，丫鬟端着木盘跟在后面。

"拿来。"

驼龙掏出塞进怀里的羊皮袋。

马二小姐从羊皮袋里掏出了六个泥球。"只带一个去吧。一颗泥球一颗枣一颗心。七颗，又不是还魂丸。"

羊皮袋瘪了很多。

马二小姐门口的几朵花瓣无风自落。

丫鬟问这些泥球放到哪里。马二小姐一瓣一瓣拾着牡丹花片。她想再叫回驼龙，把这些花瓣塞进羊皮袋中。望着已被丫鬟关了半扇的门，她没有吭声。

五

驼队在黑得像狗一样的夜里出发。

二十四骆驼离了骆场。第一次，驼龙让锅头摘下了挂在骆驼脖颈下的铃铛。

“该戴的时候再戴吧。记住，把那两面绣了字的小旗挂在头驼上。”

两面小旗上绣的，一面是“抗日”，另一面是“廉耻”。

那是马二小姐绣的。

沙城是座小城。

出了驼场，绕过校场，有一排低矮的房子。房顶上爬满了沙子。每一粒沙子都瞪大了眼睛，望着缓缓行进的驼队。驼龙眼里的沙子在后退，他晃了一下手中的灯。灯影中驼队的身形拉长。锅头挥挥手，沙城的城门便矮了下去。

驼队进入了沙漠。腾格里沙漠软埋着骆驼们的梦想。它们的蹄子一踏向沙漠，身子就舒展起来。晴好的日子，风沙肆虐的日子，暴雨弥天的日子，都是骆驼的日子。

锅头又在头驼的脖子上系了铜铃。驼龙解了铜铃铛。

“这趟货，走的是心。人们捐助的黄金等物，是抗战用的；我怀里的泥绣球，是找人用的。一旦有失，我们这辈子就栽到家了。”

锅头把铜铃铛收好。驼队在无风的夜里，走得憋闷。他想哼几句小调，张张嘴，又闭合。

锅头拉了头驼，闷闷的，他没料到这次走驼，驼龙竟小心成狗的卵子，不叉开腿，竟然看不到任何东西。

一抹亮色下来，驼龙熄了灯，锅头在一个窝棚前支了锅。

锅叫锅子。用三根铁棒做支架。锅周围焊九个铁圈，圈与圈之间留有空隙。

下穿炉底。这种锅是特制的，又称气死风。风朝哪面刮，都不会影响火力。柴草或者干畜粪，点燃后的灰烬漏下点点的白，经风一吹，就不知到何方去了。

这是进入沙漠的唯一一个有窝棚的停歇点。

驼队的人围在锔子旁。骑马先生斜靠在木桩上，望着换了便衣的一个县府警察和马家的一个家丁，把一根麻秆伸进火堆中，燃了，摁到烟锅头上点烟。滋啦啦的响声过后，骑马先生噗地吹了一口，一颗烟弹落在了几米远的沙丘上，一丁点的红闪了一下。

“驼爷，让这个警察和那个家丁跟着，要多别扭有多别扭。这一路，他们跟着会坏规矩的。”

“你把他们一个看作金条，一个看做泥绣球，就不别扭了。”

“我说的是他们吃不了这种苦。”

“让他们吃点苦，就知道我们驼客的艰辛了。这回走镖，有这俩人跟着，倒也不失为一种好事。”

“待他们躺倒了，就不是好事了。”

“算了。走一步看一步吧！”

水头踢了家丁一脚，“起来，跟我刨沙。”

家丁攥起了拳头。水头笑了，“放下，攥了沙子的拳头没劲。这一路，风会吃了你，沙会吃了你。”

家丁学着水头铺平一滩沙子。水头把几根木棒插在四角，把一块羊皮往上面一搭，一个凉棚就搭成了。锅头从一头骆驼的垛架上取下一个包袱，对天拜了拜，在沙上铺平。水头抱来半袋面，瞄了瞄驼队，倒出二升面来，在羊皮上和面。家丁看着面在水头手里乖顺成团，又扯出面线。阳光从面线中透下，面丝上的金黄追迫得家丁退了几步。他走过去，摸摸那张用来和面的羊皮。羊皮柔软，有一种绸子般的质感，还有清油和麦面的味道。

抬头一瞧，警察也大张着嘴，望着这张羊皮。

吃完饭，水头抓起一把沙子，扔进碗中，用手搓了几圈。碗恢复了白净的身子。锅头巡查了一番，到羊皮凉棚下睡觉了。家丁眼前的十几个凉棚不规则的排着，看到驼龙招手，便和警察走了过去。

驼龙的凉棚搭在两个卧着的骆驼中间。宽大。驼龙让他们到凉棚下睡觉。他到另一边，靠着一匹骆驼闭了眼睛。

家丁听到四面的鼾声，心里烦得如鞋中灌了沙子。脚难受，人也难受。

六

夜一打旋，骑马先生吆喝一声，骆驼们便起了身。锅头手里的铃铛一响，它们排成串，迈开了脚步。

锅头在警察和家丁的腰里拴了绳子，让他们跟在驼队的后面。驼龙咳了一声，锅头松松拉紧的绳子，望了一下天。天上有几颗星星，锅头懒得数，他把星星看作面疙瘩，在天上的那口锅中膨松着。

沙漠像一根针，缝住了驼客们的嘴。一晃一晃的身影，宽大或窄小在沙丘上。

驼龙闭着眼。耳朵里灌进来的风不大。他听到蜥蜴在追着老鼠，翻过一浪又一浪的沙丘。半夜的风一紧，沙们便有了响音。那种响，和着骆驼的蹄声，让沙漠热闹了起来。骑马先生背着手，手里攥着的驼绳在发烫。在一座沙丘前，骑马先生吆喝了一声。一丝亮便在沙丘背后涌了出来。

驼龙立在沙丘上，抓起一把沙子，看着沙子飘落的方向，让锅头在沙丘的北坡支了凉棚。

沙丘的南面，有一片看不清模样的绿。骆驼身上的东西卸下，驼峰就俊朗起来。锅头把中驼身上的东西提到了驼龙身边，驼龙指指一皮袄，水头把毛线口袋塞到皮袄下，抱着一捆柴，到支好的锅子跟前，抓起麻秆引火。

骆驼散落在那片绿中。

在绿的中间，水头提着桶，找到了一汪水。这一汪水，水头每年都要看到几次。水越来越少，少得让水头的眼里冒火。他提来水，倒在一木槽中，便有骆驼过来，低头吸喝。警察和家丁到了那汪水前，水头扯下腰中的鞭子，抽了家丁一鞭子。家丁向驼龙诉说，驼龙乜了他一眼：在沙漠里，水头就是天。他不让动的水，你最好别动。

驼龙从怀里掏出羊皮袋，挂在支羊皮的架子上。那颗泥绣球的身子渐渐热了起来。

锅头听到了一声狼嗥。

七

那晚的月亮令警察和家丁抓起沙子四扬。骑马先生让锅头在嘴里含了水，朝他们脸上喷去。

八

若干年后，手拄拐杖的警察领着孙子在腾格里沙漠边缘，住了一个晚上。

他等来的月亮远没有那晚的那么诱人。

不是诱人，是瘆人。他对孙子说。

看着孙子不解的眼神，警察自己纠正自己。

九

那轮月亮升起时，沙漠一片通透。那种清亮，让沙子安静了下来。驼龙喝令停下驼队，在无狼墩安营。骑马先生说这个不合民勤驼队的规矩。驼龙用力拍了一下掌：今晚的月亮就是规矩。骑马先生张口想分辨，几缕月光冲进他的嘴中，他嚼了嚼，月亮的味道中有一丝苦味。他瞅着月亮边那缕绸带般的云，想到了家中的老婆。

驼龙用双手抻展了羊皮，坐在一沙丘的顶端。驼队中的人和骆驼都望着那张羊皮。那张羊皮上也有一轮圆月，在缓缓地走。锅头扯扯骑马先生的衣角，骑马先生瞪了他一眼。

无边的白倾泻，挟带着一股胭脂味，不浓烈，有一种清纯。驼客们都是粗豪汉子，素日野惯了，从来不和月亮对峙。他们也没有这么多耐心。月亮多大、多亮，都会踩在驼掌下。这么直面月亮，他们浑身感到了一丝寒意。

一匹狼在驼龙的身边坐了下来。它和驼龙一样，也望着那轮圆月。满地的沙子起立，和驼客们一道，举首望月。那些骆驼，把脖子挺得周直。它们眼里的月亮，有一种妖媚的力量，令它们浑身舒爽。

月亮移出了羊皮。驼龙垂下了双手。那匹狼纵身一跃，飞离了沙丘。

驼龙喘口气，从怀里抽出羊皮袋。他取出了那颗泥绣球。骑马先生看到一女子袅娜出绣球。绣球上的五色丝线，翩翩地拥到女子身后。驼客们的喉咙里塞满了沙子，他们用手抠着，抠出一部分，又被另一部分取代。

骑马先生一惊，忙放开裤裆，抓了一把尿，朝锅头脸上一抹。锅头哎呦一声，栽倒在地。他爬起来，踉跄到驮架边，抓起一袋水，朝驼客们脸上浇洒。驼客们哎呦着跳起来，也含了水朝骆驼头上喷。

骆驼们沉重地跪下。

水头扯起羊皮，蒙住了骆驼们的头。

锅头移步冲向沙丘，骑马先生拉住了他。驼客们望着驼龙收起了绣球，卷了那张羊皮，缓缓走下沙丘。骑马先生抓起两把水，朝他脸上洒去。驼龙扭了一下身子，呼出了一口气。

月亮移了一下身子，有几片云过来，挡在驼龙周围。

骑马先生挪到驼龙身边：走还是歇?

驼龙一挥手：快。离开这片沙漠。

十

那晚，警察对孙子说：那是月魇。

孙子笑了：不就是沙漠里的月亮么！

警察忙扯住孙子：不要用手乱指月亮。那晚的月亮，金子也发不出那样的光。

十一

这场雪像马一样跑来时，驼龙吆喝了一声。骑马先生嘿嘿地叫了起来。锅头、水头将骆驼围成一圈，风旋着把雪一片一片往驼圈赶。驼龙让锅头把雪往外抛，众人躲在驼圈中，盯着羊皮，望着雪狐狸一样朝他们媚笑。

警察和家丁被众人挤在了外面，筛子般抖动。驼龙看着警察和家丁。警察和家丁互相拍打着雪，他们发现雪和他们在较劲，他们拍得快，雪下得紧。拍下的雪堆在脚下，棉花一样往上涌。听到他们牙关的嘎吧声，驼龙把他们拽到了羊皮棚下。

警察和家丁在骆驼粗重的呼吸中，身子暖和起来。骆驼的嗉毛让他们温暖着。他们瞧着驼客们安静的脸，仿佛这场雪就应该这样下，就应该与他们有这种遭际。睡意朦胧，他们梦到了沙城，梦到了家中暖如春风的热炕。

他们醒来时，盖着驼龙的羊皮大衣。

大衣上的味道雄性十足。

一轮太阳下来，警察和家丁爬出羊皮大衣。漫漫的沙丘上，雪已消失得了无踪影。

“傻蛋，你以为这是在民勤城，这么大的雪会白出一个世界。这叫旋风雪。

不知什么时候来，也不知什么时候会走。”

锅头摇了摇手中的铃铛。

骆驼们朝有草的地方去了。

锅头坐在沙丘边，看到警察和家丁走来，便闭眼躺了下去。家丁挤出一脸笑，问锅头为何驼队在夜间赶路，白天歇息。锅头接过家丁递上来的烟，问警察，看到有生病的骆驼吗？警察说没有。锅头斜了眼；没有就对了。你以为驼龙的名号是白闯的吗？夜里走，省了土匪的袭扰。白天，骆驼们看得清草，分得出水。沙漠中的草，是那么容易吃得么。有些有毒的草，藏在其他草中，一不留神，骆驼吃了，会得肚绞痧。害死骆驼愁死人。

“为何我们走了七八天，没碰到土匪？”家丁问。

锅头起了身，把手里的烟一扔：“我操你奶奶，你以为土匪是你爹，是那么好伺候的吗？碰到土匪，你有几条命，滚。”

警察和家丁朝另一面沙丘走去。驼龙手里举着那只绣球。绣球在阳光下，舒张着身子，有几缕丝线，在风中摇曳。

“那里面装的是啥，令驼龙如此上心。”

家丁咳了一声，“我如果知道，二小姐就不会派我来了。二小姐让我看着驼龙，看他一路是怎么对待那只绣球的。”

“我看驼龙把绣球当命呢。”警察沉重地吐了一口气。

“命！可能比命还重要。这驼龙，何苦呢。二小姐的心在王家三少爷身上，他的心却在二小姐身上。一个驼把式，找一个女人生一窝小驼客，多自在。看上二小姐，那命，就不好说了。”

两把沙子飞来，家丁和警察看到锅头扑过来，便躲到一边去了。

驼龙收了绣球，把羊皮袋揣进怀里，从腰下摸出一只镖，随手甩了出去。

警察和家丁眼前的一只兔子，翻了一个跟头，抽搐在他们脚下。

十二

从一棵树后飞来一颗子弹，打断了绣有“廉耻”的那杆旗。

驼龙拾起旗杆，看着断口，令驼队立在原地。

远远的一片绿洲和一片村落，在几声狗吠中清晰起来。

过了这片村落，便是北衙门。北衙门里有驻军。驼队一般不住北衙门，要绕过另一片戈壁。

嗷、嗷的声音传来，一队裹着黑纱的马队冲来。他们围着驼队，扛在肩上的大刀上粘着沙子。

沙子泛红，驼龙的眼里也泛红。

马队把缩在后面的警察和家丁揪起来摁在马背上，打声呼哨，便消失了身影。

锅头收拾起了手中的家伙，问驼龙为何这股土匪只掳走警察和家丁。

驼龙说：“他们闻到了不一样的气味。”

“怎么救他们？”

“不用救。他们可能已被扔在北衙门后面的戈壁上了。”

“这一段沙漠，这次是走得最省心的一次。”

“至少有五拨人，在不同的地方守候。”

“这次连例份都没有要。他们也没显过身。”

“他们也是中国人啊！”

“中国人？往次他们怎么不说自己是中国人，老抢。”

“往常他们抢得是我们运送的富户们的东西。”

“富户们的东西也是我们用性命押运的。”

“我们在讨生活，他们也在讨生活。通知驼队，绕道荆棘冈。千万别碰上国民党军。他们可比土匪还不讲理。”

“这是运往天津抗日前线的，他们敢动。”

“他们除了不敢动日本人。别的，他们有什么不敢动的。”

“傅作义治军不是很严吗？”

“闭嘴，赶快绕道。已有眼线跑了。”

锅头向骑马先生一挥手。驼队转了方向。

戈壁滩上散落着零星的石头、蓬草。骆驼们踏上戈壁，蹄下少了自信。尖厉的戈壁石，暗红在风中。岁月锈成坚硬的记忆，相互碰撞着。

一只土包上，警察和家丁鬼一样喊叫。

他们的脸被染黑，身上的衣服已一片一片成布条，缀在身上，遮挡着该遮挡的地方。

围拢过来，驼客们都笑。

锅头推了家丁一把：唱戏呢。

家丁瘫在地上：吓死人了，他们把人头当球踢呢。

驼龙问警察：他们问了什么？

警察把两根布条绾成疙瘩。

他们问你绣球里面到底装的啥玩意，一路都揣在怀里。我说是马二小姐的心，他们便不吱声了。拿了刀，划我们的衣服。划成片片后，把我们绑了，扔在了这里。

他们还说，家丁的嘴不好。要不是他跟着驼龙的驼队，这次就该割了他的舌头。

家丁张张嘴，又闭拢。

远处有一只鹰，远远地盘旋。

这座客栈离包头还有百里，驼龙准备歇两天。驼客们在临近马道的旅店里，舒展了腰身。驼龙丢给锅头两块银元，让他去临近的村镇，给警察和家丁买两套衣服。

家丁要跟去，警察拽住了他。

干啥？家丁挣脱警察。

听说日本人已占据了包头。

日本人占了包头，与我有啥相干。

驼龙挥鞭，一股鞭风掠过家丁的嘴角。家丁捂了嘴，回房间去了。

这一觉睡得老长。绣球跑了，驼龙追啊追，追到了马家大院。马二小姐殷勤地端来一盘枣，个大而饱满。他刚一伸手，枣子便飞了，越过院墙。院墙外的骆驼，响了几个喷嚏。

骑马先生摇醒了驼龙，说日落西山，该出发了。

驼龙懒懒地爬起来。他的眼前，老有一颗枣在飞。他摸摸怀中，抽出羊皮袋，摸出绣球。

他舒口气，吃了两大碗碱面。

睡觉。等锅头回来，我们再确定怎么走？

驼客们卸了东西，回房歇息了。

十三

锅头背着两套衣服，回到客栈。驼龙抽开门栓，一大片的暗被挡在门外。

“走不了了，听说包头城里，全是日本人。”

驼龙让锅头去歇息，“把骑马先生叫来。”

俩人坐在炕上。那只挂在墙上的绣球，有一种媚态，在昏黄的灯光下，暧昧成云层中的圆月。

水头一掌推开门，把一张纸条递给了驼龙。

“用箭射进来的。”

纸条上有两个字：速离。

驼龙飞身下炕，“走。”

驼队摸黑撤离了客店。

“绕进戈壁，跑。”

骆驼奔跑着，摆幅很大。

警察和家丁跟在骆驼后面，像两只粪蛋，在不停地旋转。

十四

在回返的路上，路过这家已成废墟的客店，家丁问警察：“当时，驼龙怎么那么慌张？”

“慌张？你知道占领包头的是哪支日本军队。”

“难道是天皇不成？”

“是矾谷师团和小岛、岩田的两个机械化联队，带有400多辆卡车、坦克及超重车辆。我们稍有迟缓，就在这地方葬身了。”

“谁传来的消息？”

“不知道。反正来的路上，发生的一切都很吊诡。”

有一只狗，红着眼，瞪着家丁。家丁从狗眼里看到了一串刺刀，挑着人头，密密麻麻。

他转身就逃。

十五

驼龙在驼队奔行二十里后，在一片石林中让众人歇息。他坐在一块石头上，望着几棵矮成骆驼蓬草一样的树。

有一棵树上，挂着一根红布条。

驼龙上前，望着那根红布条。锅头伸手，想扯下那根红布条，驼龙推开了他。

这块戈壁，驼龙并未走过。以前在张家口交易时，也有日本人。那时，好像全是生意人，甚至有日本商人也学会了在袖筒里跟人捏指头押价。眼下，已进不了包头城。驼队朝哪个方向走，他吃不准。

顺那根挂红布条的方向前行一里许，另一棵树上也挂有红布条。驼龙上前，端详半天，对跟在身后的锅头说：沿红布条所指的方向走。

“那面抗日小旗还挂不挂？”

“如果不挂，莫说你是锅头，就是铁头，脑袋保不定早掉到了哪里。”

“这样走，能到张家口吗？”

“张家口？把你美的。日本人占领了平津，然后是张家口，而后是包头。你想想，我们还能到张家口吗？”

“那我们找谁交割这趟差事。”

“跟着这根红布条走，总有结果。”

十六

当那轮圆月大饼般挂在天际后，锅头咽了咽口水。驼龙抻开那张羊皮。他让锅头叫来水头，让他俩扯起羊皮。

驼龙掏出羊皮袋，拿出那颗绣球，在羊皮前面晃动。羊皮上的那轮月亮模糊成圆点，一点一点往前推。

锅头眼前的月亮大了起来。

他望了一眼驼龙。驼龙闭着眼睛，在月光下定立成一棵树，手臂树杈一样延伸。那只绣球，一直往上升，朝月亮移动的方向移升。

警察和家丁远远地张望。

“传说女人会勾魂。那个绣球，把驼龙的魂勾到了哪里？”

“月亮上吧！”警察眼里的月亮飘渺成一个气球，在天空晃晃悠悠。

月亮走到了云层里，驼龙收了绣球，收了那张羊皮。水头的胳膊已麻木。锅头甩了一下胳膊，把那些积在衣袖上的月光甩了一地。

十七

红布条消失的尽头，有一所村子。驼队一进村，村里便涌出几拨人来。警察看到来人胸前的青天白日徽章，来了精神。另一拨人很朴素，粗布灰衣服，脸上的笑很平和，驼龙发现他们中的一位胳膊上扎着一根红布条，忙上前致意。那人摆摆手，指指一位戴礼帽的人。驼龙从怀中掏出一张清单，递给警察，警察从怀里掏出一份信，奉给了戴礼帽的身边的人。

驼龙从戴礼帽的身边的人口中得知，他们是察哈尔省府的人。

清点完货物，戴礼帽的人转身走了。有兵丁过来，说战时运力吃紧，这些骆驼政府要征用，驼客愿留则留，不愿意留的哪儿来的到哪儿去。

骑马先生上前质询，挨了一耳光。他捂着脸，退到一边。

来到客店，骑马先生闷闷地喝水。胳膊上扎红布条的人安顿好锅头他们，和驼龙坐在院中。

“驼客没有了骆驼，也就没有了魂。这些骆驼，是他们的命。”

扎红布条的人拍拍驼龙的手。

驼龙问他是否知道一个叫王三少爷的人。

“莫不是叫王振国。”

驼龙点点头。

“那是个有血性的人，日本人从大沽口登陆天津，日机轰炸南开大学时，他正在图书馆读书。据说随后加入了二师六旅的一个团，上了前线。很英勇。二师六旅被打散后，他随队伍撤退到了张家口。这支部队由打散的队伍组成，大约有 3000 人。他们在张家口神秘失踪，迄今不知去向。”

“那么多人，怎么突然没有了呢？”

“据说当时雾气弥漫，这支部队走进了团雾中。雾气散后，就不见了踪影。”

“你怎么知道王三少爷在这支部队？”

“这支部队战斗力极强，威震察哈尔。有一支专炸日本坦克的小分队，就是王振国带领的。他盯住的是板垣征四郎部的坦克部队。”

驼龙拿出那张羊皮，交给扎红布条的人，“请替我安顿好驼客，让他们带着这张羊皮回家。我得去找王三少爷。”

驼龙掏出那只羊皮袋，那只绣球晃了一下，又退回袋中。

十八

民勤城遥遥在望，警察又问家丁：马二小姐为何让你跟着驼队去天津。

家丁叹口气：许是《水浒传》看多了吧。女人的心思，是那么容易猜的吗？

那张羊皮里果真有月亮？

家丁望着巍峨的马家庄园，叹口气：可能吧。女人的心中要是有了月亮，什么地方都会有月亮。

注释：在民勤部分驼队中，以其在驼队中所承担的职责进行分工，称谓各自不同：骑马先生（二首领）、锅头（拉第一链骆驼，又称大头，负责联络）、水头（拉第二链骆驼，称二头，负责饮食）

（发表于《解放军文艺》2018 年第 6 期）

奶　粮

天在生雪，母亲在生小孩。天生雪天知道，雪花大小一样。母亲生小孩是男是女，母亲不知道，我们也不知道。父亲坐在门槛上，伸长手臂，接着繁密的雪花。他的手掌上趴满了雪，从胳膊延伸上来的雪，到手腕处便肿了。

雪大如掌。

大哥、二哥和我站在雪中。我们的穿着比雪厚不了多少。在不刮风的日子里，下雪天不会冷。雪知道，我们也知道。大哥筒着手，不时地跺脚。雪瓷实，踩下去便成饼。二哥站在雪中，脚下用麦秸缠捆的鞋阻隔了冷，他便咧着嘴望着我们。二哥的麦秸鞋很滑稽，一动便啪啪作响，我们曾嘲弄过他，说他用绳子捆缠的麦秸鞋如喜鹊窝般难看。二哥从不辩解。二哥咧嘴滑下来的雪，鸟屎一样往下落。

我蹲在雪中，用手划着雪，雪中出现了人形。母亲生的是弟弟、妹妹，我也懒得搭理，我只管拨拉着雪。二哥赶过来，用麦秸鞋踏碎了雪面上的人。“我们都饿成这样了，再添张嘴，又得从我们嘴里找吃的。还不如养只母鸡吃鸡蛋呢！”

我站起来，捏紧了拳头，父亲从门槛上跳起来，疾步飞驰，扇了二哥一个耳光。二哥歪斜着倒下，又爬起来。我听到他嘴里迸出一个字：杀。

我的腿抖起来。

终于听到屋里传出了啼叫声，那是小弟的首哭。我们围拢在一起，大哥说那哭声是呜哇，像吹喇叭，从这声音上看，小弟会高大。二哥咧了一下嘴：老虎和狼的叫声那么大，它们站起来还没我高。这家伙的叫声是哥呀，他在怨我们吧，因为我们三个早于他来到人世。他哥呀，哥呀地叫，想讨好我们，没门。我看着父亲的身影消失在破草帘下。门的声音很轻，草帘上的雪一动，便到了门槛外。门槛外有一个小坎，白得像卧着的一条白狗。

大哥问我小弟的叫声像什么。我说哎哟。二哥盯着草帘，看到接生婆掀帘出来，在门外跺了三下脚。父亲从怀里掏出一条米袋。那条米袋衣服口袋般大小。接生婆一提，米袋的一角垂了下去。接生婆掂掂米袋，望着父亲。

父亲弯了腰：家里的存粮就这么点了，他婶，欠情后补吧！

接生婆把那个米袋扔了出去，米袋弹在墙下，死鸟一样跌到雪中。二哥的嘴角有了笑意，他滚过去，双手攥住布袋，趴在雪中。

接生婆叹了一声：四张嘴，八条腿，愁死锅，急死勺子。她一摇头，头上的雪旋着飞了一圈。父亲低着头，送接生婆出门。

接生婆雪一样消失在原野。

大哥问我小弟哎哟什么，二哥说：哎哟啥哎哟，有了这点米，尕鬼也算给了我们点见面礼。

二哥把小弟叫尕鬼。

父亲被风推进门时，肩膀上的雪像肩章。二哥占据了靠炕洞的炕面，把被窝的一半卷在了身下。我和大哥就着煤油灯豆大的火焰，在一粒一粒数小米。小米在大哥的手里晃动。大哥数了二十粒，归拢手指，小米就进了另一个布袋。父亲坐在炕沿边，望着我们数完小布袋里的小米，从腰里扯出一红布袋，交给大哥。

“一个月内，除了你大哥，你们俩谁也不能进你妈的屋。”

我和大哥没有答话。我盯着父亲的肩膀，他左边的雪肩章滑落了一半。父亲叫了一声老二，二哥也没有应答。

“拿你们的碗来。”

大哥跳下炕，从墙角的一破木柜里拿出了三只碗。我的碗沿有一豁口。这碗原是二哥的。他和大哥抢食时，磕碰出豁口，便换给了我。

大哥把三只碗摆在炕上。二哥钻出被窝，坐在了自己的碗前。

父亲拉开门，二哥的眼里充满了期待。

父亲再次进门后，端着一只铁碗。那是他的碗。

我们闻到了一股奶香味。父亲在我们的三只碗里倒入了铁碗里的奶。二哥端起碗，父亲一瞪眼，二哥放下了碗，他伸手在碗里一蘸，一滴奶滴进碗里。他把手指放进嘴里一吮，舌头滚动的声音像狗舔食发出的声响。

“你们先喝了碗里的东西。”父亲的脸阴暗着，眼里的光芒中有些许的无奈。

二哥率先端起了碗，一口喝了；大哥把碗沿对在嘴上，伸出舌头舔了一下，放下了碗；我喝了一口，有淡淡的腥味，浓浓的香甜。在饥饿中，那种腥甜像刚出窝的麻雀，扑腾到我嘴里。

“这是这个月你们每天的口粮。就剩这点米了。老大，你每天守着锅，熬了米汤给你妈喝。你妈下了奶，先喂饱你弟，剩下的你们分了喝。”

大哥端起碗，闻闻。

父亲转身走了出去。

另一扇门响了一声。父亲的脚踩出的声音很空洞。雪弯了腰，缩着身子，我听到院外白杨树上的两片叶子在打架。很猛烈。啪啪，啪啪，谁也不示弱。

“老大，你出来。”父亲叫了一声。

大哥溜下炕沿，二哥端起大哥的碗，喝了一口。

大哥进门后，钻进了被窝。小弟的啼哭声有点嘶哑，还有母亲的哽咽声。那个夜里，院门沉重地响了一声，踏雪声便远去。大哥碗里的奶冻在了碗底。我斜靠在门槛上，看着满天的星星。它们不怕冷，闪闪着。我怕冷，黑夜把我的视线阻隔，我抓起雪，捏成团，往院外扔。

雪一堆一堆肿在雪面上。

二哥一脚踹倒了我，“你不怕冻死，我们还冷呢！”他拍上了门。

那个冬天的雪贱得像富户人家的丫头。旧雪未消，新雪跟着趟往下走，走着走着便堆到了门口。父亲雪花般飘到了哪里，二哥问大哥，大哥紧咬着嘴唇，用手护着缠在腰间的米袋，他眼中的原野里，父亲在深一脚浅一脚地走。前面是悬崖，抑或是人家的院落，我猜测不到。二哥的声音粗壮得如打架的树叶，干涩出野兽般的光泽。

小弟的哭声一起，二哥便跳下炕，把耳朵贴在隔墙边，听到小弟嘬奶的声响，他捏紧拳头，嘴里的话被牙关挡着，要不然，喷出的唾液会像子弹一样射出。

那口锅像父亲一样冷漠无语。缺了半块的锅耳像被狼撕咬了半个的猪耳朵，总令我们不舒服。蝌蚪般的星星退去，大哥月亮一样直起身，下炕时，我听到了大哥腰间米袋里的米在赛跑。

蜷在墙角的笈笈筐中，干树叶的响声很脆，大哥抓起一把干树叶，塞进炉膛，从炕沿的席子底下抽出压扁了的一盒火柴。随着嗞地一声响，在硫磺的淡香中，他点燃了树叶。一股两股的烟急速地抖动，满屋游走。二哥咳嗽了一声。大哥不停地往灶膛里扔树叶，烟不停地冒。锅里的蒸汽溢出，大哥揭开锅盖，从腰间抽出米袋，抓出一把米，一粒一粒数。我看到二哥的眼里有鹰爪一样的尖厉爬出，盯着大哥的手。大哥数完手中的米，绑紧了米袋口。二哥的头缩回了被窝。

小米的香味和烟味混杂在一起。我盯着那一缕烟和锅里冒出的米香气，伸出手来，一把一把地抓。眼前的香味很空洞，我瞅不到具体的内容，便望二哥。二哥的眼一直盯着那口一个锅耳缺了半边的锅。

铁碗一笑，我们的心就抽紧。大哥把米汤倒进了铁碗，有一两滴滴在炉面，大哥用手指蘸了，放在嘴里吮吸。二哥咳嗽声又起。

大哥端起铁碗一出门，二哥飞身下炕，就着亮光看着锅。锅里空空如野。二哥端起锅，伸出舌头，舔着锅，我听到了二哥舌头的绝望与兴奋。

放下锅，二哥从炕角拽出自己的碗，立到门口。大哥端着铁碗一进门，二哥把碗伸了出来。大哥用肩膀扛了二哥一下，几粒奶飞出去，溅到地上。

大哥把铁碗放到桌上，取出自己的碗，我也把碗放到桌上。大哥摇摇铁碗，先在我碗里倒了一点，在二哥碗里倒了一点，在自己碗里倒了一点。二哥端起碗，一口喝了，又把碗放到桌上。大哥叹口气，把铁碗底的几粒奶滴到二哥碗中。二哥把碗放到一边，抢过铁碗，拎起来，对着自己的碗，一粒奶在铁碗中挣扎,我和大哥盯着那粒奶,那粒奶历经波折,终于掉在了二哥的碗中。

我和大哥听到了那粒奶落在二哥碗里的微叹。

二哥端起自己的碗，回到炕上。他碗里的那些奶被他的眼神拽得东摇西晃，等我和大哥吮完奶，二哥的脸晴成了一方蓝天，白云在他头顶萦绕，绕成一方手帕，跌落到炕角。

二哥的嘴里吁吁起来。他高兴的时候，嘴里会吁吁不断。

被窝像天，我们一扯，便进入了黑暗之中。大哥的叹息米粒般稀少。下午做饭时，大哥把米袋翻了过来，小米与米袋内相偎的一丁点白在二哥的目光中都被揉了几遍。那晚的半耳锅毫无生气，在火力的催促下把水弄得有气无力。稀烂的几米粒浮在水面，一点儿没有沉到锅底的欲望。母亲的那只碗等来的是能照出二哥嘴脸的清汤。大哥的身影晃动在母亲的窗前，我们听到母亲开窗和关窗的声音软弱无力。那一碗底的奶汁中有一丝血，在游动，如鸡蛋进锅后的一丝线条。大哥说没法分，一人喝一口，老三先来。二哥的脸狰狞着，大哥没理会，把碗递给了我。我接着碗，抿了一口，我的喉咙似乎很长，嘴开缝极小，那些带血的奶汁被牙挡住，我咽不下去。我把碗递给二哥，二哥一仰脖，把碗底的奶汁全吞了下去。大哥攥紧了拳头，望着碗底。大哥倒提着碗，碗里没有溜下一滴奶汁，他举起了碗。我挡在了大哥前面。二哥转身跳上炕，钻入了被窝。

有火，朝尕鬼去发，他先喝了才轮到我们的。二哥从被窝中钻出头，朝大哥吼了一句。

那晚我老听到雪在打架。下面的雪诅咒压在上面的雪，上面的雪在不停地骂老天。树上的雪摇晃而下，正骂人的雪呛出几声咳嗽，大哥挥舞手中的米袋，我侧过身，看到他划亮一根火柴，把嘴套在米袋中，使劲地吹。二哥跳下炕，把耳朵贴在墙上，听母亲屋中的动静。

那晚，小弟没有啼哭一声。

天又冒起了雪花，很柔很轻。二哥从被窝中钻出来，套上他的特制鞋。他向我和大哥扬扬手，手中那个叫夹脑的东西嚣张地弹出一声响。我的手指有了疼痛感。那颗作为诱饵的麦粒很自得，在我和大哥眼中晃动。

二哥在院中扫开了筛子大的一块地方，把夹脑安放在空地。他扫出的空地像井口，四周的雪都顶礼膜拜。二哥背着手回屋，把一脸的得意贴在窗口。三双眼睛里，有几只麻雀从墙外飞来。它们蹦蹦跳跳，几个老麻雀围着夹脑，瞪着圆溜的眼似乎想吞噬夹脑。那个半大的麻雀跳了一下，又跳了一下，伸嘴向那颗麦粒啄去。叭地一声，夹脑弹了一下身子，围观的麻雀听到叽吱一声，慌乱地飞走，翅膀掠起的雪沉重地四散。

二哥拍了一下手。拉门出屋。我们跟在后面。另一扇窗前，母亲望着二哥一步一步走向那块空地。二哥拎起夹脑，晃了晃，那只麻雀的身子也晃了晃，它的翅膀耷拉着。

二哥进屋，望着我和大哥。大哥从墙角撮起一把土。我从院中抓了几把雪，堆在地下。大哥把土丢在雪上，我便用手和雪。一大团泥在手中柔和起来。二哥在麻雀上裹了泥，丢进火堆。嗞嗞的声音响了一阵，复归宁静。裹了麻雀的泥团干燥着，我们的鼻腔里有了一丝两丝的香味。一声爆响过后，二哥伸手从火堆中抓出泥团，一抖，那只烤熟的麻雀便从他手中脱出。他把裹了麻雀的土收拢，放在炕沿上，把麻雀递给了大哥。

大哥从桌上拿过给母亲的碗，把两只麻雀腿撕到了碗中。又从麻雀身上撕下我们叫码子的厚肉。他拿过三只碗，把余下的部分撕成三份。二哥碗里的肉多，我和大哥的肉少。二哥把麻雀头和内脏抢了过去，放到窗台上。

母亲的哭音很压抑。

我和大哥忽略了母亲哭音中的丰富内涵。起起伏伏的哭音中，大哥听到了母亲咒骂父亲的字眼。

父亲的身影晃动在我们眼前。

我吃完了碗中分配的骨头和肉，望着大哥的碗。大哥把碗推到了我面前。我刚伸手，二哥把我的手挡了过去。大哥把碗里的骨头和肉倒进了锅中，添了水。缺耳锅里的内容一多，锅里的水欢快着，把一两根麻雀骨头漂起，浮草般游动。

二哥坐在炕上，一点一点分食着麻雀的内脏。二哥把内脏一截一截掐成等份，留了一部分。麻雀的头焦黑一团，二哥闭着眼，把它塞进嘴里。我听到了咔咔的响声。二哥的牙齿一向很好，他咀嚼的声音就像我们在啃脆萝卜。麻雀嘴那样的硬物，在二哥牙齿的嚼压下，成了什么，二哥知道，我们不知道。

大哥拿回了母亲的碗，母亲碗里的肉一动不动地垒贴在碗底。大哥把肉倒入锅里。锅里的水中多了几珠油花，似雨天水中的泡儿一样在积水中游动。

我们的舌头幸福无比。

那夜黑，黑得我们彼此瞧不见眼睛。那响声，很沉闷。母亲房中的油灯亮了起来。大哥划亮一根火柴，二哥说莫不是狼？大哥的脸陷在黑暗之中。又一根火柴亮了，二哥说：看错了，不是狼，是一堆东西。母亲隔屋叫了起来，让我们别出门。我们便不出门，坐在炕上猜测。二哥讲黄鼠狼的故事，不外乎黄鼠狼给鸡拜年。大哥说：爱拜不拜，反正我们家又没有鸡。二哥说黄鼠狼有三个救命屁，一遇危险，或者被赶得紧，连放三个屁，不管多厉害的动物都会捂住鼻子逃走。我说虎狼没手怎么捂鼻？二哥说：傻啊，它们把头萎在地上，鼻子挨了地，再臭也会挺过去。我无心理会二哥的说辞，问大哥：要是父亲在就好了，我们可以出去看看，免得在这里瞎猜。二哥跳下炕，穿上他的麦秸鞋。我拉住二哥，二哥龇了一下牙，我松了手。大哥从墙中的凹槽处移过油灯，点了。二哥便显得真切起来。

二哥握了顶门棍，把门拉开一条缝。大哥把灯移到窗前。二哥挺了棍，慢慢往前挪。挪到那堆东西面前，二哥捣出棍去。那物一动不动。二哥把棍抡起来敲了下去，那物发出沉闷的声响。二哥扔了棍，跑到屋里，紧闭了门，大口喘息。

天有了亮意，我和大哥拉门出去，大哥手里握了菜刀。到得跟前，大哥伸手一摸，说是布。大哥拽了布的一角，一直拉到门前。

是一个包袱。大哥叫了一声。母亲房中的油灯熄了。

二哥擎着油灯，大哥撕开包袱，包袱中有一个袋子，和几个冻得硬梆梆的猪爪，还有一个小袋。打开，是几粒糖。

大哥打开那只袋子，小米的光泽在油灯下亮得有些怪异。二哥把油灯吹灭。我们坐在天的亮光下盯着米袋、糖块和几只猪爪。

猪爪的毛已被褪去，有生生的白。二哥说：熬一顿稠点的米汤，好不？大哥说我去问问母亲。大哥一出门，二哥从布袋里抓了一粒糖，塞在裤腰间，他朝我挥挥拳头。

大哥回来，脸上挂着泪意。他把布袋里的糖抖出，是水果糖。他数了数，盯着我和二哥。二哥抱了一只猪爪，说去烤了吃。大哥夺过猪爪，小心地放进包袱。

应该是五颗糖，小弟的份子也有。大哥把四颗糖在手中掂来掂去：不怕贼偷，就怕贼惦记。分了吧！你们一人一颗，剩下的两颗，我交母亲。留给她和小弟。

尕鬼也算人？二哥冒出一句。

大哥不言语，将剩下的两颗糖装进口袋。

老二，去搬些谷草，我们到伙房去炖猪爪。

二哥应了，到西墙根下，搬了一捆谷草。

先熬点粥，我们喝点？好有力气炖猪爪。

大哥把缺耳锅交给我，抓了一把米，在手心里数了又数：熬好了叫我，先舀一碗给母亲。

我坐在房中，在土坯支起的灶前熬粥。那些米都爬在锅底，有几粒耐不住，旋上水面，又迅速落下。肠胃蠕动，我的嘴里充满米香。我盖了锅盖。

今天不开院门。大哥叮嘱我。

你又管不住烟，猪爪的香味一飘，全村都能闻到。

二哥从伙房里跑出来几次，到缺耳锅前，他揭开锅盖，把脸对着锅。大哥让他去看着炖猪爪的锅，他把脖子一扭：看看不行吗？闻闻不行吗？

大哥拿来母亲的碗。又把我们的碗摆成一溜。他先给二哥盛了一勺，二哥端起来喝了。大哥抡起了勺子，二哥把碗端正地摆在第二位。

母亲的碗满了一次。

二哥盯着大哥把有米粒的最后半勺米汤倒进他的碗里，端了碗出门，到伙房中去炖猪爪了。

大哥让我盯着院门口。我跑在窗前，听着小弟响亮的哭音。风拍打着院门，像敲鼓。我逃进屋，从窗子里伸出手，一缕一缕拍打。风很厚，手掌扛不住，我缩回手。院门响了一下，我跳下炕，跑到院门前。

是一只狗，黑狗，在用爪子刨门。我拽过门口的铁锨，顺门底铲了过去，黑狗吱咛几声，转身逃了。

压住火，慢慢炖。大哥把一块树桩塞进灶膛。烟急促地窜出来，二哥用一根谷秸秆支起树桩，瞪了大哥一眼。火焰爬在树桩下，像舌头一样舔锅底。灶膛里火红一片，烟慢慢散去。

有人从院门前走过。大哥把炕上的被子揭下，捂在了伙房的窗上。我们蹴着火，听猪爪在锅里欢唱。

那只猪爪被我们煮得稀烂。

喝一碗汤行不？二哥央求大哥。

大哥没有吭气。二哥跑出去拿了自己碗。大哥望了他一眼，他又跑出去拿来了我和大哥的。

二哥伸出舌头，在汤面上舔了一下，他缩回舌头，嗞嗞地吸气。我笑了一声，二哥抬起脚，碗抖动了一下，他不再理会我们，站在一边，慢慢吸喝。

树上守望的麻雀，在院中飞来飞去，停在包袱落地的地方，歪着头找寻。那天的院中，我们看到太阳很温暖地布满各个角落。太阳很小，院落很大。我们坐在门槛上，看着麻雀们在谷草堆上飞来荡去。二哥听到了小弟的笑声，我们没有听到。

猪爪的骨头白白地在碗里翻腾，上面的肉全褪在锅中，成为汤肉。大哥歇了火，锁上了伙房门。

二哥说：把骨头给我。

大哥开了锁，把骨头捞到二哥碗中。大哥捞骨头像在捞鱼，骨头在他筷子中间滑动：要骨头就不能喝汤！

凭什么？二哥梗了脖子。

风像屠汉，一刀一刀在宰割着天空。大哥端着奶水碗，摇摇晃晃。我们的三只碗里，奶水中的几粒油花漂漂悠悠。奶水很可爱，我们也可爱起来。大哥说我们已在屋中猫了许久，让我和二哥去村里看看。没有拍门的声音，没有走路的声音。村子里静得让人发慌。

二哥套上他的麦秸鞋，我穿着父亲留下的棉鞋。棉鞋像一只船，我的脚进去，像小狗进了狗窝。我们走出门，听到门栓闩门的声音。我回头望望，二哥已和我拉开了距离。在一沟壑边，二哥呆立如雪。我看见了一只手，掌心朝上，另一只紧抓着沟沿。二哥推了我一把，我们沿着沟沿前行。过了一座木桥，几户散落的人家的大门都敞开着。进到院中，一条狗翻了一下眼睛，耷拉出的表情让人生畏。我们退出那所院子，到了二大爷的家中。二大爷坐在炕角，炕中的火盆上搁置着一砂锅，冰冷中有一股腥臭。我叫了一声二大爷。他一睁眼，我看到了他眼中的一片红。那红一翻滚，云水皆怒。我的腿一抖，二哥拉了我，转身出门。到门口，他吐起来，翻江倒海。他说他在二大爷锅里看到了一只手，皮已褪去，指甲朝上。我转身便逃。到一高坡上，我看到村支书家的门开着，便飞身窜了过去。村支书的婆姨倚在门框，看到我奔来，转身拍上了门。我叫了声婶子，她说她家也没得吃，书记已出门去公社报灾情了。巴子营天天都在饿死人。她让我们在家等着，很快就有救命粮来。

我说我们不是来讨吃的，村里静得让人发慌，我们来看看。她说你们的爹跑了，我们也不知道他到了哪儿？你二大爷已报了案，一有消息，就会通知你们。我说我们不是来找爹的，我们就是来找人说说话，村里太静了。村支书的婆姨骂了起来，说我爹养了一帮狼崽子，没心没肺，人家饿得在死人身上找吃的，你们却到处扯淡。滚。

回到家，大哥听到我们的诉说，打开了伙房门。二哥揭开锅，看到了空锅，他扯住了大哥的衣领：就是一头猪，也不能趁我们走了全独吞了吧。大哥扯开了二哥的手，头也不回地出了门。

我跟了出去，看到大哥的脸上爬着泪。母亲在拍打窗户。我拉着二哥进了屋。二哥跳上炕，拉起被窝蒙住了脸。

大哥把闩门的任务交给了我。那天夜里，二哥翻出了猪爪骨，用舌头舔着。我们坐在黑暗中，大哥握着我的手，在手心里掐掐，我判断不出他要表达什么。大哥的手心很暖，我靠着大哥睡了，直到一股奶香味把我唤醒。

阳光很大，地上的雪小起来，渐渐少了影踪。风刮刮停停，把巴子营刮到了年关。大哥和二哥睡了，我也睡了。我看到父亲和几个人在猫着腰前行，我跟在后面，来到了一座废弃的砖窑前。砖窑里燃着一堆火，不旺。那几个人筒着手，向一个脸上有刀疤的人诉说着什么。父亲被推搡到火前，他的头发乱披着，鸟窝一样盘结。我隐约听到猪爪和小米之类的话语。刀疤脸的汉子从火堆中抽出一根柴，搭在父亲的胳膊上，一股焦臭味涌出。刀疤脸让父亲申诉。父亲一语不发。他们绑了父亲，丢弃到废砖窑旁边的地洞里。父亲的头朝下，身子垂直落下。父亲的头缩进了脖子，两脚乱蹬。那个地洞横斜着，像我们家的炕洞，四壁的黑散发着油。我拽着父亲的脚，极力往外拉，父亲的脚拽着我，往里钻。地洞遥不见底，我们或往下钻或往里爬。里面渐渐鸟语花香。一群一群的人端着碗，坐在树下、花旁，有人在石桌上饮茶。远远的田野里有几头牛，甩着尾巴，草嫩绿在池边。池里的几朵花摇晃在蜻蜓的脚下。父亲极力大叫，但发不出声响。我看到一个穿红衣绿裤的小姑娘托了腮，望着那只蜻蜓。她旁边的碗里，面条小鱼一样叠游着，几点绿出色彩的菜叶，在油花中转着圈，把无数的香味推到我旁边。

我在炕上乱蹬。大哥摇醒了我。母亲站在炕沿下，怀里抱着小弟。小弟的眼睛黑亮。他的头发稀疏，越显出了眼睛的特别。这种眼珠，我从麻雀那里得到了印证。麻雀的眼珠黑亮，瞳仁里有一种狡黠和忧伤。那只伤在二哥夹脑上的麻雀，闭眼时有一个痛苦的过程。最后的一丝忧伤，在绝望中熄灭时，那抹黑亮才彻底消失。

母亲出了月房。

门楣上的红布条矮了半截，我们就可以进月房了。月房里有焦虑，小弟哭声跌落的地方有纤细的绒毛。月房门朝南，一铺炕坐东朝西，东墙就成了上墙。墙上的伟人像上裹罩着红布。问母亲，说怕生孩子时的秽气冲撞了伟人，是接生婆罩上去的。接生婆是党员。母亲揭下了红布，伟人慈眉善眼，望着我们菜色的脸和干瘪的肚皮。小弟蹬开了小被窝，把一泡尿泚了出来。母亲用手接着，喝了。母亲让大哥去烧热水，她要洗头。我和大哥去烧水。二哥坐在门槛上，望着我们出去，溜进了月房。小弟的哭声传出，母亲回转身，二哥窜了出去。小弟的腿上有一块红印。

母亲骂道：怎么生下了一个豺狼，你小弟是你亲弟弟呢！

我们端水进屋，小弟的嘴吮着母亲的乳头。母亲的乳房布袋般垂着，小弟需弯下头吮吸。这乳房，我吮过，大哥、二哥吮过，我从来没有认真端详过它。我记得母亲的乳房由圆变长。那些年月，我们的嘴咬着乳头，使劲往下拽，母亲则咬着牙，用手捋着。乳房随着我们成长，在逐渐拉长。小弟的出生，又增大了乳房的长度。大哥肃手静立，看着母亲掏出另一只乳房。母亲示意他去拿碗。大哥拿来了碗，母亲把小弟放下，从上而下捋着乳房，一股奶顺手指而下，嗞嗞几声，便滴滴点点。大哥的一滴泪滴进了碗里，我听到了一声脆响，像雨点砸进池中。

大哥端着碗，拉了我出门。到我们住的屋中，大哥把奶全倒在了我和二哥碗里，上炕蒙头睡下。

一只乳房在大哥的头顶摇荡，那只乳头寻着大哥的嘴，大哥把嘴捂进被窝，全然不顾乳头的顽强找寻。乳房在失望之余，向我冲来，我转身便逃。门槛一绊，我栽倒在地。乳房冲向二哥，二哥张嘴咬住了乳头。乳房嚎叫起来，甩动着身子，挣了出来。乳头上有血渗出。

大哥在被窝里抽泣。我坐在大哥旁边，看见二哥喝完了奶，从炕角抓起一只破布带，走了出去。我跟出门去，看到二哥在布袋中包了两块石头，用马莲绳绑了，吊在院里西墙的一只木橛上。我问二哥做什么，二哥白了我一眼，出了院门。

二哥频繁出门，母亲让我跟着他。二哥走到一河沟边，猫下腰，抬头朝书记家的门望着。风吹着二哥的头发，像吹动着草。二哥回头看到我，把我拽下了沟。他攥紧拳头，咬牙对我说：再跟着我，我掐死你。我转身就逃，把看到的告诉了母亲和大哥。母亲的脸变了：他这是要捋虎须啊！这狼崽子，生下就不安分。大哥要去抓二哥回来，母亲摇摇头，制止了他。

大哥从窖里的雪中挖出了剩下的一只猪爪。我去闩了门，帮大哥烧火。那只乳房悠荡到灶膛前，我抽出了一根谷秸秆，乳房缩了身，消失了踪影。

大哥抽了顶门拴，一股风灌进来，他退到了炕沿边。我钻在被窝中，看柜子在风中龇牙咧嘴。大哥勒紧草绳，用谷草引燃了火盆里的火。火星在风中飞旋，大哥扑过去闩上了门。有了那点火意，屋里似乎有了点暖气。大哥用力剁下一块冻成冰块的猪爪汤，丢进砂锅中。锅中的冰块嗞嗞地响起来，像烙铁烙在皮肉上。一团雾气三三两两直升至锅沿，被门缝里的风吹得东倒西歪。二哥跳下了炕，蹲在锅前，吸着扑到他面前的雾气，他的鼻子一鼓一缩，像蝴蝶在扇翅。我爬出被窝，也效仿二哥，蹲在锅前。鼻腔里的香味引得肚子咕咕乱叫。我一弯腰，头挨进了锅沿。大哥抬手一挡，我坐在了地上。地很生硬地硌着屁股，一股刺心的凉钻满全身，我哆嗦起来。冰块还原成了肉汤。大哥掀起被窝，抓出了母亲的那只碗，端起砂锅。大哥的手叫了一声，没耳的砂锅沿烫得他龇了一下牙。二哥笑了：缺了一只耳朵的锅总比没耳的锅好吧。你干脆把手伸进去，熬成汤，也够我们喝几顿的。

大哥咬着牙倒满了母亲那只碗，把剩下的猪爪汤倒进了我碗里，顶风到母亲屋中去了。二哥盯着我的碗，我看到了碗里肉汤的怯懦。二哥替换着烤手，我做好了换汤碗的准备。二哥纹丝不动，依旧盯着碗，烤着火。大哥端着奶碗进来，盛着肉汤的碗里冒着一丝奶香，大哥把碗放在火盆边，让二哥去拿碗。二哥的眼一直盯着肉汤，我从被窝里拿出了二哥的碗，摆在他的身旁。大哥在二哥碗里倒了奶，二哥仍不动。大哥拎起我的碗，把肉汤倒了一半至二哥碗中，二哥仍不动。大哥又端起我的碗，倒了一点。二哥端起碗，一饮而尽，把碗往炕上一扔，迎风出门。

大哥咧了一下嘴，把自己碗中的奶匀了一点给我。我看到大哥的一滴泪滴进肉汤中，像太阳雨跌在地上，很不自在。那个冬天，大哥的泪多得像尿点。

母亲的声音响了起来：狼崽子又出去干什么？

大哥说：我不知道，他爱干什么与我们有啥相干。

母亲怒了：你是老大，他去闯了祸，还得我们担。你让小三去看看。

大哥没吭声，脱下棉衣，披在我身上。我裹了棉衣，像熊。拉上院门，我沿着那条沟弯腰前行。二哥盯着书记家的门，我也盯着。我看到书记的两个孩子从架子车上卸下两个麻袋，书记的老婆东张西望，待两个麻袋进了门，她倒退着进了院门，门咣地一声响，那辆架子车便走了。

二哥爬出沟，奔到书记家的门口，他的眼睛在风中如开了光的铜铃。在书记家的门槛上，二哥发现了两颗贼头鼠脑的高粱籽。二哥撮起它们，捏在手心里，退回沟中。他看到了熊一样窝在沟中的我，示意我们回家。

冻掉人下巴的腊八在一夜之间来临，我们在涝池冰层的咔吧声中缩紧了身子。大哥抓挠脚跟的声音像锯木头的锯遇到还未干透的木头那样令人闹心。我的脚跟也奇痒起来。母亲出月后，做饭的差事就被她承揽了。我们把半耳锅提进母亲屋中，一听到小弟的咳嗽声，我们的肚子便应和着。二哥拥着被窝，听小弟的咳嗽声由强至弱，慢慢平和，他便下炕，我们也跟着下炕。母亲的吆喝声一起，二哥一闪身影，便到了母亲屋中。这个腊八，二哥远没了往日的迅捷，他的脸上挂着冰块般的凉冷。母亲吆喝了几声，大哥下炕，我瞥见了他带血的脚跟，我伸出脚，有几道血印也像蚯蚓般曲伏着。二哥见我们晒脚，也挪到炕沿，把两只脚翘起。我惊叫了一声，二哥脚后跟上的几道口子似小弟的嘴一样张着，他竖起的脚像山包，五个脚趾如五个小山峰相连，那几道口子就像小沟壑，里面有血丝透出。我跳下炕，大哥跳下炕。二哥一跳，栽在炕下。我和大哥扶着二哥，到了母亲屋中。

母亲从火炉上滚过来几个洋芋，噗噗地吹了几下。洋芋上面的干皮树叶一样飘飞。她让大哥从墙角挪过石臼，剥了洋芋皮，把瓤塞进了石臼中，让大哥捣。大哥捣了一阵，我接着捣，一只手提不动石锤，我用双手抱着，洋芋瓤在石锤的捣践下粘性十足，一提便拉长，一松手又如皮筋一样收缩。待洋芋瓤完全粘在石锤上时，母亲让我们躺在炕上，在我们干裂的脚后跟上贴上洋芋瓤，从炕角的柳条篮中寻出几块破布，裹住了脚后跟。二哥脚后跟的裂口大，母亲把剩下的洋芋瓤全部附在他的脚后跟上，叹口气：吃饭争嘴，连脚后跟都争洋芋。

我听到二哥的喉结动了一下，他把响声咽进肚里。母亲把奶水倒进我们碗里，我喝了，大哥喝了，二哥抓起碗，把奶水泼到地下，拐着脚脱出门去。大哥去追，被母亲拉住，“狼一样的崽，前世欠下的。由他去，倒少了一张嘴。”

母亲在我们碗里舀了一木勺粥，黑而稠，“陈年的豆子隔夜的粥，”母亲又把二哥的那份加在了我和大哥的碗中。大哥拽过二哥的碗，把二哥的那份倒在了二哥的碗中，我也把二哥的那份倒了出来。母亲把木勺一扔：“倒是你们兄弟亲了，我是后娘啊！”她一撂被窝，小弟叫了一声，我瞧见小弟水萝卜一样的小脚，很想上去咬一口。

二哥坐在涝池边上，手里拿着一块冰在啃。大哥把碗递过去，二哥没接。

大哥放下碗，拉了我缩在猪圈的矮墙下盯望。二哥把碗端起来又放下，他朝前后左右都瞧瞧，终于，二哥端起了碗。我和大哥抿着嘴，一旦二哥喝了粥，我们便跳起来去羞他。二哥把碗举了起来，大哥叫了一声不好，跳过去抢碗。二哥把碗扔进了涝池中，涝池的冰面上布满了黑点，碗的碎片鱼一样在冰面滑行。

大哥从猪窝边操起了一根棍子，我抱着大哥哭起来。二哥走进涝池，从怀里掏出一把杀猪刀。那是祖父留下的。他蹲在一黑点前，用杀猪刀画了一个小方，用石头砸起来，砸了一块冰，二哥捧着带有腊八粥的冰，朝我们笑笑。他拾起一块大点的碗片，把那块冰搁进碗片上，用舌头舔了舔。

“一涝池的饭。”他高叫一声，举起的杀猪刀在冰面上空亮亮闪闪。

大地裂开的口子亦如我们脚后跟上的口子。整个村庄死寂着。残存的几根枯草无心无绪跟着风摆动。

“以后别管他，他爱干什么都与我们无关。”母亲把二哥摔碎的碗底扔出了院子。

年就像二哥手中的那两粒高粱籽，被磨得发亮。大哥在母亲房中，我和二哥枯草一样萎在炕上。许久没有听到声响的广播匣子里传出嗞嗞的声响。二哥竖起耳朵。广播匣子里传出了《东方红》的乐曲。二哥缩了头，吸了几口气。乐曲播完，广播匣子里噗噗的响声一起，书记的声音宏亮了整个匣子。救济粮几个字眼，让我们的肚子快活起来。二哥从箱子里翻出了他的一双囫囵鞋，拍打了几下，下了炕。大哥提着一条麻袋，交给了二哥。二哥把那两粒高粱籽用一块破布包了，放进衣服口袋，捏捏。大哥脱了棉衣，披在二哥身上，二哥的眼珠滚动了一下，挟了麻袋出门。我跟着出了门，大哥拉住我。二哥把麻袋一扬，把身影缩在了麻袋后面，圆球一样往前滚动。

“这种事，只有老二合适。”大哥关上了院门。

“二哥能背动麻袋吗？”

大哥深呼了一口气。“老二背不动，这年就好过了。”我不懂，望着大哥。

大哥望了一下天，“冻死人了。”便进屋了。

二哥把麻袋往地上一扔。大哥打开麻袋口，一股霉味扑出。大哥抓出一块长绿毛的东西，往嘴里塞。二哥一把打掉大哥手中的绿块，“不怕毒死你。”大哥攥起了拳头，二哥扯起麻袋口，倒了一地。“是红苕片，霉了，你敢直接吃。”母亲抱着小弟进门，望着满地的绿片，“挑挑，把没有长毛的挑出来，剩下的在锅里煮了，洗了霉味，搁院子里晾晒后再吃。”

“本来是高粱，书记把他们换成了霉红苕。”二哥打开破布包，让母亲看那两粒高粱。

“我的活祖宗，你不要命了，我们还惜命呢！你爹跑得无踪影，人家不来找茬，我们就烧高香了。”母亲要那两粒高粱，二哥把大哥的棉衣一脱，扔给大哥，出门了。

“这狼崽子，天生是来要别人命的。”母亲让我跟着二哥，大哥说：“随他去吧。”便关了院门。

太阳高得让人心慌。

我们支起耳朵。

薄暮渐稠。母亲屋中的剐锅声没有响起。小弟的哭声像夹在野草中的花，歪斜着攀附。大哥拉展被窝，把肚子贴在炕上，头在炕沿上葫芦一样滚动。我也学着大哥样，把下巴支在炕沿上，眼睛盯着那堵墙。墙的那边是母亲和小弟。二哥隔窗望天。他把夜色捧在手上，把玩着。夜色稠得像粥，把二哥的手衬得肥胖。终于，二哥叹了口气，也学我们把头支在炕沿上。

母亲点了豆油灯，把放在桌上的碗抱了过来。我和大哥把身子缩缩，把炕沿让给了碗。二哥的头不动，母亲把碗放在了他的头旁。母亲撩起衣襟，捋着奶袋，努力地往二哥碗里挤奶。奶盖住了碗底，母亲又挪到我的碗前。大哥把碗藏在了被窝。油灯下的奶袋庄重肃穆，在母亲胸前神圣出一种威严。我缩了脖子，把碗也挪进了被窝。母亲捋着另一个奶袋，憋着劲又往二哥碗里挤了几滴奶。天色便在奶稠的香中昏暗出让人心痛的墨彩。

二哥喝了奶，斜躺着望空中一颗接着一颗跑出来的星星。大哥递给我一小块红苕片。我伸出舌头，舔舔，一股麻麻的味道挽住舌头，嗓子痒痒地想咳。

二哥说：要是星星能吃，我们去摘一大把来，想怎么吃就怎么吃。

我侧了身子，看看亮成一空的星星，挥挥手。大哥把手里的红苕片一扔，红苕片被窗框反弹在炕上，二哥伸手摸了半天，嘴里咕囔着，到靠炕洞的窗下去了。

声响很沉重。有了上次的经验，我们坐在窗前，看从墙外飞进来的那团黑影。二哥起身，把顶门棍握在手中。我从靠门的墙角摸了铁锨，大哥什么也没带。母亲屋里的灯亮了许多，我依稀看到了小弟那和麻雀一样亮的眼睛在闪动。二哥把棍捣向那团黑影，大哥挡住了他。大哥伸手摸去。“还是包袱。”大哥拉起包袱。包袱不轻，大哥的头甩了一下。我捏捏包袱，疙里疙瘩。二哥推开了母亲屋中的门。

包袱在母亲的炕上亲切起来。母亲一样一样从包袱里摸着东西：一小袋米，一小袋面，一小袋馍。那些馍装在类似袖筒的东西里，袋口缀着一只袜腰。母亲的手停顿了下来，她摸着那只袜腰，抻抻，袜腰长了一下身子，又短了一下身子。

“是你们父亲的。这袜腰是我缝在他袖口的。”母亲又打开了一个纸包，里面有几只鞭炮。

“有了这点面，三十日晚上的饺子就有了着落。”母亲环视着屋中，“把它们藏在哪儿好呢！这几天，老有村子里的人在我家门口转悠。”

二哥说：“最好藏在小弟的被窝中和褥子里。”

大哥说：“扯什么扯，小弟的一泡尿会毁了那点面的。”

母亲制止了他们的争吵。把那只袜腰交给大哥：“扔进炕洞中。”大哥应声出门。“你们去睡觉吧！我来藏，你们不知道，也就少了许多风险。”

我们出了门，二哥的口袋里鼓胀着。我向大哥说了，大哥叹口气：算了，家贼难防。

那一夜，我们幸福无比。

那群人挤破了院门。半截铁丝缀连的门扇晃着，立在院中的五六个人，脸上挂着狰狞。

“搜。”书记披着一件羊皮袄，挥挥手。羊皮袄脱离了肩膀，书记弯腰拉起。

我、大哥、二哥站在门口，被那几个人拽到一边。母亲抱着小弟，立在月房门前。小弟把脸藏在母亲怀中，偶尔偷望一眼。

地窖、炕洞，凡是有洞的地方，都有手脚伸进去。那些手脚，狗爪一般放肆。二哥冲进屋中，握了那把老菜刀。

涌进院中的人把目光齐齐地对着月房。有人推搡了母亲一把，小弟哇地一声哭了起来。

“每每听到砰地一声响，有东西飞到了院中。”有人嚷道。

“那是我挂在院墙上的石头。”二哥挥挥手中的老菜刀，把用马莲绳捆着的石头拎起来，扔向地面。石头与石头对砸出的声音很响。

“还有顺墙根跑掉的那个人？”

“人？”二哥说，“现在谁还有顺墙根跑的力气。除了你们，狗都懒得在晚上叫唤。”

“肯定藏在月房里，搜。”有人喝叫。

二哥冲向了书记。书记倒退着，二哥把老菜刀一扔，拉住书记，把那两颗磨得发亮的高粱籽在书记面前一晃：两麻袋，整整两麻袋啊！

院中的人听到麻袋，都围拢了过来。书记踹了抢先跑过来的人一脚：“你是眼花了，还是腿偏了，究竟看到了啥？”

“看到了啥？我就看到他们家的五张嘴还好好地张在这院中。这年月，谁家不断粮。没有人给他们送东西，他们能活到现在？”

母亲把小弟递给我。她开始解棉衣上的纽疙瘩，一个一个，解完，母亲把衣襟一撂，两只奶袋赫然展现在众人面前。她喝令大哥拿来铁碗，并把我们的碗也排在地上。母亲挤着奶，奶水在腊日的寒风中葳蕤出一种生机。大哥端着铁碗，侧着身子。母亲托了乳头，从上往下从奶袋上捋奶。两只捋完，母亲俯下身子，把铁碗里的奶水分倒在我们碗中。我们端起碗，对着那群男人，仰起脖子，喝了下去。然后把碗举起来，对着书记，对着那群歪眼斜鼻的男人，像完成了一项仪式。

“尺奶顶百锅。这样的奶袋，你们见过吗？”书记问众人。众人默然不动。

“走走走，你们还想进月房，还想晦气不够多。有劲，你们去大队的猪圈里杀了那几头长毛猪，过了年再说。尺长的奶袋，莫说巴子营，恐怕全凉州也是头一份。我的乖乖……”

年像奶袋一样挺过去后，老天垂怜起巴子营来。春分时节，连下了三天的雨。我们站在门内，看雨在翻跟头。雨洇湿地面，我们冲出屋，在院中乱跑。雨密起来，辨不出声音。房檐上的水槽里，积雨勇猛地往下冲。我们看天，天上全是雨。院中的积雨厚厚地往外溢。我们听到了村子里敲破锣的声音。

春天像被窝里的猫，一弓腰，满地都是草腥味。那场雨过后，草们便伸直身子朝上挺。大哥和我去挖草根。我迄今不知挖的那种草的学名叫什么。我们叫它甜根。草根不深，铁铲翻几下，白白的草根就裸出肥胖的茎。我们掐了草尖，把草根放进嘴里咀嚼。二哥是不屑与我们吃草根的。他游荡在田野，寻找一种叫瞎老鼠的东西。二哥的眼里有毒，这是母亲说的。他能找到我们想也想不到的东西。他说爷爷活着的时候，曾给他讲过瞎老鼠那种东西。那种鼠专吃草根，永远待在地洞里，根本看不见任何物事。它们凭着嗅觉和牙齿生存。是很干净的老鼠。二哥说爷爷曾带他挖过，他们居然挖到一只，有半只鸡那么大。烤了，香得入人脑髓。我们由了二哥说，看他找，并不羡慕。待甜根变涩，柳树便舒展了叶子。柳叶水涩，我们并不渴望。我们渴望的是一种蜂，一种叫甜蜜蜂的蜂，它们围罩在柳树叶上，嗡嗡得让我们心醉。它们把蜜涂在柳树上，薄薄的一层，水涩的柳叶甜蜜得让我们觉得春天就是这种甜蜂制造的。我们掐了柳树叶子，用舌头舔着叶子上的蜜。那种甜胜过母亲奶水的香甜。

大哥不说，我也不说。

小弟会爬的时候，大哥、二哥随母亲出工。我在家里带小弟。我将小弟放到院中，望着他爬来爬去。爬累了，小弟便睡在院中。一饿，他就哭。我望着云彩，它们不饿，在空中游来荡去，没有人给它们喂饭、喂奶。我在地上插了一根木棍，看着太阳的影子把木棍晃来晃去，待影子和木棍叠合在一起，便背了小弟，手里拿了母亲的那只铁碗到地头。

母亲看到我们，就挤出田地。小弟双手乱舞，舞得周遭的人都停了手里的活计望我们。小弟双手抱着母亲的乳房，像抱着一只葫芦。他松开奶头的时候，我便递上铁碗。母亲捋着奶头，挤了半碗奶。母亲让我先喝，我喝了一口，递给二哥，二哥望望大哥，大哥也喝了一口。二哥把剩下的奶水全喝了。我背了小弟，拎着碗回家。

那道风景把巴子营人晃得两眼呆痴。

我们坐在院中，月亮也坐在院中。月亮把我们的影子拉长又缩短。这是夏天的一个夜晚。夏天对我们来说，有着别样的意义。我们可以不管衣服、不管肚子。怕磨损衣服，我们可以赤着上身。走到哪块地头的田埂，只要是能吃的，我们就抓起来塞进嘴里，肚子也能承受。

夏日的夜晚，面对一空的星星，我们只管展开想象的翅膀，尽情憧憬着各种吃食。不像冬日，星星像被冻在空中，挪一步都寒风四罩。

那只包袱隔墙跳进来时，我们都一动不动。小弟往前爬了几步，二哥一伸手，把小弟拽了回来。包袱在月光下很矜持，像蜷缩在一起的父亲。我们盼着父亲从包袱里站起来，抖落岁月的风尘，让我们满怀深情地叫一声爹。母亲解开了衣扣。两只奶袋在月光下静卧，等着母亲甩出的那一刻。那一刻，两只奶袋飞舞，肯定会像曼妙的飞天。

二哥起身走向包袱，大哥随后，我跟在大哥后面。我们围了一圈，对着包袱。二哥弯腰拎起包袱，走向母亲。母亲进屋，点了油灯，打开了包袱。包袱里是几件衣服，半新不旧。母亲抖了抖，大哥、二哥、我的都有，那件小衣服肯定是小弟的。还有那件带点碎花的衣服，在油灯下格外惹眼，我们知道，那件肯定是母亲的。那件带碎花的衣服是新的。

包袱最底下压着一条裤子。打着两个补丁。母亲的眼一下直了，她盯着那条裤子上的补丁，我听到几声嘤嘤从母亲喉咙涌出，凄婉地绕在嗓部。院中的空气凝固了，我疑心母亲会放声大哭，哭得天崩地裂。母亲捂住了嘴，把嘤嘤声咽了回去。她把那条裤子扔给了大哥：你爹的，他是怎么穿裤子的，补丁还好好的，那两块布是我从你姑妈家讨的布头。

二哥转身离去。大哥说：给二弟吧，他费裤子。

母亲说：不行。你是老大。穿了你爹的裤子，你就成了家里的顶梁柱。天塌下来你得顶着。

二哥当兵是个意外。那日征兵的到了村里，有资格的男孩都被叫到大队部。负责征兵的坐在桌子后面，一个一个进行目测。平素谁也没在意，男孩们聚在一起，征兵的脸绷不住了，拉了书记出门，到大队部门外，他问书记：你们村是咋日弄的，怎么弄出这么多的歪瓜裂枣。书记说：点灯费油，犁地靠牛，穷的。人没了筋骨，就像贫地里撒的秕谷子，能结几个穗头就不错了。

征兵的盯着二哥：这个还模样周正，为何没有列入体检？

书记蠕动了一下嘴唇：他爹跑了多年，不见影踪。

他爹是反革命？

书记说：不是。

他家是地主？

不是。三代赤贫。

他爹跑了台湾？

好像没有。

这不结了。就这个了。这娃当了兵，至少能让巴子营人体面点。

他们心里不服呢？

不服？让他们的爹妈把他们弄周正点。

二哥骑在白马上。白马的额头上扎着一朵红花，二哥的胸前戴着一朵红花。

白马走得稳健，二哥的身子笔直在马背上。这匹白马是村里驾辕的一匹母马，性子温顺。二哥的一身草绿色和白马的白色混搭出巴子营别样的景致。到了村口，大哥举着母亲挤奶的那只碗，站在路中间。拉马的止了步，白马也停在路中。二哥骑在马上，望了一眼奶碗，便举头望天。

阳光很大，奶碗里的阳光交错，使晃动的奶汁金光闪闪。一村人默立，呆望着母亲。

“拿斗来。”母亲接过大哥手中的奶碗。

大哥从路边抱过斗来，倒扣在路中。

母亲站在斗上，二哥的嘴撇了撇，避开了母亲的目光。

母亲倾斜了奶碗。奶水在风中摇晃，有的溅到围观的人的脸上、衣服上。母亲扔了碗，敞开了衣襟。两只奶袋倏然暴露在村人面前。有人噢了一声。太阳照在奶袋上，奶袋金黄起来。二哥的眼前有两只乳头在晃动，他跳下马，捂住了眼睛。

母亲跳下斗，喝令大哥抱了斗。我拾了奶碗，跟在大哥后面。大哥把小弟放进斗中，小弟双手攀着斗沿，晃动在斗中。

回到院门口，母亲抓了几把土，打在斗上。大哥转过身，有几粒土钻进了大哥的脖子。

小弟揉着眼睛，哇哇地哭起来。

书记推开了右边的门扇。用铁丝吊捆着的半扇大门掉落。书记退了几步，踩着半扇门进入院中。

母亲坐在门槛上，把手中纳着的鞋底放在一边。“这大白天的，又不是夜猫子进门，跟门有啥仇，用那么大劲。”

书记的眼落在母亲胸前。

“还没看够。你总不是专门又跑来看奶的吧！”

书记把一张表扔在地上。“跑了个老的，怎么啥好事都跑到你们家了。上面来了通知，让你家老大进城当工人。”

母亲站了起来，让我去找鸡蛋。她上前扯住书记的衣袖，请他进屋，给他打荷包蛋吃。

书记挣脱母亲的手,转身逃了。母亲的身子一晃,两只奶袋也跟着晃起来。

我一手握着一只鸡蛋，问母亲荷包蛋打还是不打。小弟咧咧嘴：打，打。

母亲拍了小弟一把:“打什么打！等你们大哥收工回来，打了给他送行。”

大哥拿了那张表，拍上了门。二哥走了，音信全无，母亲把问询放在脸上，大哥连去了几封信，也没见回音。母亲叹一道：“老的活不见人，小的绝情寡恩。”我不懂，也没问。若干年后，我回忆起绝情寡恩四个字，也弄不明白，目不识丁的母亲咋能把话说得那么高深而富有文意。

那天晚上，大哥躺下又坐起，坐起又躺下。少了二哥的炕空旷了许多。

小弟大多时候陪母亲睡在他出生的屋中。大哥把那张表放在枕头底下，他拍拍枕头，把枕头铺平。头一落到枕头上，大哥有了轻微的鼾声。我听到房顶上有东西在跑，是老鼠，还是其他，隔着房顶，我只有瞎猜。它们有它们的世界，我管不了，也懒得管。我几次想抽出大哥枕头底下的表，看看上面是什么。我的手一挨到枕头，大哥的手便落下来，拍在我手上。我试了几次，手背生疼，便不再妄想。房顶上安静了许多，我笑了一声，大哥爬起来，问我笑什么。我没有回答，转过了身。

大哥走得那天，母亲让我不要去上学。我应了，和小弟在院中嬉闹。刚买的几只小鸡在院中奔跑，小弟跟着小鸡，我跟着小弟。我闻到了鸡肉的香味，小弟也停了脚步。

大哥端着母亲的那只奶碗，跪在了母亲面前。我和小弟跑上前去，一左一右盯着碗里的荷包蛋。左边的大的，右边的小点。碗里还有几丝蛋清的白，形成线状，在起起落落。

母亲说：奶干了。我娃再也喝不上奶了。

大哥抹了一把泪，拿来两只碗。二哥走后，他的碗归了我，我的归了小弟。大哥把大的荷包蛋拨到了小弟碗中，把小的拨在我的碗中。他喝了几口汤，把碗放在母亲面前，提了一个破包，转身出门。

我跟出门，一直看着大哥出了村口。回家告诉母亲，母亲说：“老大走不远的。”

那年秋天，天气好的犹如小弟出生时的脚面那样鲜嫩舒展。凡是进过校门的，都像子弹压在枪膛中，一扣扳机，就飞向所设的考场。考前半月，母亲收工回家，把一捆草扔在地上，几只鸡扑上来，啄食草上的籽。母亲撩起衣襟擦把汗，奶袋晃了一下。我把手中的脂批《红楼梦》放在凳子上，拿了奶碗，盛了一碗水给母亲。那册《红楼梦》少了第27页。我坐在院中冥想贾宝玉和袭人的那段云雨情，一只羊趁机撕走了半页书，我跳起来踹了羊一脚，从羊嘴里抢下一块书角。有字的被羊吞进肚中，我望着书角上标有27的那个模糊的数字，瞪着羊。

“你该去进考场了。全巴子营不算睁眼瞎的娃们，全发疯了。”

我进考场的时候，听到几只麻雀在叫唤。麻雀的叫声既不粗犷，也不悠扬。我坐在桌前，拧开了那只装蓝墨水的钢笔，怕它漏水。试卷像狗舌头，被钢笔舔来舔去。我饿了，试卷不饿。一颗红心落在卷中。监考老师贼一样踱来踱去，偶尔把眼睛放在我的试卷上。我用胳膊挡着试卷。铃声一响，我告别考场，从口袋里掏出拇指大的一块馍，塞进了嘴里。

院门紧闭，门在里面闩着。我拍门，那块掉落半截的门扇，被我用几根棍子糊弄着绑在门框上。小弟的眼睛从门缝里伸出来，他拉开门，待我进门，又紧张地闩上门栓。

小弟拉着我进屋，从被窝里摸出一只包。那只包是一只军用挂包。小弟从包中抽出一个小包。我问小弟包从何来？小弟拍上了房门说：从墙外飞来的。

再问，小弟说：我在院中，墙外飞进来这个东西。我跑出去看，没有人。

哥，是钱哎！

我打开小包，里面有一沓钱。我把钱摊在炕上，二元、一元、两角、一角的钱都睁大眼睛，望着我和小弟。我们数了又数，有一百多元。

那些年，母亲辛苦一天的劳动价值是二角钱。这么多钱令我们紧张万分。我检查了院门，又和小弟把钱数了一遍。拍门声、叫门声同时传来，我和小弟把钱拢聚，塞进小包，小弟上炕，把钱塞进炕角的芨芨席子下面。

我去开门，是母亲。她的衣服上布满了泥点，还散发着一股臭味。母亲和其他人一起去挖湖泥。一人一车。母亲跳进湖泥中，湖泥有粘性，铁锨踩下去，哧一声，抽出铁锨，泥又复归原状。母亲瞅准一块湖泥，沿周遭用铁锨踩过去，湖泥粘在铁锨上，被扔进了架子车。衣服碍事，母亲把上衣脱了，一扔湖泥，两只奶袋就甩起来，秋千一样弹着。干活的男人们停下了锨，望着母亲把架子车车厢小山一样垒起来。母亲把衣服一穿，跳出湖泥地，弓腰拉着架子车回到巴子营。

湖泥地距巴子营 20 公里。

我打了一盆水端给母亲。母亲洗得很尽兴。奶袋上的泥一走，奶袋便清水芙蓉起来。母亲说湖泥地里有一种苇子，好高，上面有苇穗，风一吹，一摇，有响声，叶绿、苇花白紫，很是好看。我和小弟想着钱。母亲见我们急迫慌张，问我们发生了什么事。小弟跳上炕，从炕角的芨芨席下扯出小包，把钱倒出来，摊在炕上。

小弟说这包也是从墙外飞来的。母亲没有言语，她拉住我的手：这是给你送的学费啊！

便号啕大哭。

我和小弟逃出屋，坐在院中。望着满天星星，小弟问我：三哥，哪一颗星星是我们爹呢？

（发表于《鸭绿江》2018 年第 8 期）

活　悼

一

电话很固执地响着。

这部座机电话已好久没有响过，号码很陌生 。顽强到最后，电话发出怪响，我接了起来。

“我死了，三天以后发送。来还是不来？”

“你是谁？”

“我是你王家三爷。”

电话断了。我呆立在地下。短暂的惊悸过后，我梳理头绪。王家三爷。死了。死了的人给活人打电话。穿越。巴子营的王家三爷。个子不高，斜肩，见人总是笑。笑得古怪。有小孩拍了他的肩，他还会笑。他老是扛着一把铁锨。路上有坑，他垫了；有牲畜粪，他拾了。见到有车陷了，他用肩膀扛起。人家谢与不谢，他也不以为意。他有一个儿子，在外地，打工。在巴子营，他是最年长的人之一。

手机响了，都是本村在巴城工作的。都接了这么一个电话，都说是王家三爷打的。问的也是同一个问题：王家三爷是活着还是死了？这死人的电话听起来是活人打的。

给我打电话的都是有点身份的人，都是王家人。

我是外姓人。

王世墨、王丁魁、王三泰三个人，相约到巴子营。和我，四个人。他们有车，我没有。

我没车，是因这辈子我不想摸车。在巴子营，把开车叫抓车，或挖车。我也不想买车，这和条件没有关系。

他们说：你在南关十字等着，我们一起走。

二

这是夏初的一天。天舒展得像洗干净的白鸡毛。到南关十字，王世墨、王丁魁、王三泰都还没到。我站在一树下，看着来来往往的车。巴城不大。不大的城，也有城市病。我曾问过一位智者："待在小城，想过过大城市人的瘾，有没有法子？"他说："很简单。你在早晨或下午，在人们上班或下班时，站在天桥上，上下左右看。一排排的车，尾灯闪烁，一眼望不到尽头。纽约，巴黎，一个德性。只有这个时候，大、小城市，一个样。下了天桥，大城市就是大城市，小城市还是小城市。"

"人，也就有了区别。"

有人叫我"教授"，是王世墨。他说他接到那个电话时，头发都竖了起来。这三爷，闹的这出，是玩心跳的活！

王丁魁打起车喇叭，王世墨也回应了几下。像接头暗号。他们说，这三爷，不是老糊涂了就是太新潮！

王三泰停下车，说他老婆反对他去。他老婆说这是一个陷阱。现在的老人、小孩，不好捉摸。死人给活人挖坑，坑深坑浅都不好说。他坚持要来。他老婆给他的车上挂了"一匹红"，是一个绸被面。他扔给王世墨、王丁魁一人一个红被面，让他们挂到车上。他给了我一条红布带。我问干什么，他说辟邪。

我问我坐谁的车？王世墨说："三个人的车都做。先坐我的，到六坝坐丁魁的车，到武南再坐三泰的车。三泰的车，气派，进村能显摆。"

车到武南岔路口，王三泰停了车，问我们买花圈还是不买？这事透着邪气。

如果王家三爷活着，给活人买了花圈，这是大不敬，也是很丢人的事，传出去，我们都会是傻瓜，还落个不孝的名声。

“怕个怕。三爷的这一出，传到网上，他就成了网红。”王丁魁挥了挥手机。

王世墨给王家三爷的儿子打电话。他们是堂兄弟。电话那头的人声音很急，说让王世墨先去看看究竟，他正在回家的路上。他接到他爹的电话，再打，那个电话就没人接了。他让王世墨把情况搞清楚。如果他爹真死了，他要在村口一路跪向家中。如果他爹在搞恶作剧，他的脸就会被村人挂在路边的树上。人活一张脸啊！

我们决定不买花圈。

到巴子营村口，仨人停了车，商议谁在前面走。他们嘀咕半天，让我先走。他们说我是外姓人，又是个文人，身上有文气，人怕，鬼也怕。

我看到了停在院中的那口棺材。

三

院子里没有人，那口棺材显得寂寞。棺材上的漆有点发暗。王世墨推开院门，王丁魁和王三泰一左一右朝着棺材走。棺材未上盖，我看到了躺在棺材里的人。他朝我笑笑。我转身就逃。

王世墨、王丁魁、王三泰也跟着跑。到了院门外，王世墨关上了大门，拉着门环，顺门缝朝里望。

“爬起来了！不，坐起来了！”他叫道。

王丁魁从旁边的柴堆上抽了三根木棍，递给我和王三泰各一根。“如果诈死，追出来，我们就用棍子打。”

“没有买烧纸，王家三爷坐起来讨钱呢！他爬出棺材了！”门环响起来，王世墨的手在颤抖。

“他朝院门走来，做好准备！他拉门了！”王世墨叫道。

里面的人笑起来，说：“瞧你们几个，还是有头面的人！哪有大白天从棺材里爬出来的鬼！赶紧松开门环，到院中来喝水。”

王世墨松开了门环。王家三爷拉开门。我们重新走进院中。

棺材后面摆着一张矮桌，桌上的蜡烛没有点燃，一个大馍孤零零地摆在盘中。

“把桌子抬到棺材头前。你们来了，我就高兴。丁魁，你父亲去世后你都没来。我打电话，你倒来了。好得很！你娃还算有良心。”

我问王家三爷弄这出做什么？

王家三爷说：“你先别问我做什么，你们先帮我把棺材摆好，该打电话的我都打了，看能来多少人。”

“村子里怎么没有人来？”

“能来的都出去打工了。剩下的几个，都骂我，说我想钱想疯了，想通过这事收钱。这世上遭人忌的事太多了！李家后生，你是个文人，给我写篇悼词。王三泰，你给我订几桌流水席。世墨，你是我的本家，招呼人的事就交给你了。看看我穿的老衣，是我老伴去世前给我缝的，里外七层，全新的。热死了！”

王家三爷脱了罩衣。罩衣是红绸缎做的。

王世墨又给王家三爷的儿子打电话。

王家三爷的儿子在电话里骂骂咧咧，说他老子弄的这事会成十里八乡的笑柄，他不想来了，让王世墨帮着他劝劝父亲，取消丧事，要不然，他回家脸都没处放。工地上忙，一天好几百块钱呢！

王世墨向王家三爷转述了这番话。王家三爷从伙房里操了斧头，朝棺材劈去。我挡住了他。

“忤逆的东西，钱是个什么玩意！”王家三爷扔了斧头。

四

院子是老院子。土墙的泥皮剥落，有土坯裸出了身子。院内的闲杂之物，都整齐地归置着。院池干净得像陶器。摆在院中的棺材便显得可爱起来。

“趁人少，我们做做我们的事。”王家三爷重新套了罩衣，看上去又死人起来。他爬进棺材，让我们合了半个棺材盖。他让王世墨、王丁魁、王三泰跪在棺材前。

“你们三个跪着听。让文人站着记。我躺着说。”王家三爷坐起来，看着王世墨他们的跪像，笑了，“你们是王家人，理应跪着。人家是文人，应该站着。”

我不知道王家三爷要讲什么，王世墨他们也一脸茫然。看到王家三爷重新躺了下去，王世墨朝王三泰挤挤眼，王三泰弯着腰，在屋里寻出三个小方凳，他们便坐在棺材前，望着我笑。

躺在棺材里的王家三爷只能看到我，我只能站着。

之一：路

你们现在走的这条路，以前叫甘新公路，是民国年间马步青修的。修这条路时，我还没出世。据我爷爷讲，那条路是河西人拿命修的。上工的时候，自带口粮，自带工具。那时穷啊，穿的是破衣烂衫，吃的是粗糠野菜。那些当兵的，简直不是人娘父母养的。有的手里挥着皮鞭，有的攥着皮带。干活的手脚一慢，就是一皮鞭。王世墨的太爷和我的爷爷被押着抬石头。祁连山的石头都是青石头，砸起来费劲。他们用八磅锤砸，砸得手上起泡脱皮。一外村的蛮汉一锤砸下，一块石子飞起来，嵌进了王世墨太爷的眼中。血流了出来，眼珠子不见了，眼眶里空洞洞的，成了血窟窿。我爷爷让他去歇息，一当兵的砸了我爷爷一枪托，说不知道工期紧啊，修路是为了打日本呢！王世墨的太爷撕了袖子，包住了那只眼眶，继续干活。路修成了，他们连日本人的毛都没有见过！倒是见过苏联高鼻子，叽哩哇啦。一次，几辆车停在了巴子营冯家园子车站。几个高鼻子出去了，他们跟着。这几个高鼻子跑到涝坝里，脱光后便跳进去洗澡。那可是全村人吃水的地方！我爷爷召集了村人，拿着铁锨、木锨围着涝坝，大声喊叫。有一当兵的，是个翻译官，问他们要干什么？他们向他讲涝坝的用途，翻译官说："为了抗日，莫说是涝坝，就是要你们的女人，你们也不能阻拦！"我爷爷操起铁锨，朝翻译官拍去。当晚，几个当兵的找上门来，王世墨的太爷瞎着一只眼睛，把当兵的领到我爷爷家，说是我爷爷拍的。我爷爷被绑了，在树上吊了一晚上。最后送了几个银元，才被放下来。

路修好后，不许人们走。我爷爷亲眼见一外村的人吆着一辆牛车上了路，被当兵的打死在路上。牛被当兵的宰着吃了，车被当兵的当柴烧了。

人们把那些当兵的叫"马匪"。

中华人民共和国成立后，那条路被废弃。有了柏油马路，叫国道。那条废弃的路便成了村道，越来越窄。王世墨的爹在路上种了白杨树。那时用的是架子车，一到拉麦子的时候，车垛被树一刮，老是翻车。我让王世墨的爹把树砍了，引来了一顿骂，说又不是我家的路。我说是众人的路。王世墨的爹扑过来，打了我一顿。我力气小，个子小，打不过他。王世墨的爹盖房时，伐掉了树。我原以为这下好了，路就重新成路了。我便挖掉了树根，把路垫平。不想王世墨的爹说这路还是他家的，说我挖掉了他家的树根，让我赔。我气不过，又和他吵了起来。王世墨的爹领着王世墨他们弟兄三个，到我家粮仓里挖走了两口袋麦子。

土地承包后，那条路仍被王世墨家占着。四轮拖拉机一多，走起来更加困难。全村人都在背后骂，王世墨的爹就是听不见。翻了几辆车后，有人找了王世墨的爹。王世墨的爹把眼一翻，说他又没有推翻他们的车，管他啥事！他们从他的树林里穿过，没向他们收买路钱就算上高香了。找他的人骂他是无赖，王世墨的爹从屋里拿出一盘绳子，套在自己的脖子里，说他就是无赖，让找他的人把他吊到树上，吊死算了。找他的便转身走了。

渐渐的，地没那么金贵了。王世墨他们工作的工作了，打工的出去打工了。我去找王世墨的爹，说孩子们大了，都有了小车，没条路实在不好走。王世墨的爹让我用承包地置换。我一想，换就换。占路的只有四分地，王世墨的爹却占了我六分地，还让我赔偿他不栽树的损失。交水费时，王世墨的爹让收水费的找我，让我交。说全村人走的路，我非要逞能，换了的地，理应该我交水费。遇到这号人，没办法。地他种，水费我交，一直到现在。

路修好后，王世墨家的车走得最多。他们三弟兄，三辆小车，直接就能把车开到门前。一次王世墨哥哥的车在雨天陷在泥中，他哥跑来骂我，问我为何不把路垫平，让我去推车。王世墨的爹死后，那块置换地又让王世墨的哥抢种了。

我看着王世墨，王世墨抽着烟，似乎这事与他毫无相干。

之二：牛

王丁魁是带羔子。带羔子是我们这里人对随母亲改嫁后带来的人的俗称。王丁魁生在丁家，他妈改嫁过来，前面加了一个王字，他就成王家人了。

王丁魁的后爹是个病秧子。土地承包时，他家没有分到牲口。春种时，他后爹坐在地埂上哭。王丁魁的妈到王家后，又生了三个孩子，那时都还小。他后爹扶着犁头，他妈和他在前面拉。全村人都笑，说王丁魁的后爹把他妈和他当驴一样使唤呢！我看不下去，便吆牛帮他们把地种了。他妈说亏了他三爹。我在王家排行第三，按辈分，王丁魁的妈叫我三爹。他后爹一听这话，扇了他妈一个嘴巴，说她有外心。王丁魁的后爹得胃癌死了。死时瘦成一把柴。那年窑街煤矿到村上招工人，本来是让我家的孩子去的。我觉得王丁魁可怜，就让他去了。后来，我家的母牛下了崽，王丁魁的妈找我，让我把小牛赊给她，说王丁魁挣了钱再给我。我见他们孤儿寡母可怜，就应了。小牛长成大牛。一次我向王丁魁的妈提起这件事，他妈说那是王丁魁的事。有次王丁魁回家，我问他，王丁魁说谁赊的让谁掏钱，凭啥让他掏！王丁魁从煤矿调到了地方上，好说歹说也是个干部，到现在，也没见他给过我一分钱。

王丁魁站了起来，又坐下。

他的脸平静得像一张烧纸。

之三：地

土地二轮调整时，一块大田分成两块。我家一半，王三泰家一半。中间起了一条活埂。收完庄稼后，王三泰的爹把活埂往我家的地挪了一尺。我问他想干什么，他说换换地埂。我问他换地埂为啥挪到我家的地中，他说谁让我家的地和他家的连在一起呢！我想挪就挪吧，一尺，也就升半粮食的事。不成想每年秋后，他爹都要将地埂挪一尺，一挪两挪，占去了我家的一分地。我找队长，队长说："那是你们王家的事，王三泰的爹说你发扬风格呢！"我找王三泰的爹理论，他还是那句话："谁让你家的地和我家的连在一起呢！我们都姓王，顺写也是王，倒写也是王。计较，有意思吗？"

好像亏理的是我。

王三泰的爹死了，我找王三泰说了这事。王三泰说："现在谁还在乎地，你要，把那块地全拿去便是！"我信了，重新起了地埂，认为王三泰比他爹明事理。不成想村里的干部找我，说王局长说了，我占了他家的地，让我赔偿他家的损失。那年他家的地撂荒。秋收时，王三泰的娘叫了两个人，掰走了我家地里的两口袋苞谷。说是我占了他家的地才种出这么好的苞谷。只掰了两口袋苞谷，他们都亏死了。

王三泰撇撇嘴。王世墨和王丁奎都笑了，说："在王家三爷眼里，我们都不是好人！不就几分地一头牛两口袋苞谷的事么，亏他还记得这么清楚！文人，这些你可不能写在悼词里，要不然，我们和你绝交！"

五

王家三爷坐起来，说："痛快了，说出来就痛快了。占了我的地、哄了我的牛的人都死在了我前头。我也想通了。地生不带来，死不带去。那头牛钱，权当我请王丁魁的爹吃肉喝酒了！”

王世泰、王丁魁、王三泰站了起来。王家三爷看到棺材前的三个凳子，笑道：“一代还比一代精明啊，在棺材前跪都要坐凳子！”

六

麻雀们把夜的眼一啄，天就暗了。王世墨说明天要开会，王丁魁说要上班，都开车走了。王三泰望望我，我说等等，陪王家三爷吃完晚饭再走。王三泰应了。

穿了老衣的王家三爷一走动，像鬼魅一样。伙房里的灯很暗。王家三爷抱了一捆柴进来，让王三泰烧火。王三泰好多年没烧过柴灶，只管往灶膛里添柴。一屋子的咳嗽声乱窜。王家三爷拽了王三泰一下，叫他让开，他来烧火。王三泰看到王家三爷在烟雾中越加鬼魅，他摸了一下王家三爷的手，一股冰冷冲上脑门。他大叫着逃离了伙房。

王家三爷抽掉了几根柴火，说柴要松，人要稠。灶膛里的火苗扑了起来。王家三爷说面是他早已请人压好的，让我去西屋取。王三泰苍白着脸，说：“我们不吃饭了吧，赶快走。太恐怖了！再待下去天天晚上会做噩梦。人穿了老衣就成鬼了！”我说：“陪陪吧！火也烧了，你成心看他不痛快。”

进了西屋，找不到灯绳，我打开手机的手电筒。一张破桌子上，几堆面蛇般爬在那里。我抓了一把面，嗅嗅，没馊，便走出了西屋。我老是感到有人跟着，转过墙角时，脊背上被什么东西拍了一下，手里的面掉在了地上。王三泰说：“我还以为你的胆子有多大呢！”

我拾起面，走向伙房。锅里的水已经开了，雾气升腾。王家三爷的脸在雾气中生动成脸谱。他抓了面丢在锅中，又滴了几滴醋，用筷子搅动。又让我从砖头支起的柜子中拿出三只碗。我抓碗的时候，感觉有点腻，就着手机的手电筒一照，是泥灰。我找抹布，王家三爷说在案板上。我看到一东西蜷缩着，伸手一按，是干的。我找到一盆。盆是搪瓷的，重。我将抹布丢进盆中，倒了一勺水，一团黑伸展开来，比碗还黑。我没了吃饭的兴致，便和王三泰出了门。

“明天，你们可得来啊！”王家三爷追出了门。

回家后，妻子听说我没吃饭，从冰箱里拿来食物。我一见食物，胃里翻腾起来，到马桶前吐了一通，才觉得舒服了点。

“吃死人饭吃成了这样！”妻子给我倒了一杯白水。

“哪里是死人饭，分明是活死人饭！”

手机响了，是王世墨打来的。他说这老小子搞这一出，是存心给他们难堪呢，让我看笑话了。我说我也是巴子营长大的，这些事，我也听说过，只不过没有王家三爷说得那么详细罢了。他说：“你总不会在悼词中把这些都写进去吧！”我说：“悼词一向溢美不扬恶，你怕啥！”他说：“这我就有点放心了。要不他闹的这出就成王氏宗族恶行审判会了。”我说我是有条件的。他问啥条件，我要求他帮着王家三爷把这出戏唱完。他说就这几个人，没看戏的，怎么唱？我说只要他和王丁魁天天到场，别的事就不用管了。他问王三泰去不去？我说去。他说好吧，反正现在这社会，看戏的谁怕唱戏的！

七

我们进了王家院子，王家三爷包着头，靠在棺材边喘气。问原因，他不说。来吊唁的一亲戚说王家三爷的儿子来了，问办事的钱在哪，王家三爷给了他五千块钱，儿子揣了钱，头也不回地走了。说等王家三爷真死了，他再来操办丧事。

“家门不孝啊！”王家三爷号叫了一声。

来的亲戚不多，每人都带着疑问。他们说从来没办过活人丧，咋个办法？我说你们只管抽烟、喝茶、饮酒，帮王家三爷完成这个心愿便行。

他们说既然真做，就得搭灵堂，挂挽联，请道士，要不然不像呢！我说："你们别管这些，该吃则吃，该玩则玩，权当看王家三爷自编自演的这出戏。"

他们说棺材摆在院中不是回事，应该放在堂房里。他这么想装死人，就让他三天躺在棺材里不吃不喝 。

我说："不行，整天躺在棺材里，盖上盖，不怕捂死他啊！"

"爱咋咋吧！见过装病的，没见过好好的装死人的！"

他们便坐在一边聊天去了。有的谈家事，有的谈庄稼，还有的在手机上刷屏。一个为三分钱的红包，和另一个对骂起来，说他啬皮！

王三泰进院后，我让他去请村里人，顺便看看究竟还有多少人留在村里。王三泰说他二十多年不在村里了，都认不清门，怎么请人？我让村里的一位老者和一位亲戚陪他去。老者和亲戚望着我，没有动身。王三泰给他们一人递了一盒烟，他们便跟着王三泰出了门。

敲了几家，都没人应声。门前的草绿密密的，有几朵不知名的野花在草丛中探头探脑。草丛中，间或能看到几摊狗粪。几根野鸡毛挂在草上，像未穿裤子的少儿在树枝上晃荡。

一群狗从庄后涌出。领头的是只花狗。老者说，领头的狗是书记家的。它们就像学生一样，早上聚在一起，沿着村里的大路跑上一圈，到太阳落山时再跑上一圈，然后回家。

巴子营没有偷盗的，莫非与这群狗有关？

也是。有做小买卖的一进村，只要一条狗一叫，其他的狗都来了，围着做小买卖的大叫，等做小买卖的走了，它们才会散去。

"这是治安狗啊！"王三泰叹了一声。老者不懂，问啥叫治安狗。王三泰说就是能看家护院的狗。老人点点头，说，也是。有时出门，半天碰不到一个人，碰到一条狗，也亲切。

零散的几个老人蜷坐在墙角，王三泰磕了头。老人们说："这王三，自己发自己的丧，倒也新奇！"有老者说："就不去了吧。不看眼馋呢，看了心疼呢！好在王三办活丧，还有人招呼。我们死了，发个丧有几个人管呢！"其他的老人都齐声赞同，"就是，就是。"

这一圈走得王三泰伤感不已。巴子营似乎很陌生，从陌生中透出的那抹绿，是童年的记忆。一个村庄，像抽了一口烟，张嘴一喷，就四散了。村里的路，虽是土路，但少有坑坑洼洼。老者说这都亏了王三。"这人闲不住。只要是巴子营的路，他都管。不管走哪儿，他总扛着一把铁锨，背的包里装着铲子和绳子。一遇不平的路，就垫，就修。"王三泰递一支烟给老者，说："路都大家走，难道没有别的人帮帮他？""帮他！不骂他多事就高抬他了！现在的人，不管路平不平，只管走。车翻到沟渠，只要不摔死，爬起来就走了。还修路！他们不要在路上开沟挖坑就算对得起路了！"

他们回到王家院子后，我问王三泰，村里还有多少户人家。王三泰说狗是数清了，有大小 86 条，人没数清。一老者说："还用数吗？巴子营原来有 300 多户人，1500 多人口。现在，正常开门的只有几十户，人么，老少加起来也就 200 多了。"

我问老者，为何他这么清楚？

旁边有人说他是村主任的爹。村主任每年填表时，总打发他爹去核实人口。谁家女人的奶头大，谁家女人的尻子肥，他都知道。

见老者变了脸，那人说："错了错了，我说的是谁家的母猪有几个奶头，村主任都得知道呢！"

我问老者，既然他知道，为何不让王三泰陪他走这一遭？

老者白了我一眼："陪他请人是在走孝，王三是个啥玩意呢！"

八

王世墨打电话问我，追悼会是开还是不开？我说开。他说："听王三泰讲，没几个人呢！看来，你的追悼词写得再好，也没几个人听。"我说即便没一个人，我也会读了给王家三爷听。他说："你就造吧。说你是外姓人，你还不高兴。你不糟践一下我们王家人，心里不舒服吧！"我说："你和王丁魁来不来吧？别扯那些没用的！"王世墨说："再说吧。王丁魁去，我就去。带羔子都去了，我这个正儿八经的王家人不去，脸往哪里放呢！"

九

我问王三泰，他的微信朋友圈里有多少人？他说有一千多吧。我说刷得近的有多少？他说大约 300 人吧。我让他发一条消息。他问发什么。我拟了内容给他看，王三泰乐了。他说这样一发，再传张照片上去，这三太爷就真成网红了。他显得很兴奋。

我让他再加一条，他说："加加加！你看，刚才的那条，已经有 500 多个赞了！"

我问他第一条究竟发了什么内容？他递过手机，我一看，那条消息是：没见过活人自己给自己办丧事的请来巴子营，管吃管喝！

我说："你这不是扯淡么！如果来的人多了，吃什么？"

王三泰说："三太爷不是让我办几桌酒席么，我想了，把酒席改成巴城大烩菜。来者一人一碗。正好也宣传宣传我们的饮食文化！"

手机里的棺材像军舰一样漂浮。

"看看，报名的已超过 300 人了！"王三泰举起手机叫喊。"他们要三太爷躺在棺材里的照片。"

还没等我表态，王三泰已把照片传了出去。

手机屏幕一片红。王三泰又把手机递了过来，“看看，看看！三太爷像躺在军舰的甲板上，随波浪晃动。”

“事大了！”我拍了王三泰一掌。

“天空飘来几朵云，那都不是事！你写你的悼词，我准备我的巴城大烩菜！”王三泰说，“我已给办流动酒席的王老板发了信息，让他精心准备。肉丸子、面鱼子、发菜蛋卷、炸豆腐、炸洋芋、卤肉片、鲜鸡汤、粉条子、白菜片，香菜豆芽嫩小葱，一样都不能少！”

“哪来那么多的碗筷？”

“给消毒碗公司打个电话不就行了！”

“桌凳呢？”

“要什么桌凳，站着听悼词，蹲着吃烩菜，又是一大景观呢！看看，看看，三太爷从棺材里爬出来跑呢，棺材跟在他后面飞。飞呀飞呀棺材飞，飞呀飞呀三太爷飞。”

王三泰跑出了院门。

一夜的星星下来。我点了两支蜡烛。烛焰在风中摇曳，王家三爷从棺材里爬出来，和我们坐在一起。王三泰向他说了明天有很多人来。王家三爷问有多少巴子营人能来？王三泰说不知道，反正人多了热闹！王家三爷叹口气：“我做这事是给巴子营人看呢！巴子营人不来，再来多少人都没意思呢！”

“反正就这样了。三太爷，你就睡在棺材里听文人给你致悼词吧！我看了，他把你写成了巴子营的完人！”

王家三爷问啥叫完人？

王三泰说：“就是好人中的好人。浑身上下都是好人！”

王家三爷爬进了棺材，留了一天的星星，还有我和王三泰。

王三泰问我们睡哪？我说，棺材边。

“那些亲戚们怎么走了？”

“他们说明天再来。”

三十多年来，我都没有待在乡下的院中看星星了。星星们很亲切，天空也很亲切。亲切得把城市挤到了天外。风里有了香味，是残存的庄稼发出的的香味。那些香味把童年滤碎，一点一点又拼凑起来。鼾声从棺材盖缝中传了出来。我站了起来，拍拍棺材。王家三爷说：“天亮了？人来了？”我说：“早呢！我是问问您的大名叫什么？”王家三爷拍拍棺材盖，说：“我叫王德福！”

王三泰在刷屏。手机屏的亮光下，王三泰的脸狰狞着，身子在晃动，嘴里在喃喃。有时怪叫一声，惊得院外的树上传出扑打的声音。

那是无巢可依的喜鹊。它们太多了，巢里盛不下，便栖息在树上。

“你再发一条消息！”

王三泰问发什么？

我说：“这次你可不能胡发！你就发：如果你认为王家三爷是好人，请来后在棺材头前的碗里投一颗豆子。”

几秒钟后，王三泰笑了：“网友说他们不知道王家三爷的事，让我把悼词传上去。”

我说行！

王三泰举着手机问我：“网友们都说王家三爷的确是好人，问什么豆子能代表好人？”

我说：“麦子、蚕豆、大豆都行，凡能养活人的都是好豆子！”

“网友起哄了，说麦子不是豆子。”

我又拍拍棺材，问王家三爷大点的碗在什么地方？

他说在狗窝边。

我问碗怎么在狗窝边？

他说狗槽破了，他就挑了最大的碗给狗盛食。

我来到狗边，狗跳起来。我打开手机的手电筒，一照，那碗好大！我从旁边抽了根棍子，把碗拨到跟前。狗狂吠起来，把夜吠得颤抖。

我去伙房端水的时候，王三泰已把那只碗拍照传到了网上，并配了三个字：好人碗！

王三泰说："看看，看看，网友们说了：好大一只碗！"

十

那晚的星星像唾液一样稀少。两支白蜡摇曳在绸薄的风中。我坐在棺材边，梳理着王家三爷的故事。王家三爷躺在棺材里，我听到了他的眼泪打湿黄表纸的窸窣声。他坐了起来，说舒服多了，真的舒服多了！明天听悼词的人，都会知道他这辈子对村里人的好处，就是儿子听不到。听不到就听不到吧，反正这些全是给别人听的。他问王三泰看了悼词有啥想法？王三泰停下了刷屏的手指，说他也挺感动。说完，继续刷屏。王三泰说明天可能是巴子营历史上值得记忆的一天，那么多网友手里捏着豆子投向棺材头前的碗中，碗中小山一样的豆子会证明三太爷这辈子活得值了！

王家三爷的鼾声从棺材里再次响起。我把棺材盖往外推推。鼾声从棺材里飘起来，一圈一圈绕着院子飞翔。王三泰的脸在手机屏前放大着，缩小着。在烛光的抖动中，王三泰的影子在地上游弋，王家三爷的故事粉末一样撒落。

十一

做烩菜的人来了，开着一辆敞篷车。看到我们两个人，他说："你们的肚子有多大！"王三泰说："你只管做，钱少不了你的。"做烩菜的人说："不是钱的问题！你们报了三百多人的量，只有你们两个人，加上棺材里装死人的，总共三个人。就是三头猪，也吃不了这么多！"王三泰说："你费那么多话干啥，都在这里呢！”他挥了挥手机。做烩菜的操起一把勺子，说：“网上的人能相信吗！我做几碗，先喂饱那个装死人的。吃饱了躺在棺材里，才能装得像呢！”

天在烩菜的香味中放亮。听到狗叫，王三泰喊：“来了。”便跑出去看。做烩菜的人把几个肉丸子倒进我碗里，说：“吃吧，吃饱了好致悼词。现在死了人，谁还致悼词！不在吃喝上大操大办了，就比棺材的材质。有工作的死了，火化了，手掌大的一个盒子，就把一个人全装了，在公墓中占那么一丁点地，还是固定的，谁也没得争。这王家三爷，又能获多大的名呢！”

王三泰进了门，端起碗，吃了一碗烩菜，说也该来了。他打电话给王世墨、王丁魁，他们说在单位上转一圈就来。王三泰开始刷屏，没有几个人回应。他在网上骂了几句，回复潮水一样涌来。有个北京人说：“你丫的，扯这么档子事。谁知道巴子营是个啥屌地方。我给你发了三毛六的红包，算是随了一份礼。”一个上海人倒也干脆：“阿拉的爷死了，我都没到场！”做烩菜的把勺子在锅沿上敲了几下，王三泰握着手机出了门。

我问他去干什么，他说到路上挡人来吊丧！

王家三爷从棺材里爬起来，上了一趟厕所。做烩菜的问他肚子饿不饿，他说不饿。没见到王三泰，便问他走了哪里？我说他去挡人来吊丧。王家三爷说：“羞死先人了！那是过去大户人家干的事，是为了造人势比阔呢！我活了一大把岁数，倒靠这个来撑一把活死人的脸！”他拍了几下棺材。

几个亲戚进了门，我招呼他们吃烩菜。他们坐在院中，说这王三泰不靠谱呢，站在路上，看到车挡车，看到人挡人，说到三太爷家去吃烩菜吧，烩菜好香！被拦的人都骂他，说他有神经病！

村里的几个老人来了，说反正也是做戏，人多人少也就那么回事！有一老人说这做烩菜的使奸耍滑：“你看这肉片，肥的，像三姑娘的尻子。”有知情者笑起来，说：“三姑娘死了都二十年了，再肥的尻子上也没肉了！”

嘻哈声中，王世墨和王丁魁拿着烧纸进了门，在棺材前的盆子里烧起纸来。我说："你们还真烧啊！"王世墨说："烧么，烧么，不烧，三爷要爬起来骂人呢！"

王三泰回到院中，抓起一把豆子扔进了那只好人碗中。王丁魁说："坏规矩呢，一人一豆，你扔那么多豆子算啥！"王三泰说："你们进门时，把豆子丢在脚下踬成了粉末。我这样做，是给你们积德呢！"王丁魁说："还是烩菜好吃！"

王世墨拍拍手："致悼词吧！我们听听，看你有没有糟蹋我们王家人。听完后我们就回去。下午还有会呢！"

我掏出悼词，让王世墨、王丁魁、王三泰站成一排，立在棺材后面。我读起了悼词。做烩菜的收拾了碗筷，要走。王三泰说："钱还没给你算呢！"做烩菜的发动了车："钱是个什么玩意！今天镇上搞活动，我到那里去摆摊。挣钱也得要脸呢！"

（发表于《四川文学》2018 年第 10 期）

短篇三题

招供

窗帘像衬裤一样动了动，尚达从窗帘缝中望去，街上的人似乎永远不想停下来。有一个停了步，往垃圾箱中扔了什么，他看不清。那人抬头望了一眼这栋楼房，掏出一支烟，点了，匆匆而去。

尚达从沙发上拽起衣服，穿了，老伴拉住了他。

“又去。”

“习惯了。”

“要是当年他将窗帘拉开，你也不至于残了腿。”

“他不是为把面擀圆迟了一会吗？”

老伴松了手。

街上还是那么多的人，没有人停下来看他。拐过两条街，人越来越稠，都是新鲜的、年轻的面孔。偶尔有穿大襟衣服的，也光光亮亮。

老舅住在青年巷，那个年代叫流水巷。

尚达极不习惯没有人的街道。流水巷中没有人，他的心里空旷了许多，也寂寞了许多。在一栋上了年岁的居民楼下，他抬头望去。

三楼的窗帘紧闭着。

他扶着楼梯，一个台阶一个台阶往上挪。在若干年前的那天，窗帘也是紧闭的。那栋楼上住着的老舅，还年轻。年轻的像一口刚打好的铁锅，黑漆漆中透着生命的灵光。他移步上楼，敲门，没人应。他掏出钥匙，打开门的瞬间，他看到了门口的那枚烟头。他倒退了一步，门里黑洞洞地伸出两支枪管。

是什么枪，他不认识。

然后就看见老舅耷拉着头。地上的一根擀面杖委屈地踩在一个穿黑色皮夹克的人的脚下；方桌上的那本书，有点惊慌地抖动。

然后，他和老舅在几个人的前呼后拥下，来到了巴城监狱。

然后，他瘸了一条腿走出监狱。

监狱门口，老舅望着他。身后的一棵树，黑得让人猜不出它的品种和年龄。

“为啥不拉窗帘。”

“我正在擀面，面老是擀不圆。听到敲门声，我以为是你。”

“为啥出卖我。”

“不是出卖，叫供出。谁也有忍受不住疼的时候。”

“我的腿？”

“我看他们把烙铁摁在了你的腿上，我才说的。”

“你还说了什么？”

“我只说你爱看书，所以经常到那个书店。”

那年，老舅十八岁，他三十多岁。

敲门，没人应。他掏出钥匙，朝门边望去，没有烟头。一张小广告蜷着身子，紧张地缩在门缝。

他猛地推开门。

电视开着，里面正播放一部腻得让人作呕的电视剧。

那部电视剧，老伴爱看，天天只盯着那个台，偶尔，他也端了水杯，陪老伴看一两集。

老伴的腿不争气，一走路就疼。老伴的嘴很争气，一辈子没闲过，即便剩几颗牙了，收不住气，但话从来没有减少过。

他走向阴台。老舅仍在擀面。一张不大的面板上，有一张面，圆得像十七的月亮。他刚想开口，老舅揉了那张面，又擀。

“够圆的了。”

“来了。”老舅的手不停，面又圆起来。

“为啥不开窗帘？”

“面老擀不圆，没顾上。”

他转过身，到客厅的沙发上坐了。

沙发已塌陷，他坐上去，像坐在了年久的马桶上。

他站起来，拉开了窗帘。

外面的亮进来，电视画面模糊起来。

老舅赶出来，拉住了窗帘。

“这是我的活，你别抢。”老舅往桌上指指，“烟在那里，自己抽。我去给你下面条，我们一起吃饭。”

屋里又暗下来。电视中的广告很长，长得像他夹着的那泡尿，不管怎么努力，老是尿不干净。他想，如果没有电视陪伴，老舅还是老舅吗？

“再圆的面，切了，下到锅里，还不是一样的味道。”

“不一样。”老舅敲敲碗沿。

“你这个习惯，一辈子也改不了了。”

“改啥？当年就是在稻花香酒店敲了一下碗沿，我才被你们拉入组织。我哪知道那是你们接头的暗号。”

“幸亏你敲了一下碗沿，要不，巴城联络站的站长就会被捕。”

“只是后来害你瘸了一条腿。”

“我瘸了一条腿，你保住了一个大人物。”

“那你还埋怨我，到现在了还不放过我。”

“得。如果不是那样的话，你早就被作为叛徒处决了。”

“我得到了啥好处？被你埋怨了一辈子。为这事，你被错划，我整整劳改了十年。”

“好在我们还活着。”

“活着？要不是我老姐背了一小袋炒面，赶了十天十夜到河西，你的骨头早不知埋到了哪里。”

“所以，我娘嘱咐我，要一辈子对你好。”

“算了,吃饭吧。看不看都就那样了,人老了,忠于自己的就剩下自己了。”

锅里剩下了半碗饭，老舅问他再加不加。他说不能加了，老年人的肚子，不能盛的东西太多，一多，就闹腾。

老舅把饭舀到了自己碗里。

“我这辈子，有两件事做的不亏良心：不剩烟，不剩饭。”

老舅的烟灰缸里，烟头就是烟头，没一点白的东西。

“人老了是五谷的仇人。”老舅收拾了碗筷。他听到了老舅出的气长一声短一声，喉咙里还有咯吱声在抽动，像脚踩在雪上的声音。

打了三遍电话，老舅未接，他拉上了窗帘。外面的雪，飞得有点邪性，让人心里乱乱的，像粥。

他找出了围巾，拉开门，外面的冷从楼道涌来。

老伴在后面骂起来。他听到了半句“老不死的”。

他笑了，“我今年92岁了，真的成老不死的了。”

街上全是看雪的人。

一冬无雪。这雪，下得巴城人兴奋成猴了，在雪中乱窜。青年巷里，也堆满了人。他不自在起来，用手接了雪，塞进嘴里。

当年的青年巷，确实叫流水巷，又称烟花巷。

大人物在设点时，说老舅这人，肚子里倒也规正，但表面上看起来花花绿绿，很适合在流水巷里待。

他不苟同，怕老舅泡在烟花巷中，沾染上烟花气。

大人物笑了，“你老舅，正经得像腊月里的雪花，绝对不会下在春天。”

“正因为这样，才容易引起人怀疑。”

大人物收了笑，“就这样定了。”

几个小孩正在堆雪人，雪松软，雪人的头老是掉落，一个孩子一脚踩去，他听到了雪人的哀吟。

雪迷蒙了窗帘，他分开密密的雪，老舅的窗帘没有闭合，雪赶到窗前，堆成一坎棱，成块地往下掉。

一推门。门居然开着。

电视的声音和雪一样热闹。

老舅坐得笔直，在翻看一本书。当年穿皮夹克的人闯入老舅住的房间时，老舅正在擀面。老舅手中的擀面杖被打落在地。他说等我把面擀圆了，有几页书我还得读完。便推开穿皮夹克的人，笔直地挤到桌前坐下读书。看到伸到书前的枪管，老舅有点恼火，“再大的事，面没擀圆，总得让我把这几页书读完吧。”

穿皮夹克的人笑了。

“这人,”穿皮夹克的人把烟头扔在地上。老舅看到烟屁股后面的那截白，合上了书。

“把烟抽干净，浪费烟，是不道德的行为。”

旁边握枪的笑了。穿皮夹克的竟然拾起烟，点着，抽了。老舅的脸上有了笑意。

“这才像话。”

这个细节，是那个穿皮夹克的人在河西时给他讲的。他们住在一个地窝铺里。他们抽的烟，是晒干了的葵花叶子，穿皮夹克的找到了一颗干驴粪蛋，揉了，和葵花叶子掺到一起，他们一起抽烟，抽出了五谷的味道。

“那人，”穿皮夹克的人指着正弯腰咳嗽的大人物，“和这个人有一比。你看，他咳嗽时的姿态，都和常人有所不同。好像咳嗽也是他的一种行为。”

那人，指的是老舅。

老舅没有做饭，他问老舅吃什么？老舅说吃雪。

然后说子女。

老舅说今天他接了一个电话，是孙子打的。孙子问他在干什么？他说读书。孙子说爷爷你是病了，还是气话，我们都不读书了，你还读啥书。孙子又问他读啥书，他说读鲁迅。孙子在电话那头哈哈大笑。

他问孙子笑什么，孙子说：爷爷，你是真正的病了。

他说：我下楼。

老舅问下楼去干什么？他说去提包子。老舅叹口气，合上书。看书搁歪了，老舅把书摆端正。说行。

他看到了老舅肿起的脚面。

黄狗身上白，白狗身上肿。

包子铺里的热气一涌，尚达的眼镜片乌蒙蒙一片。他摸出手绢，一擦，吃包子的人清晰起来。老板问他吃什么馅的包子：麻腐、大肉、鸡蛋韭菜、糖、豆沙、萝卜、洋芋，还有包包菜的。他兀自想起老伴的嘴。做生意的嘴顺溜是本分，老伴的嘴骂起人来顺溜，就像老鼠的眼睛，虽圆亮，但令人怎么看都不舒服。

老舅最爱吃的是麻腐馅的。将麻籽捣碎，过滤；把洋芋煮熟，剥皮碾碎；熟一勺清油，浇了，再拌上熟肉末，真的令人垂涎。

眼前的饺子皮在浮动。老伴一辈子擀不圆面，包饺子时，找一个玻璃杯，在擀好的面上一摁，饺子皮竟然圆得像老舅擀圆的面。

老舅说那不是能耐，把面擀圆才是能耐。老伴每每梗起脖子，说再圆到肚子里还不都一样，谁看得见圆扁。

老舅的眼里有了泪水。

老板见他怔在地下，把他让到一座位上，端来一杯茶，茶滚烫，热气袅袅。

他和大人物首次会面时，也在一包子铺。人不多，上了两笼包子，大人物看着他吃，老舅进来，说巴城的包子铺，论德行，这家是头一家。大人物看着老舅，老舅叫过店小二，问他包子里的肉是不是存放了两天。店小二叫来老板，老板作揖，说少爷好眼力，便换了另外一笼。老舅拿起包子闻了闻，说这肉倒新鲜，盐放重了。老板要免包子钱，老舅把一张纸币拍在桌上，头也不回地走了。

他说要一斤麻腐馅的包子。

老板说一斤你一人吃不了。要四两吧。

他说跟老舅一块吃。

老板的嘴一咧，烟掉在了地下：他还活着啊，我们好几年都没见过他下楼了。

他提了包子，离开了包子铺。街上的人没了踪影。怕包子凉了，他将包子揣在怀里，一步一步往前移。

雪小了，小的剩下三两点。

站在楼下，他抬头张望，老舅的窗帘闭合着。他瞅了瞅地下，寸厚的雪中，看不到一枚烟头。

天地白成一片。他立在楼下，盯着老舅的窗户。窗帘很安静，他看不到任何晃动的迹像。

老舅身上白，老天身上肿。

这句话冒出脑际时，天又不自觉地飘起了雪花。他似乎又听到了老舅的辩白：是供出，不是出卖。

雪也把老天出卖了，要不然，谁还觉得它是冬天呢！

休斯顿没有韭菜

一

夏天让秋天一裹，就到了开校的时节。赵汗青搬了桌子，在校门内的花池旁撑开遮阳伞，秋天便在学校里生动了起来，光鲜了起来。

高一的新生还没有发校服，女生胸前凸起的部位还未被包藏，这是赵汗青最愉快的时刻。

有女生拽住一朵秋玫瑰，把鼻子凑上去，嗅，旁边的女生在拍照。赵汗青嘿了一声，女生们跑了，他把那朵玫瑰掐了，放到鼻子底下，嗅了半天，竟然没有香味。他把玫瑰放到桌上，看到政教主任过来，忙收了玫瑰花，塞到桌兜里。

天一下子变了颜色。

一拨一拨的新生到了该去的地方。

当那个叫刘取丹心的女生扇入眼帘时，赵汗青眼前的天又晴朗起来。

二

“大学里才有迎新生的，怎么这样的中学里也有。”刘取丹心一甩头发，一张精细成工笔画的脸显出，刺疼了赵汗青的眼睛。

“你怎么才报到。再迟一天，学校就不给你注册了。”

“我昨夜刚从休斯敦回来。我的表姐在美国留学。”

“还休斯敦，再迟就羞死你了。高一五班。你那个班主任，好。”

“好不好不就一个班主任吗？值得那么大惊小怪。”

看到校门侧的标语，刘取丹心啊了一声。

不认真学习的女生：逛不完的菜市场，穿不完的地摊货。

不认真学习的男生：拾不完的破瓶烂罐，穿不完的阿迪屌丝。

“啥年代了，还阿迪屌丝，现在，连腐女都落伍了。”

赵汗青刚想问啥叫腐女，政教主任过来，问他这个女孩是干啥的，为何招摇在学校。

赵汗青说是高一五班的新生。

政教主任看到那只肥猫从从容容地从花坛里涌出，踢了肥猫一脚。

肥猫怪叫了一声。

刘取丹心捂着肚子蹲在了地上：“你为什么要踢猫？”

“挨你什么事！”政教主任扯起了嗓门，教研室的窗子前挤出来许多的眼睛，玻璃一片扁平。

“你站住。你得向猫道歉。”

“猫在哪儿？”政教主任盯视着刘取丹心。

“它早跑了。”赵汗青收了遮阳伞。

“叛徒。”刘取丹心拉了拉衣襟。赵汗青有了攀援山头的念头。他收回了目光，端着桌子走了。

“唉！高一五班在几层？”

“三层。上楼看牌子。”

政教主任看到那只猫又窜回校园。她抬起脚，把从桌兜里掉出的那朵玫瑰花踩在了脚下。

那天晚上，满屋的刘取丹心走来走去。赵汗青头上的汗珠雨水一样往下掉。

三

迷彩服一上身，军训就开始了。巴城的秋天，似乎专为学生军训准备的。秋阳把积存的热，朝校园洒下来。校园的地上，蒸腾着左一圈又一圈的汗水。

迷彩服下的女生，都成了迷彩服一样的颜色。

赵汗青和服务组的人，看着被教官训斥的新生和那只肥猫，在阴凉下乐哈哈地喘成老鼠。

有人栽倒在地，赵汗青奔了过去，校医的白大褂，被一簇国防绿围罩。

“抬到校医室去。”校医把一杯矿泉水朝栽倒的新生脸上浇去。那张工笔画似的脸，在阳光下更为白皙。

“晒不死的老鹰白不死的学生。”校医让赵汗青把刘取丹心背到了校医室。

脱了帽子，分开遮蔽在脸上的头发，校医掐掐刘取丹心的人中，她哼了一声。哼声细软，赵汗青仿佛咬了一口成熟在露天地里的黄瓜，满嘴里舒服。

“给她喂几小勺红糖水。”校医递给赵汗青一把勺子。

赵汗青把床头摇起，刘取丹心便越发工笔画般起来。

勺一触唇，刘取丹心微张了嘴，勺头里的红糖水，大半跑进了她的脖子。

“你会不会喂水？”刘取丹心睁开了眼睛。

“我是第一次给人喂水。”赵汗青慌乱着把勺子放到了杯子里。杯子里的红糖水，快快活活地游动。

“我的大姨妈还没到，喂什么红糖水。”

“哪个新生的大姨妈在操场，是校医让我喂的。”

“现在还有这样的傻蛋，连大姨妈都不懂。女生的例假，懂不懂？”

赵汗青扯开门帘，像那只肥猫一样窜了出去。

军训一周，刘取丹心再也没有晕倒过。赵汗青整日待在遮阳伞下，看着新生们渐渐齐整的步伐，很想加入他们的行列。政教主任的脸渐渐平复，她的脸上的黑比白多起来。那只大肥猫，一看到她，就凹了身子，窜到能躲避的地方去了。赵汗青没法躲，低头抠着指甲。

仿佛指甲里藏了若干道作业题，得一道一道做完。

赵汗青老是觉得脊背上有两只包子在奔跑。包子里的馅，混和着肉和韭菜。他无端想起休斯敦的韭菜，他很想去问问刘取丹心，休斯敦人吃不吃韭菜。军训完的新生或骑着电瓶车，或推了共享单车，从校门左侧的门里，游客一样涌出校门。

校园里便剩下政教主任和那只肥猫了。赵汗青看到几片干枯的玫瑰叶，红糖水一样贴在地上。

“大姨妈。”他想起了妈妈的姐姐，那是个老往自己脸上涂粉的女人。在科室里，大姨妈永远香成男人们的话题。

四

秋天被晕染成桃色时，校园里的朗朗书声被一场又一场的秋雨浸湿。赵汗青的教室在二楼。上课时，他老是望着天花板，他想要是刘取丹心在三楼的楼板上突然掉下来，那该是多美妙的一幅景象。课桌上的书，被他一层一层铺平码在四周，等待着刘取丹心从三楼而降。老师提问时，他恍惚着回答，虽不贴题，倒也差不了多少。新来的历史课老师问他喜欢哪些历史名人，他随口而出：留取丹心照汗青。教室里很快爆出笑声，历史老师听到赵汗青、赵汗青的嚷叫，才得知他的名字就叫赵汗青。便问他为何起名叫赵汗青。他说为了刘取丹心。历史老师很年轻，年轻的犹如夏季刚褪花的葫芦，再追问一句取名的含义，赵汗青用手指指前排的女生：满校园都是梓萱，我为什么不能叫汗青。

历史老师是女的，也叫王梓萱。便笑笑了事。

自习课一到，学生们的心思便蔓延开来。赵汗青做完数学作业，溜出了教室。刚顺过道上了三楼，政教主任便立在了他面前。

“不上自习，跑三楼来干什么？”

“肚子疼！”

“校医室在一楼，厕所二楼就有。”

政教主任叱了一声：回去。

赵汗青便转身。

“父子俩都一个德性。”

这句话让赵汗青兴奋起来。他所上的学校也是父亲的母校，他略约知道政教主任和他父亲是同学，“一个德性”，让坐到教室里的赵汗青开始演绎父亲与政教主任的故事。

晚饭很简约。看到母亲的几根白发，他伸手拔了。母亲是一个局的局长，在家里的饭桌前总是局长出一种不和谐。父亲习惯了母亲的吆声和喝声，牢牢守着自己的碗，唯恐碗里的稀粥被母亲的眼睛搅得阴晴不定。

“老了。”母亲推开碗，坐到沙发上手游起来。

“我们政教主任说我和你一个德性。”

父亲把捂着碗的手松开，偏头望了母亲一眼，哼了一声。

赵汗青问哼代表什么？

父亲问政教主任在什么场合说的这话。

赵汗青说他从二楼上三楼的时候。

父亲问他上三楼去干什么？

他说去看一个叫刘取丹心的女生。

父亲笑了：你才被她看了两年多，我被她整整看了三十多年。

“这就是她为你活守寡的原因？”

“滚！”父亲收拾了碗筷，去洗锅了。

五

课业逐渐多起来。赵汗青每天的日子被挤满。一有机会，每每拐到另一边过道上三楼，政教主任的身影便宣传标语一样准时出现。他退回二楼，教室里一片嘈嚷，间或有一两声怪叫，也被湮灭在声音的轰鸣中。他踢踢凳子，前面的女生转身，朝他一笑，问干什么？赵汗青说你好好看。女生笑着转过了身：好看就多看看，可惜你总盯的是脊背。

赵汗青把书扣在桌上，叹了一口气。

朝教室门外一瞅，政教主任的风衣斜飘在走廊上，很有节奏感地摆动。

“父债子还啊！”他又叹了一声。赶来上课的数学老师看到政教主任，打了声招呼。

学生们便收了英语和语文书，拿出数学课本，教室了就一下子数学起来。

六

站在校门口树下的赵汗青脖子里痒了一下，他伸手一摸，一片还未干枯的树叶柔软在他手里。着了校服的女生们三三两两，从他眼缝里游走。政教主任的身影一闪现，赵汗青掉头朝反方向而去。

一个月在上课和做作业间蜘蛛网般被风吹走，赵汗青再也没有见到刘取丹心。碰到高一五班相熟的同学问询，同学望了他一眼：你傻啊，那个女生在教室里待了三天就走了，说是去了美国。

“这妖精！”赵汗青骂了一句。

“你骂谁！”他看到了那双穿着老式皮鞋的脚。

政教主任立在了他旁边。

“都是妖精啊！”他拨开排成纵队在街上前行的同学，跑了。

那只出了校门的肥猫，转过身从学生脚下窜过，钻进了路边的花坛。

我们进城吧

老喜望着那轮太阳站在云上，肚子里响了一下。云不厚，它怕太阳掉下来。掉下来的太阳不能当食物，老喜把窝边的一根刺条挪了挪位置，视力顺了，它觉得太阳可爱起来。

又是一个冬天。

老喜家在巴子营住了几代，它没有梳顺过。有白杨树的地方就有它们的家。老喜的父母原住在巴子营村东的一棵大白杨树上。它的父母选择大白杨树坐窝的原因，是周遭空旷，离村子远，少有人打搅。在老喜还未将美梦做够的时候，一个人站在了树下。大白杨树是野生的，枝丫遍身，那人爬了半天，爬不上去，脸上被划了几道印，没血，印迹清晰，也疼。老喜刚会振翅，放心地探出头，那个人拾起一块石子，打向了它。窝高，枝丫多，石子在一根枝条上弹了一下，飞到了另一边。老喜呷地叫了一声。那人便离去。

老喜父母飞回窝的时候，老喜说有个人想上树。父母呷呷了几下，领着老喜飞离了那棵大白杨树。

在老喜的记忆中，大白杨树在一伙人的锯拉斧砍中，轰然倒地。那伙人将它们的窝砍下来，抬着走了。晚上，冲天的火光在巴子营升起，有一伙人围着那堆火转圈，老喜闻到了搭窝的柏树枝的香味，问父母这伙人在干什么。

父母说燎病。

老喜不明白，问燎病为何用它们的窝。

父母没有吭声，找到村西的一棵白杨树，辛苦半月，又搭建了一个窝。

这是老喜的新家。

新家的那棵白杨树长得歪斜，腰弓着。老喜和父母安闲了几年。

旁边的白杨树又被人伐了，老喜家的窝便很是招摇。老喜问父母要不要搬家，父母说暂不必要。又问为何只留下这棵白杨树。

父亲哼了一声：它不成材。

老喜才知道，不成材的树是安全的树。

老喜结了婚，父母让它另选树搭窝成家。老喜拒绝了，在父母的窝下又搭了一个窝，比父母的家大。

巴子营的人说这窝喜鹊好，还知道父母子女住在一起。老喜的父母开始对它们在窝下搭窝很有点想法，听到人们的称赞，将一块肉扔进了它们的窝中。老喜很感动，跳到父母的窝中呷呷了半天。

父母走了，到了哪里？老喜不清楚。问村里的老喜鹊，老喜鹊说每一只喜鹊都有自己的归宿，等你走的时候，你就会明白。那些日子，是老喜恐慌的日子。它常常飞到巴子营最高的树上，望着南方，望着北方，望着西方，望着东方。南方没有父母，北方没有父母，西方没有父母，东方没有父母。天阴了又晴，晴了又阴，间或还下一场雨。每逢下雨的时候，父母的窝中总有一滴两滴的雨漏下，老喜认为那一滴两滴的不是雨，是父母的泪水。它飞到父母的窝中，找到了母亲的一根羽毛。它把郁闷衔回窝中，心中温暖了许多。

在它心中，那根羽毛就是母亲。

大喜去参加姑妈儿子结婚的那天，天黑得像狗屎。一大群喜鹊聚集在王庄的一片杨树林中。这个日子，没有七夕节喜鹊们上天的壮观，热闹则是必须的。大喜带的礼物，是从巴子营一户人家衔来的手串。手串晶莹剔透，为婚庆增添了不少喜庆。姑父用嘴啄开一粗黑的坛子，一股类于酒香的味道溢出。男喜鹊们排了队，呷着酒水。挨到后面的，够不着，有女喜鹊便衔来石子扔进坛中，酒水漫上来，香倒了一大群喜鹊。

告辞姑妈，大喜飞得歪歪斜斜。到巴子营的家门口，大喜听到妻子和二喜妻子的吵闹声。声音急促、尖锐。大喜妻子看到大喜带着酒意钻进了窝，便停了吵闹，向大喜诉说原由。

趁大喜去贺喜，二喜的妻子占了父母的窝。

大喜扇动着翅膀，跳到树枝上跟二喜论理。二喜听凭大喜讲父母老窝的故事，敛着翅膀，偶尔晃一下尾巴。待大喜讲得自己也觉得毫无趣味时，二喜嘟囔了一句：是和尚也得给座庙吧。

大喜噤了口，飞回了窝。妻子问结果，大喜颓然一叹：是和尚也得给座庙吧。这王八蛋。妻子问什么和尚什么庙，大喜歪头睡了。

这一睡，竟睡得月亮上长出了毛。

二喜带着妻儿走了。大喜在邻近的村庄飞来飞去。二喜到了何处？邻近的喜鹊说许是进城了吧。

城对大喜来说，遥远得像父母的影子。

大喜觉得这日子快得像雪，来得快，化得也快。小喜叫嚷口渴的时候，大喜飞到了巴子营的那座涝池。这座被巴子营人叫作涝池的大水池，曾是大喜、大喜的父亲老喜以及祖父老老喜们快乐的福地。口渴的时候，它们便飞翅而来。春天，涝池水见底的时候，成片的狗鱼们浮在上面，张着绝望的嘴，一层一层往下挤。这是它们的美餐。美得它们晚上打出的隔都带着鱼腥味。一到夏天，涝池里的苇子便急匆匆蹿个、增绿。它们荡开苇叶，找着浮在水面上的蚂蚱。青蛙的叫声响起，一长串一长串的青蛙衣胞在水面上浮游，嘴一啄便能提起，等衣胞里的蝌蚪们成群的游动，它们便失去了兴趣。夏天，有的是吃食，满地满野。一俟秋天，庄稼的茬口里，是蚂蚱和各种小飞虫们的乐园。它们饿了，便飞到地边，找吃可口的东西。臭屁虫之类的东西，它们是不沾边的,它们要的,是看起来干净吃起来爽口的飞虫们。冬天说到就到。人愁，它们不愁。生产队的饲养院里，它们把爪子摁在墙头上，盯着麻雀们的动向。麻雀在冬天生蛋少，但麻雀在冬天眼睛是瞎的，一待麻雀们扑向草房，它们便尾随而去。麻雀在草房里争刨草末寻找着人们遗漏的麦粒、谷粒。麻雀们知道，喜鹊在等它们填饱肚子后才虐杀它们。肚子饿了的时候，先填饱肚子是唯一的真理。吃饱肚子的麻雀的肉更香。这是喜鹊们家传的经验。在这方面，大喜的想法更直截：饱肚的麻雀饿瘦的狗，是两大美味。大喜的手段很利落，啄了麻雀的脖子，一拧，麻雀便瘫了。叼两只到窝中，肉吃了，毛垫窝，再狂厉的风，再冷的冬天，也不能把它们吹死、冻僵在窝中。

涝池说干就干。人们用上了自来水，涝池的功能便失却了。失却了水的涝池，只能等雨。人们浇灌庄稼的时候，遇到富余的水，有人便将坝口挖开，注满涝池。注满涝池的水几天便干涸，大喜想不明白，人们把涝池当作饮水池的时候，涝池里注满水，至少得两个月后才干涸，人一旦弃用，水都争着蒸发和渗漏。大喜眼里的干渴涌出，像窝里的干刺条一样硬硬地令它上火。

成群结队的庄稼地荒芜起来，大喜偶然看到巴子营人家的烟囱里有烟涌出，便有了些许安慰。往昔，那些成群结队的烟，一到清晨便在巴子营上空扭结。炊烟袅袅的景观已不再，即便冒出来的烟，也没有麦香味，充满了焦臭的味道。有时，有肉香味飘出，大喜便寻着味道，立在院落墙后的树上，看着人们啃完了肉，把骨头扔给狗。狗啃着骨头，发出咔嚓的声响。有的骨头被扔到了垃圾堆里，哪怕是一根两根，也成为大喜的向往。没肉的骨头和团伙一样的肥油，狗懒得理，大喜便趁狗把嘴焐到腿下的时候，飞掠而下，叼起一块肥油，窜回窝中。

肥油也成了它们的美味。

饲养院早已成废墟。

大喜盼望着音箱和唢呐的声响。音箱一响，院落里的喜气便溢出；唢呐一响，院落里的哀音便渗出。成桶成盆的泔水或者剩菜，被废置到院落后的沟中。大喜们的好日子便来到。在扒拉这些东西的时候，小喜也慢慢长大。

在小喜的眼里，巴子营没有了春夏秋冬。

一家果园进入小喜的视野时，它已经有了妻子。它在焦虑中等待。每年农历的四月初八，小喜老是望天。天晴成新娘子光鲜的衣服时，小喜的心情也晴朗成蔚蓝的天空；天阴成衬裤时，小喜的心情便灰暗成乌鸦的羽毛。一场雪不期而至，桃花、杏花、苹果花在雪的飞扬中，萎了。那是它们的希望所在。少一朵花，它们就会少一次美餐。花萎了，果便没了。

人们把那场雪叫黑雪。

小喜把那场雪叫饿雪。

到了七、八月间，桃熟了，苹果也膨胀起身子。清早和傍晚，小喜便穿梭在桃树中间，找寻个大汁满的，敞开身子，啄吸着。最艳最肥最大的桃，是它们的爱物。地上掉下去的桃子，它们是不碰的，瞧着被它们啄出洞的桃眼里，蜜蜂苍蝇们热闹着嗡嗡嘤嘤，它们便振翅呷鸣。

小喜看到了搭在墙上的那几块肉片。

它端详着一块变黑的肉片，嗅着。旁边立着的两个孩子，趁它愣神时，叼起肉片而去。

小喜听到了妻子的叫嚷声。

大喜在抢夺小喜孩子嘴里的肉块，小喜的妻子在奋力护着。小喜妻子眼里的那种果敢和父亲眼里的那种绝望在树上纠缠成一块抹布，随风飘荡。

“完了。”它听到父亲大喜的一声呼喊。

“找水。”父亲大喜吼叫。

小喜在巴子营绕了一圈，记起一座院落里的一口水缸。水缸里的水已见底，它扑身而下。它听到了人的脚步，一只手将它拎出了水缸。它呷呷嘶鸣，那人恼了，朝它的头上掴了两掌：我让你叫，我让你糟践我的果子。

一根绳子拴在了它的腿上。绳子被拴在了一棵树的杆上。

腿上渗出了血。它看到那人端着水杯，噗噗地吹着茶叶，望着它。它累了，眯了眼，歪斜着躺在地上。那人起身，踢了它一脚，它又翻了一下身。那人笑了，将一口茶喷到了它的身上。

夜幕狗耳朵一样耷拉时，小喜啄开了腿上的绳扣。窝里，妻子望着孩子的尸身，看到它，伸嘴啄来。它咧了一下嘴。妻子说：你去死吧。将它踢出了窝。

大喜飞身下树，用身子蹭着小喜的伤腿。

“只剩下咱们一家了。它们都走了。”小喜听到了大喜的呢喃。

“都走了。”大喜啄了一下黑夜。

黑夜一动不动。

“人有那么好心，把肉片搭在园墙上。”大喜吐了一口气。

“怪它们没定力。”

大喜又啄了一下黑夜，黑夜动了动。

“过了农历八月十五，所有的东西都会没了。”大喜望着一轮月亮漫出了云层。

“水没了，吃的也没了。”小喜把伤腿挪了挪。

“你叔来了又走了，它说还是城里好。”大喜把身子靠过来，父子俩感到了双方体温的暖意。

“城里有多好？”

“你叔说，城里的垃圾很多。垃圾里有鱼，有牛肉、羊肉、猪肉，还有叫不出名字的东西。”

“城里人不嫌弃它们，不在肉里下毒。”

“你叔说，他们顾不上。他们忙得连自己都忘了姓啥。”

“垃圾里的东西没人抢？”

“有。收破烂的找的是能卖钱的东西。对吃剩的东西，他们懒得理会。”

“城里的垃圾大多倒在了河滩里、水渠里，我怎么没发现有肉。”

“傻瓜。肉在出城之前，早就被它们吃光了。城里不光有喜鹊，还有乌鸦、麻雀，偶尔还有鹰。你叔说，城里的麻雀幸福得像裤裆里的老屌，根本不愁旁边长不出毛。”

葬了孩子，小喜跟妻子讲城里的故事。妻子望着小喜的腿，问城里真的像它说得有那么好吗？

大喜在上面的窝中闷声闷气地呷呷几声。

“至少，城里还有成群结队的垃圾。”

（发表于《延河》2019年第1期）

我的二次元时代

一

我叫王二狗。这个名字很滥。这个滥名字我一直用到进城上初中时才改换。我这个很滥的名字很有时代感。也存在现场感。缘由与我出生时的经历有关。

出生的那天，天气怎样，我不知道，我妈知道。母亲说那时天好天坏与她们关系不大。平田整地，下雪下雨，能参加劳动的人都要战雨斗雪，一个都不能缺席。我妈挺着肚子。我不说大肚子，是那时的农村妇女怀孕时肚子不会太大，家穷，连吃个鸡蛋都成奢望，没油水，只能靠本能的营养来维系胎儿的生长。我妈拉着架子车，连喊肚子疼，邻居婶子赶过来，扔了架子车，拽着我妈就跑。到家门口，我妈扳着门框，脸色煞白，邻居婶子冲进小偏房，扯掉炕上的那条唯一的破毡，把我妈拽抱到炕上。

嗞溜一声，我便来到了人世。

就这么简单。

松了一口气的邻居婶子望着空得能亮出人影的缸底，叹口气，跑回家挖了半碗小米，摇醒母亲，让她看了数量。按乡俗，产妇的第一口粥必须是小米粥，能刷洗肚胃中的污秽。邻居婶子到了伙房，锅灶干净得让她心悸，她去自家的房中抽了几根柴，数了一下，抱到了小偏房，让我妈看清柴数，便开始熬粥。

香气令母亲真正睁开了眼睛，望着我光着的身子上的那些花纹，那是竹席烙的。她脱下衣服，包裹住了我。

我的世界便有了遮罩的东西。

把小米粥盛到那只有缺口的碗中，邻居婶子说我该去上工了，你悠着点吧。记住我的小米和柴火，别忘了还我。

便走了。顺便带走了我家丢在院门口的一把铁铲。二指宽，木柄。

喝了半碗粥，我妈坐起来，看到我家大黑狗生的刚三天的那只小白狗栽下了门槛，爬起来，望着炕上的还不如它乱动的我。我妈知道它是闻到了小米粥的香味，便倒了一滴到地下。小白狗伸出舌头舔着，我妈鼻子一酸，把奶头塞给了我。

我咂了半天，没一点奶。

我妈抽了一根竹席薄片，蘸了小米粥，往我嘴唇上抹去，我伸出舌头，舔着，小米粥中的悠长岁月滑进了我的咽喉，我的肠胃中终于有了一点人间气息。竹席薄片头上有了一点咸味，我本能地抗拒，一摇头，竹席薄片戳到了脸上，母亲一惊，看到了她滴到竹席薄片上的泪水。泪水和小米粥不和，小米粥进嘴，泪水掉至炕上。

好多年后，我妈向我诉说时，我才知道，我第一口吃的是泪奶。

二

我妈让我进城上学的想法，像风中的落叶一样干脆。她的唯一目的，是为了让我们离开乡下。吃水困难，修河垒坝，交粮催款，没食喂猪等字眼每天都从她的嘴里奔出，蹦蹦跳跳在院中、炕上。昏暗的煤油灯下，她补着摞了补丁的衣裤，那些补丁像夏收后的麦田，褪色的不规则的地块里蚂蚱们都不再光顾。黑的夜色包容着我妈的诅咒，让我妈把针线拉得好长。针在她的耳梢的头发上划一下，稳稳地落在该去的地方。圆的、方的补丁在本来磨出毛边的衣服上又像方格纸上的字那么憋屈。我听到针线麻雀般在叽叽喳喳，在缺少食物的田野里排成一行，集体抵抗饥饿。

饿醒的我听到了我妈坚定的声音：“让二狗去进城上学。明天你去派出所，给他改个名字。”

“改成什么？”我爹翻了一下身。

“王二木。木头的木。”

我一晚上就好像城里人起来。

我爹到大队开了证明，找了人去派出所改名字。办证的民警瞧着那盒烟，点了一支，说二狗和二木有啥区别呢？便拧开笔，将狗字涂了，旁边写了一个木。一落上名章，我爹抓过烟，放进了口袋。民警把抽了一半的烟噗地吐了出去，吼一声：滚。我爹便滚了出来。

那盒烟又伴随着我爹来到城里的一所中学，它是刚从小学改制的。校长笼罩在工字牌卷烟的氛围中，满屋都是呛人的味道。我爹在烟雾中将那盒烟放到桌上，校长问了我名字，裁了二指宽的一条纸，用毛笔写了自己的名字，让我们去报名。

我爹再没拿走那盒烟。

那盒烟的名字叫燎原，是当时很紧俏的一种烟。

我改变自己命运的进程就此开始。

那时普通人家的孩子改换身份最靠谱的途径只有两种：女的嫁城里人，男的进城上学。

我上学的年代是白面和黑面掺杂而食的时代。学校允许学生以面换饭票。每个月头，我们从农村来的孩子便扛着一袋面，趔着腰走向后勤处。我们基本上不抬头，让面袋子遮住我们的面部。称了面，换了票，我们会到学校操场旁的一个树林里，很仔细地叠了面袋，将衣服上的面吹落，然后走向宿舍。

我们没有一个人像大白鹅那样昂着头，从容地走过校园。青春像肩头上的面一样撒落，我们瞧着那些矿区、地质队的子女们公牛或天鹅般一样蹚过我们的心河，饭盒敲出的声音是那么的沉闷。

我家离城区30公里。坐车有一个老候车点，叫冯家园子。月初，我妈会在我带去的面袋里盛了面。若我爹在，便用自行车驮了，送到候车点；若我爹不在，我妈就用架子车拉了面袋，送至候车点。然后，他们就走了。车少，他们没时间等，地里有的是活。

那趟车很挤。在车门口的台阶上，我一只脚踩着，一只脚悬空，那袋面委屈在我腿边。我旁边站着一个高个子男人，怕面袋染了他的裤子，往里抽着腿，很快，他的腿被别人挤了出来。车到南关，有下车的人。那位男人将我一推，一脚踹向面袋，面袋掉出了车门，我也和面袋一样滚下了车门。

车里笑声一片，司机将车门一关，开走了车。

面袋的系被扯松，半袋面倒在了地上。

我抓起面袋追赶那个男人。那个男人的脚一踏上城里的土地，便自信起来。

我截住了他。

那个男人望了我一眼，一脚又踹向面袋，面袋松软，弹了一下，他撇撇嘴，我听到了一声乡里人。他穿过街，又望了我一眼。

我提了面袋，跑向下车的地方。那堆面在风中起舞，我双手刨着面，往袋里装。几个长头发、穿喇叭裤的人围着我，一个用尖头皮鞋一踩，面四溅而飞，他说脏了他的鞋，让我用袖子擦干净。我瞧见了他腰里的那把刀，替他擦了鞋。他把自行车往前一送，飞步跳上车，骑马一样离去，跟着他的人哄笑着，也跑了。我扎了面袋口，和着一包泪，扛着面袋，一步一步朝学校走去。

从南关到车站，从车站到学校，我走了多长时间，不知道，当那轮被我们称作夕阳的东西回到它应有的地方时，我看到了校门。

校门一点也不亲切。

我倒在了宿舍的床上。

两天没有上课的我让同宿舍的赵恺有点慌乱。他背了我的面袋去后勤处替我换饭票。管理员称了面，他抓起面袋把面倒向面柜后，管理员大骂起来，让他把面捧出来，管理员看到了面中的柴草和小石子，还有，藏在面袋底的黑面。

赵恺把面袋朝我床上一扔，骂了起来。说我简直不是人，面中掺杂黑面，还有石子和柴草。

我爬起来，背起面袋回了家。我没有坐客车，沿着那条柏油路一直跑。

那袋面，似乎没有了重量。

唯一一次，我妈没有发火，她捡拾掉面中的石子和柴草，和了面，蒸了一笼馍。她把馍袋挂在我肩上：家里面不够了，怕你饿着，我才掺了点黑面，想念书，进城去。不想念，回来种地。我正愁没个放羊打猪草挣工分的。

三

每月到学校交面换票的时候，比现在上飞机过安检还要严格。管理员让我把面倒在一大面盒中，用擀面杖搅拌。他嘴里叼着烟，拿着擀面杖，似乎从面中搅出了无数的快感。我紧盯着烟头，怕烟灰掉在面中，他又找茬。烟灰软软地塌腰，晃动着要掉下来，他一笑，把头一偏，烟灰掉在地上。他笑，我不敢笑。没有柴草、石子、黑面。他吆喝一声，那种长音和自得像当铺里的伙计喊出的声音相仿。

我提了空面袋，来到操场旁的树林里，在树杆上拍打着，附在面袋里的面蚊蝇般飞动，我眼前又出现那辆车，我看见那只脚向我飞来，先被踹下车的是面袋，而后是我。面袋被挂在一枯树枝上，我一扯，面袋被拉开了一条口。我扯下面袋，坐在树下，上晚自习的铃响了，我叠了面袋，走向教室。

教室里一片喧哗声，没有人望我一眼。

周六下午，我到了南关。到了那个被高个子男人踢下面袋和我的地方。我沿着那个高个子男人离去的方向，一路揣度着他的走向。巴城很方正。南关朝东一拐，小巷子一个挫挤着一个。三道巷。九道弯。我在三道巷口一站，望着高高矮矮男男女女的城里人。他们大多匆忙地穿出巷口，走向大街。自行车的铃声鸽哨般充盈着小巷，曲曲弯弯的回音附在墙壁上，蜗牛般爬行。

“你待在巷口干什么？”

“找人。”

“是亲戚吗？”

“是。”

这是个悠闲的老人，女的，手里挎着一竹篮。竹篮被刷得清亮，篮中的鲜菜有点发蔫。

“是男人还是女人。”

“男人。”

“个子高还是矮。”

“高。”

“腿走路是不是有点跛。”

“不知道。”

“你真的在找亲戚吗？”

“真的。”

“你不知道人家姓什么，叫什么，有啥特征，怎么找。三道巷的人我都认识。个子高的也多，就是不知道你找的是哪个。”

“奶奶您忙，我等着。”

她叹口气，走了。

天下起了小雨。积了一周灰尘的树叶在雨中发出了悦耳的响声。我站在三道巷口，在雨中瑟缩。来往的人多，三道巷大多还没有铺砖或铺柏油。雨水浇淋的巷子，人在歪扭着走着。一个高个子走进巷子，他身影的自信吸引了我。我冲进巷子，拐进两个弯口后向他迎面走去。我把鞋狠命踩进泥水中，弄出的响声吸引了他，他望了我一眼，我从他的眼神中读出了那种蛮横。他瞪了我一眼，我缩了脖子，靠在了墙边，让他走过去。他拽打衣袖的姿势很狂放，没有矜持。他走了几步，又望了我一眼。拐过了一个弯。我抬高脚步，在弯口望着，跟了上去。过了三个弯口，只听门咣当一下，我加紧脚步跑过去。一座门楼在巷子里兀然着，木大门上的一个铁环还在摇动。一个烟头努力地挣扎在雨中。我看了一下门牌：三道巷 183 号。

我完全忘记了天还在下雨。我索性沿着公路跑了起来。30 多公里的公路不拒绝雨天，不拒绝脚步，也不拒绝我的兴奋。

四

他姓骆。叫骆世俊。在糖业烟酒公司上班。任科长。

那位老奶奶对我说：在三道巷，那可是头一家。人家吃的白糖比小米贱，抽的烟那个香，他一进巷子，我们知道就是人家来啦。

五

东风贴着地面刮。雪密得像堆在谷仓里的谷子一样。像谷子一样大的雪粒把我们当作一棵树，斜斜地吹打。我立在三道巷中，看到告诉过我信息的那位老奶奶弓着腰前行。她手里的网兜中躺着白菜，我赶上前去，接过了她手中的网兜。她盯了我一下，才松手。巷子里的雪都堆在墙角，白出一种威猛。她推开门，从我手里接过网兜，拍上了门。我刚转身，她叫住了我，看到我还穿着一双单布鞋，鞋口已湿，叹一声：可怜的孩子，你不是找亲戚的，你是找亲人的。莫不是老骆在插队时插出了你。你放心，哪天见到他，我和他说道说道，让他认了你。

我逃离了三道巷。学校里人多，雪堆得少，我回到教室。这晚上晚自习的少，火炉旁坐着两男一女。女的叫张萍，男的是余浩基和汪世友。余浩基和汪世友打赌，谁能端着茶缸烧滚一茶缸水，谁就赢一周的早餐票。汪世友咧咧嘴，余浩基手捏茶缸把，将茶缸对着炉口。汪世友用火棍捅了几下炉底，几点火星迸到余浩基手上，他龇了一下牙，绷着脸，我看到他绷着的脸上有汗珠掉下，在火炉上小豆般转着圈，蹦了几下，消失了。张萍平静得像菩萨，端坐着，看着余浩基手中的茶缸。

水终于开了。余浩基把手中的茶缸扔了出去，跑入雪中。他把手伸进雪堆中，搅动着。我听到了张萍的脆笑声。

她是矿区子弟。余浩基和我一样，来自农村。他兄弟们多，家里能让他进城上学，就像老倭瓜晾在窗台上过了冬一样不容易。我之所以把这三个人记得这么清楚，是因为那个夜晚，余浩基的内心和他伸进雪堆中的手一样。雪也不会疼爱他。若干年后，余浩基大学毕业后回到巴城，和张萍结了婚。过了几年，患肝癌去世。汪世友已做了巴城的副县长，一次碰到我，他叹道：张萍，在余浩基死后，竟然没掉一滴眼泪。我问他们有无孩子。汪世友说：有。是抱养的。张萍不和余浩基同床。余浩基便抱养了他弟弟的一个孩子。

那不更可怜。

谁知道呢！汪世友看了一下表：该回家吃饭了。

我问原因，他说怕张萍不高兴。

从那个雪天以后，我再没有去过三道巷。我像玉米叶一样不厚实的基础不得不让我沉浸在一种视学如命的氛围中。我立在操场，背成吉思汗的陵墓所在地：伊金霍洛旗·阿腾席连镇。背了百遍，我凯旋了。连同高尔基的原名：马克西维耶齐·彼什克夫一样。我用笨功夫征服了这两个令人头痛的名字，令我的历史老师和语文老师惊奇地把粉笔头掼在了桌上，说像王二木这样的人都能记下这么拗口的东西，你们，嘿！他们的语气像一个模型中拓出来的，几乎不差分毫。

我搬离了学校宿舍，寄宿到了一远房亲戚家。对我来说，不再到学校后勤处交面粉换饭票，就像挂在树上的苹果遇到太阳一样爽泰。

六

再次回到巴城时，我已成为巴城政府的一位工作人员。占着弄出的那点文章名声，我很快融入了一个新的方阵。在有了一官半职后，我——王二木，又找到了三道巷。

三道巷狼藉在破砖烂瓦中，老城区的改造像挖葱，只要这片是种葱区，一律开挖。在尘土飞扬中，我看到一座砖瓦房顽固地立着，便冒了土尘中查看：三道巷 183 号。

我笑了。随行的人问局长你笑什么?

我没有应答。推开了院门。

院里坐着一老人。他看到我，眼里凸出一丝惊恐，又合上了眼。

他叫骆世俊，最早在糖业烟酒公司上班。又到了二轻局。二轻局的企业改制并转后，他便成了这样。怀里揣着二轻局的章子，说政府亏了他，他拒绝拆迁，说死也要死在三道巷。

我让人去弄一袋面来。随行的人撇撇嘴，看我瞪了眼，马上差人去附近的粮油店拿来一袋面。

放到他的面前。

随行的人说这家伙软硬不吃。

我一脚踹倒了面袋。骆世俊睁开了眼，从怀里掏出公章，呵口气，在面袋上盖了一个章，把面袋抱了起来。

我让人从他怀里扯下面袋。他望了我一眼，眼中的骄横弯了腰，有点畏缩。他抱起面袋跑进了屋。我让人推开门，拎出了那袋面。他冲出来，拎了面袋，又缩回了层。

每天弄一袋面粉，踹倒，让他抱，让他盖章。

随行的人问：他这么老盖章也不是回事。

我笑笑：一个作废了的公章，只要他不烦，让他盖。把他抱到屋中的面提来。

那袋面又回到骆世俊面前。

我让人打开面袋口，一脚踹向面袋，面袋里的面，鱼一样冲出，和尘土搅和到一起。

我的面啊！骆世俊爬到地上，将面一把一把捧到面袋里。围观的人上前封住了面袋口，我呵斥了他们。望着他一把一把地捧面，我点了一支烟，慢慢抽吸，却无法做到像我上学时的后勤管理员那样，把烟抽成月亮和星星。随行的人问我，说他们是否也像这样，把每天买来的面袋口打开，踹倒，再让骆世俊捧面。

我没有答言，转身走了。

七

雨，很有耐力，一场接着一场。办公室里也雨意淋淋。骆世俊不搬迁，项目无法开工，我被诫勉谈话。骆世俊像雨一样翻飘在我心里。烟灰缸中的烟头拥挤在一起，努力着挤出最后一点烟雾。我拉门出去，没入了雨中。

巴城越来越现代化起来。这个五线都称不上的城市，气息和大城市差不了多少，都在奋力地整齐划一。雨伴随着我，和我一道沿着我记忆中的路径前行。

雨迷路，我也迷路。

我拒绝了办公室主任递过来的伞，和雨一起穿行在街巷。进了三道巷，仍然狼藉在雨中的破墙烂瓦很是无助，废纸屑老鼠一样缩在掉了角的土坯下面。骆世俊家的院墙已被推倒，住房被围拥在垃圾当中。我上了垃圾堆，一只脚陷在泥中。骆世俊拿着一只脸盆，坐在门槛上，往门外舀水。房子的一角已塌陷，雨滋润地往里灌。他全身湿透，偶尔直一下腰。腰不给力，弯出一种沧桑。他并没有抬头望我一眼。屋里的桌子上，垒起许多面袋，用塑料布盖着。塑料布露出一角，一只面袋委屈地望着雨，似乎与雨约定，等待一场不该邂逅的邂逅。

下了垃圾堆，办公室主任递过了一包纸，我抓过来扔了。我的眼前恍然出现了父亲孤独的身影，他无助在雨中，匆匆的行人谁也不会注意，有一位老人在雨中要干什么。南关候车点很气派，来来往往的公交车在雨中清亮地停靠。上下公交车的人，谁也不会注意一个半截裤管都是泥的我坐在候车点的凳子上，想着该有的或不该有的心思。

（发表于《星火》2019 年第 4 期）

挂在山顶上的风

一

我坐在石头上，看着那只鸟在青苔上展了一下翅膀。这是一个三岔路口。一面是河谷。河谷里布满石头，一丝水努力地从石缝里钻来钻去，它在找什么，不关我的事。那种鸟在巴子营不会有，巴子营的鸟大多为麻雀。偶尔有身上带花纹的鸟驻足，也没见它们坐窝。这只鸟展开的翅膀，有若千个色彩，有没有人欣赏，影响不了它的情绪。我坐了半个小时，它扇了半个小时的翅膀。一条小路通往走榆树沟的路，这是一放羊的老汉告诉我的。我问路时，他将羊鞭夹在腋下，他眼里的内容很单纯，我从他眼里看到了蓝天、白云，还有，他整日相依为伴的羊群。

“那地方，好像没有人家了。”放羊的老汉瞧着我的背包。我取出一包方便面、一筒饼干，递给他。他望着我，将手从衣襟上擦擦，接了过去。“没狼，放心去。”他挥挥羊鞭，转身走了。

他披着的毡衣上布满了苍苔。

我挤进了那条小路。小路两旁是石山。缝隙中有歪斜的树，还有形态不一的花。那些花开得艳艳自在，有一朵黄出绚丽，让我停下了脚步。我放下背包，攀过一块尖石，用手拨了拨花丛。那朵花是从一丛草中窜出的，那些草，烘托出了这朵黄花。

我看到小螺号的时候，榆树沟就到了。

小螺号是个男孩，他坐在小路尽头的一土坡上，看到我，他立起了身。

他的身后，是一大片树林。树林里有什么，我看不到。我只看到一层又一层的绿，叠在一起。

绿太稠了。

我跟着小螺号，来到了一栅栏前。他推开栅栏的门，等我进去。我放下包，小螺号接了过去。他把我引进了一屋中。光线有点暗，他推开了窗子，屋里亮堂了许多。我顺窗子望去，一大群的绿涌进窗中。

这些绿很放纵。绿托起的浪一点一点往天上浮。有的云成为了船，似乎还有桅杆。

“老师，喝水。”小螺号端着一只碗。碗里的水清得让碗窘出了古朴。我喝了一口水。跟城里的不一样。碗底的几个字在水中漂了起来。

那几个字是“千万不要忘记阶级斗争。”它们很沉静。也很沧桑。

二

一丝风一起，天就暗了。山里的天暗得很有节奏。风中传来的鸟鸣，声音很单纯，没有杂质。小螺号搬出一只凳子，让我坐，他说他去煮饭。

他抱了一捆柴，走向厨房。我从灶膛的火光中，看到他脸上的慌乱。听到菜刀响，我走进了厨房。他用菜刀削着洋芋皮。他叫它山药。洋芋不动，刀在动。削完皮，他将洋芋削成块，丢进锅里。锅里闪起了水花。他示意我出去。我跨出门去，望天。天上还有一点点亮，亮得让人有些期盼。端来饭，他点起了油灯。他说搬迁的人走了后，电便断了。现在买不到煤油，就只能点豆油了。豆油中浸了棉花条，棉花条的头搁在碗边，豆焰忽闪忽闪。

用小米和洋芋煮的稀饭，还有几块干锅盔。锅盔硬，我听到了牙齿的响声，小螺号让我把锅盔泡进稀饭中。过一阵，锅盔便软了，稀饭失去了原有的味道。

他说该睡觉了。

“你先睡，我得等爷爷。”

我问爷爷去了哪儿?

小螺号说他也不知道。他只知道爷爷说到山外去打工。上了年岁的人没人要，爷爷便东跑西荡。偶尔收到一张汇款单，单子上的字好像是爷爷写的。

他说爷爷写的字也像爷爷。一看就很老很旧很是无力。

我陪他坐着。小螺号说山里的风凉，让我去睡。他把豆油灯挪到了屋里。

这是一面炕。我累了，睡了。

一阵急雨扫过，唰唰唰，唰唰唰，很紧。我吃了一惊，翻身下炕，小螺号问我是不是做梦了。山里很静，静得很容易使人做梦。我说我听到了雨，很大，很密。他笑了。说那是风。是风吹动了树叶，树叶的响声在夜里很像雨。

我说是涛声，他说不是涛声。树叶们看不到人，也急，一急，便在风中喊叫。那么多的树叶，喊叫起来，就像雨。

他把小木凳提到门边，说睡吧睡吧。今夜爷爷是肯定不来了。

我睡左边，他睡右边。

我睡不着，仰面躺着，屋顶高，什么也看不到。我问这么大的山里，晚上怎么听不到任何的动物叫。

他说鸟儿们都睡了。什么狼啊、虎啊、豹子啊，从他爷爷那辈起就没有了。他进山打柴时，偶尔看到一只野兔，或者野鸡，都稀罕得不行。就去追。好不容易捉到一只小野鸡，拿来养了，它不吃不喝，活活饿死了，后来就不抓它们了。

我问为什么?小螺号说：这里不是它们的家。

清晨，像刚下树的核桃，水汪汪的清亮。我下了炕，小螺号端来水，让我洗脸。他端来的，还有一碗饭。他说是拌汤。晚上的稀饭是小米和山药煮的。拌汤是面疙瘩和山药煮的。

吃完饭，我掏出课本，让小螺号坐下。我拍拍几本书，说这几本书教完，我就该离开了。

小螺号呼地站了起来，提了一把斧头，走出了院门。

那几本书惊慌地翻了几页。有一只鸟立在房檐的椽头，雕塑一般。

沿着一条小路，我进了山。挂在树上、草上的露珠很有耐心地滴落，一只赶着一只。大的露珠像葡萄，小得像牡丹的核。牡丹核的颜色是黑的，露珠是白的。圆润则是一样的。我喊小螺号，追赶我声音的还是我的声音。我的声音是那样具有穿透力。声音中的孤独，是声音无法把握的。密密的草和一浪赶一浪的绿把我挤在狭小的空间里。我转身逃出了山林。

看到了小螺号家的院子，我停下了脚步。

一大群的绿，还追着我，灿烂地笑。

三

我坐在门槛上，有两道白白的雾直挂天际。我以为是飞机扯出的烟雾。走出院子，没发现任何飞机的踪迹。我问小螺号山那边是否还有人家，他笑了，说山那边还是山，没有任何人家。我让他看那道平行挂到天际的白雾，他说是云，榆树沟的人把它们叫直云。

我见到过若干形状的云，从没见过平行直挂天际的云。我掏出手机，想拍张照片。打不开。手机没电。取出充电器找电源插头。小螺号指指挂在树杆上的半截电线，说这里已三年没电了。

看着那两道平行的云，我揣度着它的粗细。旁边的云在游移，只有那两道云纹丝不动，好似天路的轨道。小螺号从地里拔来菜。小白菜低眉垂眼，我掐去小根扔了，小螺号拾起来用袖子擦擦，塞进了嘴里。

见我打开包取书，小螺号又转身走了。

我取出的是自己所看的书。明张岱的《琅嬛文集》。眼前的景致是纯北方的。山粗粝，绿也粗粝，与张岱描摹的南方之景格格不入。我便没了兴趣。

抬头看天，那两道云已消失了踪迹。

我的这次支教不是自愿的。我所在的学校属市级重点中学。每天的作业量大得令学生的书包像进城卖菜的菜农的菜袋。似乎老师的兴趣全在这些作业量上。老师们每周五下午出出进进，脸上都走着一层神秘，这是数、理、化及英语老师惯常的表情。我知道，他们会到一个叫半亩地的地方去聚会。

半亩地老板的小姨子开着一书店，专售学生练习册和复习资料。我们学校学生的书包里装的作业都是这个书店提供的。这家书店叫博知书店。

作为语文老师，我顽固地守着几本经典文学书籍，往往让主人公在课堂上出出进进。一下课，那些书中的人物都回归到各自的位置了。我夹了语文课本，走进办公室。桌上有周考的成绩，我浏览了一遍，语文成绩的位次并不低。校长背着手，问我桌上怎么没有学生的练习册，我说我没让学生买。校长的肚子凸起，在办公桌中间游弋。这是年级教研组，各科老师齐备。他望着理科及英语老师桌上层层叠叠的练习册，眼里的余光又跌落到我的桌上。

他说我太清闲了。清闲的人适于去支教。

支教动员会在市教育局会议室召开。我到的时候，空位子多。我找了一处僻静的地方。有人叫我，我走过去。一位胖女人给我胸前戴了一朵大红花。她说我去的地方最远，在支教的老师中，我很高大。一听高大。我就笑了。这个女人人胖，奶头也很胖，顶得上衣龇牙咧嘴。我无端想起了一首傻女婿调侃丈母娘的打油诗：丈母娘高大，两个奶头直扎，丈人见了神煞，女婿见了害怕。胖女人问我笑什么，我说不告诉你，急死你。胖女人扯扯我胸前的红花，又说我光荣。她说那个地方，远，远得真正成为了距离，那里只有一个学生，我必须是全科老师。看到主席台上坐满了人，她离开了我。

她说的那一个学生就是小螺号。

那场大雨冲下天际，院中注满了水。小螺号不在，我端了盆子，往院门外舀水。披着一身雨的小螺号蹚进水中，往厨房去了。他回到院门时，手里握着一把铁锹。他用铁锹捅开墙下的几块石头。院中的积水都争着从一个墙洞中跑了出去。院中不平处的积水宁寂了，让一大滴一大滴的雨砸在上面，水花四溅。

四

小螺号说山里全是他的爷爷。

看小螺号出门，我跟在他后面。

在一棵松树下，他停了下来，抬头仰望。

“这是我爷爷。”

松树兀自立着，不言不语。我拍打了一下松树，小螺号拉开了我，“别拍打，爷爷老了，禁不住疼。”他抱住树杆，把头顶在树杆上，像顶着爷爷的肚皮。

太阳从树丛里下来，我挪了一下身子。推算着这棵松树的年龄。这棵松树的原始性尚存，贴近树杆，就能嗅到一种气息，有点甜，有点香。太阳把残留的露珠赶下来，好久好久才落在地上。一滴滴到我脖子上，没有清凉，有一丝温热。我闭了眼睛，等着这些温热消褪。

“这是我爷爷。”

小螺号指着一块大石头。石头侧卧，极像一个老人在酣睡。我累了，抬起屁股坐到石头上。小螺号咬着牙，推了我一把，我仰面栽倒在石头后面。小螺号没有扶我，擦拭着石头，问：“爷爷，你能喘过气来吗？我不知道他会坐到你身上。”我爬起来，盯着这块石头。我抬起手，轻轻抚摸，石头上的温度柔和，我摸到了皮肤的感觉。

这次，小螺号没有推我。

在一个地洞前，小螺号拉住了我。

“这是我爷爷。”他拍了一下手。

这是一个专为捕猎设置的陷阱，里面已长满了青苔和花草。小螺号坐在洞旁，说爷爷我想你。洞里发出沉闷的一声响，是一只青蛙在往上跳。没有支撑点，它跳起来后仍落在了洞底。洞底的草弯屈了一下身子。又直起腰。

“这青蛙不是你爷爷吧？”

小螺号拔了一把草，向我扔过来。草根上的泥打在我脸上。“你爷爷才是青蛙呢！”他攥着拳头，对我吼叫。

洞壁上零散挂着的各种毛呈现着不同的颜色，有的发灰，有的发白，有的发红。小螺号对我说那是老虎的，那是豹子的，那是狼的。我望望洞底，洞底的草下好像跑着各种动物，它们拥挤在一起，报团取暖的是它们的骨头。

松树、石头、地洞。三个不同的爷爷拥在一起，我不知怎么摆布，才能组成一个完整的小螺号的爷爷。松树从地洞里钻出来，树根旁偎着一块石头。它们是三种不相干的东西，唯一能联系的是松树根会从地洞中的动物骨头那里吸收点养分。

爷爷的气息扑天盖地。我仰面睡觉时，看到了爬在梁上的爷爷的眼睛。他眼里的清澈中有一棵松树，有一块石头朝我眨眨眼，爷爷的眼睛成了地洞，黑漆漆的，深不可测。

五

我打开背包，取出那本《约翰生传》，翻了两页，便扔下了书。我拉开背包，里面还有一本发黄的书，是古龙的《多情剑客无情剑》。取出书坐到门槛上，我盯着那个叫阿飞的少年看。

几片落叶像李寻欢的飞刀，在门口寂立。风跑，落叶在树上摇晃。那个叫阿飞的少年，抑或是青年，在雪地里，孤独得像匹狼。李寻欢酒中的落寞，雨点一样纷飞在口中。没有红泥火炉。小螺号烧的是柴灶。到做饭时分，只要有火柴，就能燃就柴草。软的是草，硬的是柴。灶膛里的柴燃尽之后，落寞出的灰烬，缩成一团。

我拉开被子，被子有点沉重。有种潮湿的颓废。小螺号家墙边粗壮的树，把阳光挡在了院外。抖抖被子，还是重。我抖出了一份孤独。它似被窝一样压在我身上。我坐起来，看着蹲在门槛上的小螺号。他像吊在独秧上的豆角，晃动着身体。扁平的豆角，没有饱满。我听到了令人捉摸不透的风在对白。所有的风有棱有角，遇树吹树，遇水吹水。树叶的合唱把各种孤寂挟裹到一起，形成一股力量。这种力量掀不动屋顶，便愤怒成涛声。涛声呜咽，像一条饿急了的狗在哀鸣。

我问小螺号这些年他一个人是怎样过来的。小螺号没有回答。他学了一声狗叫。我问他为何不养条狗做伴。他笑了，说曾养过三条狗，一条死了，两条跑了。死了的是吃了不该吃的东西，被毒死的。跑了的两条，都是公狗。没有母狗做伴，公狗没地方骚情。他指着院墙边的一堆土，说是公狗刨出的。那个坑，也是公狗刨的。他说公狗刨坑的时候，他就坐在门槛上。公狗用前爪奋力刨，好像从土里能刨出母狗，或者是肉。他亲眼看见公狗从树林里叼来一只飞禽，好像是野鸡，毛非常好看。它把那只野鸡埋在坑中。过几天挖出来吃一阵，又埋了。等吃完那只野鸡，公狗也不见了。

“人待不住的地方，狗也不待。”小螺号站起来，他的眼里复杂出很多东西，有狗，有野鸡，还有他的爷爷。唯独不见他父母。

夜幕下来，榆树沟像一只没有砸掉皮的核桃，坚硬而且顽固的风过后，便一片沉寂。我的家乡巴子营的夜晚也静，但静得像青枣。脆是脆，用牙一咬便能咬出滋味。夜里漫长的滋味，内容很繁复，有狗吠，有鸡鸣，还有各种鸟儿的呢喃。繁复的声音枣核一般，牙咬不动，就成了风景，在黑夜里乱奔。

我重新回到炕上。闭上眼。没有睡意。我强迫自己睡觉，没有用。失眠像只老鼠，肆意地流窜。我拍拍自己的脸，揪揪头发，心里烦躁得也像没有母狗的公狗。我坐起来，把被窝扔到一边，我有了杀死被窝的欲望。我摸到火柴，点着了豆油灯。灯光照亮的只有尺方的一块。我燃了一支烟，烟雾扑到油灯边，油灯蚕一样弥裹在烟雾间。我一支接一支地抽。烟盒瘪了，我撕开烟盒，扔在地上，跳下炕去踩了几脚。烟盒居然爆出一声响。我跳上炕，趴在炕上吹油灯，一口气接着一口气，油灯就是不灭。我摸到了一块东西，砸向了油灯。油灯落地的声音很脆，那抹豆光，扑闪了几下，归于黑暗之中。我扯着自己的头发，想哭。真想哭。我突然恨起了自己，哪怕学生的作业如山，那是学生的事。我又何必。做了鸡群里的骆驼，看起来高大，离了沙漠、戈壁，就没了用处。我跑出屋子，绕着院墙一圈一圈地跑，跑得像狼追逐的野猪。星星也跟着我跑，一天的星星跑得剩下了几颗，我不知道。我头疼欲裂，倒在了院中。

六

一雨洗石。院正中露出一块石头，隐隐的光泽闪现。石头蔽在土中，我用手抠。土质硬，指甲抠出了血。我用盆舀了水，在石头上浇洗。石头露出真容。这是块青石板。我掏出眼镜布，擦拭。石头尺方，用手拂去，滑腻，润顺。我知道若在南方的宅院，青石的位置是天井的位置。在北方，四合院的正中一般不修附属物，院门对应的是堂屋门。家中长辈去世，起灵时棺木要从堂屋抬出，至院中搁置一会后再出院门。叫歇灵。小螺号家院中的这块青石板有何作用，我不好问。小螺号不高兴是不会回答我任何问题的。这种学生现在越来越多。他们的学习态度是随自己性子来左右的。高兴或厌恶，决定了他们对书本和老师的亲和程度。任性。谁适应谁。做老师，难。做学生，也难。我拾起与泥揉在一起的眼镜布，到院门外的小溪中洗了，搭在一块石头上。榆树沟的石头多为青色，小溪与石头，相偎相伴，小溪冲不走石头，石头也不想招惹小溪。它们自由过活，毫不任性。小溪的水是由山泉汇聚而成的。那水，清得让人捧在手里不忍下咽。我洗眼镜布时弄脏的水，已无踪影。

小螺号说，那块青石板叫罚跪石，也叫思过石。是他太爷从北京背回来的。

这是我太爷。小螺号面对那块青石板，跪在院中。

我取回搭在石头上的眼镜布，重新擦拭着青石板。一个戴着瓜皮帽、身着破旧长衫的人从石头里来回度步。破旧的长衫像败军的旗帜猎猎在风中。一个身着制服的年轻人跪在青石板的中央，望着戴瓜皮帽的人手中的那本线袋书，满脸的不屑。线装书中热浪涌动，兰州、西安、北京几个城市在一口锅里翻来覆去。戴瓜皮帽的人伸手摸去，兰州烫得他龇了一下牙，西安烫得他跳了一下脚，北京烫得他甩手而逃。当那个叫宣统的小皇帝在金銮殿上睡意朦胧时，戴瓜皮帽的人奔回了故乡，在青石板上长跪不起。那个穿制服的年轻人站起身来，揉揉膝盖，从偏房里找出了弓箭和一条上锈的铁枪，用布仔细擦拭。山里热闹，村里也热闹。山里有的是动物，村里有的是人。穿制服的换了农家衣服，把科举搭在箭上，面对大山，射了出去。科举陀螺般滚向何处，穿制服的再也不管。榆树沟的好就在这里。没有子弹的喧嚣，没有土匪的骚乱。换了农家衣服的年轻人自在、舒心。那块叫做罚跪石的青石板，在扫帚底下不再得意，人的脚上的泥尘在它身上拂来荡去。没了书声的院落被鸟雀的聒噪所代替。

鸟声无邪。

“这些老师好啊！”青石板唱出了这句话。我趺坐在一边，一遍一遍擦拭青石板，青石板上的字浪潮一样汹涌。小螺号的爷爷把最好的肉、最好的菜送往学校灶上，分文不取。

当几个城里的老师找到爷爷时，爷爷正坐在院中搓麻绳。满地的大麻秆赤裸着堆在院中。麻皮在爷爷手中柔软地滑动。一个被称做校长的人看到爷爷手中滑动的麻绳，怎么也无法把他跟一上过洋学堂的人画上等号。校长咳嗽了一声，爷爷抬起头，放下手中的麻绳，提过了几把凳子，让他们坐。校长说小螺号的父亲在全区中考中名列第一，他们是专程来请小螺号的父亲去城里读书的，学费、住宿费、杂费全免。生活费也优惠。校长一气描绘出了前景。爷爷立起身说：杀鸡，宰羊。校长抬手制止。爷爷把麻绳在地上抽了几下，说：不吃就走人。同行的榆树沟中学校长拉过校长，耳语几句，校长说：那就客随主便。

榆树沟的家主们都汇聚在爷爷家。榆树沟的谢师宴是村中最隆重的盛宴。一家招待老师，全村的家主都会聚拢。村里做饭手艺最好妇女竞相亮着自己的绝活，一村里的喜气随着老师们的吆五喝六，布满村中。香气呼引着吃肉的飞禽，它们骚动在林中。村中的狗在这天团结一致，狂吠不已。飞禽们在山口悻悻着鼻腔，它们在山口齐鸣。爷爷分辨着飞禽们的叫声，一脸的满足。

“有你们这份心就够了。上得越高，走得越远。”爷爷端起酒碟向校长敬酒时说的几句话，让校长琢磨了好长一段时间。“谢谢你们把他教成了全区第一。我不要第一，我要儿子。出了榆树沟，他就不是我的儿子了。”

爷爷的一滴泪滴进酒杯。

开学时，校长没能等来小螺号的父亲。他只身走出了榆树沟，到了南方。到了什么地方，小螺号说，肯定有海。

海是什么？小螺号说：他一吹螺号，海就响了。

七

“我爷爷失去了一个儿子，却得到了一个孙子，这辈子也算扯平了。”

小螺号领我到了山南侧的一平台上。平台上有几栋教室。校院墙上的泥皮脱落，露出的砖有红的、灰的。转过一堵墙，一铁门锈迹斑斑，铁门上挂着的一只泛着黄锈的铁锁上攀附着一只牵牛花，快快活活地伸颈开放。

“我记事起，最爱来的地方就是这里。”小螺号把我领到大门侧，指着一块砖说，“我每天上学时，都在这块砖上刻一刀。”那道印迹宛然，里面有一只蚂蚁在爬行。它来来回回地奔跑。“我爷爷，一见我进校门，脸上就没有了笑意。”小螺号拍了一下铁门。

铁门里面，草长过了树，树矮在草丛中。数不清的麻雀在树上、草丛中飞翔，没有什么能干扰它们。它们占据了校园，在教室的房檐下坐窝。更多的麻雀从破碎的玻璃洞中飞进教室。一只野鸡咣地飞起，在树叶的簌簌中跃出了校园。

小螺号上学的前一天，爷爷请来了榆树沟小学的老师。中学已搬离，撤并到巴子营去了。小学里残留的老师们衣帽灰灰地来到爷爷家。爷爷望着几个生面孔，让校长介绍。校长说他们都是新分配来的教师，一个学机械工程，一个学法律，还有一个学物流管理。爷爷笑了，“小学成了大学了？”校长呷了一口酒：“小学也快合并到山外了，还大学？”

羊肉肥，几个新老师面对着羊肉，有哭的欲望。爷爷说：拿不住羊肉的人，在榆树沟待不长。校长说：他们本来也不会待多长时间。爷爷出门，端来一盘鸡，“待长不待长是他们的事，我们的礼数不能丢。”鸡肉的香味引诱着新老师，他们抓起了筷子，油渍滴在桌上、炕上，有的还滴在他们的衣服上。

爷爷端起酒杯，敬校长：“你们已经让我失去了一个儿子。小螺号到了学校，能让他识一口袋字就够了。”

校长猛灌了几口酒。

“放心，能让小螺号走出山的教师都走了，就他们，能让小螺号识一口袋字就算烧高香了。”

“你想，中学已搬走了，上中学的孩子的家长也搬走了；小学一搬，小螺号想识字，每天得跑30公里。你不搬走，怎么让他上学？”

爷爷呵呵乐了，他一一给新老师敬酒。

“人留不住，心也就野了。”校长醉了，一出门便吐了起来。哇天哇地。几个新老师捂着鼻子，远远地张望。见校长没有起身的迹象，他们互相 撕扯着走了。

爷爷扶了校长进屋，校长喝了一口茶，“并校，并掉得不仅仅是资源，还有人气。山里的孩子，不出山就再也无法上学了。”

爷爷向校长鞠了一躬：“再别把小螺号教成他爹那样。一出色了，人就像长了翅膀，飞了。”

校长摇摇头，“那你就别送他到学校了，让他去放羊，岂不更好？”

爷爷说：“放羊也得会数数。现在禁牧，以后羊得圈养，哪有羊放？”

“我现在还不如个放羊的。爷，你就别打我脸了。小学有十个教师，今年收的学生只有十个。来的那些老师，都不是学师范专业的。他们连自己都管不住，还会教学生？”

爷爷把一条毛巾烫了，递给校长。校长擦了脸，踉跄着出门：“我得去锁校门，他们，只是几个鸟，在这里歇几天，谁知道又会飞到哪里去呢？”

爷爷望着地下还立着的几位老人，招呼他们上炕。老人们撕扯着羊肉，肥羊肉在他们手里传到嘴里，他们的腮子鼓起来，仿佛在吞食着一只整羊。

“就剩咱们几个老鬼了。搁了以前，小螺号上学的这顿肉，会吃得昏天黑地。现在，没有了。我儿子说过几天也会来领娃去南方。南方，有那么好吗？他们没翅膀，却争着往那里飞。”

爷爷说吃吧，吃吧，我已经把小螺号的翅膀收了起来。他想飞也飞不起来了。

一老人把脖子一梗：“能了你。他搭上火车就会跑了，还用得着你收翅膀。”

“滚。”爷爷一把夺过酒杯，把那位老人推倒在炕上。

“散了，散了，散了。屌毛都成令箭了。”老人们纷纷下炕，东摇西晃着走了。

八

太阳坐到了山顶，山里的一切都温柔了起来。我坐在门槛上，望着院墙上的一只鸟，那只鸟也望着我。它比乌鸦大，比麻雀小。它对着我吱了一声，我对它吼了一声，它扇扇翅膀，把太阳落在身上的一丝余晖扫落。我抖抖肩膀，两丝孤独趴在肩上，像两只狼爪。我找到那棵松树，对爷爷诉说起了自己的孤寂。

松树一动不动。我拍拍它的腰身，它一缩身子，成了爷爷。爷爷的形象在小螺号的叙述中已经丰满。他眼中的慈爱青草般柔软。他说："急了？"我说我从来没有这么发急过。没有电，没有电视，手机没信号，也没人说话，小螺号一见书就跑，如果待够三个月，我不知道自己会变成什么样子。

爷爷扭扭腰："不撤并学校，村子里还会很热闹。学校一撤并，学生们走了，村子也就跟着走了。"

"小螺号为什么不走？"

爷爷叹了口气："他走了，榆树沟就完了。一个没有人的地方，还能叫村子吗？"

"那不是小螺号的责任！"

"山里有了树，鸟才能做窝。川里有了沟，水才能流动。村里有了人，才有活气，村子才像个村子。"

"小螺号，太孤独了。"

爷爷摇摇头，头发松针般掉落。我揉揉眼睛，松树又回到了黑夜之中。一阵风吹来，树枝咔咔作响，我转身就逃。

天天吃的那几样菜，都是用清水煮的。一看到那只盘子，我就会反胃。

小螺号端来一碗稀饭，我喝了一口，哇地吐了出来。缺少了肉的胃，像缺少了阳光的树木。我站起来，摇晃着上了炕。

我睁开眼，盯着房顶的椽子，它们在烟熏之下，浑身通黑，凿出两个洞，也会变成爷爷。日光从窗外爬进来，被窝上有了温度。我坐起来，一本书在枕头边自在坐大，我又呕吐起来。但胃里空空，只有干呕。我爬起来，看到桌上的碗。我跳下炕，扑到桌边，碗里有两只鸟蛋。熟的。一只大点，一只小点。我剥了皮，将一只蛋塞进嘴里。这只蛋勇敢地冲下喉咙。

我望着那只剩下的蛋，轻轻在桌上一磕，用指甲剥了皮，抠一点，放进嘴里，用舌头搅拌。舌头幸福地转动。蛋啊！这只蛋真他娘的让我兴奋了一段时光。我喊小螺号，没人应。走出门去，太阳下有无数的蛋在晃动。

黄昏中的小螺号草一样冒了出来，他手里提着一块肉。他身后，跟着一条狗，头顶上飞着一只乌鸦。小螺号看到我，奔了过来，他把肉往我怀里一塞，栽倒在地。我把他抱上炕，摸摸他的头，不烫。他的鞋里全是水，我提了鞋晾到门外。那条狗还蹲在院门口，看到我，摇了摇尾巴。那只乌鸦也不见了。山里，就剩下我和小螺号了，还有那条狗。

我找到了小螺号叫洋火的火柴，蹴到灶边，燃着了柴火。灶膛里的火舔着锅底，也像舔着一块肉。我把肉置于锅中，锅里的水跳了几下。水开了，肉在锅里翻滚。我翻箱倒柜地找调料，没有。肉在锅里呐喊，我找了半块萝卜丢进锅中，锅中溅出的水滴中似乎有了肉香。

我摇摇小螺号，问他有没有调料。小螺号翻翻眼皮，又睡过去。我摸摸他的鼻息，均匀，正常。便回到锅边。我用筷子夹出了肉，咬了一口，香，还有点硬。我把肉夹进锅中，又在灶膛里加了一把柴。

那条狗在院门外呜咽着。我抱来院中的一块大石头，压在锅盖上。睡了一阵，仍不放心，便抱了被窝，铺开柴草，睡在了灶边。

伴着肉香，我睡得很舒服。醒来时，小螺号蹲在我面前，望着我笑，我问他肉是哪里来的。他说是到巴子营买的。一个来回，累了。我问那条狗是谁家的，他闪闪眼："出了门的狗，谁知道它是谁家的。"我说它是条野狗吧！小螺号说：照你这样说，我不成了野人了。我到巴子营，满地跑的都是狗，都是些小狗，成群结队，这只狗，莫不是你们家丢弃的吧？

我问调料在哪儿？小螺号说啥叫调料。我说诸如花椒、大香、姜片之类。小螺号说他这几年从来不用这些东西。我说盐总有吧！小螺号说：有，是大疙瘩盐，得在石窝中捣。

他找出一个布袋，布袋上遍布油渍，他伸手抓了一把，我接了，找到门侧后的石臼，捣了起来。

这活，我小时候经常干，并不陌生。

我重新点燃了柴火。

那块肉，一撒盐，就成真正的肉了。

我问如果后面跟只狼怎么办？小螺号说没有狼的。假如有只狼跟在你的后边，你怎么办？小螺号说没有想过，我就是想让你尽快吃点肉。我说曾经有人买肉回来，路上遇到三只狼。小螺号说那人肯定叫狼吃了。我说未必。就给他复述了蒲松龄《聊斋志异》中的《狼》。这篇文章原来的课本中曾收录。

讲完了，小螺号说：你编的？

我站起身，从包里掏出课本。

小螺号望了望课本，只摇了一下头。这次，他没有起身。

九

这一觉睡得扎实。梦里无山、无水、无风。我醒来的时候，小螺号坐在炕沿边，手托着腮，望着我。

"你一人待在山里，不急吗？"

小螺号挪了一下小板凳，“能不急吗？爷爷不见了的时候我急得大哭。从屋里哭到院中，从院中哭到山里。我哭，树和水也跟着哭。我一哭，四周就安静了。有一天，我哭不动了，睡着了，醒来一看，桌子上、炕上放着好多好多玩的东西。我叫着爷爷，没人搭理。我叫了一声爹，也没人答应。我呜呜地吹起了小螺号。有几只鸟飞过来，它们蹲在墙上，看着我。我轰它们走，它们不走。有只竟飞进屋里，啄桌上的塑料袋。我赶它，它飞到了梁上。我吼叫着，外面的鸟扑进了屋里。我学了声狼叫，呜——嗷，呜——嗷，鸟儿们都跑了。”

“我怎么没听到过你学狼叫？”

“每到晚上我都学狼叫，只不过我没出声。你来了，有人陪我，我就不太发急了。”

“学狼叫能让人不发急？”

“也急。叫声一起，觉得自己就成狼了，也就不那么急了。”

“你叫几声？”

小螺号挺直身子，伸长脖子，呜——嗷、呜——嗷地叫起来，他眼里的轻柔变成凶狠，头发直竖，我掀开被窝跳了起来。

收了声音，小螺号又可爱起来。他提来一只黑板，手里托着一盒粉笔。放到我面前。

我说我要跟他学狼叫。小螺号转身走了。

我听到了院中的狼嚎。

我舒口气，闭了嘴，深深呼吸了几下，伸长脖子，也呜——嗷起来。

累了。我走出屋子，看到了小螺号脸上的泪痕。

这一天，我和小螺号在山里转悠。看到不知名的鸟雀，小螺号就学几声狼叫，看着鸟雀们惊慌地从树下掠飞，小螺号笑，我也笑。

小螺号摘来几个山果，让我吃。我咬了一口，有点酸，再咬一口，甜味上来，嗓子里咯了一声，又顺畅起来。眼前的山林变成了学校，学生们鸟一样在教室里乱窜，他们把练习册撕得满地都是。有几个站在桌上，把撕碎的练习册向空中扔去，纸片一片跟着一片往下落，地上积了厚厚的一层。几个端坐在桌前做练习题的学生头上、肩上落满了纸雨，他们很快被埋裹在纸屑之中。

我狠命地吼叫一声，只有几片纸屑落下。我再吼，看到了纸屑堆里的眼睛。眼里的迷茫、困惑和愤怒交织，他们站起身来，一把一把抓着身上的纸屑，向窗外抛去。楼下的老师，望着一阵又一阵的纸雨，表情各异。校长挥着双手，叫喊着。我分辨着他的声音，是狼嚎，是虎叫！我看到一只纸球向校长冲去，击在校长的头上，校长抱了脸，跳着脚骂娘。

"王——八——蛋。"我清晰地听到校长嘴里奔出来的三个字。

小螺号拍醒了我。我们回到院中。

十

我盼着天黑。

天黑得毫无征兆。我和小螺号约定，单日他在院内叫，我在院外叫。双日他在院内叫，我在院外叫。每逢月圆时分，我们到山里，一起吼叫。

我渐渐跟上了节拍。寂静的山野，一到晚上，一大一小两只"狼"便吼叫起来。叫尽兴了，我们便回屋，面对面笑。

那盒粉笔也完成了它的使命。

遇到雨天，我和小螺号便窝在屋中，这时候我们不学狼叫，小螺号把不会做的题写在本子上，我给他一一讲解。

风很静。我分辨着风中的安详，和小螺号上山。我叫一声，小螺号也叫一声。叫累了，我们坐在山顶。山顶上的风大，吹鼓我们的衣服。我紧紧衣服。小螺号说：老师，今夜我们在风中吼个痛快。我应了。俩人开始吼叫，一前一后，还有和音。风什么时候停了，我们不知道。我们知道的是，天明时，我俩看着身上的湿意，都笑了起来。

我们又吼叫起来。

我的声音粗，小螺号的声音细。

（发表于《钟山》2019 年第 4 期）

短篇二题

“蒋先生”

一

天空自己觉得都不那么像天空的时候，子弹一直跟着子弹飞。

马天宇跛着腿来到了旅部。旅长的头发长得怪诞，鸟雀见了都有坐窝的想法。旅部设在一农家院中，如果没有穿着灰暗的衣服的兵们出出进进，旅长和农家的大叔差不了多少。

旅长的眼是红的。围了蒋军三月，打了三月。旅长手中捏着的小石子有骨裂的感觉。鸡窝里的一只鸡探着脑袋。看着马天宇进了门，它挤出了洞口。

它的腿也是跛的。

旅长瞪了马天宇一眼。

“我们旅有多少马。”

“旅部的加上各团部的，差不多十四。”

“机械化旅的战车有多少。”

“大约百十来辆。”

“这么少。这么多。”

“人家是天下第一旅。”

马天宇跟了旅长多年。旅长除了下达作战命令，话少得像初夏的矮瓜。

“野司侦听到蒋先生就在这一区域活动，下了死命令，要我们活捉他。”

“老的在西安被抓后放了，小的抓住不会再放了吧。”

“抓到再说吧。你知道蒋先生！”

“提到战车旅，谁不知道他。”

“集中旅部所有的马，组成一个突击队，由你率领，争取活捉蒋先生。”

马天宇转身出门。

从饲养员手中接过“红眼”，马天宇飞身上马。“红眼”刨着蹄子，他拍了“红眼”一掌，“红眼”耷拉了耳朵，不再刨蹄。

饲养员笑了：你这个侦察连长算是白当了。你知道我们为啥叫它“红眼”呢。

因为不见敌人，它提不起来精神。平日，吃草的时候，它都闭着眼睛。

“那咋整，这次的任务，很重。”

牵回去。把它像大爷一样供着。一听枪炮声，它就来劲了。

马天宇牵着“红眼”。“红眼”一直闭着眼。回到连部，他看到全旅的几匹马都拴在门口的木桩上。马们兴奋着，二团团长的那匹叫“卧车”的青马甩着鬃毛，昂着首。看着“红眼”过来，它龇了一下嘴。

“在三百多公里的区域内，在几十万蒋军中间，凭这几匹马，怎么捉蒋先生。”

“你看旅长这匹马，吃草都闭着眼，怎么突进。”

指导员苦着脸，接过马天宇手中的缰绳。

“把它像大爷供着。”他扔给指导员一盒烟，“旅长给的。说抓不到蒋先生，加倍偿还。”

马天宇像星星般睡着在天空。

二

太阳的脸上长满斑点时，地下昏暗一片。马天宇看着几匹高矮胖瘦不一的马，叹口气。一头骡子甩了甩尾巴。

这头骡子，是旅部炊事班驮菜的。脊背上的槽印，很忧伤地埋怨着抬筐。

它半辈子没驮过人，马天宇甫一上身，它感觉很不自在，便耷拉了东西，不明所以地晃荡。

马天宇跳下骡子，径直回到连部，又睡觉了。

雨很有情绪地下着，暴躁而焦虑。地上的泥泞中，泡着一群又一群的蒋军，如甘蓝叶匍匐在菜园。

屋顶漏雨。马天宇和指导员数着旅部送来的缴获的美制手雷，计划着穿插的路线。一滴雨滴在桌面上，响了一下。其他的雨落在手雷上，顺手雷的凹槽蜿蜒。

"那头骡子，只能让它驮炸弹了。"马天宇看着站在地下的九个骑兵，"准备出发。"

"路上泥滑，马无法奔袭。"

"马无法奔袭，战车也无法跑起来。大雨天，蒋军那么多人泡在雨中，打湿了翅膀的蚊子一般，它们能飞多高。"

"问题是，几十万人，战车旅歇在哪一块呢！谁又知道蒋先生是否住在旅部。"

派去侦察的战士回来了，说敌人在外围加了警戒哨，蚂蚁过去都得打弯触角。

雨天。蒋军们的梦里，炮弹像河水一样咆哮。

"他们不动，我们也不动。照顾好那些马。待天一放晴，我们出发。"

马天宇拉开被窝。

到了驮菜的时间，那头骡子甩着缰绳，把草弄得满地都是。

缰绳上甩着的一只铃铛，在雨中潮湿着摇晃。

三

一颗子弹引来无数颗子弹。

司令部的参谋们对突击队雨天没有出击颇有微词。旅长见了马天宇，也不搭理。"红眼"看到主人，奔了过来。它用头蹭了一下旅长。旅长看看天，把一根木棍插进泥地，招招手。

“‘红眼’说了，这天，不宜出去。”旅长拍拍“红眼”的脸颊。

马天宇看看“红眼”，“红眼”闭着眼，又蹭蹭旅长。

“它嫌我碍事。走了。”旅长瞪了马天宇一眼。“捉住蒋先生。我不想听你的任何理由。”

骡子跟了旅长一截路，回转了身。马天宇发现了“红眼”眼中的那抹红。

“战车旅殿后。蒋先生在山洞。”

这是马天宇出击前得到的最新电讯。

卸骡子的铃铛时，骡子很不痛快。马天宇让人用布裹了铃铛，骡子精神起来。

蒋军青蛙般都在雨后钻了出来。这种阵势，马天宇早已习惯了。他避开一拨一拨方阵似的蒋军，绕着边缘的路径行进。

顺着南方的车印却朝北方行走。

马天宇从战士的眼中读出了这句话。战士们纵马跑了两天才觉出，他们的连长两天没说过一句话。到了一片树林，马天宇歇了。树林简单，不见猛恶，树上的几只鸟窝体形庞大，似乎是一个家族住过的。从地上的干净一片判断，这是只空巢。马天宇从口袋里取下一只空竹管，插进地下，倾耳听着。

他听到了一丝地颤的响声。

“红眼”刨着蹄子，骡子靠上来，“红眼”没有厌烦，甩了甩鬃毛。阳光从树上下来，不偏不倚，洒在“红眼”和骡子的身上。骡子身上驮着的手雷包很安静地享受着这一刻的时光。

马天宇跃上马背，“红眼”撒开了蹄子，其他的马踩着蹄风，大团大团的灰雾向后飘着，骡子罩在灰雾中，铃铛听出了骡子的不平，喘息中有了引爆手雷的意念。马天宇一抖缰绳，“红眼”停止了脚步。他发现了骡子眼中的泪水。

住处很隐秘。

平原上藏不了秘密。这所住处远离村庄，像一只孤狼，傲慢着坐在一处凹地。派了流动哨，马天宇在饲料中加了豆类，他把几枚鸡蛋敲开，和在了草料中。手上的一丝蛋清蜘蛛线般吊着，他将手伸向“红眼”，“红眼”伸出舌头舔了。

马天宇觉得骨头酥软起来。

骡子让其他马匹挤出了料槽。“红眼”龇了一下嘴，骡子挤了上来，它发现了草末中的几粒蛋黄丝。

隆隆的声音挤得地在摇晃。马天宇让战士们检查了手雷袋。

爹亲娘亲手雷亲，炸死它个狗日的。他默念了一句。

他吼叫了一声。“红眼”一头撞过来，马天宇倒在了地下。他摸了一下马腿。还有，马也亲。“红眼”便低了头，用嘴拱了拱马天宇。

四

这是条土沟。进入沟谷，人和马都逼仄着。马天宇派两个人下马前去探路。沟不长，猛然冒出的这条土沟，让马天宇心中下起了小雨。他让其他人掉转了马头，自己只带一人，沿沟底一直往前。沟的尽头是一块高崖，布满了草。把草搓成一条绳样，马天宇踩着战士的肩膀耸上沟沿，他的腿突突地抖了起来，战士的肩膀也起起伏伏。他跳下来，猫着腰往回走。出了沟口，战士们看到了马天宇湿透的衣服，谁也没有发问。他派两个战士，挑了两匹马，让他们火速到旅部报告。

报告什么？

两个战士骑马飞驰了一阵，一个问一个。

另一个打马回转。另一个也跟了上来。

战车阵地。密密麻麻。

有没有蒋先生。

不知道。

两骑消失了踪影。

望着手雷袋，马天宇手中的手雷缩了缩身子。没有依凭的天然屏障，那些用铁锹和镐头挖出来的土壕，无法面对战车的碾压。

八个人默立着。

怕不怕。

我们是死过多少回都没有死掉的人，怕什么。

这些手雷只能掀盖炸，或炸履带。

搅也得把他们搅乱。

八个人检查了手雷。

骑马还是步战。

有空间，咱们骑马。

分头行动，插花，瞧瞧，把声势制造出来。

四面八方的爆炸声响起。战车阵乱了起来。

冲入战车阵中间的马天宇勒住了马。战车动了起来，向后退。一个大圈围罩住了马天宇。还有那匹骡子。

战车阵的边缘，冒出来一大批绿，钢盔在晴空中，闪着蓝光。

一军官掀起了车盖，看到了骑在马上的马天宇和那匹骡子。

“摆了这么大阵战，竟然引来了这么几个东西。”他看到了马天宇手中的手雷，缩回身，拉上了车盖。

“碾死他们。”他发出了命令。

战车有序地缩着圈子，马天宇拍了一下马身，“红眼”瞅准一缝隙，跃了过去。那匹骡子站在战车中央，叫了起来。

四下里溢出笑声。钻出车盖的蒋军士兵看着骡子，都哈哈大笑。下命令的军官钻出车盖，拔出枪，对准了骡子。士兵们还在哈哈大笑。

骡子又叫了一声，“红眼”把马天宇掀了下去。马天宇拉开了手雷环，“红眼”长嘶一声，从一战车的缝隙中跃了进去。马天宇把手雷朝那个军官扔去。“红眼”趁机引着骡子挤出了战车阵。

马天宇跃上“红眼”背上的马鞍，他听到了四处的爆炸声。

骡子用头顶了一下“红眼”的屁股，转身跳入了战车阵。

“这傻骡子懵了。”马天宇又握了一枚手雷。

战车阵里的人也怔住了，刚启动的两辆战车往后缩了缩。蒋军士兵们眼里的骡子镇定得像个勇士。骡子安详地甩着尾巴，它抖抖身子，“红眼”甩着头，它们的目光隆起，跃过战车后相接。“红眼”长鸣一声，骡子也哼叫了几声。没有人出声，骡子吭吭吭地笑着，它的嘴皮上翘，露出了一口苍老的牙齿。

“红眼”颠了颠身子，马天宇把手雷朝骡子驮着的袋子扔了过去。

多年以后，从战车阵生还的一个士兵说：那骡子会笑，真的会笑，那笑声带着嘲弄，瘆人。

五

战车旅乱了起来。

“红眼”追着一个块头最大的战车。那辆战车率先掉转头，其他战车也在乱中跟进。块头大的战车马力大，远远地甩了其他战车。“红眼”踩出的蹄风灌进马天宇的耳朵，他恍惚自己骑在了大鹏背上。天上的云笑哈哈地滴下了几点雨，让马天宇作为汗珠摔了出去。

马天宇跃上战车，掀开了车盖。一位士兵举手钻出了车。他盯着“红眼”，看着“红眼”身上的红珠，叹了一口气。

“蒋先生在哪儿？”

“哪个蒋先生。你说的是我们旅长吧。他在我们集训时讲过话，再就没有见过踪影。”

“不是说他藏在山洞里吗？”

那个士兵笑了：我们开战的地方，是大平原。你傻啊，这么多战车开到山区，就真正成了你们的运输大队长。旅长藏在山洞，你认为这里是南京。

轰隆隆的声音跟了过来。那位士兵说：我朝哪个方向开。

马天宇跃上马背，朝旅部驻扎的方向而去。

突击队生还两个人两匹马，炸毁战车五辆，生俘一辆。旅长倒一杯水给马天宇。司令部那边爽朗的声音传来：马追战车，骡子炸战车阵，还俘获了一辆大战车。这个马天宇，当年关云长在万人军中取上将之头，他可真能耐，骑马追战车。

旅长说就是没有俘获蒋先生。

电话那头笑了：他跑不了，只要他来。

旅长说据俘虏交待，他确实没来。

“这你就别再管了。战车旅一跑，我们就能正面突破了。你让马天宇带着他的连，向东搜寻。东面有一片山，电讯频繁，保护蒋先生的电文就是从那里传出的。”

马天宇带队连夜出发。他的身后，跟着那位战车手。

他们换了蒋军服装，有了战车手作向导，没有人问他们是哪个部队的，也没有人问他们去干什么。他们歇息在一片树林里。树叶耷拉着，像死人的脑袋。马天宇闻到了血腥味。他揪下一片树叶，用手一捋，一股淡淡的腥味浮出。他扔了树叶。

一阵马蹄声传来，马天宇拔枪凝望。“红眼”飞驰而来。马天宇绕过两棵树，“红眼”甩着鬃毛，停止了脚步。

战车手叹了一口气。

到了东山脚下，两个士兵将枪口对准了他们。

“没有剿匪司令部的命令，任何人不得上山。”

“这匹马行啊，走路都闭着眼。马留下，你们滚。”

“蒋先生在吗？”

问话的士兵拉开了枪栓，“滚。蒋先生，是你们问的吗？”

马天宇拉拉战车手，向后撤离。

月亮好得把夜晚当做了白昼。星星不像战士那样酣睡，它们压根不管地上的事。有一颗星划了一道线，没了。马天宇翻了一下身，摸摸战车手。

“怕我跑。”

马天宇没有搭言，望着天上的星星。

月亮上没有毛，月光便没有了阻挡的东西，到处乱洒。他侧耳贴地，听到了大炮的呼吸。呼吸悠长，夹带着哭爹叫娘的声音。

“红眼”撞开了栅栏门，冲下了山。钢盔在山上山下都闪着一样的蓝光。山上的军官骂咧着，马天宇接过一步枪，一枪击去，军官倒地了，还在骂是哪个不长眼的东西，自己人打自己人。

远远的火海把月亮压迫得缩了头。遍野的蒋军乱撞，看到马天宇他们，说傻啊，司令长官都被俘了，你们还待在这里，给共军送见面礼啊。

马天宇扫了一梭子，说话的抱了头，说真傻啊，自己人都打自己人了。便顺山脚跑了。

炮声一停，天也亮了。马天宇收拢了山上的守兵，他拍拍桌子，问几个蹲在地下的士兵。

“蒋先生在哪儿？”

几个士兵笑了。一个说我领你去。

他把马天宇带进了一个山洞。

“就是它们。”他掀开了伪装。

四门美国山炮排列在山洞。

“我们旅长说，等战车旅凯还时，要用这几门山炮打出的炮弹来庆祝；战车旅撤退时，要用它们来狙击共产党。”

披着一身霞光的旅长上山后，看到了“红眼”，他拍拍“红眼”，“红眼”退后几步，好像不认识他。

“蒋先生抓到了。”

“抓到了。”马天宇抚摸着“红眼”，他伸开手掌，“红眼”身上的血珠消失了，只有通体的暖流。

旅长跑向了山洞。

飞机碗

一

崖头鹰般一低头，两翼的谷里传来几声老套筒的枪声，初一平盯着那贴红膏药远去，也从树杈中抽出老套筒，下了山。

营地升腾起的烟雾里，有一片两片的红扭动着身躯。

看到初一平，营长龙涛铁黑着脸，踹了他一脚。初一平挺直了身子，后面跟着的张乌鸦和刘靠椅举着老套筒，同声说：实在够不着，日机飞得高，又快。初一平看到营长龙涛衣袖上的几个洞里闪出的几点白，转身到了伙房。

伙房塌陷，几根木头伤兵般躺着，炊事班长手里捏着几片炸碎的碗片，对着天空端详。天上的几朵云，龇着牙咧着嘴向前涌动。

稀饭中的米粒，在尘土中探升着脑袋。几只蚂蚁，衔着一颗米粒，快活地抖动触须。

“全完了。全营就几十只碗，剩不了几只了。你们三个，只配在猪槽里吃饭。”

炊事班长手里捏着半片葫芦勺，将一勺水倒在了猪槽里。

猪槽里冲起的几粒米，对着初一平笑了。

张乌鸦端起枪，对准了炊事班长。

炊事班长把葫芦勺一扔：“有能耐，打下那架日本人的飞机。端枪对着我！老子要不是没管好裤裆，龙涛的营长，算啥。”

“炸人不炸碗，连碗都炸，日本人能算什么好东西吗。”初一平拉了张乌鸦和刘靠椅，返回了崖头。

“肚子饿呢！”刘靠椅坐在一块青石上。

初一平攀上一块岩石。岩石的缝隙里，有一棵树。树上有几粒果子在晃动，一半红，一半青。揪了一个，一咬，涩味满嘴。他摘了几个，扔给张乌鸦和刘靠椅。

仨人咧嘴咬出的声音，把崖头脆酸成一头饿虎。

“打不下日本人的飞机，我们三个人，确实只配用猪槽吃饭。”初一平把果核扔到了谷中。

“碗都被炸光了，难怪他们恼恨。”张乌鸦掂掂老套筒，“就凭这，还怎么打？”

“打下飞机，我要让全营的人每人端一个新碗，整个胶东军区，那该是怎样的牛气。”初一平拍拍老套筒。

刘靠椅叹口气：“做梦吧！你。”

二

营长龙涛带着警卫员上山的时候，初一平正在望天。警卫员把一支三八大盖递给他，初一平未接。

“这是全营最新的一支步枪。”营长龙涛把几个馍扔给初一平。一只馍在石头上弹了起来。

“用日本人的枪，打日本人的飞机？”张乌鸦接过枪。

“把枪还回去，我们就用老套筒打。”初一平咬了一口馍。

他听到了牙齿的咒骂。

“逞能？这周要还是打不下飞机，你们该干啥就去干啥。”营长龙涛踢飞了脚下的一颗石子。

三

“你再讲一遍乌鸦比飞机多的事。”

望着营长龙涛离去的背影，初一平对张乌鸦挥挥手。

一云片猛赶着碰撞前面的一片云，云中开了一条缝，露出抹布般大的一块蓝来。

“还讲，为讲这吊吊事，我的真名都被人忘了。”

“讲。这回只有我们三个人听。”

“刘靠椅呢，他的讲不讲？”

“也讲。”

中原大战。蒋委员长派飞机轰炸。我们到处躲藏。一个师，羊一样撒在地面上。冯玉祥大帅骑马过来，我们师长从一土沟里爬出来，冯大帅拔出枪，朝飞过来的一只乌鸦射击。乌鸦掉了下来。成着群结着队的乌鸦赶过来，黑压压地在我们头上呜哇。冯大帅问我们师长：乌鸦多还是飞机多?

师长说乌鸦多。

冯大帅说：这不对了。飞机哪有乌鸦多，怕什么。

师长说怕炸。

冯大帅笑了：这么多乌鸦你都不怕，还怕那几架飞机?

师长说：乌鸦拉屎，飞机下蛋，一炸一大片。

冯大帅说：谁怕枪毙谁。

师长转身问我们：你们怕不怕?

他也拔出枪朝乌鸦射击。

我们说师长不怕，我们就不怕。

我的个鬼啊！过了三天，我们和中央军对阵。几架飞机过来，我们一数，有六架。便站在壕沟边，望着飞机。炸弹下来了，我亲眼看到我们团长的身子飞了起来，一条腿挂在一棵矮树上，晃悠。那一战，我们被炸飞了魂。满天的乌鸦和中央军一样多。天上黑，地下黄。我们连滚带爬地逃了。后来，我们都被称作了乌鸦兵。

刘靠椅笑了。

“你笑个头。你们黔军能好到哪里去。”

还是中原大战。张乌鸦他们在北方打，我们在南方挨打。

陈济棠派飞机轰炸南宁。我们哪见过那玩意。城防韦司令说那些是铁公鸡，下了蛋落地才爆炸，让我们别怕。一旦有飞机来轰炸，他就躺在一张特制的帆布靠椅上，在城防司令部的那棵最高的榕树上安了滑轮，把靠椅吊到半空中。富户人家也照那个法子，吊着看飞机轰炸。我的娘哎，那些铁公鸡下的蛋太厉害，一炸一大片，死人都无法抬出城去埋。那个臭，比臭鸡蛋还臭。

"你不知道臭鸡蛋是天下第一臭吗？"

"我说的是死人发出的恶臭。"

"别争了。我们三个人到了一起，就是缘分。只要打下日本人的飞机，什么乌鸦，什么靠椅，就都不重要了。"

四

"射程够不着。膛线太老了。"张乌鸦举着老套筒，瞄着空中。

云，乌鸦一样掠过。

天阴成了黑膏药。仨人找了一崖洞，初一平坐在崖洞口，看着没有缝隙的天空。一场雨下来，崖头山漫在雨中。一道闪电一撕，天空裂开几道缝，又倏然合拢。谷中跳上来的雾，遮蔽了洞口。

那个夜晚，比乌鸦还黑。

天一放晴，崖头和沟谷新鲜起来。

初一平望着沟谷，崖头垂下的绿，流水一样作践着山石。

他盯住了崖头左边的那块岩石。

那块岩石也像鹰一样蹲立。

"你，去那块岩石旁。"初一平拍拍张乌鸦的肩。

"我呢？"刘靠椅啃了一口果子，咧了一下嘴。

他的门牙上沾着指甲般大的一块果皮。

"人说山猴子机灵，你就在这洞口的树上蹲着等候。"

“你呢？”

“能不能打下飞机，就靠你们俩了。”初一平把军帽戴正，下了崖头。

天真的晴了。是真正的晴天。远处的炊烟里有麦香，有谷香，还有高粱的香味。

那架日本飞机，乌鸦一般从远处飞来。

初一平顺着一条湿滑的小路跑到了谷底，他朝张乌鸦和刘靠椅挥挥手。

张乌鸦看到一个灰点在奔跃。

飞机降低了高度。

初一平朝飞机开了一枪。

飞机盘旋了一圈，又绕到了沟谷上面。

初一平脱了衣服，旗帜一样挥动。

张乌鸦听到飞机头座的驾驶员在呜哩哇啦。后座的投弹手看着初一平向前跳跃，脸上的兴奋挤满了机舱。

张乌鸦仰身向飞机开了两枪。

刘靠椅端平老套筒，在树杈间也开了两枪。

从飞机上弹出的那颗炸弹，笔直地落向沟底。

五

那架日本飞机，咸鱼一样爆裂。崖头升腾起的烟雾里，白色发酸，蓝色发臭，紫色发情，扭结着，乌鸦般向上攀援。

六

营长龙涛带着战士赶到时，张乌鸦和刘靠椅蹲在谷底，茄子般耷拉着头。张乌鸦手里捧着初一平的那顶帽子，像端着一只碗；刘靠椅脚下，初一平的那杆老套筒的枪身，烧火棍一样歪斜着。

“碗！”张乌鸦对着飞机的残骸吼了一声。

刘靠椅用袖子擦了一下机身，也吼了一声：碗。

营长龙涛看着烧成一团的头座驾驶员和摔死在一旁的投弹手,问什么碗?

“碗！”张乌鸦可着嗓子又吼了一声。

兵工厂战士抬机身时，刘靠椅又吼了一声：碗!

七

天犹如一只大碗，倒扣着。营长龙涛接过团长递过来的那只用飞机碎片敲成的大碗，庄重地把它置于300只小碗中间。

300只小碗，排在炊事班门前的空旷之地，在阳光下静穆着。碗阵前，站立着胶东军区新一团的战士。

碗里的粥，稠成天色。

炊事班长让人抬来那只石猪槽，挥起铁锤猛砸。石子飞溅，有几粒敲在碗沿上，像初一平在叫喊。

“我叫张大志。”张乌鸦对着那只大碗鞠了一躬。

“我叫刘守宝。”刘靠椅把初一平的帽子扣在了那只大碗上。

大碗山一样鼓起来。

“举碗！”团长一声令下。300多只碗被举过头顶。崖头镇的村民发现，300只银灰色的碗里，没一只漏下丁点的粥。

有一小男孩拽着母亲朝前走了几步，问母亲，“那个帽子下的大碗里怎么是空的？”

顶着头巾、身着碎花衣服的母亲抹了一把泪：“那里面盛的是你爹。”

“爹怎么到了碗里？”

母亲没有回答。

张大志和刘守宝举起老套筒，朝天放了两枪，齐声叫起来：碗！碗！飞机碗!

炊事班长把碗扣到了嘴上，小男孩看到几绺稀粥流进了他的衣领，捂着嘴笑了。

（发表于《解放军文艺》2019年第6期）

思乡曲

夜的暗影

　　悄悄地四处爬行

呼啸的风

　　慢慢地平静

［意大利］蒙塔莱

全福鼓着成熟的嘴唇，望着几个穿黄衣服的兵丁赶着十几个蓬头垢面的男人行进在路上，夹在胳膊底下的唢呐如剥了皮的野鸡晃荡着，脸上爬满的委屈在未干的泪痕中闪烁出稚气，喉咙里憋出的那声呜咽在兵丁的斥喝中化作惊惧咽到了嗓子里。一道黄影一闪，全福被裹入了行进的男人队列，他眼里跳动着的办丧事人家的孝女胸前的一团白肉已远去，兵丁刺刀的光泽灼过了他的眉梢。

全福成了兵丁解押着的男人中的一员。兵丁怕他跑，拿根绳子拴住了他。他像一只狗，在兵丁的拉拉扯扯中前行。

"丧还没发完呢，我还得去吹唢呐，最后一道经我还得念呢！"他央求兵丁。

"乱七八糟你扯个头，你不充数字，处长会扒我们的皮，那时我们连丧都没有人发。"

"真的，我爹见我不在，会发急的，我回去他会用唢呐头敲我，很痛的。"

兵丁挥起枪托，全福向前倾了倾身子，胳膊底下夹着的唢呐掉在了地上。

"真他妈是个小道士。"一个兵丁比画了一下全福的身材，"太小了，能不能充数？”

“这你得去问傅作义。本来我们没有给他征兵的义务，他说要保护北平，急需补充兵员，只要不拄拐杖的，我们全给他弄去。”

“你也够昧心的，诈了何大户家的五块银元，又把这个小道士弄来充数。”另一个兵丁叹口气，用脚拨拉了一下路边的几株草。

“这年代，能弄几个算几个，谁知道谁又能活多久呢。”

当了兵的全福的衣服盖住了膝盖，他被分配到骑兵连去喂马。马夫是个老兵，整日眯着眼，看小道士抱了草去喂马。军马的品种不一样，脾气却很雷同，一见小道士全福，不是打响鼻，就是刨蹄子，有时鬃毛一甩，几缕马鬃把他的脸弄得一阵疼痒。

“崽娃，抽狗日的几鞭子它就乖了，它们欺生呢，就像咱们的长官。”老马夫拍拍全福的肩。

“你爹是道士，你是小道士。”老马夫问道。

“嗯。”全福哼了一声。

老马夫知道乡间的所谓道士就那么回事。平素都是常人，一遇丧事，道袍一穿，笏板一提，唢呐一架，花圈纸鹤招魂幡一挂，就成了道士。吹打几个晚上，一直吹到死人下葬，任务就完成了，然后换了衣服拿了礼金提了礼方和几只没头鸡，醉意熏熏地离去，又开始了常人的生活。

这种组合是家族式的，往往以亲门单户为主，叫法也以姓为主，比如王家班、郭家班，班头称王道、郭道。

全福是王家班最小的道士。

老马夫在望天。全福觉得老马夫的眼睛真厉害，望那么长时间都不觉得累。他也学老马夫的样子，望天，望一阵，还是或明或阴的天。

“爷，你望天望出了什么？”

“我是看天长没长眼睛。我们河北老家，那可是个好地方啊。”

“天长眼不长眼关我们啥事？”

“你懂个啥。”老马夫发怒了。“你还是个娃娃，以后有了女人和娃娃你就会知道，天是个啥东西。”

全福又望天，他看见一只飞鸟傻哈哈地飞过，落到了一棵树上。

“崽娃，你会吹曲子吗？“

“会几个。”

“你吹吹看。”

吹了几曲，老马夫摇摇头：“你崽娃学的全是给死人吹丧的曲子，我给你哼个调，你能学吗？”

“行的，我爹教我曲子时，也是他哼哼，我吹。”

老马夫哼出了那个曲子，全福很快就吹得上了路。曲子一起，骑兵连的士兵们或提着裤子或拎着马靴，静静地围罩着听。然后他们都跟着老马夫望天，望得眼里几乎要冒出血来。

“你个小狗日的,吹得啥破曲子,敢扰乱军心,马上要开战了,你倒自在。”

连长的几鞭子冲下来，全福瘫在了地上。

“何必呢？是我们让他吹的。”老马夫拖住了连长的鞭子。“他还是个娃呢！”

“进了军营，莫说是个娃，就是狗，命都不在自己手里。”连长用靴子踩碎了几个土疙瘩，挥手让士兵们走开，“该干啥都干啥去，过几天，头长到哪里我们都不知道了。”

老马夫望着全福身上的几道红印，把点燃的艾叶对到嘴边，他亲手卷的老炮筒烟在嘴角哆嗦着，落下了星星点点的光。

那个晚上，像狗一样蜷在马槽边的全福被老马夫推醒，他刚一张嘴，老马夫嘘了一声，一个大脑袋伸了进来：“把马缰绳全部解开，这娃会骑马吗？”

“会一点，不碍事，那边有人接吗？”

“有，我们只要骑马跑出两里地就行了。”

“哨兵呢？”

“和我们一起跑。”

路是熟路，马跑起来格外顺畅。夜在马蹄声中有了动感，全福全身缩在马背上，听马蹄嗒嗒的响声像是在擂鼓。

他们被隆重迎到了解放军的团部。全福喝了一杯水，吃了一碗猪肉炖白菜，香得他睡意连连，他和他的唢呐比他大一点的一个战士带到了北面的一面炕上。他又梦见了孝女身前的那团白肉。

全福被分到了通讯班，连长让他做号手，发给他一把军号。那把唢呐被老马夫讨去，老马夫要回他的老家。

“打完仗，你也回去吧，你娃不是个当兵的料，你的家在哪儿呢？”

“甘肃，那是个很远的地方。”

“想家吗？”

“想。”全福说：“一团白肉。”

“什么一团白肉？”

全福不再解释，老马夫说这崽娃就是当道士的命，到部队上都想白肉呢。听老马夫弄错了意思，全福仍然不解释。送走了老马夫，全福没事的时候就望天。望习惯了，全福觉得望天很有意思。白天望云，夜里望星。天把意思全写在脸上，不像原来那个骑兵连的连长，看起来笑眯眯的，冷不防一脚踢过来，屁股会疼上好长时间。

战怎么打，与全福无关。他把那把军号擦了又擦，给他军号的连长详细地向他讲了这把军号的历史，全福没有全听明白，他只记住了吹军号的人已全死了，年龄都不大，军号上的红绸带上有他们的鲜血。全福对军号就敬畏起来。他觉得死了的那几个人的魂魄全在这把军号上，那根红绸带上的血腥，逼得他直打喷嚏。

仗没打起来，说是和平解放。全福不懂。他觉得这人很奇怪。习惯了一切的全福站在队列中，欢迎傅将军。对这个名字，他记得很牢，他被作为壮丁充数时，他就牢牢记住了这个名字。看着这位将军威风凛凛地走过去，他把骂娘的一句话用牙齿咬碎，他不敢把咬啐的话吐出来，便把腮子鼓起来，像在吹号。

全福随部队到了东北。

冷啊！全福在东北的冰天雪地中常常跺脚。在东北，手不是手，脚不是脚。全福的身体被东北的冷刺得颤抖。成捆的雪堆在地上，瞅着它们，他就来气，便用脚狠狠地踩。雪在他脚下咯吱咯吱地作响，他觉得心里暖了起来，雪的白和他记忆中的那团白肉竟如此的不同。想起那团白肉，他就想摸；看到雪，他就想踏。和雪较了一阵劲，部队跨过了鸭绿江，全福记住了这个叫朝鲜的国家。

他们一路行进，在一个叫临津江的地方，部队像雪一样落在了山上。

他们要守住的，叫345.6无名高地。这个数字好记。营长一直在骂骂咧咧，挖坑道时，全福也挥起了镐头。土已上冻，镐头下去，只溅出一道白白的印迹。见有人偷懒，营长的脾气越加暴躁："坑道就是我们的命。有命，我们就有一切，我们就一定能挡住美国豺狼。"

全福知道，他们的对手不再是把衣服一换就成了兄弟的人。这一次，是真正的敌人。

仗是在午夜打起来的。爬出坑道蹲在战壕里的全福看着营长猫着腰在战壕里叫喊，雪片坚硬地砸在他的身上，散射出淡淡的光泽，一只往上卷的帽子屹立在他的头上。全福在营长过来后顺手摸了摸那支令人生畏的枪，他感到了枪身的生冷和营长的呐喊，空气在冷寂中慢慢变得浑浊，全福闻到了生铁的味道。

炮弹在战壕前沿前仆后继，像剥了羊皮的羊肉呼呼地飞迸。雪片在炮弹的嚎叫中增加着重量，一步一步向战壕腾挪。被炮弹飞溅而至跌入战壕的呛人的细腻的尘土中没有任何雪花的影子，它们在炮弹的热抚下赤裸裸地毁灭了自己。

一排排钢盔弯曲着蠕动，很有规律。全福握着军号，死死地盯着这些蓝眼睛高鼻梁的家伙。在他的视野里，这些蓝眼睛的家伙像猫，一见到他们，全福就想到故乡的猫，那些弓着背懒洋洋行进的猫。营长把一只脚顶在战壕边，重机枪手像个小学生，在营长的喊叫声中射出成群的子弹，一个一个的尸体堆在山坡上，影响了射手的准确率，那些高鼻梁的家伙也把同伴的尸体当成掩体，一步步往上抢攻。

“把尸体捣平,别碍着射击。”跟在营长后面的连长带着一个排冲了下去，他们在成排的枪弹下结束了舞蹈，那种手舞足蹈的姿式在全福的眼前延伸，匍匐成一根根剥了皮的木杆。

全福摸了一把冰冷的裤裆。

天什么时候亮的，全福不知道。异国的太阳清冷地洒在临津江一带的山坡上，345.6 无名高地有了一点一点的热度，营长抓了一把炒面，从战壕的角落里找出一丁点的雪，艰难地吞咽。全福发现营长的嘴唇上的泡也像子弹般排列，眼里的血丝像太阳滤下的光棱，但没那么纯净。营长伸长着脖子挣扎着把剩下不多的炒面咽下去后，成批的炮弹又开始倾泻。风并不看太阳的脸色，也不理会营长和全福硬得如铁甲般的棉衣。军号在风中反射出幽黄的色泽，在全福哈手哈脚中张望。全福抓起一把风，对着太阳晃了晃，塞进了嘴里。他听到了牙齿的骂骂咧咧。

又一轮攻击开始。全福吃力地搬动着子弹箱。他的战友一个一个像蚂蚁一样栽倒，歪斜着靠在战壕边。一个战士的脑袋被掀掉了半边，像个烧焦的木碗。营里的炊事员搓着手，向营长咕囔：所有的东西都吃完了。

营长抬眼望望天，解下腰里的皮带：“把它煮了。”炊事员提着皮带离开时，还活着的人都把皮带解了下来。全福刚把手伸向死了的战友的腰间时，营长的脚飞了过来：“别扯他们的皮带，让他们安静地躺着吧！”飞来的脚在到达全福屁股时停住，但全福还是感到了营长的脚闪出的那股风浪。

太阳落了又出，出了又落。一个星期中，全福总觉得自己成了影子。他先是盼望白天，而后又盼望夜晚。一到夜晚，他就想起了老马夫，他感到老马夫总是晃荡在他旁边，但没有干青草的香味，也没有马打响鼻喷出的气息，只有时断时续的血腥味荡漾在他的鼻间。他用刺刀割着皮带，皮带很顽固，刺刀砍下去只能划个印痕。他不甘心，平摊了皮带，用双手握了刺刀，用力划，他将划碎的皮带放到嘴里，如同嚼一块木头。营长把手中的一块皮带塞进了全福的手中，全福看着营长撕扯着已露出衣服的棉花，塞进嘴里慢慢地吞咽。

营长拍拍重机枪，闭了一下眼睛，又咬着牙睁开。全福把剩下的七个手榴弹摆在机枪旁边。营长解下绑腿带，把六个手榴弹捆在一起。他拍拍全福的肩膀，全福没有任何感觉。一群高鼻子的家伙端着枪已冲到了战壕边，营长拉开导火索，扑向了最先冲到战壕前的钢盔中。

烟柱升腾起来，片刻的宁寂中，全福提着军号站到了战壕边。往上冲的军人们停了下来，用幽蓝的眼神望着这个孩子。全福舔舔干涩的嘴唇，舌头僵硬地跟他在较劲。他吃力地张开嘴，把军号塞进嘴中，那种冰凉让全福浑身痉挛了一下，他听到老马夫对他说："吹吧，吹吧，一吹，家人就来到了眼前。"

一首思乡曲弥漫在山坡上，在清冷的空气中，号音凄美地绽放，然后撕裂成一团一团的小花，飘飘悠悠地飞荡。趴着的士兵都立了起来，拄着枪，叽里咕噜地叫唤着。全福不知道他们在喊什么，只看见几个高鼻梁士兵把钢盔从头上解下，像皮球一样扔在山坡上，几只钢盔碰撞着冲下山去。

形形色色的钢盔密匝匝地立满了山坡，全福根本不知道也无法知道，他面对的是拥有200余辆坦克，300余门火炮，携带化学武器、毒气弹的美骑1师，美3师，美25师，英联邦师，李承晚第9师，泰国团、土耳其旅、希腊营，这是一支战斗力极强的联合国军。但他知道，几只大铁鸟（飞机）在他头上轰鸣，驾驶飞机的也是蓝眼睛高鼻梁的家伙。也许飞机的轰鸣影响了思乡曲的吹奏，山坡上的联合国军士兵都骂了起来。飞机走远了，思乡曲也吹完了，看着发呆的联合国军士兵，全福想：给我一口水润润嗓子，我还能吹三遍，但我不想给你们吹了，你们这些狗日的，我要回家了。

（发表于《解放军文艺》2020年第1期）

喇 叭

一

出差就像送外卖。餐是早已点好的，喜欢不喜欢就由不得自己了。

临近农历十月初一的那趟差事，我本想拒绝，领导说：没有理由，非得你去。

算算时间，十月初一夹在差事中间。快到12时，我叫了朋友的车，赶到乡下去上坟。乡下旧俗，祖坟一年上两次：清明祭扫，除夕拜祖，其他可以忽略。母亲去世后，祖坟已满，便另寻了墓地。每次上坟，我常常觉得母亲孤零。好在母亲的坟离村路近，乡村的气息从路上飘过时，总有那么一点会落在母亲的坟前。母亲生前好热闹，这一点，倒也让人有些许的安慰。

一拐到乡村路上时，便空旷了许多。路是水泥路，车行起来舒服。到母亲坟地里，四下里响起了喜鹊的喳叫，有胆大的立在母亲坟头，看着我。

旁边的庄稼地已闲了好多年。田里布满了蒿草，在秋气中变了颜色，不像夏天那样肆意地铺张。偶尔有野鸡咣咣地飞过，给寂寥的田野扇来一丝活气。田埂上的草被羊啃得有点伤感，在风中晃不出身影，便伏在埂边，瞅着天上的云，毫无心绪地飘动。

上完坟，那位坐在路边的老人站了起来。他抽着旱烟，浓烈的味扑散着。

“你妈有福，还有你这个记得为她上坟的儿子。”他把我递过去的烟夹在耳朵根。

“我想你也应该来上坟了。现在能召唤你们的，也只有这些坟头了。”

他是我们村的老支书。我们村叫巴子营。

“我等你，是想问问你会不会修高音喇叭。”

我说不会。

他的眉头皱了起来，“能写那么厚的书，怎么不会修喇叭呢。”

我说我真的不会，我可以找人给他修。

他笑了，稀疏的胡子抖动，我将手中剩下的食品递给他，他接了。打开还有半瓶酒的酒瓶，喝了一口，他满脸像田野中的野鸡扇过，有了活气。

“我等着。”

他挪动着脚步，走了。我送他，他摆摆手，说在这些路上，他走一天会少一天。只要有机会，他就会多走一走。

他像一头少了同伴的熊，身后的寂寞跟着风，一圈一圈旋着。

二

老支书又打电话的时候，我正在赶往巴子营的路上。听说我正在路上，他僵硬的语气有所缓和，他说他在家等我。

巴子营的村巷道都是水泥路，傍路的村庄都很安静，偶尔出现的一只鸡和一头牛，都漠然地干着自己该干的。几只狗呼啸而出，都是小狗，它们在驻足观看一阵后，顺田野的小路跑了。

老支书站在门口。他背后的院落就是他的家。

墙基比别人家的房子高三块砖，有门楼，门楼上用水泥塑刻的“紫气东来”已显得灰黄。院子宽畅，一只狗扑过来，他呵斥一声，狗便停住了摇着的尾巴。

我请来的师傅捣鼓着喇叭。喇叭边缘的漆已脱落。老支书的女人端着茶水进来，一看到那只喇叭，手中的杯子掉了下去，腿抖起来。老支书吼了一声，女人倒退着出了门。

喇叭里有了嗞嗞的声响。老支书的脸上有了笑意，他从抽屉里掏出一只破布包，打开，揭了灰暗的红布，一只话筒跑了出来。

接好线，老支书喂喂两声。我听到门外响了一下，出门去看，老支书的女人躺在院中，浑身抽搐。我叫声老支书，他关了话筒。女人便停止了搐动，坐了起来。老支书回屋，又喂喂两声，女人哎哟一声，全身又抖动着，眼里的惊恐弥漫，锣鼓喧天、红绸飘动着从她眼里漫出，慢慢靠近房门。我又叫老支书，他说都过去多少年了，这女人的病根还没除去。

他关了喇叭。女人站了起来，走向伙房。她端了两杯水，恭敬地放到桌上。老支书的手又伸向喇叭，女人的两腿便抖起来，裤角哗哗地响着，像落叶们在打架。

老支书背了喇叭，手里提着话筒和一圈线，让我们跟着他走。女人扳着门框，一只手里提着一根棍子，望着我们拐过了墙角。

这是原来的大队部。在巴城，已很少见到这种院落了。巴子营的还完好。窗上的玻璃附满了灰尘和鸟粪，我问老支书巴子营的大队部为何还存在。

他放下喇叭：没用的东西，谁还在意。

他打开靠西的一间房子的门，里面摆着一只床，一张桌子，还有一个水壶和几只搪瓷杯。

床单上的大红喜鹊，美美的，徜徉在岁月的枝上。

院中间的木杆黑黑地站着，师傅踩着梯子架好了喇叭，拉好了线。老支书坐在椅子上，用红布裹了话筒，喂喂了两声：巴子营的老不死的们，喇叭已修好，你们马上赶到大队部来。

我和师傅要走，老支书说：等等吧，你再见见他们，看看这些老人你还认识多少。

陆陆续续来了三四十人，老支书说：还有几个出不了门了。

我一一拜见了这些老人，他们眼里没有多少亲切，都漠然地看着我。只有一个人挤出人群，说他早就看出，我是个能写书的人。

这个人我记得很清楚，他当过几年民教，在村校里给我们上过写字课。

现在谁还看书，连我孙子都不看书了。老支书呵斥了一声。说只要能走动，你们每天都要到这里来。没事下下棋，打打牌，证明你们还活着。

我说不来这里他们不照样活着么。现在家家户户都有手机，你发信息或微信不就行了吗？何必用喇叭。

老支书说：不一样。听到喇叭声，他们会觉得自己还是个活物。家只是他们的储藏室。

三

我说要去休假，领导问想去哪儿。我说不知道。

领导望了我一眼，说苍山洱海、香格里拉这阵是最好玩的地方。

钱谁出呢。我扔下休假条，走了。

取消了公车，坐公交就成了必然。巴子营没有直通车。巴子营傍旧国道线，凡往南走的车都会停靠。坐公交，没有人问你是谁，你也不必问别人是谁。到了站，一下车，一种寂寥铺着天盖着地而来。离原大队部还有一公里路。没有水泥路，一条小土路蛇一样盘弯着。草上的灰尘积了很厚的一层，丁酉年的，乙未年的，甲午年的，只有草知道。这种灰很细，爬在鞋面上不容易脱落。

找到原大队部旁的那条沟。沟很单调地还活在那儿。下了沟，到宽畅的沟崖旁坐下，我的童年竟活了。

闲置了多年，没水浸流，沟底没有沙子。屁股硌得疼。我站在沟沿边，原大队部静悄悄的。爬上沟坡，有好多烟蒂躺在原大队部的地上。我捡了几个，看看牌子，烟抽得很干净，没一点剩余，显然他们是不浪费烟的人。老支书用的那间房的门锁着，一推，有点缝，一只老鼠窜出，我转身就逃。

我打开行李包，在沟底铺了。躺在暖阳下，没有他人，我乐得自在。几只麻雀掠过沟沿，回头望望我，又飞走了。一条狗匆匆而过，我拾起一土疙瘩砸去，狗扭头望了我一下，竟停了脚步，望了我几眼，不慌不忙地走了。掏出手机和充电宝，我盖了衣服躺下。

陪伴我的，有方便面、榨菜和饼子。

我试图拉近我的童年。童年就像雪一样融化了。在北方，没有雪的冬天是可耻的。这是马步升先生的话。在乡村，没有童年的记忆是可耻的。这是我套用的话。

我抽烟。烟雾没有风理，它也显得落寞。

夜穿着裤子走来。暮色把我拌成荤菜。

我站在沟沿上，望着东边，望着西边，望着南边，望着北边。东边没有炊烟，西边只有雪山，南边是相隔十几公里的铁路塔台上的光亮，北边是公路上行驶着的车灯光。巴子营睡得早。我溜进附近的村庄。只有一家从门缝里露着点光，整个村庄寂静成冬天树上的柿子。

我把一根棍子放在身边，踢碎了身底下的土疙瘩。睡不着，我就看天。没有星星，一个也没有。我打开手机，流量还多。我翻看微信，熟悉的不熟悉的都在播放自己或他人，远在天边的朋友，都挤出手机屏幕。

手机屏外，世界一片寂寞。没有风和风的对话，一只野鸡，从沟底穿过，它不知道我占了宽畅的地方。它飞出沟底的声音很响，把夜搅成了稀粥。

“王小三，你还在挺尸啊！”

“赵老五，活着的话，赶快来。”

喇叭响了。

我坐在沟底，听老支书在话筒里吼。

“还活着的都来。”

从沟沿望去，老人们都是独身而来。在原大队部，他们有的站着，有的靠着墙蹲着。老支书停了喇叭，出门，大声问李老六怎么没来。

有老人说：昨晚他儿媳妇来了。

围着的人笑起来。

“儿媳妇来了咋的。笑什么。儿媳妇来了是福啊。他儿子来了吗？”

“没有，出事了。他儿媳妇来是准备离婚的。”

“人都死了，还离婚，是改嫁。”

“干脆嫁给李老六算了。辈分不靠，照顾李老六倒靠。”

“放屁。”老支书赶上去踹了说话的一脚。

“你个畜牲。人总还得要点脸吧！”

“走啊！我们都去李老六家。她要改嫁，那两个碎崽娃咋办。”

“那是人家的家事，我们去凑啥热闹。”

“你个王八蛋。这事搁你家，你高兴。”

一伙人离开原大队部。走着走着，有的人便回家了。跟着老支书的，只有四五个人。

四

望看我一身的土，妻子没有吭声。她将换洗的衣服取出来，出门了。

我冲了澡，换身衣服，来到街上。一切都很亲切。广场上，老人们一簇一簇坐着，他们衣服光鲜，脸上荡漾着城市的光泽。我坐在台阶上，巴子营微信一样闪到我的眼前。老支书到了李老六家，李老六蹲在门槛上抹泪，两个孙子扯拽着，叫喊着妈妈。老支书上前，叉着腰，与李老六的儿媳妇开骂。

“巴子营不大，哪里冒出你这么条老狗。我把一儿一女都留给了李家，算对得起他家的祖宗八代了。”

老支书退出了庄门，同行的老人笑了，“看看，自讨没意思了吧！”

老支书转身走了。

第二天一早，我赶到公共汽车站。早班车上没有人，司机骂骂咧咧，半途上了十几个人，司机回头冲我一笑，说你是个福人，要不然，我这一趟，油费都弄不出来。

他免了我的车费。

下了车，我直奔原大队部。老支书住的房间的门半掩着。我推开门，老支书躺在床上。见我来，他起了身。打开了话筒。又王小三、赵老五地吼起来。

李老六领着两个孙子，一进门便哭了，两个孙子看到话筒，围上来观看。

“该卷的都卷跑了，留下了这两个孽障。”

“有人就有一切，怕什么。”

“怕得多了，我活着，还能帮衬。我死了，谁管。”

“还有福利院呢，你怕什么。”

李老六抹了一把泪。

“还有喘气的没有。李老六又不让你们养活他的孙子，你们怕什么。”

三三两两的老人们都来了。我向他们敬烟，他们又说我还那么年轻，不显老。又问我父亲在城里住得如何。

“你妈是个不会享福的人，那么早就死了。换了我，过那么一天日子也值了。”

“你儿子不是在北京吗？你跟着去得了。”

“你以为北京城是我家的。行了，老哥哥们，别拿我开心了。我死了，你们能看着把我抬埋了，我这辈子就算修福积德了。”

有人问我没犯事吧！怎么不上班老来这里乱蹓跶。老支书骂起了问我话的人，说他不是人，哪有这么埋汰人的。人家是作家，写下的书比砖头还厚。

砖头砌墙砸狗呢，书做啥用呢。

那位老人转身走了。

他和你爹有过节呢！他年轻时想娶你姑姑，你爹没答应。

有老人插话：幸亏没答应，要不然，你姑姑就惨了。

老支书呵斥了一声，“散了，散了，都还活着就好。”

五

听说我在大队部对面的沙沟里曾待过一夜，老支书把手中的杯子扔了出去。有水的纸杯子手榴弹一样在门外跌落，几点茶叶飞离了杯子。

“我是为了看看你们真实的日子。”

“我们哪天不真实。”

老人们围了上来。

“不要说你是巴子营人，就是外地人，还差睡觉的那面炕。”

“现在谁还睡炕。连我睡的炕都被他们拆了，说我身上有炕焦味。”

“好了，好了。说点高兴的事吧。我听说赵老五的小儿子要回巴子营办养殖场。”

“那个忤逆种，放着好好的工作不干，要回来。”

“我家的地闲置了几年，干脆流转给你们家算了。”

一个戴破帽子的老汉摸出一根烟，递给了赵老五。

“还开养殖场。爹娘都不养活。一开，赵老五就成不花钱的雇工了。”

“当雇工也比一个人守着一个大院子强。人不跟人说话了，还是那些牲口通人性啊。我家的老牛，临死前，那个眼泪啊，淌得老长。”

赵老五笑了。

大家都说赵老五是有福之人。儿子一办场，再也不往外跑了。

赵老五背了手，走了。

“王八蛋。”那个戴破帽子的老汉把帽子往桌上一掼。有老人抓起那顶破帽子，扔到门外。老支书家的狗扑过来，叼起帽子跑了。

“我的帽子。”失了帽子的老人追了出去。

老人们哈哈大笑。

到了老支书家。屋里的陈设都老资格得坐在该坐的地方。那张八仙桌已看不出本色，桌面腻滑，晃出的人影脸上泛着油色。

老支书的老婆端来一杯水，杯子是搪瓷的，杯里有一股香气溢出。

我叫了一声婶子。她放下杯子，抹掉桌上的一点水渍。“你妈干净了一辈子。”她叹道。

我问婶子为何一听喇叭声就抖腿。

老支书说：“那个年代，我被关在牛棚里。大队架设的八只喇叭天天在叫喊我死不改悔。她，被吓着了。”

“好在现在村里不用喇叭了，婶子安心了好多年。那你为啥还要架喇叭。”

“那些老玩意儿，以前都是积极分子，一听喇叭响，身上就活泛起来，不怕他们不来。”

“你不怕婶子天天犯病。”

“大家高兴了，总比一个人犯病强点吧。”

那只叼了帽子的狗卧在炕沿下。我往后缩了缩。老支书说：“用不着怕，凡是上了我们家炕的人，它都亲着呢。”

老支书给我谈着老人们的事，谈着谈着，他便睡着了。他的呼吸声平稳而舒缓，我睡不着，便浏览起微信。微信里的人都在各自热闹着。我在这面大炕上，看着他们调侃、戏闹，看着他们把一切甩在身后，看着他们把寂寞泡在酒中，仰着脖子猛灌。这个晚上，所有的寂寞向我涌来，那条狗站起来，伸着脖子，看着手机屏。看到飞速闪过的人影，它用爪子扒着炕沿，摇着尾巴，用舌头舔着寂寞，把它们一点一点返回到夜中。

“睡吧，睡吧，睡着了，一切烦心的事就没有了。”

老支书睁开眼，呵斥了狗。狗仍卧到了炕沿下，把头埋进腿中，耷拉了眼皮。

窗外的几颗星星坐在空中，没有人向它们招手。间或有麻雀呷一声。安静向寂寞招手，寂寞转身，扔下安静，陪着我。

我在悠长的寂寞中慢慢睡去。

六

我不是被麻雀吵醒的，是喇叭声唤醒的。

王小三、赵老五们在喇叭里一遍遍出现，巴子营到处都散落着王小三、赵老五们的回声。麻雀们在回音中噤声，望着原大队部的那个能发出声的家伙。它的父辈的父辈的父辈在除“四害”时就是在这个东西的指挥下上不了天、入不了地，它们的遗传中潜意识地对这个东西有所惊悸。

一只麻雀叽了一声。

它说五十年前，这个东西一响，全公社的社员们都涌现家门，走向地头、会场。

一只麻雀也叽了一声。

它说四十年前，这个东西一响，全大队的社员都竖起耳朵，看看今天批谁斗谁。

一只老麻雀吵哑着叽了一声。

它说一直到20世纪80年代，村里的农民们除下了电线杆上的那个家伙，再也见不到全村的村民们聚在一起的情形了。

它们很落寞。

没人再追撵它们。大片的土地荒芜，它们觅食的平台大，食物却越来越少。

它们很怀念那种麦、谷遍野的日子了。

见我起了身，婶子打来洗脸水，试试水温，拿出来一条新毛巾，叠成四方形，放进水盆里。

她端来一碗小米粥和两个煮鸡蛋，切成块的馍士兵一样排列。

看着我吃得滋润而香甜，婶子叹了一声：你妈太刚强，就是走得早了些。

喇叭里传出喘息的声音，婶子的腿抖了几下，又复归平常。

我到原大队部，老支书坐在门槛上抽烟。烟上下抖动，火星四溅。

烟是老旱烟，老支书自己卷的，他说有劲。

“聚不起来了。”他说已有人向村委会告状。村委会主任来过这里，说他闲球没事干，扰乱村里人的正常生活秩序。

“我就是想不让他们孤孤单单，没人陪伴他们，天天聚在一起说说话，也算图个宽心。不像有的村，人死了三天，臭气漫出院子，人们才知道。”

我递了根烟给他，他摆摆手。

“村上让我拆呢。”

我问他拆不拆。

“拆什么拆。只要我活着。”

两个老人一来，老支书扔了烟，剩余的烟末芝麻一样散落于地。

“王小三滑倒摔折了腿，在炕上一直声唤。”

“给他儿子打了电话吗？”

“打了，他儿子说忙，让他叫个 120，自己上医院去。”

“120 是谁。”

“傻瓜，是救护车。”

“只有快死的人才坐那车。”

“扯。走，看王小三去。”

王小三躺在炕上，被窝床单被扯得歪扭，枕巾让他拧成了麻花。

“村卫生所的人来过，说让我进医院，他们管不了。”

“你儿子不是让你打 120 吗？”

“那玩意一打，我不就快完了吗？”

“只要你不怕疼死，你就挺着。”

“找个车，把他送到医院。拿钱。”

老支书吼叫了一声。

王小三从炕席下摸出几张钱，“不够。”他又滚到另一边，摸出几张钱。

“你们俩去送他到医院。”

“凭啥，他又不是我们的祖宗。”

老支书往他们手里各塞了张钱。

王小三大叫起来，“一人一百啊，混球，不是你的钱你不心疼啊。”

“心疼你自己爬着去医院吧。”

出租车到了，两个老汉把王小三塞进车，走了。

七

这次是去培训。半个月。成都。

像茄子一样饱满的成都这个时候的气候如泡温泉般令人舒畅。培训任务很紧。晚上也上课。和大家一样，我把文件袋往桌兜里一扔，便浏览起信息。现在只有慢半拍的信息，没有慢一拍的新闻。一条很刺眼的爆料夸张出一个标题：强拆！喇叭！新老书记大打出手。下面没有具体内容。这晚讲课的老师是个男人，按简历是某大学的博导。他拂着兰花指，嗲声地讲有关做人的道理、规则。有人扯起了鼾。博导只管讲自己的。时间一到，博导拎了包，幽默了一句：打鼾也是人生。还是高境界的人生。

没有人笑。

回住地的路上，我打电话问可能知情的人。他在视频中一脸的坏笑，说你们巴子营的人事多，动不动便窜个网红。老支书的喇叭被现任书记扔掉后，他打了现任书记一耳光，现任书记一怒之下，雇铲车铲平了破旧的大队部。老支书冲向铲车，被伤了腰。现任书记不依，俩人对簿公堂。

也没意思。倒是喇叭背后的故事值得人玩味。用喇叭怀旧的功能叫醒可能睡过去的老人，这老支书是个有心人。大家都在为他点赞。

我问老支书状况如何。他说不知道。过日新闻，谁还深究。

再好的成都便与我没有相干了。培训一结束，我就回到了巴城。巴城很平静，像鸡窝里放了一天的鸡蛋，没人收，它也不急。适值周末，我便直奔巴子营。

原大队部狼藉在阴沉的天空之下。散落的木头多已朽腐，有的已成蜂窝状。有几片纸压在土坯之下，我抽出来，是一张20世纪70年代的检举信，说老支书包庇坏人云云。纸张已发黄。几只麻雀在残留的缝隙中跳跃，寻找着它们祖辈的记忆。灰黄的麦草塌着腰，一点也不顾风的脸面。领头的狗围着废墟转了一圈，领着一群狗离去。

王小三死了。能帮忙的都去帮帮忙吧。人死了，一切恩怨都放下吧。

是老支书的声音，从喇叭里传出的。我坐在土坯上，抓住一把风，扔了出去。

八

王小三的棺材是生前自己打好的。

住了几天医院，没有人来看他。看着其他病床旁来来往往的人，王小三没掉一滴泪。他央求邻床一陪护的人替他到医院餐厅打了几次饭。护士催交钱的时候，他拔掉了输液的针，扶着墙走到电梯旁。

出了医院，他的腿痛得如毒蜂蛰过。医院的大门敞开着，进进出出，都是把行和色搅和在一起的人。他挪到了一出租车前，讲好了价钱，爬上了车。

巴子营像一道岸，漂浮在他眼前。

没有人知道王小三回到了巴子营。

他找出压在箱底的老衣，穿了。把棺材的位置摆正，爬进了棺材。仰面躺下。拉了半边棺盖的棺材里飞进了一只麻雀，望着王小三。他闭上了眼睛，这只麻雀看着王小三的新衣服红红紫紫，还有图案，便跳进了棺材。王小三半睁着眼，那只麻雀跳到了他的额头上，屁股一翘，一团粪落在了他的嘴边，有一滴很随便地滑进了他的嘴里。王小三一抬手，麻雀飞到了棺材的另一头。

王小三坐起来，拉上了棺材盖。那只麻雀的眼睛很亮，它缩一阵跳向漏下的光亮处，王小三盯着它跳。麻雀跳累了，扑到了王小三的头边。他抓住了麻雀，麻雀的毛很凉，麻雀的身子很热。他折断了麻雀的一条腿。麻雀吱了一声，他放开了麻雀。

推开半截棺材盖，一大片星星下来，和着风。

风狗一样安静。

麻雀像夜晚一样安静。

太阳下来的时候，麻雀单腿跳着，被折断的那条腿晃荡出一种凄凉。王小三抹了一把眼泪，弯腰抓起麻雀，扔出了棺材。

他合上了棺材盖。

闻到臭味的是赵老五。他睡不着，在村里蹓跶。一摸口袋，没烟。他感觉嘴里的一切都欲望起来。王小三家的门掩虚着，他推开门，闻到了那股臭味。他说那股臭长着眼睛，直奔他的鼻子而来。他捂着鼻子，看到了那口棺材。他转身就跑，差点撞到村主任的车上。村主任问他杀人了吗？他说是死人了。村主任扔给他一支烟，说谁死了。他说不知道，王小三家的院里停着一口棺材。里面的臭是恶的。

村主任笑了：王小三还住在医院里，你见鬼了吧。便开车而去。

老支书和赵老五进了王小三家院子。老支书从口袋里掏出手帕，到院中的水龙头上浸湿，捂住了鼻子。赵老五跑出院门，扒着门框向里望着。

推开棺材盖，一大片的臭跳出院子，老支书看到了那张脸。王小三的脸没有表情，他拉了赵老五，找到了村主任。

村主任说埋了吧。

老支书说总得告诉他儿子一下。

村主任说那你打个电话不就行了。

老支书说要不要报告一下派出所。

村主任噢了一声：他如果真死了，你报告给派出所，引来一大群人发微信圈，说巴子营如何如何，你吃脏水啊。

老支书转身走了。

然后，喇叭里传出了声音。

九

王小三家门口的车一辆接着一辆。进了院子，有人过来打招呼。这几个人我都认识，和我年龄相仿，和王小三家没多大关系，这我也知道。

院子里没有了棺材，好像也没什么。大家或坐或站，喝茶的喝茶，抽烟的抽烟。老支书指挥着做流动席的，准备着午饭。

一股来苏水的味道。还有 84 液的气味。两种气味在打架。

问相熟的人，说是老支书是个有心人，压臭气的。这王小三，自己把自己搞臭了。

没有见到王小三的儿子。有老人把凳子踹了，说养下这样的忤逆种，不要说他到了外地，就是到了外国，也不是人。

骂人的是巴城某局局长的父亲。某局长上前，制止着父亲。

“滚。我骂得就是你。你今天不来，我死了，他们能来吗？现在还有人埋了王小三。我死了，谁来埋我。”他指着院子里的年轻人，“不要以为你们死了火化了就一了百了了，刘万奎死了，谁把你们送到墓地呢。”

没有人接腔，老人跺了一下脚，把叼在嘴角的烟一扔，走了几步，又倒回来，在烟蒂上踩了几脚。

某局长朝众人拱拱手，敬烟，有人接了，有人没接。看着老人出了门，他也走了。

我问刘万奎是谁。

有人说怪不得罗驼子骂呢，你们都把书念到驴槽里了，连老支书的名字都忘了，忘了祖宗也就不奇怪了。

坐着的人站了起来，围了过去。有人手里操着棍子。

还在骂人的那位老人倒回堂屋，有人扣上了门。

刘万奎，刘万奎。他在里面喊。众人搬来凳子，坐在门口，听他在打门。老支书拨开人群：算了吧，他话虽说得难听，但也有些道理。

众人留出一道缝，那人晃着比王小三死后还白的一张脸，跑了。

吃完臊子面，有几个年轻人要走，向老支书辞行。老支书掏出一个小笔记本，一一记下了他们的名字，说谢谢他们。

他们说这是应该的，忙也没帮多少，只是凑了个人数。巴子营这方法好，他们村的老人如果死不到时节上，连抬埋的人都没有。

我问老支书记什么。

“他们都是巴子营有老人的人的亲戚。那些整体搬走的，或打工出去家里没人的，都会委托亲戚来，要不然，他们家的老人死了，村里的人都不会来的。”

我问某局长是他请的吗？

“请！”老支书吞了一口烟，“他们的老人都活着，他们也在防后，他们的爹死了，也得有人埋。要不然，他们能来。”

“这招高。我给他们打手机，他们都说忙。老支书一打，他们都来了。王小三的事完后，我们成立一个红白理事会，由老支书当会长。你看，王小三的事，简简单单。”

村主任递一支烟给老支书，他没接。

“你倒说得轻松。发送王小三的钱，我垫着呢。”

“打扫一下，把王小三的财产清点一下，不够，问他儿子要。”

“该归置的归置好。院子空旷了，权把扫帚就成神仙了。”

老支书叫过来几个人，在一张清单上签了名，递给了村主任。

“这个。你们村上保存吧！”

等最后一个人出门后，老支书锁上了门，把钥匙交给村主任。

“一户。又完了。”

他背着手，没入了村庄。

十

风坐在地上，和枯叶在相伴。有几片柳叶觉得无趣，便缩身到沟里去了。

我拍老支书家的门时，门口的那棵榆树上有一只艳丽但叫不出名字的鸟振翅飞了一圈，又飞回来。院内有狗叫声传出，雄浑，厚实，不空洞。

婶子开了门。见是我，“今天没上班啊，啥时候回来的。”

我说休息，刚回来。

婶子噢了一声。“狗也认人呢，你来，它叫得都不一样，好像你还是巴子营人。”

我说我本来就是巴子营人。

婶子笑了。

院子中间新栽了一个木杆，白杨的。喇叭架在上面，极像喇叭花开在了所缠的枝上。一根包皮的软线晃悠着，蜘蛛线似地抖动。

“喂，喂，来客了。”老支书的声音从喇叭里传了出来，我看着婶子，盯着她的腿。她的腿没有抖，推开房门，到里面去提水了。

老支书关了话筒，笑了笑，笑声有点单调。

他说只要他发现谁家有亲戚上门，他就吆喝两声。以前，一家来亲戚，好像全村人家都来了亲戚。现在，谁也不知道谁的亲戚是哪门子的亲戚。

我说婶子的毛病好了吗?

你说她的抖腿啊!

我说是。

喇叭安在自家院子，话筒掌握在我手中。她害怕得是别人的声音。也怪，我把喇叭移到家里时，她没反对。我怕我一吆喝别人，她抖腿。过了一阵，我才悟出来。能治好她的心病，也是我老来的福气。

我看着桌上的一大摞报纸，是近期的。上面有用笔划出的波浪线。一只墨水瓶猫一样卧在桌上，瓶口里插着一支笔。我们小时候，老师批阅作业时，用的就是这种笔。

它叫蘸笔。写几个字得把笔伸进瓶口里蘸一下墨水。

“谁家也不买纸和笔了。过去家里存着的纸是写信的，叫信纸。现在，存的都是烧纸了。”

婶子说老支书每周进一趟城，从她娘家侄儿那里去取一回报纸。

我说你只要上网，有的是新闻。

老支书叹口气，“那上面的东西，能信吗？就像收音机，过去多纯。现在，播几条新闻就开始专家养生。狗屁专家，闹得最火的是我们村出去当过煤矿工人的王太生，他每天都在收音机里卖养生药呢，说自己是专家，他脸都不会红一下。”

我说这是认知问题，其实网络没那么可怕，第一时间会看到新闻。

他再不吭声。点了一支烟。他吐烟的劲道大，从鼻孔里钻出的烟雾，傲慢地向四处扩散。

“像你这样记住村子的人不多了。你倒重感情。”

我说也简单，这样有根。

“根是什么？村子空了，根就露在了外面。学校撤并了。娃们进城上私立学校了。小两口打一年工，挣个学费生活费钱。老的去看娃，屋空了，心也就空了。”

他又摁开了话筒。

“老十八，记着吃药，二绿一白，别吃错了。”

这事您也管。

“老十八是老毛病，爱丢三落四。”

我问像这样的事你能记得住。

老支书拿出一个本子，上面有几页写满了东西。

“一百多户成了三十多户。有多大的事记不住。”

气氛有点冷落起来，一切显得我多余。我向老支书告辞，婶子出来送我。

“好好的啊，娃们在城里不容易啊！你爹待着孤单了，让他回来，和老贼拉拉话。他们可能有说头。”

走了一阵，我回头望去，婶子还立在门口。

她像棵上了年龄的树。

十一

爹说今年要回乡下过年。我问啥时候去。爹说越早越好，一进入腊月，天天都是年。

我说我只能到腊月三十日下午值完班才能陪他去。

爹端了杯子，到客厅去喝水，声音很响。他用手指敲打着桌面。我换了鞋，提着开会的文件包，去赶公交车。

毕竟是城里，街上已有卖对联的，卖碗筷盏碟等日用品的。往常卖鞭炮成龙的景象已不再。透过公交车窗望去，年味缩着脖子，在人群中慌慌张张地走着，碰到老人，便靠过去。遇见年轻人，便绕了弯，进入了超市。

天很长，长得像昔日的腊月。我回家后，不见爹。到卧室一看，床垫在，被褥被卷走了。妻子说：你的也被卷走了。

她说得是我书房中的被褥。

他是想真正在巴子营过年了。

父子俩一个德性。乡下，没暖没气，没电没水，怎么待。

有老院子在，有老屋在。还有火炉。

没炭。

爹肯定会买的。

你们就造吧。都是不想过好日子的人。

我瞪了妻子一眼。她从柜子里拿到一套被褥，铺在了我书房的床上。

说清楚。我不去乡下。等儿子回来，我们娘俩在城里过年。

除夕一日，没有事。窗外那些胆肥的人间隔偷放着鞭炮，一声两声的响很孤单。看着南方骑摩托车的人在风雪中回家，我把北方拉黑，电脑屏幕上的村子，站在红彤彤的山坡上，翘首等着一个又一个的打工者。

下午五时，除夕的身影打着拍、唱着歌涌来。检查组的人没有到，我关了电脑，拔了插头，把工作关在了办公室，下了楼。

街上的行人很少，身上也没多少年味，好像他们压根与过年没什么关系。商铺门上贴对的人不多，问一个正贴对的小老板，他说有关部门有通知，贴对影响城市美化，要罚款。

问他为何贴，就不怕罚款。

他一挥手：去去去。一年就一个春节。罚的是钱，人争的是心气。

我叫了一辆出租车，让司机在楼下等。

我收拾完东西到楼下时，妻子已把年货放到了车上。

儿子晚上十点才能赶回来。

反正还没过午夜，你等他吧。

司机的脸上也没有年色，他的车里播放的是布仁巴雅尔的《天边》。忧伤的曲调，撒在车中，狭小的空间把草原挤成了饼子，一股草香味打着车窗，在啪啪作响。

问他为何不听欢快一些的，像乌兰托娅之类所唱的歌。

他说太闹。

问他几点收车过年。

他说别人过年，他得忙乎几天。一年淡，趁过年，多跑几趟车。现在的钱，不好挣。

一家人分两处过年，谁的爹谁疼啊！

司机帮我卸了东西，望了一眼天增岁月的对联，叹口气，走了。爹的眼中泪意淋淋。

我要关门，他制止了。说还要等祖先进门。院中已打扫得干干净净。各门上都贴了对联，暖意便在院里走动。屋内炉火旺出年味。炉上的锅中，炖着一只鸡。年味就在香气中缀满每一个角落。

爹说祖父进门了。我说起风了。烛光在摇摇晃晃。他说风来报信。他净了手，端起杯子漱漱口，到堂屋里去了。

爹在叫我。见我洗了手，他舒展着脸，教我上香，烧纸。我看到祖先从他嘴里鱼一样一条一条跳出来，落在香案上。香案很挤，有的跌到地下，他双手捧起，叠放到香案上。

风停了。爹说祖先也消停了。他们吃了喝了，我们也该吃饭守夜了。

他把鸡捞出来，放进盘中，端到炕上的小方桌上。

在两支蜡烛的光焰中，我们父子对坐。爹在啃一只鸡腿，我把鸡腿举在手中，想着儿子回家与他妈正在干啥？发视频，儿子一脸平静，说老爸你和爷爷是两个真正把年当年的人。你陪你爹，我陪我妈，这样的年好像也有意思。

我问爹老支书家是否很热闹。

爹说：热闹啥。他的儿子、姑娘都没回家，老两口自己在熬岁呢。

我放下鸡腿，来到院中。乡下一两声的鞭炮声在持续，偶尔的焰火在空中闪现一下，便寂寞地消失了。

满村子的风中挟裹的是冷清。我抓了一把风，淡淡的，没有年猪的香，没有炸油食的香味，烛蜡的香味也没有。

年独自在胡乱晃荡。两头掉着的：一头是城市，一头是乡村。

一只野鸡从后院咣地飞走，除夕在它的翅膀中抖落，我听到没有换新衣服的麻雀在梦中呢喃，它们把年压在身下，很惬意地换着爪子。

十二

喇叭声唤醒了我。

我把手伸出被窝，没有了晚间的森凉。炉火的亮光透出的红，让大年初一温暖了起来。

爹说要去拜年。

他心绪很好，六点的早香上得他和祖先没有了距离，若不是习俗所限，他把院子不知早已扫过几遍了。他一直听着，我知道他在等拜早年的人。他把口袋里崭新的票子掏出来，数数，又装进去。这是给小孩们准备的压岁钱。

没有人来，爹焦躁着，捅炉火时，他把火钳扔在了地下。

“走，我们去给人家拜年。”

我说我还没吃饭呢！

爹笑了，“到了巴子营的人家，你还能吃不上饭。一家给你一碗饭，不怕撑坏你才怪。”

大路小路上都没有行人，间或有一辆小车孤单地开过。爹东望望，西瞅瞅，他在回味和等待过去的那种大年初一便开始走亲戚的盛况。骑自行车的、开摩托车的、驾四轮子的、步行的，把所有的乡村路都碾压在年节的脚下。谁家的庄门响得勤，谁家的客人就多，人气就旺。一个春节过去，一村人的亲戚大多都会认识。

爹走向一户人家。门紧闭着，一拍门，里面传出沉闷的狗吠。门开了，一位小媳妇模样的人揉着眼睛，一手扳着门板，问干什么？

爹说拜年。

我们又不认识你，大清早搅人瞌睡，拜什么年。

她拍上了门。

爹的步履不稳，足底漂浮着。他在前，我在后。我手里的礼物沉重起来。

喇叭里传出老支书的声音，说我爹和我是今年第一个拜早年的，比亲戚还亲。

爹的脸色又缓和成年节的馍，喧喧的。到了第二家，门开着，爹掀帘进去，道声过年好。这一家人正在吃早饭，有人问爹是不是走错了门。爹掏出手帕，擦掉眼镜上的白雾，看清了桌旁坐着的人，还有两个小娃儿，一男一女。

“六十不在吗？”

“在睡觉呢。”

我把礼物放在桌上，拽了拽爹的衣袖。爹掏了掏口袋，坐着的两个小娃儿低头啃着骨头，他抽出了手，掀帘出门。

在靠西的偏房中，传出几声咳嗽，还有吐痰的声音。

爹转身走出了大门。

“竟然不认识我了。过去，认识不认识，哪个亲啊。”爹掏出手帕擦着眼泪。

我说回家吧。

爹迈步向前，他朝老支书家走去。

婶子迎了出来，老支书趿拉着鞋，早早伸出了手。然后进门。然后问候。然后落座。

婶子端上两碗烩菜。碗里的肉丸子圆得顺眼，白菜、豆腐们也很孝顺。婶子把筷子在衣袖上擦了擦，递给我。衣服是新换的，衣袖上的一朵花灼灼开放。

爹说了在两家的遭遇，老支书笑起来。

“你还笑得出来。”

“大年初一，我不笑，难道让我哭。第一家，早不认识你了，你扰了人家的清静，人家能高兴。第二家，六十瘫在炕上多年，平素他们把饭碗搁到窗台上，六十爬着伸出胳膊从窗格中端碗吃饭。你去给六十拜年，等于打人家的脸，人家能给你好眼色。”

“大小便怎么办。”

“怎么办。六十睡的是炕，抽掉几块炕面子，不就成了厕所嘛。”

“来来，喝酒，不说这些事了。”

爹喝了两杯酒，道了声谢。出门，望了望那只喇叭。

“有历史了。我这乡村喇叭，能叫醒天，叫醒地，叫醒狗和鸡，就是叫不醒人心了。”

老支书噗地吐掉了嘴里的烟。

婶子赶过来，将一个装馍的塑料袋递给我，说大过年的，哪有空手出门的，自家蒸的馍，还有麦香味。

爹走向了田野。

一冬无雪，田埂的草上爬满了土，地上的浮土海浪般涌着。几块冬麦地里，麦苗青中夹黄，爹停住了脚步，掐下几根麦苗，放在嘴里咀嚼着。邻近的村子里有鞭炮声传出。他加快了脚步。进了自家院门，我们的裤子上全是土，我拿起毛巾替他掸土，他抢过去扔了。我站在院中，看着墙上排成一排的麻雀，它们和我一样，缩着脖子。爹把两捆行李背起来，拉我出门。

他用大铁锁锁上了门。

“我们回城吧。”

他吼了一声。

我长这么大，从没听过他如此宏大的吼声。

（发表于《芳草》2020 年第 2 期）

回　流

一

小斐接到民办学校值班教师的电话时，刚给最后一位病人打完针。

那个夜班，长得像一粒胡萝卜种子等待长成胡萝卜一样。

那些夜晚，小斐常常想起胡萝卜。

窗外的那盏灯，隔窗帘透进光来，寻找屋内的那束灯光。

“守着不相干的人，却不管自己的孩子，啥人嘛！”

小斐听到电话那边的埋怨。

“又住院了，躺在床上发魔怔。医生说没什么毛病，给吊了液，打了什么针，名字太怪太长，我记不住。”

“不相干的人到了医院就是病人。”她解释了一句。

“这么说，躺在学校里的就是大爷。”那边电话里有了火气。

小斐连忙解释，说自己值夜班，明天一早就赶到巴城县医院。

那边挂了电话。

六床的病人又唱起了歌。歌声沙哑，磁铁般附着在床边，邻床的患者骂起来，说他是神经病。

六床继续唱，小斐叫醒值班的孙医生，说要不要给六床打一针。

孙医生摆摆手：“唱吧，唱吧，唱歌也是一种释放。”

“其他病人有意见吧！”

“我评职称时，全院的人哪个没意见。”孙医生挥挥手，又趴在了桌上。

小斐听到了呜呜声，赶到病房，邻床的病人们用枕头捂住六床的嘴，他的脚在乱蹬。

床单痉挛成了麻花。

小斐想，孩子的嘴是否也被教师捂着呢。她知道孩子爱在夜里叫唤。

她曾问过孩子，说是不是做噩梦了。

孩子说："我睁着眼睛，睡都睡不着，怎么做梦。你做一个给我看看，做梦又不是玩玩具。"

二

第二天请假时，院长说孙医生又在发牢骚。

没有。是六床的病人闹得。

看了看请假条。院长说学生就得由学校管着，没大毛病你就别去了。

孩子住院呢！

院长说就批你一天假，看看就回。医院人少，忙不过来。

小斐把请假条抢过来，撕了。

又一个疯婆娘。

小斐听到了院长的骂声。

赶到汽车站。一辆车刚走。下一辆在半小时以后发。

小斐站在候车厅，秋风中的树一样。

她打值班老师的电话，没人接。

我在等车，谢谢您。小斐发了条信息。

"来后把孩子领回家去休养吧！"上了车后，小斐接到了回信。

赶到巴城医院，值班老师看到一脸憔悴的小斐，叹了声：教师、医生啊。便把病历单交付给小斐。头也不回地走了。

问主治医生，医生说："好像没病。"

小斐坐在床前，孩子很陌生地望着她。

她也很陌生地看着孩子。

办清了住院手续，小斐和孩子走向了车站。

孩子兴奋起来，和上次的状态一样。

那个叫巴子营的地方，正是秋禾收获的季节。

迎接小斐的，是狗叫声和婆婆的咳嗽声。

三

婆婆把一杯水端给小斐时，小斐发现了婆婆皱纹里的漠然。那种漠然是历经岁月泡大的，充满着杂质。

她叫了一声妈，婆婆笑了一笑。

听到鸡叫声，婆婆赶出门去，见孙子在一公鸡的脖子里拴了一根绳，拉着它走。公鸡不走，孙子趔了腰，拽着走。公鸡扑扇着翅膀，扇起的灰尘团柱般盘旋。

“这孩子，那么多玩具不玩，怎么玩起了公鸡。”

小斐呵止了孩子。孩子把手中的绳子一扔，“没意思。”便待在院中。

公鸡拽着绳，偏着脖子向后院跑去。

厨房里飘出的香味，是炝葱花的。多年被红油熏麻木了的鼻腔经葱花一冲，有了打喷嚏的意味。汤面。面是面。汤是汤。碗面上飘着的葱花，黄黑相间。小斐的一滴泪滴进碗里，葱花受了惊吓，缩了缩头。

“让他疯跑几天，啥都好了。”婆婆收拾了碗筷。小斐去洗锅，婆婆叹了口气，“歇着去吧，如今的公家饭，不好吃。”

小斐站在地下，看着婆婆碗是碗、筷是筷的归拢，手里的黑抹布也不那么令人生厌了。她老劝婆婆扔了已看不出颜色的抹布，婆婆只是嘴里哼哼，没有一点扔掉的迹象。她忍不住，偷偷地扔了抹布，换了新的。婆婆用了新的，找到旧抹布，放到锅台上。旧抹布又一只猫似的蹲着。她问婆婆一块破抹布值得吗？婆婆叹口气：用顺手了。

小斐知道，用顺手了只是婆婆的托词。婆婆是受过苦的人。

院长的电话铃声很刺耳，在医院，这是个例。他说六号床病人闹腾，别人压服不住，让小斐快点赶回来。

婆婆拿来包，说等三儿复员了，你就能轻松点了。去吧，去吧，这小子，只要不去学校，啥病都没了。

巴子营有通往古县医院的过路车。小斐提着包，像提着那只被孩子拴了绳子的公鸡，晃荡着。

她调了一次班，准备三天后回巴子营，送孩子到学校。

四

六床的病人不唱歌了，向邻床一一握手。病人们谁也没伸手，只有十床的病人伸了伸手，又缩回到被子里。

“我要回家了。”六床的病人出了门，又返回来。说了一句。八床的拍起了手，大家跟着一起拍。

“唱个歌再走吧！”十床的病人停住了拍掌的手。

六床的病人转身走了。

“啥人么，叫他唱他不唱，不让唱他倒唱个不停。”八床的喝了一口水。水烫，他把水吐了出来。

六床的病人死了的消息是第二天传到病房的。小斐领着一个刚办完住院手续的病人进来时，大家把目光都盯向了六床。

这个年轻人，一躺到床上就刷屏。八床的凑上前去，说这床不吉利，这床上的人刚死了。

年轻人抬头看了八床一眼。问，你是不是也快了。

八床的说好心当成了驴肝肺。

年轻人没有理会。

小斐给年轻人吊液体时，年轻人伸了左手，右手的指尖在手机屏上滑动出缤纷，里面有吵杂声。小斐让他安静点。

年轻人说：王者荣耀。

小斐让年轻人看着点液体，别老顾着玩手机。年轻人说：谢谢阿姨。

小斐端着输液的方盘走了。

八床的看到年轻人的液体完了，他望着有一股红在液体管里窜，脸上的笑容绽放，像看到了一朵花开。十床的叫了一声，年轻人摁了摁呼叫器，十床的过来关了输液管滑轮，年轻人理也没理。

换了液体，小斐让年轻人长点心。

年轻人笑了，说再长心就老了。有意思吗?

小斐指指液体，年轻人捋捋头发，说输进去的是青春，换来的不是健康。

便关了手机睡觉。

年轻人被送进了手术室。两个小时的手术做了六个小时。小斐从手术室出来后，看到了一条信息：你家孩子自己跑到了学校，病又犯了，医生还是说没病。我就直接送到乡下了。打你的手机打不通。特告知。

小斐坐到了地上。

这个秋天，老天吝啬起雨来。卷曲的树叶和一股一股冒起的尘土，让巴子营咳嗽着。小斐看到一只小狗，领着同样大小的七八只小狗在路上散步。树沟里和路旁的垃圾上有苍蝇在飞，间或还有蜜蜂。

回到家，婆婆说这娃天生不是上学的料，一回家就活蹦乱跳。那个送他来的老师呆着脸，给他水他不喝，端上馍他不吃，还让我签字，说他把学生安全送到了家。

小斐看到了睡在床上的孩子。

孩子安静得像一只吃饱了的羊。

她给丈夫发视频。那边说这是个问题。他是不是有了厌学症，不行让他休一年学。

小斐说不好讲，那个民办学校，孩子像机器。孩子看似在学校，却像个被收容的流浪汉。

丈夫说他要去执行任务，几个月以后才能回来。

问去哪里，丈夫岔开了话题，让小斐带孩子去大医院检查一下。

便摁断了视频。

夜里有一股奇异的香味。小斐打开灯。秋天的香味早让春天挥霍完了。挂在树上的苹果并不释放香味，摘了它们，堆在一起，午夜的香味便起来。院子里没有苹果。她觉得那种香味很亲切，亲切得像吃小时候的甜葫芦。

第二天一早去问婆婆，婆婆说那是干艾叶的香味。

打电话给院长请假，小斐说她要带孩子到省城看病。

院长说做了手术的那个年轻人在闹腾，一定要让她护理。

小斐说我孩子十岁，才上三年级。

院长挂了电话。

省人民医院的检查还没出来，小斐带孩子到黄河边上玩。满街边的花草扯不住孩子的腿，他只管往前走。到黄河母亲雕像前，他站住了。小斐给孩子讲雕像的含义，孩子跑到一边去了。问孩子想要什么，他说什么都不想要，这里车太多，路太长，人太嘈，他想回家。他想奶奶了。

拿着检查单找到主治医生，医生说孩子很正常，很健康。

问怎样疗治，医生叹一声：土里鸡蛋土里滚，社会病呗，让他换个他喜欢的环境。

小斐讲了孩子拴绳拉鸡玩的事，医生笑了。

五

刚交完夜班，手机铃响了。手机屏上丛生出的毛刺着眼睛。一接电话，手机屏上就会生毛是学校老师打电话时的标配。小斐揉揉眼，那些毛褪去，机屏上的一只公鸡跳出来，那是婆婆打来的电话。

孩子找不到了。

她问婆婆孩子不是在学校吗?

老师又把他送到乡下的，说医院里不收没病的孩子。

院长的脸永远如打开的电脑屏幕一样丰富。他望了望小斐手中的请假条，把抽了一半的烟掐了，将烟灰缸塞在桌下。

“全院百十号人，谁家都有孩子。”院长的睫毛像屏幕上的图形一样闪了闪。

小斐头也不回地走了。

“许多人有意见呢！”院长的声音从敞开的门里奔出，跳到小斐的耳朵上。小斐把那句话揪下来，扔到了地下。

婆婆说孩子玩着玩着，就不见了。她沿着地埂、小路都找了，嗓子都喊哑了。问过许多人，根本没见。

打学校老师的电话，说是亲手交给她婆婆的。

小斐来到了村里的小学。

学校的门往里锁着。从透过的栏杆看去，花坛里的草和花一样茂盛，几只狗和猫穿行在树道中。有一只花猛烈地盛开在花坛中间，蝴蝶、蜜蜂微信一样在花朵中闪现，散布着那些永远不知疲倦的信息。

敲了半天门，有人来问讯。问她干什么。小斐说找一个孩子。

来人说他是校长，问她家住几组。小斐说七组。校长让她在校门口等着，他去问问。

校长回返时，小斐靠着校门，天上的一朵云在咧着嘴笑，另一朵云凑上来，那朵云缩了缩头。

同组的孩子说，是有那么一个小孩在上学路上跟着，到校门口就不见了。

小斐道声谢谢。转到了校园后面的树林里。孩子手里捏着一根树枝，坐在树下抽打。树枝柔软地在地上弹来弹去。

看见小斐，孩子的嘴动了动。

小斐坐下来，问孩子喜欢这里吗？

孩子抬起了头，看了看学校。学校里有朗读声传来。声音不大。

把你转到这里来上学，好不好。孩子站了起来，走了。

小斐跟在后面。到了家，孩子收拾好了书包。

小斐又来到巴子营学校，问校长孩子能不能转来读书。

校长说好啊！现在只有乡下的孩子往城里挤，哪有城里上学的孩子到乡下的。

便说了转学手续。

手续繁杂得像一朵花开的过程。

婆婆说：回来好。多吃几年家里的饭，长大跑了还能知道菜、面是从土里长出的。

孩子说：你种一个面从地里长出来给我看看。

婆婆笑了：这玩意儿，还知道较劲。

从乡下流浪到城里。从城里回流到乡下。小斐在手机记事本上写下这两句话时，院长催她回来上班，说上面检查的人到了，那个六床的年轻人说见她才会出院。

小斐出门时，婆婆动也没动。

六

婆婆说：你回来吧，你这先人我管不了了。

先人是巴子营人对祖先的俗称。

院长的脸是无法看了。下午下班后，小斐租了一辆车赶到巴子营。

婆婆说你的儿子捏死了人家三只鸡，打瘸了人家一条狗。人家堵在门上叫骂，我赔了人家几十块钱。

孩子坐在门槛上，看天。

问到学校去了吗？

婆婆说：去是去了，谁知道他又在干啥事，书包都不背。

问为何捏鸡打狗？

孩子说：好玩。

预约车没有到，打院长电话，院长没有接。

小斐跟在孩子后面。孩子像只单个的流浪狗，一路拽打着寂寞。到校门口时，孩子踢了铁门一脚。

校园里散落着几个学生。

校长把无限的同情布在脸上，向小斐言说，这样的孩子，放在这里糟蹋了。

问是否捣乱。

校长说：愣神。谁知道他在想什么！

问做作业吗。

校长说：比其他学生快。

教室里的课桌比学生新。偌大的教室里坐着十多位学生，都睁大眼睛看着小斐，孩子也看着她。

孩子的眼里有一只飞鸟，在扑扇翅膀。

小斐向校长道谢。

校长说走好。竟一脸的落寞。

回到医院。科主任说院长给她定了旷工。

小斐笑笑：旷工就旷工吧！

七

孩子背着书包，跑进了田野。荒废几年的田地里野草们在快乐地疯长。有一种叫大灰菜的野草，疯狂地遮蔽着田野，满埂满地地肆意蔓延。孩子在草丛中，偶尔闪现一下身影，也像一株草隐身而去。

小斐站在路边，看着孩子在野草丛中起起伏伏。路是柏油路或水泥路，平得像婴儿的脊背。孩子不走。孩子在草丛中偶尔惊起一两只野鸡，他也像野鸡一样叫几声。麻雀们站在灰菜头上，敛着翅膀，看着在草丛中奋身行进的孩子。

小斐躲在校园墙角，看着孩子钻出田野，跑到了校门口。进了校门，孩子回头张望了一下。在校园里玩耍的其他孩子一点也没有在意孩子的存在。孩子抖着书包，几只草籽不情愿地掉在地下，他用脚踱踩。

上课铃优美而生动地响在空阔和单调中。三三两两的学生向教室走去。孩子把书包挂在脖子上，晃荡着，野鸡般走到教室门前。

他用脚勾住教室门。几片还算洪亮的读书声被关在了门外。

小斐的一滴泪走下了眼眶。

病人换得速度比学生快。又到了呼吸道疾病频发期。住院的学生多了起来。学生躺在病床上，周遭围罩着老老中中的人，赶也赶不走。营养品和水果像截短的木桩和石头一样堆放在一边。削了皮的苹果被剖开，一口一口走进学生的嘴里。学生的腿一蹬被单，就有人伸进手去，抚慰。一滴一滴的液体课文般往下滴，二十一课后是二十二课。液体里的生字很油滑，偶尔吹个泡泡，弄得陪护的人惊慌地叫起医生来。学生头上的几滴汗，在一张一张的餐巾纸前再也不敢露面。一拨人来了，走了；一拨人走了，来了。医院的病房里比教室里热闹多了。

八

小斐将辞职申请交给院长时，院长把烟灰缸从桌下抽出来，又放进去。看着小斐出了门，院长猛喝一口水：还真是的。

折叠好工作服，小斐来到病房。病人像韭菜一样，割了一茬又一茬。发黄的被拔了，有斑点的被扔了，剩下茁壮的，施施肥，动动筋骨，便出院走了。六床的又换了一位小姑娘，问了小斐一声阿姨好。

婆婆看着小斐拉着拉杆箱进门，咧了一下嘴。院里的公鸡歪了头，啄了拉杆箱一口。

“好好的工作，丢了。”婆婆进屋，拍上了门。

做了饭，婆婆没吃。孩子拉起拉杆箱，在院子里一圈一圈转。到了大门口，孩子拽了拽锁环，拉开门，人出去后，把拉杆箱留在门里。他招招手，拉杆箱没有动，孩子笑了，进门抱住拉杆箱。

“都疯了。”婆婆隔着窗子骂了一句。

睡在床上的孩子望着天花板，问小斐：灯有没有妈妈。小斐放下手机，望了望灯。

“我们在，就能陪陪它。它自个儿挂在那里，太孤单了。”

小斐拉灭了灯。孩子说：它也该去睡觉了。

小斐打了荷包蛋，孩子吃了，去叫婆婆，没人应声。

跟在孩子的后面，小斐的眼神被枯黄所拉长。孩子走在路边，她挡在孩子旁边。孩子蹦跳着，似乎对田野里的一切都失去了兴趣。初冬的巴子营人家，有的已架起了火炉。烟中走出的是呛人的味道。那种烟横出一种邪性，把热恋中的麦香味完全隔离出半个世纪。有些烟落在田野中，与挺着腰的杂草为伍。

到了校门口，孩子挥挥手，说了声：妈妈再见。

便像鸟儿归巢般冲向教室。

村委会静成了一口多年没有用过的铁锅。

小斐拐过墙角，看到了村卫生室的牌子。她走了进去。一位没戴帽子、斜披着白大褂的老者抬起了头，问她买药还是看病。

小斐望着药柜中的药品，老者说：都是普通药，统一配送的。看病直接到城里去。我现在只负责卖药、填表。

小斐笑了笑。

老者说：你莫不是老李家的儿媳妇。

小斐点点头。

瞎了。手艺瞎了。在大医院多好。还辞职。

小斐挪动了脚步。老者说：没事便多来说说话。把人闲的。现在，连头疼感冒都跑到了城里医院。来我这里买药的，都是家里没人管的老人和小孩。

什么事太方便了就什么也不是了。老者追出门，抬起袖子揉了揉眼。

我也守不动了。从土房子守到砖房，房子越来越好看，药品越来越多，人却越来越稀少。守不着了。

老者手里抓着一个杯子，小斐道了声谢谢。

闲了来啊！老者大声吼叫。

庄门锁着。小斐坐在门前的石凳上，看着一朵一朵谢了的大丽花。这些花，不怕雪，就怕霜。一霜下来，再艳丽的花朵也会耷拉成狗耳朵。

孩子放学到了家门口，还是不见婆婆的身影。打手机，关机。带了孩子，到最近的一所院子去问。说见她婆婆出了村，到了哪儿，也不知道。打婆婆娘家舅的电话，那边口气很冲，说不知道。

巴子营没有饭馆，小斐和孩子找到了一所小商店。要了两桶方便面，讨了开水，泡了。孩子吃得很香甜，仿佛这桶面里有无限的美味。一根面在小斐嘴里走动，她扔了方便面，孩子脸上爬上了惋惜之情。

村支部书记躺在床上，看抖音，说这些老娘们，种地不行，玩这个这么在行。看到小斐，他放下手机。听小斐道明来意，书记说：好啊！老东西看不住卫生所了，害得我老挨批评。好好。大医院的大夫回来了，我就能抬起头来了。

打电话叫来文书，说赶紧给小斐收拾房子。

你不会走吧！书记弹了弹手机。

不走了。小斐在沙发上坐了下来。

不走了好。书记拍拍手机。

放学了，孩子在前面走，其他孩子远远地跟着。小斐等他们，他们停住了脚步。小斐走，他们也走。孩子跑到他们跟前，挥挥手，赶上了小斐。

拉杆箱和床上的被褥在庄门口，委屈成一堆没人理会的麦草。拍门，没人应。小斐把被褥横放在拉杆箱上，和孩子到了学校。

校长开了门，让值周的教师打开了一间房子。

现在的农村小学，多的是房子，缺的是学生。校长脸上挂着兴奋。

听说小斐还没吃饭。校长说：现在学校不允许自己开灶，你家孩子还没有配额。便让值周教师开车去买点吃的：不能让我们的医生饿着。

这孩子，本来就没病。有你陪着，好。

校长的眼里有了热意。

九

那个老人进门时，显得很努力。她的双腿已成圈形，腿一迈，像马戏团的火圈。小斐取了一个塑料圆凳，请老人坐下。问老人买什么药。老人指了指腿，说：疼。小斐挽起老人裤腿，用手指压压。老人腿上的肉陷下去，又慢慢升起来。倒杯水给老人，老人接了。她看到一大把的乡村图景从老人眼里走出，麦子、胡麻、糜子、架子车、挑杆等纷纷在田野上走动，老人的头巾在麦田上空飞舞。当老人眼里的儿孙走远后，她闭上了眼睛。小斐包好药，看着老人一步一步挪着向前，弯着的脊背上跳上去一只麻雀，随着老人的脚步消失了身影。

罗圈腿老人第二次来时，身后还跟着几位。年岁都差不多。她们围着药柜，说好像是一样的药，小斐医生卖出去的就很顶用。罗圈腿老人把一个塑料袋放在栏柜上，一脸慈爱地竖了竖大拇指。她伸开双手，让小斐看，小斐看到了她洗得干净的手。

“自己蒸的。”罗圈腿老人指指塑料袋里的馍馍。

小斐替几位老人包好了药，老人们相拥着出了门，罗圈腿老人回过头来，说好好的啊。

孩子一放学，围着小斐转几圈，便去做作业了。小斐收拾了药店，去做饭。炝出的葱花香味溢到另一间屋子，她听到了孩子吸鼻子的声音。孩子跑出来，说：妈，香。小斐笑了。

做好饭，母子俩对坐着，孩子吃了一碗，又把碗伸过来。小斐舀了一点，孩子端着碗不动，又舀了一点，孩子仍然不动，她接过碗，盛满，孩子咧开的嘴边开出两朵花，摇晃出一种幸福。

没有电视，孩子也没有要手机玩。铺了床，孩子跳上床，疯了一阵，便钻进了被窝。

孩子睡得速度快，小斐坐在床边，拍了一张照片，发给了丈夫。照片上的孩子，脸上没有惊恐，安静成一幅画像，安稳成一只没有风浪的小船。

孩子睡觉的姿势很放松。翻开孩子的作业，小斐看到上面排满了认真，有一个空格，字写不出，孩子在上面写了拼音。小斐掏出笔，填了空格中的字。作业本纸面上的字笑着向她奔来，她看到了一片欢乐的海洋。

孩子翻了一下身，小斐替孩子盖好了被窝。

门外传来轻微的声响，小斐打开手机的手电筒，紧张地抓起了拖把杆。声响远去了，小斐听到了一声叹息。

十

落叶如海。

成群的风追赶着一浪又一浪的落叶，在门外旋转。学校里传来几段笑声，那是学生们在操场嬉闹。大操场里摆着几个学生，孩子很欢畅地奔跑着。小斐站在校门口，看着孩子欢喜成一只小狗。一个学生跌倒了，孩子扶起了他，并查看他的手掌。小斐招招手，孩子看见了，跑过来，她问那个学生受伤了吗？孩子笑了：没有。

便转身跑向了操场。

听见有人喊大夫，小斐回转身。那个罗圈腿老人带着几个老人，有人端着鸡蛋，有人拎着白葱，有人提着洋芋，罗圈腿老人把两斤肉放到栏柜上，其他人也把东西摆到栏柜上，大家都笑，说自从小斐大夫来，巴子营老人的病都被吓怕了。

小斐付钱时，老人们恼了，一个抹了一把泪，说儿子、姑娘都没小斐这么贴心过。这李老婆子，简直生在福中不知福。

小斐问李老婆子是谁。

罗圈腿老人一笑，把腿弯成了圆圈，说就是你婆婆啊。

十一

吃饭时，孩子说他想去王德德家看看。小斐问王德德怎么了。

他妈跑了。一个男人的声音传进来。

小斐看到了校长。校长看着桌上的饭菜，说比灶上的香多了，同样的肉，同样的菜，学校灶上一炒，便清汤寡水。

一只树叶老鼠般窜进屋里，校长一脚踏住了树叶，树叶还未干透，在脚下发出了呻吟。

请校长吃饭。

校长说：吃了。学生吃饭前，教师必须陪餐，怕学生中毒。

校长坐下来，说这孩子，有妈和没妈就是不一样。

孩子说：我有妈。扯住了小斐的衣袖。

校长笑了，小斐也笑了。

王德德家住在巴子营村二组。巷道中坑坑洼洼，有一条很深的车辙里，塞满了树叶和麦草，风一吹，有海浪涌动的感觉。拍了半天门，连狗叫声都没有。王德德开了门，看见孩子，笑容便从脸上跑出来，涌向孩子。屋里昏暗，王德德拉开了灯，灯泡的瓦数很小，屋里还是昏暗。小斐闻到了一股味道，说酸不酸，说臭不臭，她捂住鼻子，来到了门外。从窗中伸出一只头来，小斐吓了一跳，王德德说，那是他爷爷。

院子里堆着几件机械，王德德说，他爹活着时，这些东西有用。那时还种庄稼，这些东西比牛强多了。爹死了，庄稼没人种了，这些东西就成了废物。

吭哧吭哧声传出，小斐让王德德明天来卫生室，她给他爷爷配点药。

王德德说没用的，他从我记事起就咳。每天都咳。咳死了我爹，又咳走了我妈，就让他咳去吧。

小斐转身出门，孩子也跟了出来。王德德扳住门框，眼里的落寞跳出来，一直跟着孩子。

那一夜，小斐紧紧搂着孩子。她想明天一早就去看看婆婆，即便进不了门，望望也好。孩子躺在小斐的怀里，像一盏灯，小斐一按开关，灯就亮了。

风又吹起来，叶子在翻卷，像下雨的声音。霜像瘸了腿的狗似的下来，屋里的炉火映着天花板，有一片红。小斐想，婆婆种的那畦胡萝卜，也该挖了。

（发表于《飞天》2020 年第 2 期）

或走或留

一

我是跳着走进那所院子的。村民说冉万家的院子好找。

冉万家的院门口有一盘石碾，石碾上卧着三只鸡。一只母鸡瞅着碾盘杆上的一只麻雀，嗓子里咣咣了几声。碾盘下拴着的那只小狗弯着腰叫起来。

一冬无雨，路上的尘土很厚，很浮，鞋没于细尘中，像惊蛰前的青蛙。

院里倒也干净。一间叫做正房的门上挂着一只布帘，花花绿绿，破内衣般缀着。掀帘进门，炕上的一位老人慌乱地扔了西装说：来了。是来扶贫的吗？

我说不是，便找到地上的一只板凳，坐了。炕沿太高，老人是倒爬下来的。我说我是老师。

“下来，下来，老师来了。”老人把西装扔在了炕上。炕角里立起一个孩子，老人叫他冉娃虎。

他说他叫冉万。

冉娃虎上小学三年级。

新学期，我被抽调到这所叫巴子营的小学支教。校长说，你带三年级吧。原来有九个学生，现在转走了两个，一个叫冉娃虎的没来报名，你去看看吧。

过去，老师去学生家叫家访。现在校长说去看看。

冉娃虎下了炕，套上鞋。鞋是新的，裤子也是新的。他望了我一眼，目光有点混浑，夹着一丝漠然，千篇一律的书包横斜在墙边的一张三屉桌上。

“说好他父母过年要来的，他们又没来，娃虎闹情绪，不想去学堂了。”

我说学校还没开课，不掉课，让娃虎明天来学校。待在家中，干啥呢！

冉万说：就是就是，娶媳妇打工嫌小呢，吃奶放屁嫌大呢。学校里有饭吃，也省粮食，还有牛奶喝呢。

我闻到了一股味道，便掀帘出门。冉万也跟了出来，出门后，朝我拱拱手，说闲了再来啊，没个说话的，娃虎又整天不说话，憋人呢！

那只小狗朝我摇摇尾巴。娃虎冲出门，踢了小狗一脚，说不管啥人你都摇尾巴，我踢死你。

一只鸡蛋掉到碾盘下的土中，冉万拾起鸡蛋，说老师带个鸡蛋去，母鸡刚生的。

娃虎抢过鸡蛋，扔了出去。小狗拽着绳，够不着插在浮土中的鸡蛋，呜咽着。田野里没一个人。我小时候，这个时候的田野里，找不到闲人，人们的心气随着气温的升高，全释放在田地里。看得出来，这些地已荒废了多年。田埂上的草，骆驼背上的毛一样枯黄着，一只野鸡信步在田野里，把春夹在翅膀下，春被捂得难受，奋力一挣扎，一棵柳树上的浮土便雨点一样往下掉。

二

领到新书和作业本，娃虎坐到座位上，和他同座的女生抱起书到另一个空座去了。娃虎用嘴啃咬铅笔头，待露出笔芯时，他翻开了本子，满眼的兴奋泻出。他写一阵子把笔往桌上一扔，又拾起来，继续写。就像玩猫捉老鼠的游戏。其他学生翻书的翻书，喧哗的喧哗。我走下讲台，看到娃虎在本子上画圆圈。满张纸上的圆圈铁环般布满纸面，中间的那个圆圈，他画了三个人，左边的那个人的头上飞出一条细线，似乎是辫子。

我问娃虎画这些代表什么，他瞪了我一眼，撕了画圆圈的那张纸，揉成团，扔到了地上。

听到铃响，我吐了一口气，娃虎飞离凳子，越过我，挤出门去。

到校长室，我问娃虎是否有病，校长关了门，叮嘱我：可千万别那么说，你看看我这张脸，就是问了一个类似的问题，被一个学生的奶奶抓破的。她骂我不是好人，平白无故诬陷了他的孙子。娃虎来就好，这样就保住了流失率，他爱画圈，你就让他画去。画圈画不死人的。

我逃离了校长室。

中午就餐的时候，餐厅里热闹起来。撒在教室里的学生像羊群，一集中便有了阵容。娃虎抓起馒头，啃了一口，扔了；他双手捏住牛奶袋拧起来，牛奶袋被拧破，牛奶洒了别人一身，他哈哈地笑起来。

我冲上去，把他按到凳子上，拾起他扔了的馒头，放在他的碗里，让他吃。他瞪了我一眼，抓起碗，扔在地上。碗是不锈钢的，在地上傲慢地翻滚了几下，停在了一个孩子的脚下。那孩子端了碗，躲到了另一边。

下午是体育课，冉万拍着校门乱嚷，我走到校门口，校长已冉爷冉爷地叫。见到我，冉万问我为何让他孙子吃扔到地上的馒头。我说要爱惜粮食。他踢了校门一脚，说浪费的是国家的，碍你球事。

校长拽住我，拉我离开校门。说让我去上课，他来应付。没走几步，我听到校长悄悄对冉万说：这个城里来的老师不懂乡下规矩，您不要计较，权当他是个傻瓜。

冉万哈哈大笑起来。说怪不得现在乡下的孩子们都不想念书了，原来老师们是傻瓜。

三

教研活动是每周的例会。由校长主持。我数了一下，一共有十二位教师。校长说这是巴子营小学教师的全部。年轻人多，每人手里都攥着手机。校长让我讲课题，讲了半天，没人响应，我停了叙叨，望着一张张表情不一的脸。每个人的都不同。他们刷屏的速度很快，有人用单指，划动着手机屏幕。有人咧嘴笑着，中了彩票一样兴奋。校长把手机往口袋里一塞，大家抬起头来，都望着我。校长说：散会。众人都起身，那位单指划屏的老师，把手机朝我挥了一下，他头顶的天空没有星星，机屏里闪出的光，在墙上扫了过去。

我坐在桌前，合上了笔记本。

校长叹口气，说全校就四十多个学生了。激不起教师们的激情了。只要不出安全问题，学校就会永远是学校。你是来走过程的，又何必为这些事烦恼呢。

我抓起本子，想朝校长砸去。

这是个非常优秀的黄昏。一俟放学，教师们便或开车或并车走了。校长让我多体谅这些年轻教师，他们早上来，下午回去，也不容易，有时还挨骂受气。说完，他也开车走了。我锁上大门，走入了黄昏。

我到冉万家的院门口，那只小狗又叫起来。它一甩脖子上的绳子，尘土一片一片往下翻落，有的随着风，蒲公英种子般挪离了位置。冉万出门，说作贼啊，你的脸皮可真够厚，不就一个馒头嘛。

我说我不是为馒头来的，我想和娃虎好好谈谈。

他爹娘老子都不和他谈，你谈哪门子谈。

我坐到碾盘上。碾盘冰凉。小狗摇着尾巴。我说你让娃虎出来，我们聊聊天。

冉万娃虎娃虎地叫着。娃虎见到我，瞪了我一眼，也坐到了碾盘上，双脚交替磕着。

我问娃虎最爱看的动画片是什么。

他眼里的光闪了一下，跳下碾盘，冲进了院子。冉万说看看，你问的是啥，娃虎都不爱搭理你，还老师。

他骂了小狗一句，进了院子，把门一拍，我听到了锁门的声音，便离开碾盘。

田野里不见灯光，我抓了一个土疙瘩，边走边捏，土疙瘩有了温度。路边树上的喜鹊窝上，坐着一只喜鹊，在黄昏中，和我一样孤独。到了学校，我打开房门，灯一亮，整个校园便有了些许的暖意。有朋友打电话问我在干什么？我说一个人坐在巴子营小学宿舍的床上，看一个叫博尔赫斯的人写的诗。

他说：噢噢，你可真能诗与远方。我们在兄弟烤房吹啤酒呢！

我听到了嗞嗞的声音。

四

日子过得像裤衩。到进餐的时候，我去得迟。做饭的师傅说你犯的事不大吧，怎么到了乡下。我说我来支教。师傅笑了，我可听说了，支教的事没人干呢，你不犯点错误，能来支教。我笑笑说：就是就是。看到桌上零乱的馒头，喝了半罐的牛奶，我收拾到一起，让师傅带回家去喂狗。

师傅说我可没你那么傻，我带它们去喂狗，校长和老师们说我偷餐厅里的东西，我这差事还干不干。我终于明白了。

我问他明白了啥？

他说现在老师不偷吃的，据说偷学生的作业本。

我把手中的袋子砸向他。他见我操起了凳子，说他开了个玩笑。

看着他煞白的脸，我放下了凳子：记住，我只不过看着这些东西被糟践后心疼。你个王八蛋。

站在门口的校长哈哈地笑了：看不到你还挺有个性的。老五，老五，可别再惹支教的老师。他也不是省油的灯。

我问有没有一套管理方法，别再让学生们浪费粮食。校长拉了我出门，到一个僻静处，他说上面说必须确保每天每个学生的营养，我们必须按份数发放到位。他们浪费是他们的事，如果少发了，我们要负责任的。

我问这些学生是不是家里富裕得看不上馒头、牛奶，比城里的学生家庭条件还好。

校长避开了我的目光，说谁让他们是留守儿童呢！

那天下午，外面有一丝两片的雪花在飘，我看到娃虎把半个馒头扔在桌上，便走了过去。见我坐到他对面，他要走。我把他按在凳子上，抓过他扔了的馒头吃起来。我吃得很有耐心。吃完馒头，我朝他笑笑，走了。坐在一旁的老师们望着我走出餐厅门，一个说，怪不得让他支教呢，这个人肯定有病。

娃虎坐在了餐厅的角落，那里有一张单桌，是校长就餐的座位。他把馒头朝我扬扬，我没有吭声。他把馒头朝桌子上摁去，馒头成了饼子，慢慢隆起。我指指他的嘴，他怔了一下，掰了半块给我。我又指指他的嘴，他吃完了半块，我把手中的半块给了他，他愣了一下，把馒头朝我扔来，我接住馒头，仍放在他手中。他的眼睛瞪得很圆，眼里的愤怒在游巡一圈后，慢慢退去。我从昏黄中捕捉着那丝清亮，终于有一丝从瞳孔旁走出。他吃完了那个馒头，喝光了牛奶。把牛奶袋捏在手中，挤出的牛奶一点两点滴在桌上，我用手指蘸了，伸出舌头一舔。他攥着牛奶袋跑了。

那天晚上，校长没有回家，他说怕冉万杀了我，他得陪我。

那晚的月光很夸张，把校园的角落都洒得白亮。校长过一阵子就到校门口去转转，他让我熄灯，说如果冉万找来，就说我回家了。

冉万没有来，校长有点失落。他拿走了我桌上的半盒烟。

五

考试在一个雨天举行。四十多个学生集中在一个教室，十二个教师布列在教室四周，校长说：这叫复式考试。

我知道复式教学是过去乡村小学惯用的一种方式，教师少，班级多，一个教师把不同年级的学生集中到一起，根据学生的不同讲解不同的内容。巴子营小学四十多个学生，十二个教师，一复式，教师上两节课的便缩减成一节课。

卷子一发，教师们便坐在凳子上刷屏。各种怪异的面孔展现，一个竟笑出了声。学生们抬起头，也笑了。校长说：肃静！学生们便低头答题。

教师们依旧在玩着手机。

我走到娃虎跟前。他在卷子的空白处画了一个大圈。圈内空白，圈外站着两个人，与圈有一定的距离：一个的辫子被缠在一木杆上，一个的鼻子歪斜。他在圈内画了一个人，个子小，托起双手，眼里没有画瞳仁，整个眼便空空洞洞。

我弹了弹桌子。

他抬起头，和我对视。他的眼里泛着波涛，波涛上有几只小鱼在挣扎，慢慢的，剩下一条小鱼，拖动着身子，竭力往外突，又被一股外力阻回。

他站起来，攥着拳头。校长赶过来，我拉住校长。我的目光严厉起来，我发现了他眼中的怯懦和一丝清亮。

我叹口气。

他离开座位，抓起趴在桌子上睡觉的一个六年级学生的卷子，回到座位上，打开铅笔盒，取出转笔刀，仔细地削好铅笔，把铅笔末吹到地下，开始答题。

下课铃一响，他交了卷子，头也不回地走了。

六年级的老师叫起来，娃虎所答的卷子，除一个小失误，所有的题都对。

有一道题我做了半天，是看了参考书才做出来的，他竟然做对了，做的比我还完整。

六年级的老师叹道。

天才。不可能。校长抽了一口烟。这就是复式教学的效果。编一条微信发发，这比那个顶着一头雪上学的网红孩子更能红。

不能发。我吼叫了一声。

校长后退几步。

这是伤害。

校长把手机塞进了口袋。罢了，罢了。也有道理。一发，学校就难以安静了。我们总不能忽视这种现象吧！这又不是过去的测字游戏，这是事实。

我没有应答，坐到台阶上想那个圈内圈外的人。有老师把娃虎本身的卷子给我，说是零分，会影响我支教成绩评定的。我笑笑。那个圈内的人眼里流出了泪，一滴一滴往下掉。

天还在下雨。

踏着泥泞，我到了娃虎的家。室内的灯光很暗，夜在屋内行走。见我进来，娃虎下了炕，他仍旧不说话。冉万说：我的孙子厉害吧！

我说厉害。

你还是个长眼睛的老师。

我说你不该这样评判和羞辱老师。

冉万梗了脖子：娃虎他爹上学的时候，我把老师当神供呢，那时的老师，好。

我站起身，没入了泥泞中。小狗卧在碾盘下，没有叫。积在树叶上的雨水偶尔掉下，地下有啪啪的声响。身后有声音传来，一道手电光射来。是娃虎。他把手电筒朝我手里一塞，转身离去。我用手电筒照着娃虎回去的路，直到看不到他身影，才觉出手电筒把上还挂着一个塑料袋。

袋里装着两块点心和几颗糖。

六

学校图书室在西侧，门上的锁已有锈迹。我几次要求校长打开门，他总说钥匙丢了。那个雨天，我的心绪像蔫苗遇雨水一样亢奋。我抬脚要踹门。校长说别踹了，造吧造吧，这图书馆只是挂个牌牌，里面的那些书，早成老鼠的了。

一股老鼠味窜出来，我避到一旁，干呕。校长哈哈大笑。见我抓起了一块石子，他笑着离去。

我提来一桶水，把娃虎叫来。靠墙的几个书架上积满了灰尘，我用笤帚扫着土，娃虎打着喷嚏，把无限的不情愿捆在另一把笤帚上。地下的尘土里有些许的文字，那是老鼠们把书咬碎后书页粘到地上后印出的。我翻腾着书，老鼠屎密麻着，许多经典书籍在暗暗啜泣。我听到鲁迅、萧红、马尔克斯、福楼拜们在低微地叹气，灰尘打搅着他们的嗓子。他们的肖像在抹布的作用下开始清亮，似乎鲁迅又鲁迅起来，马尔克斯又马尔克斯起来。娃虎的眼睛盯着几本漫画书，我擦了灰递给他，他望了一眼。我抽了一本《哈利·波特》，封面的图案招引了娃虎，他接过去，走了。

我把挑好的百余本书重新立到书架上。老鼠咬了的纸屑积了一大桶，我问校长咋办。校长说：随你处置，你爱咋办就咋办。

我找把铁锨，提着桶子，来到校园西南的花坛里。不知名的野花在雨后笑着簇拥，我听到它们在朗诵孩子们课文中的内容，它们的声音中有自然的音色，听起来更悦耳。我挖了一个坑，把满桶的碎纸屑倒进坑里，一只小老鼠倏地跳出，我吓了一跳，后退几步，踩倒了几朵花。我检查了一下，确信再无老鼠，便一锨一锨地填平了坑。我扶起了踩倒的几朵花，培了土，看着它们又挺了腰在风中快乐。

我发觉娃虎在远处展望，我招招手，他却转身跑了。

我向校长提出要开放图书馆，书不够，我回城去募捐。校长拍拍我肩膀，说营养餐的标准是硬性的，读书的要求是倡导性的。没有哪个学校把读书当回事。乡村小学，能把学生像羊一样放几年，羊不掉膘，就是好羊倌了。羊会吃书，你见过哪个羊读书呢！

他叫我愣娃，说来支教还真以为自己是了不起的教师。

说完，他又啪地拍上门。

锁门的是一把新锁。

七

我进城后，把娃虎的情况向校长做了汇报。校长手里捏着一颗核桃，在手心里空转。自校园内全面禁烟后，校长就多了这项爱好。等我把兴奋卸下，校长停了手中所转的核桃。

“支教不就一年嘛！很快，什么娃虎不娃虎的。很快的。”

我说我想让娃虎转到我们学校。

校长问我在巴子营天天吃啥。

我说学校有灶，有营养食堂。

他噢了一声：看样子不是饿的，也不是急的，是撑的。生活费谁来负担！安全谁来负责。

校长把核桃往桌上一拍，背着手走了。

这是一个好天气，好的像母猪刚生下的猪娃。我去找冉万。冉万赶着几只羊，在田野里蹓跶。看见我，他赶着羊跑起来。我一追，他越疯跑。没有庄稼的田野里，冉万也是一只羊。我叫了几声。冉万停下了脚步，吁了一声，羊们便停下来，在田埂上刨着荒草。草在埂下很节制。羊烦了，用头顶着田埂，像要把草逼出来似的。

“老师也不是好人了，你追啥嘛！”

我问他跑什么？

他说：不跑，让乡镇上的人抓住，抢羊呢，罚款呢。

又没庄稼又没草，罚谁呢！

冉万瞪了我一眼：罚土哩！你追我啥事呢！

我说了让娃虎进城上学的事。他笑了。

进了城的都回来了，你这是没事撑的。进城是他爹妈的事。我把他像羊一样放好就行了。

我问娃虎他爹妈的电话号码。他撩起衣襟，里面衣服的口袋上绣着一个手机号码。

我说这是谁绣的。

他说是娃虎。娃虎老怪我记不住号码，就用笔画了这几个数字，又用线盘出来。你看这娃缝的，蜘蛛不像蜘蛛，蛤蟆不像蛤蟆。

我说娃虎聪明。

他把手中的羊鞭朝地上抽去。

吃土的命莫想刨金子。他们跑得太远了。我女人死后，他们就跑了。说是挣钱，买楼房送娃虎进城上学。三年竟没回过一趟家，说是省钱。

他又朝地上抽了一鞭。

我问他们是谁？

怪不得你被发配到乡下，脑子有问题呢。他们是谁？娃虎的爹妈。

他噢了一声，拉着羊鞭走了。

打通娃虎父亲的电话，那头倒客气。说辛苦老师了，让老师费心了，他托人在巴城租个房子，让娃虎和他爷爷进城，一个去上学，一个去享福。

八

日子就像母鸡屁股上的毛，只有蹭到地上磨损无数次才能磨掉。

回到原学校，校长说调换思维吧，再别留守不留守的了，能留住心就难能可贵了。

校长看我，比看电影《流浪地球》还意味深长。

说着说着雪就下了。

教室里一片欢呼。

这几年巴城少雪，少得比爱情还稀缺。一下课，学生们像雪一样涌出，我也像一片雪花被推出教室。偌在乡下，孩子们把雪当做烤洋芋一样，噗噗一吹，雪便会斜斜地落在衣袖上。他们衣袖上的岁月狗一样伸着舌头，舔掉谷物的诱惑，剩下一片荒寒，在耳边游来荡去。

校长一立在雪中，学生们便像雪一样不见了。他这片雪只能到家里去融化了。

那天没课，我坐在教研室，看着一位女老师把馒头片放到暖气片上。她杯子里的菊花奶包一样开放，几只枸杞上下飞舞。菊花黄，枸杞红，女老师的毛衣白。一摞作业本倒在桌上，弄出的响声惊悸了女老师。她望了我一眼，说作业本也像学生一样不守规矩。

门卫打电话进来，说有人找我。

冉万在棉衣外面罩了件西装。说他已是城里人了。他说城里的学校不好，看门的板着一张脸，像倭瓜。我问他来干什么？他说来送娃虎到城里上学，儿子定的，买了一套房，二手的。

买那么贵的壳篓干啥呢？

我问啥叫壳篓。

他说楼房么！

我问他娃虎呢？

他指指墙角。学校墙角边，有个脑袋探出来，像冉万家的狗头。

我招招手，娃虎把头缩了回去。我问他有手机吗？冉万拿出一个老人机，说花一百块钱买的。这东西挺贵的。

我问了号码，一拨，手机响了起来，冉万说明天就让娃虎来上学。

我说转校还得完成程序。

冉万拍了一下校门，说城里人的事情就多。在乡下，你不是亲口说让娃虎进城来上学吗？

我说我去找校长。冉万说校长校长，进了校门是校长，出了校门，什么都不是。

旁边站着的门卫笑起来。

校长开着车一出校门，看到我，摇下车窗，问我有啥事。我说冉万带了娃虎来城里上学。

他说上吧。便开车走了。

天空像校长的脸，看不出喜怒。他拿来一套六年级的试卷，让娃虎做。娃虎用嘴咬铅笔。我把手中削好的铅笔递给他。他把铅笔在袖口上一擦，做起了题。围观的老师散坐着，没有导演，他们都在即兴表演着各种表情。娃虎做完题，把铅笔朝我手里一塞，走了。门卫不让他出校门，他爬到铁门上，翻出门跑了。

校长手里拎着卷子，像拎着一块猪肉。他掂掂斤重，对我苦着脸，说麻烦。他问我娃虎确实只上三年级吗？

我从校长手中夺过试卷，最后一题的答案上被戳了一个洞。秃了的铅笔令娃虎恼怒，他下手一重，那个洞就留在了纸上。

办手续吧！校长取下眼镜，抓起衣角擦了起来。

九

校长又说麻烦的时候，舌头在蠕动。他说教育局说了，转校只有留级的，没有跳级的，学籍手续，麻烦。

我给冉万打电话，没人接。打了五遍，那边吼了一声：谁啊！

报了名字，那边说我不认识你。

我说我是那个支教的老师。

他说你娃娃直接说支教老师不就行了，还报个名字，比女人生娃娃还啰嗦。

我让他带着娃虎来上学。一听交手续费，他骂了起来：在乡下，谁上学还交费，反正是你哄弄来的，费你交，要不然娃虎就不上学。

我说行。校长叹口气，说现在的这教育办的。你交吧，少抽一两包烟的事。

我说这不是钱的事。

校长说钱能办到的事就不是事，况且就那么几个钱。

我说校长你出了不就得了。你享受的可是正高待遇。

校长笑了：又说职称，好像工资让我一个人挣了。你们啊！

安顿好娃虎，门卫来找我，说那个老汉又来了，扳着铁门，像一只狗熊在龇牙。

我来到校门口，冉万说我得进去看看。

门卫说闲人不能进。

冉万踢着铁门，说破事，我孙子在这里上学，我怎么成了闲人。你才是闲人，闲得没事干杵在这里。

门卫恼了。隔栏缝推了冉万一把。

冉万跳起来，说我这老羊皮要换个羔子皮，一头朝铁门撞来。我从铁栏缝中伸出手，挡住了他的头。

我让门卫开了门，把冉万拉到一边。递一支烟给他。他说这看门的可恶。

我说这是他的职责。你该干嘛去干嘛，放学的时候来接娃虎。

他说我没事干。待在楼房里，就像关在牢房里。走到街上，脚底下又发虚。过个街，还被人吆来唤去。

我说你那是闯了红灯。

他说破烦。

便摇摇晃晃走了。

十

娃虎的班主任找我的时候，像母鸡找公鸡那么随意。

她把几张撕下的纸朝我桌上一扔，满纸的圆圈跳脱，如蝌蚪脱了胞衣，游得有点歪斜。前排的圆圈轻柔，越到后面的用力越重，好像砸人的铁环。

“他画圈的那个眼神，就像那个杀鱼弟的一样。杀鱼弟杀鱼时的娴熟，在找一种仇恨的快感。他画圈的那种神情，令人恐怖。”

我说娃虎不就十几岁的孩子吗？我看过他画圈，有怨恨，迷惘，但还没到恐怖的地步。

班主任说我找校长去。

校长找我时，像个公鸡，而且是鸡群中能把高傲顶在鸡冠上的公鸡。

他把娃虎画了圈的纸弹了弹，问我如果弗洛伊德和荣格碰到这种情况，该怎么办？

我说我又不是弗洛伊德，我怎么知道该怎么办？不就在纸上画了几张圈圈吗？

校长从抽屉里摸出一盒烟，抽出一根，夹在鼻子下面，嘴嘟着，像扯了皮的鸡胗。

画圈的有两种人，易走极端。譬如达·芬奇在炼修基础，而阿Q会被砍头。天才和愚者都会有极端的行为。

难不成娃虎会杀人。

校长从鼻子下抽出烟，声音严肃起来：我宁可让全校都是正常的蠢才，也不要一个貌似优秀的已有杀人欲望的学生。想想办法，让他仍回乡下去吧，爽性野去。

我很想踹校长一脚。

你别那样看我，我从事教育工作已三十年，什么样的学生没见过。过去，我有的是办法。现在，学生是大爷。明白吗？你不会明白，除非你坐到我的这个位子上。安全一票否决制。医闹会影响医院秩序，碰到校闹，影响的是一大批学生的心灵。

我来到娃虎所在班的教室。娃虎坐在凳子上发呆。我敲敲桌子，他抬起头，眼里跳出一点高兴，又倏地缩回。

我说跟我走。

他拎起书包。我让他背好书包跟我走。

他望了我一眼，背好了书包。

校长站在校园里，威严成一只狮子。

我说学籍放在三年级，娃虎放在我的班上，我亲自带他。

校长闪闪眼皮：你不后悔。

我说好歹我都认了。

校长把手机往口袋里一塞，出了校园。

他居然没有开车。

我进了教室，说同学们好，给你们领来了一个新同学。

学生们笑起来。我回身一望，不见娃虎。出门寻找，娃虎在墙角站着，见我出来，转身就跑。我冲了过去，他窜上铁门，跑了。门卫扔下一脸的不满，给我开了侧门。

没有追到娃虎，我给冉万打电话。冉万喂喂了几声，便没了音讯。

找到那个老旧小区，几个老人坐着聊天，我问他们知不知道一个叫冉万的老头和一个小孩。

他们互相望着，一个老人哎了一声，说是不是在棉衣上套西装光脚穿皮鞋的那个。

从那个单元进去，二楼，爷孙俩，那日子过得，嘿！

敲门。没人应。我退出楼口。那几个老人望着我，谁也没有说话。

我坐在小区门口的一石墩上，抽烟。烟在口袋里装久了，有点干，一捏烟身，有摸干牛粪的感觉。抽几口，烟头掉了，我把烟身摁在烟头上，提起来，一吸，烟雾又袅娜起来。

等到天黑，没等到人。那位答过我话的老人说你这人，哎！他们走了，说不能告诉你。小区里没有羊，楼房里没有鸡，做饭没灶火，又不让烧柴。他们回乡了。

我向老人道了谢。

街上的热闹在空闲处尽情释放。跳广场舞的占据着空间，一天的兴奋抖落在地上发颤。音响声毫不羞耻地拥搂着跳舞的人。小狗们三个一伙、两个一队在街上随意跑动。那些用绳子牵着孙子的老人们，看到小狗跑过，用身子护住了孙子。有小狗停下来，望着一个穿花裙子的女人。一只被人遗弃的皮鞋，让环卫工用钳子夹起来，扔进了垃圾箱。

十一

巴子营坐在雨中。旱天一多，雨就像母亲一样亲切起来。村里没有人，也没有在雨中飞翔的麻雀。冉万家的石碾，在雨中清亮着。没有了小狗，没有了鸡的陪伴，石碾落寞着，鸡粪被雨淋稀，顺碾盘往下蜿蜒。

拍门，没人。

门上的门神画，卷成一团。

到了巴子营小学，校长说这回我可没接到你支教的通知。我问娃虎是否回到了巴子营小学。他摆摆手，人家是神童，攀高枝去了，我们的庙小，盛不了大神。

我问娃虎真的没来过吗?

校长说现在是属地管理，学生转到哪里，责任就到了哪里

我说我不是来追责的，娃虎跑了，我是来找他的。

乡下的老鼠进了城就能成大象?校长不再理我，他的脚踩在了一水坑里，他又踩了水一脚，水花四溅，有一滴飞得远，落在另一个雨水坑中。

冉万和娃虎在巴城消失。拨打娃虎父亲的电话，说是空号。校长说报警吧！我说再等等。一俟放学，我就到冉万住过的老旧小区。和那几位老人面熟了，他们说有个年轻人来过，领着一个看房子的，好像这房子又卖了。

我问冉万和娃虎真的来过吗?

他们笑了：你第一次来的那回，他们在房中。那个老的说你是他儿媳妇的相好，是追着来认儿子的，让我们千万别告诉你他们在房中。

我说我像吗?

一位老人说：那时像，现在不像。

我问他们是何时搬走的。

他们说：就在你找他们的第二天。

我问知不知道他们去了哪儿。

一位老人吸了一口烟：这话问的，他们去哪儿，碍我们什么事。

便各自回家了。

我又回了趟巴子营。小学的铁门已上了锁。问知情人，说所有的老师和学生已被撤并到镇上的学校了。到了冉万家，院子已被扒倒，那盘石碾上，爬满了无奈。

好久都没有下雨了。

村庄里有身影在晃动。那是拆房子的。他们把该装的都装到了车上。车一走动，尘烟便遮蔽了车身。一只狗在灰尘中飞奔，追着驰骋的车。

他们说镇上的楼房已装修好了，他们也是城里人了。他们说话的语气像风一样平淡。留在巴子营的鸟，飞得也不那么精神了。有一只蹲在树上的鸟，把屁股翘得老高，竟然没掉下一粒粪。

（发表于《延河》2020 年 8 期）

短篇二题

五颗子弹

一

风，白狗的牙齿一样锋利。干柴洼的山坡上，雪一点一点落在战士们的尸身上。团长抱起浑身哆嗦着的司号兵，走到背风的地方。

一堆火在雪中顽强地燃烧。

毡衣在雪中冷成干硬的牛皮。

接到撤退的命令，团长脱下毡衣，望着二百多个单衣单裤的战士，眼里冒出大刀一样的寒光。

一颗冷弹飞来，一个战士栽倒在山坡上。

穿了团长毡衣的司号兵，白熊一样往前移动。

干柴洼的山高了许多，又矮了许多。

二

部队在大河驿集结。不见军首长的团长悄声问其他团的人，说是撤职了。大河驿是所驿站，其实就是一座车马店。红军一到，驿站的掌柜跑了，几个伙计帮着铡草喂马。他们肥大的裤腿在红军绑腿面前臃肿着，风从脚跟吹进，裤子羊肚一样鼓了起来。他们踏实了心，在各自心里默念，这些兵跟过去经过驿站的兵不一样。他们说后悔死掌柜去吧。掌柜若在，嘴肯定像支了木棒捉麻雀的筛子，不抽绳不会合拢。有战士来问去凉州城的路，伙计们争抢着说，一个还把一个拽倒在地。

“古浪三战，九军过半”。团长坐在马槽边，看着军长的那匹马塑像一样立在槽边。他抓了一把草放在马嘴边，马嘴纹丝不动。他拍了马一掌，马身上的一股冰凉沁入了手掌。

总部传来消息：不打凉州城，绕道四十里堡。

大河驿一下子空瘪了下去。

三

花儿副官托着一盆花，揭开门帘，三姨太说啥时候了，还换花。花儿副官捏捏几凳上的一盆花的花叶，说秋凉了，太太别轻易往花盆中倒水。便换了花，朝门口走去。

“往凉州城里搬不搬”。

花儿副官说花不搬，人也可能不搬。

“听说这些过（黄）河的红军很能打”。

花儿副官说：我只管花儿活得好不好。红军能打不能打，马师长知道。

便掀帘出门。

三姨太说：都成精成怪了，说话神神道道的。

满城曾是清代八旗兵驻防凉州的兵营。骑五师马师长面前的火炉上的一壶水呜嘟嘟地在吹号。从古浪调防下来的军队和河西各地增援的民团都涌进了凉州城。负责追击的马旅长的傲横耷拉在脸上，蚯蚓一样蠕动。

马旅长说不好打。他们缴还了工兵营的人和枪。按协约，他们正绕过凉州城，朝四十里堡方向走，他们想去永昌县。

那些商户的态度怎么样?

听说红军不打凉州城，他们捐赠钱、粮的热情塌了下去。

就找不出鸡来杀给猴看。

有一家商户的柴房失了火，很烧了一阵。

这不是给红军通风报信吗?杀这只鸡，看那些商户猴还抠不抠。你别管了，继续追击，莫让他们在河西立足。这事我让马六子去做。

马旅长打马出了满城，又被召回。马师长说：将每个士兵的25发子弹减成5发，民团的减成2发。

马旅长说这样我们的伤亡会更大。

让民团先上。听说他们抢我们的子弹打我们。没了子弹，他们的枪就成了烧火棍。

马旅长说他们狠着呢。

马师长挥挥手，秋苍蝇般将马旅长拂出门去。

四

团长逮住那个矮小的身影是在倪家营子。风立起来，横吹。子弹射进去，墙上开了一朵一朵土花。洞边缘的土掉落，花瓣般跳下。孩子背着一个包袱，包袱口扎得很紧，司号员想拉开看看，孩子一把推倒了他，从墙的豁口挤了出去。

墙外面，雪花一样飘着马家军。

马家军所属的青海、甘肃军队集聚在一起，和河西各地的民团都尾随着红军。子弹一遍一遍地打，雪花一朵一朵地落，骑五师士兵的子弹袋里，落魄出一种空荡。

孩子爬在死人堆里，在马家军士兵的尸身上翻着。团长从墙头看着孩子，拍了一把枪膛。

猜拳声、淫邪声隔雪而来。团长咬着牙，他的手、脚已麻木，他搓搓手掌，看见孩子抖着雪，动了一下，慢慢往后爬。挤进豁口时，一颗子弹追了过来，团长狠命地拉了孩子一把，子弹很阔绰地从豁口飞了过去。

孩子打开包袱，吹去矮墙上的一段雪，将积攒的子弹一颗一颗排列，司号员的小嘴一咧，一团雪钻了进去，他扑向子弹，团长拉住了他。

包袱耷拉在墙上，像一张干涸了的兔皮。

“他从古浪跟到了这里。”司号员说他像狼，怎么甩都甩不掉。

“他一家五口人。他爹在干柴洼给我们送了水和馍。他爹、妈和两个姐姐都被马家军杀了。”

孩子指着南边，那是骑五师进攻的方向。

团长拉过孩子，孩子拍拍枪，团长说：看我的。

黄昏宰了的猪般渗出了几段血色。马家军挥舞着马刀，冲了过来。

团长压了孩子递过来的子弹，撂倒了四人。孩子把最后一颗子弹递给了团长，转身要走。团长拽住了他，让孩子把司号员一起带走。

司号员不肯，团长抚抚孩子的头，孩子拉了司号员，从内墙跟的洞里穿了过去。看着两个孩子消失了踪影，团长将那颗子弹压进了枪膛。

整个内院，只剩下团长一人。他抱来院中的几块石头。石头痉挛着，像扁平的炮弹。他立在墙边，死盯着那个脸上有一撮毛的家伙，军长就是被他砍倒在地的。

一撮毛的帽子换成了大盖帽。大盖帽帽顶面积大，雪趁性落在帽顶，帽顶厚了起来。他高举着马刀飞驰。等你半个月了。有了孩子留给他的最后一颗子弹，团长在雪中，兀立成一根旗杆。

风斜着吹来，团长变换了姿势。一伙炮弹飞进内院，炸起的土，浪花一样跳跃。一撮毛吆喝了一声，一排一排的人踩着黄昏，向墙边涌来。

有人爬过了豁口。

一声枪响，一撮毛栽倒在地。团长笑笑。从豁口钻进来的马家军士兵，看着团长朝他们扑来，他们听到吁地一声，黑夜便被窝一样蒙罩了院子。

布鞋与铡刀

一

猛子一进老爷庙，就看到将军那张毫无表情的脸。老爷庙上空的天，阴得像蛤蟆的脊背。他站了半天，将军的脸生动起来。将军挥挥手，一行人跟着将军出了庙门。

关公老爷又孤独成泥胎，旁边周仓握着的大刀的头早已不知去向，枪杆滑稽在周仓手中，像个烧火棍。

政委问到哪儿了。

将军吐出了两个字：乔沟。

秋雨蚂蚱的翅膀般响起来。地上泥泞着，秋草的绿挣扎着。将军的靴子趔趄在雨中，猛子感到将军的靴子费劲成锅里炖着的一只老羊蹄。政委的鞋踩到了一窝水，水一爆响，将军的眉头蹙了一下。

山路紧张成狗，身上耸起的毛被一行人的鞋踩踏着贴伏在地上。将军脸上的汗，雨珠般滴下。警卫员越过人群，挽住将军的胳膊。将军一甩手，大衣树皮般脱离了将军的身子，萎到地上。

将军的脸色阴成了大衣。

“谁在最前沿伏击？”将军一张嘴，七滴雨扫过一行人的耳朵。

猛子跳了过来，将军低头看了看猛子的鞋，转身朝山下走去。猛子的这双鞋是一个叫秀芹的姑娘做的，鞋面上的泥点一点也不羞涩，猛子往后缩了缩。

“回。”将军紧了紧大衣。

二

猛子抠着鞋上的泥点，泥点秀芹般坚决在鞋面。他对坐在炕沿上的指导员说：鞋。

指导员笑了：舍不得穿就光脚。秋凉了。这雨，得持续一段时间。

猛子看着指导员脚上的大头皮鞋，那是猛子从一个日本士兵的脚上扒下的。指导员在过夹金山时冻伤了一只脚，和猛子搭档后，猛子把大头皮鞋送给了指导员。

俩人来到一山坡下，猛子说：上山。

俩人便爬山。

指导员的大头皮鞋在山坡上扭捏着，已到山顶的猛子又冲下山坡，待指导员到坡顶时，猛子又站到了坡顶。

铁匠老憨看着地下摆着的一排布鞋，搓了一下头发。他想这些鞋放到铡刀下，肯定不像铡草那么轻松。光着脚的战士们立在鞋后面，张着嘴的脱了跟的鞋，烂菜叶般缩着。

秀芹问老憨看什么？

老憨说：他们的鞋张着嘴，像吃雨的蛤蟆。

猛子脚上的鞋骄傲地望着秀芹。秀芹把一个包袱抖开，十几双鞋呼吸着秋雨的气息，把女人们的热情堆放在一起。猛子听到了绱鞋的声响。那些声响在女人们的手中，把岁月纳成了鞋底，一锥上鞋帮，生活的滋味便全附在鞋面上。一只鞋底上纳出的“打日本”三个字，豁亮在战士们眼前。

猛子问村里有多少把铡刀。

老憨说：十几把。养牲口的人家才有铡刀。

太少了。

老憨说：大军的马少，一把铡刀铡下的草就够了。

猛子说：能不能再打几把铡刀，十天后用。

老憨说：不能。没铁。

能不能借几把。

老憨说：能。你们要铡刀干吗？

猛子笑了：不铡草，铡轱辘。

老憨的脸绷成了门板。

三

灯花爆开了三朵，秀芹舍不得剪。一朵一朵的灯花阻碍了光线，屋里变得暗起来。用手指一弹，已成黑团的灯花跌落，屋里的光亮增加了信心，悠悠地闪动。

灯是油灯。秀芹的影子在墙上，和她一样绰绰地秀丽。

一声鸡叫，灯焰灭了。秀芹用指头摸了摸鞋帮上绣的贤生两个字，心里的火明闪在晨曦中。

贤生是猛子的名字。

打铁铺在村里山坡下的一眼窑洞里。壁沿上黑出的沧桑，饱满在老憨的手中。二十几把铡刀靠在壁沿上，威威猛猛出一种森森之气。它们各自卧在农家的槽头边，只是铡草的工具，在农夫起起伏伏的身影中，它们把各种草铡成寸段。它们喜欢夏天的青草，麦收后的麦秸，它们最怵的是谷秆，费力气，费铡刃。农夫一累，铡刀便打滑，铡刀一歪斜，谷秆便长长短短，农人们骂老憨，老憨也不怒，淬了火，敲打铡刃，临了，手握铡刀把和刃头，来来回回地磨。

咯噌咯噌的声音就从窑洞传到村里，有不听话的孩子一闹，做母亲的就会吓唬孩子：憨爷在磨刀呢。

孩子便噤了声，把咯噌咯噌的声音咽下去，有时碜了牙，孩子便鼓起腮子，用力吹出一口气。

猛子试试刀刃，让老憨试一块胶皮。老憨双手扯了胶皮，在刀刃上一割，胶皮头发似地断开。猛子笑了，让一个排的战士扛了铡刀下山。

落在乔沟的雨停了。拐过山弯，一条道绵绵延延。猛子挖开一条槽沟，将铡刀横置在槽沟，刀刃向上，覆了泥土。猛子用铁锨拍了几下，溅起的泥点飞到一边。他挖开填埋好的槽沟，将铡刀刀刃朝后稍微倾斜，重新覆了土。

铡刀安静在泥土中。猛子让战士们拉开距离，把铡刀们都埋了下去。

放了警戒哨，猛子让两个力气大的战士穿了靴子，和穿布鞋的战士顺山坡往上爬。靴子在山坡上，压低了姿态，奋力地窜，穿布鞋的战士已到坡顶，穿靴子的还在半山腰。

“要跑出速度”。猛子让随行的几个排长，到山后去训练。

“要让布鞋在泥水中跑过靴子和大头皮鞋。”猛子看了看天。

天白出一条线，云有了醒的意味，睁一眼闭一眼。

老爷庙里，将军望着一张地图，手里的几颗豆子，子弹一样闪着光泽。风急急忙忙在庙里窜来窜去，庙檐下的几株草，将身子甩在庙顶。

“装甲车、歪把子机枪、三八大盖、小钢炮……”将军把手里的豆子扔了出去。“布鞋、铡刀、口袋阵、晋绥军。”他让警卫员把扔出去的豆子捡了回来。豆子的一侧粘了泥，将军擦也没擦，便丢到了嘴里。

“打阻击的到位了吗？”将军紧了紧大衣。

“我们的战士到位了，晋绥军的还没到位。他们压根就没动。”

“他们动不动，我们都得打。”将军闭上了眼睛。

四

明晃晃地闪出了日军。

将军接到电话时，脸上搐动了几下。按预期提前出动的日军在泥泞中有秩序地行进，听到装甲车没有出现在日军中，将军舒了口气。

一辆一辆的日本军车，摇晃着前行。

几辆军车停了下来，驾驶员看到瘪了的轮胎，哇哩哇啦地叫喊。

后援的队伍还没到，指导员望着遍沟的钢盔，问猛子打不打。

猛子听到了几声轰响，几架飞机没有一点胆怯地从他们头上飞过。

“口袋口攥在我们手中，不打，这群日本鬼子一旦出了山口，就很容易溜了。”

“打。”猛子高喊一声。

一双双布鞋，与靴子和大头皮鞋在赛跑。

猛子拔出大刀，率领 20 余人的大刀队冲向了日军。

五

战斗结束后，将军站在山头，望着一朵一朵的云飞机般往前赶。600余人啊。将军把牙齿咬得叭叭作响。

问猛子的尸体在哪儿?

有人报告说猛子受重伤后，拉响了手榴弹，和6个鬼子同归于尽。

将军转过了身。

立坟头时，秀芹把那双鞋埋进了土坑。望着手握铡刀的老憨，秀芹问铡刀都收全了吗?老憨说一把不少。秀芹问他提铡刀干什么。老憨说猛子让他打一把铡刀，以后专砍日本鬼子汽车的轱辘。秀芹说给我吧!老憨说要不是讲究死人坑里不能埋铁器，他很想将这把铡刀和那双布鞋一起埋了。

秀芹说你傻啊!

老憨试了一下铡刀刀刃，说这把铡刀是他这辈子打得最好的一把铡刀。

(发表于《解放军文艺》2021年第4期)

月亮下蛋

一

藏玉出了公司大门，脚掌肿疼起来，她跺跺脚。

换了快递服的藏玉女人起来。

今天派件多，送的路程也远。送完最后一件快递，在巴城天马湖桥上，她看到了那轮月亮。

巴城的月亮显然没有深圳月亮的那种底气。藏玉肚子饿了。她坐在临街的台阶上，看到了围成一圈睡在地下的小狗。它们的头都朝外，嘴搭在前腿上，世界在它们此时的眼里就是一个圈。圈很圆，像受过训练似的。

藏玉想起了放在巴子营的孩子。

巴子营此时的月亮肯定圆得自信满满。巴城的月亮是从楼缝中挤出来的。巴子营的月亮没有拘束，一升天，便随性而动。

两个孩子睡在炕上，不会像小狗们睡得那么齐整。他们梦中的母亲也像月亮，亮一阵便会跑进云层。

藏玉走向狗群。狗群里的狗，头都未抬。若在乡下，不管哪种狗，只要一靠近，都会跳起来，汪汪几声。

她莫名地湿了眼眶。

巴城已没有了夜市。临街的摊点全缩进了店铺。她要了五串肉和一碗面。店里很嘈杂。她在店中角落的半张桌子上吃完了面，把五根竹签收拢，排整齐，放到桌子中间，挤出了店铺。

藏玉知道，公租房和她一样孤独。

二

到了预定的时间，生金没有和藏玉视频。手机屏上显示着本人不在现场的提示。藏玉把手机搁在桌上，去冲澡。冲到关键时，便听到了手机焦躁的响声。匆匆擦了身子，是一个陌生电话。她举起手机，又慢慢放下。

窗外的那轮月亮，幸灾乐祸地笑了。

婆婆没有打电话的习惯，一到天黑，便关灯睡觉。这和她小时候的情形差不多。藏玉让婆婆别睡那么早，看看电视，或者随众人去跳跳广场舞。婆婆说："那是闲的。乡下人不随太阳起，月亮睡，还叫乡下吗？"

藏玉说："现在哪里还有乡下，乡下比城里有时还要城里。"

婆婆说："鸡披上彩翎也变不成凤凰。"

藏玉披了睡衣，坐在沙发上揉脚。这双脚走过大世面，伸到月光下，乡土气还浓重。脚上的老茧城管大妈一样，从来不离开脚掌。

这一夜，生金没来电话。

生金和她一样，都脱离了工厂，现在是一名外卖骑手。

一早，藏玉给生金打电话，不通。她有点烦躁。送派件到一叫做万通花园的居民小区。小区正在翻挖地沟，电瓶车过不去，她打了三次电话，对方说他不方便，让她送到楼上。她停好车，跑着上了楼，找到楼层，看不到门牌。她拨了电话，听到西侧屋内的铃声，便敲门。屋内的人打开防盗窗，核问她的身份，让她把快件放到门口。她说您得签字。那人打开防盗窗，伸出一只手，手里握着一支钢笔，在签收单上画了一个圈。她说您得写上姓名。那人收回手，说："我画了半辈子圈，你个破件，让我签名。"便拍上了防盗窗。

她说您得看看件。那人又拉开防盗窗。“验什么验，不就几包尿不湿吗。”又拍上了防盗窗。

派件少，埋怨生金的时间就多了。藏玉来到一树荫下，看来来往往的人。巴城也在生长。老城区的根一断，新城区就疯狂地延伸。原来的巴城总是换装，换来换去，老巴城的色彩整齐了许多，单一了许多。一个原本花花绿绿的城市在一片灰色中暧昧起来，新起的街巷名充满高深，原没有那些老街巷名的亲切和味道。

生金的电话来了，是语音。那边说他正在交接手续，先给她报个平安，待他交接完手续，再详细给她讲发生了的一切。

便挂了。

藏玉的担忧夏天的树叶一样浓稠起来。她给公司打电话，说不太舒服。经理说件不多，让她去休息。有件再打电话。

到了公租房，她把手机放到枕边，躺在床上，等着生金的回电。

昨天下午六点，我接了一个订单。有人点了一碗麻辣粉。接地址，我送了过去。打电话，对方说你傻啊，我说的是牛彧，不是牛或。我说订单上就是牛或，对方说不就少了两撇么，你送还是不送。我说送我也得弄清地址吧。对方便挂了电话，并说让我等着。

我搜了高德地图，离这里 60 公里。又向别人核实了地址，向公司说明了情况。公司说你在人家下订单时没有核实，不管多远，你都得去送。来往费用你自己负责。

没办法，走吧。跑了四十公里，摩托车没油了。我以为南方毕竟是南方，结果和北方也一样。找了半天，没加油站，就推吧。推了几里地，挡了辆小货车，顺路。司机问我到牛彧去干什么。我说送外卖。他说是不是有个叫谈笑的人点的。我说是的。司机说我傻，他停了车，叫我推下摩托车，他开车走了。

没办法了。我只得推车前行。到了牛彧，天黑了，手机没电了。一个楼群潜伏在黑暗中，只有几点路灯爬在杆上。我没碰到一个人，便沿小巷到了楼下。楼上有几点光亮，我又不能叫喊，转了几圈，没办法，我只能等。

月亮好啊！我无助的时候，那轮月亮便上来了。一看到月亮，我就想到了你。我找到了一个石凳，石凳后面有一棵树，我靠在树上，想搂着、抱着月亮睡觉。月亮好远啊，远得就像巴城的你。我看月亮，月亮也看我。我看见月亮旁的云在巴结月亮，月亮不理，只管亮着身子。不知名的花香和臭味从寂寞的夜里跑来跑去，我居然没听到一声狗叫。月亮下去了，太阳就得来，我睡睡醒醒迷糊了一夜。醒来时，看到了楼下的那辆客货车。我曾记过那辆车牌号的四个尾号：5432。

终于有人下楼了，他提着一塑料桶，我问他知不知道有个叫谈笑的人。他问我从哪里来，要干什么。我说我是来送外卖的。他笑了：这个娃娃，还真正把农村当成了城市。

他说谈笑是一个女研究生，上了半年学，得了抑郁症，回家来调养的。她已不习惯这里的生活，动不动就点个外卖，本县的都回绝，也有傻的人，便来送。我问那辆客货车是谁的。他说就是她爸的啊！

我提了麻辣粉上楼，女孩开了门，一脸的仇恨。说我成心气她。我说我是来道歉的。手机没电了，没法从网上退钱，我来给您退现金。

她说我不守规则。便拍上了门。我把麻辣粉放到她门口，说隔夜的，不能吃，我只是证明我曾来过。

无法拍照。我下了楼，问了最近的加油站，并在加油站里给手机充了电，向公司汇报了情况，公司说回来交接一下手续。我知道，我该走人了。

躺在床上，第一次听生金说这么长的话。很平静。平静得就像在自家地里拔胡萝卜。藏玉说回来吧。生金说："我再走一个城市，如果待不下去，就会回来。"

藏玉睡了。睡得想起了南方，想起了工厂的流水线，想起了那个女研究生。

三

小城市的气息在扩建中逐渐衰弱，那种固有的温暖虚肿着，猴子一样蹦蹦跳跳。

藏玉调休后的早晨，她乘坐 6 路公交车到高坝。她没有选择线路车，是不想到窗口买票和安检。至高坝，所有往南的线路车都会成“招手停”。在去往高坝的公交车上，坐的只有她一个人。偌大的车里空空荡荡，司机专注地开着车。到高坝后，司机咣地停车。门一开，她像弃儿般被扔在路旁。一辆走向古浪的车停了，只剩最后一个座位。她摇晃着，在别人屁股留出的缝隙中一坐。两旁的屁股往外挪了挪，她迎受着左边那个男人沉重的带点腐臭的气息，实在受不了，她便抽出胳膊，取了一只口罩戴上，口罩仍抵挡不了味道，她挤身起来，走到前边的过道里，靠着椅背边站着。

婆婆显然没有料到藏玉这个时候回巴子营。听见敲门声，她蓬松着头发，趿拉着鞋去开门。见是藏玉，她一声不吭，脸上的表情像干瘪的萝卜。藏玉进了屋，两个孩子横竖滚在炕上，一个露着膀子，一个露着脚。屋里的气味中夹杂着难以说得清的东西。她打开门，掀起门帘。

门外的清风狗一样扑进来。

肚子饿了，到了厨房。锅碗瓢盆互不理会，灶台上的灰尘上有几只死苍蝇。一只大苍蝇振翅在屋顶嗡嗡，给清晨带来烦躁的响声。她捡起一块抹布，丢进水盆中。水盆中浮出一片黑。

叹口气，她走出了厨房。

婆婆烂菜叶一样蹲在门前的一个凳子上，任凭鸡啄。

领了两个孩子出门，婆婆啪地拍上了门。

婆婆不进城，是怕洗澡。她说生在农村，土就是水，天天洗呢！

婆婆的骄傲在土中。

打电话给生金。生金笑了，说妈刚打过电话，说你才当了几天城里人，竟变得妖怪起来。

她对生金说：“你回来吧。”

生金说：“还不到时候。”

她说约定走五个城市，你已经到了第五个城市。回来，穷富不说，我们过几天正常的日子。

生金说：“正常得靠钱，我还没有蹓跶够，再拼两年，到孩子上学的年龄我就回。”

她说妈太固执了，带孩子带得像种麦子那样随意。

生金说：“你可不要那么说妈。她有她的生活方式，金窝窝银窝窝，不如咱家的土窝窝。”

再土就变成古董了。

生金说：“让她守着吧！她可是我们家的大树。”

藏玉很想扔了手机。

现在农村剩下的，只有两头：坟头和房头。坟头是魂，房头是根。有妈守着，城里过不下去，我们就回农村。

回你个头啊！藏玉咳嗽了一声：学校没了，商店没了，人心没了，你回去，种地没水，歇凉没树。啥时候了，魂啊根啊的，扯什么的。

便挂了电话。

给两个孩子洗完澡，领他们出去吃饭。和街上花花绿绿的孩子一比，藏玉有点气短。同样的衣服，穿在自己孩子身上，光鲜倒也光鲜，就是没有那种所谓的气质。领孩子的一见到她的孩子，都加快了步伐。藏玉给孩子点了德克士，两个孩子望着夹着的生菜，一动不动。一个等不住了，把夹着的东西抖到桌上，用手抓着吃，旁边的孩子纷纷离座。

藏玉的眼泪豆荚中的豆子般迸了出来。

她给生金拨电话，生金说：待忙完后打给你。谢谢！

这声谢谢陌生的像苦瓜。

领孩子到公园玩的心思如搁久的鸡蛋一样臭了。

回到巴子营，婆婆看到大包小包的零食，拿出锅里的饭菜，两个孩子抱起碗，轻轻松松吃完了饭，用袖子一抹嘴，跑到门外疯去了。

藏玉提了包出门，婆婆动也没动，两个孩子也没有抬头。他们在玩一种“煮驴毬”的游戏。很旷野，又很嚣张。偌大的院子里，他们无拘无束。

没有观众，他们把自己当成了观众。

四

藏玉收到的快递，是另一个公司的快递员送的。快递员让藏玉签字时，看了看她身上的服装。

太阳下来，一地的快递员都围着藏玉，让她当众打开快递。快递员收自己快递的不多，趁闲，大家都想找份乐子。

快递是生金发的，藏玉也不知道他寄的什么。隔天是她生日，生金的祝福早到了，这就是微信的好处。

包装打得有点粗糙，有个快递员看了发送快递的公司名，撇撇嘴，脸上的同情耷拉着，像踩了狗屎。

一对乳罩。一个小裤头。

有快递员用手去摸，藏玉抬手打了。

有病吧你。

姐，寄东西的人肯定有病。

哪个快递员没病。骑车费屁股，冬天冷裤裆。唯有大姐，是有福的。

花花绿绿了一通。大家各自散去。货一到，他们便麻雀般分赴各处了。

藏玉拨通了生金的电话，问他啥意思。

想你。

她收到了生金的两个字。

没有看客，乳罩和小裤头在藏玉的身上很孤独。公租房外面的电灯，茄子一样挺出光泽。光泽里的细节，被蚊子裹罩，一团一团地飞。有的爬到窗前，看着她在房间里走来走去，她的膝盖碰到了床沿，腿一阵抽搐，屁股一翘，窗外的蚊子笑了。

她拉上了窗帘。

一条信息闯了进来，是那个想摸乳罩的快递员。

姐，寂寞是那只裤头啊，小心烫着。

神经病。她回了一条。

那边回了两个字：哈哈。

她知道，这个时候，是生金最忙的。她躺在沙发上，除下乳罩。乳房舒张着，撑给别人看的坚挺一落，藏玉便无端想起了岁月静好。小裤头很努力地夸张出一种大方，沙发便晃动起来。

起风了。伴着风，藏玉的梦里有了鸡蛋和黄瓜。

五

藏玉刚进公司的大门，经理把她叫到了办公室。

经理拿出一个快件，不大，分量也轻。她知道这个快件，发件和收件人都标有电话号码。自快件到来后，打收件人的电话，是空号；打寄件人的电话，也不通。收无人收，退无处收。这种快件，叫死件。

“我总觉得有故事，给你三天时间，找找这个收件人。若找到了，死件变活件，公司也算尽心了。”

藏玉把快件收到包中。她照例打了一下手机号码，不通。她查看了一下地址，地址上的字很模糊。她坐到亮光处，仔细查看，看到了几个关键的字，杨家坝河。

杨家坝河是几年前的地名。

现在，它叫天马湖。

她找到一个坐在椅子上休息的老人。

老人说这个地方的人早已搬迁了，那时这一带全是烂平房。倒是听过这么个名字，你刚说的是谁，你再说一遍。

她重复了一下收件人的名字。

老人的嘴抽搐起来，你说得是死不见啊！

藏玉问老人他搬到了何处？

老人站了起来，望着一湖河水，拍了几下栏杆。

阎王殿。

藏玉手中的包掉了下去。

老人说你去找这个人，如果他还活着，他会告诉你一切。他住在三道巷，很好找，进了巷子，问一声老红军，人人都知道。

藏玉谢了老人，驱车来到三道巷。巷子里楼多，人少。碰到几个年轻人，耳朵里都塞着耳机。一个取下耳机，她问知道老红军吗？那个年轻人斜了她一眼：找老红军不到烈士陵园去，这里哪里来的老红军。她道声谢，那个年轻人摆摆手，指着一个背着纸板进楼门的人，说你去问他，莫说老红军，同盟会员他都清楚。

藏玉跟着老人上了楼。老人住的是二楼。屋子里堆满了废品，有几股莫名的味道交织。她捏捏鼻子，鼻子痒痒，她打了个喷嚏。

老人问她什么事？他的废品只卖一个人，别的人，一律不卖。

藏玉说我打听一个叫死不见的人。

老人问她找他干什么？

藏玉拿出快件，说了原因。

老人抖着手卷烟。他卷得费劲，烟末蚊子般往下掉，有几粒在水泥地上跳动。老人用手蘸了唾液，粘了烟末，放到嘴里咀嚼。

这种喇叭型的烟，藏玉有记忆。她的童年就是伴随着这种形状的烟和呛人的味道度过的。

抽烟的人是她爷爷。

老人抽了一口烟，烟味飘落处，拉回了藏玉的童年。她找了把小凳子坐下。小凳子通身油黑，凳面上的垫布已沧桑得让人不忍落座。

我和他是战友，我们一同上过朝鲜战场。邻居们见我走路挺着腰杆，说话粗门大嗓，就叫我老红军。

他那一辈子。老人把烟放到一酒盒盖中，喝了一口水。

从朝鲜回来，他说有个姑娘等他，他就复员回家了。

那时巴城小，谁家都藏不住故事，他藏住了。

等他的姑娘嫁人了，他就住到她家对门等她。

那姑娘在他当兵前只见过他的照片。她每天见到一个穿着黄军装的人从对门出出进进，根本没有多想。

姑娘嫁的男人是个搬运工。那是个下死力的活。那个男人见人从不说话，他曾问过她，那个男人是不是哑巴。

她恼了，说他不是好人。

那个男人不惜力，一次在架子车上装了 30 个麻包，在下坡时翻了车，死了。

她带着一个男孩过活。他一次问她知不知道有这么个人。

她说知道，媒人曾拿过一张照片让她看过。说是她男人，上了朝鲜战场，是个厉害人。过了一年，媒人又说他是个骗子，早就当了军官骑着大马，不会要她了，她就嫁了这么个男人。这男人人好，只是个短命鬼。

她问他为啥不找个人过日子。

他没有回答，拍上门，哭了。哭声像老猫，在老鼠的世界里游荡，没有一个老鼠会理他。

过了一年，女人把男孩领到他家，说她要嫁到远处去。把这个孩子和房子留给他，给他做个伴。

他回绝了房子，留下了孩子。

上门收垃圾的人来了，老人停下了话头。收垃圾的走了，老人从床边的一罐中掏出了几张钱。藏玉看到老人的那只手。干瘦的像鹰爪，但没有鹰爪有力。

老人数数那沓面值不一的钱，让她回去。如果她明天有时间，可在这个时候来。他要去办事。

走在大街上的老人雄赳赳、气昂昂起来。藏玉把车放到停车道上，跟着老人，看见老人走进了社区，又出来。老人的脸平和了很多。

她走进社区，问一工作人员。工作人员说你是外地人啊。他把抚恤金捐了，民政补助捐了，卖垃圾的钱也捐了。

她问捐到了哪里?

工作人员笑了：哪里需要他就捐到哪里。

藏玉回到公司，经理怔了半天，说这故事深啊，让她明天继续去听故事。快递行业，大家都在追求速度，忽视了多少故事。快递故事也不失为另一种快递状态。

经理的脸鸽蛋般舒展起来。

他说故事永远是好东西。

六

第二天清早，几声喜鹊叫声惊醒了藏玉。她爬起来，看到了落在槐树枝上的一只喜鹊。小城市的鸟雀已没了城市和乡村的概念，有时一两只野鸡会钻到社区茂密的树下。城市人看惯了流浪的猫狗，对流浪的野鸡也很宽容，看着它们把尾巴藏在牡丹枝下，不敢高声咣咣，他们便笑了。怕人的东西，挑逗不起他们发狠的欲望。

藏玉怕打搅老人，迟到了十分钟。推门进去，老人坐在凳子上，寒霜着脸，和经理对待员工的脸一样。

她努力地笑了笑，说怕过早打搅老人。老人笑笑，说他养成了准时的习惯，再者，人老心思多，早上睡不着啊。

老人接着讲。

孩子一留下，邻居们的话就不好听了。他从来不辩解，每天干着自己该干的事。那孩子很顽劣，他从不管教。我们说他，他说树高自然直。上高中的一天，孩子给他留下了一张纸条：我走了，别找我。他一夜之间便老了。老得有点伤感。

房子拆迁后，他搬到了远郊社区的楼房。

“收件人的地址是杨家坝河啊！”藏玉问道。

老人把手中的杯子放在凳子上，杯子里的蚯蚓水纹消失了。

自此，他便不再和人说话。我们几个战友去看他，他拿出一张纸，说每个星期一，让我到他楼下等他。他把钱给我，让我给他买菜、面，电费、水费也让我代交。

“这又何必。”我问了一句，他说你不干就走人。

应了这事。我每周一到楼下，他从三楼的窗子里吊出一个篮子，把所需的东西名字写在纸上，和钱一并放在篮子里。

那个篮子是那个女人用过的。

有人问我，我说那是个残疾人，下不了楼，无人照顾。

他在篮子里放了一张纸条，吊下来，我一看，上面有几个字：再放狗屁，我连你也懒得理了。

过了三年，邻居们都叫他死不见。

那几年，每到一个日子，他都要我去按一个地址寄钱，还有一封信。里面是什么，他说他相信我，让我不能偷看。

终于有一天，窗下再没有放下篮子。我在楼下叫了几声，没人应，便去找派出所。

打开门，屋内干净的让警察不知所措。他躺在地下，地下铺着一条毡，一床被子。

警察问是不是有人替他打扫卫生。

我说有，不是狐狸精便是海螺姑娘。

一个小警察问一个老警察，说什么狐狸精，什么海螺姑娘。

老警察说，看样子你是没看过民间童话故事。

小警察说，网上没有，你让我到哪里去看。

安葬了他，我们几个战友喝了一场酒。

我们在醉意中，来到了那栋楼下。楼上的人好像什么也没有发生过。看着我们几个老人，他们就像看到河边的石头一样，没有一个人理我们。

我请示经理，是否当着老人的面打开那个快件。

经理说让我给他发个位置图，他要亲自见证奇迹发生的时刻。

经理一进门，老人请他坐。经理看看成抹布样的床单，没坐。老人倒了一杯水，经理瞅瞅杯子，没接。老人把杯子摔倒地下，玻璃渣四溅，有一块迸到经理的脸上。他退出门去，掏出小镜子，看着没有伤着脸，又进了屋。

藏玉劝慰着老人，老人把膝盖一拍：嫌脏，别来啊。老子那些年在上甘岭的坑道里，三个月没法洗衣服，渴极了尿都喝，有时还喝不到。

经理坐到了床上。

老人撕了半天，打不开快件。藏玉接过来，顺封条撕开。一个大信封袋里装着几个小信封。信封没有打开过。藏玉小心的启开封口，是立功证书和奖状。老人把那些证书抚平，泪珠滴到证书上，发出了吧吧的声响。

他挥手让我们离开。“我们这些人，除了打战，再没有什么能耐了。”

藏玉听到了他关门前的一句话。

出了门，经理恢复了常态，他掏出一块手布，仔细擦了擦鞋面，藏玉蓦然发现了他光鲜头发里几根幸福的白发，便躲到树荫下，抹了抹眼泪。

经理开车走了。藏玉看到手机屏上的微信显示：明日上班。

坐在石阶上，藏玉看着老人下了楼，手里拎着一个包，笔直地走到垃圾桶前，翻找着可以卖的东西。

太阳很大，老人很小。藏玉抽泣了几声，几个身背剑、绳的老人立在她身边。

她起身走了。

“死件变成活件，背后隐藏的故事令人泪奔。”经理群发的微信瞬间点击过千。

藏玉有了离开公司的想法。打电话给生金，生金说：再忍忍吧，等我跑完最后一个城市，我就回来。

她说你不是已经跑够五个城市了吗？

还有半个。生金说：活紧，我先不跟你说了。

七

突然感到心跳的藏玉赶到了公交车站。路过巴子营的晚班车在她跨上车门的那一刻，驶出了巴城。

天黑成了鼻孔。藏玉在巴子营下了车，就着手机的光亮赶到了家。从依稀的门缝里露出的光亮中，她判定婆婆在看电视。

婆婆曾说，要是没有电视，两个孙子一睡觉，屋子就成了储藏间。以前屋内有猫，有老鼠，现在，没有了，就剩下了孤独。婆婆不说孤独，她只说剩下她一个人在挠心。

藏玉开始拍门。门很空洞地响着，与推敲的贾岛在寂静夜里的诗思没有任何关联。

灯灭了，藏玉一个人在黑暗中比黑暗还黑暗。

她叫了几声妈。灭了的灯没有再亮。

她找到了院西的麦草垛。几年没有种麦子，积存的麦草堆里散发的腐甜阻止了她的泪水。靠着麦草垛，看着天上或隐或现的几颗星星，她关了手机。寒冷下来，她缩住了身子。她睁了一夜的眼睛。

天在她睁着的眼睛前开始放亮。

她起了身，径直走向了公路。赶往巴城的早班车上挤满了人。她一脚踏在车门前的台阶，一脚悬空。车上的人谁也不看谁，她一手扶着车门前的栏杆，一手揪下了裤子上的几根麦草。

生金的电话一遍又一遍地响，她一次又一次地按了。车上的人抬起头，有人恨不得替她接电话。

出了车站，她跑到公交车站点，坐着公交车赶到了公司。

公司的人看到她头发上的麦草，笑了，问她接地气接到麦草上，弄啥古怪。

她不做答。开了车，在巴城穿梭。

送完件，她看到了生金的信息，问她昨夜是否到了巴子营。

鬼混。她回了两个字。

中午到公租房，她扒了衣服，洗了澡，把掉落在地上的麦草收拢，数了数，放在了一个纸盒中。纸盒中的麦草呻吟了一下。

生金说：妈老了，村子里剩下的人不多，晚上她不敢开门。

我叫了几声妈。

几声妈在夜里什么都不是。她看到了视频中生金那张变形了的脸。

整个村子都陷在黑夜中，谁还敢应称一个敲门叫妈的人。

我是她儿媳妇。

你是她祖宗。

生金停止了视频。

下午送件时，她打了顾客几次电话，没人接。她发了信息，说我是快递员，请回电话，把件送到何处。

信息回了：送给你姥姥。

她骑车狂奔，在一十子路口被一小警察截住。

抽疯啊！你活腻了别人还得活。

这年头，想死也没哪么容易。

她凑上前去，想看看小警察胸前的警号。

小警察笑了。转身离去。

又有了信息提示。手机屏上有几行字：刚发错信息了，请把快件放到门房，谢谢。

她写了几个字：放你姥姥。但没有发出去。

八

日子像老鼠，在庸常的岁月地洞里窜来窜去。

藏玉穿梭在大街小巷。每到放学时分，看到如蝴蝶一样飞在街上的女孩，她就忍不住停了车。望着跟在这些小姑娘身后的母亲或者老人，婆婆和孩子便跳到了眼前。此时的婆婆已喂完了孩子，喂完了鸡和狗，把手往膝盖上一搭，坐在有点塌陷的沙发里，看电视。

在乡下，电视是耗电量最小的家用电器。挂在房顶下的15w的电灯泡，发着连自己都懒得看的光亮，照着婆婆和夜色一样的脸。

一阵风吹来，一只塑料袋风筝般挂在车把上。藏玉扯了塑料袋，揉成一团，捏在手心，同事发生来了微信：有你的快件，一大二小，请速来签收。

麻烦您代收一下。

这收不了，你得亲自来签收。

难道是炸弹。

比炸弹还麻烦。

藏玉认为这是生金又玩的一出。她加快车速，到了公司，见婆婆和两个孩子坐在门口的台阶上。两个孩子，一人拿着一包辣条，吃得口水满满。见了她，两个孩子也没有起身，一个望了她一眼，一个望着掉在地下的一根辣条，弯腰去捡。婆婆伸手捡了，塞在嘴里，孩子哇地一声哭了。

到了公租房，婆婆找了一个凳子坐了，藏玉让她坐沙发，婆婆撇撇嘴，说坐这里踏实。

给两个孩子洗澡，孩子躲闪着，听着哗哗的水声，婆婆说：这些水能浇一畦菜了。

藏玉替孩子换了衣服。衣服一光鲜，孩子便体面起来。看到脸上的色彩和委琐的举止，藏玉到洗面台，一遍一遍洗着脸。眼角的泪，雨天的露珠一样毫不吝啬地往外挤。

她想带婆婆和孩子去吃饭。

婆婆说她不饿，要吃她们去吃，给她买个馍就行了。

藏玉拽着婆婆，来到楼下的小饭馆。

拿来菜单让婆婆点菜，婆婆把脸一吊，咕囔了一声，说藏玉欺她是睁眼瞎。

点了一个麻婆豆腐，一份红烧肉，一个鸡蛋汤，四碗米饭。婆婆未动菜，只吃米饭。看到孙子抢吃完菜盘中剩下的汤汁，她用筷子拨拉到碗里，吃了。

藏玉说要带婆婆和孩子到天马湖去转转。婆婆说没意思，还没有狗啊鸡啊的好看，便去公租房了。

藏玉领了孩子到了天马湖。天马湖畔的人不多，花灯映在水面上，大楼映在水面上，一点一点揪着孩子们的兴奋，在湖畔释放。大的孩子手中的风筝转得欢，小的一把抢过去，扔在地下，用脚踩去。大的恼了，一拳捣过去，小的放声号哭。藏玉拽了孩子回家，到小区门口，孩子向坐在一石阶台的黑影扑去，那是婆婆。

这是什么地方，找到这里，我也忘了楼门，等半天也没个人影，要是在巴子营，我闭着眼也能走几公里。

上了楼，婆婆要睡沙发，藏玉拿了被褥铺了，婆婆说她要看电视。

藏玉说家里没电视，给她在手机上下载了一部电影，让婆婆看。

婆婆说：生金不在，看你把日子过成了啥样。别人家的电视越来越大，你们家的，拿巴掌大的玩意，哄鬼呢。

打发两个孩子睡了。藏玉看着婆婆把褥子铺在地下，盖上被子睡了。

藏玉睡不着，婆婆的呼噜打得响，宛若穿透着岁月的音响，远处的夜透过窗帘进来，藏玉倚在门角，望着婆婆嘴里的鸡狗在欢蹦。半夜，藏玉去洗手间，看到婆婆蜷身蹲在地上，藏玉说她是不是不舒服，她说肚子疼。要拉屎。藏玉说卫生间就在这里。婆婆说，坐到那个东西上，不踏实，非要蹲到有土的地上才舒服。藏玉穿了外衣，领着婆婆到了楼下的绿化带里。她看到挂在天边的那弯月，缩着头从楼角转出来，倚在一块云边，羞羞答答地呢喃。婆婆从绿化带里出来，努力地笑笑：说舒服。

窝在绿化带里的狗窜出来，对着她们吠叫。

天还未亮，婆婆说要坐早班车去喂鸡、狗，藏玉要送，婆婆说回家的路她知道，便拽了两个孩子，头也不回地走了。

九

一泡尿胀醒东莞的时候，生金把脖子里的毛巾扔到了马路上。马路滚烫，他一翘屁股，电瓶摩托车乌鸦般飞落到一写字楼前。

一只鸟，猴儿一样坐在了外卖包上。写字楼胶囊般塞进若干个工作坊。一小伙子趴在桌前，一只手接了外卖，说声谢谢，又将头搁在了胳膊上。

下了楼，生金见那只鸟还一本正经地望着他。他笑了，拍张照片发给了藏玉。

藏玉问什么意思。

生金说：这狗日的鸟比写字楼里的人还充大爷。

藏玉笑了：大城市的鸟啊！

生金抹了一把汗，说我累了。

藏玉说不累才怪，巴城天马路的天线杆上蹲满了乌鸦，电线也黑成了乌鸦。

生金说：扯吧，扯，巴城乡下多少年都不见乌鸦了。

藏玉发张照片给生金。

生金说小心乌鸦屎。

藏玉听到对街有人喊寄快递，便穿过马路。一小女孩说阿姨好威武。

她笑了。笑得像大太阳下的树叶一样无助。

回到公租房，藏玉问生金为何又到了东莞。

生金说：东莞小区里的黑人多。

藏玉说别扯，在东莞那家工厂原来的流水线上，你的技术很招人。

生金说：放心。

便挂了电话。

黑暗裤头般发馊。

冲了澡，藏玉躺在床上，就着手机屏看《都挺好》。她想这明玉，就像姚晨一样令人难以捉摸，她转变得也够快，换了她，怎么也对付不了那么多的事。她想都挺好的意思就是谁都不好。

公公死得早，婆婆在巴子营，是一根草，晒也晒的，旱也旱的，硬是把生金拉扯成一棵树。又找了她，配成了一双筷子。

婆婆像碗一样瓷实。

有碗的日子，筷子就是桥。

翻了翻微信，派单狗一样钻出来，伸着舌头，舔了一下她的手。

她扔了手机。

清晨一声咳嗽，街两边的扫帚都有了响声。到了公司，领了快件，藏玉戴了头盔，找到了那家铺面。铺面的门还未开，拍拍门，她听到了开锁的声音。一个中年男人开了门，收了件，道了声谢谢。她闻到了男人身上还没睡醒的味道。

男人身后，一只狗乖巧地摇着尾巴。

她叫不出那只狗的名字。那只狗，比男人受看。

非诚勿扰。

她看到了墙上大咧咧的四个字。

生金说东莞一直在下雨。外卖雨一样稠密，他也像雨一样不停地送外卖。

藏玉说巴城旱得像风干了的猪肉，洒水车洒出的水都是热的。

雨外卖热快递。生金挂了电话。

拨通了收件人的电话，那头说叫魂啊，扰人午休。

藏玉道声歉，说公司有规定，中午必须将这个快件送到。

那头说行了，公司算个毛。放到门房里。

藏玉说门房不收快递，要收得交一元钱。

那头说我已发了一元钱，你转给门房。

藏玉说门房要现金。

那头说爱收不收，便挂断了电话。

看到挤公交车的学生，藏玉给婆婆打电话，没人接听。她想到了秋天，老大该上幼儿园了。幼儿园像一块肉，她们这些打工的，就像苍蝇，挨苍蝇拍也得送孩子入园。

生金说行。视频中的生金的脸很大，西瓜一样鼓着。

瓤还没坏。她调侃了一句。

生金咧咧嘴：快了。

她把手机塞进口袋，就见天空黑得像锅灶，几点雨下来，打在快件车上。

快件车黑成了一只狗。

十

秋天像表姐一样虚昵着来到时，藏玉回巴子营接大孩，准备送她去幼儿园。婆婆看着她拽大孩出门，坐在那张小凳上，屁股抬都没抬。二孩在院里看着一只蚂蚁衔着一只带蜜的叶子，拍着手，看得烦了，她一脚踩死了蚂蚁，那片带蜜的叶子在她脚下卷成了席筒。

给大孩洗了澡，换了衣服，带她到联系好的幼儿园去报了名。幼儿园里花枝招展，大孩缩在她身后。她将大孩交到老师手中，老师笑了：放心去罢，这就像女人生头胎，生一次就习惯了。藏玉看着那位老师凸圆的肚子，想：若是一头母猪的肚子，里面该盛多少小猪娃。她拍了一下手，认为这是对老师的不敬，充满歉意地望了老师一眼。出了幼儿园，她抹了一把泪。

到了公司，她向经理汇报了一下孩子的事。经理的脸上有了雨点。他喝口水，说你把孩子也当快件了，你每天都得按时间节点收、接，公司是不能开这个先例的。

藏玉说早晨不影响，下午放学的时候我去接一下。

不能在快件车里载带孩子。

藏玉说：没问题。巴城就这么大。

经理把一片茶叶嚼碎咽下，挥手让她出去。

大孩的兴奋超出了藏玉的预期。

回到公租房，大孩说吃了什么什么，她还没认清幼儿园里的各种吃食。问她想奶奶和妹妹不，大孩摇摇头。

把照片发给生金。生金说辛苦你了。几头扯心。

藏玉说你回来吧。巴城这么大，到处都是家。

生金说：在外也是一种希望。快了快了。

有了大孩在身边，藏玉觉得屋子里的温暖在一点一点上升。晚上睡不着，看看熟睡的大孩，一种幸福从床头抬起身来，绕着她和大孩，一床的幸福扩散，窗外的那只不知疲惫的灯，把光从窗纱外透进，藏玉第一次觉得那只灯也像家人。

十一

巴子营人找到藏玉的时候，她刚送完最后一件快件。

来人把埋怨扔在藏玉的身边，说生金的电话打不通，她的又不接，把村里的人害得像苍蝇一样乱撞。

换了装，藏玉跟村人回到了巴子营。

老衣是公公死后，婆婆一次缝好的。在婆婆口袋里找到钥匙，打开那只木箱，一股木香味便弥漫。拿出老衣一抖，一沓钱掉到地上，数了数，接近一万元。

婆婆的身子已经僵硬，几个年老的女人脱榆树皮一样拨拉着换了衣服，将婆婆放置到门板上，抬到了堂屋。

电话响了，是幼儿园的老师，问藏玉为何不接孩子。

藏玉说了原因，老师说：老的死了，小的还要活吧。

藏玉哇地哭了起来。

二孩听到母亲哭，也哭闹着奔向藏玉。

藏玉看着婆婆那张带着嘲弄的脸，把一张黄表纸盖在婆婆脸上。她给公司的姐妹打了电话，让她接了大孩，明天麻烦送到巴子营。

姐妹说放心，谁家还不遇点事呢!

生金没有本家族人，藏玉跪下身去，请几个外姓的老人主事。外姓老人说她婆婆有福，摊上这样的儿媳妇。

这生金，不是人。

问藏玉，生金为何不接电话。

藏玉说她也打不通。

外姓老人说不管生金了，让死的人先入土为安吧。

帮忙的人一走，院里的冷清风一样悠荡。二孩睡了，藏玉坐在院中，听着风赶着风，在院内外嘻嘻哈哈。她一遍又一遍拨打生金的电话，依旧关机。她给母亲打了电话。母亲说她已在来巴子营的路上，藏玉的弟弟也从新疆往回赶。

听到车响，藏玉开了院门，母亲扑拍了几下衣服，跺了几下脚，到了堂屋门前烧了几张纸，问生金的机子怎么一直关着，藏玉说她也不知道。

坐在院中，母亲问婆婆死的原因。藏玉说她也不知道，听村人说婆婆睡下就再没起来，是二孩跑到别人家，叫了人。村人才知婆婆死了。

三岁的二孩。母亲叹了一声。

第二天的人多了起来，好多藏玉都不认识。外姓老人说这是村里不成文的规矩。村里死了老人，每家都得出人，现在村里的年轻人外出打工的多，如果赶不回来，会委托亲戚来替代。

一王姓的主事者召集大家开会。分配了各自的任务，院里便井然起来。棺材是早已打好的，从后院里抬出。王姓主事者推开棺材盖，看到了铺在棺底的被褥。

他说你婆婆这人，是个自己懂得疼惜儿女的人。

一场雪铺地而来。王姓老人说这天还不到下雪的时候下雪，这是藏玉婆婆修来的福分。雪不厚，院里的哀乐跟随着雪花，一遍一遍地翻唱。大孩领着二孩，顶了孝，跪在堂屋门前，一张一张地烧纸。

她们烧得无忧无虑。

王姓主事者说把鹤儿幡插在棺材前吧。

鹤儿幡便儿子起来。

办完丧事。藏玉答谢几个外姓主事者。王姓主事者交待了账目，拉拉藏玉母亲的手，说亲家辛苦了。

便带人走了。

打扫了院子，天气重新晴朗。领着大孩、二孩去坟上叩了头，藏玉找了一把大铁锁，啪地锁上了门。

二孩扑到门上，叫着奶奶。她踢了藏玉一脚，说她把奶奶锁在了院中。

路上没有碰到一个人。藏玉坐在候车点的栏杆上，看着一辆又一辆的货车霸道地驰过，车厢里山一样的货物稳当地安享着奔走的快乐。大孩说这些车连在一起，就成了火车了。

二孩问火车是啥玩意。

大孩说：长长的，咣咣的。

二孩说奶奶也是长长的，但奶奶不咣咣，奶奶老是吭哧吭哧的。

大孩说：那是呛得。

二孩说姐姐，奶奶一个人急不急。

大孩说：怕奶奶急，你跟着去好了。

藏玉拍了大孩一巴掌。

大孩竟然没有哭。

身体像秋风一样酸痛时，藏玉找到了经理。

经理胡萝卜一样把头探出桌面，说：你是好员工。你的那个生金还没消息吗?

藏玉说没有。曾经约定他走够五个城市会回来的。

经理弹着桌子，快递这行，不是镖行，快递不了人啊。

便去忙了。

一开门，二孩就往外跑。她在逼仄的公租房中，就像兔子在笼中一样没法开心。没有土堆，没有地上胡乱跑的小动物，二孩把水泥和砖地走成了乡间小路，歪斜不出几株草。她便用脚踢着能踢到的所有的东西。

藏玉的心，垃圾桶一样塞满了各种味道。

把清晨扫醒后，藏玉回到公租房，送了大孩去上幼儿园。二孩还在乡村的睡梦中，她便抱了她，放在小区一供人们歇息的地方，盖了衣服。扫完整个小区，二孩的一天便开始了，跟在她身后，有时追追流浪狗，有时追一只麻雀。城里的麻雀在二孩的脚下蹦来蹦去，捡拾着掉在路上的东西。在垃圾堆上高立的喜鹊，翘着尾巴，等着一段又一段的肥肠，或者剩肉。破白菜叶子和其他的物事，与它关系不大。二孩拾起一块石子，砸向了喜鹊。喜鹊飞到了旁边的一棵树上，望着走向垃圾堆的二孩。

丰富的零食打开了二孩的城市闸门，乡村的水逐渐干涸。巴子营鱼一样挣扎几下后，二孩和大孩融洽起来，渐渐有了城里人的模样。

巴子营人再次找到藏玉时，说如果她不回村住，院子就作为空置房要拆除。

藏玉说这得等生金回来。生金曾说，老院子是招魂的地方。

村干部笑了：巴子营几百号人家，十去六空，招回来的也是孤魂野鬼。

藏玉提起扫帚，在地下拍了一下，吼了声：滚。

村干部扔下一张纸，走了。

二孩说：妈妈，拆了老院子，奶奶就没处去了。

她抚摸着二孩的头，把地上几个烟头捡了，扔在垃圾箱中。

十二

戊戌年的腊月像缺了营养的桃树，枝上挂着的桃的茸毛长毛猪一样不那么招人。超市里集堆的货物丰富成美术家笔下的粗润，花红柳绿般招摇着。年味便夹在人们的腋下，一张臂就会露出一点味道。

藏玉向物业公司经理请假，经理说去吧，不去心里总是不甘心。

藏玉说我正月初一就上班。

经理说班得上，年也得过。快到小年了，腊月二十三还不回家的打工的人，大约就不回家过年了。

回巴子营的客车里宽松出一种无聊。每个人的包都不大。空荡中，大孩和二孩望着车外的灰黄，都嚼起了口香糖。有人说起“腊月二十三，灶王要上天”的话，有人惊呼：说差点忘了。灶书灶码子都没买。旁边的人笑道：如今，能赚钱的就是这些玩意了，放心，你还没到家，卖这些东西的就到门口了。

话题一有，接茬的就多了。说这灶王爷，火烧火燎的辛苦一年，腊月二十三上天，三十日回来，也辛苦。

他辛苦还有人记挂他，我们辛苦一年，哪见得儿孙回来陪我们几天。

都是些念想啊！一位年纪大的人提了包，下了车。大孩问藏玉下车的是不是灶王爷，脸怎么那么黑。

一车人都笑了。

巴子营的路上，几只狗望着藏玉，汪汪地叫了起来。大孩捡起路旁的石头砸去。狗跑了。打开院门，院里落满了树叶。婆婆爱种树，树在冬天馈赠给这所院子的，就是一层又一层的树叶。

送煤的车到了，送煤师傅说回来就好啊。

卸完煤，送煤的师傅把藏玉扫堆的树叶铲上车，说我顺便替你们倒了。扫垃圾没人管，乱倒垃圾要罚款的。

火一生，屋就像屋了。大孩和二孩在院中玩。二孩问大孩：奶奶走了这么多天，怎么还不回来。大孩说奶奶挂在墙上，舍不得下来。

二孩把墙踢了一脚。

母亲来了一趟，看到里外打扫一新的院子，竟落下泪来。她说生金这娃，连家都忘了，想什么呢！引得藏玉也流泪。离小年还有三天，兴许他在路上。

母亲把给大孩二孩买的东西拿出，大孩二孩望都没望一眼，趴在桌上看手机里播放的动画片。

母亲说家里事多，你弟弟们把孩子都扔给了我。老二两口子居然三年没回过家。两个娃叫爹妈都不知找谁。看到大孩二孩的玩具，她往包里裹了两件，藏玉没吭声，拿出三百元钱塞给母亲。

母亲接了，往口袋里一塞，急慌慌地走了。

没有人来，藏玉便睡觉。往里锁了门，大孩二孩出不了门，便在院里转圈。

有人拍门，藏玉开了门，来人说是村里的治保主任，看她家院里冒烟便来看看。

接过藏玉递上的烟，治保主任瞧瞧牌子，说回来就好，住几天院子里就有人气了。生金这家伙，我也好多年没见过了。

他让藏玉小心煤烟，晚上锁好门，有事可打他的电话。

留了号码，治保主任说过了腊月二十三，过年还有整七天。七天，该来的都会来。

便开车走了。

零星的鞭炮声一响，藏玉让大孩戴了帽子，装扮成男孩去祭灶。程序也简单，上炷香，摆上茶盘，茶盘里装的都是甜食。藏玉在灶膛里丢几颗糖。二孩也从口袋里抓了几颗糖，往灶膛里塞。藏玉拽了二孩到院中。

二孩说她偏心。

小年饭是年饭的开始。藏玉切了卤菜，炒了一只鸡，蒸了米饭。盛饭的时候，她盛了四碗，把筷头朝里一摆。

二孩问那碗给谁摆的。

大孩说肯定是给爸爸。我听奶奶说过，过年时要给没回家的人都摆一碗饭，他们会想家的。

二孩说也该给奶奶摆一碗。

大孩说：奶奶已经死了。

藏玉让大孩二孩听门响。大孩说只有风响，没有门响。二孩歪头睡了，藏玉把二孩抱上床，看到大孩一直盯着院门。风卷着又刮进院中的树叶，在翻滚。大孩熬不住了，说妈妈，爸爸是一只树叶该多好，风一吹，就到了院中。

藏玉坐了一夜，打生金的电话，依旧不通。打几个与生金相熟的人，说他早已离开了这个城市。

藏玉没有灭灯。一丝微亮，透进院中。风停了，树叶们蜷缩在墙角，等着明天的扫帚。

十三

满街的灯笼一幸福，正月十五的巴城就饱满起来。

两个孩子嚷着要去看灯展，藏玉领着孩子下了楼，满大街的树上缀满了灯条，巴城辉煌在一片红蓝黄中。游人比往年增加了不少，那种充满气息的灯笼不多。两个孩子兴奋成山楂花，盛开在街树上。一片雪花落下来，藏玉不以为意，两个孩子欢呼起来，生在北方的她们，生命的童年历程中也缺少着雪。一看到雪，就像看到了栏柜上摆的棒棒糖。街上的欢呼声在逐渐密布的雪中形成一个漩涡，一圈又一圈地转着。

月亮苹果一样红黄着。高出巴城的楼房后，月亮有了情绪，烙成的烤饼般黄灿灿起来。密集的雪花聚拢，形成了小圆球，刷刷地往下掉。

二孩揉揉耳朵，说疼。

大孩望着越下越密的雪团，说：妈妈，月亮下蛋了。

藏玉沉浸在雪中，头发上落满的雪团在灯光下晶莹着，二孩说：妈妈，我冷。

她抱起二孩。雪把街上的行人都往家赶。人一少，布满小灯管的树冠妖艳着，将巴城弄得心潮萌勃。二孩在怀中睡了，藏玉拉着大孩，也往公租房赶。

大孩把头上的雪球抖落，拽拽藏玉的衣襟，说：妈妈，天上把爸爸下下来该多好。

二孩把头一偏：下个奶奶更好。

藏玉眼前的灯笼变成了生金，在雪中溶化。她坐到了台阶上，搂着大孩和二孩。两个孩子不再争爸爸和奶奶，都用小手接着雪团。

一位环卫工过来，把几张纸板递给了藏玉：垫在台阶上坐着看吧，见过太阳雨，我还没见过月亮雪。你这妹子，倒是个有情致的人。

藏玉谢了环卫工。在雪地里，环卫工舞动着扫帚。帚头软，环卫工趔着腰，把月亮的清寒和雪积在一起，倒在垃圾箱中。垃圾箱中的雪探出头，环卫工将扫帚头拍过去，一地的月光喊疼。

手机响了。藏玉推开大孩，掏出手机，是快递公司经理的祝福短信。短信的最后缀着一句话：十五过后，也该上班了。

藏玉手中的手机像胎儿一样蠕动了一下。

（发表于《西部》2021 年第 3 期）

城里的青蛙

一

风对着五月猛吹。

再大的风也阻挡不了居家憋了几月的广场舞大妈们的激情。她们在风中扭曲着音乐甩动着臀部，巴城核桃园广场上，宣泄着她们的热意和快乐。离广场几米远的荷花池围了围栏，从撕开的缺口看去，荷花池边蹲着一个人。无边的音乐一点也影响不了青蛙们的鸣唱。

五月的荷花池中，蛙鸣阵阵。我打开手机录音功能，去年五月在荷花池畔录下的蛙鸣比今日的响亮。今天是 5 月 15 日。来听蛙鸣是一种心愿。被蛙鸣聒噪的童年早已被风霜淹没。没有了水塘的北地乡村，青蛙们已多年未见踪影，偶尔有癞蛤蟆疲惫地跳过沟坝，也吸引不了人们的眼光了。去年，分明被一阵蛙声吸引，便来到荷花池边坐听。那时核桃园还在修建，路灯稀少，人影稀少，蛙鸣声便格外宏亮。手机灯前，青蛙们在肆无忌惮地求偶。

城里的青蛙比乡村的青蛙更懂得张扬和轰轰烈烈。

那个人跳进了水里。

巴城的荷花还未展叶，池中的水也不多。也许没有观众，那人也觉无趣，慢慢爬出了荷花池。从被人撕开的缺口出来时，我看见她抱着一个玻璃瓶罐。里面有什么，看不清，或许是一条小鱼。打了照面，那人眼中闪出一点躲避，我脑中闪出一个人来：唐英。

“有青蛙的池塘水会养舌头。”她又望了我一眼，抱罐离去。我从她顺衣溜下的水珠中没有发现丝毫的涩滞。跳广场舞的散了，一袭香味冲鼻而来，那是沙枣花的味道。

五月的风，把沙枣花的香味送得很远。

二

那年师大毕业，巴城的乡村中学咧开了嘴，面条般把我们吞了进去。不过，那个年代是易于唤起激情和让人高尚的年代。我揣着介绍信，骑了自行车，身背一黄布挎包。包里的马尔克斯和《百年孤独》一样孤独，好在还有拳头大的一只西瓜在陪伴着我。这是我在路上买的。卖西瓜的五大三粗，坐在一堆小西瓜前，过路的都笑。说他把香瓜当做西瓜。那人也不辩解，一元一个，爱买不买。我买了一个，放进包里。包臃肿起来，把马尔克斯挤得乱窜。那时我们最方便的出行工具是自行车，红旗、飞鸽、凤凰三种品牌的自行车蚂蚁一样蠕动在路上。我的口袋里有一小铁勺，这是每到夏天我们的必备。口渴了，在路上买一西瓜，掏个洞，一手扶车把，一手掏瓜吃。这次去报到，路程超出了我的预期。小西瓜吃完了，路还未到一半。自行车上的行李山一样升起来，又水一样落下去。油路走完了，拐上一石子路。石子路左边是一条农用输水渠，用石条砌成，凶巴巴地凹在路边。石子路窄得像牙齿，勉强让自行车穿行。若对面来一辆自行车，一避，旁边的石子便会愤然而飞。往往胆大的会趁早摇铃，让别人回避。到一桥边，星星麻子一样开始四布天空。我坐在桥边的石阶上，掏出还未开封的一包烟。

我抽烟的历史就此开始。

不得要领地猛吸让我咳嗽不已。有人提着手灯过来询问。是附近的农民。他们正在麦场扬麦。我作了介绍，他们欣喜道：听说来个大学生，还真来了。他们推了我的自行车，到了家，吩咐宰鸡做饭。我说不必，请他们引我去学校便是。这家的男人笑道：学校这会儿哪有人，校没开正常，他们都住在附近，谁知道这会在家做什么。

炒鸡的香味让老天也嗅动了鼻子。他们望着我吃，吃完又敬酒，说我是来这个学校的第一个大学生，就像打下麦子扬场时扬出来的一个金豆子。他们笑，我也笑。这一晚，我失眠了。他们说还要去等风扬麦子，让我好好睡一觉，明天他们送我去学校。躺在炕上，满天的星星挤得像睾丸，风一吹就会生疼着摇曳。

校园里的学生不少。进校门右侧有棵槐树。我停好自行车，看着门牌找到教导处。主任坐在凳子上，说大学生来了哈。听说还很厉害，直接上手初三的语文和初二的英语吧。便不再理我。我问宿舍怎么安排，他说找总务处。总务主任个头单薄，手里提着一串钥匙，他指着我停自行车的地方，说就那间。便将一把钥匙给了我。

打开门，满地的纸张，有试卷、旧作业本，还有碎纸屑。找不到清扫工具，我弯腰捡拾那些东西。一个胖而高的教师领着几个学生进来，搬走了房中的木床，他们毫不理会避让在墙边的我。过了一会，几个学生抬着一只散架的木床，说是给我还了只床。窗户上缺了一块玻璃，顶棚上有几个洞，里面有东西在跑。我像一张纸，粘在地上。

进来一个穿西装的，领着几个学生，拿着笤帚和垃圾盒。他把我拽出房子。在那棵槐树下，我递了支烟给他，他接了，一串烟圈便优雅地穿口而出。

房间里一下子清爽起来。他摇摇床头，转身出门。回来时拿着一把斧子和几块木板，还有几根钉子。收拾好木床，他说：心情好，什么都好。又笑着整理了一下西装。

学生叫他他老师。一个学生说是你我他的他。

世界缩成了学校。不几天，学校的一切都熟悉起来。有一天吃完饭，有一女老师过去，有人指指点点。看到我，他们再不言语。我看到抬走我木床的那位教师的脸憋成了猪肝，我不知道他含在嘴里的话有多重。

她叫唐英。也是新分配来的教师。她走路，腰杆挺得很直，奶包招摇在胸前。见到他老师，她的表情丰富起来。

三

他祖望是沙城县人。沙城县很有名，有名的把县名用纸糊住，县名都能从纸里钻出来。沙城人好像只有一件事，就是施尽全力让孩子考学。他祖望的哥没有完成父母的心愿，去当兵了。他祖望把家里的希望背在身上，一到高二，成绩如春草般钻出头，猛长着。在当时的《语文报》上发了几首诗后，他祖望在学校香成了一只卤鸡，用什么纸包起来都会渗出油味。

那晚的月亮显然不怀好意。初三女生唐英周末没有回家，在操场里背书。他祖望打了一阵篮球。一地的月光下，唐英幻化成了一朵牡丹。他俩聊着聊着，月亮隐在了云中。女生宿舍的门已上锁，唐英跟着他祖望来到男生宿舍。男生宿舍空荡荡的成了两人世界。唐英困成了猫，便钻进了他祖望的被窝。

他祖望睡在了别人的一张床上。

没有上锁的门被校长踏开。校长揪起他祖望。

他祖望看到校长的脸在灯光下抽搐成一只球鞋底，便说：女生宿舍门锁上了，她实在没地方去。

校长说：伤风败俗。

他祖望恼了：我们既没伤风，也没败俗。

校长说：在我当校长期间，绝不允许发生这样的事。

什么事也没有发生。她没地方去。

校长说：俩人都开除。

他祖望说：责任在我。你别伤损一个女孩子的清白。

校长领走了唐英。

回到家的他祖望的书被父亲撕成了碎片，扔进了驴槽中。那段日子，他祖望在父亲的呵斥下脱土坯。太阳很大。他祖望身上的皮脱了一层又一层。邻家小孩在他脱好的土坯上跳着玩，母亲心疼儿子，骂了小孩几句，小孩的父亲跳出门来，扇了母亲一个嘴巴。他祖望操起铁锨拍了过去，小孩的父亲逃了。他祖望从家里找出了一把杀猪刀，插在了邻家门口。

邻家男人央求村里人，把他祖望母亲的脸还了回来。他祖望背了行囊，来到了巴城。

来到巴城的他祖望把太阳和月亮装进了口袋。

四

我比对听着两年的手机录音，去年的青蛙叫声还是清脆。出了核桃园西门，唐英坐在石头凳上，见我出来，说要请我去家中一坐。她家在附近。

这是栋教师家属楼。唐英家在五楼。上了楼，她把那只玻璃瓶摆在了书橱的一个空格，把一束鲜花挡在了前面。从味道判断，那是芍药花。花农掐了枝卖的。

家中没有任何照片作为参照，我端坐着，她笑了。

结了。生了。养了。成了。她丢过来一本影集，上面有一男孩的照片。

问她孩子的父亲是谁?

她说宋江啊!

见我迷茫，她说就是宋江啊。他可不是梁山泊寨主，你知道的。

我当然知道。宋江曾是我的同事。

他老师究竟走了哪里。

他在瓶子里。

下了楼，碰到了曾经的同事朱成。他已经老成了柳树。他说他早就认为我会有一番作为。他说为了小说素材，你可以找找唐英。这个女人，废了两个男人。一个逃了，一个死了。

我很不喜欢他的表述。我记得，他和宋江曾为了唐英打过架。

我问唐英的玻璃瓶中究竟装的是什么？

他说有若干个答案，你信哪个都行。但我认为是舌头。

我又顺西门进了核桃园。荷花池里的青蛙放声高歌。我坐在水泥台阶上，听着青蛙们放肆的声音。我想到了唐英家敛着翅膀的那只蝴蝶标本。我推想着这时的唐英和核桃园中的那幢中西合璧建筑里曾经的军阀马步青九姨太的寂寞和孤独是否有相似度。那个被从金城掳来的戏子在园中的墨牡丹枯萎后寡欢成一只飞鸟，在别人的窝里夜夜伤感。

五

他祖望一到巴城六中，就像藏羚羊在可可西里，每天都有奔跑的可能。学校刚刚兴建，迫切需要在高考中一振声名。他祖望一到，校长和老师都站在跑道上，眼巴巴地看着他祖望做预备动作。他们的要求不高，能在本省收获一个师范大学本科生，他们的心里就会小溪潺潺。

校长让出了自己的办公室，做了他祖望的宿舍。打着补丁的行李被捆放在一边，天天望着他祖望，励志着他。

六中新招收的学生是巴城三大高中招生后剩余的学生。成熟的女生在校园里天天开放。他祖望一走过来，就会有口哨声响起。在那个“阿哥阿妹情谊长”的年代，女生们的热情往往宣泄在迪斯科中，他祖望录像机一样摆放着，不按键也会奔放出旋律。

校长的办公室还是平房。

校长在宿舍的隔壁设了值班室。校长爱抽烟，大多时候抽自卷的旱烟。一到中午和晚上就寝前，校长便在宿舍门口的凳子上坐了，烟雾袅袅成武侠人物。乱丢水果和牛奶的女生敛了脚步，悄悄地将东西放于地下。校长闭着眼，眼尖的女生发现校长鼻孔里喷出的烟雾在辛辣地炸裂，便打消了往前走的念头。校长胸膛里的笑声开始颤抖。他家人口多，靠他一个人的工资生活，为他祖望补充营养的钱又不能从学校支出，校长在这点上固执得如老榆树，从不让飞鸟在上面作窝。有了这些女生，校长便放任老榆树开花。

他祖望如施了农家肥的庄稼在缓慢地提高着成绩。

唐英在校长眼里成为老虎般的存在。

那天中午，校长在暖阳下睡了。在凳子上睡觉的校长姿势很规正。唐英轻轻推开门，看到没有负担的他祖望松弛在床上。她拍了他祖望一掌，他祖望的脸抽动起来。

她说她是请假来的。

校长一觉醒来，看到了刚想跨出门的唐英。校长进了宿舍，他祖望和唐英站在地下，他祖望很无助地望着校长。

校长笑了。

他说他防住了本校的女生，却没有防住外校的，还是外县的。看看也好，心里就踏实了。

待学生上课后，校长送走了唐英，有老师问校长送的是谁，校长说是他家的亲戚。

上完课回到宿舍的他祖望让校长停了餐。

饱出的爱情饿出的大学。校长依旧坐在凳子上。多少年后，他祖望仍记着这句话。校长还说：爱情不是错误，年轻才是错误。

高考结束后，校长让人送他祖望去了车站。他终于歇了口气，按估分预测，本科已向他祖望挥手。

六

学生一放学，校园里便没有了溪水穿石的声音，风就空旷起来。我渐渐浸入了慵懒之中。唐英的高跟鞋击出的声响往往让校园充满一种怪异。40 多个教师，邻近乡村的便有 30 多个，他们把快乐绑在自行车上，一路欢笑着而去。我们缩在宿舍里，听不加节制的风和唐英莫名的脚步声。

我们叫不开，换了拖鞋的唐英也叫不开他祖望一到放学便紧闭的房门。

那个年代是最不缺乏想象力的年代。

有教师到我房间聊天，他祖望和唐英总是绕不过去的话题。他们说你们叫分配，唐英那叫调动。她从沙县调到巴城，再选择这所僻远的中学，就是奔他祖望而来。所以学校有二怪：唐英的高跟鞋和他祖望的诗。

我起身轰走了他们。

他们还会来。

那也是个教师千方百计想把书教好的年代。

我不按现成的教参备课，教研组老师们不爽起来。校长找我谈话的时候，一团烟雾落了又起，校长裹在烟雾中，他说个性化教学也是一种教学。那个夜晚，校长慈祥得像庙里的塑像，一直在微笑，我从烟雾中挣脱，校园很寂静，我嗅到了一种香蒿的味道。

夜里的香蒿，狗一样缠着我。我寻味前去，揪了几块叶子，在手心里揉搓。手也香起来，香得那晚让我演绎了一遍他祖望和唐英的故事。

七

他祖望在师大求学的时候，心花像爆米花一样怒放。学校图书馆的名著从手中到包中，从包中到树下，再到路灯昏黄的光线里。在路灯下发现那位女生背英语时，他感到有一团黑夜总围罩在女生身后。每当女生出现在路灯下，他便穿了当兵的哥送他的一套军便服，手里提着拖把杆，笔直在一棵树旁。诗意从脑中飞出，羞羞地奔向女生。女生毫不理会，诗意便变成了现实。女生是大四英语系的。在路灯下的最后一个夜晚，女生路过那棵树时，望也没望他祖望一眼。这个细节很值得人推敲，但寺院是存在的，月亮也是存在的，贾岛也是存在的。一致的结果是：他祖望是个具有绅士风度的人。

我曾写过一篇文章，篇名就叫《二十世纪末的绅士》，写得就是他祖望的这段故事。

据说他祖望此时又爱上了一位教授的姑娘。姑娘是诗人，已经很有名。每天清晨，他祖望便抱了诗集，选出他认为值得表达的诗，在教授家的楼下大声诵读。诗是教授翻译的。教授从梦中被自己翻译的诗惊醒，便站在窗前，看着他祖望走来走去，把诗诵读得热意蒸腾。教授夫人在规劝了几次无果后，果断地将一盆水泼向了窗外。教授大怒，说有辱斯文。他祖望念完最后一句诗，抹了一把脸上的水，回头朝教授夫人挥挥手，走了。

水里有学术气息，但没有爱情。

这是他祖望多年以后诗中的句子。

学校考虑他祖望是否留校时，这两段故事被人翻了出来，这不是决定因素。一封信落到校长桌上，一向欣赏他的校长叹口气，说让他回原籍吧。

那封信是他祖望父亲写的。这个农民的信中有一句话很真理，说土里鸡蛋土里长。校长是学哲学出身，看到这句话时并未想鸡生蛋、蛋生鸡的问题。

他说可惜了。

他祖望不想再把蛋生在沙县的土中，严格地说是沙中。他想留在巴城。他把上学时的行李托人送回了家。沙县的家在他的记忆中成为一粒沙子，经风一吹，落向何方，他不再探寻。

巴城一中想留下他。一位副校长一字一顿地说：一个故事太多的教师，麻烦。

他祖望便被分配到了这所乡村中学。

故事长着腿，又从巴城跑到了这所学校。

八

他祖望被学校开除后，唐英梦中的桃花便谢了。父亲在听了完整版的叙述后，没有责备她。他撕了贴在学校专栏中的关于开除他祖望的通告，对校长说：过分了，谁家没个孩子呢。便拉着唐英走了。

那时转个学校，就像母鸡在哪儿都能下蛋那么随便。校长早已得到风传，但校长没有一点犹豫，他抽出蘸笔，拧开墨水瓶，轻轻蘸了一下笔尖，写了“同意”两个字。多少年来，一看到“同意”两个字，唐英就想起那位校长，想起校长，心中的桃花便会枯萎。

看唐英在抹泪，校长说：好好的啊，路还长着呢！

他祖望成了唐英脸上的一颗痣。

唐英在高考后填报志愿时，选择了他祖望后来上的师范大学。她赌得不是学校，而是爱情。当学校里成双入对的学生徜徉在林荫道上时，她泡在图书馆中，就像掐了根的花泡在水中，尽力在花朵上灿烂自己。

她等到了他祖望。看到成小老头样的他祖望时，她笑了起来。

她想接过他祖望手中的提包，他祖望甩开她，走向了报名点。

“别再让我出现在大学的通告栏里。”他祖望撂下这句话，唐英便安安静静地毕了业。

那年，父亲瘫倒在炕上。接到来信时，她回到了沙城，来到父亲所在地的乡村中学。父亲嗔怪她耽误了自己，唐英笑笑，说比起当年她受到羞辱时父亲的那份淡定和宽容，她应该侍奉父亲。

父亲咬着牙拍了一下炕沿，努力出一点笑容。

父亲走后，唐英申请了调离。那时的他祖望，已在巴城的这所乡村中学教书。

九

我见到被人称为他嫂的徐子枫时，是一个夏天。那个夏天是为徐子枫准备的，腿都在抱怨长裤时，徐子枫店中的短裤清风一样裹在了男人们该裹的地方。街上一片小腿，长毛的、粗胖的再也不羞羞答答，把个夏天弄得油油腻腻。

徐子枫朝我笑了一下，她的笑充满商业气息。她说短裤今天已断货，明天才到，有新到的衬衣，你买一件。

我只得买了。

我出门时，他祖望摇晃着进来，他瞥了我一眼，我看见几行诗汗珠一样被他甩到了地下，烟都没冒就干涸了。他说夏天在短裤中悠长成一个城市。我不明白，徐子枫说这是诗，她喜欢。

如果天下女人是牡丹，徐子枫连芍药都算不上。算不上芍药的徐子枫和他祖望走在了一起，她就成了牡丹。

徐子枫说云朵在天上跌下来摔碎，大多原因是诗人的过错，她要跟诗人们争夺他祖望的时间。他祖望很轻易地把女人写成了诗，却无法让诗变成女人。一到周末，他戴一礼帽、身着风衣，骑着自行车到了公路边，再换乘公共汽车，到巴城县城，找一廉价的旅馆一登记，便去找诗人们喝酒、吟诗。醉了便摇晃着到了旅馆，睡一觉起来，又该到去学校的时间了。

那时，还没有双休日。

那条河边的石子路，报废了他祖望的一辆飞鸽牌自行车。

又回到巴城县城的时候，徐子枫已卖起了长裤。已习惯于写《爱的十四行》的他祖望写起了长诗。按徐子枫的说法，是把短裤变成了长裤。

也确实该到谈婚论嫁的时候了。

他祖望决定走一次唐英的老家。他叫了一位诗人同行。

秋天给了诗人诗情，但没有提供秋裤。

他祖望和诗人出了沙县县城，问别人，没有到唐英家去的公共汽车。他记得唐英每周上学是自己骑自行车来的，他不知道唐英家离沙县县城百十公里，回一趟家单程得两天。好在路程中间有她一个姨妈。一半是学校的路程，一半是家的路程。姨妈那时还年轻得像春天的韭菜，一铲子下去就会铲出水来。

陪同他一起去的诗人认为沙县是出瓜果的地方，秋天正是露地瓜果上市的时节，便没有准备矿泉水之类的东西。他祖望一向不拘小节，他老家不种瓜果，种茴香。两个诗人看到一个蚂蚁背着另一个蚂蚁在急速前行。到一户人家，他们讨水喝。主人给了他们两个西瓜，便忙去了。他祖望用指甲顺瓜线掐了一圈，用手一掰，西瓜便成两半。诗人接过半个西瓜，吃完，说人传沙县人小气，看来也不尽然。他祖望笑了：在沙县，甜水金贵，秋天的西瓜被窝中的风，不值钱的。诗人便噤了口。走了一天一夜，找到了唐英的姨妈家。姨妈听说是唐英的同学，忙忙地让他们上炕。吃完饭，诗人一觉睡去，把星星睡成了古诗。他祖望和姨妈聊天，把唐英的童年聊成了蒲公英，风一吹，便没了踪影。

俩人继续前行。在一河滩里，他们一摸口袋，只剩下半盒烟了。诗人说：许多爱情就是这样无疾而终的。他祖望用一块石头砸着另一块石头，说回吧。爱在路上，这路也太远了。

诗人看到了一辆手扶拖拉机，便挥手。那人问他们到哪儿去，诗人说了地方。那人说那地方的人早已搬了。诗人说是唐英的姨妈告诉他们的。那人一脸的惊惧，说大白天你们说胡话呢，你们说的那个女人我知道，死了已经三年了。便开了手扶拖拉机逃离了。

诗人说我们回去再找找。俩人回走的路上，再也没有碰到唐英姨妈家的院子。诗人的脸绿成了西瓜皮，他掐着中指，念了几声阿弥陀佛。

他祖望痴痴地笑了。

十

他祖望的门一打开，就是三个方向：课堂、厕所、大土堆。

到大土堆，是午夜的时刻和喝醉酒的时候。

他去吟诗。哪怕醉得从泥地里爬起来，他都要去换了衣服，攀上大土堆。有风的时刻，他的衣袖和头发在动；无风的时候，他的手臂和头在动。他的声音厚实而有磁性，一首诗仿佛疼彻五脏六肺后而出，没有听众，沉醉了的只有他自己。

大土堆在学校的西南角，据说下面有吐谷浑王族的墓葬，大土堆便霸气地望着一茬又一茬的学生来来去去。

有一天，我正在槐树底下读书，他祖望过来，递给我一支烟，将手里的大号手电筒放在我身边。

我问他干什么？

他说他吟诗的时候，如果是无月之夜，能不能将光束打在他身上，那样，他更像诗人。

我说好。他便走了。

那夜黑得像黑狗毛。我打开手电筒，世界就在一道光束中展开。他祖望站在土堆上，我将光束打在他身上，他缓缓抬起胳膊，朗读起海子的《新娘》：

故乡的小木屋、筷子、一缸清水
和以后许许多多的日子

许许多多的告别
被你照耀

今天
我什么也不说
让别人去说
让遥远的江上的船夫去说
有一盏灯
是河流幽幽的眼睛
闪亮着
这盏灯今夜睡在我屋里

过完了这个月，我们打开门
一些花开在高高的树上
一些果结在深深的地下

我将手电筒光束移到了别处，我蹲在地上，盯着雕塑成树的他祖望。他跪了下去。

姐姐，今夜我在德令哈，夜的笼罩
姐姐，今夜我只有戈壁

草原尽头我两手空空
悲痛时握不住一颗泪滴
姐姐，今夜我在德令哈
这是雨水中一座荒凉的城

除了那些路过的和居住的
德令哈……今夜
这是唯一的，最后的，抒情。
这是唯一的，最后的，草原。

我把石头还给石头
让胜利的胜利
今夜青稞只属于她自己
一切都在生长
今夜我只有美丽的戈壁　空空
姐姐，今夜我不关心人类，我只
想你

他号啕大哭。

我不知道他朗诵海子《日记》要发散心中多大的郁结之气，我恍惚看到黑暗中有一个女人扑向他，抱住了他，和他相依相偎。我把光束全打在他身上。他把头勾得很低，似乎要从裤裆里穿过去。姐姐两个字如江河决堤，撕心裂肺着。

我瘫倒在地上。

那晚，我记住了，姐姐对一个男人来说，是一个多么惨痛的词，没有晴天，只有黑夜。

十一

唐英的胸脯再次膨胀成夏天时，校长把我叫到他办公室里，他说以前真好。

校长说以前的时候，脸上涌出了自豪。他说以前校园里没有女教师的时候，学校平静得像灶上废弃的那只铁锅。

我笑，校长也笑。他拉开抽屉，掏出两包烟。他不会从封口开启，只管撕扯。烟盒狰狞着。我接过来，撕开封口线，扯掉半块锡纸，烟就齐齐整整排列出来。我抽出一根，递给校长，他掐掉海绵把，用火柴点了，抽了几口，说不过瘾，便卷旱烟抽。

他说学校曾经雇过一个做饭的姑娘。灶房里就热闹起来。那个时代找个女人结婚好像没有现在这样想法多，勤快，能过日子就行。没过多久，我一直强调而不得的教师仪容发生了改变，灶房吃饭的杂话台变得文明多了。这好。整顿男人的仪表不能光靠制度，要靠女人。当这个姑娘被副校长拿下后，情况就变了。在灶上吃饭的单身男教师再也不来吃饭了，让报饭，说吃，到点便到外面饭馆去了。扣饭钱，他们也不乐意，说有人包了做饭的，也该把伙食费包了。不得已，我辞了那个姑娘，副校长不高兴，找我论理，我说行了，把这位姑娘娶回家，给你一人做饭去吧！姑娘一走，灶上又热闹起来。

这唐英一来，你看看，又碰了个他祖望，还有宋江和朱成，把个学校乱成了狗窝。

告辞时，校长站起来，把两包烟塞进了我的口袋。他拍了我一下肩膀，说学生反映，你语文教得好，英语也不错。

从校长办公室兼宿舍到我的宿舍，得走 180 步，还得拐两个弯。校长的门窗对着校门口。

我又开始背明天的英语课。我背得很辛苦，辛苦得让学生老认为我的英语水平很高。

我说背，而不是备，别人教英语在备课，我得背课。英语我得用教参，把教参背熟了，英语课也就好上了。

好在学生背得比我还起劲。教室里常常英语着，促使我更加努力。

唐英说你施了啥魔法，让他们这么喜欢英语。

我说我被动地努力爱，他们主动地更加努力地爱。

唐英撇撇嘴，说我跟着他祖望，也魔怔起来。

十二

校长听到了汽车喇叭声。值周老师说有一辆小车顶在大门前，正在摁喇叭。

学校对面是市场，南北相对的是店铺，还有一家诊所，两家饭馆。东面是一座戏台，年代不久远，但势派大。来来往往的人一多，学校也成了市场。

校长买了一把大铁锁，除学生上学、放学四个固定时间，别的时候，校门都上锁。校长又让人做了一个木牌，上书：教学之地，请勿打扰，谢谢关照。

喇叭声很放肆。校长和值周老师到大铁门前。值周老师问找谁。车窗里伸出一个脑袋，值周老师退后两步，校长看到了徐子枫红得像涂了鸡血的嘴唇和烫得像狮子的头发。

校长也后退了两步。

徐子枫说找他祖望。值周老师看看手中的表册，说他老师在上课。

校长说：让她等，让她不要再按喇叭，让她等他老师下课。

大门一开，徐子枫开着车，在校园里转了一圈。一校的眼睛盯着这辆车在发泄完情绪后停在了他祖望宿舍门前。学生们看到一袭粉红的风衣飘进了他老师的房间。

他祖望坐在凳子上抽烟。

徐子枫眼中的轻蔑退去。她说这学校可恶，硬是把她挡在门外。

他祖望甩出了手，耳光响亮，徐子枫拎了本书，走出了房间。

校长看到徐子枫飞跑的身影，让值周老师赶快去开了大门。徐子枫开了车，小车气恼地在校门口吼了几声，远去了。

校长松了一口气，看到他祖望过来，什么也没有说。他接过他祖望递来的一支烟，没抽，拍拍他祖望的脊背，回了房间。

他祖望又闭上了房间的门。

有人听到唐英在放《枉凝眉》的歌曲。

这个周末，他祖望没有回城。校长让灶上烧了一顿红烧肉。他吃。他祖望也吃。

俩人又喝了一瓶酒。

他祖望摇晃着回了宿舍。校长卷了一根旱烟，他猛烈地吹了一口，烟雾袅娜，他觉得比徐子枫卷了的头发好看。他来到大土堆上，坐了下去，看着那轮不要脸的月亮把所有的光铺在地上。他笑了。

他祖望没有来，校长没有听到那声撕心裂肺的“姐姐”。他起了身，披着一身月光回到了房间。

校长没有拉灭电灯。他躺在炕上，也想他的姐姐。他的姐姐在解放前夕跟着丈夫走了，去了哪儿，谁也不知道。

在学校，校长是唯一睡炕的人。

十三

唐英从窗户跳进他祖望的房间，是宋江发现的。朱成说，他也看见了。

夏天，再耐热的他祖望也不敢紧闭窗户。几丝凉风在对抗着夏天。他祖望窗户上的窗帘的颜色，不好定位，风一吹，有大海涌波的感觉。唐英跳进房中，就像跳进了浅海，惊恐的是他祖望，幸福的是唐英。唐英的舌头冲进他祖望嘴中时，他祖望感到了海水的咸味和热烈，更有一种沙子摩擦的阻力。他从床上跳起来，唐英摁住了他。他祖望的舌头被引诱了出来，羞羞答答跑进唐英嘴里时，宋江听到了一声怪叫。

宋江说是海狮的叫声，朱成说扯淡，明明是狗被阉割时的叫声。

唐英打开房门，宋江说唐英浑身上下洋溢着一种自得和幸福，仿佛海里的浪花拥抱着鱼儿。朱成想只要他们没有在大海里嬉戏，他的人生就有希望。他发现宋江变成了诗人，诗句泡泡般从嘴里咕咕冒出，落到地上后一行一行排列。

他祖望没有出门。两天后，校长喝令砸开了门。属于学校的东西安安静静地望着校长，床板被擦得让校长也想铺了被窝去睡觉。报警吧。教导主任一脸的责任。校长抽出一支烟，没有掐烟嘴，他吸了两口，扔了。教导主任拾起烟，吹了一口，说校长抽烟不掐烟嘴，就像性交时戴了避孕套。校长抢过烟，掐了烟嘴，点燃了烟，吸了几口，说我们等等。

当一校的老师等得把眼珠抠出来再安进去的时候，还是不见他祖望的身影。当地派出所和上级主管部门来问校长，校长说：再等等。

校长资格很老，派出所小民警呵斥校长时，校长挽起了裤子，副所长瞪了小民警一眼，说人命关天。校长说：这不还有个天嘛。

一封调函来到学校时，校长长舒了一口气，珍重地盖上了学校的大印。然后拉开被窝，紧闭了门，在炕上睡了一天。

那觉睡得，鼾声惊扰着屋檐下的麻雀，它们慌乱在门前的树上。校长醒来，教导主任说那天说话太草率，向他道歉。校长笑了。教导主任说他祖望去了哪里。校长说远方。

十四

有一种生活叫无动于衷。

唐英胸膛的两团白再次从衣领上升，校长把“伤风败俗”四个字卷进烟中，抽得天昏地暗。一校的男人在两团白的引领下，把头勾得很低。

唐英在他祖望消失后，飘摆成了裙裤。

校长去了趟眼镜店，买了副墨镜。他叫住正往教室里走的唐英，说：不好，真的不好。唐英的衣袖往上窜了窜，校长说：第一次，你小；这次，你招摇。唐英把脚收了收。校长说：这是学校。唐英一句话都没说，她退回宿舍，出来时，一袭小领西装让校长摘下了墨镜，把它扔在了一块石头上。墨镜碎出了一地的光影。教导主任说：可惜了。

校长背了手，走出了校门。校墙后的麦地里，麦子们黄成了一个套路。

宋江和朱成增加了去唐英房中的次数。朱成的家在农村，每周回家时带来的馍，争先恐后地跑进唐英的房中。唐英数数，在一小本子上记了数字。有时唐英不想上灶，朱成便打了饭，小心地端到她的房间。等她吃完，朱成去涮了饭盒。饭盒里的水把朱成的脸摇晃成波浪，小勺子看着一丝一丝的焦虑从他的手中滑出，歪斜成一根面条。

唐英提着崴了跟的鞋，来到修鞋摊上。修鞋的师傅说这鞋，无法修了。她便走了。等她走远，修鞋的师傅抓起鞋，扔了出去。师傅直腰时，带倒了修鞋的机器。他扶起钉鞋机，旁边卖菜的人笑了。

宋江便自告奋勇地去买鞋。

那个黄昏，宋江提了鞋袋，唐英的门半掩着，宋江侧身挤了进去。躺在床上的唐英慢慢坐起。宋江倒了一杯水，递给唐英，放下鞋，侧身走了出去。他听到了唐英的一声叹息。

唐英下床，看了看鞋的牌子。鞋里垫着两张白纸，她抽出来，瞅瞅，两张白纸白得像诗，龇着牙，把时光拽进记忆中。看鞋底时，他看到了烫在鞋底的“他祖望”三个字。

城里的青蛙啊！她叹了口气，见一粒夕阳走进了鞋中，青蛙似的跳了一下，她把鞋套在脚上。

一场考试下来，校园里安静了许多。教导主任说打平伙，男教师们纷纷响应。打平伙是一种游戏，钱数均摊，买来羊肉，分成份子，用细麻绳绑了，扔在锅中，待肉熟了，分肉者用火钳一戳，戳到哪块算哪块，不挑不嫌。教导主任看到朱成，说朱老师你去找根细铁丝来。朱成找来了铁丝，教导主任把铁丝弯成唐英的名字，说你和宋老师把你们的份子和这东西绑在一起，谁的断了谁出局，免得像公狗一样胡乱骚情。

宋江在往锅里放肉时，用菜刀在朱成那份羊肉的细麻绳上划了一刀，灶房的大师傅说宋老师在干什么。他说有一块羊油，他割了，免得肉汤肥腻。

羊肉出锅时，大师傅用火钳一戳，朱成的那块肉掉进了锅里。教导主任一拍手说：朱成出局。

朱成说凭啥。

教导主任说：朱老师的羊肉烂在了锅中。宋老师该出两瓶酒。宋江应了，去商店提了四瓶酒。校园里便吆五喝六起来。

那个晚上，朱成把月亮摇晃到了云中。在他祖望吟诵诗的大土堆上，他睡了。宋江和校长把他抬到了房中。

校长不吃绑份子，校长只喝羊肉汤，份子钱照出。校长看着一身土的宋江，说别闹出人命，丢人现眼。宋江说：哪能。便卸下了一身疲惫。

十五

市场里的人未见徐子枫开门，也没在意。

一周后，有人打开卷闸门，人们才知道商铺已被转让。问徐子枫去了哪儿，转让到商铺的人说不知道。有人进去，看着整齐的货架，衣服没了，地下也没任何垃圾。

徐子枫是那种自已骂他祖望什么话语都不嫌脏而不允许别人骂他祖望一个脏字的人。他祖望失联后，她依旧开店。巴城不大，什么故事都藏不住。有人曾探过她口风，她应付着顾客，问得急了，她拿起一块抹布扔了过去，说看抹布能不能塞住嘴。来人仓皇而逃。有人专程去问校长，校长问来人他祖望欠他钱么，来人说没有。校长手中捏着一只烂袜子，扔在来人怀中，说碍你什么事。来人说手续是校长办的，多少透露点信息，也让一城人安心。校长笑了，朝地下吐了一口痰，用脚擦了。

有人说早就发现徐子枫在甩货，凡进她店的，没有空手出门的。有人找到派出所，问警察，警察说：见过多事的，没见过这么多事的。便让来人该干嘛去干嘛！

我早已离开那所学校。校长去世时，我曾去过他家。校长只有一个儿子，留在农村。校长把儿子一直留在农村的理由是，与公家事不沾边，乐得自在。校长的父亲是孤儿，送校长上学做公家人耗费了他毕生的气力。校长像麦子一样睡在土地的胸膛上，等待收割的时候，被拦腰切断，送到了一个他不该去的地方。他孤独的影子徘徊几年之后，开始教书。校长曾在心中种下过一个姑娘，姑娘把他寂寞成石头后，校长找了位老家的农村姑娘。他说梦在城里会枯萎，在乡村，一根青草的梦都会开花。校长的儿子拿出一个笔记本，上面剪贴着我发的一篇文章，他说他爹临死前把笔记本交给他，如果我来吊唁，就把它转我。我说如果我不来呢！校长的儿子说他爹没说。校长的儿子还说他爹说有个叫他祖望的老师可惜了。

我跪在了校长的棺材头前。

在某年某月某日的一天，我看到一片一片的叶子潮湿在街头。那天我还看着一缕一缕的风吹疼了矮牵牛的眼睛。它们自己睁着眼，把生命的余绪低矮进泥土。有个身影闪了出来，像他祖望，又像徐子枫，我像牧羊犬跟着羊群，看着他们拐了一条街，又拐上了一架桥。我被红灯阻隔。待我赶到桥的那头，没有了他们的身影。我像马一样蹚过黄昏，打电话向友人诉说，友人说我中邪了。

我到教育局去查找他祖望档案的去向。有知情者说，那个年代，档案都是飞的，谁还记得。来到街上，我听到洒水车的尖叫。尖叫声是水发出的，它们看到云白花花地载着太阳，身上缀满了燥热。

我把自己坐成了一棵树。

十六

回忆是狗，窜在唐英的生活中。

唐英调离后，在回忆的脖子上拴了绳子。朱成接过绳子后，调到了更僻远的一所小学。

活着就好。朱成找我时，我正赶写一篇心得体会。我赶得满头是汗，朱成也像一滴粗大的汗滴到纸上，他笑，我也笑。

我和他坐到了巴城的一座茶屋里。巴城有没有咖啡厅，我真不知道。大多时候，我闲转街头，总在找寻适合一个人喝一杯清茶或咖啡的地方，或听一听自己喜欢的音乐，坐两个小时，思考一下不属于自己还算世界的问题。小城虽小，气势不输，把这点奢望交到了KTV歌厅中。一拨一拨的人挥舞酒瓶，唱着自己都不明所以的歌，间或的歌手把《一无所有》唱得鬼哭狼嗥。巴城近几年长出了几千个茶屋，每个茶屋宛如花一样开放，艳丽在大街小巷。朱成喝了一口茶，把茶叶吐在了地下，我抽出一张餐巾纸，把茶叶撮了，丢在垃圾桶中。朱成说哪有这样的，我说哪样，朱成便开始了他的讲述。

他祖望灌了一盘磁带，托人带给了唐英。唐英接了，说声谢谢，便转身走了。宋江问是什么，那人说我只管带东西，不负责问内容。宋江拉住他，把他拽进一小酒馆，说犒劳犒劳他。那人坐在宋江对面，望着宋江。宋江要了两个牛蹄子。那人笑了，呷了一口酒，把一只牛蹄子吃了，说声谢谢，便走了。宋江喝完了酒，卖牛蹄子的说宋老师，还没结账呢。宋江说：他的他结，我的我结，他吃了一个牛蹄子，喝了至少二两酒呢。卖牛蹄子的说不是你拉来的吗？宋江说我不认识他，唐英认识，你问她要去。卖牛蹄子的说你们不是两口子吗。宋江笑了，各过各的，各算各的。便摇摇晃晃走了。

卖牛蹄子的找到唐英，说了缘由，唐英抽出钱包，结了剩下的账。唐英说对不起啊，让人不自在了。卖牛蹄子的说也不好意思，来找你要钱。宋老师说你们各算各的，我是没招了。唐英说：辛苦你了。便请卖牛蹄子的出去，拍上了门。

那个夜晚，巴城好像吃了伟哥，一晚都骚情着。唐英躺在床上，想着沙乡那个奇妙的夜晚。她到现在都不敢相信她那时有那么大的胆子，跟着他祖望到了男生宿舍。当校长进来的时候，她还是懵的。那晚让她一辈子背上了枷锁，每当晚上睡觉时，她就感到呼吸有点困难。宋江扯起了鼾声。宋江扯鼾的技术水平很高，他像高音歌唱者一样，一直提升着鼾声。唐英曾计过时，持续两分钟之后，鼾声倏然跌落，一分钟后再上扬，再跌落。唐英不得已，拿了两团棉球塞进耳朵里，宋江的鼾声依旧不管不顾。唐英拉长被子蒙住了头，鼾声很执着地钻进了被窝。他祖望眼前一闪。她叫了一声他祖望，鼾声停了。唐英捂住了嘴巴，扯开被子，见宋江坐了起来，怔怔地望着前方。前方很黑，他什么也看不见，又躺下身去。那晚，宋江再没扯鼾。唐英扯起了鼾，很细小，很均匀，宋江侧身听了一晚，没听出暧昧，他便出了门，下楼，没入了快亮的巴城之中。

又一个夜晚，月亮笑出了声。

唐英从柜子里取出了那台砖头收录机。那是他祖望给她买的。午夜，窗外的路灯毫不疲倦，几丝风摇动窗帘，唐英取出那盘磁带，塞进卡槽，他祖望的声音便飘了出来。她惊呆于他祖望嗓音的浑厚，她看见他祖望从磁带里走出来，向她涌来。她看到了他完整的舌头。她瘫倒在地。磁带里的他祖望朗诵了所有写给她的诗，结束时，他祖望朗诵了海子《日记》中的最后一句：姐姐，今夜我不关心人类，我只想你。

唐英号啕大哭。

宋江爬起来，叉着腰，喝问唐英想谁，他冒出了一声神经病。

唐英说：我想他祖望，我就是神经病。

宋江喷出一口血来，歪倒在床边。

唐英打了120，取出磁带，将收录机放回柜子，坐着120救护车到了医院。

急火攻心，是什么事让他气成这样。主治医生问。

他自己爱跟自己生气。

医生笑了，唐英也笑了。

宋江住了半个月医院。

你说像话吗，听说他祖望知道这件事后，大笑不止，说这是他这辈子做的最得意的事情。

朱成愤愤不平。

我说把你换成宋江，你会不会吐血。

朱成愣了一下，说我会杀人。

十七

徐子枫打来电话，说她正在搜集他祖望的诗，让我们帮忙。找相关的人互通了电话，像水跑向了禾苗，都有感动，说他祖望这辈子无意，徐子枫却做了有心人。

于是，我们便走向了他祖望经营的诗地。进了诗地，我们看到偌大的诗地里，茁壮成长的诗丛中，他祖望的诗弱弱地生长在诗地的边缘，耷拉着叶子，但他祖望的诗很倔强，我们掐掉黄叶，里面的茎绿了出来，用手一摸，有灼痛的感觉。我们都被疼醒，把收集齐的400多首诗发给了徐子枫。

400多首诗对一个当代诗人来说，量不算太大。他祖望的诗大多发表在学生时代和与唐英的恋爱时代，到了徐子枫跟前，他祖望的诗便拐了弯，走向了他处。他处有许多诗，没见过他祖望发表，我们也不好臆猜。

诗到了徐子枫那里好长时间，没有消息，我们互相一问，谁也不知道结果，大家问我是不是要催催徐子枫。我说算了，我们一开始就没问她搜集诗干什么，等吧。

有一天，我接到徐子枫的短信，她发来一首诗，说诗中的“妹妹”是谁。

我便读这首没有题目的诗：

妹妹　你且歌且舞
我以心应和着你
妹妹　赤脚的妹妹
清透一如河水
手镯　摇动一串清脆
让我这个流浪的男人
有了家的感觉

读完诗，我回复了徐子枫，说诗人的妹妹大多是代指，或是一种意象，没有具体的指向。徐子枫回复的很快，说你们就扯吧，这个妹妹不是我，就是个骚货。

我把徐子枫的短信转给了大家，没有一个人回复。过了一天，有一个人回复了四个字：大煞风景。还有一个回复的内容是：诗在徐子枫那里，死了。

没有诗，日子也照样过。无聊就像一只麻雀，跟在我身后，偶尔跳到树上，看到我走远了，又飞驰而来。雷台的芦苇高得让树有点发羞，我拨拉着树叶，看着水底，没有一只青蛙跳上苇叶。此时的荷花应该茂盛出一种艳态，我走向了核桃园，把雷台远远地甩在身后。

我不想要什么邂逅，我想核桃园的荷花池旁应该围满了人。我到了核桃园，没有碰到一个人。核桃树浓荫着，一丝凉风绕着路径。该歇的花已歇了，它们还了春天的债，安静地让叶子生长，等待另一个春天。我坐在荷花池堤沿，看着荷花们裸舞。它们没有羞态，我也无须自责。几只蜻蜓肆意在荷花枝头，没有一只青蛙向我鸣唱。我看见一丁点焦黑的舌头鱼一样向前窜动，想想时令，我知道，青蛙们都闭了嘴，该干自己的事去了。

那一段时间，徐子枫的手机短信像得了前列腺男人的尿一样频繁和讨厌。问完了妹妹，她又问小翠、小花、小清这些在他祖望诗中的女人是谁。有一个人烦了，说爱谁谁，反正不是你。引来徐子枫的一顿臭骂。那人说那话臭的，令他三天咽不下去食物，那个女人，疯了。

那个晚上，我无心无绪地看着电视剧。手机响了，一看，是座机电话，我没接。电话很执着，我接了，是徐子枫。她说请原谅她的失态，她和他祖望已生活了20多年，他写遍了与他接触过的所有女性，都给她们写了诗，大多以爱的十四行、献给某某某出现，唯一没有给写诗的女人，就是她——徐子枫。我翻烂了你们搜集来的诗，我很痛心，做了他20多年的女人，她冤。

我说在他祖望心中，你就是最好的诗。

她说：狗屁。便挂了电话。

十八

日子就像草，绿了枯了，枯了绿了。小城鸽蛋一样，没有了鸽子肚底的暖意，隐隐的臭味便蹓跶在大街小巷。十多年间，我和唐英、朱成们再没见过面。那次在核桃园荷花池碰到唐英后，故事可能是开始，也可能是结束。一天，一个电话快闪了一下，接着来了一条短信，说他是某某某，要和我探讨一下他祖望，让我接一下电话。

他说他祖望对唐英，对徐子枫，究竟有没有爱情。

我说不知道。

他说他祖望是个好老师，但不是个好丈夫。

我说不知道。

他说倘若他祖望没这些遭际，他是否会走向另一条路。

我说不知道。

他说你知不知道他祖望被唐英咬掉的舌尖是否变成了鱼。

我说不知道。

他说他祖望的姑娘是唐英的还是徐子枫的。

我说放你妈的狗屁。

他说你怎么骂人。

我说你可以调侃或侮辱他祖望，千万别扯上那个叫乐乐的姑娘。

他说行，他祖望的诗与远方在哪儿。

我说在他心中。

有一天碰到朱成，他问我是否知道宋江是怎么死的。

我说是喝毒药死的。

朱成说那是《水浒传》中的宋江，我说的是唐英的男人。

我说这与你有关系吗?

朱成不吭声了。他把鞋前的一块石子踢得老远。他说你知道唐英养青蛙吗?

见我有了探究的目光，他说唐英一等有了蝌蚪，便捉了，养在玻璃缸中，等变成了小青蛙，便用细绳拴了，青蛙长大了，唐英便和缸一道扔了。唐英说养在玻璃缸中的青蛙不会鸣叫。

我说又该请你去喝酒了。

我找了一家茶屋，酒一上来，朱成兴奋成青蛙。我不喝酒，他便一杯一杯地喝。一瓶酒见底，他说人很贱，比如说唐英吧，我没有把她抢到手，我却活着。他祖望、宋江有什么好。

他说他该回家了。便站起身。我把他送回家，接他的是一个娇小的女人，黑夜裹住了她的容颜，我不知道她是朱成的什么人。

他祖望是否再写过诗，我不清楚，全国的诗歌刊物上再也没见到过他的诗。

他可能把自己活成了诗。

荷花们开着，开得很扎实。我坐在池边，旁边有一个钓鱼的。他钓得很不自信，狠命地甩着鱼竿，鱼钩上裹上了水草。他撕扯掉水草，在钓钩上又裹上了鱼饵，问我看啥?

我问他听过青蛙求偶的叫声吗?

他望了我一眼，把鱼竿一扔说：莫说青蛙，只要有钱，城里蚂蚁的求偶声会更大。

（发表于《飞天》2021 年 7 期）

疗　伤

一

和父亲赶到二爷爷家的门口，我停住了脚步。二爷爷家的门口卧着一只狗，嘴搭在腿上，呜呜着。

“防着点，这种狗叫偷狗子，一跳起来就咬人。”

二奶奶拉长了腔调：“父子俩一个德行，还没进门就骂人，一点诚意都没有。”

父亲径直走向了院中。

巴子营的星星肥肥地挂在天际。

二

他们让父亲站在院中。那条狗，蹲在父亲前面。父亲动了动脚，狗又呜呜着甩了甩耳朵。

院子里鸡蛋一样臭了起来。

有人从屋里抬出了二爷爷。

二爷爷瘦成了一只青瘪的核桃。他睡在一门板上，门板上的钉扣摇晃着岁月，上面的手指印一个一个弹落在地上，女人的多一点。

这是一扇曾经的库房门板。

八爷立在了二爷爷的肩旁。其他人都围罩在二爷爷两旁。

父亲站在二爷爷脚后。那只狗挪了位置，和父亲并排。父亲站着，它蹲着。

“这陈年的谷子盛在箩中，拾起来是事，不拾也是事。大爷死了，大爷的事就由你负担了。”

父亲给围罩的人敬了一圈烟，仍退回二爷爷的脚边。

“我负担什么。”

“你先别急。你们家族的事，本来和我没有相干，但是你二妈请了我，我就得主事。”

父亲抽了一口烟。

八爷说：“你把烟掐了，在事情没有完结前，你不准在这里抽烟。”

“痛快点。我没有时间在这里耗。我爹和二爹之间究竟有何纠葛，你八爷直接说就行了。弄这么多玄虚干什么。”

“你这话就有点过分了。这不叫玄虚。巴子营就剩这点东西了。这是一项庄严的仪式，可以告慰死去的人，警戒活着的人。”

“二爹不是还活着吗？”

“他咽不下这口气，我们就把仪式提前了。”

“我爹和二爹之间，有这么大的仇怨吗？”

“仇怨。不是你爹施坏，他能瘸了一条腿。”二奶奶冲了上来。

“他的腿是美国人打瘸的，滚一边去。”八爷吼了一声。

我看到二爷爷的眼睛动了一下。

“这七天，你每天晚上都得来。”

“你们抽的烟，喝的酒，二狗都得承担。”二奶奶立在门框边，猛吐了一口话。

我看到二爷爷的嘴也动了一下。

三

围罩的人看到我，说让我站在父亲后面，一起陪疗。

八爷说：隔代不记仇，让他玩去吧。

我看到二奶奶的脸抽搐了一下。二奶奶的上下嘴唇，像两个小秋茄子，紫不出别的色彩。

我坐在门槛上，看着一群麻雀在树上叽喳。它们很肆意。这种被人们称作家雀的东西，把家安在屋檐下，它们老是立在树枝头，好像岁月就是它们的。人们吃饭的时候，它们就闭了嘴。它们知道，凡是有牛、羊、鸡的地方，便有它们的吃食。

它们不着急。

四

我们家原来在另一个乡村。到我祖太爷手中，有了钱，在这里买下了百十石地，将它改称李家通地。

祖太爷替人押过镖，会一手鞭杆功夫。我曾问过爷爷，鞭杆是不是跟扁担一样，是扁的，爷爷说是圆的。

我祖太爷叫什么。父亲不知道，爷爷说他也忘了。父亲说后来烧了神柱，也没记下来。爷爷说：一辈记一辈，隔代的记不住，也正常。

那时我小，权当爷爷说得有道理。一次我问爷爷，如果别人问爷爷的名字，我就说不知道。

爷爷挥起了手掌，却没有落在我的脖颈上。有一股风扫过，我知道，爷爷能单手劈砖。

祖太爷五十多岁便去世。

百十亩地在太爷的操持下，生发出活力。地土头薄，太爷会伺弄，他知道地薄人得勤。凡是扛过长工、打过短工的人都说我太爷比牛还能苦。

有时苦得连牛都不如。

苦出了一个能养活人的李家通地。

也苦出了三个儿子。

如果没有这个疗伤的仪式，我根本不知道，我爷爷还有一个兄弟。

三爷爷。

我只知道爷爷有一个亲弟弟，就是二爷爷。

民国二十年，马步青像一只铁环，滚到了巴城。巴城人发现，马步青的铁环是沿着马廷骧的印迹滚到巴城的。如果下场雨，铁环会生锈，锈了的铁环要经巴城人的血汗擦拭，才能发亮。

那一年，太爷被套上了大户的名头。

太爷开始尿炕。李家大院里，有一条绳上，天天能挂出太爷尿湿的粗布单子，有时是毛毡。

能渗透毛毡的尿，该是多长的一泡尿。

吃羊鞭，没用。

据太奶奶讲，太爷根本没吃羊鞭。那泡尿，其实没有那么长，初尿完了，太爷便提了水倒在炕上。那只倒水的桶子，是尿桶。

尿骚烂气。现在许多人都不懂这个词语，在那时很流行。流行的让马步青笑了。能让一个土财主吓得每晚都能尿炕，马步青有一天问副官：尿炕意味着什么？副官说：吓的。马步青拍拍三姨太的肩膀，说装的。

副官出了门，叹口气：谁说我们家大爷有点傻气。

县长闻着尿味来到李家大院时，太爷一脚踢翻尿桶，长叹一声，出门迎接县长。

县长说：马师长说了，根据尿的长短收税。

太爷不懂，县长说：钱么！

太爷噢了一声，出门，接了半碗尿，说就这点。县长说：李爷，碗不算，桶算。我说了不算，马师长说了算。

太爷看到了县长后面立着的两个兵丁。

县长走后，太爷捋捋胡子：一泡尿，十石地啊。

那时不说亩，说石。

五

出了巴子营村，父亲舒了口气。他靠在车边抽烟。

“爸，我们欠他们的吗？”

“不欠。”

“不欠我们为什么来受这种气。你看看他们，把我们当仇人呢！”

“这是一种契约仪式。”父亲递给我一支烟。

我抽了一口。这是我人生的第一口烟。

我抽得像黑夜盼望见到一盏灯那么急迫。

我的咳嗽让巴子营不安起来。

母亲打电话问我们在干什么。

我把黑暗吸进肚里，得意地回答：抽烟。

母亲骂了一句：一对王八蛋。

我和父亲笑起来。

父亲笑得沧桑，我笑得轻松。

一枚烟头像乌鸦叫了一声。

我不知道是父亲的，还是我的。

六

我曾在家族的坟场数过坟头。太爷的坟头小。爷爷说，太爷是气死的，不能算正常死亡，坟头就小。

太爷站在地头，望着被划走的十石地。满地的麦子昂着头，有点倔强。他掐了一株麦穗，掌对掌搓了粒，塞进嘴里。满嘴的悔意和恨意和着麦粒，鼓起了腮子。

太爷的脸肿胀起来。

他看到了马家军的几匹马像马步青一样到了地中，啃食着麦子。

麦子收割还需半月。太爷找到放马的。放马的把枪从肩上卸下，说地是马师长的，麦子也是马师长的。

太爷说，你们抢了十石地，并没有说麦子也是你们的。

放马的兵丁笑了：你这人。这就像你把女人给人了，女人肚子里的孩子总不能扒出来给你的。

太爷拾起埂边的一块石头，朝马砸去。马受了惊，跑到了另外的地里。那块地里的谷子还未抽穗，谷禾很嫩，嫩得像太奶奶手里捧着的一只雏鸡。

太爷吼叫一声，抡起手中的扁担，抽打着马。

放马的恼了，放了一枪。正在督修甘新公路的士兵们都跑了过来，问咋回事，放马的兵丁指指太爷，说他打马。

一个排长模样的人说抓起来，竟敢打马师长的马。

太爷被绑进了巴城。

太奶奶抱着两只鸡找到甲长的时候，甲长伸出了三个指头。

三只鸡。

甲长说：三十石地。

太奶奶说：你还不如杀了他。

杀了他也是三十石地。

太奶奶抱了鸡，回到家中，望着一地恐惧的眼睛，她在鸡身上认真捋了捋，鸡顺从得咯咯两声，一俟太奶奶放手，便张开翅膀，逃离了屋中。

那时的巴城，像剔了肉的羊肋条一样令人生厌。

太爷被带到了三十大院的一间房子里，绑在了一根木柱上。木柱很坚实。地下乱扔着几根绳，绳上的颜色呈褐色，还散发着腥味。

一个络腮胡的军官带领四个兵丁来到房中，手里拎着一根皮鞭，朝已看不出颜色的凳子上一坐，扬了扬手中的皮鞭。

兵丁叫他紧皮副官。

太爷风闻马家军中副官众多，养花的叫花儿副官，养鸟的叫鸟儿副官，养狗的叫狗儿副官，替姨太太倒尿的称尿官。

紧皮副官就是专门打人的副官。

太爷的腿抖了一下。

“是作奸还是犯科。”

太爷不懂作奸和犯科，呆望着紧皮副官。

一兵丁说：紧皮爷问你，你是上了人家炕还是犯了其他事。

太爷说：都没有，是打了马长官的马。

紧皮副官笑了：打屌都不能打马。

是马吃了我的庄稼。

紧皮副官抽了太爷一皮鞭：吃了你的庄稼。只要是马家军的马，吃了你的女人又怎么样。说好的多少石地？

三十石。一个兵丁翻了翻手中的册子。

三十石，三十鞭子，认打还是认罚。

打了是不是就可以抵顶。

抵顶？紧皮副官说：打你三十皮鞭，是让你长长记性。三十石地，一石不少。

那还不如杀了我算了。

犟啊！紧皮副官又抽了太爷一皮鞭。太爷感到了骨头在发烫，这是他以前挨打从来没有感受到的。发烫之后，是麻痒，似乎有虫在咬噬。

紧皮副官又挥起了皮鞭。

“等等。”太爷朝裤腿使劲眨眼。

放开他，看他玩什么花样。

太爷松了松手臂，从裤腿里摸出了十块银圆，递给了紧皮副官。

紧皮副官笑笑：这也是懂规矩的主。马师长的意思，是要地不要人。剩下二十八鞭，不打也罢。

不行。太爷自己靠在了柱子上。不打，回去以后我怎么见人。

紧皮副官寒了脸：妈的，见过自愿脱裤子的，还没见过自愿挨打的，你戏弄老子。

太爷说：不敢，人活一张脸。地是保不住了，身上不带伤回去，我就没脸在巴子营待了。只不过，军爷要打皮打肉，不要打骨头。

紧皮副官说：行家啊！便挥起了皮鞭。

浑身是伤的太爷招摇在巴城街头。他来到稻香村酒店。要酒。要肉。跑堂的看到太爷翻着的皮和绽开的肉，钉在地上。太爷费力地弯下腰，从裤腿里摸出一块银圆，扔在桌上。

银圆猫一样在桌上跳了几下。

吃饱喝足，太爷雇了一辆车，回到了巴子营。

七

这天的天气糟糕成了一堆烂杏子。

母亲说：今天晚上你们去吃死人饭吧。

父亲掐灭了烟，说二爹还活着呢！他们的饭，我们不吃。我们要的是自尊。

母亲拉开门，说：脸都让人扯光了，还自尊，滚。

我和父亲出了门，父亲说：吃什么?

我说：吃肉。

我们找了一肉馆，要了三斤牛骨头。

牛骨头巍峨成山脉，我们把它们吃成了平原，父亲说：走。

便开车到了二爷爷家。

二爷爷家的人明显地少了。

八爷说来了。

父亲没有应声。二奶奶让人把二爷爷又从屋里抬了出来。

二爷爷睁开眼，看了父亲一下，又闭上了眼。

八爷吆喝了一声，有几个人从屋里出来，有的端着水杯，有的叼着香烟，还有人托着碗。

都是饿死鬼转生的。二奶奶收拾着碗筷，看着案板上矮下去的面团，叨唠着把掉在地下的几根面拾起来。

八

太爷回村是那个傍晚。丢了三十石地的太爷心里像吃了坏山药那么抓挠。他从巴子营的一条小路上挪动，家里的那条狗钻出在村口迎接的人群，跑了。甲长一看狗跑了，说村口留下几个人，其他人，跟着狗跑。村里人像去抢元宝一样跟着狗跑。

太爷看到了村里人反反复复闪现的脸。

甲长说：三爷。太爷没有停步，穿过人群，走向李家大院。迎接的人跟着太爷来到了李家大院。太奶奶命人推到了一头牛，吩咐伙房里的人做清汤牛肉。

那天晚上，凡是迎接太爷的人都得到了一碗清汤牛肉。

太爷在巴子营，雄赳赳成一棵立在村口的白杨树。

那牛肉，香。那个油，在碗里转圈，转得人恨不得连碗吃了。

送走了迎接太爷的人，太奶奶把一块牛肉用麻纸包了，用细麻绳捆了，递在甲长手里。甲长接了，手抖了一下。

太奶奶从太爷的袜中抖出来两块银圆。

完了。她拍了一下木炕沿。

太爷动了动嘴，指着银圆，一脸的得色。

太奶奶抹了一把泪，撩起太爷的衣服。她下了炕，叫来了爷爷、二爷爷、三爷爷。仨人立在炕下，看着像睡熟了的太爷，眼里的急切跑到炕上，他们知道，每次太爷进城，都会在怀里揣满东西，回家后摆在炕上，哪个儿子磕得头响，就给哪个儿子东西吃。二爷爷的头嗑得响，得到的东西多。三爷爷曾偷偷地对爷爷说，二哥在口袋里装了石头，磕头时，抓在手里砸地，他磕出的头就比我们的响。爷爷说：爹早知道。为啥他得的东西还是多。爷爷说：不知道。磕了一阵头，并没有东西丢下炕来。二爷爷向前挪了挪，仰起头望去。太爷闭着眼。二爷爷趴在炕沿上，用手指挠挠了太爷的手心，太爷伸缩了一下腿。太奶奶一巴掌拍向二爷爷，二爷爷梗了梗脖子，仍旧趴在了地下。

磕三个头，老大留下，老二和老三出去吧！

太奶奶说：你爹不行了。准备后事吧！

爷爷说：爹看上去好着呢！

太奶奶说：你爹不该私藏下那三块银圆。他遇见的打手是鬼见愁，专打人心肺。

爷爷不懂，太奶奶叹一声：地没了，人也没了。

爷爷还是不懂，太奶奶对着门口喊：进来吧。

扒在门框边盯着屋中的二爷爷跑进了屋中。

太奶奶问老三呢！

二爷爷说玩去了。

太奶奶叹一声：没有心肺的家伙。

去到院里点一盏灯吧。

太奶奶吩咐长工头。

那一夜，太爷走了。

九

八爷说：那狗日的三爷，死了赢来了老天的一场雪。那雪，日怪地下。一晚上下得地上白得像白狗毛那么厚。二爷贼，穿了狗皮袄，我们冻得跳，那时冬衣还没备呢。抬埋完你太爷，天晴了，晴得像二奶奶的尻子。

正在飞舞着眉毛叙述过往史的八爷背上挨了一擀面棒，二奶奶唾了一口，骂起来：贼不死的，老娘请你来是主事的，不是瞎糟蹋老娘的。

八爷嘴里的烟掉在了地下。

众人笑起来。八爷说：严肃点，这母夜叉惹不得。我说的是实情。巴子营有三白，二奶奶的尻子白是二爷说的。说那白——

二奶奶又挥起了擀面棒。

八爷说：不说了。

有人问：还有两白是啥。

八爷说：再说，今天的酒肉就不得吃了。

在那簇杂花丛旁，父亲停下了车。

父亲站在杂花前，说这些花原来是巴子营没有的。巴子营的各种野花，是能养人的。野马缨、苦豆子等一朵一朵从父亲嘴里跳出，和眼前的杂花比对。父亲说：这些花的名字，他一朵也叫不出来。父亲把烟吐得好长。没有风，烟罩向了杂花，杂花们头上有了一层薄薄的雾。

我问父亲今天为何提前了。

父亲没有说话，发动了车。父亲把车开到村东，有几只鸡在草丛中觅食。一只公鸡单立了腿，傻呆呆地望着我们。父亲拍起了一扇门。门是木门，响声很沉闷。八爷开了门，见是父亲，怔了一下。父亲把手里盛烟酒的袋子往八爷手里一塞，说八爷费心了，便转身招呼我离去。

那只公鸡依旧站着，像蒸熟了的一朵花。我抽出父亲烟盒里的一支烟，顺车窗扔了过去，烟轻，公鸡理也没理。几只母鸡跑过来，一只啄了烟一口，扑扇了一下翅膀，依旧到草丛中去了。

院里的人更为稀少。

抬出的二爷爷吭哧了几声，一口痰仿佛从遥远的地方而来，遇到了很大的阻隔，好不容易才到嗓子眼里。

我闻到一股实在说不出的味道。几只乌鸦从院子上空飞过，鸦鸦的声音惹恼了正在端水的二奶奶。她扔了盆子，跳起来骂，骂声粗野，院里的人，有的笑着，有的拍了快手，发了出去。

好久没有听到这么痛快的骂人了。有人跟了一句。

是在骂乌鸦，傻逼，有人也跟了一句。

机屏上热闹起来。

二堂哥拉走了二奶奶。

有人说：遗憾，还没听过瘾，这骂，是骨子里的。

二奶奶歇过劲来，见八爷蹲在门口抽烟，又骂起来。

八爷说站好了，站好了。

二爷爷身边便围罩起几个人。

十

太爷走后，二爷爷提出来要分家。

太奶奶痛快得像冬天下的那场雪。

剩下的六十石地，弟兄仨各二十石。

李家大院里外三进。弟兄仨一人一进。

问太奶奶跟谁。

太奶奶说，我到坟场的那个小院里住去。

有两个长工要跟去。太奶奶说：别跟了，我能行的。老三的地，老大代种。三儿先跟着我。

马家军陀螺般转了十年，被转到青海柴达木去了。爷爷去到县政府要地。县上的书记员递一支烟给爷爷，爷爷不抽。书记员问爷爷不抽烟吗？爷爷说：抽，你的不能抽，一根烟四十石地呢。

书记员笑了，说烟抽不抽都没关系，马军长把地卖给了县政府。

爷爷见到了县政府的那枚印章，转身走了。

奶奶问爷爷这么慌张地跑来，又惹啥事了。

爷爷说：那东西，吃人呢。

奶奶问啥东西比狼还可怕。

爷爷叹了一口气，说我怕再蹲，连我的二十石地又会被抢去。

甲长找到爷爷时，爷爷正在地里拔草。到了春末，各种野草就在地里撒野，把庄稼们的肋巴挤得生疼。

两男抽一丁，你们谁去。

又抓壮丁啊！不是三男抽一丁嘛！

这次是给傅作义送的兵。

你去问我妈，我妈让谁去，谁就去。

你是老大。按规定，你们家有三个儿子，老大顶门立户，老三小，符合条件的是老二。

地分了，院分了，这事我做不了主。

你家老二说你去合适。

爷爷低着头拔草。

甲长绕着地埂说：你们家的事，自家商量去，明天不主动去，就抓了。

那时，二爷爷还是单身，三爷爷还小。

二爷爷被抓了壮丁。

二爷爷买了一头小牛。小牛很顽皮，二爷爷把小牛拴到地头。小牛挣脱缰绳，沿着那条窄得像柳树叶的小路跑到了村公所的院子。几个征兵的正在晒太阳，看见小牛进来，征兵的排长说，这巴子营邪性，想吃肉就有人送牛来。

便让人杀了。

二爷爷找到村公所，看到了他搓的那条牛缰绳。他指着那张牛皮，骂了起来。征兵的排长说这尕娃野，是个当兵的好料。问保长，保长说他家弟兄仨，他也在征兵之列。

排长说，这不正好么，捆了，扔到房子里，反正明天就要走了。

给他一碗牛肉。征兵的排长让人解开了二爷爷。望着那碗牛肉，二爷爷大声干号。房子里关着的十几个人，上前抢牛肉。二爷爷飞起脚，踢向了巴子营的一个抢吃牛肉的人。那人说：你一个人顶着个头，我家里还有老婆孩子呢。

一声吆喝，抢牛肉的人摁住了二爷爷，揍了起来。

二爷爷扳住窗框，看着保长甩着酒意去洒尿，他叫住了保长。

他说能不能让人替顶。

保长说行啊，换一个两块大洋。

他说能不能让三儿来替他。

保长说：只要是长鸡巴的，都行。但两块大洋不能少。不能让甲长知道啊！

二爷爷说：只要能成，三块大洋都成。

三爷爷被保长叫起，说二爷爷叫他。三爷爷跟着保长，来到村公所。看到二爷爷脸上的伤痕，他说我找大哥去。二爷爷说：千万别找那贼，你到我家的炕席下，拿两块大洋，记住，别多拿。三爷爷跑到二爷爷住的屋子里，翻开席子，看到了五块大洋。他拿了两块，跑到了村公所。

保长收了大洋，把三爷爷也推到了那间屋子里。征兵的排长说你这保长的心比甲长更黑。

保长说：这年头，心黑的人都活得长。

二爷爷骂着保长，看到三爷爷缩在墙角，踢了他一脚。

那个打了二爷爷的巴子营人叹口气：李二，你就造吧。

二爷爷扳住窗框，把保长家祖宗三代骂了一遍。

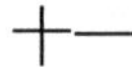

十一

母亲说你们老李家怎么平空出来个三爷爷。

父亲说：不是这次疗伤会，我也不知道。

是二奶奶编出来的吧，那人，又玩什么幺蛾子。

这种事编不出来。

母亲说：啥事不是人编出来的。就你们家那点破事，你父亲活着没说清楚，让下辈人去顶锅。

父亲低了头，说这是巴子营的规矩。

母亲把一塑料袋零食递给我，并在我口袋里塞进几盒烟：让陪疗的人抽。

二爷爷没被抬出来。

八爷说：这老二，耐不到疗伤最后的日子了。

我把烟分发给疗伤会几个看起来能拿事的人。

食品袋被二奶奶抢了去，说他们只会混吃混喝，快六天了，好像是给李家的儿子、孙子讲家史一样。问题一件也没有解决。

八爷说：你想解决什么。

二奶奶骂了起来：上辈子欠的，下辈子还。当年，李老大不去当兵，让老二顶，连老三都不放过。

八爷说：这你就胡说了。李老二是自己跑到征兵的那里去的，老三是李老二骗去的，怎么倒成了李老大的罪过。

反正老二瘸了一条腿，老三没了影踪。只有他李老大，活着像个人，死了像个鬼。

陪疗的都笑了，说李二奶奶这嘴，像风，东西南北都能吹。

十二

太奶奶站在村公所门边，看着一条麻绳串着的人线出来。三爷爷矮小，像猴儿一样晃荡着。二爷爷看到太奶奶，歪转了头。三爷爷叫了一声妈。

太奶奶揪住了保长。她双手舞动，逮住保长哪里就扯哪里。后来巴子营读过几天书的人给我转述太奶奶当时的情形时，用了“梨花暴雨”四个字。他说，见过母狼发威，没见过你太奶奶那样疯狂的，把保长撕的、抓的、挠的，没个人形了。征兵的排长看着越来越多围聚的人，让兵丁押了壮丁先走。

保长挣脱了太奶奶，像一溪水翻滚而去。

从巴子营到巴城，得歇一脚。歇脚的地方叫武家庄子。靠路有一所大车店。排长坐在炕上，眼里舞动着太奶奶的那双手，兵丁让大车店的师傅炒了剩下的牛肉，排长没有动筷子。

三爷爷的绳子捆得松，在后半夜，他听到了几声啾啾的叫声，他慢慢爬过人群，门开着，三爷爷跃出门槛后，门被从外面扣了起来。

那一夜，三爷爷跑累了星星和月亮。爷爷把一个褡裢绾在三爷爷肩上，说能跑多远就跑多远。

排长盯着二爷爷，说谁放跑了那个尕娃。

二爷爷说：除了老大，谁干这事。

你不是他二哥。

二哥是二哥，他们兄弟俩平常穿一条裤子。

排长说：家门不幸，怎么出了你这么个玩意。你骗了兄弟，又扯兄长，长心着吗！

你长心就不会把我们兄弟俩都抓壮丁了。

我不抓你们，我去咋交待。少一个兵降一级，我豁了命才挣了个排长，撸了，我冤不冤。

我的牛被你们杀着吃了，人被你们抓了壮丁，还背了恶名，冤的是我。

排长说：你说是老大救了老三。

不是他是谁。

排长带着两个兵丁返回了巴子营。

爷爷开了门，见排长带着两个兵丁进了李家大院，他喊了一声妈。

两个儿子被抓了壮丁，太奶奶回到了大院。

太奶奶披着外衣，让长工们燃起了灯。

两个还不够，又来抓老大。

你的老三跑了。

跑了好。你再抓一个试试。排长看到了太奶奶手里的菜刀。

少了一个壮丁，我交不了差。

我少了两个儿子，也没有法子向李家列祖列宗交待。

是你家老二说是老大救跑了老三。

老大今天门都没出，让开，让他们搜，能给我搜出个老三，我们李家就烧高香了。

两个兵丁进了中院，排长呵止了他们。

到了村口，有兵丁问：排长，这事就完了。

排长没有吭声，带着两个兵丁到了保长家。

保长从炕上爬了下来，说排长你得给我出口气。

排长说李家老三跑了。

保长说人交给你们了。抓一个壮丁五块银圆，换一个两块银圆，该给的已经给你了，你还找我干啥。

人跑了我不找你找谁。

肯定让李家人藏了，我们再去搜。

搜你妈个头，你跟我们去到上面解释。

保长说我浑身疼。

到那里就不疼了。排长望了望保长的儿子。

保长说：好好好，我跟你们走。

保长跛着脚，到了武家庄子大车店。看到二爷爷，他赶上去踢了一脚。

排长笑了：恨解了吧，捆了。

兵丁用麻绳拴住了保长。

我可是保长。保长挣扭着麻绳。

这年月，保长算个啥！

排长让人热了牛肉，就着一瓶酒，吃着，喝着，排长感到这日子确实越来越像日子了。

他拔出枪，对着月亮开了一枪。

十三

我们出门时，母亲说还有完没完。

父亲说：快了，快了。

到了二爷爷家，只剩下了二奶奶的几个亲戚。

八爷一吆喝，几个亲戚慢慢过来。我看出了他们挤在脸上的讪笑。

我掏出烟递过去，一个接了烟，分发给其他人。

都是白眼狼，吃了喝了不来了。

八爷转过身，冲着二奶奶吼了一声：再嚎丧，我们都走了。

二奶奶坐在门槛上，望着父亲和我。

我们俩站着，我似乎听到了父亲嗓子里挤出的一首歌。那首歌是他最爱唱的。父亲是左嗓子，唱歌老是五音不准。有天，母亲扔下了正在洗着的碗，说你父亲心中有人呢！

我说他不就唱了首《在那遥远的地方》么。是歌词作者王洛宾心中有人，不是父亲心中有人。

“有一位好姑娘是谁？”母亲问。

“是卓玛。”父亲笑出了声。

父亲的笑声比歌声动听得多。

好半天没有上水，八爷说：这可都是你的贴心亲戚啊！

二奶奶说：贴心不贴事，到现在都没个结果。

八爷说：你懂不懂规矩。疗伤会要开七个晚上，明晚才出结果，你急什么。

亲戚中的一位说：走吧，别再丢人现眼了。

一位年长的拉住他：就秋香子那个德性，我们一走，就成了巴子营人的笑话了。忍忍吧，就剩明天最后一个晚上了。

十四

三爷爷跑到了哪里，爷爷不知道。问二爷爷，二爷爷说人是你放跑的，我怎么知道。他只听说三爷爷跑累了，卧在路边睡觉，被一过往的兵丁捣醒，拉走了。爷爷为套出二爷爷这句话，送了二爷爷一口袋麦子。

太奶奶临死时，留下的唯一一句话就是：把老三找回来。

二爷爷跟着部队，一路上的景色和巴子营差不了多少，都是黄色。那些黄色肥胖，只是高低不同。和二爷爷分在一个班的大多是甘肃人，还有几个河北的。

他们都是被抓的壮丁。

还未到北京，二爷爷他们便被集中在一个很空阔的地方。有人让他们换衣服。

有晓事的说他们已不再是傅作义的兵，而是中国人民解放军了。

二爷爷问那个晓事的北京城远不远。

晓事的说：眼里望得见，人是去不了了。

二爷爷他们经过短暂的整训后，到了朝鲜战场。这段历史，二爷爷很少讲。他是瘸了一条腿回来的。

他说是冲锋时被子弹打的。

谁打的。

二爷爷说可能是美国鬼子，反正是蓝眼睛高鼻梁的人打的。

十五

我曾探询过二爷爷的这段经历。那个和二爷爷一起复员的人在王家村。

他少了一条胳膊，他说是冻伤的。

问二爷爷负伤的事，那人说不和二爷爷在一个团，具体的他也不知道。他只知道他们有立功的奖状，二爷爷没有。

他们是披着大红花复员的，二爷爷也没有。

我说红花怎么披，是戴。

那人摆摆手。

出了王家村，我看到了一大片的野花。那些花开得艳成了一锅西红柿酱。那个复员的老兵,把我们认为是传奇的过往讲成了平淡的叶子,一风就会吹走。

那晚的天气阴成了二爷爷发馊了的裤裆。

母亲说：要下雨了，你们路上小心。

父亲竟然拉了拉母亲的手。

到了巴子营，父亲从包里拿出了两沓钱，分放在两个口袋。

天上落下了一滴半点的雨，我带上了伞。

父亲把伞放在车里，说巴子营的风俗，人还没咽气，看望的人是不能带伞的。

二爷爷被抬到了院中。他蜷缩着，像一团棉絮。围罩的人多了起来，他们手里都端着一碗肉，在飞快地吞咽。

我闻到了一股羊骚味。

八爷命人端来两碗肉，要我和父亲吃。

父亲说我们已经吃过了。

就有人上来端走了碗。

二奶奶冲上来，抢过了碗，说没臊没羞，不怕撑死啊。

端了碗的人笑了，说这母老虎，这又不是死人饭，抢什么。

大家都望着二爷爷。

八爷让围罩的人坐下。我的一个堂叔端了酒碟，一个一个给他们敬酒。他们喝酒的姿势、响声有别。有人喝出了很大的声响，啾地一声，像完成了一项重大的仪程。

李二爷，你该说句话啊！我们可守候了七夜了。

风把烟全卷到了二爷爷那里。二爷爷伸开了手，手里捏着一个纸条。

八爷拿过纸条。

二爷爷抬了抬身子，伸长手臂，往纸条抓去。

八爷说：躺着吧。今夜，天塌下来我们也得给你撑起。

八爷看完了纸条，递给旁边的人，要他们一一传看。有一个人不认识字，把纸条倒拿着看。

围罩的人没有一个笑。

大家的脸都严肃成蹲在门外的那只狗。

八爷叫来二奶奶，二奶奶说八爷在搞鬼。

八爷恼了：这李二爷还没死呢，我搞什么鬼。

二奶奶摇晃着二爷爷，拉开了嚎音，说你这老不死的，七天啊，我们舍出酒肉来给这些王八蛋供吃供喝，你倒做了好人。

夜，狗一样耷拉了眼。

父亲的手机响了，他没有接。

离开了巴子营，我靠在车椅背上。父亲开了一阵，把车停在路边。黑夜里的车像极了二爷爷家的那条狗，车灯就是狗眼睛。我从亮着的车灯中看到了二奶奶弯了的身影，二爷爷蹬了一下腿，走了。一阵阵哀怨的声音追上来，父亲拍住了车门，发动了车。车声音像唢呐一样响起来。

（发表于《朔方》2021 年第 11 期）

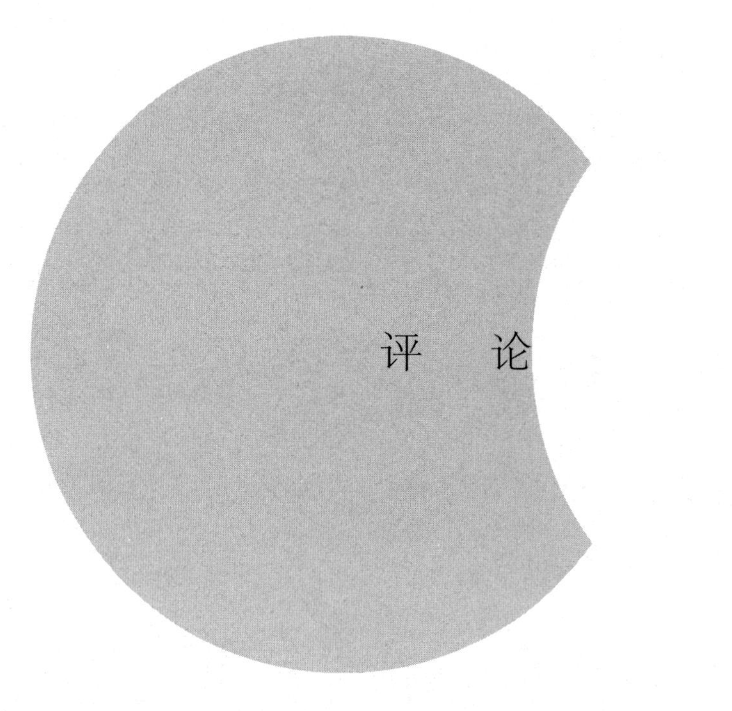

评　论

短篇小说的火候与力量

程光炜

新时期文学初期，贾平凹、张承志、王安忆等一批青年作家刚试身手，短篇写作高手沈从文、孙犁和汪曾祺等的作品，最容易成为他们学习的对象。今天，作家们纷纷弃短追长，短篇小说的确已呈衰势。孙犁 1977 年在一篇很短的文章《关于短篇小说》中说：文章长短，并不决定文章的优劣。同样的内容，用更短篇幅，能表现得很好很有力量，这是艺术能力的问题。熟练的画家，几笔就能勾出人的形体，而没有经验的人，涂抹满纸，还是不像。不晓得经常把长篇写得稀里哗啦的朋友看过这段精彩议论没有，如果看到，大概就不敢这么随便地“满纸涂抹”了吧。

李学辉有长篇在手，却声称自己是“写短篇小说”的，这种勇气实在可嘉。近读《李学辉的小说》，发现作者确实熟知短篇之道。作者久居甘肃武威，自然想把西域奇异的风俗拿给读者。说老实话，我喜欢他日常生活的小说，更甚于那些风俗小说，尽管后者也有佳作，如《麦婚》。因摆脱了风俗小说的刻意端着，日常小说似乎做到了放松自然，让他找到自己打铁淬火后继续细细拿捏的火候。《除夕》的八爷是村里支书，40 多年威信屹立不倒，但随着王翠花的姑娘等一帮青年撂下农村，他真成了唱空城计的诸葛。八爷身上闪现着乡村社会的沉落交替，这种人物历史命运都怪异无常。大雪纷飞的除夕之夜，他气得一时想不过来，便率村人用拖拉机把王翠花母女捉了回来。而他只为了“八口锅里煮的是土猪肉，露天场里摆的是黄河灯，午夜一到，我们要放三十六路焰火，羡慕死你们”的传统乡村社会。小说《和薇薇去寻访孙招娣》的题材极为常见，好在它叙述的干瘦。土窑村小学四年级女生孙招娣，是四川大学生爱心基金会的女学生薇薇的帮扶对象，薇薇原想这是一次浪漫之旅。她七折八回来到县城，被科员“我”接着，没找洗澡间，连饭都没吃上一口，就被拖上了灰尘滚滚的乡村公共汽车。小说记述沿途荒凉景色的三言两语，近于素描，倒凸显了李学辉叙述干瘦的功夫。对孙招娣的涂抹也只几笔，然这位身处荒漠的小姑娘的命运，已含义丰富。

短篇小说篇幅有限，得字字经营，不敢有稍微马虎，不像长篇可以随意走马。另外需要留白，不宜把话说满说完，这就考验着作者叙事达意的功夫。一两个人物，怎么出场，跟谁接头，故事向何处发展，波折又怎么组织，直至有一个小小高潮，都须在下笔前仔细想好。孙犁《荷花淀》让战争在远处待着，镜头只对准荷叶下面的几个心思活跃的小媳妇，空间就大，还虚虚渺渺，是留白的经典例子。汪曾祺的《陈小手》写团长允大夫给太太看妇女病，过程中团长还客客气气，等他坐上大马远去，团长一枪就把大夫打了下来。临了还说，我的媳妇能让你摸吗？所以，雷达曾在《小小说的容量和深度》一文中感叹：“试想，要在1000多字的篇幅里，讲一个奇异新颖的故事，甚至勾画出一个独特的人物，赋予深刻的意蕴，在尺幅之间兴风作浪，何其困难！”

《鸡头》就好。从1973年起，每逢八月初，王福就去买鸡。割下鸡头，洗得干干净净，送到巴子营的村长金成堂屋桌上，为报复20多年前，自己偷吃鸡头，父亲被金成斗死的冤情。王福、金成，都是短篇小说中不可多得的“独特人物”。不像学辉有些过于铺陈的作品，这篇作品极其克制，20世纪70年代“农业学大寨”近乎模糊的远景，人物关系也是到了紧要处才略写一二，留白甚多。在我看来，短篇小说照样能写广阔的生活，表面专注身边人物，含义却远，而且要选材严、开掘深刻、结构巧妙，以一当十。王福20多年还在报复已经70多岁的金成，说明普通可怜人身上缺少怜悯，这处留白就比单纯的技术手段大气不少。一个小人物，怎么会有远大的思想？这都需要作者暗暗给他。相似的作品，还有《麻雀飞翔》《爷爷的爱情》和《老润》等篇。

短篇难在留白，也难在一波三折。这就要一张一弛，紧松适度，考验作者的耐心，这耐心不光在文字控制，还在对人物内心活动的拿捏揣测。我认为《女婿》是一波三折的代表。主人公“我”出身贫寒，大学毕业后留在了县文化馆创作组，爱情事业本来大有前途，不想被刁钻的同村姑娘王菊花盯上。菊花父母都是乡村刁民，她也遗传上这种性格。以往，文化馆姑娘王芸曾与“我”眉来眼去，眼看就有进一步发展。这天王菊花突然找上门来，对王芸声称是“我”的女朋友。“我”诧异地质问菊花，回答是曾接受她的鞋垫和衬领，等于接受了定情之物。“我”的母亲也来县城，指责“我”“睡了别人姑娘为何要反悔？”“我”就这样被套进王菊花的圈套。这家人得寸进尺，要他做上门女婿，另外得抚养岳父母生活，每月奉上30元钱。稍有不从，岳母就到单位地上打滚要挟。岳父王吉家的成员也很复杂，他当年要赖骗来余桂花，桂花男友在他们婚后找上门，王吉只得把他养在家里，条件是承认现状，但一个月得与桂花同居一次。这人留家干活，对外则宣称是王菊花的二爹。“我”和菊花有孩子后，王吉、余桂花、二爹和王道、王德五口来城里，说是不种地了，由女婿负担生活。后来王吉出了车祸，余桂花便讹“我”对二爹也有赡养义务。最戏剧化的一幕出现在第九节中。小舅子王德跑货运出了人命，陕西当地办案民警让“我”赔付，“我”说这事跟“我”无关，民警却说乡信用社王德做的担保，担保人写的就是你的名字。民警说，4条人命赔付100多万元，“我”说赔不起；民警说没关系，可先赔十几万元，让死人入土为安。“我”说一分钱也拿不出，民警则说，王德早以你的名义在银行贷款十多万元。电话那边说：“你想怎么办？”“我想杀了王德。”我大吼了一声。小说就此结束。

“老赖”在这篇小说里不单是一两个独特人物，还是一组群像。“我”从与王菊花结婚，就开始与这个老赖家庭反复纠缠，反复斗争，都以失败告终。“我”这个无辜无奈的人，一旦被这个老赖家庭缠上，几十年都难以消停。故事尽管一波三折，也充满喜剧化的色彩，足见李学辉把握人物性格的不俗功夫。这种一波三折，当然来自他武威巴子营乡村的丰富生活经验。他对乡村老赖人物的熟悉程度，可以说做到了丝丝入扣，贴近真实，让人在捧腹之余，也为乡村日渐恶化的道德生存环境忧心忡忡。其实，往更远的地方看，环境恶化也不是这些年的事，它自古以来就潜藏在乡村的历史长河当中。作为一个起源性的东西，它不光存在于古代，也存活于今天，虽然积极善良的力量仍然是乡村社会的主流。

写到这里，我对李学辉的短篇创作有了很多的信心。在写长篇成为时尚的今天，我想告诉学辉，坚持短篇不失为一种长远之见。我不认为今天就不是短篇的时代，所谓好文章无所谓长短，只看作家给读者的成色怎样，其文学成就，也是以艺术成色为最后评价的。

（原载《文艺报》2018 年 10 月 19 日 2 版）

评李学辉近年来的中短篇小说

程光炜

一

作家创作上升期，即使他艺术风格日臻成熟稳定后，创作方法仍然在不断调整变化。一成不变的作家作品，等于是进入了落幕期。因此风格变化，乃是一个作家创作生命力的闪现。

汪曾祺20世纪80年代重新亮相文坛的时候，大家以为他就是《受戒》《大淖纪事》《异秉》和《陈小手》这种慵懒的风格。殊不知，他20世纪40年代在文坛崭露头角，则已经是写实、心理、意识流不同手法穿插使用，比如《老鲁》《鸡鸭名家》《戴车匠》等。如此的例子可谓甚多。孙犁的《荷花淀》是抒情的，《山地回忆》则偏于写实。茅盾说，鲁迅一二十篇小说，是一二十种写法。贾平凹早期作品《商州初录》《商州又录》以现实主义写实风格为主，到长篇，就变化多端了。《废都》写实兼写意、《高老庄》是回乡游记体、《秦腔》是隐喻、《高兴》是纪实等。王安忆也是一个变化高手，每部作品都各不相同。回顾历史的《长恨歌》与关注现实的《富萍》，写游寇的《遍地枭雄》和怀旧的《天香》，直面历史的《启蒙时代》和新闻体的《匿名》等，有时候简直相差很远，不像出自同一位作者之手。所以钱理群等在分析这种多变现象时说：虽然茅盾"小说注重题材与主题的时代性与重大性"，但具体到各部，从视角到风格，仍然是五光十色和丰富多彩的。《子夜》强于概括三十年的上海的整体性，《霜叶红似二月花》则揭开的“五四”前夕“中国社会的一角”，《春蚕》和《林家铺子》像是农村一景的速写，《腐蚀》形式上采用的是女特务的“日记体”。但通读他所有作品，又感觉其艺术风格是圆熟统一的。[钱理群等:《中国现代文学三十年》，北京大学出版社（修订本）1998 年版，第 222—234 页。]

有次我在北京亚运村某咖啡馆约见朋友，无聊中翻阅书架上的《茅盾短篇小说选》。惊异的是，很多作品都没有读过，尤其是选集中那些写 20 世纪二三十年代北京、上海女学生、女白领和交际花的小说。那种细腻的日常生活感觉，那种婉转曲折嬗情的心理状态，竟跟《幻灭》《动摇》《追求》三部曲不太一样。闭卷一想，说它们出自另一上海擅写三角恋爱青年作家之手，大概也不会产生丝毫疑问。这说明，茅盾小说的世界之大，钱著文学史，也包括我们这些在大学课堂上讲茅盾创作的教师们，是远远涉猎得不够。我们只是很好地“概括”了他的创作概貌，却未读完其作品。

李学辉这两年给我的印象，就是他一直在努力改变自己。前两年的作品，《麦婚》写当地奇异的婚姻风俗。《除夕》写乡镇干部权力的失落，以及如何设法夺回的喜剧。《和薇薇去寻访孙招娣》写四川女大学生薇薇支教帮扶的故事。她从四川到甘肃，原想这是一次浪漫之旅。她七折八回来到县城，被科员接着，没找到洗澡间，连饭都没吃上一口，就被拖上了灰尘滚滚的乡村公共汽车。中间，还差点遭遇险情。《鸡头》写乡村私斗，情节离奇古怪，却引人入胜。还有《麻雀飞翔》《爷爷的爱情》《老润》等篇。

我读今年发表在《钟山》《延河》《星火》上的各篇作品，感觉他努力在把小说叙事偏紧的东西去掉。他在克服小说不必要的紧张，对主题的期待，让其回归稀松自然的生活状态。或者说，他在拉开作者与作品的距离，尽量隐于背后，观察人物上演的人生故事，也观察着作者怎样把读者引入作品的细微过程。

二

甘肃是个地阔人稀的地区。除繁华城市和河西走廊，乡间人烟稀见。环境塑造人，同时也在塑造着作家。《挂在山顶上的风》写的是孩子小螺号的寂寞。他与爷爷相依为命，心却飞到了遥远的《约翰生传》里面。乡下孩子的寂寞来自于他闭塞对现代文明的阻隔，而身处现代文明中心的城里人的寂寞，则能以孤独而言之。因此，在送小螺号到学校念书的时候，“爷爷端起酒杯，敬校长：‘你们已经让我失去了一个儿子。小螺号到了学校，能让他识一口袋字就够了。’”这点要求实在不多。

凡在20世纪80年代读书的乡下孩子，都会遭遇路遥《平凡的世界》孙少平在学校食堂，是吃黑面馍还是白面馍的难题。这个经典细节并非路遥的个人创造，而是现实生活中最为常见的一幕。《我的二次元时代》中的王二狗，每月到学校用面换票，这种场面像是在机场通过安检。

管理员让我把面倒在一大面盒中，用擀面杖搅拌。他嘴里叼着烟，拿着擀面杖，似乎从里面搅出了无数的快感。我紧盯着烟头，怕烟灰掉在面中，他又找茬。烟灰软软地塌腰，晃动着要掉下来，他一笑，把头一偏，烟灰掉在地上……

这个细节极其精彩。这是孩子特殊敏感的心理，像那个店小二看落魄的孔乙己，不过角色正好是倒了过来。因为，这是乡村权力的失衡，也是弱者无力的眼光。

20世纪60年代末，我随父母到大别山某县小镇中学。每次开学，都有同学排队带家里的米面在学校食堂过秤，我颇觉新奇、好玩，完全没想到他们内心的纠结。对我这个靠父母优渥工资生活的城里孩子来说，对刺激他们紧张的那个世界，完全是懵懂状态。学辉非常敏感，“烟灰”这个细节当然来自他命运的某一时刻，而且是刻骨铭心的。这让我这个当年小镇中学的旁观者，读到这里实在震惊。而我今天则感到良心上的一点内疚。

李学辉在《延河》发表的短篇三题《招供》中，换了题材，也换了地方。这次他离开熟悉的乡村巴子营，来到城市。一则写道，尚达从沙发上拽起衣服，要去看老舅。中间往事累累，穿插其间，干净、简洁，还有一点儿神秘味道。另一则写道，夏天刚过，秋天迎来了开学，这是赵汗青最激动的时刻。高一新生校服还没发放，女生胸前凸起的部位未能掩藏。汗青见一个女生把玫瑰放到鼻子上闻，另一女生在拍照，他哼了一声，吓得她们赶快跑掉。学校开始军训，迷彩服下的女生，一律成了迷彩服的颜色，酷似一道亦真亦幻的风景。赵汗青和服务组的人，在附近照看，担心有女生晕倒。突然刘取丹心倒地，赵汗青马上把她背到医务室。校医分开遮蔽在脸上的头发，掐掐刘取丹心的人中，只听“她哼了一声，呼声细软。”汗青遵命给丹心喂红糖水。勺一碰唇，丹心小嘴微张，像是正在迎合。汗青从未离女生如此之近，一紧张，就把大半糖水灌到丹心脖子里。丹心怒目睁圆：“你会不会喂水？”当然汗青等于瞎忙。作品结尾，作者点题：“父子俩都一个德性。”汗青才知，父亲也曾在此校念书。自己的心理特征，均悉遗传。

三

学辉近年中短篇新作，佳作不少。我因为太忙，只点读了四五篇。仅此也可看出他题材手法变化上的种种努力。他的小说，好像不是来自凭某种禀赋而涌出的产物。他像杜甫，是那种苦吟型的作者。题材、故事、人物、思想，如不考虑成熟，很难下笔；即使下笔，也担心不确，反反复复拉锯。斟酌，修改，再敲定，再誊抄。这都跟作者的秉性相关。他技巧的圆熟，思想的张力，运思的机警，我在另一篇文章里都已谈过。

除此我还以为，学辉应该把小说节奏明显加快起来，植入更离奇、波折和戏剧性的片断，这当然不符合他的审美标准。现代社会读者，多半愿意迅速披览作品，一目十行，匆忙了事。碰到关键之处，也才会重头读起，品尝揣摩。否则，忘记干净。有些作者，就凭这暗藏的功力，被众多读者认可；他们因此成为被“复读”的作家作品。另外还需多加点趣味，从文字到情节，从男女到生死，像刚才赵汗青这个人物，我就喜欢。人物的生动，能带动作品的生动，最后带动作家思想的生动。这是我们做批评的一点想法，未必都很合适。

（原载 2020 年 4 月 20 日《文艺报》）

文字与精神的雕刻师

——李学辉近期中短篇小说散论

张春燕

王安石言："世之奇伟、瑰怪、非常之观，常在于险远。"又言：非有志者不能至，力不足者不能至，随以怠者不能至——李学辉的书写，总让我想到此说。他是在险远处"探骊"而真正"得珠"的小说家，而要得此"奇伟、瑰怪、非常之观"（我们在《末代紧皮手》《国家坐骑》中早已领略并惊艳的），其志、其力、其坚持，缺一不可——这是李学辉的动人处：以其渊综广博的底蕴、截断众流的识见和惊人的才具，强悍地驾驭完成了这文字奇景。他"内力"深厚。我之谓"内力"，是说他的复杂的内蕴、深邃的内秀以及坚卓的内修。他是静水流深的，发而为文，简劲峭拔，出奇制胜。这一组小说中，犹能见出这连绵"内力"：从根部生长起来、从内部挺立起来、从浑浊中淬炼出来的文字和精神的脊骨。在这个层面，他是文字和精神的雕刻师。

一、石老苍苔点点斑：历史的"注脚"与"幽光"

李学辉属于取材幽僻的作家。在某种程度上，他有着向世界深处"探幽"、"探险"的趣味。起于"幽""险"而得其悲壮高华，是《末代紧皮手》和《国家坐骑》的气象，而在此组小说中，李学辉的短篇小说显示出同出一脉而又气象迥然的面貌。李学辉在此间，是执力于寻找被宏大的历史叙述"遗忘"了的，和被湍急的时代话语"剩下"了的。李学辉写的，是历史和时代的洪莽背后余下的"尾巴"：那些历史中的"人"，人的"生"的姿态，那些细节，那被遗忘的、被湮灭的声音——他们是浩大的历史言说和时代言说的小小的“脚注”，李学辉用这些“脚注”与巨大的历史和时代的“正文”形成补充、对峙和争辩。他在告诉我们，真正的生命和真正的意义，正在那些不被留意的褶皱中，在那些甚至被删除的“注释”当中。或许，李学辉的书写最能让我们理解“小说来自于历史的缺陷”这句话中蕴含的秘密——他在更广袤的领悟中“注”史、“著”史以及“铸”史。

《招供》开端处，李学辉写到：“老舅住在青年巷，那个年代叫流水巷。”细细的一条线，从熙攘人间引向密闭窗帘背后的岁月的深处，像舞台上一束意味深长的光，那隔开了的历史，湮没了的往事，以及那隐匿在浩繁卷帙之中的“人”，都被照亮了。这篇小说名为“招供”，篇名也像是隐喻，是对于宏大历史言说的“敞开”和“解密”。同样的，《我的二次元时代》写生命之微末与创痛，痛感犹如身历，在近乎“复仇”为内核的小说里，另外一重拷问直接指向时代之翻云覆雨手：善与恶，伤与罪，都要共同分担残酷历史。在这个层面，小说是让人心惊的。而《邱小姐》结尾处以一种近乎开玩笑的方式扎进了生命的真实“悲喜”，一笔带过又绝不轻放的，宏大与微小之间微妙的龃龉。《思乡曲》更是大写了一个懵懂少年在变换的战场上的仅仅作为“少年”的存在和情感。更遑论《喇叭》中“喇叭”这些旧物承载和剥开的历史留给人的伤口（和眷恋）。

而《挂在山顶上的风》《或去或留》中那些“留守儿童”，《活悼》和《我们进城吧》中的荒凉乡村，是时代书写中的“尾巴”甚至“代价”。他们是“剩下”的，是在庞大的、自有阐释系统但在这些“被剩下”的个体这里又不可解释的世界的边缘，他们是没有声音的。《活悼》正是隐喻：一边是哄闹着的网络世界中的应者云集、热火朝天，一边是无声的孤绝甚至荒诞的呐喊。李学辉在坚执地寻找和书写他们的声音。

——那些留守儿童的书写，让我想起几年前，袁枚的一首《苔》在沉寂了三百年之后因为一个乌蒙山里的支教老师爆火：“白日不到处，青春恰自来。苔花如米小，也学牡丹开。”那是幽暗中的自我振拔以及自我激励：“你是拼图不可缺的那一块。”李学辉所执念的，始终在寻找那些“拼图”中的“碎片”，那些暗中的“苔花”，以及那一点点的幽光，只是他更加明了，那些幽苔般的存在，譬如《或去或留》中那个叫做娃虎的天才般的孩子，从被拯救的边缘掉落和消失了。再有《挂在山顶上的风》中院落中央的那块青石。青石上影影绰绰出现的、又历历分明的一代又一代人。他们只是幽暗处存在的“影子”，并终被浩茫的历史覆盖。李学辉于此处起笔，于此处怀情。

李学辉的小说卷荡着历史的风云，却永远落笔在渺弱的个人。在《招供》《思乡曲》《羊皮月光》《奶粮》中，都是笔触轻轻带过，而层峦叠嶂的历史风云俱已铺展开。而人是此间一株羸弱的芦苇，李学辉正是紧紧抓住了这历史大风中的芦苇——他要写的从来不是历史中的“史”，而只是历史中的“历”——那些生命的境遇和质感。他要做的，是将他笔下人物在更恒久的历史中合适、合理地安放。不是抽象的安放，是真正的有着痛感的肉身的安放。《招供》自是此间佳作：所有人，大人物，小人物，正面的，反面的，岁月的——终不过是“人间的”：圆圆的面饼，麻腐馅的包子，老伴的唠叨，那些环环咬合在一起的情义。李学辉知道世界的运行自有一套光滑的、自洽的话语体系、价值体系甚至情感体系，他恰恰要在这“光滑”书写之中寻找“裂痕”，重新记录、镌刻真实的生命存在——他是冰冷的铅字时代里的“手写者”，是飞奔的时代洪流中的“逆行者”。

在这个层面，加之他的苍幽的取材与色调，或叫人想起出土的陶土砂器，但他的小说不会让人觉得有丝毫“怪世奇谈”的轻佻，也迥异于“野语村谈”。因他是“负重”的，对话的，所以那些陶土砂器中，多少蕴含着一剂（救世的）苦药。他的长篇《末代紧皮手》《国家坐骑》无不如此。而这一组小说同源此脉。

所以，那些风中芦苇——他们所历风霜雨雪，磨损摧折，生灭无常——可终究又熬得过，从而生生不息。这些夹缝中的人绝不是“零落成泥”的，他们自有辉光，有着严酷生存中淬炼出的坚韧和绝不坍塌的脊骨。这其中近乎源自直觉和禀赋的意象抓取，是“奶粮”，痛而韧的、满身泥泞然而“泥一走”“便清水芙蓉起来”；是《招供》中圆的面饼和麻腐馅的包子；是《飞机碗》终篇处如怒涛般吼叫的“碗！”“碗！”“碗！”那些韧的“筋”、硬的“骨”、热的“血”，其在历史的惊涛骇浪之中颠簸而挣扎的光亮，确是这个世界内生的光与力。李学辉在此处，将世界（历史的以及时代的）内部的永恒的绵延之力提了起来，并聚拢起来。他用这小小的“一隅”“一粟”，构建了与正大的历史书写的对话和互文，并在这种补充、对峙中升华，重新书写了“史”的内涵。

——我想起阿城的《棋王》最后的“野唱”：“我心里忽然有一种很古的东西涌上来，喉咙紧紧地往上走。读过的书，有的近了，有的远了，模糊了。平时十分佩服的项羽、刘邦都目瞪口呆，倒是尸横遍野的那些黑脸士兵，从地下爬起来，哑了喉咙，慢慢移动。一个樵夫，提了斧在野唱。”

二、望帝春心托杜鹃：守护者的沉哀

钱钟书论诗曰：“心之所思，情之所感，寓言假物，譬喻拟象；如庄生逸兴之见形于飞蝶，望帝之沉哀之结体为啼鹃。”没错，我在李学辉的这组小说中看到了“沉哀”——那些坚硬硌人的“痛点”，子规夜啼，字外有血。

——很多时候，甘肃的小说家们所写的世界，与其“边地”的地理处境一样，是一个被时代遗落的世界，这个世界又没能像新疆、西藏一样成为被遗落的却又寄寓着更远古的神话期许——这个世界是晦暗粗粝的，它承载不了救赎意义，它只是被遗落。——《挂在山顶上的风》一开篇就出现了一个指路的牧羊人，像极了古典小说中的“指点迷津”的渔樵一样的人物，李学辉却将之进行了“反写”。他将“我”以及我们引向了那个绿得莽莽苍苍的世界——那个名字中带着“远方”的“小螺号”孤守在那里。那里不是桃花源，那是孤绝的被抛弃的“飞地”；“我”也不是“武陵人”，“我”是被流放至此的——这是李学辉书写的背景（以及起点），命定般的，这也是深深烙印在他文字中的痛点。

这“痛点”书写背后，是李学辉本人性情甚至人格上的“硬点”，他是不妥协的，有着决绝的、一意孤行的气质。而这孤绝之气，竟又源于他的共情——他是纵身其中的“呼吸而领会者”。《大师与玛格丽特》中说：“谁在爱，谁就应该与他所爱的人分担命运。”对此，李学辉是自觉领受的。

以李学辉的文字训练甚至他的文学趣味，他足可将自己的小说写得洒脱飘逸，但他却不能不注目于现实的沉痛，不得不在如留守儿童这类题目上倾注心血，《喇叭》《活悼》《我们进城吧》《挂在山顶上的风》《或去或留》……篇篇都有倒塌的声音，他对此有着悲悯的“聪耳”——他听得到那些声音，他也看得到那余响不绝中的空茫而惨淡的前景。田园将芜的困局与恐惧始终是他文字中最深邃的焦虑。他因“身在”，而不能超然。

野人怀土，小草恋山。他明了并确认着自己的使命。

所以，我们看到他笔下的人物，他们身上所蕴蓄的力量和光泽正是来自于他们的核心动作：守护。以一身抵抗潮流和时代，是他们对于命运的庄严领受。《挂在山顶上的风》《喇叭》《活悼》中那些执拗孤绝的祖父辈身上，都有此气息。那个“小螺号”同是隐喻。

——你会发现李学辉的书写中的微妙的“代际”关系：孤守的祖辈，远走的（“消失了的”）父辈，以及被“遗落”在此的、背负重担的孙辈——那些留守的儿童。这个“飞地”般的世界如洪莽的古潭，有着难以扰动的宿命般的（混合着历史和现实的）沉重，所以那个小螺号（包括娃虎）身上，同时夹杂着苍老和梦幻的气质。——精灵一般的孩子，却更宜于发现（并从此携带）“黑洞”和“深渊”。李学辉于此处惊惧、停驻，并认领自己的父辈的身份——他将那些支教老师都放在了父辈（拯救者）的位置上，也给自己的全部书写做了诠释：他在鲁迅“肩住黑暗的闸门”的脉络中安放自己。若你能想起《国家坐骑》中圉人在地上抠出“脉断艺绝”四个字，若你再想到李学辉生长于斯的凉州那浩瀚苍茫的文化背景——你能明白李学辉的承重：他终究是那个在“无人问津”之处执力于“问津”的人，他要紧紧攫住他血脉所系之“道”，休戚与共之“脉”。

但是我们依然能够看到他的反思：这些小说无不在“守候与桎梏”的双重思考中展开。小螺号这个名字本身所蕴含的“远方”（以及自由），小说深邃的历史感与荒凉的现实感交错、叠加而凸显的“背负”和孤独的“宿命”，似乎在提示我们：那些背负与禁锢，甚至爱与诅咒，它们是一体的。李学辉未尝没有意识到，他其实是在深重的矛盾中做了“偏执”选择的人。他注视着自己的困局，也注视着无可避免的荒凉前景，他在与那个“荒漠”对话，并进行艰卓的反抗。

他深刻明了，自己跟他笔下的人物一样，做不了“隔岸观火”人。想想《奶粮》里的二哥，决绝地怨恨与告别，但在小说终篇处，从墙头抛进来的那个军用背包一下子敲开了冰冷的硬壳。坚硬地活着，坚硬地爱着，却依旧坚硬地怨着。李学辉轻轻一笔，将小说的意蕴旋进更幽深广袤的世界。——其实，李学辉是对世界（以及对自己的选择）不那么信任的人，但他信于“投身其中”的“动作”：他有多少热切的“介入”的欲望，就有多少不信，他有多少不信，就会有多少行动的能量——他始终热切地注目于人间，却又分明地，独行于旷野，他大概是寂寞的。

“你执着于你的责任，因为你执着于德行。”（布罗茨基《论悲痛与理智》）

三、铁干银钩老笔翻：简净中的波峭

自然还要论及李学辉小说的文字特色——读李学辉的小说，似乎无人不被他的独特的书写特色吸引。其“质”、其“骨”、其“意”、其“神”、其“气”，个个鲜明，读之叫人神往。众所周知，李学辉的小说有古文神韵。他深系于古典文学中细腻的文人传统，所以下笔炼字炼句，简净不俗。然李学辉的书写中并不仅仅是“简”，他的简中带着“骨”，简中带着“韵”，简中自有“波峭”。对此条分缕析实在易于伤其整体的美感，可避之不论又的确会错失李学辉文字的真正魅力。

“生”

他的语言求“生”求“新”，一改“过熟”文字的顺滑无生气。张岱论琴曰：“练熟还生，以涩勒出之”（《陶庵梦忆·绍兴琴派》），李学辉自然深谙张岱审美之旨要，他的文字也正是在隐去他事实上的浩然淹博之后，“以涩勒出之”，所以我们经常会看到他行文中那些涩的、拗的用笔，几乎穷尽词语组合中的张力，他要的就是这“生鲜之气”。我觉得正是这“涩勒”，突出了李学辉文字中的“骨采”。我们由此能够触摸到他文字的质地：类似“粗盐”的颗粒，重的，硬的，涩的，蕴蓄着力量的。

“减”

没错，他的小说以硬瘦著称。那些鲜明凸显的筋骨，一点肉丝儿都剔除得干干净净。李学辉的文字魅力在于，你不能越过一个字，一句话。他不解释，不晕染，目光清明，骨骼分明，笔笔带气。我经常假想，李学辉的书写简直像是在跟自己玩着搭积木的游戏：词语，意象，情节，细节……都是平衡在一起的，而他最感兴趣也最擅长的就是，不断地抽掉其中一块，在保证整体不坍塌的情况下，不断地抽去更多——他的书写其实是蛮“险”的，一弄不好就会枯，会塌，但他就是有这样的本事，让他的小说完足挺立，且由这最省略的笔墨获取最深远的意境。

他的小说最后呈现出来的面貌如枝干遒劲的林木，不是郁郁葱葱的夏日的大树，是“空林黄叶亦无多”。他时时叫人想到程正揆赠龚贤的诗：“铁干银钩老笔翻，力能从简意能繁。”李学辉的小说处处见出“铁干银钩”，处处见出“老笔”之锋。在《题石公画卷》中，程正揆又说：“画不难为繁，难于用减，减之力更大于繁。非以境减，减以笔；所谓‘弄一车兵器，不若寸铁杀人’者也。”是亦可以说李学辉之运笔。

“逸”

李学辉小说的动人在于，这老笔之翻有“苍色”，无“死气”。硬朗挺拔之外另有雍容。他绝不是匆促赶路的小说家。他的小说在行进中经常会有小小的一笔斜出（却也绝不过分晕染），直如铁干银钩上的几片叶子，是在那些细小关节处进行的“细刻”，寥寥几笔就是秀异的斗方小幅，这俨然来自他对于晚明小品的领会，他的小品文集《弹指拈花》中展示过此种运笔的功力：他有“会心”于世界的各种幽微情致的“慧心”——松间落雪，羚羊挂角，难感、难摹的“物”和“无物”，却都在他的感知中。在这方面，他有着近乎古怪的触觉听觉和奇崛的摹写能力。所以我经常说，李学辉的小说是远气苍茫，近泽如玉（那细部的雕工时时叫人抚掌）。但李学辉的“逸气”，依然是在坚实之上的空灵。所谓“木坚焰透、铁实声宏”是也。

“力”

——以上这些依旧不是李学辉书写的本质。论者几乎都有言及他的极其鲜明的语言特色，但我看来，小说的节奏才是他的整个叙述方式，那迷人的老练精到的把控力才是核心——布局、推进、节奏、波澜、气息、火候……处处得宜。他对小说叙述的把控，能见出极其强悍的“力量”的训练。这精悍之力来自于动词和短句的使用，以省略、简缩的语句的跳动，营造出语言的快节奏；来自于叙事间的顿挫和克制，以及在这种克制中蕴蓄语势、释放语意的方式。

首先，这“力”源于他的叙述对于动词的依赖。那些鲜明的形容词用作动词，自是炼字炼句，但更重要的是，他是以动作发力，推进的小说的节奏，这也是其小说筋骨感强烈的原因。动词带来的节奏的顿挫，叫人听到小说内部强劲的“鼓点”，在这方面，《蒋先生》几是神作。小说写得明快，像一柄短剑，斩截利落，忽忽生风，我们能够感受到小说内部的节奏：如骏马下坂，却疾而有致。

与《蒋先生》极类似的一篇小说是《飞机碗》。小说一打开，依旧是鲜明的动词推动的行文，短促有力的语句。但同样是小小的“截取”，《飞机碗》的节奏则由徐缓中蓄势，以抑制的行文，积蓄文字内部的能量，渐至“奔雷走电”，而终篇于“饱和”后的爆发。那“碗！”“碗！”“碗！”的呼啸终如悬瀑之势，演荡出一派力的奔腾。

《蒋先生》这类小说是“疾风闪电”般的，有着激越的鼓点和重音，令人目不暇接；而《奶粮》诸作则是“慢”的，缓张缓弛，根节交错，内力连绵，因之更具纵深感。全篇住后，仍有余音绕梁。

李学辉的书写之妙实在难以言尽。我们能够窥见作者在用自己的审美对材料进行的“修整”和“梳理”，能够看到他要在书写中开出新境的努力，甚至建构新的文体的冲动。而在这一集中，每一篇小说都各有用力处。

而在李学辉这里，书写方式不仅仅在形式，它同样属于内容，甚至，它根本就是李学辉的本质：那突出的动作中那个“行者”；其内部的遒劲绵长之力；与他的小说的旨要相协的“退守”的、逆行的姿态，以此领承的那“文脉”——他从来都不是顺流而下者，他决绝地逆流而上，他似乎也在用这样一种挣扎和突围的方式，确认自己、凿刻自己、完成自己。在这一层面，李学辉同样是那个“问津者”和雕刻师。而他的镌刻般的奇崛的笔法，那响彻的金石之声，使得他的书写也像悬于旷野，力弱、气弱者都不能接近他。

——或许还应该说一说李学辉小说的那些结尾：那些在终点处的倏忽拔起，那些在平凡田野上轰然涌现的流沙，那些混沌中突然出现的光，那些涌荡着哀凉与热切的情绪——那些在精巧设计和完美把控中的张力巨大的结束，都像是最后的来自旷野的凝视——这时候，李学辉文字中的根本形象浮现出来：像遥远的古罗马的雕像，苍茫的瞳洞中藏着生命内在的秘密，庄严而慈悲。李学辉在他的文字中贯注了这样苍茫的凝视。他力量万钧。

（原载 2022 年《飞天》第 4 期）